KB187644

# 아쿠타가와 류노스케 전집

## 芥川龍之介 全集

### VIII

아쿠타가와 류노스케 저

조사옥 편

본권번역자

김명주

김상규

김상원

미야자키 나오코

미야자키 요시코 외

제이앤씨
Publishing Company

第8巻 担当

송현순
김정희
최정아
홍명희
김상원
엄인경
김난희
김상규
조성미
미야자키 나오코
미야자키 요시코
김명주
김효순

---

\* 작품의 배열과 분류는 편년체(編年体)를 따랐고, 소설·평론·기행문·인물기(人物記)·
  시가·번역·미발표원고(未定稿) 등으로 나누어 수록했다. 이는 일본 지쿠마쇼보(筑摩
  書房)에서 간행한 전집 분류를 참조하였다.
\* 일본어 가나의 한글 표기는 교육부·외래어 표기법에 준했고, 장음은 단음으로 표기
  하였다.

류노스케가 죽음의 침상에서 입고 있던 유카타.
중국 여행 때 산 옷감으로 만든 것이라고 한다.

# 머리말

세키구치 야스요시(関口安義)
번역 : 홍명희

8권에는 아쿠타가와 류노스케의 기행, 일기·일록(日錄), 시가(詩歌), 문예강좌와 강연을 수록했다. 이 작품들은 모두 아쿠타가와 류노스케라는 작가를 생각할 때 대단히 귀중한 텍스트들이다.

우선 '기행'인데, 아쿠타가와는 생애에 걸쳐서 뛰어난 기행문을 써 왔다. 초기의 「마쓰에 인상기(松江印象記)」에서 시작하여 죽기 직전에 쓴 「도호쿠·홋카이도·니가타(東北·北海道·新潟)」에 이르기까지 그는 기회가 있을 때마다, 그리고 부탁을 받는 대로 저널리스트적인 재능을 살려서 기행문이라 불리는 문장을 써 왔다. 그의 기행문은 그의 소설과 동일하게 독자들에게 강하게 호소하는 것이 있다. 그 중에서도 1925년 11월 1일에 개조사(改造社)에서 간행한 『중국유기(支那游記)』는 그의 기행문학의 대표작이다. 『중국유기』에는 「상해유기(上海游記)」, 「강남유기(江南游記)」, 「장강유기(長江游記)」, 「북경 일기 초(北京日記抄)」,

「잡신일속(雜信一束)」의 다섯 작품이 실려 있다.

아쿠타가와 류노스케는 1921년 3월 19일에 오사카마이니치신문사(大阪每日新聞社)의 해외특파원으로서 4개월에 걸친 중국시찰여행을 위해 도쿄를 떠났다. 그리고 상해를 기점으로 항주(杭州)·소주(蘇州)·남경(南京)·장사(長沙)·북경(北京)·천진(天津) 등을 돌았다. 그 기록이 『중국유기』다. 그는 상해에 상륙하자마자 병으로 일본인이 경영하는 사토미(里見)의원에 입원하게 되는 등 예상치 못한 일도 있었으나, 병이 낫자 정력적으로 중국 각지를 돌았다. 그리고 여행 중에 보고 들은 것을 열심히 메모하여 그것을 바탕으로 귀국 후에 문장으로 남겼다. 즉, 그는 당시의 중국을 잘 보고 메모하여 문장으로 표현한 것이다. 2박 3일의 소주 여행에서는 천평산(天平山) 백운사(白雲寺)에서 반일 관련 낙서가 많은 것에 놀라고, 그 중 몇 개를 메모했다. '여러분은 즐거울 때도 21조를 잊어서는 안 됩니다.'와 '개와 일본 놈은 이 벽에 낙서를 해서는 안 된다'를 비롯하여 일본인에 대한 격렬한 원망을 칠언절구(七言絶句)에 의탁한 시까지 채집했다. 아쿠타가와는 일본인으로서 보고 싶지 않고 읽고 싶지 않은 이러한 낙서들에 유의하며 그것들을 채집함으로써 중국인의 마음을 읽어내려 한 것이다.

여기에는 아쿠타가와의 저널리스트로서의 면목이 생생하게 드러나 있다. 그는 이러한 반일 낙서를 기행문 『중국유기』에 천연덕스럽게 곁들여 씀으로써 당시의 일본인들에게 중국에서의 반일감정이 얼마나 격했는지를 전한 것이다. 아쿠타가와가 오사카마이니치신문사의 특파원으로서 중국에 건너간 것은 조선의 3·1 독립운동과 중국의 5·4운동이 일어난 지 2년 후다. 그는 그러한 격한 시대상황을 중국 각지의 여행을 통해 실감하고 문장에 기록하여 남긴 것이다.

그러나, 표현에 있어서는 검열이라는 성가신 문제가 존재했다. 이

기행문들을 논하는 데 있어서 당시의 시대배경은 결코 무시할 수 없
다는 점을 한국의 독자들에게 가장 우선적으로 전하고 싶다. 1920년
대는 일본정부의 검열제도가 도를 넘어서 문학자와 사상가·학자의
문장에까지 육박한 시대였다. 이러한 상황을 무시한 『중국유기』론은
성립하지 않는다. 검열제도라는 시대의 벽을 무시하거나 과소평가하
고서, 『중국유기』에 나타난 아쿠타가와의 비평의식이 불충분하다고
안일하게 비판해서는 안 된다. 그는 검열이라는 냉엄한 시대의 벽을
어떻게든 극복하고자 수사학적으로 궁리를 거듭하며 『중국유기』의 수
록작들을 썼다. 그 노고는 실로 대단한 것이었다. 이러한 시대적 조건
을 전혀 고려하지 않고 『중국유기』를 읽는다면 아쿠타가와의 진실 추
구라는 고뇌의 표현을, 다시 말하면 그 문장에 나타난 비판의식을 놓
치게 될 것이다.

아쿠타가와는 반일감정이 강한 호남성(湖南省)의 성도(省都)인 장사(長
沙)를 방문한 이후의 기행문에 중국 국민의 반일운동의 모습을 명확하
게 기록했는데, 그 묘사에 있어서는 내무성의 검열제도를 의식하여
수사학적으로 궁리를 거듭한다. 「잡신일속」의 「7. 학교」에서는 중국에
서의 반일운동의 구체적인 모습을 설득력 있게 묘사한다. 그는 검열
에 의한 복자(伏字)를 각오하고, 여학생들은 모두 반일 때문에 일제 연
필을 사용하지 않고 붓과 벼루를 사용하여 기하와 대수를 공부하고
있다거나, 기숙사 견학은 일본인 병사가 강간사건을 일으킨 직후라서
거절당했다는 것 등을 구체적으로 다루었다. 아쿠타가와는 검열을 강
하게 의식하면서도 일본정부의 당시의 식민정책의 실패를 굳이 기록
한 것이다.

『중국유기』라는 기행문은 종래의 연구사에서 과소평가되는 경향에
있었다. 초기의 아쿠타가와 연구가인 요시다 세이이치(吉田精一)가 본

작을 들어 "기지와 해학, 야유가 백출(百出)하여 시시한 작품은 아니지 만, 요컨대 소설가가 본 중국일 뿐, 신문이나 신문의 독자가 기대했을 법한 중국의 현재나 장래를 깊이 통찰한 것은 아니다"(『아쿠타가와 류 노스케』 1942년 12월)라고 논한 이래, 내외의 많은 아쿠타가와 연구가 는 이 견해를 오랫동안 긍정해 왔다. 그러나 나는 필드·워크를 근거 로 집필한 『특파원 아쿠타가와 류노스케』(毎日新聞社, 1997년 2월)에서 그 때까지 부정적인 의미로 논해져 온 아쿠타가와의 중국시찰여행의 의 미를 180도 역전시켜 긍정적으로 논했다. 또한 기행문 『중국유기』는 아쿠타가와의 저널리스트로서의 재능이 유감없이 발휘된 텍스트이며, 가혹하기 그지없었던 1920년대 일본의 검열제도의 벽이 아쿠타가와 류노스케에게 고육지책의 표현을 취하게 했음을 지적했다.

『중국유기』는 현재 일본에서 재평가되고 있다. 또한 중국·한국에 서도 오늘날 아쿠타가와의 중국 기행문들이 재평가되기 시작하여 중 국에서는 세 종류, 한국에서도 본 전집의 번역을 포함하여 두 종류의 『중국유기』의 번역본이 출판되었다. 아쿠타가와의 기행문 『중국유기』 가 가지는 의미는 중국과 한국뿐만이 아니라 세계 각국의 아쿠타가와 연구자에게 있어서 앞으로도 재평가·재발견 될 것이다. 이렇듯 『중 국유기』를 포함한 아쿠타가와의 기행문이 현재도 여전히 빛을 잃지 않는 것은 현지 시찰에서 비판적 시점이 적확했기 때문이다.

다음으로 '일기·일록(日錄)' 수록의 작품들은 현재 아쿠타가와의 실 제 일기가 발견되지 않고 있기에 더욱 귀중하다. 당시의 많은 지식인 은 일기를 썼다. 대부분의 사람들은 구제(旧制) 중학교 시절부터 일기 를 썼다고 생각해도 무방하다. 아쿠타가와의 일고(一高) 동기들 중 내 가 알고 있는 범위 내에서만도 야나이하라 다다오(矢内原忠雄), 쓰네토 교(恒藤恭), 마쓰오카 유즈루(松岡譲), 나루세 세이이치(成瀬正一), 모리타

고이치(森田浩一) 등 모두가 일기를 썼고, 노트에 기록된 문장은 관동대
지진과 제 2차 세계대전이라는 대참사를 무사히 통과하며 보존되어
현재 그 일부가 공개되기도 했다. 이렇듯 근래 들어 아쿠타가와의 주
변인들의 일기가 계속 발견되고 있는 중에, 아쿠타가와 한 사람만이
일상을 상세하게 기록한 일기를 쓰지 않았다고는 도무지 생각할 수가
없다. 대부분의 '아쿠타가와 일기'는 화재로 소실되었을 가능성도 부
정할 수 없다. 그러하기 때문에 여기에 수록된 작품들은 작가 아쿠타
가와를 생각하는 데 있어서도 귀중하다.

　아쿠타가와는 하이쿠(俳句)와 단가(短歌), 그리고 세도카(旋頭歌)와 시
도 읊었다. 그의 사후, 사토 하루오(佐藤春夫)의 편집으로 발행된 『조코
도유주(澄江堂遺珠)』(岩波書店, 1933년 3월)는 이 영역에서의 그의 재능이
유감없이 발휘되었음을 확인할 수 있다. 「아귀굴 구초(餓鬼窟句抄)」는
하이쿠 작가 아쿠타가와의 일면을 말해준다. '청개구리야, 네놈도 금
방 칠한 페인트이냐?'는 아쿠타가와가 스스키다 규킨(薄田泣菫)에게 쓴
서간에서 자신 있는 작품이라고 말한 것인데, 실로 눈앞에 선명한 정
경이 전해져 오는 가작(佳作)이다. 「아귀 구초(餓鬼句集)」에도 수려한 구
가 많다. 봄, 여름, 가을, 겨울 각 한 수씩 뽑는다면 '돌아가련다. 봄바
람 불어오는 초가집으로'(봄), '부는 바람에 비도 빠져나가는 들판의
청전'(여름), '솔바람 속을 헤치며 걸어갔네. 성묘 가는 이'(가을), '바람
이 잦는 메마른 숲에 솟은 겨울철 햇살'(겨울)이 될까? 그 시 중의 한
수인 「연가 (2)」 등은 사랑가의 극치라고 할 수 있는 작품이다. 이 시
는 「어떤 바보의 일생(或阿呆の一生)」의 37에도 「越し人」로써 재게재되
었다. 다음과 같은 작품이다.

바람에 나부끼는 삿갓도
어찌 길가에 떨어지지 않겠는가
내 이름을 어찌 애석해 하리
소중한 건 그대 이름 뿐인 걸

시인 호리구치 다이가쿠(堀口大学)는 이 시에 대해서 적절한 해설을
했다. 「류노스케의 시」라는 제목으로 1958년판 지쿠마서방(筑摩書房)
『아쿠타가와 류노스케 전집』제 6권 「월보 6」에 발표한 글이다. 여기
에서 호리구치 다이가쿠는 "연모하여 여위는 마음을 노래하는 이 청
순은 어떠한가? 절절하게 독자의 마음 깊이 스며드는 이 투명한 음조
는 어떠한가? 청신(清新) 그 자체가 아니면 무엇인가? 게다가 첫 구인
<바람에 나부끼는 삿갓도>의 비유의 신선함은 또한 어떠한가? 최상
의 비유가 아닌가?"라고 절찬했다. 아쿠타가와는 그가 만년에 만난 14
세 연상의 가타야마 히로코(片山広子)를 대상으로 이 시를 읊었다. 아쿠
타가와의 마지막 연인인 가타야마 히로코는 가인(歌人)으로 아일랜드
문학의 번역가로 알려져 있다. 호리구치 다이가쿠는 그러한 배경을
제외하고 이 시의 '절절하게 독자의 마음 깊이 스며드는 이 투명한 음
조'를 높이 평가했다. 호리구치 다이가쿠는 이어서 쓴다. "삿갓을 잘도
가져왔다고 감탄했다. 세상에 누가 이렇게 표현할 수 있을까? 상상도
못할 일이다. 염문이 난다는 비유로 바람에 나부끼는 삿갓이라니 과
연 류노스케는 멋들어지게 잘도 선택했다"라고.

아쿠타가와 류노스케는 재주가 많은 작가였다. 본업은 소설가이지
만, 기행문을 써도 하이쿠나 시를 지어도 제법 괜찮은 작품들을 탄생
시켰다. 그것은 본권에 수록된 각 분야의 아쿠타가와의 텍스트가 말
해 준다.

'문예강좌'라는 영역에서는 평론 「문예일반론(文芸一般論)」과 「문예감상(文芸鑑賞)」을 수록했다. 아쿠타가와는 이 분야에서도 뛰어난 일면을 드러냈다. 「문예일반론」은 "저는 문예라는 것에 대해 최대한 쉽게 생각해 보고자 합니다."로 시작한다. 그는 문예를 "언어나 문자를 표현의 수단으로 하는 어느 한 예술"이라고 생각하고, 표현에 '언어의 의미', '언어의 소리', '문자의 형태'라는 세 가지 요소를 보면서 이 문제를 알기 쉽게 전달하려 했다.

「문예감상」에서는 우선 "문학작품의 감상을 잘 하기 위해서는 기본적인 문예적인 소질이 있어야 합니다"라며 훈련의 필요성을 든다. 그는 그것을 다음과 같이 세 가지로 나누어 설명한다.

(1)어떻게 감상하면 좋을 것인가?
(2)어떤 것을 감상하면 좋을 것인가?
(3)어떠한 감상 논의를 참고하면 좋을 것인가?

아쿠타가와의 문예관을 이해하기 위해 빼놓을 수 없는 요소를 이 두 강좌에서 찾을 수 있다. 거기에는 만년의 다니자키 준이치로(谷崎潤一郎)와 '소설의 줄거리'를 둘러싼 논쟁에서 탄생한 「문예적인, 너무나 문예적인(文芸的な、余りに文芸的な)」의 세계에 연결되는 요소도 찾을 수 있다.

또한 아쿠타가와는 강연의 명수이기도 했다. 스승 나쓰메 소세키가 뛰어난 강연자로 알려져 있는 것처럼 아쿠타가와 류노스케도 강연에 재능이 있었다. 그는 젊을 때부터 좌담의 명수로 알려져 있었으나, 강연도 또한 뛰어난 분야였던 듯하다. 그의 강연은 늘 그가 가진 방대한 지식이 피력되고 유머와 아이러니도 적절하게 발휘되어 청중을 매료

했다. 특히 도입이 멋지다. 그것도 흠잡을 데 없이 훌륭하다. 문득 생각난 듯 말하지만, 실은 십분 계산하고 말하는 것이다. 그것은 그의 모든 강연에 대해 말할 수 있다.

예를 들면, 1922년 4월 13일에 도쿄 간다(神田)의 기독교청년회관에서 행해진 영국 황태자 내방기념 영문학 강연회에서 강연한 「로빈 훗」의 첫머리를 들 수 있다. "제가 처음에 이 강연을 수락할 때는 연설 제목을 「영국의 도둑」이라고 했습니다. 그런데 이 강연회의 프로그램을 영국 황태자 전하께 드릴지도 모른다, 그렇게 되었을 때 강연의 제목이 「영국의 도둑」이라면 몹시 난처하니 바꾸라는 명령을 받았습니다. 그러나 정작 말씀드리고자 하니 그 내용은 역시 영국의 도둑에 관한 것일 수밖에 없습니다."라고 말한다.

강연은 도입부분이 중요하다고 한다. 아쿠타가와는 그것을 잘 알고 연설 제목의 유래를 빙자하여 청중의 관심을 그 강연에 집중시키려 한 것이다. 여기에는 「라쇼몬(羅生門)」, 「코(鼻)」, 「참마죽(芋粥)」, 「지옥변(地獄變)」으로 이어지는 스토리 작가의 기량과도 통하는 점이 있다. 그것은 또한 강연 「문예잡감」에서도 동일하게 말할 수 있다. 여기에는 "나는 참으로 몸이 약하고, 머리가 나쁘고, 심장도 약하며, 위장도 나쁘다"로 시작한다. 청중을 첫머리의 화술로 먼저 끌고, 다음으로 화자인 자신의 주장을 알기 쉽게 전달하는 점에서 소설과 마찬가지로 충분히 가치 있다고 할 수 있겠다.

# 목 차

# 아쿠타가와 류노스케 전집

## 芥川龍之介 全集

### VIII

# 중국유기(支那遊記)

송현순

## 상해유기(上海遊記)

❖ 서문 ❖

『중국유기』(支那遊記) 한 권은 필경 하늘이 나에게 전해 준 (혹은 나에게 재앙으로 준) 저널리스트적 재능의 산물이다. 나는 오사카 마이니치 신문사(大阪每日新聞社)의 명을 받아 1921년 3월 하순부터 동년 7월 상순에 이르는 120여 일 동안 상해, 남경, 구강(九江), 한구(漢口), 장사(長沙), 낙양, 북경, 대동(大同), 천진 등을 편력했다. 그리고 일본으로 돌아와 「상해유기」(上海遊記)와 「강남유기」(江南遊記)를 하루에 1회씩 집필했다. 「장강유기」(長江遊記)도 「강남유기」 집필 후 역시 1회씩 집필한 것으로, 아직 완성하지 못한 작품이다. 「북경일기초」(北京日記抄)는 반드시 하루에 1회씩만을 쓴 것은 아니다. 그러나 어쨌든 전체를 이틀 정도에 쓴 것으로 기억하고 있다. 「잡신일속」(雜信一束)은 그림엽서에 쓴 것을 대부분은 그대로 수록하기로 했다. 그러나 나의 저널리스트적 재능은 이 통신들에서도 전광처럼 – 적어도 연극의 전광처럼 번

뜩이고 있음은 분명하다.  (1925년 10월)

❖ 1. 해상(海上) ❖

드디어 도쿄를 떠나기로 한 날 나가노 소후(長野草風) 씨가 이야기를 하러 왔다. 들어 보니 나가노 씨도 반 달 정도 후에는 중국으로 여행을 떠날 계획이라고 한다. 그때 나가노 씨는 친절하게도 뱃멀미의 묘약을 알려주었다. 그러나 모지(門司)에서 배를 타면 이틀이 지날까 말까 하는 사이에 상해에 도착해 버린다. 기껏 이틀 정도의 항해에 뱃멀미 약 등을 소지할 정도라니 나가노 씨의 공포심도 알아줘야 해. ― 이렇게 생각한 나는 3월 21일 오후 지쿠고마루(筑後丸)의 승강용 사다리에 올라갈 때까지 비바람에 파도치는 항구 안을 바라보면서 다시 바다를 무서워하는 우리 나가노 소후 화백의 모습을 딱하게 생각했다.

그런데 친구를 경멸한 죄로 배가 현해탄에 접어들자 그만 눈 깜짝할 사이에 바다가 거칠어지기 시작했다. 같은 선실에 있던 마스기(馬杉) 군과 위쪽 갑판 등의자에 앉아 있었는데 뱃머리 측면에 부딪히는 파도의 물보라가 가끔씩 머리 위로 떨어지기도 했다. 바다는 물론 새하얘져 바닥이 요란스럽게 흔들리고 있다. 그 저쪽 어딘가 섬의 그림자가 희미하게 떠오르는가 했는데 그게 바로 규슈 본토였다. 그러나 배에 익숙한 마스기 군은 담배 연기를 내뿜으며 전혀 겁먹은 기색도 보이지 않는다. 나는 외투 깃을 세우고 주머니에 양손을 집어넣은 채 가끔씩 궐련을 입에 물고 ― 요컨대 나가노 소후 씨가 뱃멀미 약을 준비한 것은 현명한 처사라고 감복하고 있었다.

그 사이 옆에 있던 마스기 군은 바(bar)인가 어딘가로 가버렸다. 나는 여전히 느긋하게 등의자에 앉아 있었다. 옆에서 보기에는 느긋한 태도로 앉아 있는 것 같아도 머릿속의 불안은 그런 게 아니다. 조금이라도 몸을 움직이면 바로 현기증이 일어날 것 같다. 게다가 어찌된 일인지 위 속도 편하지 않은 느낌이 들기 시작했다. 내 앞에서는 선원 하나가 끊임없이 갑판을 오가고 있었다. (이것은 나중에 발견한 일이지만 실은 그 역시도 불쌍한 뱃멀미 환자 중 하나였다.) 어지럽게 왔다 갔다 하는 것도 나에게는 묘하게 불쾌했다. 그리고 또 건너편 파도 속에서는 가느다란 연기를 내뿜는 트롤선이 겨우 선체가 가라앉지 않을 정도로 위태롭게 행진을 계속하고 있다. 대체 무슨 필요가 있어서 저런 거친 파도를 뒤집어쓰면서 가는지 당시의 나로서는 그 배에 대해서도 화가 많이 나 견딜 수 없었다.

그래서 열심히 현재의 고통을 잊을 수 있는 유쾌한 일들만 생각하려고 했다. 아이들, 풀꽃, 우즈후쿠(渦福) 사발, 일본 알프스, 하쓰요 폰타(初代ぽんた) ― 그 다음은 뭐였는지 기억나지 않는다. 아니, 아직 또 있다. 어쨌든 바그너는 젊은 시절 영국으로 건너가는 항해 중, 거친 폭풍우를 만났다고 한다. 그리고 그때의 경험이 훗날 '방황하는 네덜란드인'을 쓰는 데 큰 역할을 했다고 한다. 그런 일들도 여러 가지 생각해 보았으나 머리는 더욱 심하게 흔들린다. 가슴이 미식거리는 것도 나을 것 같지 않다. 결국 마지막에는 바그너 따위는 개한테라도 줘 버려, 라는 심정이 되었다.

10분 정도 지난 후 침상에 누워 있던 내 귀에는 식탁 접시며 나이프 등이 한꺼번에 바닥에 떨어지는 소리가 들렸다. 그러나 나는 고집스럽게 토할 것 같은 위 속의 음식물을 토하지 않으려고 고심하고 있었다. 이때 이 정도의 용기가 난 것은 어쩌면 뱃멀미가 난 것은 나 혼자가 아닌가 하는 걱정이 있었던 덕분이다. 허영심 같은 것도 이런 때는 예상 외로 무사도의 대용(代用)을 발휘 하는 모양이다.

그런데 이튿날 아침이 되자 적어도 일등 선객만큼은 모두 뱃멀미를 한 결과, 미국 사람 한 사람만 제외하고 식당에도 못 갔다고 한다. 그리고 그 비범한 미국인만큼은 식후에도 혼자 배 안에 있는 살롱에서 타이프라이터를 두드리고 있었다고 한다. 나는 그 이야기를 전해 듣고 갑자기 마음이 밝아졌다. 동시에 또 그런 미국인이 괴물 같은 기분이 들었다. 실지로 그런 거친 바다를 만나도 태연자약 하는 것은 인간 이상의 대담한 행동이다. 어쩌면 그 미국인은 체격 검사를 해보니 치아가 39개 있다던가 조그만 꼬리가 달려 있다던가 뜻밖의 사실들이 발견될지도 모른다. ─ 나는 여전히 마스기 군과 갑판 등의자에 앉아서 그런 공상을 줄기차게 했다. 바다는 어제 거칠었던 것도 벌써 다 잊은 듯 푸르게 온화한 오른쪽 뱃머리 저쪽으로 제주도의 그림자를 드리우고 있다.

❖ 2. 제일별(第一瞥) (상) ❖

부두 밖으로 나오자 수십 명의 마차들이 갑자기 우리를 둘러쌌다. 우리란 마이니치 신문사의 무라타(村田) 군, 도모스미(友住) 군, 국제 통신사의 존스 군 등 나를 포함한 4명이다. 애시 당초 마부라는 말이 일본인에게 전해주는 이미지는 결코 지저분한 게 아니다. 오히려 그 기세 좋은 건 어딘지 에도(江戶) 풍스런 기분을 일으킬 정도이다. 그런데 중국 마부들은 불결 그 자체라고 해도 과장이 아니다. 게다가 한번 쓱 훑어보니 모두 험악한 인상들을 하고 있다. 그런 사람들이 전후좌우 전면에서 머리를 길게 들이 밀고는 큰 소리로 뭔가 떠들어대는 거라서 막 상륙한 일본 부인 등은 적잖은 무서움을 느낀 듯하다. 실지로 나는 그들 중 한 사람이 외투 소매를 잡아당겼을 때는 나도 모르게 키가 큰 존스 군 뒤로 물러났을 정도였다.

우리는 이 마부들의 포위망을 뚫고서 겨우 마차 위 손님이 되었다. 그러나 그 마차도 출발하자마자 갑자기 말이 제 멋대로 모퉁이 기와 담벼락에 부딪히고 말았다. 젊은 중국인 마부는 화가 난 듯 가차 없이 채찍으로 말을 내려친다. 말은 기와로 된 담벼락에 코를 댄 채 그냥 엉덩이만 펄쩍거린다. 마차는 물론 전복할 것 같다. 순식간에 구경꾼들이 몰려들었다. 아무래도 상해에서는 죽음을 각오하지 않으면 무심코 마차에도 탈 수 없을 것 같다.

그 사이 또 마차가 움직이기 시작했다. 철교가 걸려있는 강이 나왔다. 강에는 중국 화물운송 배가 물도 보이지 않을 만큼 모여 있다. 강 가장자리에는 녹색 전차가 부드럽게 몇 대나 움직이고 있다. 건물은 그 어느 쪽을 보아도 붉은 기와의 3층인가 4층이다. 아스팔트 큰 길에는 서양인과 중국인이 바쁘게 걸어가고 있다. 그러나 그 국제적인 군중은 붉은 터번을 둘러 쓴 인도인 순사가 신호를 하자 어김없이 마차 길을 양보해 준다. 교통정리가 잘되고 있는 것은 아무리 너그러운 눈으로 본다 해도 도저히 도쿄나 오사카 등 일본의 도시가 따라 갈 수 없다. 마부나 마차의 용맹함에 다소 겁을 먹었던 나는 이런 상쾌한 광경을 보고 있는 사이 점점 기분이 유쾌해졌다.

이윽고 마차가 멈춘 곳은 일찍이 김옥균이 암살당한 동아양행이라는 호텔 앞이다. 제일 먼저 내린 무라타 군이 마부에게 얼마인가 돈을 건넸다. 그런데 마부는 그것으로는 부족하다고 생각했는지 내민 손을 쉽게 걷어 들이지 않는다. 뿐만 아니라 입에 거품을 물고 계속 뭔가 떠들어 대고 있다. 하지만 무라타 군은 모르는 척 성큼성큼 현관으로 올라간다. 존스, 도모스미 군도 역시 마부의 웅변 같은 건 전혀 문제로도 삼지 않는 듯하다. 나는 잠시 이 중국인에게 딱한 생각이 들었다. 그러나 아마 이것이 상해에서는 유행일 것이라고 생각했기 때문에 서둘러 뒤를 따라 문 안으로 들어갔다. 그때 다시 한 번 뒤 돌아보았는데 마부는 벌써 아무 일도 없었다는 듯 태연히 마부대에 앉아 있다. 그럴 생각이었다면 그렇게 떠들어 대지 않아도 좋았을 텐데.

우리는 바로 어두컴컴한 게다가 장식도 요란하면서 묘한 응접실로 안내되었다. 과연 이 정도라면 김옥균이 아니어도 언제 창밖에서 총알이 날아올지 모른다. – 그런 것을 은근히 생각하고 있을 때 마침 그곳으로 양복 입은 건장한 주인이 슬리퍼를 울리며 성급하게 들어왔다. 우선 무라타 군에 의하면 이 호텔을 나의 숙소로 정한 것은 오사카 마이니치 신문사의 사와무라(沢村)의 생각에 의한 것이라고 한다. 그런데 이 성깔 있는 주인은 아쿠타가와 류노스케에게는 방을 빌려줘도 만일 암살되었을 경우 득은 되지 않는다고 생각한 모양이다. 현관 앞에 있는 방외에는 공교롭게도 빈 방은 없다고 한다. 그래서 그 방으로 가보니 침대만큼은 웬일인지 두 개나 있었으나 벽이 그을려 있고 커텐은 낡았으며 의자까지도 만족스러운 게 하나도 없어서 – 요컨대 김옥균의 유령이 아니면 안주할 수 있는 빈 방이 아니다. 어쩔 수 없이 사와무라 군의 후의는 없던 것이 되겠지만 다른 세 명과 상담한 후 여기에서 그리 멀지 않은 만세관(万歳館)으로 옮기기로 했다.

❖ 3. 제일별 (중)❖

그날 밤 나는 존스 군과 함께 쉐퍼드(Shepherd)라는 요릿집에 밥을 먹으러 갔다. 이곳은 벽도 식탁도 유쾌하게 만들어져 있다. 종업원은 모두 중국인이지만 가까이 있는 손님들 중에는 황색 얼굴은 하나도 보이지 않는다. 요리도 우선(郵船)회사의 배에 비하면 3할 정도는 분명 고급이다. 나는 존스 군을 상대로 예스나 노 등 영어로 말하는 게 다소 유쾌한 기분이 되었다.

존스 군은 천천히 남경 쌀로 만든 카레라이스를 먹으며 여러 가지 헤어지고 난 후의 이야기를 했다. 그 중 하나로 이런 이야기가 있다. 어느 날 밤 존스 군이 – 역시 군을 붙여 부르면 어쩐지 친구 같은 기분이 들지 않는다. 그는 대략 5년간 일본에서 살았던 영국인이다. 나는 그 5년간 (한번 싸운 적은 있으나) 변함없이 그와 친하게 지냈다. 함께 가부키 좌에 가서 서서 관람한 적도 있다. 가마쿠라 바다에서 수영한 적도 있다. 한밤중에 식당에서 떠들며 술잔과 접시를 어지럽힌 적도 있다. 그때 그는 구메 마사오 (久米正雄)의 하카마를 입은 채 갑자기 그곳의 연못으로 뛰어들기도 했다. 그런 그를 군 등으로 떠받들면 누구보다도 그에게 미안하다. 내친김에 하나 더 말해 두겠는데 내가 그와 친한 것도 그가 일본어를 잘하기 때문이다. 내가 영어를 잘하기 때문이 아니다. – 어쨌든 어느 날 밤 그 존스가 무슨 카펜가로 술을 마시러 갔는데 일하는 일본 여자가 달랑 혼자서 멍하니 의자에 앉아 있었다. 그는 평소 입버릇처럼 중국은 그의 도락이지만 일본은 그의 정열이라고 말하던 남자이다. 특히 당시는 상해로 막 이사했을 때라고 하니 더욱 일본에 대한 추억이 그리웠을 것이다. 그는 일본어로 바로 그 종업원에게 말을 걸었다. "언제 상해로 왔습니까?" "어제 왔습니다." "그럼 일본에 돌아가고 싶지 않습니까?" 그가 이렇게 말하자 그녀는 갑자기 울먹거리는 소리로 말했다. "돌아가고 싶어요." 존스는 영어로 이야기 하는 중간에 이 "돌아가고 싶어요."를 반복했다. 그리고 싱글싱글 웃기 시작했다. "나도 그 말을 들었을 때는 Awfully sentimental"이 되었었지.

우리는 식사를 마친 후 번화한 사마로(四馬路)를 산보했다. 그리고 카페 파리지앙에 잠시 무도를 구경하러 갔다.

무도장은 상당히 넓다. 그러나 관현악 소리와 함께 전등불이 파랗고 빨갛게 변하는 장치는 아사쿠사와 너무 많이 닮아 있다. 다만 그 관현악의 교졸(巧拙)함은 도저히 아사쿠사는 문제가 되지 않는다. 그것만큼은 아무리 상해라도 역시 서양인의 무도장이다.

우리는 구석 테이블에서 애니셋트 잔을 기울이며 빨간 옷을 입은 필리핀 소녀와 양복을 입은 미국 청년이 유쾌하게 춤을 추는 것을 구경했다. 월트 휘트먼인가 누군가의 짧은 시에 젊은 남녀도 아름답지만 나이를 먹은 남녀의 아름다움 역시 각별하다는 구절이 있다. 나는 어느 쪽도 똑같이 뚱뚱한 영국 노부부가 내 앞으로 춤을 추며 왔을 때 과연 맞는 말이라고 이 시를 떠올렸다. 그러나 존스는 그렇게 말하자 모처럼의 나의 감탄도 흐음이라고 일소에 붙여 버렸다. 그는 춤을 추는 노부부를 보면 그 살찌고 마르고에 상관없이 웃음을 터뜨리고 싶은 유혹을 느낀다고 한다.

### ❖ 4. 제일별 (하) ❖

카페 파리지앙에서 나왔다. 벌써 넓은 거리에는 사람 통행이 줄어 있었다. 시계를 꺼내 보니 11시가 조금 지났을 뿐이다. 이외로 상해 거리는 일찍 잠이 든다.

다만 그 무서운 마부만큼은 아직도 여러 명 서성대고 있다. 그리고 우리 모습을 보면 반드시 뭐라고 말을 건다. 나는 낮에 무라타 군에게 '부야오'라는 중국어를 배웠다. 부야오는 물론 필요 없다는 뜻이다. 그러므로 나는 마부만 보면 바로 악마를 퇴치하는 주문처럼 부야오, 부야오를 연발했다. 이게 나의 입에서 나온 기념할 만한 최초의 중국어이다.

얼마나 내가 들떠서 이 말을 마부에게 던졌는지 그동안의 소식을 모르는 독자는 분명 한 번도 외국어를 배운 경험이 없는 분들일 것이다.

우리는 구두 소리를 울리며 조용한 거리를 걸었다. 그 거리 좌우에는 3, 4층의 기와 건물이 별이 가득 떠 있는 하늘을 막는 일이 있다. 그런가 하면 가로등 빛이 크게 당(堂)자라고 쓴 전당포의 흰 벽을 보여주는 일도 있다. 어떤 경우는 또 보도 위에 여의생(女医生) 뭐라고 하는 간판이 달려 있는 곳도 지날 뿐만 아니라 회반죽이 벗겨진 담인가 뭔가에 남양연초(南洋煙草)의 광고 전단지가 붙어 있는 곳도 지났다. 그런데 아무리 걸어가도 쉽게 나의 여관이 나오지 않는다. 그 사이 나는 애니셋트의 저주인지 목이 말라 참을 수 없게 되었다.

"이봐, 뭐 마실 곳이 없을까? 나는 목이 많이 마른데."

"바로 저기에 카페가 하나 있어. 조금만 더 참으면 돼."

5분 후 우리 두 사람은 시원한 소다를 마시며 작은 테이블에 앉아 있었다.

이 카페는 파리지앙보다 훨씬 저급인 것 같다. 핑크빛으로 칠한 벽 옆에서는 가르마를 탄 중국인 소년이 큰 피아노를 두드리고 있다. 그리고 카페 한 중앙에서는 영국 해군이 서너 명 진한 볼연지를 한 여자들을 상대로 서툰 무도를 계속하고 있다. 마지막으로 입구 유리문 옆에서는 장미꽃을 파는 중국인 노파가 나에게 부야오라는 말을 들은 후 멍하니 무도를 바라보고 있다. 나는 왠지 그림을 곁들인 신문의 삽화라도 보고 있는 듯한 기분이 되었다. 그림의 제목은 물론 '상해'이다.

그때 마침 밖에서 대여섯 명 정도 되어 보이는 해군 동료가 한꺼번에 우르르 들어왔다. 이때 제일 어처구니없는 일을 당한 것은 문 입구에 서 있던 노파였다. 노파는 술 취한 해군들이 난폭하게 문을 여는 순간 팔에 들고 있던 바구니를 떨어뜨리고 말았다. 더구나 그 해군들은 그런 것에 신경 쓸 상황이 아니다. 이미 춤을 추고 있던 패거리들과 함께 미치광이처럼 날뛰고 있다. 노파는 뭐라고 중얼거리며 바닥에 떨어진 장미를 줍기 시작했다. 그러나 그것조차 줍고 있는 사이에 해군들의 구두에 짓밟혀진다. …

"갈까?"

존스는 기가 막히다는 듯 벌떡 커다란 몸을 일으켰다.

"가지."

나도 바로 일어섰다. 그러나 우리 발밑에는 점점이 장미꽃이 흩어져 있다. 나는 문 입구 쪽으로 발을 향하며 도미에의 그림을 떠올렸다.

"이봐, 인생이란 말이야."

존스는 노파의 바구니 속으로 은화를 하나 던져 넣고서 내 쪽으로 돌아보았다.

"인생이란 ― 뭐야?"

"인생이란 장미꽃을 뿌린 길이야."

우리는 카페 밖으로 나왔다. 그곳에는 여전히 노란색 덮개를 씌운 마차가 몇 대나 손님을 기다리고 있다. 우리를 보자 앞다투어 사방에서 달려왔다. 마부도 물론 부야오이다. 그러나 이때 나는 그들 외에도 또 한 사람 별난 성가신 사람이 따라온 것을 발견했다. 우리 옆에는 어느새 그 꽃 파는 노파가 구구하게 뭐라고 중얼거리며 거지처럼 손을 내밀고 있다. 노파는 은화를 받았는데도 다시 우리 지갑을 열게 할 심산인가 보다. 나는 이런 욕심쟁이가 파는 아름다운 장미가 불쌍해졌다. 이 뻔뻔한 노파와 낮에 탔던 마차의 주인과 ― 이것은 어쨌든 상해의 제일별에만 한정된 것은 아니다. 그러나 유감스럽게 동시에 또 분명 중국의 제일별이었다.

## ❖ 5. 병원 ❖

나는 그 이튿날부터 자리에 눕고 말았다. 그리고 또 그 다음날부터 사토미(里見) 씨의 병원에 입원했다. 병명은 뭐, 건성녹막염이라든가 하는 거였다. 적어도 녹막염이 된 이상 모처럼 기획한 중국여행도 일단 보류해야 할지도 모른다. 그렇게 생각하니 많이 불안했다. 나는 서둘러 오사카 본사에 입원했다는 전보를 쳤다. 그러자 본사의 스스키다(薄田) 씨로부터 "편히 요양"이라는 답신이 왔다. 하지만 한 달이든 두 달이든 병원에 입원한 채라면 본사에서도 틀림없이 곤란할 것이다. 나는 스스키다 씨의 답신에 일단 안심하면서도 기행문을 집필해야만 하는 나의 의무를 생각하자 더욱 더 불안해 질 수밖에 없었다.

그러나 다행히 상해에는 본사의 무라타 군이나 도모스미 군 외에도 존스나 니시무라 데이키치(西村貞吉)와 같은 학창시절의 친구들이 있었다. 그리고 이 친구들은 바쁜 몸임에도 불구하고 늘 나를 병문안 와 주었다. 게다가 작가라고 하는 다소의 허명을 짊어진 덕분에 가끔씩 미지의 손님으로부터도 꽃다발이며 과일들을 받았다. 실지로 한 번은 비스켓 상자가 조금 처분하기 곤란할 정도로 주욱 베갯머리에 진열되기도 했다. (이런 곤경을 구해준 것은 역시 나의 경애하는 우인지기(友人知己) 제군이다. 그들은 환자인 내 입장에서 보면 모두 이상할 정도로 건담했다.) 아니 그런 병문안으로 가져온 물건들을 고맙게도 처분해 줬을 뿐만 아니라 처음에는 미지의 독자였던 사람들 중에서도 어느새 서로 거리낌 없는 친구처럼 교제를 하게 된 분이 두세 명이나 생기게 되었다. 하이진(俳人) 요소키(四十起) 군도 그 중 하나이다. 이시구로 마사키치(石黑政吉) 군도 그 중 하나이다. 상해 동방통신사의 하타 히로시(波多博) 군도 그 중 하나이다.

그래도 7도 5부 정도의 열이 쉽게 내려가지 않아서 불안은 여전히
계속되었다. 경우에 따라서는 한낮 동안에도 움직이지 않고 가만히
누워있을 수 없을 만큼 갑자기 죽는 게 무서워지기도 했다. 나는 이런
신경작용에 휩싸이고 싶지 않은 심정에서 낮에는 남만주 철도 주식회
사의 이카와(井川) 씨나 존스가 친절하게도 빌려 준 스무 권 남짓의 영
어로 된 책을 닥치는 대로 독파했다. 라 모트(Friedrich de la Motte Fouque)의
단편을 읽은 것도 닷 첸즈의 시를 읽은 것도 자일스(Herbert Allen Giles)의
의론을 읽은 것도 모두 이 기간의 일이다. 밤에는 - 사토미 씨에게는
비밀이었는데 만일 있을 불면증을 신경 쓴 나머지 매일 밤 빠짐없이
카르모친을 먹었다. 그럼에도 가끔은 동이 트기도 전에 잠이 깨버리
는 것에는 두 손 들고 말았다. 분명 왕차회(王次回)의 의우집(疑雨集) 속
에 '약도 듣지 않고 이상한 꿈만 꾼다'(藥餌無微怪夢頻)라는 구절이 있었
다. 이것은 시인이 아픈 게 아니다. 아내의 중병을 탄식한 시인데, 당
시의 나를 읊었다고 해도 이 구절은 문자 그대로 통절했다. '약도 듣
지 않고 이상한 꿈만 꾼다.' 나는 몇 번이나 침상 위에서 이 구절을 읊
었는지 모른다.

그 사이 봄은 거리낌 없이 척척 깊어만 갔다. 니시무라가 용화의 복
숭아 이야기를 한다. 몽고의 건조한 바람이 태양도 보이지 않을 만큼
황색 먼지를 하늘로 날라 온다. 누군가가 망고를 병문안으로 가져다
준다. 벌써 소주(蘇州)나 항주(杭州)를 구경하기에 딱 좋은 기후가 된 듯
하다. 나는 격일로 사토미 씨에게 강장제 주사를 맞으며 이 침대에서
일어나는 것은 언제쯤일까 생각하고 또 생각했다.

* 부기: 입원중의 일들을 쓰고 있자니 아직 얼마든지 더 쓸 수 있을 것도 같다. 그러나
    각별하게 상해라는 도시와 큰 관계도 없는 것 같아서 이 정도로 해 두고자 한
    다. 다만 첨부해 두고 싶은 것은 사토미 씨가 신경향의 하이진(俳人)이었다는

사실이다. 내친김에 최근에 지은 작품을 하나 소개하면 다음과 같다.

숯을 넣고 또 넣으며 태동이 있음을 말한다.

❖ 6. 성내 (상) ❖

상해의 성내를 한번 둘러본 것은 하이진 요소키 씨의 안내에 의해
서였다.

비가 내릴 듯한 어둑한 오후이다. 두 사람을 태운 마차는 쏜살같이
번화한 거리를 달려갔다. 적갈색 안료처럼 통째로 구운 닭이 한 면 전
체에 걸려있는 상점이 있다. 여러 종류의 매다는 램프가 섬뜩할 만큼
진열되어 있는 상점이 있다. 또 정교하게 만들어진 은기가 선명하게
빛나는 부유해 보이는 귀금속점이 있는가 하면 이태백 유풍의 간판이
오래되고 초라해 보이는 주점도 있다. ― 그런 중국 상점들의 모양새
를 재미있게 보고 있는 사이에 마차는 넓은 길로 나왔다. 그리고 갑자
기 속도를 줄이며 그 건너편에 보이는 골목으로 들어갔다. 어쨌든 요
소키 씨의 이야기에 의하면 이전에는 이 넓은 길에 성벽이 솟아 있었
다고 한다.

마차에서 내린 우리는 바로 다시 좁은 골목길로 들어갔다. 이것은
골목길이라고 하기보다 좁은 통로라고 하는 게 적당할지도 모르겠다.
그 좁은 길 양쪽에는 마작 도구를 파는 상점이며 자단 도구를 파는 가
게들이 빽빽이 처마를 맞대고 있다. 또 그 비좁은 처마 앞에는 어지럽
게 간판이 내걸려 있어서 하늘을 보는 것도 곤란하다. 그런 곳에 사람
통행도 굉장히 많다. 무심코 상점 앞에 진열되어 있는 싸구려 도장 재
료라도 보고 있을라치면 바로 누군가와 부딪치고 만다. 게다가 그 많

은 통행인은 대부분 평범한 중국인들이다. 나는 요소키 씨를 따라가며 좀처럼 곁눈질도 못할 만큼 조심조심 돌바닥을 밟고 갔다.

그 좁은 길 저쪽 막다른 곳에 소문으로 듣던 호심정(湖心亭)이 보였다. 호심정이라고 하면 훌륭한 것 같으나 실은 당장이라도 무너져 내릴 것 같은 완전히 황폐한 찻집이다. 게다가 호심정 밖에 있는 연못을 보아도 새파란 진흙물이 떠 있기 때문에 물의 색깔은 거의 보이지 않는다. 연못 주변에는 돌을 쌓아 놓은, 이것도 요상하게 생긴 난간이 있다. 우리가 마침 그곳으로 왔을 때 엷은 노란색 목면 옷을 입고 중국식 머리 모양을 길게 한 중국인이 한 명 — 잠깐 이 사이에 덧붙여 쓰겠는데, 기쿠치 히로시(菊池寬)의 이야기에 의하면 나는 자주 소설 속에 변소와 같은 저속한 말을 사용한다고 한다. 그리고 이것은 구작(句作) 등을 하기 때문에 자연히 부손(蕪村)의 마분(馬糞)이나 바쇼(芭蕉)의 말 오줌에 감화를 받은 탓이라고 한다. 나는 물론 기쿠치의 의견에 귀를 기울일 생각이다. 그러나 중국 기행이고 보면 장소 그 자체가 저속하기 때문에 가끔은 예절도 깨지 않으면 발랄한 묘사는 불가능하다. 만약 거짓이라고 생각하면 확인하러 누구든 써보는 게 좋을 거다. — 그래서 다시 원래로 돌아오면 그 중국인 한 명은 유유히 연못에 소변을 보고 있었다. 진수번(陣樹番)이 반기(叛旗)를 휘날리든 백화시의 유행이 시들해지든 영일속맹(英日統盟)이 일어나든 그런 일은 전혀 이 남자에게는 문제가 되지 않을 것이다. 적어도 이 남자의 태도나 얼굴에는 그렇다고밖에 생각되지 않는 여유로움이 있었다. 뇌천에 우뚝 솟은 중국풍의 정자와 병적인 녹색을 펼친 연못과 그 연못으로 비스듬히 부어지는 응릉한 한 줄기 소변과 — 이것은 우울을 사랑해야 할 풍경화일 뿐만 아니라 동시에 또 우리 노대국이 두려워해야 할 신랄한 상징이기도 했다. 나는 잠시 이 중국인 모습에 가슴 절절히 취해 있었

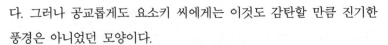

다. 그러나 공교롭게도 요소키 씨에게는 이것도 감탄할 만큼 진기한 풍경은 아니었던 모양이다.

"보십시오. 이 돌바닥에 흐르고 있는 것은 모두 오줌이라고요."

요소키 씨는 쓴웃음을 지은 채 서둘러 연못 가장자리를 돌아갔다. 그렇고 보면 과연 공기 중에도 답답한 오줌 냄새가 떠다니고 있다. 이 오줌 냄새를 감지하자마자 마술도 금세 깨지고 말았다. 호심정은 끝내 호심정이며 소변은 끝내 소변이다. 나는 발뒤꿈치를 들고 서둘러 요소키 씨 뒤를 따라갔다. 엉터리 감탄 등에 빠지는 게 아니다.

### ❖ 7. 성내 (중) ❖

그리고 조금 앞으로 가자 늙은 장님 거지가 앉아 있었다. ― 거지라는 것은 완전히 낭만적인 자이다. 로맨티시즘이란 무엇인가는 의론의 끝이 없는 문제이지만 적어도 특색 중 하나는 중세기라든가 유령이라든가 아프리카라든가 꿈이라든가 여자의 변명이라든가 항상 알 수 없는 뭔가를 동경하는 것이 특색인 듯하다. 그렇다면 거지가 회사원보다 로맨틱한 것은 당연하다. 그런데 중국 거지의 경우는 보통 이상한 게 아니다. 비가 내리는 거리에서 널브러져 있기도 하고, 못쓰게 된 신문지밖에 걸치지 않았거나 석류처럼 살이 썩은 무릎 정강이를 할짝할짝 핥고 있거나 ― 요컨대 조금 민망할 정도로 로맨틱하게 생겼다. 중국 소설을 읽어보면 도락이나 신선이 거지로 변하는 이야기가 많다. 그것은 중국의 거지에서 자연스럽게 발달한 로맨티시즘이다. 일본 거지에게는 중국처럼 초자연스런 불결함을 갖추고 있지 않기 때문에 그런 이야기는 생기지 않는다. 기껏 장군가의 바구니에 화승(火繩)식 총을 쏜다든가, 산 중의 따뜻한 차를 대접하기 위해 유리공(柳里恭)을 초대한다든가 그 정도의 것이 고작이다. - 너무 옆길로 새어 버렸는데 이 눈먼 늙은 거지도 적각선인이나 철선인이 변신이라도 했을 것 같은 모습이었다. 특히 앞에 있는 돌바닥을 보면 비참한 그의 일생이 깨끗하게 백묵으로 쓰여져 있다. 글자도 나와 비교하면 아무래도 조금 더 잘 쓰는 것 같다. 나는 이런 거지의 대서(代書)는 누가 하는 것일까 생각했다.

그 앞에 있는 좁은 길로 접어들자 이번에는 골동품 가게가 많이 있었다. 그 어떤 가게를 들여다보아도 동으로 된 향로며 토용(土俑) 말이며 칠보사발이며 주전자며 옥으로 만든 문진이며 조가비 찬장이며 대리석 연병이며 박제된 꿩, 위조된 구영(仇英)의 그림 등이 어지럽게 주변을 가로막은 것 속에서 담뱃대를 입에 문, 중국 복장의 주인이 느긋하게 손님을 기다리고 있었다. 내친김에 잠시 구경하며 값을 물어보았다. 반쯤은 비싸게 부른 가격이라고 해도 특별히 싼 것 같지는 않다. 이것은 일본에 돌아간 후 가토리 호즈마(香取秀真) 씨에게 놀림 받은 일인데 골동품을 사기 위해서는 중국에 가는 것보다 도쿄 니혼바시 나카도오리(日本橋中通)를 배회하는 편이 좋을 듯하다.

골동품 상점가를 빠져나오자 큼직한 사당이 있는 곳이 나왔다. 이것이 그림엽서로도 낯익은 유명한 성내의 성황로이다. 사당 안에는 참배객이 잇따라 절을 하러 들어온다. 물론 선향을 바치거나 돈 모양으로 만든 종이를 태우는 사람들이 상상 이상으로 많다. 그 연기에 그을린 탓인지 양간(梁間)의 액자나 기둥 위의 긴 서화판도 모두 묘하게 번질거렸다. 아마도 그을리지 않은 것은 천정에서 여러 개 내려뜨린, 금은 두 가지 색깔의 지전과 나선장(螺旋狀)의 선향뿐인지도 모르겠다. 이것만으로도 이미 나에게는 조금 전의 거지와 마찬가지로 옛날 읽은 중국 소설을 상기시키기에 충분하다. 하물며 좌우에 늘어앉은 판관인 듯한 조각상의 경우 - 혹은 정면에 단좌한 성황 같은 조각상의 경우 거의 요재지이(聊齋志異)나 신제해(新諧諧)와 같은 서적의 삽화를 보는 것과 다르지 않다. 나는 크게 감탄하면서 요소키 씨에게 폐를 끼치는 것 등은 신경 쓰지 않고 언제까지고 그곳을 떠나지 않았다.

### ❖ 8. 성내 (하) ❖

새삼스럽게 말할 필요도 없는 일이지만 귀호담(鬼狐談)이 풍부한 중국 소설에서는 성황을 비롯하여 아랫일 하는 판관이나 귀신 모양을 한 하인도 한가한 게 아니다. 성황이 처마 밑에서 하룻밤을 보낸 서생의 운세를 열어주자 판관은 온 동네를 황폐화 시킨 도둑을 놀라 죽게 해 버린다. - 이렇게 말하면 좋은 일만 있는 것 같다. 개고기까지 공물로 하면 나쁜 사람의 편도 든다고 하는 도적성황이 있을 정도이니 인간의 아내를 쫓아다닌 응보로 팔이 끊어지기도 하고 머리가 잘리기도 하는 천하에 적치(赤恥)를 광고하는 판관이나 귀례(鬼隷)도 적지 않다. 그것이 책만 읽은 거라면 왠지 납득할 수 없는 게 있다. 즉 줄거리만큼은 납득해도, 그에 비해 느낌이 확실하게 전해오지 않는다. 거기에 답답한 느낌이 든 것이다. 그러나 지금 이 성황로를 눈앞에서 보고 있자니 아무리 중국 소설이 황당무계하다 해도 그 상상이 탄생한 인연은 과연 하나하나 딱 맞는다고 고개가 끄덕여진다. 아니 그런 판관으로는 불량소년의 흉내 정도는 낼 수 있을지도 모른다. 그런 아름다운 구레나룻의 성황이라면 당당한 호위들에게 둘러싸인 채, 밤하늘로 올라가는 것도 어울릴 것만 같다.

이런 생각들을 한 후 나는 다시 요소키 씨와 함께 사당 앞으로 상점을 낸 여러 노점들을 구경했다. 버선, 장난감, 사탕수수 줄기, 조개

껍질로 만든 보턴, 손수건, 남경 콩 - 그 외 아직 지저분한 음식점이 많이 있다. 물론 이곳의 인파들은 일본의 참배일과 다르지 않다. 저쪽에는 화려한 얼룩무늬 양복에 자수정 넥타이핀을 한 중국인 신사가 걸어가고 있다. 그런가 하면 또 이쪽에는 손목에 팔찌를 찬, 전족 구두가 두세 치밖에 안 되는 구식 부인도 걸어가고 있다. 금병매의 진경제(陳敬濟), 품화보감의 계십일(谿十一), - 이렇게 많은 사람들 속에는 그런 호걸도 있을 것 같다. 그러나 두보라든가 악비라든가, 왕양명이라든가 제갈량은 약으로 쓰고 싶어도 있을 것 같지 않다. 바꿔 말하면 현대 중국이라는 나라는 시문(詩文)에 있는 것 같은 중국이 아니다. 외설스럽고 잔혹하고 게걸스럽고 소설에나 있을 듯한 중국이다. 자기로 만든 장식용 정자며 수련, 자수로 된 새 등을 고마워하는 싸구려 모조품 오리엔탈리즘은 서양에서도 점차 유행하지 않게 되었다. 문장궤범이나 당시선(唐詩選) 외에 중국이 있음을 모르는 한자 취미는 일본에서도 적당히 소멸하는 게 좋다.

  그 후 우리는 다시 돌아와 조금 전 연못 옆에 있던 커다란 찻집을 지나왔다. 가람 같은 찻집 안에는 예상 외로 손님들이 많지 않다. 그러나 그곳으로 들어가자마자 꾀꼬리, 동박새, 문조, 잉꼬 - 이 세상 모든 작은 새들의 소리가 눈에 보이지 않는 소나기처럼 한꺼번에 내 귀를 엄습했다. 보자 어두컴컴한 천정 기둥에는 한 면 가득 새장이 달려 있다. 중국인이 작은 새를 사랑하는 것은 새삼스럽게 이제 와서 알게 된 것도 아니다. 그러나 이렇게나 새장을 진열해 놓고, 이렇게나 새 소리를 경쟁시키리라고는 꿈에도 생각 못 한 사실이다. 이 정도라면 새 소리를 사랑하기는커녕 우선 고막이 터지지 않도록 서둘러 양쪽 귀를 막을 수밖에 없다. 나는 거의 도망치듯 요소키 씨를 재촉하며 이 양철통 두드리는 소리로 꽉 찬 무서운 찻집을 뛰쳐나왔다.

그러나 새들이 지저귀는 소리는 찻집 안에만 있는 게 아니다. 겨우
피해서 밖으로 탈출해도 좁은 길 양쪽에 주욱 매달린 새장에서는 끊
임없이 새 우는 소리가 내려온다. 그렇다 해도 이것은 한가한 사람들
이 도락으로 울게 하는 게 아니다. 그 어느 것도 전문적으로 새를 파
는 집들이(사실을 말하자면 새를 파는 집인지 아니면 새장을 파는 집
인지 아직도 확실하지 않다.) 상점을 겸하고 있다.

　　"잠깐 기다려 주세요. 새 한 마리 사가지고 올 테니까."

　　요소키 씨는 나에게 이렇게 말하고서 그 가게 중 한 곳으로 들어갔
다. 그곳을 조금 지난 곳에 페인트를 칠한 사진점이 한 채 있다. 나는
요소키 씨를 기다리는 동안 그 쇼 윈도우 정면에 있는 매란방의 사진
을 바라보고 있었다. 요소키 씨의 귀가를 기다리고 있을 아이들을 생
각하면서.

## ❖ 9. 무대 (상) ❖

　　상해에서는 불과 두세 번밖에 연극을 구경할 기회가 없었다. 내가
속성으로 연극통이 된 것은 북경으로 간 후의 일이다. 물론 상해에서
본 배우 중에도 남자 배우로는 유명한 개규천(蓋叫天)이라든가 여자 역
으로는 녹모단(綠牡丹)이나 소취화(小翠花) 등 어쨌든 당대의 명배우들
이 있었다. 그러나 배우를 이야기하기 전에 소극장의 풍경을 소개하
지 않으면 중국의 연극이란 어떤 것인지 확실하게 독자에게는 전달되
지 않을지도 모른다.

　　내가 간 극장 중 하나는 천섬(天蟾) 무대로 불리는 곳이었다. 여기는
흰 회반죽을 바른 아직 지은 지 얼마 안 되는 3층 건물이다. 또 그 2층
과 3층은 놋쇠 난간으로 빙 둘러진 반원형으로 되어 있다. 물론 당세

유행한 서양의 흉내임이 틀림없다. 천정에는 큼직한 전등이 반짝거리며 세 개나 내려뜨려져 있다. 객석에는 연와로 된 바닥 위로 등의자가 나열되어 있다. 그러나 적어도 중국이고 보니 등의자라고 해도 유단할 수는 없다. 언젠가 나는 무라타 군과 이 등의자에 앉아 있다가 예전부터 무서워하던 빈대에 손목을 두세 군데 물린 적이 있다. 그러나 우선 극장 안은 대체로 불쾌감을 느끼지 않을 정도로 깨끗하다고 해도 무방하다.

무대 양쪽에는 큼직한 시계가 하나씩 걸려 있다. (그렇다 해도 하나는 멈춰있었다.) 그 밑에는 담배광고가 강렬한 색채로 되어 있다. 무대 위 난간에는 회반죽으로 된 장미나 아칸서스 장식 속에 천성인어(天声人語)라는 대 문자가 있다. 무대는 유락좌(有楽座)보다 넓을지도 모르겠다. 여기도 벌써 서양식으로 풋 라이트 장치가 있다. 막은 – 자, 그 막인데, 한 막 한 막 구별하기 위해서는 전혀 막을 사용하지 않는다. 그러나 배경을 바꾸기 위해서는 – 라기 보다 배경 그 자체로서는 소주은행과 삼포대향연(三砲台香烟) 즉 쓰리 캣슬이라는 저속한 광고 막을 잡아당기는 일이 있다. 막은 어디에서도 중앙에서 양쪽으로 잡아당기게 되어 있는 듯하다. 그 막을 잡아당기지 않을 때는 배경이 뒤를 막고 있다. 배경은 먼저 유화풍으로 실내나 실외 경치를 그린, 신구(新旧) 여러 가지로 되어 있다. 그것도 종류는 두세 종밖에 없기 때문에 강유가 말을 달리게 하는 것도, 무송이 살인을 연기하는 것도 배경에는 전혀 변화가 없다. 그 무대 왼쪽 끝에 호궁, 월금, 동라 등을 가진 중국인 연주자가 대기하고 있다. 이 무리 중에는 한두 명 사냥 모자를 쓴 선생도 보인다.

내친김에 연극을 보는 순서에 대해서 말해보자면 1등석이나 2등석이나 그냥 어디서든 들어와 앉으면 된다. 중국에서는 자리를 잡은 후

자리 값을 내는 게 관례이기 때문에 그런 부분은 아주 편리하다. 그리고 자리가 정해지면 뜨거운 물수건을 나눠준다. 활판쇄 인쇄물이 온다. 차는 물론이고 큰 주전자도 온다. 그 외에 수박 종류라든가 싸구려 막과자는 부야오, 부야오로 결정해버리면 된다. 타올도 한번 옆에 있던 풍모당당한 중국인이 구석구석 얼굴을 훔친 데다가 코까지 푼 것을 목격한 이후 당분간은 부야오로 결정한 적이 있다. 계산은 안내된 팁을 합해서 1등석에서는 대개 2엔에서 2엔 50전 사이가 아니었나 생각된다. 아니었나 생각된다로 말한 이유는 항상 내가 내지 않고 무라타 군이 내버렸기 때문이다.

중국 연극의 특색은 먼저 반주나 효과음악의 시끄러움이 상상 이상인 곳에 있다. 특히 무극 ― 난투극이 많은 연극의 경우 어쨌든 몇 명인가의 성인 남자가 진검승부라도 하듯 무대의 일각을 노려본 채, 필사적으로 징을 두드려대기 때문에 도저히 천성인어라고 할 상황이 아니다. 실지로 나도 익숙해지기 전에는 양손으로 귀를 막지 않는 한 도저히 앉아 있을 수 없었다. 그러나 우리 무라타 우코 군의 경우는 이 반주음악이 조용할 때는 오히려 부족한 느낌이 든다고 한다. 뿐만 아니라 극장 밖에 있어도 이 반주 소리만 들으면 무슨 연극을 하고 있는지 대충 짐작이 간다고 한다.

"그 요란스러운 게 좋은 거지." ― 나는 군이 그렇게 말할 때마다 도대체 군이 제정신인지 그것조차 의심스런 기분이 들었다.

❖ 10. 무대 (하) ❖

그 대신 중국의 극장에 있으면 객석에서 이야기를 하던 어린 아이가 소리 내어 울든 특별히 걱정하지 않아도 된다. 이것만큼은 아주 편리하다. 어쩌면 중국이니까 설령 구경꾼들이 조용하지 않아도 연극을 듣는 데는 지장이 생기지 않도록 이런 반주가 생겼는지 모른다. 실지로 나는 일 막 중 줄거리며 연기자의 이름이며 노래의 뜻이며 이것 저것 무라타 군에게 물어 보았지만 건너편이나 양쪽 옆에 앉아 있는 구경꾼들은 한 번도 시끄럽다는 얼굴을 하지 않았다.

중국 연극의 제2의 특색은 극단적으로 도구를 사용하지 않는다는 점이다. 배경 같은 것도 여기에는 있는데 이것은 최근의 발명에 지나지 않는다. 중국 본래의 무대 도구는 의자와 책상과 막뿐이다. 산옥, 해양, 궁전, 도로 - 그 어떤 광경을 나타내는 것에도 결국 이것들을 배치하는 것 외에는 나무 한 그루도 사용한 적이 없다. 연기자가 마치 무거운 듯 빗장을 여는 흉내를 내면 구경꾼들은 싫어도 그 공간에서 문의 존재를 인정하지 않으면 안 된다. 또 연기자가 의기양양하게 방울이 달린 채찍을 휘두르고 있으면 그 배우의 다리 밑에는 거만하게 움직이지 않는 적갈기 말인가 뭔가가 크게 울고 있구나, 라고 생각해야만 한다. 그러나 이것도 일본인이라면 노(能)라는 것을 알고 있기 때문에 바로 그 비결을 알아차린다. 의자나 책상을 쌓아 올린 것도 산이라고 생각해, 라고 한다면 순식간에 알았다고 받아들일 수밖에 없다. 배우가 잠깐 한쪽 발을 들어 올리면 그곳에 안과 밖을 나눠야 할 문턱이 있다고 해도 이것 역시 상상에 어려움이 없다. 뿐만 아니라 그 사실주의에서 일보 떨어진 약속의 세계에서 이외의 아름다움까지 볼 때가 있다. 그러고 보면 지금도 잊을 수 없는 게 있다. 소취화가 매용진을 연기할 때 요릿집의 딸로 분장했는데 그는 이 문턱을 넘을 때마다 반드시 엷은 황청색 바지 밑에서 힐끗 조그만 구두 밑바닥을 보여줬다. 가공의 문턱이 아니었다고 한다면 그 작은 구두 밑바닥에서 그렇게 가련한 마음은 분명 일어나지 않았을 것이다.

이 도구를 사용하지 않는 부분은 앞에서 언급한 것 같은 이유이기 때문에 전혀 우리에게는 곤란하지 않다. 오히려 내가 어처구니없게 생각했던 것은 쟁반이나 접시, 촛대 등 보통 사용되는 소도구류가 너무도 엉터리로 되어 있다는 점이다. 예를 들어 이 매용진만 하더라도 곰곰이 연극연구서를 살펴보면 당세에 일어난 사건이 아니다. 명나라 무종이 조용히 행차하는 도중, 매용진의 요릿집 딸 봉소를 보고 첫눈에 반했다는 줄거리이다. 그런데 그 딸이 가지고 있는 쟁반은 장미꽃을 그린 도자기 바닥에 은도금한 테두리가 달려있다. 그것은 어딘가의 백화점에 진열되어 있던 것임이 틀림없다. 만일 우메와카 만자부로(梅若万三郎)가 노(能)에 입는 하카마 차림에 서양식 군도를 차고 나온다면 – 어처구니없는 그런 일은 많은 말을 하지 않아도 분명하다.

중국 연극의 제3의 특색은 얼굴 화장의 변화가 많다는 점이다. 쓰지 조카(辻聽花) 옹에 의하면 조조 한 사람의 화장법이 60 몇 종이나 있다고 하니 도저히 가부키 이치카와(市川) 류와 비교할 상황이 아니다. 또 그 화장법도 심한 것은 빨강, 남색, 적색 안료가 전면 피부를 덮고 있다. 우선 첫 느낌부터 말하자면 도저히 화장이라고는 생각할 수 없다. 나 같은 사람은 무송의 연극에 장문신이 어슬렁어슬렁 나왔을 때는 아무리 무라타 군의 설명을 들었다 해도 역시 가면이라고밖에 생각되지 않았다. 이른바 일견했을 때 그 화장법도 가면이 아니라는 것은 간파할 수 있지만 그 사람은 분명 어느 정도 천리안에 가까울 것이다.

중국 연극의 제4의 특색은 싸우는 장면이 아주 맹렬하다는 점이다. 특히 하급 단역 배우들의 활약은 이것을 연기자라고 칭하는 것보다 곡예사라고 칭하는 게 더 맞다. 그들은 무대 끝에서 끝으로 계속해서 두 번 공중회전을 하기도 하고 정면에 쌓아올린 책상 위에서 완전히 거꾸로 뛰어 내려오기도 한다. 그게 대개는 빨간 바지에 상반신은 나체인 배우이기 때문에 드디어 서커스나 큰 공위에 올라가 발로 공을 굴리는 곡예사 같은 기분이 든다. 물론 뛰어난 무극 배우도 말 그대로 바람을 일으킬 만큼 청룡도나 뭔가를 휘둘러 보여준다. 무극의 배우는 예부터 완력이 세다고 하는데, 만약 그렇다면 완력이 없을 경우에는 정작 중요한 본업의 활약연기도 잘 될 리가 없다. 그러나 무극의 명배우의 경우 역시 이런 대단한 재주 외에도 어딘지 독특한 기품이 있다. 그 증거로는 개규천이 마치 일본의 마부같은 작업용 바지를 입은 무송으로 분하는 것을 보아도 무턱대고 칼을 휘두를 때보다 무슨 일을 하다가 말없이 무서운 눈초리로 상대방을 바라볼 때가 얼마나 더 수행자 무송다운 무서움이 넘쳐나는지 모른다.

물론 이런 특색은 중극 구극의 특색이다. 신극에서는 요란한 화장도 하지 않으며 공중회전도 하지 않는 것 같다. 그렇다면 한없이 새로운가 하면 역무대(亦舞台)라는 극장에서 상연했던 매신투고(売身投靠)라는 것은 불이 없는 초를 들고 나와도 역시 구경꾼들은 그 초가 켜져 있는 것으로 상상한다. ― 즉 구극의 상징주의는 여전히 무대에 남아 있었다. 신극은 상해 이외에서도 그 후 두세 번 관람했지만 이 점에서는 그 어느 것도 유감스럽게 오십보 백보였다고밖에 할 수 없다. 적어도 비라든가 번개라든가 밤이 되었다든가 하는 것은 완전히 관람객의 상상에 의존하는 것뿐이었다.

마지막으로 배우에 대해서 말하자면 ― 개규천과 소취화는 이미 예로 들었기 때문에 새삼스럽게 따로 언급할 필요는 없다. 다만 한 가지 기록해 두고 싶은 것은 무대 뒤 분장실에 있을 때의 녹모단이다. 내가 그를 방문한 것은 역무대의 분장실이었다. 아니 분장실이라기보다는 무대 뒤라고 하는 게 어쩌면 사실에 더 가까울지도 모르겠다. 어쨌든 그곳은 무대 뒤의 벽이 벗겨진 마늘 냄새나는 너무나도 참담한 곳이었다. 무라타 군의 이야기에 의하면 매란방이 일본에 왔을 때 가장 그를 놀라게 한 것은 분장실이 깨끗한 것이었다고 한다. 이런 분장실에 비하면 역시 제국극장의 분장실 같은 곳은 분명 놀랄 만큼 깨끗하다. 더구나 중국의 무대 뒤에서는 차림새가 지저분한 배우들이 얼굴만큼은 예의 요란한 화장을 한 채, 몇 사람이고 어슬렁거리고 있다. 전등불 속에서 엄청난 먼지를 뒤집어쓰면서 왔다 갔다 하는 모습은 거의 백귀야행의 그림이었다. 그런 무리들이 다니는 통로에서 조금 들어간 어두운 곳에 중국 가방 등이 내던져져 있다. 녹모단은 그 중국 가방 중 하나에 가발만큼은 벗고 있었지만 기녀 소삼으로 분장한 채 마침 차를 마시고 있었다. 무대에서는 가늘게 보였던 얼굴도 지금 보면 의외로 가냘프지도 않다. 오히려 센슈얼한 느낌이 강한, 멋지게 발육된 청년이다. 키도 나에 비하면 분명 5부는 큰 것 같다. 그날 밤도 함께였던 무라타 군은 나를 그에게 소개하며 이 영리해 보이는 여장 남자배우와 오랜만에 만난 인사를 서로 나누기도 했다. 들어보니 군도 녹모단이 아직 무명의 아역이었을 때부터 그가 아니면 한시도 지낼 수 없을 만큼 열성적인 팬 중 하나라고 한다. 나는 그에게 옥단춘이 재미있었다는 의미를 전했다. 그러자 그는 뜻밖에도 "아리가토"라는 일본어를 사용했다. 그리고 ─ 그리고 그가 무엇을 했던가? 나는 그 자신을 위해서도 또 우리 무라타 우코 군을 위해서도 이런 것은 공공연하게 쓰고 싶지 않다. 그러나 이것을 쓰지 않으면 애써 그를 소개한 것이 어이없게도 진정성을 잃어버리고 만다. 그렇다면 독자에 대해서도 심히 죄송할 따름이다. 그래서 과감하게 진실을 쓰자면 ─ 그는 얼굴을 옆으로 돌리자마자 진홍색으로 은사자수를 한 아름다운 소매 자락을 휙 돌리더니 훌륭하게 한쪽 콧구멍에 손을 대고 바닥 위로 코를 풀었다.

❖ 11. 장병린(章炳麟) 씨 ❖

장병린 씨 서재에는 어떤 취미에서인지는 모르겠지만 박제된 큰 악어 한 마리가 기어가는 자세로 벽에 붙어있다. 하지만 책으로 파묻힌 서재는 그 악어가 얄궂게 느껴질 정도로 말 그대로 피부에 스며들어 올 듯 춥다. 그렇다 해도 그날 날씨는 홋쿠(發句)의 계절어를 빌리자면 실로 다시 추워지는 비 오는 날이었다. 게다가 기와를 깐 방에는 깔개도 없을 뿐만 아니라 스토브도 없다. 앉는 것도 물론 이불이 없는 네모진 자단 팔걸이 의자이다. 더욱 내가 입고 있던 것은 얇은 서지로 만든 간절복이었다. 나는 지금도 그 서재에 앉아 있던 것을 생각하면 다행히도 감기가 걸리지 않았던 게 정말 기적으로밖에 생각되지 않는다.

그러나 장태염(장병린의 호) 선생은 쥐색의 긴 홑두루마기에 속이 모피로 되어 있는 두꺼운 검정색 마고자를 입고 있다. 그러므로 당연히 춥지는 않다. 게다가 씨가 앉아 있는 곳은 모피를 걸친 등의자이다. 나는 씨의 달변에 담배를 피우는 것도 잊어버린 채, 더구나 따뜻한 듯 유연히 다리를 길게 뻗고 있는 모습에는 너무 부러워 견딜 수 없었다.

풍설에 의하면 장병린 씨는 스스로 왕자의 스승으로 임하고 있다고 한다. 그리고 한 때는 그 제자로 여원홍을 선택했다는 것이다. 그러고 보면 책상 옆 벽에는 그 박제된 악어 밑에 '동남 복학, 장태염 선생 원홍'이라고 쓰인 가로로 긴 족자가 걸려 있다. 그러나 솔직하게 말한다면 씨의 얼굴은 결코 훌륭하지 않다. 피부색은 거의 황색이다. 수염이나 턱수염은 딱할 만큼 숱이 없다. 뚝 튀어나온 이마도 혹이 아닌가 생각될 정도이다. 그런데 실처럼 가는 그 눈만큼은 − 고급스런 무테 안경 뒤로 언제나 냉연하게 언제나 미소 짓고 있는 눈만큼은 분명 혼한 인물은 아니다. 이 눈 때문에 원세개(袁世凱)가 선생을 감옥에서 괴롭힌 것이다. 동시에 또 이 눈 때문에 일단 선생을 감금은 해도 결국 살해는 할 수 없었던 것이다.

씨의 화제는 철두철미하게 현대 중국을 중심으로 한 정치나 사회 문제였다. 물론 부야오라든가 잠깐만이라든가 마부 상대의 숙어 외에는 한마디도 중국어를 모르는 나로서는 의론을 이해할 수 없다. 그럼에도 씨의 논지를 이해하기도 하고 가끔은 씨에게 건방진 질문을 하기도 한 것은 모두 주보 「상해」의 주필 니시모토 쇼조(西本省三) 씨 덕분이다. 니시모토 씨는 내 옆의 의자에 반듯하게 가슴을 뒤로 젖힌 채, 아무리 귀찮은 의론이 되어도 친절하게 통역을 해 주었다.(특히 당시는 주보 「상해」의 마감일이 얼마 남지 않았기 때문에 나는 더욱 씨의 수고에 감사하지 않을 수 없다.)

"현대 중국은 유감이지만 정치적으로는 타락해 있다. 부정이 공행하고 있는 것도 어쩌면 청나라 말기보다 더 심하다고 할 수 있을지 모른다. 학문 예술 방면의 경우는 더욱 침체가 심한 듯하다. 그러나 중국 국민은 원래 극단적으로 ― 일을 하지 않는다. 이 특성이 존재하는 한 중국의 적화는 불가능하다. 역시 일부 학생은 노동주의를 환영했다. 그러나 학생은 즉 국민이 아니다. 그들조차 한번은 적화해도 반드시 언젠가는 그 주장을 던질 때가 올 것이다. 왜냐하면 국민성은 ― 중용을 사랑하는 국민성은 한 때의 감격보다 강하기 때문이다."

장병린 씨는 계속해서 손톱이 긴 손을 흔들며 유창하게 독특한 설을 언급했다. 나는 ― 그저 추웠다.

"그렇다면 중국이 부흥하기 위해서는 어떤 수단으로 나오는 게 좋은가? 이 문제의 해결은 구체적으로는 어떻게 한다 해도 책상 위의 학설에서는 생길 리가 없다. 옛사람도 시무(時務)를 아는 자는 뛰어난 자라고 설파했다. 하나의 주장에서 연역하지 않고 무수한 사실에서 귀납하는 - 그것이 시무를 아는 것이다. 시무를 안 후에 계획을 정한다. - 때에 순응하며 적절한 때를 포착하여 제압할 수 있다는 것은 결국 이 의미이다. ⋯"

나는 귀를 기울이면서 가끔씩 벽 위의 악어를 바라보았다. 그리고 중국 문제와는 아무런 상관없이 문득 이런 것을 생각하기도 했다. - 저 악어는 틀림없이 수련 향기와 태양 빛과 따뜻한 물을 알고 있을 것이다. 그렇다면 현재의 내 추위는 저 악어에게 가장 잘 통할 것이다. 악어여, 박제된 너는 행복했다. 부디 나를 불쌍히 여겨다오. 아직 이렇게 살아있는 나를. ⋯

❖ 12. 서양 ❖

문. 상해는 단순한 중국이 아니야. 동시에 또 일면에서는 서양이기 때문에 그 부분도 충분히 보고 가 주게. 공원만 하더라도 일본보다 상당히 진보해 있다고 생각하는데 -

답. 공원도 대충은 구경했지. 프랑스 공원이나 퍼블릭 공원은 산책하는 데 딱 좋은 곳이야. 특히 프랑스 공원에서는 새잎을 내민 플라타너스 사이로 서양 부인들이며 유모들이 아이들을 놀리고 있는데 그게 굉장히 아름다웠지. - 그런데 특별히 일본보다 진보해 있다고는 생각하지 않아. 단지 이곳 공원은 서양식이라는 것뿐 아닌가? 무엇이든 서양식으로만 되면 진보했다고 할 수 있는 것도 아니고 말야.

문. 신(新)공원에도 가 보았나?

답. 갔고말고. 그러나 그건 운동장이잖아. 나는 공원이라고는 생각하지 않았어.

문. 퍼블릭 가든은?

답. 그 공원은 재미있었지. 외국인은 들어가도 되는데 중국인은 한
사람도 들어갈 수 없지. 더욱 퍼블릭이라고 부르니까 명명(命名)
의 묘미를 극대화시키고 있지.

문. 그러나 거리를 걷고 있어도 서양인이 많은 장소 등은 왠지 느낌
이 좋잖아? 이것도 일본에서는 볼 수 없는 건데. ─

답. 그러고 보면 나는 얼마 전 코가 없는 외국인을 봤었지. 그런 외
국인을 만나는 건 일본에서라면 좀 어려울지도 모르지.

문. 그 사람이군! 그 사람은 감기가 유행할 때 제일 먼저 마스크를
쓴 남자야. ─ 하지만 거리를 걷고 있어도 역시 외국인에 비하
면 일본인은 모두 빈약해.

답. 양복을 입은 일본인은 그렇지.

문. 일본 옷을 입은 사람은 더욱 곤란하지 않은가! 어쨌든 일본인이
라는 종족은 다른 사람에게 피부를 보이는 건 아무렇지도 않게
생각하니까. ─

답. 만약 뭐라고 생각한다고 한다면 그건 생각하는 사람이 외설스
러운 게지. 신선(仙人) 구메라는 사람은 그 때문에 구름에서 떨어
지지 않았나?

문. 그럼 서양인이 외설스러운 거야?

답. 물론 그 점에서는 외설스럽지. 다만 풍속이란 녀석은 유감스럽
게도 다수결인 거야. 그래서 머잖아 일본인도 맨발로 밖으로 나
가는 걸 천한 일처럼 생각할거야. 즉 점점 이전보다도 외설스러
워지는 거지.

문. 하지만 일본 게이샤 등이 백주대낮에 거리를 활보하고 있는 건

서양인 앞에서 체면상 부끄러우니까.

답. 뭘. 그런 건 안심하게나. 서양인 게이샤도 걸어 다니고 있으니까. ― 단지 자네에게는 구분이 안 되는 거야.

문. 이건 좀 가차 없는 지적이로군. 프랑스인 거류지에도 갔었는가?

답. 그 주택지는 유쾌했지. 버드나무가 벌써 연기처럼 흐려 보이기도 하고 기러기가 작은 소리로 울기도 하고 복사꽃이 아직 피어 있기도 하고 중국 민가가 남아 있기도 하고 ―

문. 그 주변은 거의 서양이더군. 빨간 타일이며 흰 기와며 서양인 집도 좋았지?

답. 서양인 집은 대부분 안 좋아. 적어도 내가 본 집은 모두 저속한 것뿐이었지.

문. 자네가 그렇게 서양을 싫어하리라고는 꿈에도 생각 못했는데. ―

답. 나는 서양이 싫은 게 아니야. 저속한 게 싫은 거지.

문. 그건 나도 물론 그래.

답. 거짓말을 하시는군. 자네는 일본 옷을 입는 것보다도 양복을 입고 싶다고 생각하고 있어. 대문 달린 일본 집에 사는 것보다 방갈로에서 살고 싶다고 생각하고 있어. 솥에서 삶아낸 우동을 장국에 찍어 먹는 것보다 마카로니를 먹고 싶다고 생각하고 있어. 야마모토야마(山本山)를 마시기보다 브라질 커피를 마시 ―

문. 이제 됐어. 하지만 묘지는 나쁘진 않아. 그 정안사로(静安寺路)의 서양인 묘지는?

답. 묘지라면 역시 좀 곤란하군. 과연 그 묘지는 센스 있게 잘 만들어져 있지. 하지만 난 어느 쪽인가 하면 대리석 십자가 아래보다 봉분 밑에 눕고 싶어. 하물며 수상쩍은 천사 조각물 밑은 딱 질색이야.

문. 그렇다면 자네는 상해의 서양에는 전혀 흥미를 느끼지 않나?

답. 아니. 많이 느끼고 있지. 상해는 자네가 말한 대로 여하튼 어떤
면에서는 서양이니까. 싫든 좋든 서양을 보는 건 재미있는 일임
에는 틀림없지 않은가? 다만 이곳 서양은 본토를 보지 않은 내
눈에는 왠지 진짜와 다른 것 같은 느낌이 들어.

### ❖ 13. 정효서(鄭孝胥) 씨 ❖

세간에 전해지는 바에 의하면 정효서 씨는 유유히 청빈하게 살고
있다고 한다. 그런데 어느 흐린 날 오전 무라타 군, 하타(波多) 군과 함
께 문 앞으로 자동차를 타고 가서보니 그 청빈하게 살고 있다는 집은
내 예상보다 훨씬 훌륭한, 회색으로 칠한 3층 건물이었다. 문 안에는
정원이 이어져 있는 듯하다. 조금 노랗게 바래있는 대나무 숲 앞에 설
국꽃 등이 향기를 내뿜고 있다. 나도 이런 청빈이라면 언제든 몸을 맡
긴다 해도 상관없다.

5분 후 우리 세 사람은 응접실로 안내되었다. 여기는 벽에 걸린 족
자 외에 거의 아무것도 장식되어 있지 않았다. 하지만 벽난로 위에는
좌우 한 쌍의 도자기 화병에 작은 황룡기가 꼬리를 내려뜨리고 있다.
정소간(정효서의 호) 선생은 중화민국의 정치가가 아니다. 대청(大淸)
제국의 유신이다. 나는 이 깃발을 바라보며 누군가가 씨를 평한 '청
제국의 신하이면서 정 씨와는 달리 중화민국의 시대가 되었는데도 은
퇴하지 않는 자는 정 씨와 동격으로 논할 수 없다.'(他人之退而不隱者殆不
可同日論)라는 어렴풋이 기억하는 한 구절을 떠올렸다.

마침 그때 약간 통통한 청년 하나가 발소리도 내지 않고 들어왔다.
이 사람이 일본에서 유학한 씨의 영식 정수 씨이다. 씨와 친한 하타

군은 바로 나에게 소개했다. 정수 씨는 일본어에 능숙하기 때문에 씨와 이야기를 할 경우 하타, 무라타 두 선생에게 통역의 수고를 끼칠 필요는 없다.

정효서 씨가 우리 앞에 키가 큰 모습을 드러낸 것은 그 후 얼마 지나지 않아서이다. 씨는 언뜻 보았을 때 노인에게 어울리지 않게 혈색이 좋다. 눈은 거의 청년처럼 밝은 빛을 띠고 있다. 특히 가슴을 젖힌 태도나 왕성한 제스처를 곁들인 모습은 정수 씨보다도 오히려 더 젊다. 검은 홑옷 두루마기에 약간 남색이 두드러진 엷은 잿빛의 마고자를 입고 있는 것도 역시나 당세 재인답게 너무나 멋진 풍채이다. 아니 여유 시간이 많은 지금도 이렇게 발랄할 것 같으면 강유위 씨를 중심으로 한 연극 같은 무술의 변에서 화려한 역할을 담당했던 시절에는 얼마나 재기 활달했을지 상상하는 것도 어렵지 않다.

씨와 함께 한 우리는 잠시 중국 문제에 대한 이야기를 나눴다. 물론 나도 주저하지 않고 일본에 대한 중국의 여론 등 분수에 맞지 않는 것 등을 늘어놓았다. ― 고 하면 심히 불성실한 것처럼 보이는데 그때는 뭐 엉터리로 그런 것을 떠들어 댔던 것은 아니다. 내 자신으로서는 아주 진지하게 자설을 피로했다. 그러나 지금 와서 생각해 보면 아무래도 그 당시의 나는 다소 제정신이 아니었던 것 같다. 그렇다 해도 이 역상의 원인은 나의 경박한 근성 외에도 분명 현대 중국 그 자체가 비난의 반을 짊어져야 할 것이다. 만약 거짓이라고 생각한다면 누구라도 중국에 가보는 게 좋다. 반드시 한 달이 되기 전에 묘하게 정치를 논하고 싶은 생각이 들게 될 것이다. 그것은 현대 중국의 공기가 분명 20년 후의 정치문제를 잉태하고 있기 때문이다. 나 같은 사람은 겸손하게도 강남 일대를 돌아다니는 동안 쉽게 이 열기가 식지 않았다. 그리고 아무도 부탁하지 않는데 예술보다는 몇 단계 저급한 정치에 대해서만 생각하고 있었다.

정효서 씨는 정치적으로는 현대 중국에 절망하고 있었다. 중국은 공화에 집착하는 한 영원히 혼란은 면할 수 없다. 그러나 왕정을 실시한다 해도 당면한 난국을 헤쳐 나가기 위해서는 영웅의 출현을 기다릴 뿐이다. 그 영웅도 현대에서는 동시에 또 이해가 착잡한 국제 관계에 의하지 않으면 안 된다. 그렇다면 영웅의 출현을 기다리는 것은 기적의 출현을 기다리는 것과 같다.

그런 이야기를 하고 있는 사이에 내가 궐련을 입에 물자 씨는 바로 일어서 성냥불을 거기에 대 주었다. 나는 많이 미안해하면서 아무래도 손님을 대하는 것은 옆 나라 군자에 비하면 일본인이 제일 서툰 것 같다고 생각했다.

홍차 대접을 받고 난 후 우리는 씨에게 안내를 받아 집 뒤에 있는 넓은 뜰로 나가 보았다. 정원은 아름다운 잔디 밭 주변에 씨가 일본에서 구해 온 벚꽃과 줄기가 하얀 소나무가 심어져 있다. 그 건너편에 또 하나 같은 회색빛 3층 건물이 있었는데 그것은 최근에 지었다는 정수 씨 일가의 거처였다. 나는 이 정원을 걸으며 한 무리 대나무 위로 마침내 구름 조각이 떠 있는 파란 하늘을 바라보았다. 그리고 다시 한 번 청빈이 이런 것이라면 나도 그 속에 처해보고 싶다고 생각했다.

이 원고를 쓰고 있을 때 마침 표구점에서 우리 집으로 족자 한 점을 전해주러 왔다. 족자는 두 번째 방문했을 때 씨가 나에게 써 준 칠언절구를 표구한 것이다. '내가 청을 위해 힘쓰고자 하는 것은 단지 생각뿐으로 어찌 역사상 사실로 이룰 수 있을까? 송대에 오 지역에서 살던 원장(元暉)은 골동을 좋아하고, 문장이 훌륭하고 성격은 고고하며 오를 흥룡시키고 싶다는 문장을 써 왔다. 물론 나는 원래 문장력은 떨어진다. 복건성 연평에서 만든 명검도 많이 가지고 있어서 그 우수함을 자랑하고 있지만 그 광동 합포 지방에서 산출하는 보석과도 닮은 청조 재홍의 바람은 도리어 가슴 속에 간직해 두는 게 좋을 것이다.(夢 尊何如史事強 吳興題識遜元章 延平劒合誇神異 合浦珠還好秘藏) — 그런 글자 가 춤추며 날 듯 묵흔을 휘갈겨 쓴 것을 보자 씨와 마주앉아 있던 몇 분인가는 역시 아직도 그리운 생각이 든다. 나는 그 몇 분 동안 전조(前 朝)의 유신인 명사와 마주앉아 있었던 것만은 아니다. 실로 중국 근대 의 시종(詩宗) 해장루(海藏樓) 시집의 저자 경해(磬咳)를 접하고 있었던 것 이다.

❖ 14. 죄악 ❖

삼가 아룁니다. 상해는 중국 제일의 "악의 도시"라는 것입니다. 어 쨌든 각 국의 사람들이 모여드는 곳이니까 자연히 그리 되기도 쉽겠 지요. 내가 견문한 것만으로도 예의범절은 분명 나쁜 것 같습니다. 예 를 들어 중국의 인력거를 끄는 차부(車夫)가 노상강도로 돌변하는 것은 늘 신문에 실려 있습니다. 또 사람들의 이야기에 의하면 인력거를 달 리게 하는 동안 뒤에서 모자를 도난당하는 일도 이곳에서는 다반사라 고 합니다. 그 중 가장 심한 경우는 여자의 귀걸이를 훔치기 위해 귀 를 찢는 일조차 있다고 합니다. 이것은 어쩌면 도둑이라고 하기보다 psychopathia sexualis(변태성욕)의 일종이 작용한 것인지도 모르겠습니다. 그런 죄악으로는 수개월 전부터 연영(蓮英) 살인사건이 연극이나 소설 에서도 다뤄지고 있습니다. 이것은 여기에서는 사기꾼이라는 즉 무뢰 한 소년단 중 하나가 다이아몬드 반지를 탈취하기 위해 연영이라는 게이샤를 살해한 것입니다. 그 또 살해방법이 자동차에 태워 서가회 (徐家滙) 근방으로 데리고 나간 다음 목 졸라 죽였다고 하니 중국에서는 전례 없는 신기축(新機軸)을 발휘한 범죄인 거지요. 우선 세간의 평판으로는 일본에서도 종종 소문으로 듣듯 탐정물 등의 활동사진이 악영향을 주었다는 것이었습니다. 그렇다 해도 연영이라는 게이샤는 내가 본 사진에 의하면 빈 말이라도 미인이라고는 할 수 없습니다.

물론 매음도 성행합니다. 청련각이라는 요릿집에 가면 이럭저럭 해질 무렵부터 많은 매춘부가 모여 있습니다. 이것을 예즈(野雞)라고 합니다만 대충 훑어 본 바 모두 20세 이상으로는 생각되지 않습니다. 그들이 일본인을 보면 "아나타, 아나타"(여보, 여보)라고 하면서 한꺼번에 주변에 모여듭니다. "아나타" 외에도 이들은 "사이고, 사이고"라는 말도 합니다. "사이고"란 무슨 의미인가 하면, 이것은 일본 군인들이 러일 전쟁에 출정 중 중국 여자를 붙잡아서는 근처 고량 밭인가 어딘가로 "사아 이코우"(サイゴ＝さあ, 行こう, 자 가자)라고 한 것이 시작일 거라는 겁니다. 어원을 들으면 라쿠고(落語) 같습니다만 어찌 되었든 우리 일본인에게는 그다지 명예로운 이야기는 아닌 것 같습니다. 그리고 밤에는 사마로 근처에 인력거를 탄 예즈들이 반드시 여러 명 어슬렁거리고 있습니다. 이 여자들은 손님이 있으면 그 손님은 자기 차에 태우고 본인은 걸어서 그녀들의 집으로 데려가는 게 습관이라고 합니다. 그녀들은 어떤 생각인지 대부분 안경을 쓰고 있습니다. 경우에 따라서는 지금의 중국에서는 여자가 안경을 쓰는 게 신유행의 하나인지도 모르겠습니다.

아편도 거의 공공연하게 어디서든 피우고 있는 듯합니다. 내가 보러 간 아편굴에서는 희미한 총램프를 가운데 두고서 매춘부도 혼자 손님과 함께 손잡이가 긴 담뱃대를 물고 있었습니다. 그 외에 사람들의 이야기로는 마경당(磨鏡党)이나 남당자(男堂子)라는 대단한 자도 있는 모양입니다. 남당자란 여자를 위해 남자가 추태를 파는 것이고, 마경당이란 손님을 위해 여자가 음란한 행위를 보여주는 것이라 합니다. 그런 말을 듣고 보니 거리를 지나는 중국인 중에도 변발을 내려뜨린 Marguis de sade(마르키드 사드) 등이 몇 명이고 있을 것 같은 기분이 듭니다. 또 실지로 있겠지요. 어느 덴마크인의 이야기로는 사천이나 광동에서는 6년 있어도 시신과의 간음에 대한 소문은 듣지 못했으나 상해에서는 최근 3주일 사이에 두건이나 실지 예가 발견되었다 합니다.

게다가 요즘에는 시베리아 부근에서 남녀 모두 수상쩍은 서양인들이 많이 이곳으로 와 있는 모양입니다. 나도 한번 친구와 함께 퍼블릭 가든을 걷고 있을 때 행색이 남루한 러시아인에게 끈질기게 돈을 요구 받았습니다. 그 사람들은 단지 거지이겠습니다만 그다지 기분이 좋은 건 아닙니다. 그렇다 해도 시정국이 시끄럽기 때문에 상해도 우선 대체로는 점점 풍기가 개선되는 것 같습니다. 실지로 서양인 쪽에서도 엘 도라도라든가, 파레르모라는 음란한 카페는 없어졌습니다. 그러나 훨씬 교외 쪽에 가까운 델·몬테라는 곳에는 아직도 성매매 인들이 많이 찾아 옵니다.

Green satin, and a dance, white wine and gleaming laughter, with two nodding earrings, — these are Lotus.

이것은 유니스 티젠스(Eunice Tietjens)가 상해의 기녀 로타스를 노래한 시의 한 구절입니다. '백포도주와 빛나는 웃음' - 그것은 하나의 로타스만이 아닙니다. 델·몬테의 탁자에 기대며 인도인이 섞여 있는 오케스트라 소리에 귀를 기울이는 여자들은 이제 더 이상은 나오지 않을 겁니다. 이상.

## ❖ 15. 남국의 미인 (상) ❖

상해에서는 미인을 많이 보았다. 본 것은 어떤 인연인지 항상 소유천(小有天)이라는 요릿집에서였다. 이곳은 최근 사망한 청도인 이서청(李瑞清)이 아꼈던 집이라고 한다. '도도 비상도, 천천 소유천'(道道非常道 天天小有天) 그런 멋스런 말까지 있다고 하니 아끼는 것도 남다른 정성이 들어 있음이 분명하다. 이 유명한 문인은 한꺼번에 게를 70마리나 태연히 먹어 버릴 정도로 대단한 위 주머니를 가지고 있었다고도 한다.

어쨌든 상해의 요릿집은 그다지 있기 편한 곳은 아니다. 방 사이의 경계는 소유천일지라도 을씨년스럽기 그지없는 가벽이다. 게다가 테이블에 진열되어 있는 그릇들은 아름다움을 자랑하는 일품향도 일본의 양식집과 별반 다를 게 없다. 그 외에 아서원(雅叙園)이나 구화루(杏花楼) 내지 홍화천채관도 미각 이외의 감각은 만족스럽기보다 쇼크를 받을 것 같은 곳뿐이다. 특히 한번 하타 군이 아서원에서 대접해 주었을 때는 종업원에게 변소는 어디인지 물었더니 요리장이 설거지대에 하라고 한다. 실지로 또 그곳에서는 나보다도 먼저 기름에 젖은 요리사가 한 명 정확히 선례를 보여주고 있다. 그런 모습에는 적잖이 질려버렸다.

그 대신 요리는 일본보다 맛있다. 약간 미식가인 얼굴을 한다면 내가 간 상해 요릿집은 가령 서기(瑞記)나 후덕복(厚德福)이라는 북경 요릿집보다 떨어진다. 그럼에도 불구하고 도쿄의 중국요리에 비하면 소유천도 분명 맛있다. 가격이 싼 것은 대략 일본의 5분의 일이다.

상당히 이야기가 옆길로 샜는데, 내가 미인을 많이 본 것은 신주(神州)일보 사장 여순(余洵) 씨와 식사를 함께 했을 때를 능가할 수 없다. 이것도 앞에서 말한 대로 소유천의 누상에 있을 때이다. 소유천은 어쨌든 상해에서도 밤에는 특히 번화한 삼마로 거리에 면해 있기 때문에

난간 밖의 차마(車馬)의 울림은 거의 일분도 그친 적이 없다. 누상에서
는 물론 담소 소리며 노래에 맞추는 호궁 소리가 끊임없이 솟아오르
고 있다. 나는 그런 소란스러움 속에서 해당화차를 마시며 여군곡민
(余君穀民)이 국표 위에 건필을 휘두르는 것을 바라보았을 때는 왠지
요릿집에 와 있다기보다 우체국 의자 위에라도 앉아서 기다리고 있는
듯한 조급함마저 느꼈다.

국표는 양지에 꾸불꾸불 '一'를 부릅니다. 빨리 삼마로 동쪽 끝 소유
천이라는 복건 요릿집으로 와서 술을 따라 주세요. 늦지 않도록'(叫 一
速至三馬路大舞台東首 小有天 閩菜館 一 座侍酒勿延)이라고 빨간 인쇄 문자
를 꼬불려 쓰고 있다. 분명 아서원 국표에는 구석에 모망국치(毋忘国恥)
라고 반일의 기염을 토하고 있었는데 이곳에서는 다행히 그런 구절은
보이지 않는다. (국표란 오사카의 기녀를 부를 때 사용하는 종이처럼
기녀를 부르러 보내는 주머니이다.) 여 씨는 그 한 장 위에 내 성을 쓰
고 나서 매봉춘(梅逢春)이라는 세 글자를 첨가했다.

"이게 그 임대옥(林黛玉)입니다. 벌써 나이 58세입니다만 최근 20년
간의 정국의 비밀을 알고 있는 건 대총통 서세창(徐世昌)을 제외하면
이 사람 한 사람이라는 겁니다. 당신이 부르는 것으로 해둘 테니까 참
고해 보세요."

여 씨는 싱글싱글 웃으며 다음 국표를 쓰기 시작했다. 씨의 일본어
가 뛰어난 것은 일찍이 중일 양국어로 탁상연설인가 뭔가를 해서 손
님인 도쿠토미 소호(德富蘇峰) 씨를 감복시켰다든가 할 정도이다.

그 사이 우리들 — 여 씨와 하타 군, 무라타 군과 내가 식탁 둘레에
앉아있으니 제일 먼저 애춘(愛春)이라는 미인이 들어왔다. 이 자는 너
무도 영리해 보이는 다소 일본 여학생 같은 기품 있는 둥근 얼굴의 게
이샤이다. 복장은 흰 무늬가 있는 엷은 보랏빛 의상에 역시 뭔가 무늬

를 넣은 청자색 바지였다. 머리는 일본의 머리모양처럼 두 갈래로 땋아 뿌리 부분을 파란 끈으로 묶은 채 길게 뒤로 내려뜨리고 있다. 이마에 앞머리가 내려와 있는 것도 일본의 소녀와 달라 보이지 않는다. 그 외 가슴에는 비취로 된 나비, 귀에는 금과 진주로 된 귀걸이, 손목에는 금 팔시계가 모두 반짝반짝 빛나고 있다.

❖ 16. 남국의 미인 (중) ❖

나는 크게 감탄했기 때문에 기다란 상아 젓가락을 사용하는 동안에도 유심히 이 미인을 바라보았다. 그러나 요리가 계속해서 식탁 위로 날라져 오듯 미인들도 계속해서 들어온다. 도저히 애춘 하나에만 감탄하고 있을 상황이 아니다. 나는 그 다음으로 들어 온 시홍(時鴻)이라는 게이샤를 바라보기 시작했다.

이 시홍이라는 게이샤는 애춘보다 미인은 아니다. 그러나 전체적으로 균형이 잡힌 어딘가 전원의 향기를 머금은 개성 있는 얼굴을 하고 있다. 머리를 늘어뜨려 묶은 끈이 이 여자는 핑크빛을 하고 있는 것 외에 전혀 애춘과 다르지 않다. 옷에는 진한 보랏빛 비단에 은빛과 감색을 섞어 짠 5부 정도의 칼라가 달려있다. 여군곡민의 설명에 의하면 이 게이샤는 강서 출신이라서 차림새도 특별히 유행을 따르지 않고 고풍을 유지한다고 한다. 그러고 보면 립스틱이나 분도 맨 얼굴을 자랑하는 애춘보다는 훨씬 더 농염했다. 나는 그 손목시계와 (왼쪽 가슴의) 나비 모양의 다이아몬드며 큰 진주 목걸이, 오른손에만 낀, 보석이 들어있는 두 개의 반지 등을 바라보며 아무리 신바시(新橋)의 게이샤라도 이 정도 찬연하게 차려 입은 사람은 한 사람도 없을 것이라고 감탄했다.

시홍 다음으로 들어온 건 ─ 이렇게 일일이 써 대면 아무리 나라고 해도 지쳐버릴 테니까 이제는 그 중 두 사람만을 잠시 소개하겠다. 그 중 한 사람 락아(洛娥)라는 자는 귀주성장(貴州省長) 왕문화와 곧 결혼하게 되었을 때 왕문화가 암살되었기 때문에 지금도 게이샤를 하고 있다는 정말이지 박명한 미인이었다. 이 자는 검은 문양이 들어간 비단에 향이 좋은 백난화를 단 채 전혀 아무것도 꾸미고 있지 않다. 그 나이보다도 소박한 차림이 서늘한 눈동자의 소유자인 만큼 너무도 청초한 느낌을 전해 주었다. 또 한 사람은 아직 열 두 세살의 얌전해 보이는 소녀이다. 금팔찌와 진주 목걸이도 이 게이샤가 하고 있는 것을 보면 장난감으로밖에 생각되지 않는다. 게다가 뭔가 놀림을 받으면 일반 아가씨처럼 부끄러운 표정을 지어 보인다. 그게 또 신기하게도 일본인이라면 실소를 금할 수 없는 천축(天竺, 인도)이라는 이름의 주인공이었다.

이 미인들이 차례차례 국표에 쓴 손님 이름대로 우리들 사이에 자리를 잡았다. 그러나 내가 부른 것으로 되어있는 요염하게 아름답다는 평판의 임대옥은 쉽게 모습을 드러내지 않았다. 그 사이 진루라는 게이샤가 피다 만 담배를 든 채 서피조(西皮調) 분하만(汾河湾)이라는 부드러우면서도 매끄러운 노래를 부르기 시작했다. 게이샤가 노래를 부를 때는 호궁에 맞추는 게 보통인 듯하다. 호궁을 연주하는 남자는 무슨 일인지 호궁을 연주하면서도 너무 살풍경인 사냥모자와 중절모를 쓰고 있다. 호궁은 대나무를 옆으로 짧게 자른 통에 뱀 피를 붙인 게 많았다. 진루가 한 곡 다 부르자 이번에는 시홍의 차례이다. 시홍은 호궁을 사용하지 않고 스스로 비파를 연주하며 조금 쓸쓸한 노래를 불렀다. 강서라고 해서 그녀의 출생지는 심양강상의 평야이다. 중학생 같은 감개에 취하면 '단풍잎 갈대꽃에 바람 부는 가을(楓葉荻花秋瑟瑟)에 강주(江州)의 사마 백낙천이 푸른 적삼을 흠뻑 적신 비파곡이란 게 아마도 이와 같은 느낌이었을지 모른다. 시홍이 노래를 마치자 평향

이 노래를 부른다. 평향이 마치자 — 무라타 군이 갑자기 일어나 '8월
15일 월광명'이라고 서피조의 무가파(武家坡) 노래를 부르기 시작했다.
그 모습에 깜짝 놀라지 않을 수 없었다. 그러나 이 정도 기량이 아니
라면 복잡한 중국생활의 표리를 그대만큼 알 수는 없을 것이다.

임대옥인 매봉춘이 드디어 자리에 합류한 것은 이미 식탁의 상어
지느러미 스프가 지저분해지고 난 후였다. 그녀는 내가 상상했던 것
보다도 훨씬 창부 타입에 가까운 통통하게 살찐 여자였다. 얼굴도 지
금으로서도 특별히 아름다운 기량이라고는 생각되지 않는다. 볼연지
나 눈썹 그리는 먹으로 화장하고 있어도 왕년의 여색을 짐작케 하는
것은 가는 눈 속에 떠도는 요염한 빛뿐이다. 그러나 그녀의 나이를 생
각하면 — 이 자가 향년 58세라니 아무리 생각해도 거짓말 같은 기분
이 든다. 먼저 언뜻 본 느낌으로는 기껏해야 40으로밖에 생각되지 않
는다. 특히 손은 어린아이처럼 손가락 뿌리 쪽 관절이 두툼한 손등에
묻혀있다. 차림새는 은색으로 테두리를 두른 난화의 검정비단 의상에
같은 줄무늬 모양의 바지였다. 또 귀걸이에다 팔찌, 가슴에 내려뜨린
메달, 금은 받침대에 비취와 다이아몬드가 들어있는 반지를 끼고 있
었다. 그 중에서도 다이아몬드 반지는 참새 알 정도의 크기였다. 이것
은 이런 큰길가의 요릿집에서 볼 만한 모습이 아니다. 죄악과 호사가
뒤섞인, 말하자면 「비로드의 꿈」 같은 다니자키 준이치로 씨의 소설
속에서나 방불할만한 모습이다.

그러나 아무리 나이는 먹어도 임대옥은 결국 임대옥이다. 그녀가
얼마나 재기가 있는지, 그것은 그녀의 말하는 태도에서도 바로 상상
할 수 있을 것 같았다. 뿐만 아니라 그녀가 몇 분인가 후에 호궁과 피
리에 맞춰 진강(秦腔)의 노래를 부르기 시작했을 때는 그 소리와 함께
용솟음치는 힘도 분명 그곳에 있는 기녀들을 압도했다.

❖ 17. 남국의 미인 (하) ❖

"어떻습니까? 임대옥은?"

그녀가 자리에서 나간 후 여 씨는 나에게 이렇게 물었다.

"여걸이군요. 우선 젊은 데 놀랐습니다."

"저 사람은 뭐 젊은 시절부터 진주 분말을 마셨다 합니다. 진주는 불로(不老) 약이니까요. 저 사람은 아편을 하지 않으면 훨씬 더 젊게도 보이는 사람입니다."

그때는 벌써 임대옥 뒤로 새로 들어온 게이샤가 앉아 있었다. 이 사람도 피부가 하얗고 몸집이 자그마한 아가씨 같은 타입의 미인이다. 여러 가지 보배를 배열 무늬로 넣어 짠 엷은 보랏빛 비단 의상에 수정 귀걸이를 내려뜨리고 있는 것도 더욱 이 기녀의 품격을 도와주었다. 바로 이름을 물어보자 화보옥이라는 대답이 있었다. 화보옥 ― 이 미인이 이 이름을 발음하는 것은 마치 비둘기 울음소리 같다. 나는 담배를 집어 주면서 '벙어리 뻐꾸기가 씨를 뿌리라고 봄을 알리고 있구나'(布穀催春種)라는 두소능의 시를 떠올렸다.

"아쿠타가와 씨"

여순 씨는 노주를 권하며 말하기 어색한 듯 내 이름을 불렀다.

"어떻습니까, 중국 여자는? 좋아합니까?"

"어느 곳의 여자든 다 좋아합니다만 ― 중국 여자도 아름답군요."

"어디가 좋다고 생각합니까?"

"글쎄요. 제일 아름다운 건 귀가 아닌가 생각합니다."

실지로 나는 중국인 귀에 적잖이 경의를 표하고 있었다. 일본 여자는 그 부분에 있어서는 도저히 중국인의 상대가 되지 않는다. 일본인의 귀에는 너무 평평한 데다 살이 도톰한 게 많다. 그 중에는 귀라고 부르기보다도 어떤 인연인지 얼굴에 생긴 버섯 같은 것도 적지 않다. 짐작하건대 이것은 깊은 바다의 고기가 장님이 된 것과 같은 일이다. 일본인의 귀는 예부터 기름을 바른 빈모 뒤로 계속 모습을 감춰왔다. 그러나 중국 여자의 귀는 늘 봄바람을 맞아 왔을 뿐만 아니라 정중하게도 보석을 넣은 귀걸이까지 내려뜨리고 있다. 그 때문에 일본 여자의 귀는 오늘날처럼 추락했지만, 중국 여자의 귀는 자연스럽게 손질이 잘 된 아름다운 귀가 된 듯하다. 실지로 이 화보옥을 보아도 마치 작은 조개껍질처럼 참으로 사랑스러운 귀를 하고 있다. 서상기(西廂記) 속에서 앵앵(鶯鶯)이 '그녀의 비녀는 늘어져 옥이 비뚤어져 있고 위로 머리를 묶은 부분이 기울어 구름이 흩어져 있는 것 같도다. 해가 높이 떠도 아직 눈을 뜨지 못해 그저 나른하구나. 잠시 있다가 몸을 기대 몇 번인가 귀를 후비고 한 마디 깊게 한숨을 내 뱉는다'라고 한 것도 분명 이런 귀였음이 틀림없다. 입옹은 옛날 상세하게 중국 여자의 아름다움을 말했지만(偶集卷之三, 声容部) 아직껏 한 번도 이 귀에 대해서는 언급한 적이 없었다. 이 점에서는 위대한 십종곡(十種曲)의 작가도 실로 아쿠타가와 류노스케에게 발견의 공을 양보해야 한다.

귀에 대한 이야기를 한 후 나는 다른 세 사람과 함께 설탕이 들어간 죽을 먹었다. 그리고 기관(妓館)을 구경하러 번화한 삼마로 거리로 나왔다.

기관은 대체로 옆으로 꺾여 들어간, 돌을 간 골목의 양쪽에 있다. 여 씨는 우리를 안내하며 처마 등의 이름을 읽으며 갔다. 마침내 어느 집 앞으로 가더니 서둘러 안으로 들어갔다. 들어간 곳에는 썰렁한 봉당에 차림이 좋지 않은 중국인들이 밥을 먹거나 뭔가를 하고 있었다. 이게 게이샤들이 있는 집이라고는 미리 듣지 않는 한 누구도 거짓으로 밖에 생각하지 않을 것이다. 그러나 곧 바로 계단을 올라가자 아담하게 꾸며진 중국 살롱에 밝은 전등이 빛나고 있다. 자단 의자를 늘어 놓고 큼직한 거울을 세우기도 한 곳은 역시 일류 기관답다. 파란 종이 를 붙인 벽에도 유리를 넣은 남화 액자가 여러 개 주욱 걸려있다.

"중국 게이샤의 남편이 되는 것도 쉬운 일은 아니겠군요. 이런 가구 류까지 모두 사 주어야 하니까요." 여 씨는 우리와 차를 마시며 이것 저것 화류계에 대해 설명했다.

"마아, 오늘밤 온 게이샤들이라고 하면 어찌 되었든 남편이 되기까 지 5백 엔 정도는 들겠지요."

그 사이에 조금 전의 화보옥이 잠시 다음 방에서 얼굴을 내밀었다. 중국 게이샤는 자리에 나가도 5분 정도 지나면 가버린다. 소유천에 있 던 화보옥이 벌써 여기에 와있는 것도 이상한 게 아니다. 뿐만 아니라 중국에서는 남편인 자가 — 다음은 이노우에 고바이(井上紅梅) 씨 저 「중 국풍속 권의 상 화류어휘」(支那風俗券之上花柳語彙)를 참조하는 게 좋다.

우리는 두세 명의 게이샤와 함께 수박을 먹거나 상대방이 건네주는 담배를 피우면서 잠시 잡담을 나누었다. 그러나 잡담을 나눴다 해도 나는 벙어리와 다름없다. 하타 군이 나를 가리키면서 장난꾸러기 같 은 어린 게이샤에게 "저 사람은 일본인이 아니야. 광동인이야."라고 한다. 게이샤가 무라타 군에게 정말이냐고 한다. 무라타 군도 "그래. 그래."라고 한다. 그런 이야기를 들으며 나는 혼자 멍하니 시시한 것 을 생각하고 있었다. — 일본에 행진곡 '도코톤 야레나'라고 하는 노래 가 있다. 그 도코톤 야레나는 어쩌면 일본인의 변화일지도 모른다.…

20분 후 조금 따분함을 느낀 나는 방 안을 이곳저곳 돌아다니다 내 친김에 살짝 다음 방을 들여다보았다. 그러자 그곳 전등 밑에는 그 상 냥한 화보옥이 뚱뚱하게 살찐 하녀와 함께 저녁 만찬 식탁에 둘러 앉 아 있다. 식탁에는 접시가 하나 밖에 없다. 그 하나는 또 채소뿐이다.

화보옥은 그래도 열심히 밥공기와 젓가락을 사용하고 있는 것 같다. 나는 나도 모르게 미소지었다. 소유천에 와 있던 화보옥은 역시 남국의 미인인지도 모른다. 그러나 이 화보옥은 – 야채 뿌리를 씹고 있는 화보옥은 탕아의 우롱에 임해야 할 미인 이상의 뭔가가 있다. 나는 이때 중국 여자에게 처음으로 여자다운 친근감을 느꼈다.

### ❖ 18. 이인걸(李人傑) 씨 ❖

"무라타 군과 함께 이인걸 씨를 방문하다. 이 씨는 나이 아직 28세. 신조로 본다면 사회주의자. 상해에 있는 '젊은 중국'을 대표할 만한 사람이다. 도상(途上) 전차 창문으로 청청한 가로수, 이미 여름을 맞이한 것을 보다. 천음(天陰). 드물게 햇빛 있다. 바람 불지만 먼지를 일으키지 않는다."

이것은 이 씨를 방문한 후 적어둔 메모이다. 지금 수첩을 펼쳐 보니 급히 휘갈겨 쓴 연필 글자가 알아볼 수 없게 된 것도 적지 않다. 문장은 물론 정리되지 않아 난잡하다. 그러나 당시의 마음가짐은 어쩌면 그 난잡한 곳에 오히려 더 정확하게 나와 있는지도 모른다. '보이 있다. 바로 우리를 데리고 응접실에 도착한다. 장방형의 탁자 하나, 서양풍의 의자 두세 개, 탁상에 쟁반 있음. 도자기로 만든 과일을 담다. 이 배, 이 포도, 이 사과 – 이 변변치 못한 자연의 모방 외에 하나도 눈을 위로할 만한 장식 없다. 그렇지만 방에 먼지를 보지 못함. 간소한 기운이 충만해 있는 것은 유쾌하다.'

'몇 분 후 이인걸 씨 오다. 씨는 몸집이 작은 청년이다. 조금 긴 머리. 가느다란 얼굴. 혈색은 그리 좋지 않음. 지혜로운 눈. 작은 손. 태도는 몹시 진지함. 그 진지함은 동시에 또 예민한 신경을 추측케 함.

찰나의 인상은 나쁘지 않다. 마치 섬세하면서도 강인한 시계태엽을 만지는 듯하다. 탁자를 사이에 두고 나와 마주하다. 씨는 쥐색 홑두루마기를 입고 있었다.'

이 씨는 도쿄 소재의 대학에서 있었기 때문에 일본어가 아주 유창했다. 특히 까다로운 논리 등도 확실하게 상대방을 납득시키는 것은 나의 일본어보다 위일지 모른다. 그리고 메모에는 적어 놓지 않았지만 우리가 안내된 응접실은 2층 계단이 방 한쪽으로 바로 내려진 구조였다. 그 때문에 계단을 내려오면 먼저 손님에게는 발이 보인다. 이인걸 씨의 모습이라고 해도 제일 먼저 본 것은 중국신발이었다. 나는 아직 이 씨 외에 그 어떤 천하의 명사라고 해도 발부터 먼저 상견한 적은 없다.

"이 씨는 말한다. 현대 중국은 어떻게 해야 하는가? 이 문제를 해결할 사람은 공화에 있지 않고, 왕정에 있지 않다. 이와 같은 정치 혁명이 중국개조에 무력한 것은 과거가 이미 이것을 증명하고, 현재 또한 이것을 증명한다. 그렇다면 내가 노력해야 할 것은 사회 혁명 한 길에만 있을 뿐이라고. 이것은 문화운동을 선전하는 '젊은 중국'의 사상가가 모두 크게 외치는 주장이다. 이 씨 또 말한다. 사회혁명을 일으키려면 선전에 의존하지 않을 수 없다. 이 때문에 나는 저술한다. 동시에 이미 깨어있는 중국 지식인들은 새로운 지식에 냉담하지 않다. 아니 정확하게 말하면 지식에 굶주려 있다. 그럼에도 이 굶주림을 채워줄 만한 서적 잡지의 부족함을 어찌해야 하나. 나는 당신에게 단언한다. 지금 가장 급한 것은 저술에 있다고. 어쩌면 이 씨의 말처럼 되지 않을지 모른다. 현대 중국에는 민의가 없다. 민의가 없으면 혁명이 일어나지 않는다. 하물며 그 성공을 어찌 말하리. 이 씨는 또 말한다. 씨앗은 손에 있다. 단지 만리 황폐하여 어쩌면 힘이 미치지 못할지 모르니 그것이 우려된다. 나의 육체 이 노동에 견딜 수 있을지 없을지 우울할 수밖에 없는 이유라고. 말을 끝내고 미간을 찌푸린다. 나는 이 씨를 동정했다. 이 씨 또 말한다. 최근 주목해야 할 것은 중국은행단의 세력이다. 그 배후 세력은 묻지 않고 북경 정부가 중국은행단에게 좌우되는 경향이 있는 것은 부정하기 어려운 사실이다. 이것은 반드시 슬퍼해야 할 일은 아니다. 무슨 일 있으면 나의 적은 - 나의 포화를 집중해야 할 과녁은 은행단 하나로 정해지면 된다고. 나 말하다. 나는 중국 예술에 실망했다. 내 눈에 넣은 소설, 회화 모두 아직 이야기하기에 부족하다. 그렇지만 중국의 현상을 보면 이 땅에 예술의 흥륭을 기대하는, 기대하는 것이 오히려 틀린 것과 같다. 당신에게 묻는다. 선전 수단 외에 예술을 고려할 여유는 있느냐고. 이 씨 말한다. 없음에 가깝다고."

나의 메모는 이것뿐이다. 그러나 이 씨의 말하는 태도는 너무도 시원시원한 것이었다. 함께 간 무라타 군이 "저 남자는 머리가 좋군."이라고 감탄한 것도 이상하지 않다. 뿐만 아니라 이 씨는 유학 중 한두 편 내 소설을 읽었다든가 하는 것이었다. 이것도 분명 이 씨에 대한 호의를 높인 것임에는 틀림없다. 나 같은 군자인(君子人)일지라도 소설가라는 사람은 이 정도 허영을 구하는 마음이 왕성하다.

❖ 19. 일본인 ❖

상해 방직의 고지마(小島) 씨 댁으로 저녁식사에 초대받아 갔을 때 씨의 사택 앞 정원에 작은 벚나무가 심어져 있었다. 그러자 동행한 요소키 씨가 "보십시오. 벚꽃이 피어 있어요."라고 했다. 그 말투에는 신기할 만큼 기쁜 태도가 담겨 있었다. 현관에 나와 있던 고지마 씨도 만약 과장스럽게 표현한다면 아메리카에서 돌아온 콜럼버스가 선물이라도 보여주는 듯한 얼굴색이었다. 그럼에도 불구하고 벚꽃은 가늘고 마르고 시든 가지에 보잘 것 없는 꽃밖에 달려 있지 않았다. 나는 이때 두 선생이 왜 이렇게 크게 기뻐하는지 내심 이상하게 생각했었다. 그러나 상해에 한 달 정도 있으니 이것은 두 사람만이 아닌, 누구라도 그렇다는 것을 알았다. 일본인은 무슨 인종인지 그것은 내가 알 수 있는 게 아니다. 그러나 어찌 되었든 해외에 나가서 벚꽃만 볼 수 있다면 금방 행복해지는 인종이다.

X

동문서원(同文書院)을 보러 갔을 때 기숙사 2층을 걷고 있었다. 복도 끝 창밖으로 푸른 보리 이삭의 바다가 보였다. 또 그 보리밭 곳곳에 평범한 유채꽃들이 무리지어 있는 게 보였다. 마지막으로 그것들 훨씬 저쪽에 − 낮은 지붕이 계속해서 이어져 있는 위로 커다란 고이노보리(鯉幟)가 있는 게 보였다. 고이노보리는 바람에 휘날리며 선명하게 하늘에서 펄럭이고 있었다. 이 하나의 고이노보리는 바로 풍경을 변화시켰다. '나는 중국에 있는 게 아니다. 일본에 있는 거야'라는 기분이 되었다. 그러나 그 창가로 가 보았더니 바로 눈 아래 보리밭에서 중국 농민이 일하고 있었다. 그게 왠지 나에게는 무례한 것 같은 기분을 일으켰다. 나는 먼 상해 하늘에서 일본의 고이노보리를 바라본 게 역시 다소라도 유쾌했던 것이다. 벚꽃에 대한 것 등은 웃을 수 없을지도 모른다.

X

상해의 일본 부인 클럽에 초대를 받은 적이 있다. 장소는 분명 프랑스 조계(租界)의 마쓰모토(松本) 부인의 저택이었다. 하얀 천을 씌운 둥근 테이블, 그 위의 시네라리아 화분, 홍차와 과자와 샌드위치 ─ 테이블을 둘러싼 부인들은 내가 예상했던 것보다도 모두 온화하고 정숙해 보였다. 나는 그런 부인들과 소설이나 희곡 이야기를 했다. 그러자 어느 부인이 이렇게 나에게 말을 걸었다.

"이번 달 중앙공론에 실으신 「까마귀」라는 소설 아주 재미있었습니다."

"아닙니다. 그건 악작입니다."

나는 겸손한 대답을 하면서 「까마귀」의 작자 우노 고지(宇野浩二)에게 이 문답을 들려주고 싶었다.

X

남양환(南陽丸) 선장 다케우치(竹內) 씨의 이야기이다. 한구의 해안 길을 걷고 있는데 죽 늘어선 플라타너스 나무 아래 벤치에 영국인지 미국인지 알 수 없는 선원이 일본 여자와 앉아 있었다. 그 여자는 한눈에 보아도 직업을 금방 알 수 있는 여자였다. 다케우치 씨는 그것을 보았을 때 불쾌한 기분이 들었다고 한다. 나는 그 이야기를 들은 후 북사천로를 걷고 있다가 건너편으로 막 들어오는 자동차 안에서 서너 명의 일본인 게이샤가 서양인 한 명을 포옹하며 계속 떠드는 것을 보았다. 별로 다케우치 씨처럼 불쾌한 기분은 들지 않았다. 그렇지만 불쾌한 기분이 드는 것도 꼭 이해하기 어려운 것은 아니다. 아니 오히려 그런 심리에 흥미를 갖지 않을 수 없다. 이 경우는 불쾌한 기분뿐이지만 만일 이것을 크게 확대하면 애국적 의분임이 틀림없잖은가?

X

어쨌든 ×라는 일본인이 있었다. ×는 상해에 20년 살고 있었다. 결혼한 것도 상해이다. 아이가 태어난 것도 상해이다. 돈을 모은 것도 상해이다. 그 때문인지 ×는 상해에 열렬한 애착을 가지고 있었다. 가끔씩 일본에서 손님이 오면 언제나 상해 자랑을 했다. 건축, 도로, 요리, 오락 — 모두 일본은 상해만 못하다. 상해는 서양과 같다. 일본에서 아득바득 하고 있는 것보다 하루라도 빨리 상해로 오시게나. — 그렇게 손님을 재촉까지 했다. 그 ×가 죽었을 때 유언장을 꺼내보니 뜻밖의 것이 적혀 있었다. — '뼈는 그 어떤 사정이 있어도 반드시 일본에 묻어야 함.…'

나는 어느 날 호텔 창문에서 불을 붙인 하바나를 물고서 이런 이야기를 상상했다. ×의 모순은 웃어야 할 것은 아니다. 우리는 이런 점에 있어서는 대부분 ×의 동료인 것이다.

❖ 20. 서가회(徐家滙) ❖

명나라 만력년간(万曆年間). 담 밖 곳곳에 버드나무가 서 있다. 울타리 저쪽으로 천주당 지붕이 보인다. 그 꼭대기 황금 십자가, 석양빛에 빛난다. 운수납자 한 사람, 동네 아이들과 함께 나온다.

운수. 서공의 집이 저긴가?

아이. 저기에요. 저기지만 — 숙부님은 저곳에 가보았자 공양 대접

도 받을 수 없어요. 주인님은 스님을 아주 싫어하니까. -

운수. 좋아. 좋아. 그런 건 알고 있어.

동자. 알고 있다면 안 가면 좋을 텐데

운수. (쓴웃음) 넌 상당히 입이 험하구나. 나는 잠시 머물 수 있도록
부탁하러 가는 게 아니야. 천주교 신부님과 문답을 하러 찾아
온 거야.

동자. 그래? 그럼 마음대로 하세요. 하인들한테 맞아도 모르니까. -

동자 사라지다.

운수. (독백) 저쪽에 천주당 지붕이 보이는 것 같은데, 문은 어디에
있는지 몰라.

서양인 선교사 한 사람 당나귀를 타고 지나간다. 뒤에 하인 한 사람
따라간다.

운수. 여보세요?

선교사 당나귀를 멈춘다.

운수. (용맹하게) 어디에서 왔소?

선교사. (수상하다는 듯) 신자 집에 갔었습니다.

운수. 군인 황과(黃菓)가 폭위를 휘두른 후, 반대로 검을 걷어 들일까
아닐까?

선교사 어안이 벙벙함.

운수. 반대로 검을 걷어 들일까 아닐까? 말해, 말해. 말하지 않으면, ─

운수 여의주를 휘두르며 진짜로 선교사를 치려고 한다. 하인 운수를 밀어 쓰러뜨린다.

하인. 미치광이입니다. 상관하지 말고 가십시오.
선교사. 불쌍하구나. 아무래도 눈빛이 이상하다고 생각했다.
선교사 일행 사라진다. 운수 일어난다.
운수. 화나게 하는 이교도로군. 여의주까지 끊어 버렸어. 사발은 어디로 갔는지 몰라.

담 안에서 희미한 찬송 소리 난다.

✕   ✕   ✕

청나라 옹정년간(擁正年間). 초원. 곳곳에 버드나무 서 있다. 그 사이로 황폐한 예배당 보인다. 마을 아가씨 3명, 모두 바구니를 팔에 걸고 쑥을 캐고 있다.

갑. 꾀꼬리 소리가 시끄러울 정도구나.
을. 에에 ─ 어머 징그러운 도마뱀인걸.
갑. 언니 시집가는 거 아직?
을. 아마도 다음 달이 될 것 같아.

병. 어머나 뭘까? 이건? (흙투성이 십자가를 줍는다. 병은 세 사람 중 가장 나이 어리다.) 사람 모습이 새겨져 있어.

을. 어디? 잠깐 보여줘. 이건 십자가라는 거야.

병. 십자가라는 게 뭐야?

을. 천주교 사람들이 지니고 있는 거지. 이건 금이 아닌지 몰라?

갑. 그만 둬. 그런 것 가지고 있거나 하면 또 장 씨처럼 목이 잘려.

병. 그럼 원래대로 묻어 둘까요?

갑. 그래. 그 쪽이 좋지 않겠니?

을. 그러네. 그 쪽이 틀림없을 것 같아.


아가씨들 사라진다. 몇 시간 후, 석양빛 점점 초원에 다가온다. 병. 눈 먼 노인과 함께 나온다.


병. 이 부근이었어요. 할아버지.

노인. 그럼 빨리 찾아 주거라. 악마가 들어가면 안 되니까.

병. 이봐, 여기 있었네요. 이거지요?


새 달 빛. 노인은 십자가를 손에 든 채 천천히 묵도를 하면서 머리를 숙인다.


× × ×


중화민국 10년(1921) 보리밭 속에 화강석의 십자가 있다. 버드나무 서 있는 위로 천주당의 첨탑. 의연하게 우뚝 솟아 있는 것을 보다. 일본인 5명 보리밭을 헤치며 나온다. 그 중 한 사람은 동문서원의 학생이다.

갑. 저 천주당은 언제 만들어진 걸까요?

을. 도광(道光) 말이라고 해요.(안내기를 계속 펼치며)
오행(奧行) 250피트, 폭 127피트, 저 탑의 높이는 169피트라고 합니다.

학생. 저게 무덤입니다. 저 십자가가, ─

갑. 그렇군요. 석주나 석수(石獸)가 남아 있는 걸 보니 이전에는 훨씬
    훌륭했겠지요.

정. 그렇겠지요. 어쨌든 대신(大臣)의 무덤이니까요.

학생. 이 연와 좌대에 돌이 끼워져 있지요? 이게 서 씨의 묘지명입
    니다.

정. '일찍이 명나라의 소보 사후 대보로 임명된 예부성 대신 겸 문
    연각의 대학사 서문정공의 묘 앞의 십자 기록'(明故少保加贈大保
    礼部尚書兼文淵閣大学士徐文定公墓前十字記)이라고 되어있어요.

갑. 무덤은 따로 있었을까요?

을. 글쎄요. 그럴 것으로 생각합니다만, ─

갑. 십자가에도 이름이 있군요. '성스런 십자가를 영원히 바친다'(十
    字聖架 万歳胆依)인가?

병. (멀리서 말을 건다) 잠깐 움직이지 말고 그대로 있어 줘. 사진
    한 장 찍을 테니까.


네 사람 십자가 앞에 선다. 자연스럽지 못한 수초간의 침묵.


### ❖ 21. 최후의 일별 ❖


무라타 군과 하타 군이 간 후, 나는 담배를 문 채로 봉양환 갑판으
로 나가 보았다. 전등이 밝은 부두에는 이미 사람 그림자도 보이지 않

는다. 그 저쪽 거리에는 3층인지 4층인지 벽돌 건물이 계속 밤하늘에 솟아 있다. 그러자 짐꾼 하나가 선명한 그림자를 보이며 눈 아래 부두를 걸어갔다. 저 짐꾼과 함께 가면 언젠가 증명서를 받으러 간 일본 영사관 문 앞이 저절로 나올 것이다.

나는 조용한 갑판을 배꼬리 쪽으로 걸어갔다. 여기에서 강 아래를 바라보자 해안도로에 점점이 전등이 반짝이고 있다. 소주강 입구에 걸쳐진, 낮 동안은 차마(車馬)가 끊긴 적이 없는 가든 브릿치가 보일까 모르겠군. 어린잎들의 색깔만큼은 보이지 않지만 아무래도 저건 그 다리 옆 공원에 무리지어 서있던 나무들 같다. 얼마 전 그곳에 갔을 때는 하얗게 분수가 뿜어져 올라왔던 잔디에 S・M・C의 빨간 겉옷을 입은 곱사 같은 중국인이 한 사람 담배꽁초를 줍고 있었지. 그 공원 화단에는 지금도 튜울립과 노란 수선화가 전등불에 피어 있을까? 저쪽으로 빠져나가면 정원이 넓은 영국 영사관과 정금은행이 보일 것이다. 그 옆으로 강을 따라 반듯하게 가면 왼쪽으로 꺾어지는 골목길에 라이시엄 씨어터(Lyceum Theater)도 보일 것이다. 그 입구 돌계단 위에는 코믹 오페라의 그림 간판은 있어도 이제 사람 출입은 끊어졌을 것이다. 그곳에 한 대의 자동차가 똑바로 하안을 달려온다. 장미 꽃, 비단, 호박으로 된 목걸이 ― 그것들이 힐끗 보였는가 싶더니 바로 눈앞에서 사라진다. 그자들은 틀림없이 춤을 추러 칼튼 카페에 가 있었을 것이다. 그 다음은 쥐 죽은 듯 조용한 거리에서 누군가가 짧은 노래를 부르고 구두소리를 내면서 걸어가는 자가 있다. 차이나, 차이나, 차이나 맨 ― 나는 어두운 황포강 물에 피우다 만 담배를 내던지고는 천천히 살롱으로 되돌아 왔다.

살롱에도 역시 사람 그림자는 없다. 단지 융단을 깐 바닥에 화분 속의 난(蘭) 이파리가 빛나고 있다. 나는 긴 의자에 기대며 멍하니 회상에 빠져들기 시작했다. — 오경렴 씨를 만났을 때 씨는 짧게 깎은 큰 머리에 보랏빛 고약을 붙이고 있었다. 그리고 그곳을 신경 쓰며 "종기가 생겨서요."라고 투덜거렸다. 그 종기는 나았을까? — 또 술에 취해 비틀거리는 요소키 씨와 어두운 거리를 걷고 있을 때 마침 우리들 머리 위로 네모반듯한 작은 창문이 하나 있었다. 창문은 비구름 드리워진 하늘로 비스듬하게 빛을 쏘아 올리고 있었다. 그리고 그곳에서 작은 새처럼 젊은 중국 여자가 한 사람 눈 아래 우리를 내려다보고 있었다. 요소키 씨는 그것을 가리키며 "저겁니다. 광동 매춘부가"라고 가르쳐 주었다. 그곳에서는 오늘밤도 여전히 그 여자가 얼굴을 내밀고 있을지도 모른다. —가로수가 많은 프랑스 조계에 경쾌한 마차를 달리게 하자 훨씬 전방에 중국 마부가 백마 두 마리를 끌고 간다. 그 말 중 한 마리가 어찌 된 일인지 갑자기 지면에 굴러 넘어지고 말았다. 그러자 동승한 무라타 군이 "저건 등이 가려운 거야."라고 나의 의심을 풀어 주었다. — 그런 일들을 계속 떠올리며 나는 담배상자를 꺼내려 속옷 주머니에 손을 넣었다. 그러나 잡아 꺼낸 것은 노란 이집트 상자가 아닌, 지난 밤 거기에 넣고 잊어버린 중국 연극 티켓이다. 그러자 동시에 티켓 안에서 뭔가가 가볍게 바닥으로 떨어졌다. 뭔가가 — 일순간이 지난 후 나는 시들어버린 백난화를 주워들고 있었다. 백난화는 잠깐 냄새를 맡아 봤지만 이미 향기조차 남아 있지 않다. 꽃잎도 갈색으로 변해 있다. "백난화, 백난화" — 그런 꽃 파는 소리를 들은 것도 어느새 추억에 지나지 않게 되었다. 이 꽃이 남국의 미인 가슴에서 향기를 풍겼던 것을 바라 본 것도 지금으로서는 꿈과 같다. 나는 가벼운 감상벽에 빠지기 쉬운 위험을 느끼며 시들어버린 백난화를 바닥에 던졌다. 그리고 담배에 불을 붙이고는 일어서기 전에 고지마 씨가 보내준 마리 스톱스의 책을 읽기 시작했다.                    (1921년 8월-9월)

# 강남유기(江南遊記)

## ❖ 서문 ❖

나는 바로 어제 아침 혼고다이(本鄉台)에서 아이소메바시(藍染橋)로 어슬렁어슬렁 내려갔다. 그러자 두 명의 청년 신사가 반대로 그 언덕을 올라오고 있었다. 나도 남자의 무심함에 스쳐 지나가는 상대방이 여성이 아니면 좀처럼 행인에는 주의를 기울이지 않는다. 그런데 이때는 무슨 이유인지 아직 10미터 정도 거리가 있을 때부터 상대방 풍채에 신경을 쓰고 있었다. 특히 그 중 한 사람이 연한 파란색 양복에 비옷을 걸친 모습에서는 혈색 좋은 갸름한 얼굴이나 가느다란 은색 손잡이 지팡이와 함께 말쑥한 분위기를 느꼈다. 두 사람은 뭔가 이야기를 하면서 천천히 걸음을 옮기고 있었다. ─ 그게 마침내 스쳐 지나갈 때 내 귀는 뜻밖에도 갑자기 '아이요'라는 간투사를 포착했다. 아이요! 나는 가슴이 뛰는 것을 느꼈다. 그것은 뭐 그들 두 사람이 중국인이기 때문에 놀란 게 아니다. 우연히 들은 이 아이요라는 말 때문에 여러 가지 기억이 떠올랐던 것이다.

나는 북경의 자금성을 생각했다. 동정호에 떠 있는 군산을 생각했다. 남국 미인의 귀를 생각했다. 운강(雲岡)이나 용문의 석불을 생각했다. 경한철도의 빈대를 생각했다. 여산의 피서지, 금산사의 탑, 소소소의 묘, 진유의 요릿집, 호적(胡適) 씨, 황학루, 대문패(大門牌)의 담배, 매란방의 항아(嫦娥)를 생각했다. 동시에 또 장위(腸胃)의 병 때문에 3개월 정도 중단 된 나의 기행에 대한 것도 생각했다. 나는 그들을 돌아보았다. 그들은 물론 유유히 변함없이 뭔가 이야기를 하며 서리가 걷혀가는 언덕을 올라갔다. 그러나 내 귓속에는 아직도 아이요라는 소리가

남아 있다. 그들은 어딘가의 하숙집에서 어딘가로 가는 도중이었을 것이다. 어쩌면 그들 중 한명은 「유동외사」(留東外史)의 장전처럼 도야마카하라(アゥ山ヶ原)의 잡목림으로 여학생을 불러낼 참인지도 모른다. 그리고 보면 또 한명의 유학생도 같은 소설의 왕보찰처럼 단골 게이샤 정도는 있을 것 같다. 나는 그들에게 실례되는 이런 상상을 거창하게 하면서 아이소메바시 정류장으로 갔다. 그리고 다바타(田端) 집으로 돌아가기 위해 도자카(東坂) 행 전차를 탔다.

그런데 집에 돌아와 보니 오사카 마이니치 신문사에서 전보가 와 있었다. 문구는 '원고를 부탁합니다.'이다. 나는 번번이 스스키다 씨에게 폐를 끼치는 것이 미안했다. 그러나 솔직히 고백하자면 거듭거듭 미안하면서도 뱃속이 편치 않거나 수면 부족이 며칠 계속 되거나 감흥이 없거나 하는 이유에서 펜을 잡지 않는 일도 없지 않다. 그게 이 전보를 보았을 때는 내일이라도 서둘러 「상해유기」의 속편을 써 내자, 라는 마음이 되었다. 아이요! 그런 소리가 내 귀에 잊혀지지 않는 울림을 남긴 것은 스스키다 씨를 위해서도 나를 위해서도 뜻밖의 행운이 된 것이다.

내가 알고 있는 중국어 숫자는 겨우 26개 밖에 없다. 그 중 하나가 우연히도 내 귀에 들어와 멈췄을 뿐만 아니라 어쨌든 뭔가를 각성시킨 것은 과장해서 말하면 천혜이다. 다만 내 악문(惡文) 때문에 고통 받을 독자의 입장이 되어 보면 천혜보다 오히려 천재(天災)일지도 모르겠다. 그러나 천재로 생각하면 독자는 포기하기 쉬울 것이다. 한편으로는 아이요라는 소리를 들은 것은 서로 감사할 일이다. 이것이 본문에 착수하기 전에 이런 서문을 덧붙이는 이유이다.

### ❖ 1. 차 안(車中) ❖

항주(杭州) 행 기차를 탔더니 차장이 차표를 검사하러 왔다. 이 차장
은 올리브 색 양복에 금줄이 들어 있는 큰 검은 모자를 쓰고 있다. 일
본의 차장에 비하면 뭔가 민활한 느낌이 들지 않는다. 물론 그렇게 생
각하는 것은 우리들의 편견 탓이다. 우리는 차장의 풍채에서조차 우
리들의 기준을 휘두르기 십상이다. 존 불(영국인)은 별스럽게 새침을
떼지 않으면 신사가 아니라고 생각한다. 엉클 샘(미국인)은 돈이 없으
면 신사가 아니라고 생각한다. 잣쥬(일본인)는 ― 적어도 기행문을 쓰
는 이상 여수의 눈물을 흘리거나 풍경의 아름다움에 흘리거나 여행자
의 포즈를 취하지 않으면 신사가 아니라고 생각한다. 우리는 그 어떤
경우에도 이런 편견에 휩싸여서는 안 된다. ― 나는 이 느긋한 태도의
차장이 차표를 검사하고 있는 동안, 이런 편견론을 발표했다. 그렇다
고 해서 중국인 차장을 상대로 기염을 토한 것은 아니다. 안내역으로
동행한 무라타 우코 군에게 들려준 것이다.

기차 밖은 가도 가도 유채밭과 연꽃 들판뿐이었다. 그 속에 가끔 양
이 있기도 하고 오두막이 있기도 했다. 그런가 하면 큰 물소도 느릿느
릿 밭두렁을 걷고 있었다. 5, 6일전 역시 무라타 군과 상해 교외를 걷
고 있을 때 갑자기 물소 한 마리가 길을 막은 일이 있다. 나는 동물원
철책 안은 모르고 눈앞에서 이런 괴물을 조우한 것은 처음이었기 때
문에 그만 감탄하는 바람에 반 걸음정도 뒤로 물러섰다. 그러자 갑자
기 무라타 군에게 "겁쟁이로군."이라고 놀림을 받았다. 오늘은 물론
경탄은 하지 않는다. 그러나 조금 신기했기 때문에 "이봐, 물소가 있
다구."라고 말하려 했으나 뭐 그냥 태연히 잠자코 있기로 했다. 무라
타 군도 틀림없이 그 순간은 나도 상당히 중국통이 됐다고 감탄했을

것이다.

기차는 1실 8인, 작은 방으로 나뉘어져 있다. 그러나 이 차실에는 우리 두 사람 외에 아무도 없다. 방 한가운데 테이블 위에는 토병과 다기가 준비되어 있다. 그곳으로 가끔씩 청색 복장의 급사가 뜨거운 타올을 가져다준다. 승차감은 그다지 나쁜 편은 아니다. 단 우리가 타고 있어도 이 객차는 실로 1등석이다. 1등석이라고 하면 언젠가 가마쿠라(鎌倉)에서 잠시 1등석을 탄 적이 있었는데 그게 안타깝게도 어떤 왕족과 딱 두 사람뿐이어서 너무 송구스러워 견딜 수가 없었다. 더구나 그때 가지고 있던 게 흰색 표인지 빨간 표인지 그것도 실은 확실하지 않다. …

## ❖ 2. 차 안(承前) ❖

그 사이 기차는 가흥(嘉興)을 지났다. 문득 창밖을 내다보니 물가에 면한 집들 사이로 높게 흰 석교가 있다. 물에는 양쪽 언덕의 흰 벽도 선명하게 비치고 있는 것 같다. 그 위 남화에 나오는 배도 두세 척 물가에 정박해있다. 나는 새싹이 돋은 버드나무 너머로 이런 풍경을 바라보았을 때 갑자기 중국다운 심정이 되었다.

"이봐 다리가 있어."

나는 크게 으스대며 이렇게 말했다. 다리라면 설마 물소처럼 경멸받지는 않을 거라고 생각했기 때문이다.

"응 다리가 있어. 저런 다리는 좋군."

무라타 군도 바로 찬성했다.

그러나 그 다리가 안 보인다고 생각하자 이번에는 한 면 가득 뽕나무밭 너머로 광고 투성이의 성벽이 보였다. 고색창연한 성벽에 생생

한 페인트 광고를 하는 것은 현대 중국의 유행이다. 무적패아분(無敵牌牙粉), 쌍영해향연(双嬰孩香煙) — 그런 치약이나 담배 광고는 연선 도처 정차장에 거의 안 보인 적이 없다. 중국은 애당초 어떤 나라에서 이런 광고술을 배워왔을까? 그 대답을 해주는 것은 여기에도 여기저기 세워져있다. 라이온 치약이며 은단이며 유치하기 그지없는 광고들이다. 일본도 실로 이 점에서는 옆 나라의 두터운 우정을 충분히 보여주었다고 해야 할 것이다.

창밖은 여전히 유채밭 아니면 뽕나무밭, 연꽃 들판이다. 경우에 따라서는 송백 사이로 고총이 있는 게 보이는 일도 있다.

"이봐, 무덤이 있는데."

무라타 군은 이번에는 다리 때만큼 나의 흥미에 응해주지 않았다.

"우리는 동문서원에 있을 때 저런 무덤이 무너진 곳에서 가끔 두개골을 훔쳐 왔어요."

"훔쳐서 뭐 하는데요?"

"장난감으로 했지요."

우리는 차를 마시며 골수를 태운 게 폐병 약이라든가, 인육의 맛은 양고기 같다든가, 야만적인 이야기를 주고받았다. 창밖은 어느새 깍지가 된 유채꽃 위로 붉게 석양이 흐르고 있었다.

❖ 3. 항주의 일야 (상) ❖

항주 정차장에 도착한 것은 이럭저럭 오후 7시쯤이었다. 정차장 울타리 밖에는 어스름한 전등이 켜진 아래로 세관 직원이 대기하고 있었다. 나는 그 관리 앞으로 빨간 가죽가방을 들고 갔다. 가방 안에는 책이며 셔츠며 봉봉과자 봉지며 여러 가지가 가득 들어있다. 직원은 자못 슬픈 듯 하나 하나 셔츠를 다시 접기도 하고 떨어진 봉봉을 줍기도 하면서 가방 속 정리에 착수했다. 아니, 적어도 그렇게 보였을 만큼 대강 검사를 마쳤을 때는 깨끗이 가방 안이 정리되었다. 나는 그가 가방 위에 백묵으로 원을 그려주었을 때 "토오쉐"라고 중국어로 예를 표했다. 그러나 그는 여전히 슬픈 듯 다시 다른 가방을 정리하면서 나에게는 눈길조차 주지 않았다.

그곳에는 아직 직원 외에도 여관 호객꾼이 많이 모여 있다. 그들은 우리 모습을 보자 모두 입으로 뭔가 소리치면서 조그만 깃발을 휘두르기도 하고, 색지 표찰을 내밀기도 했다. 그러나 우리가 묵기로 되어 있는 신신여관의 깃발은 어디를 찾아봐도 눈에 띄지 않는다. 뻔뻔한 호객꾼들은 크게 뭔가 떠들어 대면서 우리 가방에 손을 대려고 한다. 아무리 무라타 군이 소리쳐 봤자 조금도 물러서는 기색이 없다. 나는 물론 이 경우에는 참새 언덕의 나폴레옹처럼 유연히 그들을 쏘아보았다. 그러나 몇 분인가 기다린 후 이상한 양복을 입은 신신여관의 안내자가 겨우 우리 앞에 나타났을 때는 솔직히 고백하자면 기뻤다.

우리는 안내원 명령대로 정차장 앞 인력거에 탔다. 차는 손잡이 채를 올리자마자 갑자기 좁은 길로 뛰어 들어갔다. 길은 대부분 깜깜했다. 돌을 깐 길은 완전히 울퉁불퉁해서 차가 흔들리는 것도 보통이 아니다. 그 중 한번은 작은 연극 공연장이 있는지 시끄러운 징소리를 들은 적이 있다. 그러나 그곳을 지난 후로는 사람 소리 하나 들려오지 않는다. 그저 미지근한 밤이 흐르는 마을에 우리가 탄 인력거 소리만이 들린다. 나는 궐련을 입에 물고 어느새 아라비안나이트 같은 로맨틱한 기분을 즐기기 시작했다.

그 사이 길이 넓어지자 가끔씩 집 문에 전등을 밝힌, 흰 벽의 큰 저택이 보인다. ─고 말하는 것으로는 뜻을 다 전달할 수 없다. 처음

에는 단지 어둠 속에서 몽롱하게 흰 물체가 떠오른다. 그 다음 그것이
별이 없는 밤하늘에 선명하게 솟아 오른 흰 벽이 된다. 그리고 벽을
빠져나온 가늘고 큰 집 문이 나타난다. 집 문에는 빨간 표찰 위에 전
등불이 닿아 있다. — 그런가 하면 문 안에도 전등이 켜진 방들이 보
인다. 족자, 장식 등, 장미 화분, 경우에 따라서는 사람의 모습도 보인
다. 이 힐끗 눈에 들어오는 밝은 저택 내부만큼 이상하게 아름다운 것
은 본 적이 없다. 거기에는 뭔가 내가 모르는 비밀스런 행복이 있을
것 같다. 스마트라의 물망초, 아편의 꿈을 꾸는 흰 공작새 — 뭔가 그
런 것들이 있을 것만 같다. 고대 중국 소설에서는 깊은 밤길을 헤매는
고객(孤客)이 당당한 저택에 머문다. 그런데 이튿날 아침이 되면 큰 저
택 고루(高楼)로 생각한 것이 풀이 무성한 고총이기도 하고, 산그늘 여
우굴이기도 한 — 그런 종류의 이야기가 많다. 나는 일본에 있는 동안
이 종류의 귀고담(鬼孤談)도 책상 위의 공상이라고 생각했었다. 그런데
지금 와서 보면 그것은 설령 공상이라고 해도 중국 도시나 전원의 야
경에 그럴만한 뿌리를 가지고 있다. 밤의 밑바닥에서 나타나는 등불
로 가득 찬 흰 벽의 저택 — 그 꿈같은 아름다움에는 고금의 소설가도
나와 마찬가지로 초자연을 분명 느꼈을 것이다. 지금 본 저택의 문에
도 농서(隴西) 출신의 이우(李寓)가 사는 집이라는 표찰이 있었다. 어쩌
면 그 집안에는 옛날 그대로 이태백이 환상적인 모단(牡丹)을 바라보며
옥잔을 기울이고 있을지도 모른다. 만약 그를 만난다면 이야기를 해
보고 싶은 마음이 가득했다. 그는 도대체 태백집 중 어느 간본이 맞는
것이라고 할 것인가? 또 프랑스어로 번역된 그의 채련(菜蓮) 곡에는 웃
음을 터뜨릴까, 화를 낼까? 호적(胡適) 씨라든가 강백정(康白情) 씨라든
가 현대시인의 백화시에는 어떤 견해를 가지고 있을까? — 그런 엉터
리 같은 생각을 하고 있는 사이, 차는 금세 골목길을 돌더니 엄청 폭

이 넓은 거리로 나왔다.

### ❖ 4. 항주의 일야 (중) ❖

이 거리 양쪽에는 밝은 상점들이 들어서 있다. 그러나 사람 통행이 드물어서 조금도 밝은 기분은 들지 않는다. 오히려 거리 폭이 넓은 만큼 마치 중국의 신개발지 같다. 묘한 쓸쓸함을 전해 줄 뿐이다.

"이게 성 밖 마을 - 이 막다른 곳이 서호입니다."

뒤차에 탄 무라타 군은 이렇게 나에게 말을 걸었다. 서호! 나는 거리 끝을 바라보았다. 그러나 아무리 서호라 해도 어둠에 갇혀 있어서야 방법이 없다. 단지 차 위의 내 얼굴로는 그 멀고 먼 어둠 속에서 시원한 바람이 흘러온다. 나는 왠지 쓰키시마(月島) 부근으로 13야를 보러라도 온 것 같은 기분이 들었다.

차는 잠시 달린 후 마침내 서호 부근으로 나왔다. 그곳에는 전등을 줄지어 켜 놓은 큰 여관들이 두세 집 있다. 그러나 그것도 조금 전의 상점들처럼 밝으면서도 쓸쓸함을 더해 주는 데 지나지 않는다. 서호는 희멀건 거리 왼쪽에 어두운 수면을 펼친 채 쥐 죽은 듯 조용히 있다. 그 덩그러니 넓은 거리에도 우리 두 사람의 인력거 외에는 강아지 한 마리 걷고 있지 않다. 나는 대낮 같은 여관 2층에서 오가는 사람의 그림자를 바라보며 저녁밥, 침대, 신문 - 요컨대 '문명'이 그리워지기 시작했다. 그러나 차부는 여전히 말없이 계속 달리고 있다. 거리도 행인이 끊긴 채 아무리 가도 끝날 것 같지 않다. 여관도 - 여관은 벌써 훨씬 뒤로 가 있다. 지금으로서는 단지 호수 가장자리에 버드나무 같은 나무만 늘어서 있다.

"이봐, 신신여관은 아직 멀었나?"

나는 무라타 군을 뒤돌아보았다. 그러자 무라타 군의 차부가 순간 그 의미를 상상했는지 군보다 먼저 대답을 했다.

"10리, 10리"

나는 갑자기 슬픈 기분이 들었다. 앞으로도 10리나 더 가야한다고 한다면 신신여관에 도착하기 전에 분명 날이 새버릴 것이다. 그렇다면 오늘 밤은 단식이다. 나는 다시 한 번 무라타 군에게 내가 생각해도 정 떨어지는 소리로 말을 걸었다.

"10리라니 놀랍군. 나는 배가 고파졌는데"

"나도 배고프다고."

무라타 군은 차 위에서 팔짱을 낀 채 태연히 중국 담배를 피우고 있었다.

"10리 정도 아무것도 아니에요. 중국의 10리니까 ―"

나는 겨우 안심했다. 그러나 바로 또 실망했다. 아무리 6정(町) 1리라고 해도 10라고 하면 60정이다. 이 배고픔을 안고 아직 일본의 1리이상 한밤중의 차에 혼들리는 것은 누구에게도 기쁜 노정은 아니다. 나는 실망을 날려버리기 위해 옛날 배운 독일 문법 규칙을 하나하나 입속으로 반복하기 시작했다.

그것이 명사에서 시작하여 강변화(强變化) 동사에 도착했을 때 문득 주변을 살펴보았다. 어느새 길이 좁아진 데다 수목들도 좌우에 무성해 있다. 특히 신기하게 생각된 것은 그 나무 사이로 날고 있는 큰 반딧불이의 빛이었다. 반딧불이라고 하면 하이카이(俳諧)에서도 여름을 나타내는 제목으로 알려져 있다. 그런데 지금은 아직 4월이기 때문에 그것만으로도 이상하다고밖에 생각할 수 없다. 게다가 그 둥근 빛이 확 하고 밝아질 때마다 주변에 어둠이 깊은 탓인지 도깨비불 정도는 있을 것 같은 기분이 든다. 나는 이 파란불에 도깨비불을 본 것 같은 오싹함을 느꼈다. 동시에 다시 한 번 로맨틱한 기분에 빠지게 되었다. 그러나 정작 중요한 서호의 밤경치는 집 그늘인가 뭔가에 숨은 듯하다. 길 왼쪽의 수목 건너는 계속 토담으로 바뀌어 있다.

"여기가 일본 영사관입니다."

무라타 군의 소리가 들렸을 때 인력거는 갑자기 나무들 사이에서 완만하게 언덕을 내려가기 시작했다. 그러자 순식간에 우리 앞으로 어스레한 수면이 나타났다. 서호! 나는 실지로 이 순간 너무나도 서호다운 심정이 되었다. 가물가물 흐린 물 위에는 구름이 찢어진 중천에서 폭이 좁은 달빛이 흐르고 있었다. 그 물을 비스듬히 가로지른 것은 분명 소제(蘇堤) 아니면 백제(白堤)일 것이다. 둑 한곳에는 삼각형으로 예의 안경교가 솟아있다. 이 아름다운 은빛과 검은빛은 도저히 일본에서는 볼 수 없다. 나는 흔들리는 차 위에서 나도 모르게 몸을 꼿꼿이 세운 채 언제까지고 서호를 바라보았다.

❖ 5. 항주의 일야 (하) ❖

신신여관에 도착한 것은 그 후 10분이 지나지 않아서였다. 여기는 신신이라고 칭하는 만큼 어찌 되었든 서양풍의 호텔이다. 그러나 중국인 급사와 함께 좁은 뒷 계단을 올라 우리 방으로 가보니 일본인이라고 무시했는지 그다지 편히 묵을 수 있는 2층이 아니다. 우선 좁은 방 안에 침대를 두 개나 나열해 놓았다. 이런 것을 보면 완전히 중국 여관이다. 게다가 중요한 방의 위치도 호텔 뒤쪽 구석이라서 앉은 채 서호를 바라볼 수 있는 호사 같은 것은 도저히 누릴 수가 없다. 그러나 인력거와 배고픔과 로맨티즘에 지친 나는 이 방의 의자에 앉아 겨우 사람다운 심정이 되었다.

　무라타 군은 서둘러 급사에게 식사 준비를 주문했다. 그러나 식당은 벌써 끝났기 때문에 서양 요리는 안 된다고 한다. 그렇다면 중국요리라는 것이 되겠는데 급사가 가져온 접시를 보니 아무래도 먹다 남은 것 같다. 어쨌든 해락원(偕楽園) 주인 말에 의하면 전가보(全家宝)라고 하는 중국 요리는 먹다 남은 음식의 집대성이라는 것이다. 나는 내키지가 않아 이 중국요리 몇 접시 중에 전가옥은 없는지 물어보았다. 그러자 바로 무라타 군에게 전가옥은 이런 게 아니에요, 라고 물소 이후로 놀림을 받았다.

　급사는 이 동안에도 신기한 듯 우리 얼굴을 엿보며 끊임없이 성가시게 조잘대고 있다. 더욱 무라타 군에게 통역을 부탁하여 들어보니 구멍이 있는 은화를 가지고 있으면 하나 달라는 것이었다. 그렇다면 그 은화를 뭐에 쓰는지 물어보자 조끼 단추로 한다고 한다. 비범한 발상임에는 틀림없다. 역시 그 말을 듣고 보니 이 급사의 조끼 단추는 모두 구멍이 뚫린 은화이다. 무라타 군은 맥주를 들이키며 일본으로 그 조끼를 가져가면 틀림없이 50전에는 팔릴 거야, 라고 시시한 보증을 하고 있었다.

　우리는 식사를 마친 후 아래 살롱으로 내려갔다. 하지만 그곳에는 사진 액자나 싸구려 가구가 진열되어 있는 것 말고는 손님의 모습은 하나도 보이지 않는다. 다만 현관으로 나가 보니 석단 위의 테이블 주변에서 양키 남녀 5, 6명이 벌컥 벌컥 술을 들이키며 큰 소리로 노래를 부르고 있다. 특히 여자 허리를 안은 채 노래 박자를 맞추는 바람에 대머리 선생 등은 몇 번이나 의자와 함께 넘어질 듯했다.

　현관 밖에는 문 왼쪽에 장미꽃 울타리가 만들어져 있다. 우리는 그 밑에 잠시 멈춰 서서 자잘한 잎 사이로 무리지어 있는 빨간 꽃을 올려

다보았다. 꽃은 멀리 있는 전등불에 희미한 향기를 뿜어내고 있다. 그
게 왠지 반질반질 젖어 있다고 생각했는데 어느새 어두운 하늘은 가
랑비로 변해 있었다. 장미, 가랑비, 외로운 나그네의 마음 − 여기까지
는 시가 될지도 모르겠다. 그러나 바로 앞 현관에서는 취한 양키가 떠
들고 있다. 나는 도저히 이 상태로는 「비로드의 꿈」의 작자처럼 로맨
틱은 될 수 없다고 생각했다.

　마침 그때 조용히 문 밖에서 비에 젖은 가마 두 채가 4명의 가마꾼
에 들려 들어왔다. 그것이 현관에 놓이자 제일먼저 가마에서 나온 것
은 품위 있는 중국 복장의 노인이다. 그 다음으로 현관에 내린 건 −
나는 솔직하게 고백하자면 적어도 보통 정도의 용모라고 말하고 싶다.
그러나 실지로 어느 쪽인가 하면 오히려 추한 용모의 소녀이다. 그럼
에도 청자색 비단 의상에 수정 귀걸이가 반짝거리고 있는 모습은 분
명 우아한 느낌이 들었다. 소녀는 노인이 지시하는 대로 마중 나온 숙
소 지배인과 함께 호텔 안으로 들어가 버린다. 노인은 뒤에 남은 채
마침 와 있던 우리 급사에게 가마 운임을 지불시키고 있다. 이 광경을
바라보고 있는 사이에 다시 한 번 나는 완전히 생각이 바뀌었다. 이것
이라면 아무래도 다니자키 준이치로 씨처럼 완전히 로맨틱으로 될 수
있을 것 같은 기분이 들었다.

　그러나 결국 운명은 나의 로맨티즘에 잔혹했다. 이때 갑자기 현관
에서 비틀 비틀 돌계단을 내려온 것은 그 대머리 미국인이다. 그는 동
료가 말을 걸자 묘한 손짓을 해보이며 브루디(bloody) 뭐라고 대답을 했
다. 상해의 이방인은 베리(very) 대신에 여러 차례 놀랄만한 브루디를
사용한다. 이것으로도 이미 유쾌하지 않다. 더욱 그는 위험하게 우리
들 옆에 멈춰 서기 무섭게 현관을 뒤로 한 채 방약무인하게도 서서 소
변을 보았다.

로맨티즘이여, 안녕이다. 나는 넋을 잃은 무라타 군과 인적이 없는 살롱으로 되돌아왔다. 미토(水戶)의 낭인보다도 10배나 더한 양이적(攘夷的) 정신에 불타오르며.

❖ 6. 서호 (1) ❖

호텔 앞 부두에는 아침 햇빛에 비춰진 회화나무 잎 그림자가 움직이고 있다. 그곳에는 우리를 태우기 위해 화려하게 장식된 화방(画舫)이 한 척 매어 있다. 화방이라고 하면 멋스러운데 어디가 도대체 화방의 화 자인지 아직도 확실하지 않다. 단지 하얀 목면의 햇빛 가리개를 치고, 놋쇠 난간을 대기도 한 지극히 평범한 작은 배이다. 그 화방 − 어쨌든 화방이라고 가르쳐 주었기 때문에 앞으로도 그렇게 부를 생각인데 − 그 화방은 우리를 태우자 사람 좋아 보이는 선장 손에 의해 유유히 호수로 나아갔다.

물은 생각했던 것보다 깊지는 않다. 부초가 떠다니는 수면에서 연꽃 싹을 내민 바닥이 보인다. 이것은 물가에 가까운 탓인가 생각했는데 아무리 가도 마찬가지인 듯하다. 뭐 전반적인 느낌을 말해보자면 호수라고 칭하기보다도 물이 많은 논에 가까울 정도이다. 들어보니 이 서호는 자연 그대로 내버려 두면 바로 말라버리기 때문에 물이 밖으로 나가지 않도록 무리한 장치가 되어있다고 한다. 나는 뱃전에 기대어 그 얕은 바닥 흙에 무라타 군의 지팡이를 찔러 넣고는 가끔 수초 사이로 헤엄쳐 오는 망둥이 같은 물고기를 놀래키기도 했다.

우리의 화방 저쪽에는 일본 영사관 주변에서 호수 속에 있는 고산(孤山) 쪽으로 긴 둑이 이어져 있다. 서호 전체 도면을 이리저리 살펴보면 이것은 옛날 백낙천이 쌓은 흰 둑임이 분명하다. 그렇다 해도 석판

인쇄의 그림 도면에는 버드나무와 뭔가가 그려져 있는데 보수공사 때 베어졌는지 지금은 그저 쓸쓸한 모래 제방이다. 그 제방에 다리가 두 개 있다. 고산에 가까운 것을 금대교(錦帶橋)라고 하고, 일본 영사관에 가까운 것을 단교라고 한다. 단교는 서호 십경 중, 잔설의 명소로 되어 있기 때문에 옛사람들의 시도 적지 않다. 실지로 교반(橋畔)의 잔설정에는 청나라 성조의 시비가 세워져 있다. 그 외 양철애(楊鉄崖)가 '단가교에서 마시는 붉은 포도주'(段家橋頭猩色酒)라고 한 것도, 장승길(張承吉)이 '단교 주변에 거친 이끼가 여러 겹 피어있구나'(断橋荒蘚渋)라고 한 것도 모두 이 다리에 관한 것이다. ― 라고 하면 박식하게 들리겠으나 이것은 이케다 도센(池田桃川) 씨의 「강남명승사적」에 나와 있기 때문에 각별하게 자랑할 만한 것도 뭐도 아니다. 우선 그 단교는, 하아! 이게 단교인가 하고 많이 경의를 표한 채 결국 배를 대지 못하고 말았다. 그러나 부초가 듬성듬성한 호수 안에서 희끗희끗 둑이 이어져 있는 것은 ― 특히 그곳에 가까이 다가갔을 때 변발을 늘어뜨린 노인 한 명이 버드나무 가지를 채찍으로 하여 천천히 말을 걸리고 있는 모습은 분명 시 속의 풍경이다. 나는 낙천의 서호 시에 "반쯤 취해서 서호의 동쪽 언덕을 한가히 거닐며 말채찍으로 등자 두드리니 고삐가 짤랑거리네."(半醉閒行湖岸東 馬鞭敲鐙響瓏瓏 万株松樹青山上 十里沙隄 明月中) 운운이라고 되어 있는 풍경은 설사 낮과 밤을 달리 한다 해도 그 느낌을 떠올릴 수 있을 것 같았다. 물론 이 시도 단교와 마찬가지로 이케다 씨 책의 재인용이다.

화방은 금대교를 빠져나오자 바로 진로를 오른쪽으로 잡았다. 오른쪽은 즉 고산이다. 이것도 서호 십경 중 하나이다. 평호(平湖)의 가을 달이라고 칭하는 것은 이 주변의 풍경이라고 가르쳐 주었으나 만춘(晩春)의 오전으로는 어쩔 수 없다. 고산에는 금지(金持)의 저택 같은, 크기

만 할뿐 저속한 문과 하얀 벽이 이어져 있다. 그곳을 한 차례 돌아보
고 나온 곳에 이상하게도 격조 높은 3층 누각이 있었다. 물가에 면한
문도 멋지지만 좌우로 늘어선 돌사자상도 아름답다. 이곳이 누구의
거처인가 했더니 건륭제(乾隆帝)의 행궁터라고 한다. 평판이 좋은 문란
각(文瀾閣)이었다. 여기에는 금산사 문자각(진강)이나 대관당의 문애각
(양주)과 함께 사고전서(四庫全書)가 1부씩 수납되어 있다. 게다가 정원
도 훌륭하다고 해서 한번 보기 위해 언덕으로 올라갔다. 그러나 어느
쪽도 일반인에게는 보여주지 않는다. 어쩔 수 없이 우리는 언덕을 따
라 옛 고산사, 지금의 광화사를 잠깐 보고 그 앞에 있는 유루(兪樓)로
갔다.

　유루는 유곡원(兪曲園)의 별장이다. 규모는 너무 비좁고 답답하기는
하지만 또 그렇게 나쁜 거처도 아니다. 동파(시인 소무의 호)의 고적과
관련되어 있다고 한다. 반파정 뒤쪽도 대나무와 소엽맥문동이 무성하
게 자란 속으로 수초가 많은 오래된 연못이 하나 있다. 한적한 느낌이
많이 들었다. 그 연못 있는 쪽으로 올라가보니 소위 구불구불한 복도
끝에 벽 속으로 박아 넣은 석각이 있다. 그것이 곡원을 위해 그린 형
옥린의 매화도 —라고 하기보다 혼고아케보노초(本鄕曙町)의 다니자키
준 이치로 씨의 2층에 걸려 있는 무시무시한 매화도의 원본이었다. 곡
곡랑 위의 작은 집 – 편액에 벽하서사(壁霞西舍)라고 되어 있는 것을
본 후 우리는 다시 한 번 산 아래 반파정으로 내려왔다. 반파정 벽에
는 전면으로 곡원이며 주회암(朱晦庵)이며 하소기(何紹基), 악비(岳飛) 등
여러 가지 탁본이 걸려 있었다. 탁본도 이렇게 많이 있으면 각별하다
해도 갖고 싶은 마음은 생기지 않는다. 그 정면에는 액자에 넣은 수염
이 긴 곡원의 사진이 감사하다는 듯 장식되어 있다. 나는 이집 주인이
가져온 차 한 잔을 마시며 곰곰이 곡원의 인상을 살펴보았다. 장병린

씨의 유 선생전에 의하면 (이것은 재인용을 하는 것은 아니다.) "타고
난 성격으로 음악이나 화려한 것을 싫어했고 일찍 어머니와 아내가
죽어 본인은 죽을 때까지 고기나 생선을 먹지 않았다."(雅性不好声色既
喪母妻終身不肴食) 운운으로 되어있다. 과연 그런 게 보이지 않는 것은
아니다. "학문하는 사람이 아닌 사람까지 가끔 그 제자로 되는 게 그의
결점이다."(雜流亦時時至門下此其所短也) ─ 그러고 보면 다소 속된 욕심도
있다. 어쩌면 유곡원은 이 속된 욕심이 있었던 덕분으로 이런 별장을
만들어 주는 홀륭한 제자들이 생겼는지도 모른다. 실지로 한 점의 속된
욕심도 지니지 않은 영룡옥 같은 우리들은 아직도 별장을 갖기는커녕
글을 팔아 겨우 목숨을 연명하고 있다. ─ 나는 장미가 들어간 찻잔을
앞에 두고 멍하니 턱을 괸 채 잠시 음포 선생을 경멸했다.


❖ 7. 서호 (2) ❖


그 다음 소소소(蘇小小)의 무덤을 보았다. 소소소는 전당(錢塘)의 명기
이다. 여하튼 게이샤라고 하는 대신에 그 후는 소소(蘇小)로 불릴 정도
니까 무덤도 예전부터 평판이 높다. 그런데 지금 참배해 보니 이 당대
미인의 무덤은 기와로 지붕을 얹은, 회반죽인가 뭔가를 바른 것 같다.
시적으로도 아무것도 아닌 봉분을 한 무덤이었다. 특히 무덤이 있는
주변은 서냉교의 재건으로 엉망진창이 되어있었기 때문에 인적이 끊
겨 삭막하기 그지없었다. 한때 애독했던 손자소(孫子瀟)의 시에 "이 단
교 옆은 날이 일찍 저무는 것처럼 느껴지누나. 향기로운 풀과 해질 녘
의 깊은 청색은 미인의 소맷자락 색깔을 닮아 있네. 악왕의 묘에 참배
하고 나서 당신의 무덤에 참배했습니다. 다른 높은 관리들의 무덤보
다 훨씬 더 참배할 가치가 있습니다"(段家橋外易斜曛 芳草凄迷綠似裙 弔罷

岳王來弔汝 勝他多少達官塚)라는 게 있다. 그런데 현재는 어디를 보아도 치맛자락 닮은 잡초 색만이 문제가 아니다. 파헤쳐진 흙 위로 가슴 아픈 햇빛이 흐르고 있다. 게다가 서령교반 거리에는 중국의 중학생 2, 3명이 반일 노래인지 뭔지 부르고 있다. 나는 총총히 무라타 군과 추근 여사의 묘를 둘러본 후 물가에 있는 화방으로 되돌아왔다.

화방은 악비의 사당으로 향하기 위해 다시 한 번 서호로 저어갔다.

"악비의 사당은 좋지요. 고색창연하니까요."

무라타 군은 나를 위로하듯 증유(曾遊)의 기억을 이야기해 주었다. 그런데 나는 어느새 서호에 반감을 갖기 시작했다. 서호는 생각했던 것만큼 아름답지는 않다. 적어도 현재의 서호는 떠나는 데 견딜 수 없을 만큼 아름다운 곳은 아니다. 물이 얕은 것은 앞에서도 언급했다. 그러나 그것 말고 서호의 자연은 가경도광(嘉慶道光)의 여러 시인처럼 섬세한 느낌이 너무 풍부해 있다. 대범한 자연에 질리고 질린 중국 문인 묵객에게는 어쩌면 그게 좋은지도 모른다. 그러나 우리 일본인은 섬세한 자연에 익숙해져 있는 만큼 일단은 아름답다고 생각해도 다음은 만족하지 못하고 만다. 만약 여기에서 이것만으로 멈춘다고 한다면 서호는 어찌되었든 꽃샘추위를 두려워하는 중국 미인의 모습만큼은 있을 터이다. 그런데 그 중국 미인은 호안(湖岸) 도처에 세워진 빨강과 쥐색 두 가지 색의 저급하기 짝이 없는 기와 건물 때문에 풍경이 죽고 말았다. 아니 서호 하나만이 아니다. 이 두 가지 색의 기와 건물은 거의 거대한 빈대처럼 고적이라고도 할 수 없고 명승이라고도 할 수 없는 강남 일대에 만연한 결과 모두 풍경을 파괴하고 말았다. 나는 조금 전 추근 여사의 무덤 앞에서 역시 이 기와 문을 보았을 때 서호를 위해서 불평했을 뿐만 아니라 여사의 영령을 위해서도 불평했다. '가을바람, 가을비에 심히 근심스럽구나(秋風秋雨愁殺人)라는 시와 함께 혁명에 목숨을 바친 감호(鑑湖) 추여협(秋女俠)의 묘문치고는 너무도 딱하다는 생각이 든 것이다. 더구나 이런 서호의 속화는 더욱 진행되는 경향이 있다. 아무래도 앞으로 10년이 지나면 호안에 줄지어 세워질 서양관 중에 한 채씩 양키들이 술에 취해 있고, 또 그 서양관 문 앞에서는 한 명씩 양키들이 서서 소변을 보고 있을 ― 것 같은 일로 될 것 같다. 언젠가 소봉 선생의 「중국만유기」(支那漫遊記)를 읽었는데 씨는 항주의 영사라도 되어서 느긋하게 여생을 보낼 수 있다면 큰 행복이라고 했었다. 그러나 나는 영사는커녕 서강(逝江)의 지방관으로 임명되어도 이런 진흙투성이 연못을 보는 것보다는 일본의 도쿄에서 살고 싶다.…

내가 서호를 공격하고 있는 사이 화방은 과강교(跨虹橋)를 돌며 역시 서호 십경 중 하나인 곡원의 풍하 부근에 접어들었다. 이 부근은 기와 건물도 보이지 않으며 흰 벽을 둘러싼 버드나무 속에 아직 복사꽃도 남아 있다. 왼쪽으로 보이는 조제(趙堤)의 나무그늘에 푸릇푸릇 이끼낀 옥대교가 희미하게 물에 비쳐있는 것도 남전(南田)의 화경에 가깝다. 나는 이곳으로 배가 왔을 때 무라타 군의 오해를 불러일으키지 않도록 나의 서호론에 증보(增補)를 설파했다.

"단 서호가 시시하다 해도 전부 시시한 건 아닌데."

화방은 곡원의 풍하를 지나자 악왕사당 앞에서 멈췄다. 우리는 서둘러 배를 뒤로 하고 「서호가화」 이후 낯익은 악 장군의 영을 참배하러 갔다. 그러자 사당은 8부 정도만 새로운 벽을 반짝거린 채 진흙과 자갈 산 속에 개수(改修) 중의 추함을 드러내놓고 있다. 물론 무라타 군을 기쁘게 하는 고풍스런 경치는 어디에도 없다. 불탄 자리 같은 경내에는 막벌이 일꾼과 미장공만 어슬렁대고 있다. 무라타 군은 카메라를 꺼내다 말고 낙담한 듯 걸음을 멈췄다.

"이거 실망이군, 이렇게 된 이상 이제 아무것도 없지. - 그렇담 무덤으로 가보지요."

무덤은 소소소의 무덤처럼 회반죽을 칠한 봉분이다. 그렇다 해도 이것은 명장인 만큼 소가 여인의 무덤보다 상당히 크다. 무덤 앞에는 굵게 '송악악왕의 묘'라고 쓴 이끼 흔적으로 얼룩진 비가 세워져 있다. 뒤쪽의 대나무가 무성한 것도 악비의 자손이 아닌 우리에게는 시적 정취는 느낄 수 있어도 슬픈 기분은 들지 않는다. 나는 무덤 주변을 걸으며 조금 회고하는 마음이 되었다. '악왕 무덤 위에 풀이 무성하다'(岳王墳上草萋萋) - 누군가에게 그런 구절도 있었던 것 같다. 하지만 이것도 재인용이 아니라서 누구의 시였는지 확실하지 않다.

❖ 8. 서호 (3) ❖

악비 무덤 앞에는 철책 속에 진회장능(秦檜張俊) 등의 철상이 있다. 철상의 모습을 살펴보면 손이 뒤로 묶이고 얼굴을 내밀었음이 분명하다. 어쨌든 이곳을 참배하는 자는 그들의 간통을 미워하기 위해 일일이 이들 철상에 소변을 끼얹고 간다고 한다. 그러나 지금은 다행히도 어느 철상도 젖어 있지 않다. 단 그 둘레의 흙 위에 청개구리가 몇 마리 나와 있다. 그게 조금 멀리서 온 나에게 불결한 암시를 전해줄 뿐이다.

예로부터 악인이 많다고 하지만 진회만큼 미움을 받은 자는 좀처럼 없다. 상해 주변의 거리에서는 분명 글자로는 유작괴(油炸塊)라고 하는, 막대기 같은 유부를 팔고 있다. 그것은 무네카타 고타로(宗方小太郎) 씨의 설에 의하면 진회의 유부와 같은 것이기 때문에 유작회(油炸檜)라는 게 본명이라고 한다. 하여튼 민중이란 것은 단순한 것 밖에는 이해하지 못한다. 중국에서도 관우나 악비, 중망(衆望)을 모집하고 있는 영웅은 모두 단순한 사람이다. 혹은 단순한 사람이 아니라 해도 단순화되기 쉬운 사람이다. 이 특색을 갖추지 않는 한 제아무리 불세출의 영웅일지라도 쉽게 일반 대중에게는 칭송받지 못한다. 가령 이이 나오스케(井伊直弼)의 동상이 세워지는 데 사후 몇십 년인가를 필요로 했지만, 노기(乃木) 대장이 신격화되기까지는 거의 일주일도 필요하지 않았던 것과 같은 것이다. 그런 만큼 또 적이 되면 이런 영웅의 적은 미움 받기 쉽다. 진회는 어떤 악연인지 훌륭하게 이 가장 불리한 역할을 맡았다. 그 결과는 보는 바와 같이 중화민국의 10년임에도 처참한 대접을 받고 있다. 나도 이 신년의 「개조」에 「장군」이라는 소설을 썼다. 그러나 일본에서 태어난 덕택으로 유부튀김 같은 쓰라린 고통도 당하지 않았으며 물론 소변 세례도 받지 않았다. 단 일부분 복자(伏字)가 된 데다 두 번 정도 잡지 편집자가 당국의 잔소리를 들었을 뿐이다.

내친김에 어느 정도 진회가 증오의 표적이 되었는가? ― 그 간의 소식을 말해줄 콩트를 하나 소개한다. 이것은 청나라 사람 경성균의 「산제객담」(山隮客譚) 속의 이야기이다.

×    ×    ×

"몇 년 전이 될까요? 제가 양자강 하안(河岸)의 어느 절에서 독서 겸해서 살고 있을 때입니다. 갑자기 옆집 노파에게 뭔가 귀신이 들렸습니다.

엄서창은 이야기를 시작했다.

"노파는 흰 눈을 치켜 올린 채, 일가 남녀를 쏘아보고는 자꾸 이렇게 저주를 퍼부어 대는 겁니다. ― 나로 말할 것 같으면 저승사자야. 지금 진회의 혼을 짊어지고 데려가면서 염라대왕에게 갔다가 돌아왔다. 그런데 도중에 여기를 지나치다가 죽을 뻔한 노파 때문에 오물을 옷에 뒤집어썼단 말야. 어떻게든 처리를 해주는 게 좋아. 그렇지 않으면 이 노파는 염라대왕 앞으로 끌고 갈 거야.…

일가의 남녀는 아주 놀랐습니다. 그러나 노파에게 씌인 것이 실지로 저승사자인지 어떤지 그것을 먼저 확인하기 위해 여러 가지 문답을 해 보았다고 합니다. 그러자 노파는 여전히 오만하게 정면을 바라보며 뭐든 명확하게 대답했습니다. 그렇다면 저승사자임이 틀림없다. – 이렇게 되었기 때문에 일가 남녀는 먼저 지전에 불을 붙이기도 하고 땅에 술을 붓기도 하면서 백방기원을 다했습니다. 주지하다시피 저승의 하급직도 이승의 하급직과 마찬가지로 뇌물을 주기만 하면 무사한 겁니다.

"노파는 잠시 후 탁 그곳으로 쓰러졌습니다. 그러나 바로 다시 일어났을 때는 이미 귀신도 사라진 거지요. 그저 두리번두리번 거릴 뿐입니다. 귀신에 홀리는 – 그것은 진기한 일도 아닙니다. 그러나 노파에게 옮겨 탄 귀신은 일가 남녀의 질문을 받자 이런 저승의 이야기도 했다고 합니다.


"문 – 진회는 대체 어떻게 되었습니까? 지장이 없다면 알려 주십시오."
"답 – 진회도 지금은 윤회한 결과 금화의 여자로 태어나 있다. 그게 이번에 대담하게도 남편을 속인 죄를 지어서 책형에 처해졌다."
"문 – 그러나 진회는 송나라 사람이 아닙니까? 금원명(金元明) 세 나라를 조사한 후 겨우 죄를 가리는 건 너무 늦은 것 같습니다만"
"답 – 진회 그 도적은 제멋대로 화의(和議)를 주창하고, 함부로 충성스런 국민을 죽였다. 흉악도 아주 심하다. 하늘의 재판소는 그 죄를 너무 증오한 나머지 책형 36번, 참수형 32번의 판결을 내렸다. 합계 68번의 형은 그렇게 가볍게 끝나는 게 아니야."

"뭐, 이런 상황입니다. 진회의 죄는 미워할 만 하다고는 해도 불쌍한 거 아닙니까?"

엄효창은 엄호정 선생의 증손이다. 결코 거짓말을 할 것 같은 사람은 아니다.

❖ 9. 서호 (4) ❖

악왕사당을 참배한 후 우리는 다시 화방을 띄우며 고산의 동안(東岸)으로 돌아왔다. 그곳에는 회화나무나 오동나무 그늘에 루외루(樓外樓) 깃발을 내건 요릿집이 있다. 「요미우리 신문」에 나온 기행에 의하면 다케바야시 무소안(武林無想庵) 씨 신 부처(夫妻)는 이 루외루(樓外樓)에서 식사를 한 것 같다. 우리도 선장의 권유대로 이 가게 앞 회화나무 아래에서 중국의 점심밥을 먹기로 했다. 그런데 내 앞에 앉아 있는 것은 오시카와 순로(押川春浪)의 모험소설을 애독한 결과 중학시절에 가출하여 뭐라고 하는 군함의 급사가 된 후, 8월 10일의 여순 해전에서 포화를 뚫고 왔다는 야만스런 성질의 무라타 군이다. 나는 음식을 들고 무라타 군에게는 비밀이었지만 은근히 무소안 씨를 부러워했다.

우리 테이블은 앞에서도 말한 대로 나뭇가지를 교차시킨 회화나무 아래에 있다. 앞에는 바로 발밑에서 서호의 물이 반짝거리고 있다. 그 물이 끊임없이 출렁이며 해변가를 막은 돌 사이로 소리를 내고 있는 것도 다정하다. 물가에는 푸른 복장의 중국인이 3명 있다. 한 명은 털이 없는 닭을 씻고 있고, 또 한 명은 낡은 옷을 빨고 있으며 나머지 한 명은 조금 떨어진 버드나무 뿌리 부근에서 유유히 낚시대를 드리우고 있다. 그런가 했더니 이 남자가 갑자기 낚시대를 높이 들어 올렸다.

낚시줄 끝에는 붕어가 한 마리 펄쩍펄쩍 공중에서 춤을 추고 있다.
이런 광경은 봄 빛 속에서 매우 한가로운 느낌을 전해주었다. 더구나
그들 저쪽에서는 어렴풋이 서호가 열리고 있다. 나는 분명 일순간 빨
간 기와를 잊고 양키를 잊고 이 평화로운 눈앞의 풍경에 소설 같은 심
정을 일으킬 수 있었다. 석갈촌의 버드나무 작은 가지에는 만춘의
해 그림자가 닿아있다. 원소이는 그 뿌리 부근에 앉은 채 아까부터 낚
시에 여념이 없다. 원소오는 닭을 다 씻자 칼을 가지러 집 안으로 들
어갔다. '빈모에는 석류꽃을 꽂고, 가슴에는 푸른 표범을 문신'한 그
사랑스런 원소칠은 아직도 낡은 옷을 빨고 있다. 그때 천천히 다가 온
자는

지다성, 오용도 그 누구도 아니다. 큰 바구니를 팔에 건 아주 산문
적인 막과자를 파는 사람이었다. 그는 우리 쪽으로 다가오더니 카라
멜인가 뭔가를 사 달라고 한다. 이리 되면 이제 끝장이다. 나는 수호
전 세계에서 벼룩처럼 뛰어나왔다.

천고지찰 108인 중에도 카라멜을 파는 호걸은 한 사람도 없다. 뿐
만 아니라 지금은 호수 위에서도 4, 5명의 여학생이 노를 젓는 하얀
보트가 호심정 쪽으로 나아가고 있다.

10분 후 우리는 노주를 마시기도 하고 생강을 넣어 찐 잉어를 먹기
도 했다. 그때 그곳으로 다시 화방 한 척이 회화나무 그늘 아래로 바
싹 다가왔다. 물가로 올라온 손님을 보니 남자가 1명, 여자가 3명, 남
자인지 여자인지 구분이 안 가는 아기가 1명이다. 여자 중 1명은 차림
새로 보건대 유모인지 하녀인 듯하다. 남자는 금테 안경을 걸친 (너무
도 이상한 인연인데) 무소안 씨를 닮은 몸집이 큰 남자이다. 뒤에 남
은 두 여자는 분명 자매일 것이다. 두 사람 모두 분홍색과 남색, 줄무
늬로 된 셀지 의상을 입고 있다. 용모도 어젯밤 본 소녀보다는 적어도

2할 정도 아름답다. 나는 젓가락을 움직이며 가끔씩 그들에게 눈길을 주었다. 그들은 옆 테이블에서 요리가 나오는 것을 기다리고 있다. 그 중에서도 두 명의 자매만큼은 뭔가 소곤소곤 이야기를 하며 우리를 곁눈질로 보기도 했다. 그렇다고 해도 이것은 엄밀하게 말하면 식사 중인 나를 찍는다고 하면서 무라타 군이 카메라를 만지작거리고 있는 ― 그게 눈에 띈 것이기 때문에 그다지 자랑거리가 되지 않을지도 모른다.

"이봐, 저 언니 쪽이 부인일까?"

"부인이지."

"나는 잘 모르겠어. 중국 여자는 30을 넘지 않는 한 모두 아가씨로 보여."

그런 이야기를 하고 있는 사이 그들도 식사를 하기 시작했다. 푸릇푸릇 가지가 늘어진 회화나무 아래에서 이 하이컬러인 중국인 가족이 문자 그대로 즐거워하며 밥을 먹는 모습은 보는 것만으로도 흥미롭다. 나는 궐련에 불을 붙이며 질려하지 않고 그들을 바라보았다. 단교, 고산, 뇌봉탑 ― 그것들의 아름다움을 이야기 하는 것은 소봉 선생에게 일임해도 좋다. 나에게는 맑고 아름다운 산수보다도 역시 인간을 보고 있는 쪽이 얼마나 유쾌한지 모르겠다.

그러나 언제까지고 그들의 식사에 경의를 표할 수는 없다. 우리는 계산을 한 후 삼담(三潭)의 인월이라는 섬으로 가기 위해 서둘러 화방의 손님이 되었다. 삼담의 인월(印月)은 고산에서 보면 마침 건너편 언덕에서 가까운 섬 부근에 있다. 섬의 이름은 뭐라고 하는데 이것은 서호 전도(全圖)에도, 이케다 씨의 안내기에도 표시되어 있지 않다. 다만 이 섬 근처에는 동파가 항주 군수였을 때 수로를 알리기 위해 세웠다고 하는 석탑이 3개 남아 있다. 그 석탑이 달 밝은 밤에는 수면에 세

개의 그림자를 떨어뜨린다 -는 것만큼은 분명하다. 배는 상당히 긴 시간, 조용한 호수를 저어가고 나서야 겨우 버드나무와 갈대가 깊은 퇴성암 앞의 부두에 도착했다.

## ❖ 10. 서호 (5) ❖

부두로 올라가면 문이 있다. 문 안에는 물이 맑은 연못에 판자를 이어 만든 야츠 다리가 걸려있다. 유루의 통로가 구불구불한 통로라면 이것은 구불구불 다리라고 평해도 좋다. 그 다리 곳곳에 운치 있는 정자가 만들어져 있다. 그것을 건너편으로 다 건너가면 눈부신 서호의 물 위로 3개의 석탑이 보인다. 범(梵) 자를 새긴 둥근 돌에 삿갓을 씌운 석탑이기 때문에 석등롱과 크게 다르지는 않다. 우리는 그 곳 정자 안에서 이 석탑을 바라보며 중국 궐련을 두 대 피웠다. 그리고 - 러시아의 소비에트 정부 이야기를 했으나 소동파의 이야기는 하지 않은 것 같다.

야츠 다리를 원래로 다시 건너오자 젊은 4, 5명의 중국인들이 있었다. 그들은 모두 멋을 부린 데다 호궁이나 피리를 휴대하고 있었다. 어쨌든 장안의 공자라는 것은 이런 무리들이었을 것이다. 물색과 녹색 마고자, 반지에서 반짝거리는 여러 가지 보석 - 나는 그들과 스쳐지나가면서 하나하나 그 모습들을 살펴보았다. 그런데 마지막으로 스쳐 지나간 남자는 거의 고미야 도요타카(小宮豊隆) 씨와 전혀 다르지 않은 얼굴을 하고 있었다. 그 후 경한철도의 열차 보이에게도 우노 고지를 쏙 닮은 남자가 있었고, 북경의 극장 안내인에게도 난부 슈타로(南部修太郎)를 닮은 남자가 있었던 것을 보면 아무래도 일본의 문학자에게는 중국인을 닮은 사람이 많은지도 모르겠다. 그러나 이때는 아직 처음이었기 때문에 남남끼리 우연히 닮은 거라고는 해도 틀림없이 고미야 씨의 조상 중 한 명은 - 등 이라고 실례되는 일도 상상했다.

- 이런 일들을 쓰고 있자니 극히 천하태평인데, 나는 현재 자리에 누워 열이 나고 있다. 머리도 물론 어질어질하고 목도 아파서 견딜 수 없다. 그럼에도 내 머리 맡에는 2통의 전보가 펼쳐져 있다. 전보 내용은 어느 쪽도 큰 차이는 없다. 요컨대 원고독촉이다. 의사는 누워 안정을 취하라고 한다. 친구들은 씩씩하다고 놀리기도 한다. 그러나 전후 사정상 더욱 심한 고열이 되지 않는 한 어쨌든 기행을 계속하지 않으면 안 된다. 이하 몇 회 분인가의 강남유기는 이런 상태 속에서 쓴 것이다. 아쿠타가와 류노스케라고만 하면 한가한 사람처럼 생각하는 독자는 신속하게 잘못 알고 있는 생각을 고치는 게 좋다. -

우리는 퇴성암을 돌아본 후 조금 전의 부두로 돌아왔다. 부두에는 중국인 노인 한 명이 어룽을 앞에 두고 앉아서 화방 선장과 이야기를 하고 있다. 그 어룽을 들여다보니 뱀이 가득 들어있다. 이야기인즉슨 거북이를 놓아주면 행운이 온다는 일본 이야기처럼 이 노인은 돈을 받으면 한 마리씩 뱀을 놓아준다고 한다. 아무리 공덕을 쌓는 일이라고 해도 일부러 뱀을 놓아주기 위해 돈을 지불하는 일본인은 한 사람도 없다.

화방은 다시 우리를 태우고 섬 연안을 따라 뇌봉탑(雷峯塔) 쪽으로 나아갔다. 연안에는 갈대가 무성한 속으로 수양버들이 몇 그루나 흔들리고 있다. 그 수면 속으로 들어간 가지에서 뭔가 꿈틀거리고 있다고 생각했는데 그것은 모두 자라였다. 아니 자라뿐이라면 놀라지는 않는다. 약간 위쪽 나뭇가지가 갈라지는 부분에는 적갈색에 기름진 뱀이 한 마리 반신은 버드나무를 감은 채 반신은 공중에서 꿈틀거리고 있다. 나는 등이 가려운 것 같은 기분이 들었다. 물론 그런 기분은 유쾌한 것도 뭐도 아니다.

그 사이 섬 모퉁이를 돌았다. 물을 사이에 둔 신록의 언덕으로 우뚝 솟은 뇌봉탑의 모습이 보였다. 먼저 눈앞에서 올려다 본 느낌은 도쿄 아사쿠사의 유원지 근처에 멈춰선 채 12층을 바라보는 것과 별반 다르지 않다. 단지 이 탑은 붉은 기와 벽에 온통 넝쿨이 뒤엉켜 있을 뿐만 아니라 잡목 등도 꼭대기에서는 한쪽으로 쏠려있다. 그것이 햇빛에 흐려져 환상처럼 우뚝 솟아 있는 모습은 뭐라 해도 웅대하다. 붉은 기와도 이리 되면 부족함이 없다. 붉은 기와라고 하면 안내서에는 무엇 때문에 뇌봉탑은 붉은 기와인가, ─ 그 이유를 설명한 그럴듯한 이야기가 실려 있다. 단지 이 안내서는 이케다 씨가 저술한 책은 아니다. 신신여관에서 팔고 있던 영문의 서호 안내서이다. 나는 그것을 읽은 후 펜을 놓을 생각이었는데 이렇게 머리가 어질거려서는 도저히 한 장 더 쓸 용기는 없다. 나머지는 또 내일이라도 ─ 아니, 그런 단서를 다는 것도 귀찮다. 폐렴이라도 걸리는 날에는 살아날 수 없다.

❖ 11. 서호 (6) ❖

그 안내서 Hangchow Itineraries(항주여행안내)에 의하면 지금으로부터 370여 년 전 이 서호 주변에는 자주 왜구가 쳐들어 왔다고 한다.

그런데 그들 해적에게는 뇌봉탑이 방해가 되어 방법이 없다. 왜냐하면 중국 관헌은 탑 위에 보초를 세우기 때문이다. 그러므로 왜구의 일진일퇴는 항주성으로 가까이 오기 전에 정확하게 중국 측에 알려지고 만다. 그래서 어느 날 일본 해적은 뇌봉탑 주변에 불을 질러 3일 낮밤 화공을 계속했다. 이리하여 뇌봉탑은 붉은 기와가 제조되기 이전 이미 붉은 기와 탑으로 변한 것이다. ─ 대충 이런 이야기인데 진위는 물론 보증할 수 없다.

뇌봉탑을 잠시 올려다 본 후 우리는 신신여관 쪽으로 — 오늘은 어제보다 열이 내렸다. 목도 마른 것이 나은 모양이다. 이 정도라면 2, 3일 안으로 책상 앞에 앉을 수 있을지도 모른다. 그러나 기행을 계속하는 것은 여전히 귀찮은 생각이 든다. 그 마음을 누르고 쓰는 것이라서 어차피 제대로 된 것은 쓸 수 없을 듯하다. 마아, 하루에 1회만 정리할 수 있다면 만족이다. 그래서 다시 한 번 반복하는데 — 뇌봉탑을 잠시 올려다 본 후 우리는 신신여관 쪽으로 천천히 돌렸다.

서호는 지금 우리 앞으로 동안(東岸) 일대를 열고 있다. 저쪽에 — 신신여관 위로 초록을 칠한 석산은 갈홍(葛洪), 연단(煉丹)의 땅이라는, 평판이 좋은 갈령(葛嶺)일 것이다. 갈령 꼭대기에는 사당이 하나 마치 날아가려고 하는 작은 새처럼 처마 끝 용마루를 뒤로 젖히고 있다. 그 오른쪽으로 계속 이어진 산 — 서호 전도에 의하면 보석산인데 그 산에는 화려한 보숙탑(保俶塔)의 모습도 보인다. 이 탑이 가늘게 우뚝 서 있는 모습은 노승 같은 뇌봉탑에 비하면 실로 옛사람이 말한 대로 미인과 같은 게 있을지도 모르겠다. 더구나 갈령은 흐려 있지만 보석산 정상에 나있는 풀에는 선명하게 햇빛이 흐르고 있다. 이들 산자락 부근에는 우리가 머문 호텔을 비롯하여 붉은 기와의 건물이 없는 것도 아니다. 그런데 그 어느 것도 멀리 있기 때문인지 각별하게 눈에 띠지 않는다. 오히려 그것이 다행이다. 다만 산들이 경사져 있는 곳에 하얀 선 하나가 이어져 있다. 오늘 아침 지나온 백제(白堤)임이 분명하다. 백제가 왼쪽으로 이어지다 끝나는 곳에는 루외루 깃발은 보이지 않는다 해도 신록의 고산이 가로놓여 있다. 이런 풍경은 뭐라 해도 아름답다는 것만큼은 부정하기 어렵다. 특히 지금은 점점이 마른 이파리를 띄운 수면도 바닥이 얕은 것을 기만하듯 흐린 은색으로 빛나고 있다.

"이번엔 어디로 가는 겁니까?"

"방학정(放鶴亭)으로 가 보지요. 임화정(林和靖)이 있던 곳이니까."

"방학정이라고 하면?"

"고산이에요. 신신여관 바로 앞에 있는 곳 –"

그 방학정에 상륙한 것은 약 20분 후의 일이었다. 화방은 이번에도 그곳으로 가기 위해 금대교를 빠져나온 다음 계속 백제로 둘러싸인, 소위 뒤쪽 호수를 가로 질렀다. 우리는 매화의 파란 잎 속에서 방학정을 구경하기도 하고 하나 더 위에 솟아 있는 임포의 소거각에 가보기도 하고 또 그 뒤에 세워진 역시 큰 봉분무덤의 '송림처사 묘'를 보기도 하면서 이리저리 그 주변을 어슬렁댔다. 임포는 의지가 강한 사람임이 틀림없다. 그러나 동시에 또 일본의 소설가만큼 가난하지도 않았을 것이다. 임포 7세손, 홍이 저술한 「산가청사」(山家淸事)에 의하면 홍의 은거생활은 '동(棟)은 3개, 침실 1개, 서재 1개, 병실 1개, 뒷동 2개 중 하나는 곡물을 두고 농민 도구나 산 도구를 두었으며, 지금 1개는 하인이 살도록 하고 부엌이라고 부른다. 보이 한 사람, 하녀 한 사람, 정원 관리하는 사람이 2명, 개 12마리, 당나귀 4마리, 소 4마리'였다고 한다. 임화정 선생도 비슷하다고 한다면 월 50엔의 셋집에 사는 것보다 상당히 풍요로웠다고 해야 할 것이다. 나로서도 하코네 부근에 몸채 하나에 창고 하나 – 서재, 침실, 하녀 방 등 완전히 다 갖춘 집을 세우고도 더욱 서생 한 명, 하녀 한 명, 하인 두 명을 부릴 수 있다면 임처사를 흉내 내는 일은 어렵지도 않다. 물가 주변 매화꽃에 학을 춤추게 하는 것도 학만 허락해 준다면 싫어할 이유가 없다. 그러나 나는 그리 되어도 '개 12마리 당나귀 4마리 소 4마리'는 사용할 길이 없다. 이것은 완전히 자네에게 줄 테니까 어떻게든 마음대로 해 주게. – 나는 방학정을 다 둘러본 후 물가 화방으로 돌아오며 이런 그럴듯한 논

리를 발표했다. 물가에는 버드나무 열매가 서로 교차하며 휘날리는
사이로 흰 옷에 검은 치마를 입은 중국 여학생이 2, 30명 줄지어 서냉
교 쪽으로 걸어가고 있다.

❖ 12. 영은사(靈隱寺) ❖

나는 지저분한 신신여관 2층에서 그림엽서를 몇 장 보고 있다. 무
라타 군은 벌써 잠이 들었다. 검은 유리 창문 한 쪽 모서리에는 이상
할 정도로 선명하게 도마뱀 한 마리가 붙어있다. 그것을 보는 게 싫었
기 때문에 나는 전혀 한눈을 팔지 않고 쓱쓱 만년필을 움직였다.…

도요시마 요시오(豊島与志雄)에게

오늘 영은사로 가는 도중 청련사라는 절에 들렀다네. 큰 장방형의
연못 속에 잉어, 비단잉어가 많이 있었지. 여기는 옥천어약(玉泉魚躍)이
라고 해서 5색 잉어로 유명한 절이라고 해. 그렇다고는 해도 5색이란
것이 실지로는 기껏해야 세 가지밖에 없다구. 연못에 면한 정자 안에
는 등의자와 테이블이 진열되어 있어. 그곳에 앉아 있으면 스님이 차
와 과자를 가져다 주지. 준다고 해도 공짜는 아니야. 즉 스님은 잉어
를 키우고 있는 것 같지만 실은 잉어에게 양육되고 있는 거겠지. 자네
는 소메이(染井) 낚시장에서 밤새 낚시 줄을 내려뜨리는 호걸이니까 이
절의 잉어도 보기만 하면 분명 낚시하고 싶어질 거야.

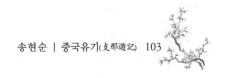

오아나 류이치(小穴隆一)에게


영은사에 참배한다. 도중 소석교 있다. 다리 밑의 수패환(水佩環)을 울리는 것 같다. 양쪽 언덕 모두 유죽(幽竹). 비를 머금은 비취 색 모두 사람에게 교태부리는 듯하다. 석곡(石谷 청나라 화가)의 화경에 가까운 것이라고나 할까. 나 크게 시흥을 불러일으키다. 그러나 여행가방 '중국시어사전' 없음. 결국 시 한 수 없는 이유 없는 쪽이 행복할지도 모른다.


가토리 호즈마(香取秀真) 씨에게


영은사는 상당히 큰 절입니다. 총문을 들어서서 조금 들어간 곳에 인도의 영취산(靈鷲山)이 날아왔다는 비래봉이라고 부르는 산이 있습니다. (실은 산이라기보다 큰 바위라고 하는 쪽이 좋습니다만) 그 곳 석굴에 있는 부처가 송나라 원조 부처라는 겁니다. 그러나 저에게는 어느 부처가 좋은지 나쁜지 알 수 없습니다. 고맙게 생각한 것은 딱 한가지입니다. 그렇다고는 해도 석굴의 일부분은 연일 내리는 비로 물이 나왔기 때문에 안으로는 들어가지 못하고 말았습니다. 오늘도 가끔 비가 옵니다. 높은 삼나무, 노송나무, 이끼가 무성한 석교 ─ 마아, 대충 이 절의 느낌은 중국의 고야산(高野山)이라고 생각하면 됩니다.


고스기 미세이(小杉未醒) 씨에게


영은사를 보았습니다. 삼나무 줄기에 다람쥐가 뛰어 오르는 모습 등은 너무도 산사다운 한적한 모습입니다. 우천 탓인지 빨간 칠을 한 대웅보전 등도 아주 차분한 느낌이 들었습니다. 낙빈왕(駱賓王, 당나라 시인)이 있었다는 것은 전설일지도 모르겠으나 일단 당연하다는 생각이 듭니다. 이곳 공기로는 어쩐지 낙빈왕 같은 게 있다. - 당신은 그렇게 생각하지 않습니까? 한 가지 더 내친김에 말씀드리고 싶은 것은 이 절의 오백나한입니다. 이것은 물론 보셨을 것으로 생각합니다만, 적어도 2백 정도는 거의 당신과 똑 닮아 있습니다. 농담도 뭐도 아닌, 실지로 당신과 똑같습니다. 들어보니 이 5백 나한 중에는 마르코 폴로 상이 있다고 합니다. 설마 당신의 먼 조상이 마르코 폴로였을 리는 없겠지요. 그러나 나는 만리 이역에서 당신과 상견한 것 같은 유쾌한 기분이 되었습니다.

사사키 모사쿠(佐佐木茂索) 씨에게

영은사를 참배하고 돌아가는 길, 봉림사 일명 희작사(喜鵲寺)를 방문함. 오소선사가 있던 절이다. 절은 다 보는 데 부족하다. 단지 장례식이 있는지 모르겠다. 쥐색 가사에 짙은 적갈색 가사를 걸친 스님이 여러 명 경을 읽으며 절 복도를 걷고 있다. 백낙천 오소에게 묻는다. 불법의 대의란 어떤 것인가? 오소 대답하기를 "나쁜 일은 하지 말고 좋은 일을 하라"(諸惡莫作 衆善奉行). 낙천 다시 말한다. 삼척동자도 이것을 알고 있다. 오소 웃으며 말하길 삼척동자도 이것을 알지만 80의 노옹도 행하기 어렵다. 낙천 바로 엎드렸다고. 이렇게 쉽게 절을 받은 날에는 우소 선사도 기분이 나빴을 것이다. 사문 앞에 중국 어린이들 많이 있다. 전채 꽃을 가지고 놀고 있다. 비갠 후 석양 멋지다.

편지를 다 쓰고 나자 다행히 도마뱀은 보이지 않았다. 내일은 항주

를 떠날 예정이다. 용금문(湧金門), 회회당(回回堂) — 그런 것을 볼 여유
가 없을지도 모른다. 나는 다소 외로움을 느끼며 셔츠 한 장만 입고
침대 모포 속으로 들어가려고 했다. 그런데 나도 모르게 잽싸게 피하
며 "이런 제기럴"하고 큰 소리를 냈다. 하얀 침대 베개 위에는 바둑알
정도의 거미가 움직이지 않고 가만히 있다! 이것만으로도 서호는 만
만한 곳이 아니다.

## ✣ 13. 소주(蘇州) 성내 (상) ✣

당나귀는 나를 태우자마자 쏜살같이 뛰어나갔다. 장소는 소주 성내
이다. 좁은 거리 양쪽에는 예의 간판들이 내걸려 있다. 그것만으로도
답답하고 비좁은 곳이다. 당나귀도 다니고 가마도 다니고 사람통행도
물론 적지 않은 — 상황이었기 때문에 나는 고삐를 잡아당긴 채 잠시
나도 모르게 눈을 감았다. 이것은 겁이 많아서도 뭐도 아니다. 그 당
나귀에 걸터앉은 채 중국의 돌 깐 길을 달려가는 것은 쉽지 않은 모험
이다. 그 위험천만함을 경험하지 않은 독자는 벌금을 낼 각오를 한 다
음 도쿄라면 아사쿠사(淺草) 상점가, 오사카라면 신사이바시(心齋橋) 거
리를 전속력의 자전거로 달려 보는 게 좋다.

나는 시마즈 요소키(島津四十起) 씨와 지금 막 소주에 도착했다. 원래
라면 오전 중에 상해를 떠날 생각이었는데 그만 늦잠을 잔 탓으로 예
정된 기차를 탈 수 없었다. — 그것도 배차시간 한 간격만 늦은 게 아
니다. 합계 세 간격의 배차 시간에 늦은 것이다. 그곳에 시마다 다이
도(太堂) 선생 등은 그때마다 정차장으로 오셨다고 하니 지금 떠올려
보아도 부끄러움을 금할 수 없다. 더욱 나를 배웅하기 위해 7절시를
한 수 지어 주신 것은 더욱 송구한 추억이다.…

내 앞에서는 의기양양하게 시마즈 씨가 당나귀를 타고 달리고 있다. 그렇다 해도 시마즈 씨는 나처럼 처음으로 당나귀를 탄 것은 아니다. 그러므로 허리를 세우는 법이 다르다. 나는 시마즈 씨를 본보기로 내심 몇 번이고 조마조마 해가며 여러 가지 마술의 궁리를 했다. 단 그 후 낙마한 것은 실로 제자인 내가 아니다. 스승 역인 시마즈 씨 자신이다.

좁은 거리 양쪽에는 - 실은 처음 몇 분인가는 무엇이 있는지 보이지 않았다. 그러나 그 몇 분인가 지난 후에는 표구점과 보석가게가 여러 곳 있었다. 표구점에는 산수며, 화조며 표장(表裝) 중인 그림이 진열되어 있다. 보석가게에는 비취와 옥이 은장식 등과 함께 반짝거리고 있다. 그것이 어느 쪽도 고소성(姑蘇城)다운 우아하고 아름다운 심정을 불러 일으켰다. 그러나 그 우아하고 아름다운 심정도 당나귀의 등에서 춤추지 않는다면 좀 더 기뻤을 것이다. 실지로 한번은 자수가게에서 모란과 기린이 수놓아진 붉은 옷감이 벽에 걸려 있어서 - 그것을 보려고 했는데 아차 하는 순간 호궁을 연주하는 장님과 충돌할 뻔 했다.

그러나 당나귀를 달리게 하는 것도 평평한 돌을 깐 길 위라면 그런대로 참지 못할 것도 없다. 그게 다리를 건너게 되면 어느 쪽도 예의 활 모양으로 가운데가 높은 다리라서 오르막길은 엉덩방아를 찧게 되는, 내리막길은 운이 나쁘면 당나귀 머리 너머로 미끌어 떨어지기 쉽다. 게다가 다리가 많은 것은 고소(姑蘇) 3천 6백교, 오문 390교라는 말이 문자대로 사실이 아니라고 해도 완전히 거짓말은 아닌 것 같다. 나는 어쩔 수 없이 다리에 접어들면 고삐를 붙잡는 대신 당나귀 안장에 달라붙었다. 그래도 다리를 건널 때는 더러운 흰 벽이 이어진 사이로 가늘게 파란 운하의 물이 빛나고 있는 것만큼은 눈에 들어왔다.

그런 길 여행을 계속한 후 마침내 우리가 도착한 곳은 북사(北寺) 탑 앞이다. 소주 7탑 중 볼 수 있는 것은 불과 이 탑뿐이라고 한다. 탑 앞의 초원에는 바구니를 든 할머니들이 두세 명 열심히 나물을 뜯고 있다. 이 초원은 안내서에 의하면 옛날 사형장이라고 하니까 풀도 사람 피로 비옥한지도 모른다. 그러나 흰 벽에 햇빛을 담은 9층탑이 솟아 있는 앞으로 청복을 입은 할머니가 삼삼오오 조용히 나물을 뜯고 있는 모습은 너무도 여유로운 광경이다.

우리는 당나귀를 타고 쏜살같이 내려와서 탑의 제일 아래층 입구로 갔다. 그곳에는 절에서 일하는 중국 남자가 격자문 안에 앉아있다. 그 사람이 20전 은화를 받자 큰 자물쇠를 풀고 들어오라는 손짓을 했다. 탑 2층으로 올라가는 곳에는 퀴퀴한 냄새의 어둠 속에 칸텔라가 하나 켜져 있었다. 그러나 사다리 계단을 올라가기 시작하자 벌써 그 불빛은 비치지 않는다. 게다가 손잡이를 잡았더니 이 탑에 참배한 몇 만 명 선남선녀의 손때가 묻은 것인지 만지자마자 차가운 느낌이 들어 도저히 참을 수 없었다. 그러나 2층에 오르고 나면 사방에 입구도 달려 있고 이제 어둠에 곤란한 일은 없다. 탑 내부는 9층 모두 복숭아 색의 벽 사이로 금색 부처가 안치되어 있다. 복숭아 색과 금색과 ― 이런 색상 배치는 묘하게 육감적인 것이 있는 만큼 너무도 현대 남국(南國)답다. 나는 어쩐지 이 탑 위에는 중국요리라도 있을 것 같은 기분이 들었다.

10분 후, 우리는 탑 정상에서 소주 시가를 내려다보았다. 시가는 검은 기와지붕 사이로 선명한 흰 벽을 짜 넣은 채, 생각보다도 넓게 펼쳐져 있다. 그 너머로 안개를 머금은 높은 탑이 있다고 생각했는데 그것은 손권(孫權)이 세웠다든가 하는 유명한 서광사 고탑이었다.(물론 지금의 것은 중수에 중수를 거듭한 탑이다.) 시내 밖은 어느 쪽으로 향해도 반짝거리는 물과 푸른색이 끝없이 보였다. 나는 난간에 기대어 탑 아래에서 풀을 먹고 있는 작은 당나귀 두 마리를 내려다보았다. 당나귀 옆에는 당나귀 끄는 아이도 두 명 돌에 걸터앉아 있다.

"어이!"

나는 소리를 크게 질렀다. 그러나 그들은 뒤돌아보지 않는다. ─ 높은 탑 위에 서 있는 것이 어쩐지 외롭다.

❖ 14. 소주 성내 (중) ❖

우리는 북사 탑을 보고나서 현묘관(玄妙觀)을 구경하러 갔다. 현묘관은 아까 지나온 보석가게가 많은 거리에서 조금 골목으로 들어간 곳에 있다. 현묘관 앞 광장에 노점이 많은 것은 상해의 성얼(城隍) 사당과 다르지 않다. 우동, 만두, 사탕수수 줄기, 소귀나물 ─ 그런 식물점 사이로 완구점과 잡화점도 가게를 열고 있다. 물론 사람통행도 아주 많다. 그러나 상해와 다른 것은 이 정도로 줄줄이 걸어 다니는 사람들 중에 거의 양복을 입은 모습이 보이지 않는다는 점이다. 뿐만 아니라 장소도 넓은 탓인지 어쩐지 상해처럼 양기가 넘치지 않는다. 화려한 양말이 진열되어 있어도 부추 냄새 나는 김이 피어오르고 있어도, 아니 옻나무처럼 머리가 반들거리는 젊은 여자가 두세 명 황록색과 엷은 보랏빛 옷자락을 일부러 휘두르듯 걷고 있어도 어딘지 촌스러운 쓸쓸함이 있다. 나는 옛날 피엘 로티가 아사쿠사의 관음에 참배했을 때도 분명 이런 느낌이 들었을 것이라고 생각했다.

그 군집 속을 걸어가자 막다른 곳에 큰 사당이 있었다. 그것도 크기는 크지만 빨간 칠을 한 기둥도 벗겨지고, 흰 벽도 먼지투성이다. 게다가 참배객도 이 사당으로는 가끔씩 올라올 뿐이어서 한층 더 황폐한 느낌이 강하게 든다. 안으로 들어가자 한 면 모두 석판이며 목판이며 육필이며 그 어느 것도 싸구려 족자가 야한 색채로 진열되어 있다. 그렇다고 해도 서화를 봉납한 것은 아니다. 모두 새것인 매물이다. 지배인이 어디 있는가 했더니 어두컴컴한 사당 한쪽 구석에서 조그만 할아버지와 앉아 있다. 하지만 이 족자 외에는 향이나 꽃은 물론 존상(尊像)도 보이지 않는다.

사당을 뒤쪽으로 빠져나가자 이번에는 그곳 군중들 속에서 윗도리를 벗은 남자 두 명이 칼과 창을 가지고 시합을 하고 있었다. 설마 칼날이 서 있지는 않겠지만 빨간 술이 달린 창이나 갈고랑이처럼 끝이 구부러진 칼이 번쩍번쩍 햇빛을 반사하며 불꽃을 튀며 싸우는 모습은 굉장히 훌륭한 것이었다. 그 사이 변발을 한 어느 몸집이 큰 남자는 상대에 의해 창이 바닥으로 떨어졌다. 그러자 바로 장검 끝을 계속 피하면서 순식간에 상대방 옆구리를 걷어찼다. 상대방은 쌍칼을 쥔 채 벌렁 뒤로 나자빠졌다. ― 주변 구경꾼들은 기쁜 듯이 와하고 소리 내며 웃었다. 어쨌든 병대충설영(病大忠薛永)이라든가 타호장이충(打虎將李忠)이라는 호걸은 이런 무리였음이 틀림없다. 나는 사당 돌계단 위에서 그들의 난투극을 바라보며 완전히 수호전다운 기분이 되었다.

수호전답다 ―는 것만으로는 충분히 의미가 통하지 않을지도 모른다. 아무튼 수호전이라는 소설은 일본에도 바킨(馬琴)의 팔견전을 비롯하여 신도(神稻) 수호전이나 본조 수호전이나 여러 종류의 작품이 나와 있다. 그러나 수호전다운 기분은 그 어느 것에도 묘사되어 있지 않다. 그렇다면 '수호전답다'는 것은 무엇인가 하면, 어떤 중국사상이 번쩍 떠오르는 것이다. 천강지살(天罡地煞) 108인의 호걸은 바킨 등이 생각하는 것처럼 충신의사의 집단은 아니다. 오히려 숫자상으로 보면 무뢰한의 결사체이다. 그러나 그들을 규합했던 힘은 악을 좋아하는 마음이 아니다. 분명 무송(武松)이 한 말이라고 생각하는데 호걸이 사랑하는 것은 방화 살인이라고 한 게 있다. 이것은 엄밀하게 말하면 방화 살인을 좋아하면 호걸일 수 있다는 말이다. 아니 한층 더 정중하게 말하면 이미 호걸인 이상 구구한 방화 살인 같은 것은 문제가 되지 않는다는 것이다. 즉 그들 사이에는 선악을 발밑에서 당연히 유린한다는 호걸의식이 흐르고 있다. 모범적 군인인 임충(林沖)도 전문적인 노름꾼 백승(白勝)도 이런 마음을 갖고 있는 한 실로 형제였다고 해도 무방하다. 이 마음 — 말하자면 일종의 초도덕사상은 단지 그들의 마음만이 아니다. 예나 지금이나 중국인 가슴에는 적어도 일본인에 비하면 훨씬 깊이 뿌리를 내린, 등한시할 수 없는 마음이다. 천하는 한 사람의 천하에 있지 않다고 하는데 그런 말을 하는 무리는 단지 훌륭하지 못한 군주 한 사람의 천하에 있지 않다고 하는 것에 지나지 않는다. 실은 모두 마음속으로는 훌륭하지 못한 군주 한 사람의 천하 대신에 그들 즉 호걸 한 사람의 천하로 하자는 것이다. 또 하나 그 증거를 든다면 영웅이 머리를 돌리면 바로 신선이라는 말이 있다. 신선은 물론 악인도 아니며 동시에 또 선인도 아니다. 선악의 피안에 깊게 깔려있는 안개만 먹는 인간이다. 방화 살인을 생각하지 않는 호걸은 분명 이 점에서는 한번 머리를 돌리면 신선 대열로 들어가 버린다. 만약 거짓이라고 생각하는 사람은 시험해 보기 위해 니체를 펼쳐 보는 게 좋다. 독약을 이용한 짜라투스트라는 바로 체사레 보르자이다. 수호전은 무송이 호랑이를 죽이기도 하고 이규(李逵)가 큰 도끼를 휘두르기도 하고 연청(燕青)이 씨름을 하기도 하기 때문에 만인에게 애독되는 게 아니다. 그 속에 가득 펼쳐진 선이 굵은 호걸의 기분이 바로 읽는 자를 취하게 하는 것이다.…

　나는 또 무기 소리에 놀라서 눈을 크게 뜨고 보았다. 그 두 명의 호걸은 내가 수호전을 생각하고 있는 사이에 어느새 한 사람은 청룡도를 또

한 사람은 폭이 넓은 칼을 휘두르며 두 번째 칼싸움을 시작하고 있다.

❖ 15. 소주 성내 (하) ❖

공자 사당으로 온 것은 저녁 무렵이었다. 지친 당나귀에 올라타 돌바닥 사이로 풀이 돋아난 사당 앞길로 접어들자 쓸쓸한 길가 뽕나무밭 위로 희끄무레한 서광사 폐탑이 보인다. 탑 한층 한층에 덩쿨 풀이 무성한 것도 보인다. 그 하늘에 점점이 뒤섞여 어지럽게 나는, 이 주변에 많은 까치도 보인다. 나는 실지로 이 순간 창망만고의 뜻이라고 형용하고 싶은 슬프고도 기쁜 심정이 되었다.

이 창망만고의 뜻은 다행히 없어지지 않고 내 안에 있었다. 문 밖에서 당나귀를 내린 후 길도 확실하지 않은 풀 속을 가자니 어두운 떡갈나무와 삼나무 사이로 수초가 떠 있는 연못이 있다. 그러자 연못 가장자리에는 빨간 줄무늬 모자를 쓴 병사가 한 명 갈대와 부들을 밀어 헤치며 자루 모양의 어구에서 물고기를 건져내고 있다. 여기는 1874년에 재건되었다고는 해도 송나라 명신 범중엄(范仲淹)이 창시한 강남제일의 공자사당이다. 그것을 생각하면 이 황폐함은 바로 중국의 황폐함이 아닌가? 그러나 적어도 멀리서 온 나에게는 이 황폐함이 있기 때문에 회고의 시흥도 생긴다. 나는 도대체 탄식하면 좋은 것인지 혹은 기뻐하면 좋은 것인지 ─ 그런 모순을 느끼며 이끼가 무성한 석교를 건넜을 때 내 입에서는 어느 새 이런 구절이 희미하게 읊어졌다. "의론해 봤자 별 수 없구나. 결국은 사람의 나라 아니던가? 나도 공부하고 있는 사람이다. 이 세상에서 감개를 품는 것도 무리는 아니겠지." (休言竟是人家国 我亦書生好感時) ─ 단 이 구절의 작자는 내가 아니다. 북경에 있는 이마제키 텐포(今関天彭) 씨이다.

검은 예문(禮門)을 지나고 나서 돌사자 사이로 조금 걸어가자 뭐라고 하는 작은 통용문이 있었다. 그 문을 열기 위해서는 청복의 문지기 아주머니에게 20전 은화를 줘야만 한다. 그러나 그 가난해 보이는 아주머니가 마마 자국이 있는 10살 정도의 여자아이와 함께 안내를 위해 서있는 곳은 비참했다. 우리는 그들 뒤에서 삼백초 꽃만이 희끄무레한 습기 찬 돌바닥을 밟고 갔다. 바닥에 깐 돌이 끝나는 곳에는 정문이라고 할 큰 문이 우뚝 세워져있다. 유명한 천문도(天文圖)나 중국전도(全圖)가 돌에 새겨진 것도 여기에 있는데 주변에 떠도는 희미한 빛으로는 비면도 똑똑히 볼 수가 없다. 단지 그 문으로 들어간 곳에 북과 종이 진열되어 있다. 심각하다고 할까? 예악의 쇠퇴함이여. ─ 지금 생각하면 우습지만, 나는 이 먼지투성이의 고풍스런 악기를 바라보았을 때 어쩐지 그런 감개가 있었다.

정문 안의 돌계단에도 물론 망망하게 풀이 자라 있다. 돌계단 양쪽에는 옛 문관 시험장이었다는 복도 같은 지붕이 이어진 앞으로 몇 그루나 굵은 은행나무가 서있다. 우리는 문지기 모녀와 함께 그 돌계단 막다른 곳에 있는 대성전 돌단을 올라갔다. 대성전은 사당의 성전이기 때문에 규모도 매우 웅대하다. 석단의 용, 황색 벽, 군청색에 하얗게 전명(殿名)을 쓴 어필(御筆)같은 정면의 액자 ─ 나는 대웅전 밖을 둘러본 후 어스름한 웅전 안을 들여다보았다. 그러자 높은 천정에 비라도 내리나 생각 될 정도로 싸악 싸악 하는 소리가 전해 온다. 동시에 뭔가 이상한 냄새가 확 내 코를 엄습했다.

"뭡니까? 저건?"

나는 재빨리 물러서며 시마즈 요소키 씨를 돌아보았다.

"박쥐에요. 이 천정에 둥지를 틀고 있어요. ─ "

시마즈 씨는 싱글싱글 웃고 있었다. 역시 깔려 있는 기와 위에도 온통 검은 똥이 떨어져 있다. 이 날개 소리를 들은 데다 이 엄청난 똥을 보니 얼마나 많은 박쥐가 대들보 사이의 어둠 속을 날고 있을지 생각만으로도 그다지 좋은 기분은 들지 않는다. 나는 회고의 시경에서 고야의 화경으로 떨어졌다. 이리 된다면 창망을 언급할 상황이 아니다. 영락없는 괴담의 세계이다.

"공자도 박쥐(蝙蝠)한테는 손을 들었지요?"

"뭐 복(蝠)과 복(福)의 중국 발음은 같으니까요. 중국인은 박쥐(蝙蝠)를 좋아합니다."

당나귀 등의 손님이 된 후 우리는 다시 저녁 안개 길을 내려왔다. 어두운 좁은 길을 걸으며 이런 이야기를 나눴다. 박쥐는 일본에서도 에도시대에는 기분이 오싹하다고 하기보다 기개 있는 것으로 생각했던 모양이다. 고우모리안(蝙蝠安, 교겐 주인공 이름)의 문신 같은 것이 분명 그 증거이다. 그러나 서양의 영향은 어느새 염산처럼 금속의 에도를 부패시키고 말았다. 그러고 보면 앞으로 20년만 지나도 "박쥐도 나와서 해변가 저녁 바람에 땀을 식힌다"는 노래에는 보들레르의 감화가 있었다고 늘어놓는 비평가 나올지도 모르겠다. ─ 당나귀는 그 사이에도 종종걸음으로 방울 소리를 울리며 신록의 냄새가 떠도는 인적 없는 길을 서두르고 있다.

❖ 16. 천평과 영암 (상) ❖

천평산(天平山) 백운사에 가보니 산에 기댄 정자 벽에 반일 낙서가 많이 있었다. '여러분은 즐거울 때도 21조를 잊어서는 안 됩니다.'(諸君倘在快活之時, 不可忘了三七二十一条)라는 것이 있다. '개와 일본 놈은 이 벽에 낙서를 해서는 안 된다.'(犬与日奴不得題壁)라는 것이 있다. (그런데도 시마즈 씨는 태연히 층운파의 하이쿠에 제목을 붙이고 있었다.) 더욱 맹렬한 경우는 '광활한 국토를 바라보니 그리움이 생기는구나. 지는 해 철전지 원수 10만 병사가 없어서 한이다. 왜놈들을 전부 소탕해야 멈출 수 있다.'(莽蕩河山起暮愁 何來不共戴天仇 恨無十万橫磨劍 殺盡倭奴方罷休)라는 명시가 있다. 어쨌든 이 시의 서문에는 '천평산에 참배하는 도중 일본인과 싸움을 했는데 엄청난 숫자가 한꺼번에 달려들었기 때문에 지고 말았다. 통분에 견딜 수 없다.'라고 쓰여 있었다. 듣자니 반일감정을 부추기는 비용이 30만 엔 내외라는 것인데 이정도 효과가 있다고 한다면 일본 상품을 구축하는 데 있어서도 오히려 싼 광고비이다. 나는 난간 밖의 어린 단풍나무 가지가 물기에 젖어 축 늘어진 것을 바라보며 절에서 일하는 젊은 남자가 가져온 말향 냄새나는 차를 마시기도 하고 딱딱한 대추 열매를 씹기도 했다.

"천평산은 생각했던 것보다 좋군. 조금 더 깨끗했더라면 좋았을 텐데 ― 어? 저 산 아래 사당의 장지문은 유리가 끼워져 있는 겁니까?"

"아니요, 조개입니다. 정방형으로 잘게 맞춘 격자 틈새로 하나씩 뭐라고 하는 조개의 얇은 것을 유리 대용으로 붙여 넣은 겁니다. ― 천평산은 언젠가 다니자키 준이치로 씨도 쓰지 않았습니까?"

"에에, 소주 기행 속에. ― 그래도 천평산의 단풍보다는 오는 도중에 본 운하 쪽이 흥미로웠던 것 같습니다."

우리는 영암산(靈巖山)에도 올라갈 필요가 있는 이상, 오늘도 당나귀를 타고 왔다. 그래도 초여름의 운하에 연한 고소(姑蘇) 성 밖 시골길은 분명 아름다웠다. 흰 거위가 떠 있는 운하에는 역시 북 모양으로 휘어 오른 오래된 석교가 걸려 있다. 그 물에 선명하게 그림자를 떨어뜨린 시원한 길가의 회화나무와 버드나무 혹은 청 보리밭 사이로 붉은 꽃을 장식한 장미선반 ― 그런 풍경 곳곳에 흰 벽의 농가가 몇 채나 보인다. 특히 운치 있다고 생각한 것은 그런 농가를 지나칠 때마다 창문 안을 살짝 들여다보면 어머니인지 딸인지 자수바늘을 움직이는 모습들이었다. 젊은 여자도 적지 않다. 공교롭게도 하늘은 흐려 있다. 만약 맑다고 한다면 그들 창문 너머로는 영암, 천평의 푸른 산이 그린 것처럼 보였을 것이다.…

"다니자키 씨도 거지 때문에 골치가 아팠던 모양이에요."

"거지한텐 누구도 속 썩이지. – 그러나 소주의 거지는 그래도 나아요. 항주 영암사의 경우는. –"

그만 나는 웃음을 터뜨렸다. 영암사 거지의 비범함은 일본인으로서는 도저히 상상할 수 없다. 과장해서 가슴을 퉁퉁 두드리기도 하고 땅바닥에 머리를 계속 때리기도 하며 발목이 없는 발을 들어서 보여주기도 하는 – 우선 거지의 기교로서는 가장 진보한 것을 보여준다. 그러나 우리 일본인 눈에는 약효가 너무 들어 연민의 정을 불러일으키기보다도 너무 호들갑스러운 모습에 웃음을 터뜨리고 만다. 그것을 생각하면 소주의 거지는 단지 우는 소리를 낼 뿐이니까 손에 뭘 쥐어주는 것도 마음이 편하다. 그러나 사자산 자락인가 어딘가 쓸쓸한 동네를 지날 때 무심코 1전짜리를 던져주었을 뿐인데, 아이들과 여자들 모두가 손을 내밀며 당나귀 주변을 둘러싼 것에는 적잖이 고생했다. 아무리 버드나무가 드리워져 있거나 여자가 수를 놓고 있어도 감탄만 할 일은 아니다. 그 동네 흰 벽 한 겹 안에는 마치 둥지를 튼 제비처럼 무서운 사바고가 숨어있다. …

"그럼 산 위로 올라가 볼까요?"

시마즈 씨는 나를 재촉하며 정자 뒤 산길을 오르기 시작했다. 번질거리는 새싹 속에 흙이 빨간 산길이 가느다랗게 바위를 누비고 있는 게 어쩐지 마음을 기쁘게 했다. 그 길을 비스듬히 정상까지 다 오르자 이번에는 병풍을 펼친 것처럼 큰 바위가 우뚝 서 있는 곳이 나왔다. 여기가 막다른 곳인가 했는데 바위와 바위가 거의 맞닿은 사이로 몸을 옆으로 하지 않으면 거의 통과할 수 없을 만큼 좁은 길이 계속 뻗어 있다. 아니 뻗어 있는 게 아니다. 반듯하게 천상을 향해 있다. 나는 바위 아래 우두커니 서서 나뭇가지와 덩쿨로 휘감긴 먼 푸른 하늘을 우러러 보았다.

"탁필봉(卓筆峯)이나 망호대(望湖台)라는 건 이 산 위에 있는 거지요?"

"글쎄요. 아마 그럴 겁니다."

"역시 이건 천평산에 오르는 길 같군."

## ❖ 17. 천평과 영암 (중) ❖

만홀조천(万笏朝天)이라는 이름을 짊어진 산 정상 바위 길에 오른 후 다시 산길을 내려오자 조금 전 정자로 나가기 전의 옆으로 꺾이는 복도가 보였다. 내친김에 그곳으로 돌아가 보았다. 용 수염과 난간기둥 머리에 다는 파 꽃 모양의 장식으로 둘러싸인 작은 연못이 하나 있다. 그 연못으로 아연 홈통에서 뚝뚝 물이 떨어지고 있다. 유명한 오중제일천(吳中第一泉)이었다. 연못 주변에는 백운천이라든가 어락(魚樂)이라든가 여러 가지 이름을 새겨놓았다. 더욱 정중하게도 페인트를 칠한 크고 작은 비석들이 줄지어 서있다. 저것은 오중제일천 치고는 너무 물이 더럽기 때문에 그냥 진흙 연못과 혼동하지 않도록 광고를 한 것일 것이다.

그러나 그 연못 앞의 견산각이라고 부르는 곳은 중국의 등롱이 매달려 있기도 하고 새 비단이불이 있기도 해서 한나절 정도 낮잠 자기에는 안성맞춤인 곳이었다. 게다가 창문으로 다가가 보니 등나무 꽃이 바람에 쏠리는 벼랑 허리에 주욱 대나무가 무리지어 있다. 그 또 멀리 산 아래에서 연못물이 반짝거리고 있다. 그것은 아마도 건륭제(乾隆帝)가 이름을 지은 고의원(高義園)의 임천(林泉)일 것이다. 더욱 위를 올려다보자 지금 올라온 산 정상의 일부가 희미한 안개를 뚫고 있다. 나는 창문에 기대면서 나 자신 남화나 뭔가의 점경인물이 된 것처럼 잠시 유연한 태도를 취해 보았다.

"천평지평, 인심불평, 인심평평, 천하태평."

"뭡니까? 그건?"

"조금 전 벽에 쓰여 있던 반일 낙서 중 하나인데요."

"상당히 리듬감이 좋지 않나요? 천평지평, 인심불평 …"

천평산을 둘러본 후 우리는 다시 당나귀를 타고 영암산의 영암사로 향했다. 영암산은 전설이라고 해도 서시(西施)가 거문고를 연주했다는 바위도 있고 범려(范蠡)가 유폐된 석실도 있다. 서시나 범려는 어렸을 때 오월군담을 애독한 후 아직까지도 내가 좋아하는 배우라서 꼭 그런 고적을 봐두고 싶다. ― 이런 마음도 물론 있었지만 실은 사명(社命)을 받고 있는 이상, 정작 기행문을 쓸 수밖에 없다면 영웅이나 미인과 인연이 있는 곳은 한번이라도 더 봐 두는 것이 만사형편이 좋지 않을까 하는 속된 계산도 있었다. 이 계산은 상해에서 강남일대까지 늘 머리에서 떠나지 않은 데다 동정호를 건너서도 떠나지 않았다. 그렇지 않다면 나의 여행은 훨씬 더 중국인의 생활에 관여된 한시나 남화의 순수함, 소설가 취향으로 되었을 것이다. 하지만 지금은 다른 일로 시간을 허비할 상황이 아니다. ― 어쨌든 영암산으로 향했다. 그런데 1킬로미터도 가기 전에 어느 사이 길이 없어지고 말았다. 주변에는 깊은 습지에 키 낮은 잡목이 무성히 자라 있었다. 이상하다고 생각했다. 당나귀를 끌고 온 아이 두 명도 거기에서 걸음을 멈춘 채 뭔가 불안한 듯 떠들기 시작했다.

"길을 모르는 겁니까?"

나는 시마즈 씨에게 말을 걸었다. 시마즈 씨는 내 바로 앞에서 마른 당나귀에 올라탄 채, 큰 연못에 빠진 항우처럼 주변 경치를 둘러보고 있다.

"모른답니다 - 아아! 저기에 농민이 있네요. 어이 몬몬케!"

단 이 몬몬케라는 말은 당나귀를 끄는 아이 입에서 나왔다. 이미 농부가 있다고 한 이상, 이것은 틀림없이 그 농부에게 길을 물어라 하는 말이다. 내 추찰이 틀리지 않다면 몬은 문답의 문이다. - 나는 그렇게 생각했기 때문에 나를 따라온 당나귀 끄는 아이에게도 재빨리 같은 명령을 내렸다.

"몬몬케! 몬몬케!"

몬몬케는 비밀스런 주문처럼 바로 길을 알게 해주었다. 당나귀 끄는 아이가 복명(復命)한 바에 의하면 오른쪽으로 똑바로 가기만 하면 영암산 기슭이 나온다고 한다. 우리는 서둘러 알려준 방향으로 당나귀 머리를 돌렸다. 그러나 또 1, 2백 미터정도 갔다고 생각했는데 간선도로가 나오기는커녕 쓸쓸한 골짜기로 들어가고 말았다. 돌이 겹겹이 널려있는 돌 사이로 가느다란 소나무만 자라있다. 게다가 물이라도 나온 흔적인지 그 소나무가 뿌리째 뽑혀있는 것도 보이고 산허리의 흙이 무너져 내린 곳도 보인다. 더욱 난처해진 것은 잠시 골짜기를 따라 올라가자 마침내 당나귀가 움직이지 않게 되었다.

"큰일났군."

나는 산을 올려다보며 한숨을 내쉬지 않을 수 없었다.

"뭘요. 이런 일도 재미있습니다. 저 산이 틀림없이 영암산일테니까요 - 그렇습니다. 어쨌든 저 산으로 올라가보죠."

시마즈 씨는 나를 위로하듯 일부러라고 밖에 생각되지 않는 쾌활함을 보여주었다.

"당나귀는 어떻게 합니까?"

"당나귀는 여기에서 기다리게 놓아두면 되지요."

시마즈 씨는 당나귀에서 뛰어내리더니 아이 하나와 두 마리 당나귀를 소나무 속에 남겨둔 채 맹렬하게 산허리로 오르기 시작했다. 물론 오르기 시작했다고 해도 길이 나 있는 게 아니라서 들장미와 조릿대를 헤치며 열심히 경사면을 오르고 있다. 나는 나머지 당나귀 끄는 아이와 함께 뒤처지지 않고 시마즈 씨 뒤를 따라갔다. 그러나 아픈 후라서 이리되니 역시 숨이 찬다. 게다가 20미터 정도 오르는 사이에 뚝하고 차가운 것이 얼굴에 떨어졌다. 그러자 산의 나무들이 싸악하고 희미하게 흔들리기 시작한다. 비 ─ 나는 신발이 미끄러지지 않도록 가느다란 소나무를 붙잡으며 발아래 골짜기를 내려다보았다. 계곡 밑에서는 당나귀와 아이가 조그맣게 비에 젖어가고 있다. …

❖ 18. 천평과 영암 (하) ❖

겨우 영암산에 도착해 보니 고생해서 올라온 것이 억울할 만큼 쓸쓸한 민둥산에 지나지 않았다. 우선 서시가 연주했다는 탄금대나 유명한 관왜궁지(館娃宮址)라는 것은 벌거벗은 바위가 산재한 풀도 제대로 자라지 못한 산꼭대기이다. 이렇다면 아무리 시인이라 해도 도저히 우리 이태백처럼 '궁중에서 시중드는 여자들이 마치 꽃처럼 관왜궁에 가득 차 있구나.'(宮女如花滿春殿)라고 회고의 정에는 잠길 수도 없을 듯하다. 게다가 날씨라도 좋았다면 멀리 태호의 물빛이나 뭔가를 시원하게 바라보았을 텐데 공교롭게도 오늘은 어느 쪽을 보아도 그저

모호한 구름안개가 떠돌고 있을 뿐이다. 나는 영암사 후당(朽堂)에서 쓸쓸한 비 소리를 들으며 7층 폐탑을 올려다보았을 때 옛사람의 명구절을 생각하기보다 절실히 배고픔을 느꼈다.

우리는 절 사찰의 일실에서 비스켓만으로 점심을 마쳤다. 그러나 일단 배는 불러도 정력은 다시 회복되지 않는다. 나는 퀴퀴한 냄새가 나는 차를 마시며 묘하게 슬픈 기분이 들었다.

"시마즈 씨, 이 절 스님에게 이야기를 해주지 않겠습니까? 흰 설탕이 조금 있었으면 하는데요. ─ "

"흰 설탕? 흰 설탕을 뭐하려고요?"

"먹으려고요. 흰 설탕이 없으면 적 설탕도 괜찮아요."

그러나 작은 접시에 수북히 한잔, 거무죽죽한 설탕을 침으로 녹여 먹어도 역시 기운은 나지 않았다. 비는 좀처럼 그칠 것 같지 않다. 소주까지는 일본 리(里)로 해도 4, 5리 떨어져 있다. ─ 그런 생각들을 하자 마침내 마음이 어두워지고 만다. 나는 왠지 녹막염이 재발할 것 같은 기분까지 들었다.

이런 한심한 기분은 영암산을 내려오는 동안에도 점점 더 강해질 뿐이었다. 비바람은 어두운 허공에서 끊임없이 우리를 덮치고 있다. 우리는 우산을 가지고 있었으나 아까 당나귀를 쉬게 할 때 두 개 모두 그곳에 남겨두고 왔다. 길은 물론 미끄러질 듯하다. 시간은 이럭저럭 3시가 지났다. ─ 거기에 마지막 타격이었던 것은 산기슭 마을에 와도 우리의 당나귀 모습이 보이지 않는다는 것이었다. 당나귀 끄는 아이는 큰 소리로 몇 번이고 친구 이름을 불렀지만 그야말로 대답하는 것은 메아리뿐이었다. 나는 세차게 뿌려대는 빗속에서 흠뻑 젖은 시마즈 씨에게 말을 걸었다.

"당나귀가 없다고 하면 어떻게 되는 걸까요?"

"있어요. 없다면 걷는 거지요."

시마즈 씨는 역시 활기찼다. 그것도 나를 위로하기 위해서 억지로 가장한 것이었는지도 모른다. 그러나 나는 그 말을 듣자 갑자기 짜증이 났다. 원래 짜증이란 것은 결코 강자가 일으키는 게 아니다. 이 경우도 내가 화를 낸 것은 완전히 약자였던 탓이다. 사백여주를 종횡한 시마즈 씨와 혼자 맥박만 재고 있는 병후인 나와 ― 곤궁결핍을 견디는 면에서 본다면 나는 시마즈 씨의 발밑에도 다가갈 수 없다. 그런 만큼 평연한 시마즈 씨의 말은 나의 화를 불러 일으켰다. 나는 전후 4개월간의 여행 중 이때만큼은 유례없는 화난 얼굴이 되었다.

그 사이 당나귀 끄는 아이는 당나귀를 찾으러 어딘가 마을 밖으로 가버린다. 우리는 어느 농가 문 앞에서 겨우 비를 피하며 당나귀 끄는 아이가 돌아오기를 하염없이 기다리고 있다. 오래된 흰 벽, 돌투성이의 시골길, 빗물로 반짝이는 길가 뽕나무 잎. ― 그 외에는 거의 사람 그림자조차 보이지 않는다. 시계를 꺼내보니 4시가 되어있다. 비, 4, 5리길, 녹막염 ― 나는 더욱 이것 말고도 날이 저무는 것을 두려워하며 감기에 걸리지 않도록 조심하기 위해 끊임없이 제자리걸음을 할 필요가 있었다.

그런데 그때 이 집 주인인지 누추한 중국인이 얼굴을 내밀었다. 보니 집 내부에는 가마가 한 대 놓여 있다. 아마 틀림없이 이 남자의 부업은 가마꾼인가 뭔가 일 것이다.

"여기서 가마는 빌릴 수 없습니까?"

나는 부아가 치미는 것을 참으며 이렇게 시마즈 씨에게 물어 보았다.

"물어 보지요."

그러나 시마즈 씨의 상해 말은 상대 중국인에게 통한다 해도 유감스럽게 상대방의 소주어는 충분히 시마즈 씨에게 통하지 않나 보다.

시마즈 씨는 입씨름을 거듭한 후 결국 교섭을 단념했다. 단념한 것은 어쩔 수 없다. 그러나 순간 뒤돌아보니까 시마즈 씨는 나를 신경 쓰지 않고 유유히 수첩을 펼치며 오늘 얻은 하이쿠를 적고 있다. 나는 이 모습을 바라보았을 때 로마의 대화재를 앞에 둔 채 미소 짓고 있는 네로를 본 것처럼 싸움을 걸지 않으면 안 될 것 같은 기분이 들었다.

"서로가 불편하군요. 안내자가 그 지역을 모르면, −"

싸움을 거는 내 말은 바로 시마다 씨를 화나게 했다. 이것은 화를 내는 게 당연하다. 나는 지금 생각해 보아도 그때 시마즈 씨에게 맞지 않은 것을 불행 중 다행이라고 생각하지 않을 수 없다.

"그 지역을 몰라요?, 모른다는 건 전에도 말씀드렸을 텐데요."

시마즈 씨는 나를 쏘아보았다. 나도 제자리걸음을 계속하면서 지지 않고 시마즈 씨를 쏘아보았다. − 이것은 내친김에 주의하는데 이런 때는 으스댄다 해도 똑바로 서서 으스대야 한다. 으스대면서 또 한편으로 기계적으로 예의바르게 제자리걸음을 계속 하는 것은 적잖이 위엄에 손상을 끼친다.

비는 여전히 줄기차게 내리고 있다. 당나귀 방울 소리는 아무리 기다려도 쉽게 들릴 것 같은 기색도 없다. 우리는 쓸쓸한 뽕나무 밭을 앞에 두고 두 사람 모두 안색을 바꾸며 꼼짝 않고 오랫동안 서있었다.

❖ 19. 한산사(寒山寺)와 호구(虎邱) ❖

객.   소주는 어땠는가?

주인. 소주는 좋은 곳이야. 나에게 묻는다면 강남 최고지. 아직 그
     곳은 서호처럼 양키 취미로 물들어 있지 않아. 그것만으로도
     고마운 마음이 들어.

객.   고소 성외(城外)의 한산사는?

주인. 한산사 말인가? 한산사는 - 누구라도 중국에 가본 사람들에
      게 물어보게나. 틀림없이 모두들 시시하다고 할 테니까.

객.   자네도 그런가?

주인. 글쎄, 시시한 건 틀림없어. 지금의 한산사는 1911년에 강소(江蘇)
      순무사 정덕전(程德全)이 중건했다고 하는데 본당이라고도 할
      수 없고 종루라고도 할 수 없고 모두 철단이 칠해져 있는 저
      속하기 그지없는 건물이야. 도저히 '달빛 쏟아지니 까마귀가
      울고 갈 수 있는' 상황이 아니지. 게다가 절이 있는 곳은 성에
      서 서쪽으로 1리 정도 풍교진(楓橋鎭)이라는 중국 마을인데, 이
      게 또 아무런 특색도 없는 불결하기 그지없는 절문 앞에 참배
      객을 위해 생긴 마을이고.

객.   그렇다면 좋은 게 없잖아.

주인. 마아, 얼마라도 쓸 만한 건 그 쓸 만한 게 없다는 거지. 왜냐
      하면 한산사는 일본인에게는 가장 인연이 깊은 절이기 때문이
      야. 누구라도 강남에 유람해 본 적이 있는 자는 반드시 한산사
      로 구경을 가지. 당나라 시선을 모르는 사람들도 장계(張継)의
      시만큼은 알고 있으니까. 뭐 정덕전이 보수를 한 것도 우선은
      일본인 참배객이 많으니까 일본에 경의를 표하기 위해 힘껏
      도운 거라고 해. 그렇다면 한산사를 저속하게 한 것은 일본인
      에게도 책임이 있을지 몰라.

객.   하지만 일본인한테는 그게 마음에 안 드는 거잖아?

주인. 그런 것 같아. 그러나 정덕전의 어리석음을 비웃는 자들도 서
      양인을 상대로 하는 일에서는 정대인과 똑같은 일을 하고 있
      어. 한산사는 그 실물 교훈이지. 거기에 다소 흥미가 있는 거

지? 특히 그 절의 스님은 일본 사람 얼굴만 봐도 바로 종이를 펼쳐서는 '바다 건너 멀리서 이 옛 절을 방문해 주셨습니다. 저는 그저 저 유명한 종소리가 되어 당신을 보내겠습니다.'(跨海万里弔古寺, 惟為鐘声遠送君)라고 의기양양 악필을 휘두르지. 이 것은 아무나 이름을 듣고 난 다음 '누구누구 대인 정'이라고 써 넣고서 한 장 1엔에 팔려고 하는 거야. 일본인 여행객의 체면은 이런 곳에서도 엿볼 수 있는 것 아닌가? 더구나 재미있 는 것은 장계의 시를 새긴 돌비석이 그 절에는 신구(新旧) 두 개 있는 거야. 오래된 비석을 쓴 것은 문징명, 새 비석을 쓴 자는 유곡원인데, 이 옛날 비석을 보면 엄청 글자가 빠져 있 어. 이것을 뺀 사람이 누구냐고 하면 한산사를 사랑하는 일본 인이라는 거야. ─ 마아 대충 이런 점에서는 한산사도 일견의 가치가 있지.

객.   그렇다면 국가의 치욕을 보는 것 아닌가?

주인. 그렇지. 어쩌면 이외로 정덕전은 일본인을 우롱하기 위해 그 런 중수를 했는지도 모르지. 설사 야유가 아니라 해도 모든 중 국 여행기의 저자처럼 정덕전을 비웃는 건 잔인하지. 섬나라 야마토의 지사 각하만 해도 그 정도의 뛰어난 결단을 하는 인 사는 그다지 없을 것도 같은데?

객.   보대교(宝帯橋)는?

주인. 단순히 긴 석교야. 마치 저 시노바즈(不忍) 연못에 걸려 있는 관월교 같은 느낌이야. 그렇다 해도 저렇게 저속한 느낌은 들 지 않아. 춘풍, 춘수, 춘초, 제(堤) ─준비가 되면 정확히 다 갖 춰지는 법이지.

객.   호구는 좋은 곳이겠지?

주인. 호구 역시 황폐하기 짝이 없는 곳이라고나 할까? 그곳은 오나
라 왕 합려(闔閭)의 무덤이라고 하는데 지금은 완전히 먼지 가
득한 진총(塵塚) 산이야. 전설에 의하면 그 산 밑에는 금은주옥
을 세공한 오리가 3천 보검과 함께 매장되어 있다고 해. 그런
것만 듣고 있는 게 오히려 흥미가 많을 정도야. 진시황의 시검
석, 생공의 설법을 들은 점두석, 강남의 미인 진양(真孃)의 묘
— 여러 가지 인연들을 들으면 고마운 유적이 많이 있는데 실
지로 보면 모두 시시한 거야. 특히 검지(劍池)의 경우에는 연못
이라기보다 물웅덩이에 불과해. 더구나 쓰레기 버리는 곳만
해도 역시 왕우의 검지명에 있듯 '높이 우뚝 솟은 호구, 그윽
한 검지, 험준해서 우러러 볼 수 없고 깊어서 내려다 볼 수 없
도다(嚴嚴虎邱 沈沈劍池 峻不可以仰視 深不可以下窺)와 같은 취향은
빈말이라도 있다고는 생각할 수 없어. 다만 석양빛이 넘실거
리는 하늘에 조금 기운 탑을 올려다보았을 때는 비장함에 가
까운 기분이 들었지. 이 탑도 진즉 썩어 없어졌으니까 층마다
모두 풀이 무성하게 자라있어. 게다가 수많은 새들이 시끄럽
게 울면서 탑 주변을 돌고 있던 것은 왠지 더 기뻤었지. 나는
그때 시마즈 씨에게 새 이름을 물어보았는데 분명 파쿠라고
했어. 파쿠란 어떤 글자를 쓰는가, 그 부분은 시마즈 씨도 모
르고 있었는데. 자네는 파쿠라는 것을 아나?

객.    파쿠말이야? 파쿠라면 꿈을 먹는 짐승인데.

주인. 도대체 일본의 문학자는 동식물에 대한 지식이 너무 부족해.
난부 슈타로라는 남자는 히비야 공원의 갈대를 보고도 보리라
고만 생각하고 있었으니까. — 뭐, 그런 건 아무래도 좋아. 탑
외에 또 하나 소오헌(小吳軒)이라는 건물이 있어. 그곳은 상당

히 전망이 좋아. 날이 저물어 어스레한 빛으로 흐려 보이는 흰 벽이나 새잎이 돋아 나는 나무들, 그 사이를 수놓은 수로의 빛 ― 그런 풍경들을 바라보며 멀리서 들려오는 개구리 소리를 듣고 있자니 어렴풋이 여수를 느낄 수밖에 없었지.

❖ 20. 소주의 물 ❖

주인. 한산사며 호구 외에도 소주에는 유명한 정원이 있어. 유원(留園) 이라든가 서원(西園)이라든가 ―

객.　그것도 모두 시시한 것 아닌가?

주인. 마아 특별히 감탄할만한 건 아니지. 단지 유원이 넓다는 점에 서는 ― 정원 그 자체가 넓은 게 아니야. 전체가 넓다는 것에 조금 묘한 기분이 되었지. 즉 너무 넓어서 들어가면 출구를 찾을 수 없을 정도인데 어느 쪽으로 가도 마찬가지로 복도나 방들이 계속되어 있어. 정원도 역시 대나무며 파초며 태호석이며 비슷비슷한 것들이 있을 뿐이어서 결국은 길 잃은 미아가 되기 쉽지. 그런 저택에 유괴된 날에는 그만 도망갈 수도 없겠지.

객.　누구 유괴되었나?

주인. 뭘, 유괴된 건 아닌데. 아무래도 그런 생각이 든다는 거야. 당장이라도 중국의 다니자키 준이치로는 틀림없이 「유원의 비밀」이라든가 뭐라든가 그런 이름의 소설을 쓰고 있을 거야. 아니 미래는 어찌 되었든 금병매나 홍루몽을 읽기에는 현재 일견의 가치가 있을 것 같군.

객.　한산사, 호구, 보대교 ― 그 어느 것도 시시한 것이 되고 보면 소주는 대부분 시시하지 않은가?

주인. 그런 곳은 시시하지만 소주는 시시한 곳이 아니야. 소주에는
베니스처럼 우선 물이 있지. 소주의 물, ─ 그래그래, 소주의
물이라고 하면 나는 당시 수첩 한 쪽 끝에 이런 것을 적어 놓
았지. 「자연과 인생」식의 명문인데 말야.

─ 다리 이름을 모르고 돌난간에 기대어 강물을 본다. 일광, 미풍,
물색 오리머리 녹색을 닮아있다. 양쪽 언덕 모두 흰 벽, 물위의 그림
자 그린 듯하다. 다리 밑을 지나는 배, 먼저 빨간 칠을 한 선수가 보이
고 다음으로 대나무로 짠 선창이 보인다. 노 젓는 소리 키이 키이 귀
에 들리나 선미 이미 다리 밑을 지난다. 계수나무 꽃 한 가지 흘러온
다. 춘수수색(春愁水色)과 함께 깊어지려고 한다.

─ 모귀(暮歸). 절뚝거리는 당나귀에 올라타다. 물가에 수반(水畔), 야
박(夜泊)하는 배, 모두 거적을 뒤집어 쓴 것처럼 보인다. 월명, 물안개,
양쪽 언덕 흰 벽의 그림자 몽롱하게 물위에 떠있다. 가끔 창문 아래
사람소리, 빨간 등불과 함께 들려온다. 또 석교 있다. 우연히 다리 위
지나가는 사람, 호궁 켜기를 세 번. 올려다보니 그 사람 벌써 없다. 그
저 다리 난간의 높음을 올려다볼 뿐. 경정완(景情宛)으로서 「연방루의
기」를 떠올리게 한다. 모르겠다. 궁궐문 밖의 궁하변(宮河边), 겹겹이 쌓인
달 속에 주렴 내려뜨린 길, 설가(薛家)의 장루(粧楼) 같은 것인가, 아닌가?

─ 봄비 거세게 내리다. 양쪽 언덕 흰 벽, 이끼 색깔 선명한 것 적지
않다. 물위에 거위가 떠 있기를 서너 마리. 다리 옆 버드나무가지 거
의 잠기 듯하다. 그림으로 하면 어쩌면 진부하다. 실경을 보는 것은
나쁘지 않다. 배가 있다. 천천히 다리 아래에서 온다. 싣고 있는 것을
보니 관이다. 배 안의 노파 한 사람, 선향에 계속 불을 붙여 관 앞에
바치고 있는 모습을 본다.

객.   헤에? 크게 또 감탄할 만하지 않은가?

주인. 수로만큼은 실지로 아름다워. 일본으로 치면 마츠에(松江) 같
      아. 하지만 그 흰 벽의 그림자가 좁은 강으로 떨어지는 모습
      은 마츠에에서도 좀처럼 볼 수 없을 것 같은데. 게다가 아직
      도 한심한 일로 결국은 화방에도 타지 못하고 말았지. 그러나
      물에는 감복한 만큼, 어쨌든 미련은 남아 있지 않아. 유감스런
      건 미인을 보지 못한 거지.

객.   한 사람도 못 봤어?

주인. 한 사람도 못 봤지. ─ 뭐, 무라타 군의 설명에 의하면 눈을
      감고 잡아도 그게 소주 여자라면 미인이라고 해. 실지로 중국
      게이샤의 말은 모두 소주어라고 하니까 그 정도의 일은 있을
      지도 모르지. 그런데 또 시마즈 씨에 의하면 글쎄 소주의 게
      이샤라는 건 소주어로 대충 통하게 한 다음 상해로 나가고자
      하는 후보생이나 또는 상해로 가서도 팔리지 않아 돌아온 낙
      오자라서 반반한 여자는 없다고 해. 그래, 이것도 그럴듯한 이
      유이긴 해.

객.   그래서 못 본 거야?

주인. 뭘, 따로 이유 같은 건 없어. 그냥 게이샤 얼굴을 보는 것보다
      는 한 시간이라도 더 자고 싶었던 거지. 어쨌든 그때는 당나
      귀를 탄 덕분에 엉덩이가 마찰로 벗겨져 있었으니까. ─

객.   배짱도 없는 남자로군.

주인. 스스로도 배짱이 있다고는 생각하지 않지.

## ❖ 21. 여관과 선술집 ❖

시마즈 씨가 어딘가로 외출한 후 나는 의자에 앉아서 느긋하게 담배 한 대를 피우고 있었다. 침대가 두 개, 의자가 두 개, 차 도구를 올려놓은 테이블이 하나, 그리고 거울이 달려 있는 세면대가 하나 ─ 그 외에는 커텐이나 깔개도 없다. 단지 하얀 모습을 드러내 놓고 있는 벽에 페인트를 칠한 문이 달려있다. 생각보다 불결하지 않다. 벼룩 잡는 가루를 많이 뿌린 탓인지 다행히 빈대에도 물리지 않았다. 이 정도라면 중국 여관에 묵는 것도 찻값이 다소 비싼 것을 걱정하면서 일본인 여관에서 머무는 것보다는 훨씬 나을 정도이다. ─ 나는 그런 생각을 하면서 창문 밖으로 눈길을 주었다. 이 방이 있는 것은 3층이기 때문에 창밖 전망도 상당히 넓다. 그러나 눈에 들어오는 것은 석양빛 속에서 검은빛으로 펼쳐진 쓸쓸한 기와지붕뿐이다. 언젠가 존스가 그렇게 말했었지, 가장 일본다운 쓸쓸함은 미츠코시(三越) 옥상에서 내려다 본 끝없는 기와지붕에 떠돌고 있다고. 왜 일본의 화가 제군(諸君)은. ─

나는 어떤 소리에 놀랐다. 바라보니 페인트를 칠한 문 입구에는 여전히 파란 옷을 입고, 키가 작은 노파가 우두커니 서 있다. 노파는 싱글싱글 웃으며 뭔가 나에게 말을 걸었다. 물론 벙어리 여행가인 나로서는 한마디도 알아들을 수 없다. 나는 너무 당혹하여 할 수 없이 얼굴만 바라보고 있었다.

그러자 열어놓은 문 밖에서 힐끗 화려한 색채가 보였다. 윤기 있는 머리, 수정 귀걸이 마지막으로 새틴 같은 엷은 보랏빛 의상 ─ 소녀는 손수건을 만지작거리며 방 안으로는 눈길 한번 주지 않고 조용히 복도를 빠져 나갔다. 그러자 또 노파는 빠른 어투로 뭔가 떠들어 대고는 의기양양 웃어 보인다. 이리 되면 이제 노파가 찾아온 이유도 시마즈 씨의 통역을 기다릴 필요는 없다. 나는 키 작은 노파의 어깨에 잠시 양손을 걸치고는 바로 빙글 그녀에게 오른쪽 돌기를 시켰다.

"부야오"(不要)

그때 마침 시마즈 씨가 돌아왔다.

그날 밤 나는 시마즈 씨와 함께 성 밖 선술집에 가 보았다. 시마즈 씨는 '노주에 취한 아버지의 옆얼굴'이라는 자화상 같은 하이쿠 작자이기 때문에 물론 상당한 주호(酒豪)이다. 하지만 나는 거의 마시지 못한다. 그럼에도 이럭저럭 1시간 남짓 선술집 한쪽 구석에 앉아 있었던 것은 우선 첫 번째 이유로는 시마즈 씨의 덕망의 힘, 두 번째로는 선술집에 정이 가는, 소설 같은 기분의 힘이었다.

선술집은 모두 두 집 정도 보았다. 편의상 한 집만 소개하자면 그곳은 흰 벽을 좌우로 한, 천정이 높은 가게 뒤쪽이다. 방의 끝도 어찌 된 일인지 거친 격자문으로 되어 있기 때문에 밤눈에도 지나가는 사람이 보인다. 탁자나 의자는 벗겨져 있지만 검붉은 칠로 마무리를 한 것 같다. 나는 그 탁자를 가운데 두고 사탕수수 줄기를 씹으며 가끔씩 시마즈 씨에게 술을 따르기도 했다.

우리들 건너편에서는 두세 명 지저분한 일행이 술을 마시고 있다. 또 그 저쪽 흰 벽 가장자리에는 거의 천정에 닿을 정도 설 구어 낸 술독이 쌓여 있다. 듣건대 고급 노주는 흰 병에 넣는다고 하니까 이 가게 입구 금문자로 새긴 간판에 경장(京莊), 화주(花雕)라고 쓰여 있는 것은 분명 굉장한 허풍임이 틀림없다. 그러고 보면 토방에서 자고 있는 개도 기분 나쁠 정도로 말라 있는 데다 머리에는 부스럼투성이다. 거리를 지나는 당나귀 방울소리, 떠돌이 악사의 호궁소리 — 그런 떠들썩한 소리들이 뒤섞여 들려오는 속에서 저쪽 일행은 유쾌한 듯 어느 사이 손으로 여러 모양을 만들어 승부를 가리는 게임을 하기 시작했다.

그때 여드름이 난 남자가 하나, 지저분한 통을 어깨에 매달고 우리 테이블 쪽으로 다가왔다. 통 안을 들여다보니 보랏빛을 띤 내장 같은 게 몇 개나 서로 엉켜 들어있다.

"뭡니까? 이건?"

"돼지 위장과 심장인데요. 술안주로 좋은 거에요."

시마즈 씨는 동전 두 개를 꺼냈다.

"하나 줘 보세요. 조금 소금기가 되어 있으니까요."

나는 작은 신문지 조각 위에서 두세 개 아무렇게나 뒹굴고 있는 내장을 보면서 오래전 도쿄의과대학 해부학 교실을 떠올렸다. 수호전 모야차 손씨 집안 차녀의 가게라면 몰라도 오늘날 밝은 전등불빛으로 이런 안주를 팔고 있다니 과연 노대국은 다르다. 물론 나는 먹지 않았다.

### ❖ 22. 대운하 ❖

우리는 진강(鎭江)에서 양주로 다니는 천증기(川蒸氣) 상등실에 앉아 있다. 이렇게 말하면 너무나도 사치스러운데 이 기선 상등실은 노예선 창고와 큰 차이가 없다. 실지로 우리가 앉아있는 것도 새까만 널빤지 위이다. 널빤지 아래는 추측하건대 바로 배 밑바닥일 것이다. 그렇다면 상등실인 까닭은 어디에 있을까 하면 어쨌든 여기는 실(室)로 되어 있으나 하등은 배 지붕 위이기 때문에 실이라고 부르고 싶어도 실은 아니다.

배 밖은 유명한 양자강이다. 양자강 물이 빨간 것은 중학생도 알고 있다. 그러나 어느 정도 빨간지는 직접 강에 떠 있지 않으면 상상할수 없다. 나는 상해 체재 중 황포강 물만 보면 반드시 황달을 떠올렸다. 지금 생각해보면 조금이라도 해수가 섞여있기 때문에 결국 황달 정도로 끝날 수 있었던 것이다. 하지만 양자강 물색은 황포강보다도 훨씬 빨갛다. 뭐, 닮은 색을 찾아보면 철물의 붉은 녹과 같다. 그것이 출렁이는 파도사이로 보랏빛 그림자를 흐리게 드리우며 한없이 펼쳐져 있다. 특히 오늘은 흐려 있기 때문에 더욱 그 색깔이 답답해 보인다. 강 위에는 중국 돛배 외에 영국기가 휘날리는 돛대 두 개의 기선이 한 척 열심히 탁랑과 싸우고 있다. 물론 실지로는 싸우지 않아도 항해할 수 있을지 모른다. 허나 그 새하얗게 칠해진 배가 천천히 강을 거슬러 올라가는 것은 아무래도 싸우고 있다는 느낌이다. 나는 이럭저럭 5분 정도 양자강에 경의를 표하고서 차가운 널빤지 위에 누운 채로 잔다는 생각도 없이 그만 잠이 들고 말았다.

우리는 어젯밤 12시경, 소주의 정차장에서 기차를 탔다. 진강에 도착한 것은 새벽이었다. 정차장 밖으로 나와 보니 마부도 아직 모여 있지 않다. 다만 흐린 잎이 무성한 버드나무 위 흐린 하늘에 까마귀만 몇 마리 모여 있다. 어찌되었든 우리는 아침밥을 먹으러 정차장 앞 요릿집으로 갔다. 요릿집도 이제 막 일어났을 뿐이어서 면 종류도 급하게는 만들 수 없다고 한다. 그러자 시마즈 씨는 요릿집 주인에게 어떤 물건을 가져 오라고 했다. 그렇다면 지금도 있는 것을 보면 고급스런 먹거리가 아닌 것은 분명하다. 또 실지로 먹어 본 느낌도 밀기울 같은, 또 우유 끓일 때 표면에 생기는 얇은 막을 걷어서 말린 것 같은, 요컨대 두 번 다시 먹고 싶은 마음이 없는 매우 이상한 대체물이다. 그런 고난을 겪고서야 겨우 이 기선에 탄 것이라서 휴우 한숨 놓자마자 동시에 졸음이 엄습해 온 것도 이상한 것은 아니다.

잠시 꾸벅꾸벅 졸다가 기선 밖을 바라보자 어느새 과주를 지났는지 풀이 푸른 그 일대(一帶)의 둑이 바로 눈앞에서 움직이고 있었다. 이곳은 벌써 장강이 아니다. 수양제가 개착(開鑿)한 총 길이 2500마일이라는, 세계 제일의 대운하이다. 그러나 배에서 바라본 곳은 각별히 웅대하지도 않다. 엷은 햇살이 닿은 둑 위에는 야채 색이 어른거리기도 하고 농민들의 모습이 보이기도 한다. 어쩐지 조우시(銚子)를 오가는 기선 창문으로 가츠시카(葛飾)의 평야를 바라보는 듯한 평범한 기분이 들 정도이다. 나는 다시 담배를 물고 기행문을 써야 될 때를 위해 초안을 준비하고자 회고의 시정(詩情)을 짜내려고 했다. 그러나 이것은 막상 시작해 보니 생각만큼 쉽게 성공할 수 없다. 첫째 내가 생각하는 것은 모두 안내서가 파괴해 버린다. 지금 그 견본을 들어보면 대략 아래와 같다.

나.　아아! 양제는 이 둑에서 만주의 수양버들을 심도록 한 다음 십리에 정자 하나를 만들게 했다고 한다. 둑은 옛 둑이다. 그러나 양제는 지금 어디에 있는가?

안내서.　제방은 옛날 제방이 아니다. 이후 5대, 원명청, 모두 북경에 서울을 정하고 식량을 강남에서 구입했기 때문에 운하도 자주 수리되었다. 이 제방의 풀빛을 보면서 양제의 옛날을 그리워하는 것은 긴자 오하리초에 우두커니 서서 오타도칸 (太田道灌)을 그리워하는 것과 같다.

나.　물은 지금도 옛날처럼 유유히 남북으로 통하고 있다. 그러나 수나라는 꿈처럼 금세 와해되지 않았던가?

안내서.　물은 남북으로 통하지 않고 있다. 진즉 산동성 임청주에서는 강바닥에 논밭을 만들었기 때문에 배가 다닐 수 있는 것은 거기까지이다.

나　아아! 과거여, 아름다운 과거여! 설사 수가 망했다 해도 구름 같은 여희(麗姬)와 함께 이 운하에 배를 띄운, 내가 사랑하는 그 풍류스런 천자의 영화는 가령 장대한 무지개처럼 역사의 하늘을 가로지르고 있다.

안내서. 양제는 일락에 빠진 게 아니다. 그것은 대업 7년에 멀리 고려를 정벌하고자 하여 그 준비가 폭로되지 않도록 표면으로만 느긋하게 즐기는 것처럼 꾸민 것이다. 이 운하도 큰일이 있을 때 식량을 보낼 필요상 특별하게 개척한 것이라고 생각하는 게 좋다. 너는 「미루기」(迷樓記)나 「개하기」(開河記)를 정사(正史)와 혼동하고 있는 건 아닌가? 그런 속서는 믿을 만하지 않다. 특히 「양제염사」(煬帝艶史)같은 것은 소설로서도 악작이다. …

나는 담배 한 대를 다 피우고는 시정의 제조도 단념하고 말았다. 제방 위 봄바람에는 아이를 태운 당나귀가 한 마리 기선과 같은 방향으로 걸어가고 있다.

## ❖ 23. 고양주(古楊州) (상) ❖

양주 마을의 특색은 첫째로 초라하다는 것이다. 2층건물의 집 등은 거의 보이지 않는다. 단층집도 눈에 들어 오는 것은 모두 초라한 모습이다. 거리는 깔아 놓은 돌들이 울퉁불퉁 할 뿐만 아니라 여기저기 흙탕물이 고여 있다. 소주나 강주를 본 눈으로는 슬픈 기분이 든다고 해도 과장이 아니다. 나는 진흙투성이 마차 위에서 그런 마을들을 지나며 염무서(塩務署) 문 앞에 도착했을 때 허리에 돈 10만관을 차고 학을 타고 양주를 유람한다 해도 이렇다면 틀림없이 시시할 것이라고 생각했다.

염무서 앞에는 돌사자와 함께 보초병이 정확히 서있다. 우리는 방문한 뜻을 말한 후 긴 돌단 안쪽에 있는 큰 관청 현관으로 갔다. 그리고 급사가 안내하는 대로 암페라 거적이 깔려있는 응접실로 들어갔다. 응접실 밖의 정원에는 벽오동나무인지 뭔지 심어져 있다. 그 나뭇가지 사이로 이슬비 내리는 하늘이 보였다. 관청 안은 쥐 죽은 듯 조용하여 어디에 사람이 있는지 알 수 없다. 과연 지금도 이런 식이라면 구양수나 소동파나 옛 문인 묵객들이 본직인 시와 술을 즐기는 한편 부업으로 관리로 근무한 것도 당연하다 하겠다.

잠시 그곳에서 기다리고 있자니 노인 같은, 젊은이 같은, 양복을 입은 직원이 들어왔다. 이 사람이 양주에서 유일한 일본인, 염무관 다카스 다키치(高洲太吉) 씨이다. 우리는 상해의 고지마(小島) 씨로부터 다카스 씨에게 보내는 소개장을 받아 왔다. 그렇지 않다면 배짱이 없는 나로서는 양주에 올 마음이 생기지 않았을지도 모른다. 왔다 해도 다카스 씨를 모른다면 유쾌하게 구경할 수 없었을지도 모른다. 나는 큰 실례임에도 여기에서 고지마 가지로(梶郎) 씨에게 감사의 마음을 표하고 싶다. 「상해유기」를 읽으신 군자는 아마 기억에 남아 있을 것으로 생각하는데 고지마 씨는 그 작은 정원에서 벚꽃이 핀 것을 자랑스러워했던, 하이쿠라도 지으며 살 것 같은 꿋꿋한 풍류신사이다. ─ 다카스 씨는 커다란 테이블 건너편으로 우리를 맞이하더니 쾌활하게 여러 가지 이야기를 했다. 씨 자신의 이야기에 의하면 외국인으로서 양주에 관(官)으로 임명된 것은 전에 마르코 폴로가 있었고 후에 다카스 씨가 있을 뿐이라고 한다. 나는 이것을 들었을 때, 크게 씨를 존경했는데 지금 생각해 보면 손해를 본 것 같은 기분이 들기도 한다. 금년 금월 금일 금시 양주의 염무서에 들어간 것도 한발 먼저로는 시마즈 요소키, 한발 나중에는 나뿐이다.

우동 대접을 받은 후, 우리는 양주 구경을 위해 다카스 씨와 함께 염무서 문을 나왔다. 그러자 보초병이 두세 명 한꺼번에 우리에게 받들 어총을 했다. 이슬비는 이제 그쳤는데 거리는 여전히 진창이 많다. 나는 진흙탕 속을 걸으며 또 고적을 보는구나 생각했다. 심히 불안한 기분이 들었다. 그러나 다카즈 씨에게 물어보니 구경은 화방으로 한다고 한다. 화방이라면 물론 기가 죽지 않아도 된다. 나는 그 말을 듣자 바로 양주가 넓다고는 해도 빠짐없이 돌아보고 싶다는 마음이 일었다.

　　다카스 씨 댁에서 잠시 쉬고 나서 문 앞의 강가에 매어놓은, 지붕 달린 화방에 올라탄 것은 그 후 30분이 채 지나지 않아서이다. 화방은 꾀죄죄한 차림의 선장이 노를 젓는 것으로 강줄기를 따라 앞으로 나아갔다. 강은 폭도 좁고 물빛도 묘하게 거무스름하다. 조금 솔직하게 말을 한다면 이것을 강이라고 부르는 것은 하수구라고 부르는 것보다 낫지 않다. 또 그 검은 물 위에는 집오리와 거위가 헤엄치고 있다. 양쪽 언덕은 더러운 흰 벽으로 되어 있기도 하고 유채꽃이 듬성듬성 피어있는 밭이기도 하다. 경우에 따라서는 언덕이 무너진 쓸쓸한 잡목 들판이 되기도 한다. 그러나 그 어떤 곳도 유명한 두목(杜牧)에게서 볼 수 있는 '푸른 산은 나무들이 울창하고 물은 넘실대고 있(靑山隱隱水超超)'는 정취는 찾아볼 수 없을 듯하다. 특히 연와교가 있거나 물가로 내려온 중년의 중국 여인이 진흙 묻은 신발을 빨기도 하는 모습은 시를 창작하는 마음에 상처를 줄 뿐이다. 그러나 그것은 아직 그런대로 낫다. 가장 내가 말문이 막힌 것은 이 넓은 하수구에서 나는 악취이다. 나는 그 냄새를 맡으며 가만히 배 안에 앉아 있자니 어쩐지 또 녹막 부근이 조금 아픈 것 같은 기분이 되었다. 그런데 다카즈, 시마즈 두 선생은 향료의 강 위에라도 떠 있는 듯 태연히 뭔가 이야기를 하고 있다. 내가 믿는 바에 의하면 일본인은 중국에서 살고 있으면 제일 먼저 후각이 둔해지는 모양이다.

## ❖ 24. 고양주 (중) ❖

이 수로를 다 간 곳에 성문으로 뚫은 수문이 있었다. 수문에는 정확히 수문지기가 있기 때문에 배만 가면 열어준다. 그것을 건너편으로 빠져 나가자 갑자기 강폭이 넓어졌다. 화방 왼쪽에는 높다랗게 양주 성벽이 이어져 있다. 이 성벽도 기와 사이로 담쟁이 덩쿨이 그물처럼 뻗어 있기도 하고, 권목이 웃자라 있기도 하다. 이 모습은 항주나 소주와 다르지는 않다. 물과 성벽과의 경계에는 수면으로 부풀어 오른 주토(渊土)색이 갈대밭 저쪽으로 계속되고 있다. 화방 오른쪽으로는 대나무 숲이 많다. 그 속에 농가 한 채가 보였다. 농가 벽에는 전면에 찹쌀경단만한 것이 붙어있다. 아니 현재도 이 집 앞에서는 사냥 모자를 쓴 남자가 계속해서 찹쌀경단을 제조하고 있다. 이게 뭔가 했더니 겨울 연료를 만들기 위해 소 분비물을 말려서 굳힌 것이었다.

그러나 수문을 빠져나온 후로는 물도 아까처럼 냄새가 나지 않는다. 경치도 화방이 앞으로 나아감에 따라 점점 아름다움을 더해가는 듯했다. 특히 어느 대숲 뒤에 오래된 찻집이 한 채 있다 – 그 주변의 이름을 물어보자 녹양촌이라고 하는데 운치가 있었다. 실지로 그런 말을 듣고 보니까 찻집 테이블에 둘러 앉아 강을 바라보고 있는 일행들의 얼굴도 녹양촌 뒤쪽의 주민 같은 태평스런 얼굴을 하고 있다.

그 사이 우리 화방 앞에는 또 한 척의 화방이 보이기 시작했다. 그 화방에 타고 있는 자들은 모두 여자뿐이다. 더구나 삿대를 잡고 있는 사람은 일본 여자처럼 양쪽으로 땋아 길게 늘어뜨린 머리에 장미꽃을 꽂고 있다. 나는 이제 5분 정도 있으면 그들이 타고 있는 배를 추월할 테니까 그때 이 양주의 미인들에게 일별을 건네려고 생각했다. 그런데 성벽이 끝남과 동시에 수로가 갈라지는 곳으로 오자 그들의 화방은 오른쪽으로 돌고, 우리의 화방은 반대 방향으로 냉담하게도 뱃머리를 돌려버린다. 바라보자 그들의 배 뒤에는 양쪽 언덕의 조용한 갈대 사이로 희끄무레한 물빛이 남아있다. "이십사교에 달이 빛나고 있는 밤이구나. 퉁소소리 들려오네. 도대체 아름다운 사람은 어디에서 '이 같은 밤은 퉁소를 불면' 하고 가르치듯 피리를 불고 있고 있는 것일까?"(二十四橋明月夜 玉人何処教吹簫) — 나는 갑자기 두목의 시가 반드시 과장은 아님을 느꼈다. 아무래도 양주의 풍물 중에는 나까지 시인으로 만들어 버릴 것 같은 쾌활한 번뇌가 있는 듯하다.

화방은 뱃머리를 조정하는 삿대로 물위 수초를 가르며 큰 돌로 된 안경교를 빠져나갔다. 아치 모양의 다리 석면에는 백묵인지 페인트인지 잊어버렸는데 어쨌든 흰 글자로 늘어놓은 반일 선언이 요란스럽게 써있다. 그 다리 밑을 지나자 화방은 다카스 씨의 명령대로 비스듬히 오른쪽 언덕 쪽으로 진로를 바꿨다. 그곳에는 주욱 물가에 버드나무만 가지를 내려뜨리고 있다.

"지금 지나온 다리? 지금 지나온 다리가 대홍교(大虹橋), 이 언덕이 춘류제(春柳堤)이지."

다카스 씨는 배를 멈추게 하면서 이렇게 나에게 알려 주었다.

그 춘류제로 올라가 보니까 길을 막은 보리 밭 저쪽으로 엷은 풀색의 작은 산이 있다. 또 그 작은 산에 여러 개 마치 두더지가 흙을 들어올린 것처럼 작은 봉분이 늘어서 있다. 무덤도 이리되면 나쁘지는 않다. 어쩐지 양주의 흙 속에서는 죽은 사람까지 미소 짓고 있을 것 같은 기분이 든다. 나는 서 씨 화원 쪽으로 어슬렁어슬렁 버드나무 아래를 걸어가며 어슴푸레 기억하는 뮈세 — 그러나 뮈세인지는 정확하지 않다. 실은 그저 입속으로 버드나무, 무덤, 물, 사랑, 풀과 같은 식으로 그 경우에 적절한 말만 적당히 중얼거리고 있었는데 그러자니 너무도

뮈세 같은 기분이 들었던 것이다.

서 씨 화원을 둘러본 후 우리는 다시 화방을 타고 원래대로 강을 올라갔다. 이번에는 물 저편에 유명한 오정교(五亭橋)가 보이기 시작했다. 오정교 일명 연화교는 역시 돌로 된 안경교 위에 중앙으로 한 개, 좌우에 두 개 합계 5개의 정자를 갖춘, 굉장히 사치스런 다리이다. 정자 기둥이나 난간은 모두 예스러운 붉은 칠이어서 사치스러워도 특별히 강렬하지는 않다. 다만 다리 받침대의 돌 색깔은 조금 오래된 느낌을 띠고 있어도 상관없겠다는 생각이 들었다. 대충 느낌을 말한다면 주위에 무성한 버드나무와 갈대가 다소 조화롭지 못한 기분이 들 정도로 너무 중국풍으로 꾸며져 있다. 나는 이 다리의 모습이 아련히 파란 하늘 뒤로 버드나무 속에서 나타났을 때 나도 모르게 미소 지을 수밖에 없었다. 서호, 호구, 보대교 – 그것들도 물론 나쁘다고는 할 수 없다. 하지만 나를 행복한 것은 적어도 상해 이후 어디보다도 먼저 양주이다.

## ❖ 25. 고양주 (하) ❖

'– 오정교반에 라마탑이 있습니다. 이 절은 법해사라고 한다는데 철단을 칠한 본당은 물론이고 라마탑도 굉장히 황폐해져 있었습니다. 그러나 드문드문 대나무 숲 하늘에 큰 날구형(辣韮形)의 탑이 우뚝 솟아 있는 것은 장관이었습니다. 우리는 절 안을 어슬렁거린 후 다시 화방을 탔습니다.

'강 양쪽 언덕에는 여전히 무성히 자란 쓸쓸한 갈대 사이로 버드나무와 회화나무가 서 있습니다. 법해사 맞은 편 언덕은 분명 건륭제의 낚싯대였다고 생각합니다만, 그 물가마을다운 풍경 속에 오래된 정자가 하나 있었습니다. 그 수로가 끝난 곳이 평산당이 있는 촉강(蜀岡)입니다. 멀리 화방에서 바라보아도 송림과 보리밭, 흙이 빨간 벼랑이 듬성듬성 서로 뒤섞인 촉강의 경치는 그림 같은 멋스러움으로 넘쳐 있었습니다. 이것은 우선 언덕 위에 군데군데 푸른 하늘을 보여주면서 봄 구름이 조용히 움직이고 있는 - 그 미묘한 빛의 조화가 영향을 주었기 때문인지도 모르겠습니다.

'그러나 화방에서 올라온 후도 촉강 - 적어도 구양수가 세웠다는 평산당이 있는 주변은 너무도 한적한 곳이었습니다. 당(堂)은 법해사 경내에 대웅보전과 나란히 서 있습니다만, 차가운 먼지 냄새가 나는 어두침침한 당으로 들어갔을 때는 왠지 감사한 마음이 들었습니다. 나는 액자나 주련판을 읽기도 하고 난간 밖의 전망을 감상하기도 하면서 잠시 당 안을 배회했습니다. 이 당의 주인 구양수는 물론, 이곳에서 유람한 건륭제도 틀림없이 지금의 나처럼 여유 있는 기분을 즐겼겠지요. 그런 의미에서는 저도 범속하지만 옛사람과 말없이 만날 수 있었습니다. 당 앞에는 흰 줄기의 소나무 두 그루가 높은 처마 기와를 헤치고 우뚝 솟아 있는 - 데 나는 그것을 올려다보면서 정소간 선생의 베란다 밖에도 역시 이 백송이란 것이 심어져 있던 것을 떠올렸습니다. 소나무 가지로 가려진 하늘에는 끊임없이 꾀꼬리가 지저귀며 날아다니고 있습니다. …'

나는 편지를 쓰다 말고 "야아"하고 다카스 씨에게 인사를 했다. 다카스 씨가 그때 내 앞으로 한잔의 결명차를 권했기 때문이다 - 우리는 명소 구경을 끝낸 후 다카스 씨 댁으로 되돌아 왔다. 댁은 넓은 정원이 갖춰진 좋게 말하면 중국 암자 같은, 나쁘게 말하면 가난한 서민의 집에 가까운 초가지붕의 건물이다. 그러나 화초가 많은 정원은 결코 가난하다 할 정도는 아니다. 특히 현재 석양 빛 속에서 시네라리아와 데이지가 아렴히 피어있는 것은 명성파의 시를 닮은 기분도 든다.
― 나는 유리 창문 너머로 그런 뜰을 바라보며 쓰다 만 편지는 제쳐
놓고 천천히 뜨거운 결명차를 마셨다.

"이것만 마시면 무병장수지. 저는 커피도, 홍차도 마시지 않아요.
아침저녁으로 이것만 마시지요."

다카스 씨는 역시 찻잔을 앞에 두고 결명차의 효능을 들려주었다.
짐작하건대 결명차로 부르는 것은 허브 열매를 끓인 것인 듯하다. 이
것은 우유나 설탕을 넣으면 음료로도 나쁜 건 아니다.

"즉 하수오(何首烏) 종류입니까?"

시마즈 씨는 한모금 마시고서 수염에 묻은 물기를 닦았다.

"하수오는 있잖아. 성욕을 일으키는 비약이야. 초결명은 그런 게 아
니야."

나는 그런 대화를 아랑곳 하지 않고 다시 한 번 편지를 쓰기 시작
했다.

' ― 우리는 오늘밤 다카스 씨 댁에서 하룻밤 머문 후 진강으로 되
돌아갈 예정입니다. 시마즈 씨와는 아마 진강에서 헤어지게 되겠지요.
나는 소주 체재 중에 시마즈 씨와 한번 크게 싸웠습니다. 그러나 지금
은 이런 호한(好漢)과 어찌 싸웠나 생각하고 있습니다. 아무쪼록 그 점
은 걱정하지 마십시오.

'어쨌든 항간의 이야기에 의하면 다카스 씨는 연봉 몇 만 엔인가의
대관이 되었다고 합니다. 이 방도 자단으로 된 침대가 있고, 여러 골
동품이 진열되어 있기도 하여 호텔보다 훨씬 감사할 정도입니다. 다
만 침대가 부족하기 때문에 나는 시마즈 씨와 긴 의자 위에서 한 이불
을 덮고 자야 할 운명에 처했습니다. 그것도 발과 머리를 나란히 하게
끔 베개를 반대로 한다고 하니까 내 머리는 시마즈 씨 발에 언제 차일

지 알 수 없습니다. 나는 시마즈 씨 발이 중국의 산하를 답파해 온 만큼 얼마나 튼튼한가를 알고 있습니다. 그 다리가 내 머리 근처에서 한밤중에 가로 놓여 있다고 생각하면 분명 유쾌하지는 않습니다. 나는 옛날 게사(袈裟)가 모리토(盛遠)에게 죽임을 당할 각오를 하면서 조용히 혼자 자고 있듯 오늘 밤도 미리 … '

나는 재빨리 편지를 숨겼다.

"아주 긴 편지로군요."

시마즈 씨는 왠지 안정이 안 되는지 방 안을 걸으며 내 편지에 눈길을 주었다. 어쩌면 시마즈 씨 자신도 나에게 머리가 날아가는 것은 아닌가 내심 불안했는지도 모른다.

❖ 26. 금산사 ❖

"대련(対聯) 문구도 변했습니다. 보세요. 저기 붙어 있는 것은 독립대도(独立大道), 공화만세로 되어 있습니다."

"역시 그렇군요. 여기 있는 것도 새롭네요. 문명세계, 안락인가(安楽人家)라고 쓰여 있어요."

우리는 인력거에 흔들리며 이런 이야기를 주고받았다. 좁은 길 양쪽에는 식료품을 익혀서 파는 가게와 싸구려 여인숙 등 그 어느 것도 지저분한 집들이 늘어서 있다. 그 문 입구에 붙여 놓은 예(例)의 빨간 당지에 쓰여 있는 댓구를 읽어보면 대개는 지금 이야기 한 대로 신시대의 댓구가 쓰여 있다. 우리가 지금 지나가고 있는 곳은 오나라의 입구인 진강이 아니다. 실로 '서력 1861년 천진조약에 의해 개항된' 민국 10년의 진강이다.

"지금 빨간 옷을 입은 아이가 있었지요?"

"에에. 뚱뚱한 부인이 안고 있던. ─ "

"그겁니다. 그건 천연두에요."

나는 갑자기 요 4, 5년 종두를 앓은 적이 없는 것을 떠올렸다.

그 사이 우리의 인력거는 진강 정차장 앞에 도착했다. 그러나 시간 표를 살펴보니 남경 행 기차를 타기에는 아직 한 시간 정도 여유가 있다. 이미 여유가 있다고 하면 저 산 위로 탑이 보이는 금산사를 보지 말라는 법은 없다. 우리는 평의의결 하자마자 서둘러 다시 인력거의 손님이 되었다. 다만 서둔다 해도 지난번처럼 운임을 깎기 위해 10분 정도 걸린 것은 사실이다.

처음에 인력거가 지난 곳은 허술한 가건물만 처마를 맞대고 있는 아주 원시적인 빈민굴이다. 오두막 지붕은 짚으로 이었는데 흙을 바른 벽은 거의 보이지 않는다. 대부분 암페라 아니면 거적을 댄 것이다. 그 안팎으로는 남자든 여자든 음침한 얼굴을 하고서 어슬렁대고 있다. 나는 오두막 지붕 뒤로 키가 큰 갈대를 바라보며 다시 한 번 천연두에 걸릴 것 같은 기분이 들었다.

"어떻습니까? 저 개는?"

"털도 다 빠진 개는 드물지요. 그런데 기분도 섬뜩하군요."

"저런 건 모두 매독에 걸린 개입니다. 짐꾼인가 뭔가로 옮겨진다고 합니다."

그 다음으로 인력거가 지나간 곳은 강이 있고 재목(材木)집이 있고 ─ 요컨대 목재소 같은 곳이다. 이곳에는 집집마다 처마에 붙인 작은 빨간 당지 조각 한쪽에 '강태공재차'(姜太公在此) 운운하는 문자가 나열되어 있다. 이것은 '위조어숙'(爲朝御宿)과 같은 주술문임이 틀림없다. 그 강을 저쪽으로 건넜다. 활기가 없는 마을을 빠져 나간 곳에 빨간 벽의 절 문이 서 있었다. 문 앞에는 거지가 한 명 소나무 뿌리 부근에 앉은 채 어찌된 일인지 심호흡을 하고 있다. 어쩌면 저것은 동정을 사기 위해 고통스런 모습을 보여 주는 것인지도 모른다.

금산사는 물론 이 절이다. 우리는 인력거에서 내린 후 한 바퀴 절 안을 걸었다. 그러나 기차시간이 얼마 남지 않아서 천천히 구경할 기분은 들지 않았다. 절은 산에 기대어 있기 때문에(옛날에는 이곳이 섬이었다고 한다) 한 건물마다 점점 높게 되어 있다. 그 사이의 돌계단을 오르고 내리며 대충 보고 걸은 느낌을 말하자면 기세 좋은 추상파 그림 같은 묘하게 착잡한 것이 되어버린다. 그러나 당시의 인상은 분명 그랬기 때문에 수첩에 적어놓은 것을 옮겨 보면 대체로 이런 모습이다.

'흰 벽. 빨간 기둥. 흰 벽. 마른 돌바닥. 넓은 바다. 돌. 금세 또 빨간 기둥. 흰 벽. 대들보에 걸린 액자. 대들보 조각. 대들보의 금색과 빨강과 검정. 큰 솥. 스님머리. 머리에 남아있는 여섯 곳의 뜸 흔적. 양자강 파도. 적갈색으로 거품이 이는 파도. 무제한으로 기복하는 파도. 탑지붕. 용마루에 난 풀. 탑 용마루에 그어진 하늘. 벽에 끼워 넣은 석각. 금산사 지도. 사사표(査士票)의 시. 흘러오는 제비. 흰 벽과 돌난간. 소동파의 목상. 용마루의 검정과 기둥의 빨강 그리고 벽의 흰색. 시마즈 씨는 카메라를 들여다보고 있다. 넓은 바닥 돌. 발. 돌연 종소리. 바닥돌에 떨어진 파의 색 …'

아무래도 이렇게만 적는다면 독자들에게는 전혀 통할 것 같지도 않다. 그러나 통하는 것으로 해두지 않으면 고치는 것만으로도 보통 수고가 아니다. 수고도 물론 평소라면 사양하지 않겠다. 그러나 지금 나는 나고야에 있다. 게다가 동행자 기쿠치 히로시가 열이 나 신음하고 있다. 아무쪼록 그 점을 잘 참작하여 통하는 것으로 해 주셨으면 한다. 이 1회를 완성한 후 나는 다시 기쿠치가 있는 병실로 출장을 가야만 한다.

## ❖ 27. 남경 (상) ❖

남경에 도착한 날 오후, 나는 뭐라고 하는 중국인과 우선 성내를 둘러보기 위해 예의 인력거의 손님이 되었다. 석양빛이 흐르는 마을은 서양건물도 섞여 있는 즐비한 집들 뒤로 보리나 누에콩밭을 보여주기도 하고 거위들이 놀고 있는 연못을 보여주기도 한다. 게다가 비교적 넓은 거리에는 행인도 드물게 밖에 없다. 안내인 중국인에게 물어보니 남경 성내의 오분의 삼은 밭이나 황폐지로 되어 있다고 한다. 나는 길가 버드나무와 무너져 내린 토담, 제비 떼 등을 바라보며 회고의 정을 불러일으킴과 동시에 이런 빈 땅을 사두면 큰돈이 될 것 같은 기분도 들었다.

"누군가 이럴 때 사 두면 좋을 텐데. 포구가 번창만 하면 틀림없이 땅값도 폭등할 겁니다."

"안돼요. 중국인은 모두 내일에 대한 것은 생각하지 않아요. 땅 같은 걸 사는 사람은 없습니다."

"자 그럼, 당신 혼자 생각해보는 거지요."

"나도 역시 생각하지 않아요. ― 우선 생각할 수가 없습니다. 집에 불이 날지 살해당할지 내일 일은 모르지요. 그게 일본과는 다른 점입니다. 뭐, 지금의 중국인은 아이들의 장래를 즐거움으로 하기보다 술이나 여자에 빠져있어요."

그 사이 어느새 거리에는 포복점이나 책가게 등 화려한 상점이 보이기 시작했다. 나는 영암산에 올라갔다 돌아오는 길에 몇 번이고 길을 잃은 나머지 마침내 날까지 저물었던 탓에 당나귀를 탄 채로 논 속으로 뛰어들기도 하고 셔츠까지 비에 흠뻑 젖기도 하면서 엄청난 어려움을 당했었다. 그 기념으로는 가죽 구두에 두세 군데 큰 구멍이 나

있다. 나는 구두점이 보인 것을 다행으로 구두를 살 필요를 통감했기 때문에 재빨리 그 가게 쇼윈도 앞에 차를 멈추도록 명령했다.

구두점 안으로 들어가 보니 생각보다 가게의 규모가 컸다. 하지만 그곳에서는 달랑 직공 두 사람만이 열심히 구두를 만들고 있다. 주변 큰 유리문의 선반장에 서양풍의 구두는 물론 중국 구두도 여러 가지 장식되어 있다. 검은 구두, 분홍색 구두, 물색 구두 – 중국 구두는 그 어느 것도 새틴을 대는 것이라서 크고 작은 남녀의 구두가 석양빛 속에 진열되어 있는 광경은 묘하게 아름답다는 생각이 들었다. 게다가 계산대에 서 있는 주인은 얼굴색이 희고, 입가가 부드러운, 그런 만큼 더욱 기분 나쁜 한쪽 눈이 애꾸눈인 남자이다. 나는 잠시 로맨틱한 기분으로 이미 만들어진 구두를 물색했다. 이 가게에서는 선반장의 어딘가에 사람 가죽을 기워 맞춘 화려한 여자 구두가 있을지도 모른다. – 그런 생각도 얼마간은 들었다. 그러나 내가 산 구두는 로맨틱하지도 않다. 정가 6엔짜리 목이 긴 구두이다. 색은 – 그 후 이 구두를 신고 무라타 우코를 우연히 만났는데 "묘한 색이군요. 가방을 신고 걷고 있는 것 같지 않나요?"라고 잔인한 평을 덧붙였다. 실지로 또 노란색 같은, 검은색 같은 아주 이상야릇한 빨간색 구두이다.

새 신발을 신고 다시 차에 올라탔다. 옛 문관 시험장이 죽 이어진 거리가 나왔다. 시험장은 수만 평, 문의 숫자가 2만 6백이라든가 하는 엄청난 규모를 갖춘 옛날 문관 시험장이다. 지나는 길에 본 느낌은 일본의 집 한 채를 벽으로 칸막이해서 죽 늘어놓은 나가야(長屋)와 별반 다르지 않다. 그러나 해가 저무는 하늘로 우뚝 솟은, 벽만 희끄무레한 명원루(시험장 이름) 아래로 무수한 용마루가 이어져 있는 것은 과장된 기분이 들 뿐만 아니라 너무도 황량한 풍경이다. 그 지붕을 바라보고 있자 갑자기 천하의 시험제도가 모두 부질없다는 생각이 들었다.

동시에 또 천하의 낙제 서생에게 만공의 동정도 보내고 싶어졌다. 제군이 시험에 낙제한 것은 제군의 무능 탓이 아니다. 단지 불행한 우연이다. 옛 중국 소설가는 이 우연을 필연으로 하기 위해 여러 곳의 시험장을 무대로 하는 인과의 괴담을 만들어냈다. 그러나 그것은 믿기 어렵다. 아니 오히려 그런 이야기는 그들도 시험의 급락에는 얼마나 우연이 영향력을 작용하는지 명확하게 알고 있다는 증거이다. 제군은 시험에 낙제해도 제군의 능력을 의심해서는 안 된다. 만약 그것을 의심한다면 바로 제군은 제군 자신을 멸망시킴과 동시에 제군의 선배인 시험관까지도 정신적 살인이라는 범죄에 빠뜨리는 것이 되기 때문이다. 실지로 나만 해도 낙제점을 받아도 나 자신의 재능에 대해서는 추호도 의심하지 않았다. 그 때문에 당시 시험관 여러분도 나를 대할 때만큼은 양심의 가책을 느끼지 않은 듯하다. …

"시험장은 더 있었습니다."

안내원 목소리는 갑자기 나의 망상을 놀라게 했다. 그는 나를 돌아보며 하늘에 점점이 박쥐를 날게 하는 쓸쓸한 기와지붕을 가리켰다.

"한 때는 의원 선거장으로도 사용되었습니다만, 작년 이후 마구 허물기 시작했습니다."

우리가 탄 인력거는 그 사이 유명한 진유 부근으로 와 있었다.

## ❖ 28. 남경 (중) ❖

나는 호텔의 서양식으로 되어 있는 방에서 타는 냄새 나는 담배를 입에 물고 어제 대충 구경한 진유의 경치를 남겨 놓으려고 쓰고 있었다. 이곳은 일본인이 경영하는 숙소인데 방 한쪽 구석에 둘러친, 짙은 페인트칠의 산수병풍이 나를 이만저만 힘들게 하는 게 아니다. 게다가 좋지 않은 버터로 구워낸 빵은 내 위장 입구에 아까부터 걸려있다. 나는 다소 노스텔지아를 느끼며 열심히 만년필을 움직였다.

'진유의 공자 사당을 지나다. 시간은 이미 황혼이 되었기 때문에 문을 닫고 사람을 들여보내주지 않는다. 문 앞에 늙은 강담사 있다. 많은 한가한 사람들에게 둘러싸여 삼국지인지 뭔지를 이야기 하는 것을 보다. 손바닥 안의 부채, 혀끝의 익살, 일본의 길거리 강담을 방불케 한다.

'다리 위에서 바라보면 진유는 평범한 개골창이다. 강폭은 혼죠(本所)의 다테카와 정도. 양쪽 언덕에 즐비한 인가는 요릿집, 게이샤 집 같은 류(類)라고 한다. 인가의 하늘에 푸른 나뭇가지 있다. 사람 없는 화방 서너 척, 저녁 안개 속에 묶여 있는 것도 보인다. 옛 사람 말한다. '안개가 겨울 수면에 흐르고 또 월광은 강가 모래밭에서 빛나고 있구나'(煙籠寒水月籠沙)라고. 이런 풍경 이미 볼 수 없다. 말하자면 오늘날의 진유는 속세 냄새 분분한 버드나무 다리이다.

'수반의 식당에서 저녁밥 먹다. 일류 요릿집이라고 해도 실내는 그다지 깨끗하지 않다. 목각 국화에 페인트를 칠한 기둥, 수박씨가 여기저기 버려진 마룻바닥, 변변치 못한 수묵 사군자 족자. ― 결국 오늘날의 중국 요릿집은 미각 이상의 어떤 것도 만족 시킬 수 없는 장소이다. 식사는 팔보반(八宝飯)인가? 계산은 팁과 함께 2인분 3엔 20전. 식사 중 옆방에서 호궁 소리 들린다. 노래 소리도 이어서 들린다. 옛날에는 한곡 부른 후 중답곡을 해야 해서 시인을 몹시 슬프게 하였지만 동방의 유람객은 원한이 많지 않다. 검푸른 달걀요리를 입 가득 넣고서 조금 취기가 있는 안내원과 오랫동안 내일 예정을 이야기하다.

'식당을 나오니 벌써 밤이다. 집집마다 전등불. 게이샤가 인력거에 타는 것을 비춘다. 마치 다이치(代地) 하안을 가는 듯하다. 그렇지만 미인 한 사람 보지 못하다. 『진회 화방록』(秦淮画舫録) 중 미인, 에누리 없는 자 몇 사람 있는지 살짝 의심해본다. 만약 그 『도화선전기』(挑花扇伝奇)의 미인의 경우라면 단순히 진회의 기녀라고 밝히지 않고 중국 사백여주를 편력하는 자는 아마도 한 사람도 없을 것이다 … '

나는 문득 얼굴을 들었다. 테이블 앞에는 사(社) 고미(五味) 군이 중국 복장을 한 채 우두커니 서있다. 따뜻해 보이는 검은 마고자에 쪽빛 긴 상의를 입은 모습이 위풍당당하다고 평해도 과장이 아니다. 나는 인사를 하기 전에 잠시 그 중국옷에 경의를 표했다.(나중에 내 중국옷이 북경에 있는 일본인 여러분을 고통스럽게 한 것은 분명 이 고미 군의 악영향이다.)

"오늘은 제가 안내하겠습니다. 명나라 효능(孝陵)에서 막수호(莫愁湖) 쪽으로."

"그렇습니까? 그럼 바로 나가지요."

나는 명소를 보고 싶은 것보다 위속의 빵을 소화시키고 싶은 마음에 서둘러 외투에 손을 집어넣었다.

한 시간 후 우리 두 사람은 종산(鐘山)의 효능에 가고자 위엄 있는 석교를 건너고 있었다. 효능은 장발적(長髮賊)의 난으로 대부분 전루(殿樓)가 불에 탔기 때문에 어디를 보아도 풀 밖에 없다. 그 무성한 풀 속에 커다란 석상이 서 있기도 하고 문의 주춧돌이 남아 있기도 하다. 그 모습은 나라(奈良) 교외의 무성한 잡초 속에서 장식 달린 은색 장검을 허리에 찬 공자를 그리워하는 쓸쓸한 모습은 결코 아니다. 실지로 이 석교만 해도 곳곳의 돌 사이로 엉겅퀴 꽃이 피어 있다. 그 모습은 그대로 회고의 시경이다. 나는 토기(吐気)를 참으며 종산의 송백을 우러러 보았다. 그리고 육조의 김분하(金粉何)라고 하는 옛사람의 시를 떠올리려고 했다.

능(陵) 그것 - 인지 어떤지 모르겠으나 어쨌든 마지막으로 우뚝 솟아 있는 것은 엄청나게 높은 석벽이었다. 그 벽 중앙에 대충 자동차라도 지날 수 있을 것 같은 완만한 오르막길 터널이 있다. 이 터널의 높이도 벽 전체의 높이에서 보면 겨우 사분의 일 정도밖에 안 된다. 나는 터널 앞에 우뚝 선 채 거무스름한 벽 저 멀리 만춘의 푸른 하늘을 우러러보았다. 그때 왠지 갑자기 내 몸이 작은 새 정도로 된 것 같은 기분이 들었다. 그리고 그곳에 깔려 있는 돌바닥의 풀에다 신물을 조금 토했다.

그 터널을 다 빠져나간 후 잠시 돌계단을 오르자 마침내 능의 제일 높은 곳이 나왔다. 그곳에는 지붕도 기둥도 없이 빙 둘러진 벽만이 남아 있다. 주변에 웃자란 어린 나무나 풀, 벽 한 면 가득한 낙서의 흔적 — 황폐함은 역시 변함없다. 하지만 이 능 위에 서서 둘러보니 분분히 뒤섞여 날아가는 제비 밑으로 조금 전 건너온 석교는 물론 정전(正殿), 곽문(郭門), 희끄무레한 능길 — 그 밖에 일광에 빛나는 산하가 멀리 푸르게 펼쳐져 있다. 오미 군은 에이 산(叡山)의 마사카도(将門)처럼 유연하게 바람을 맞으며 여기저기 눈 아래를 걷고 있는 남녀 몇 명인가를 내려다보았다.

"보세요. 오늘은 서문 밖에 고도동(高跳動)이 있어서 구경꾼이 많은 것 같습니다."

그런데 사냥 모자를 쓴 스미토모(純友)는 신물을 입에 담고 있었기 때문에 고도동이란 무엇이냐고 물어볼 힘도 생기지 않았다.

❖ 29. 남경 (하) ❖

나는 호텔에 돌아와서 바로 침대로 기어들어 갔다. 위는 여전히 아프다. 열도 조금 있는 듯하다. 어쩐지 이 침대에 누운 채, 광세의 큰 뜻을 품고 죽어버릴 것 같은 기분이 든다. 나는 차를 끓여 온 머리를 묶은 하녀에게 안마사는 없는지 물어 보았다. 그러자 순수한 안마사는 없지만 안마를 하는 이발소라면 있다고 한다. 나는 이발소든 목욕탕이든 상관없으니 서둘러 그 안마사를 불러달라고 했다.

하녀가 놀라서 물러간 후 구메 마사오와 셋트로 산 니켈 시계를 꺼내보았다. 겨우 2시 몇 분 지나있다. 오늘은 효능만 구경하고 막수호에는 가지 않고 돌아왔다. 서호에서는 소소를 참배하고 호구에서는 진랑을 참배했기 때문에 역시 기녀 세 미녀 중 하나인 막수(莫愁)도 참배하고 싶었지만 이런 상황이라 어쩔 수 없다. 아니, 오늘 고미 군과 점심을 먹으러 진유의 요릿집에 있을 때는 전복탕을 먹다 말고 잠시 말도 할 수 없을 만큼 가슴이 몹시 답답해졌다. 어쩌면 위병과 동시에 녹막염이 재발했는지도 모른다. ― 그런 일들을 생각하고 있자니 마침내 나는 5, 6분 사이에 죽기라도 할 것 같은 기분이 들기 시작했다.

그 사이 문득 사람소리가 났기 때문에 엎드려 있던 얼굴을 들었다. 아주 키가 큰 중국인이 한 명 침대 앞에 서 있다. 나는 조금 충격을 받았다. 실지로 페인트를 칠한 병풍 앞에서 갑자기 이런 키다리를 발견하는 것은 누구라도 기분 좋은 것은 아니다. 더구나 그는 나를 보자마자 천천히 옷을 걷어 올려 중국 팔을 내밀었다.

"뭡니까? 당신은?"

그는 내가 소리를 쳐도 전혀 얼굴색을 바꾸지 않았다. 그리고 딱 한 마디 대답했다.

"안마."

나도 모르게 쓴 웃음을 지으며 그에게 주무르라는 손짓을 했다. 그러나 이 이발사를 겸한 안마사는 주무르지도 않을 뿐더러 두드리지도 않는다. 단지 목 줄기에서 등줄기 쪽으로 순서대로 근육을 잡을 뿐이다. 그래도 결코 무시할 수는 없다. 점점 응어리진 몸이 풀려오는 것을 느끼며 건성으로 "하오, 하오"라고 칭찬해 주었다.

그 후 2시간 정도 낮잠을 자고 나니 상당히 몸도 회복되어 있었다. 5시에는 고미 군과 다가(多賀) 중위 ─ 다가 씨는 어렸을 때 애독한 「가정군사담」(家庭軍事談)의 필자이다. 나는 그때의 서명대로 가장 나에게 친숙함이 있는 다가 중위라는 이름을 사용하기로 했는데 현재는 무엇인지 아직 모른다 ─ 그때의 다가 중위에게 만찬 대접을 받는 약속이 있었다. 그래서 얼굴에 면도칼을 대기도 하고 검은 양복을 착용해보기도 하면서 5시까지는 대충 몸치장을 끝냈다.

그날 밤 나는 다가 중위와 다시마와 건어물 등을 씹으며 「가정군사담」에 대한 이야기를 했다. 이 다시마와 건어물 등은 저항요법에 따랐다든가 하는 악랄한 상차림 중 일부이다. 중위는 일견 무인 같은 등골이 반듯한 느낌을 주는 인물이었다. 게다가 이야기도 서툴지 않았다. 나는 중위와 계월 선생의 소문을 이야기하기도 하고 우리 외에 또 한 사람 초대된 젊은 손님과 강남의 풍광을 논하기도 하면서 잠시 몸이 아픈 것도 잊고 있었다. 특히 그 손님이 군밤이며 뭐 등을 다 먹어치우는 태도에도 품위가 있었던 것은 지금도 인상이 선명하다.

우리는 식사를 하고나서 응접실에서 다시 한차례 이야기를 나눴다. 이곳에는 땅에서 발굴한 중국자기와 빨간 산을 그린 전부(田夫) 씨의 그림, 골동품 같은 물건들이 진열되어 있다. 나는 그 페인트를 칠한 병풍으로 한나절이나 고통을 받은 후였기 때문에 이런 실내의 안락의자에 멍하니 앉아 있는 것이 적잖이 유쾌했다. 게다가 중위는 다행히도 '당 삼채는'이라든가 뭐라든가 말할 만큼 골동품 보는 눈을 갖추지 못한 듯하다.

그 사이 어느새 일행의 화제는 몸이 아픈 것으로 옮겨갔다.

"남경에서 무서운 건 병에 걸리는 것뿐이야. 옛날부터 남경에서 병에 걸리면 서둘러 일본으로 돌아가지 않는 한 목숨을 건진 사람이 한 사람도 없어."

다가 중위는 취기와 함께 농담 같은, 진담 같은 심히 염려되는 단언을 내렸다. 목숨을 건진 사람이 한 사람도 없다, ─ 나는 이 말을 들었을 때 갑자기 또 죽을 것 같은 기분이 들었다. 동시에 내일은 기차가 있는 대로 바로 서하사(栖霞寺)도 구경하지 않고 막수호도 보지 않고 상해로 돌아가리라 결심했다. …

이튿날 상해로 돌아온 나는 이슬비가 내리는 다음다음날 아침 사토미 병원 진찰실에서 타진과 청진을 받고 있었다. 그것이 대충 끝났을 때 사토미 선생은 손을 씻으며 내 쪽으로 웃는 얼굴을 보여주었다.

"어디도 나쁘지 않습니다. 좋지 않다고 생각한 것은 신경이지요."

"그러나 아직 한구에서 북경으로 가지 않으면 안 됩니다만, ─ "

"그 정도 여행은 괜찮아요."

나는 어쨌든 기뻤다. 그러나 그 기쁨 어딘가에는 애써 상해로 돌아온 것도 결국 헛수고에 지나지 않았다는 실망감이 있었던 것도 사실이다. 사토미 선생은 훌륭한 의사인데 원망스럽게도 훌륭한 심리학자는 아니다. 만약 내가 선생이라면 설사 병이 없고 건강해도 이런 진단을 내렸을 것이다.

"오른쪽 폐에 조금 염증이 있습니다. 바로 입원하시는 게 좋아요."

(1923년 1월─2월)

# 장강유기(長江遊記)

## ❖ 서문 ❖

이것은 3년 전 중국에서 여행하며 장강을 거슬러 올라갔을 때의 기행이다. 이렇게 눈이 어지러울 만큼 빠르게 돌아가는 세상에서 3년 전의 기행 따위는 누구에게도 흥미를 전해주지 않을지도 모른다. 그러나 인생을 여행한다면 필시 모든 추억은 수년 전의 기행이다. 내 글의 애독자 제군은 「호리카와 야스키치」(堀川保吉)에 대한 것처럼 이 「장강」(長江) 한 편에도 힐끗 눈길을 주지는 않을까?

나는 장강을 거슬러 올라갔을 때 끊임없이 일본을 그리워했었다. 그러나 지금은 일본에서 ─ 폭염으로 견딜 수 없는 도쿄에서 넓은 장강을 그리워하고 있다. 장강을? ─ 아니, 장강만이 아니다. 무호를, 한구를, 여산의 소나무를, 동정의 파도를 그리워하고 있다. 내 문장의 애독자 제군은 「호리카와 야스키치」에 대한 것처럼, 이 나의 추억병에도 힐끗 눈길을 주지는 않을까?

## ❖ 1. 무호(蕪湖) ❖

나는 니시무라 데이키치와 함께 무호 거리를 걷고 있었다. 거리는 여기도 그전과 마찬가지로 햇빛조차 닿지 않는 돌을 간 길이다. 양쪽에는 귀금속점과 주점 등 많이 익숙한 간판들이 내걸려 있다. 물론 한 달 반이나 중국에서 지냈던 지금은 신기하지도 않다. 게다가 일륜차가 지나갈 때마다 축에서 나는 삐걱거리는 소리는 두통까지 일어나게 할 만큼 시끄럽다. 나는 암담한 표정을 지으며 뭐라고 니시무라가 말을 걸어도 적당히 대답을 할 뿐이었다.

니시무라는 나를 초대하기 위해서 몇 번이고 상해로 편지를 보냈다. 특히 무호에 도착한 밤에는 일부러 작은 통통배를 보내기도 하고, 환영회를 열기도 하면서 여러 가지 친절을 베풀어주었다. (그런데도 내가 탄 봉양환은 포구를 출발하는 게 늦어 이런 그의 정성도 모두 수포로 돌아갔다.) 뿐만 아니라 그의 사택인 당가화원(唐家花園)에서 안정을 취한 후에도 식사라든가 옷, 침구 등 만사 신경을 써 주는 것에는 실지로 송구할 뿐이었다. 그러고 보면 안내며 접대를 해주는 이 주인을 위해서라도 이틀간의 무호 체재는 유쾌해야만 할 것이다. 그러나 나의 신사적 공손한 태도는 매미를 닮은 니시무라의 얼굴을 보면 바로 어딘가로 소멸해버린다. 이것은 니시무라의 죄가 아니다. 기미(君), 보쿠(僕) 대신에 오마에(お前), 오레(おれ)를 사용하는 우리들의 친근감이 죄이다. 그렇지 않다면 길거리 한가운데서 소변을 보는 돼지를 마주 보았을 때도 그렇게 불쾌감을 공표하는 것은 당분간 보류할 생각이었을지도 모른다.

"시시한 곳이로군. 무호라는 곳은. ― 아니 무호만이 아니야. 나는 이제 중국에는 넌덜머리가 났어.

"자네는 완전히 되바라져서 중국은 성격에 맞지 않을지도 몰라."

니시무라는 영어는 알고 있어도 일본어는 매우 미숙하다. '고마샤쿠레루'를 '고샤마쿠레루' '도사카'를 '도카사' '후토코로'를 '후토로코', '가무시야라'를 '가라무시야' ― 그 외에도 일본어 틀리는 것을 다 열거하여 셀 수 없다. 나는 니시무라에게 일본어를 가르쳐 주기 위해 일부러 건너온 것도 아니기 때문에 무뚝뚝한 얼굴을 보여 주었을 뿐, 뭐라고 대답도 하지 않고 계속 걸었다.

그러자 조금 폭이 넓은 거리에 여자 사진을 진열해 놓은 집이 있었다. 그 앞에서 한가한 사람들이 5, 6인 유심히 사진 얼굴을 보고는 뭔가 조용히 이야기를 했다. 이것은 뭐야, 라고 물어보니 제양소(濟良所)라는 대답이 돌아왔다. 제양소라는 것은 양육원이 아니다. 자기 의지로 기녀를 그만둔 여자를 보호하는 곳이다.

대충 마을을 돌아본 후 니시무라는 나를 의도헌(倚陶軒), 일명 대화원이라는 요릿집에 데리고 갔다. 여기는 듣건대 이홍장의 별장이었다든가 하는 곳이었다. 그러나 안으로 들어갔을 때의 느낌은 홍수를 당한 후의 무코우지마(向島) 주변과 다르지 않다. 꽃과 나무는 얼마 되지 않고 땅은 황폐해져 있으며 '둑'의 물도 흐려있고, 집 안은 텅 비어 휑뎅그렁해 있다. 대부분 요릿집이라는 것과는 완전히 인연이 없는 광경이다. 우리는 처마에 달려 있는 앵무새 새장을 보면서 그래도 맛만큼은 뛰어난 중국요리를 먹었다. 그러나 맛있게 먹고 있을 때부터 중국에 대한 내 혐오감은 점점 머리끝으로 올라갈 기미를 띠기 시작했다.

그날 밤 당가화원 발코니에서 니시무라와 등의자를 나란히 하고 앉았을 때 나는 어처구니 없을 만큼 열심히 현대 중국의 악담을 했다. 현대 중국에 무엇이 있는가? 정치, 학문, 경제, 예술 모두 타락해 있지 않은가? 특히 예술의 경우 가경도광간(嘉慶道光間, 19세기 전반) 이후로 하나라도 자랑할 만한 작품이 있는가? 더구나 국민은 젊고 늙음을 불문하고 자기 멋대로 태평악만 부르고 있다. 물론 젊은 국민 중에는 다소의 활력이 보일지도 모른다. 그러나 그들의 소리라고 해도 전 국민의 가슴을 울릴만한 큰 정열이 없는 것은 사실이다. 나는 중국을 사랑하지 않는다. 사랑하고 싶어도 사랑할 수 없다. 이 국민적 부패를 목격한 후 그래도 역시 중국을 사랑할 수 있다면 그것은 아마도 극도로 퇴폐한 관능주의자 아니면 천박한 중국 취미를 동경하는 자일 것이다. 아니 중국인이라고 해도 마음의 눈만 멀지 않았다면 우리 같은 일개의 여행객보다 훨씬 더 혐오감에 견디기 힘들 것이다.…

나는 열심히 열변을 늘어놓았다. 발코니 밖 회화나무 작은 가지는 조용히 달빛에 젖어있다. 이 회화나무 가지 저쪽 – 몇 갠가의 오래된 연못을 품은, 흰 벽의 시가지가 끝나는 곳은 양자강의 물임이 틀림없다. 그 물이 도도하게 흐르는 그 끝에는 헤른이 꿈꾼 봉래처럼 그리운 일본의 섬과 산들이 있다. 아아! 일본으로 돌아가고 싶다.

"자네 같은 경우는 언제든 돌아갈 수 있잖아?"

향수병에 전염된 니시무라는 달빛 속을 날아다니는 큰 모기를 바라보면서 거의 독백처럼 이렇게 말했다. 나의 체재는 아무리 생각해도 니시무라에게는 도움이 되지 않는 것 같다.

❖ 2. 소강(溯江) ❖

나는 양자강을 거슬러 올라가는 소강(遡江) 기선에 3번 탔다. 상해에서 무호까지는 봉양환, 무호에서 구강까지는 남양환, 구강에서 한구까지는 대안환이다.

봉양환에 탔을 때는 위대한 덴마크인과 함께였다. 손님의 이름은 로시(盧糸), 영문자로 쓰면 Rosse이다. 어쨌든 중국을 종횡하기를 이십 몇 년이라고 하니까 당세의 마르코 폴로라고 생각해도 틀림이 없다. 이 호걸이 틈만 나면 나와 또 동선한 다나카 군을 붙잡고는 이십 몇 피트의 큰 구렁이를 퇴치한 이야기며 광동의 도협(盜俠) 랑쿠와이센(한자로는 어떤 글자에 해당하는지 로시 씨 자신도 알지 못했다)의 이야기와 하남(河南), 직례(直隷)의 기근 이야기며 호랑이사냥, 표범사냥 이야기 등을 유창하게 해 주러 오곤 했다. 그 중에서도 재미있었던 것은 식탁에서 자리를 함께한 미국인 부부와 동서양의 사랑을 논했을 때이다. 이 아메리카인 부부 ― 특히 부인의 경우는 동양에 대한 서양의 모멸에 굽이 높은 구두를 신은 것처럼 아주 오만한 여인이었다. 그녀가 보는 바에 따르면 중국인은 물론 일본인 역시 러브라고 하는 것을 알지 못한다. 그들의 몽매함이 불쌍할 뿐이다. 이것을 듣고 있던 로시 씨는 카레라이스 접시를 앞에 두고 갑자기 이의를 주장하기 시작했다. 아니 사랑이 무엇인가는 동양인이라고 해도 잘 알고 있다. 예를 들면 어느 사천의 소녀는 ― 이라고 득의의 견문을 잘난 척 들려주었다. 부인은 바나나 껍질을 벗기다 말고, 아니, 그건 사랑이 아니다, 단순한 연민에 지나지 않는다고 한다. 그러자 로시 씨는 완강하게 그럼 어떤 일본 도쿄의 소녀는 ― 이라고 또 실지 예를 들이대기 시작한다. 그러다 결국 마지막에는 상대 부인도 화가 치밀어 폭발한 것인지, 갑자기 식탁에서 일어나더니 남편과 함께 나가 버렸다. 나는 그때의 로시 씨의 얼굴을 지금도 똑똑히 기억하고 있다. 선생은 우리 황색 동료에게 짓궂은 미소를 보내고는 검지로 이마를 두드리며 "내로우 마인디드"(narrow minded)라고 했다. 공교롭게 이 아메리카인 부부는 남경에서 배를 내려 버렸다. 소강을 계속 했다고 하면 훨씬 더 재미있는 파란을 분명 불러일으켰을 것이다.

무호에서 탄 남양환에서는 다케우치 세이호(竹内栖鳳) 씨 일행과 함께였다. 세이호 씨도 구강에서 하선한 다음 여산으로 올라가게 되어 있었기 때문에 나는 영식(令息) ― 아무래도 이상하다. 영식임에는 실지로 틀림없지만, 너무 친하게 이야기를 한 탓인지 영식이라고 부르는 것이 입발림 같은 기분이 든다. 그러나 어쨌든 그 영식인 이츠(逸) 씨 등과 유쾌하게 소강을 계속할 수 있었다. 무엇보다 장강은 크다고 해도 결국 바다는 아니기 때문에 롤링(rolling)도 오지 않을뿐더러 핏칭(pitching)도 오지 않는다. 배는 그저 기계의 벨트처럼 오로지 흐름에 따라 흘러가는 물을 가르며 유유히 서쪽으로 나아간다. 이 점만으로도 장강의 여행은 배에 약한 나에게는 유쾌했다.

물은 앞에서도 말한 대로 녹에 가까운 적색이다. 그러나 멀고 먼 강의 끝은 푸른 하늘의 반사도 더해지기 때문에 대체로 강철 색으로 보인다. 그곳으로 유명한 큰 뗏목이 두 척이고 세 척이고 내려온다. 내가 실지로 본 것 중에도 돼지를 기르고 있는 뗏목이 있었기 때문에 역시 최상의 큰 뗏목의 경우 부락 하나를 실은 것도 있을지 모른다. 또 뗏목이라고는 해도 지붕도 있고 벽도 있고 말하자면 물에 떠 있는 집이다.

남양환 선장 다케시타 씨의 이야기로는 이 뗏목에 타고 있는 사람들은 운남귀주(雲南貴州) 등의 토착민이라고 한다. 그들은 그런 산 속에서 만리의 탁류가 밀어내는 대로 유유히 강을 내려온다. 그리하여 서강(逝江), 안휘(安徽) 등의 마을로 무사히 흘러 도착했을 때 뗏목으로 엮어 온 목재를 돈으로 바꾼다. 그 여정이 짧은 것은 5, 6개월, 긴 것은 거의 1년, 집을 나올 때는 아내였던 여자도 집으8로 돌아갈 때는 어머니가 된다고 한다. 물론 장강을 오가는 것은 이 뗏목처럼 원시시대의 유물에만 한정된 것은 아니다. 한번은 아메리카의 포반이 1척, 소증기(小蒸気)에 표적을 쏘며 실탄사격 등을 했던 일도 있다.

강이 넓은 것은 앞에서도 썼다. 그러나 이것도 삼각주가 있기 때문에 한 쪽 언덕이 멀리 있을 때에도 반드시 한 쪽에서는 풀 색깔이 보인다. 아니, 풀색만이 아니다. 수전(水田)의 이삭 물결도 보인다. 버드나무 가지가 물위에 드리워져 있는 것도 보인다. 물소가 멍하니 서있는 것도 보인다. 푸른 산은 물론 몇 개나 보인다. 나는 중국으로 출발하기 전 고스기 미세이(小杉未醒) 씨와 이야기를 나눴는데 씨는 여행지에서 주의할 것 중에 이런 것을 덧붙였다.

"장강은 물이 낮아서 말이죠. 양쪽 언덕이 훨씬 높으니까 배가 높은 곳으로 올라가지요. 선장이 있는 – 뭐라고 할까, 그 높은 곳 있잖아요. 그곳으로 올라가지 않으면 조망이 좋지 않아요. 거기는 보통 손님은 태우지 않으니까, 어떻게든 선장을 속이는 거지요…"

나는 선배가 하는 말이라서 봉양환에서도 남양환에서도, 강위의 조망을 원 없이 좋게 하기 위해서 시종 선장을 속이려고 했다. 그런데 남양환의 다케시다 선장은 아직 속임에 걸리기 전부터 살롱 지붕에 있는 선장실로 친절하게도 나를 초대해 주었다. 그러나 이곳으로 올라와서 봐도 특별히 풍경에는 변화가 없다. 실지로 또 갑판에 있어도 육지는 모두 둘러볼 수 있었다. 나는 묘하게 생각했기 때문에 속이려고 했던 마음을 실토한 다음 선장에게 그 이유를 물어보았다. 그러자 선장은 웃기 시작했다.

"그것은 고스기 씨가 오셨을 때는 아직 물이 적었을 겁니다. 한구 부근의 수면의 고저는 여름과 겨울에 45, 6 피트나 다릅니다."

❖ 3. 여산(廬山) (상) ❖

새 이파리를 토해낸 가로수 가지에 돼지의 죽은 시체가 걸려 있다. 그것도 껍질을 벗긴 채 뒷다리를 위로 하여 걸려 있다. 지방으로 뒤덮인 돼지 몸은 기분 나쁠 만큼 하얗다. 나는 그것을 바라보며 도대체 돼지를 거꾸로 매달아 놓고 뭐가 재밌을까 생각했다. 거꾸로 매달은 중국인도 악취미라면, 거꾸로 매달린 돼지도 얼이 빠져있다. 필시 중국만큼 시시한 나라는 어디에도 없을 것이라고 생각했다.

그 사이 많은 일꾼들이 우리가 탈 가마를 준비하면서 화가 날 정도로 떠들고 있다. 물론 짐꾼들 중에 제대로 된 인상은 없다. 특히 사납게 생긴 사람은 짐꾼 대장의 얼굴이다. 이 대장의 밀집 모자는 Kuling

Estate Head Coolie No라는 영문자로 된 검은 리본을 돌려서 붙였다. 옛날 Marius the Epicurean(쾌락주의자 마리우스)은 뱀을 다루는 사람이 사용하는 뱀의 얼굴에 인간 비슷한 뭔가를 느꼈다고 한다. 나는 또 이 짐꾼 얼굴에서 뱀 비슷한 뭔가를 느꼈다. 점점 더 중국은 마음에 들지 않는다.

10분 후 우리 일행 8명은 등의자가 있는 가마에 흔들리며 돌투성이 길을 오르기 시작했다. 일행이란 다케우치 세이호(竹內栖鳳) 씨 가족, 또 대원양행의 부인이다. 가마에 올라탄 기분은 생각했던 것보다 좋다. 나는 그 가마 막대기에 양쪽 다리를 길게 뻗으며 여산의 풍경을 즐기며 갔다. 이렇게 말하면 너무나도 듣기 좋은데 풍광은 특별히 좋은 것은 아니다. 단지 잡목이 우거진 사이로 댕강목이 피어 있을 뿐이다. 여산다운 기분도 전혀 없다. 이렇다면 중국에 건너오지 않고도 하코네(箱根) 옛길을 오르는 것으로 충분하다.

전날 밤 나는 구강(九江)에서 묵었다. 호텔은 바로 대원양행이다. 그 2층에 누워서 강백정 씨의 시를 읽고 있자 심양강에 정박해 있던 중국 배에서 사피선(蛇皮線)인가 뭔가의 소리가 들려온다. 그것은 어쨌든 풍류스럽다는 생각이 들었다. 그러나 이튿날 아침이 되어 보니 심양강이라고 으시댄다 해도 역시 빨갛게 흐려있는 하수천이었다. '단풍잎 갈대꽃에 바람 부는 가을'(楓葉荻花秋瑟瑟)과 같은 멋드러진 취향은 어디에도 없다. 강에는 목조 군함이 한 척, 사이고(西鄉) 정벌에 사용한 것 같은 이상한 대포가 입을 내밀며 비파정 부근에 정박해 있다. 그렇다면 성성(猩猩)이는 잠시 놓아두고 낭리(浪裡), 백도(白跳), 장순(張順)이나 흑선풍(黑旋風) 이규라도 있는가 했다. 그러나 눈앞의 배 지붕 안에서는 추악하기 그지없는 엉덩이가 나와 있다. 그 엉덩이가 또 대담하게도 ― 심히 실례되는 말씀이지만 유유히 강에 똥을 싸고 있다.…

나는 그런 일들을 생각하다가 어느새 그만 잠이 들고 말았다. 몇 십 분인가 지난 후 가마가 멈춘 것에 눈을 뜨자 우리 바로 눈앞에 아무렇게나 돌단을 쌓아올린 험준한 언덕이 우뚝 솟아있다. 대원양행 부인은 이곳은 가마가 올라갈 수 없으니 걸어서 가 주셨으면 한다고 설명했다. 나는 어쩔 수 없이 다케우치 이츠 씨와 길게 이어지는 급경사의 언덕을 오르기 시작했다. 풍경은 여전히 평범하다. 단지 언덕 좌우에 염천(炎天)의 먼지를 뒤집어쓴 들장미가 보일 뿐이다.

가마에 타기도 하고 걷기도 하면서, 그 어느 쪽이라고 해도 힘이 드는 못마땅한 경우를 반복한 다음, 겨우 쿠우린의 피서지에 도착했다. 이럭저럭 오후 1시경이었다. 그러나 이 피서지의 일각이라는 것이 가루이자와(軽井沢)의 변두리와 다를 바 없다. 아니 민둥산 자락에 중국 램프 가게와 주점 등이 다닥다닥 지저분하게 가게를 낸 풍경이란 가루이자와보다도 한층 저급스러웠다. 서양인의 별장도 둘러본 바, 운치 있는 구조의 집은 한 채도 보이지 않는다. 모두 작렬하는 일광에 빨강이나 파랑 페인트를 칠한 저속한 함석지붕을 태우고 있다. 나는 땀을 닦으며 이 쿠우린의 외국인 거류지를 개척한 목사 웨드워드 릿틀 선생도 오랫동안 중국에 있었기 때문에 완전히 미추의 판단을 할 수 없게 된 것이라고 상상했다.

그러나 그곳을 빠져 나오자 엉겅퀴와 제충국이 피어 있는 속으로 댕강목이 윤기 있고 아름답게 꽃을 피운 넓은 초원이 펼쳐졌다. 그 초원이 끝나는 부근에 돌담을 두르고 빨간 칠을 한 조그만 집이 한 채 바위투성이의 산을 배경으로 일장기를 휘날리고 있다. 나는 이 깃발을 보았을 때 조국을 생각했다 ─ 기 보다는 조국의 쌀밥을 생각했다. 왜냐하면 그 집이야말로 우리의 공복을 채워 줄 대원양행의 지점(支店)이었기 때문이다.

## ❖ 4. 여산 (하) ❖

밥을 다 먹고 나자 갑자기 냉기가 느껴지기 시작했다. 역시 해발 3
천척이다. 여산은 시시하다고 해도 분명 이 5월의 추위만큼은 진중할
가치가 있다. 나는 창 측 긴 의자에서 암산의 소나무를 바라보며 어쨌
든 여산의 피서지적 가치에는 경의를 표하고 싶었다.

그때 모습을 보인 것은 대원양행의 주인이다. 주인은 이미 오십을
넘겼을 것이다. 그러나 붉은 빛이 도는 얼굴은 아직 에너지에 충만한,
늠름한 활동가의 모습을 보여주고 있다. 우리는 이 주인을 상대로 여
러 가지 여산에 대한 이야기를 했다. 주인은 대단한 웅변가이다. 어쩌
면 웅변이 지나칠지도 모른다. 한번 흥에 취하면 백낙천이라는 이름
을 백낙으로 줄여버리기 때문에 그것만으로도 호쾌하다고 해야 할 것
이다.

"향로봉이란 것도 두 개 있는데요. 이쪽 건 이백의 향로봉, 저쪽 건
백낙천의 향로봉 – 이 백낙의 향로봉이란 녀석은 소나무 하나 없는
민둥산이지라.…"

대략 이런 말투이다. 그러나 그것은 아직 괜찮다. 아니 향로봉이 두
개 있다는 것 등은 오히려 우리에게는 편리하다. 하나밖에 없는 것을
두 개로 하는 것은 특허권을 무시한 죄악일지도 모른다. 그렇다 해도
이미 두 개 있는 것은 설사 세 개로 했다고 해도 불법행위는 되지 않
을 것이다. 그러므로 나는 건너편에 보이는 산을 갑자기 '나의 향로봉'
으로 했다. 하지만 주인은 웅변 이외에 여산 보기를 마치 연인 보듯
열렬한 애착을 가지고 있다.

"이 여산이라는 산은 말이지요. 오노봉(五老峯)이라든가 삼첩천(三疊
泉)이라든가 예부터 명소가 많은 산입니다. 마아. 구경하신다면 아무리

짧아도 일주일, 그리고 열흘이겠지요. 그 다음은 한 달도 반년도 – 무엇보다 겨울에는 호랑이도 나옵니다만 … "

이런 '제2의 애향심'은 이 주인에게만 해당되는 것은 아니다. 중국에 재류하고 있는 일본인은 모두 평소에도 가지고 있다. 적어도 중국을 여행하는 데 유쾌해지기를 기대하는 신사는 무장 강도를 만날 위험은 무릅쓴다 해도 그들의 '제2의 애향심' 만큼은 존중하도록 노력해야만 한다. 상해의 대마로(大馬路)는 파리 같다. 북경의 문화전(文華殿)에도 루브르처럼 가짜 그림은 한 장도 없다 – 처럼 감복해야만 한다. 하지만 여산에서 일주일 있는 것은 단순히 감복하는 것보다 훨씬 어려운 일이다. 나는 먼저 조심조심 주인에게 나의 병약함을 호소하며 되도록이면 내일 아침 하산하고 싶다는 희망을 언급했다.

"내일 벌써 가시는 겁니까? 그럼 어디도 볼 수 없어요."

주인은 반쯤 딱하다는 듯, 또 반쯤 비웃듯 이렇게 내 말에 대답했다. 하지만 그것으로 단념했는가 하면 이번에는 더욱 열심히 "그럼 지금이라도 이 근처를 구경하세요."라고 권하기 시작했다. 이것도 거절해 버리는 것은 호랑이를 퇴치하러 가는 것보다 위험하다. 나는 어쩔 수 없이 다케우치 씨 일행과 보고 싶지도 않은 풍경을 보러 나갔다.

주인 말에 따르면 쿠우린 마을은 여기에서 출발하여 기껏 한 걸음에 넘어갈 정도라고 한다. 그러나 실지로 걸어보니 한가하게 한 걸음이나 두 걸음 정도로 갈 수 있는 곳이 아니다. 길은 산 조릿대가 무성한 속으로 어디까지고 꾸불꾸불 올라가 있다. 나는 어느새 헬멧 밑으로 땀방울이 떨어지는 것을 느꼈다. 마침내 천하의 명산에 대한 분개심을 새로 뿜어내기 시작했다. 명산, 명화, 명인, 명문 – 모든 '명'자가 붙은 것은 자아를 중시하는 우리를 전통의 노예로 하는 것이다. 미래파 화가는 대담하게도 고전적 작품을 파괴하자고 했다. 고전적 작품을 파괴하는 김에 여산도 다이나마이트 불로 날려 버리는 게 좋다.

...

그러나 마침내 도착해서 보니 산바람에 울고 있는 소나무 사이로 바위산을 둘러싼 눈 아래 계곡에 빨간 지붕이며 검은 지붕이며 무수한 지붕들이 늘어서 있는 것은 생각했던 것보다 유쾌한 전망이다. 나는 길가에 앉아 소중하게 주머니에 넣어온 일본의 '시마시키'에 불을 붙였다. 레스를 내린 창문도 보인다. 풀꽃 화분을 놓은 발코니도 보인다. 푸른 잔디를 깔아놓은 테니스 코트도 보인다. 백낙의 향로봉은 잠시 놓아두고 어쨌든 피서지인 쿠우린은 여름 한철을 보내기에 충분한 곳 같다. 나는 다케우치 씨 일행이 성큼성큼 앞으로 간 후에도 멍하니 궐련을 문 채, 희미하게 사람 그림자가 비쳐 보이는 집들의 창문을 내려다보고 있었다. 어느새 도쿄에 남겨두고 온 아이들의 얼굴을 떠올리며.

(1924년 8월)

## 북경 일기 초(北京日記抄)

### ❖ 1. 옹화궁(雍和宮) ❖

오늘도 다시 나카노 고칸(中野江漢) 군과 함께 점심 경부터 옹화궁을 구경하러 나간다. 라마사 등에 흥미도 뭐도 없다. 아니 오히려 라마사 등은 아주 싫다. 그러나 북경 명물 중 하나이고 보면 기행을 써야 할 필요상 의리로라도 한번 볼 수밖에 없다. 스스로 생각해도 수고스럽기 짝이 없다.

지저분한 인력거를 타고 겨우 문 앞에 당도해 보니 과연 대가람임에는 틀림없다. 우선 대사원이라고 하면 큰 법당이 하나 있을 것 같은데 이 라마사는 전혀 그렇지 않다. 영우전, 수성전, 천왕전, 법륜전 등과 같은 몇 갠가의 법당이 잡다하게 모여 있다. 그것도 일본의 절과는 다르다. 지붕은 노랗고 벽은 빨갛고 계단은 대리석을 이용한 데다 돌사자와 청동 석자탑이며(중국인은 문자를 존중하기 때문에 문자를 쓴 종이를 주우면 그 탑 안에 넣는다고 한다. 나카노 군의 설명이다. 즉 다소 예술적인 청동제의 쓰레기통을 생각하면 되겠다.) 건륭제의 '어비' 등도 세워져 있다. 어쨌든 장엄함에 가깝다.

제6소 동배전에 나무로 깎은 환희불 4체 있다. 당지기에 은화를 한 장 건네주자 수를 놓은 막을 걷어서 보여준다. 부처는 모두 남색 얼굴에 적색 머리를 하고 있다. 등에 여러 개 손이 나있으며 무수한 인두(人頭)를 목걸이로 한 추악 무쌍한 괴물이다. 환희불 제1호는 인간의 가죽을 걸친 말에 걸터앉아 불을 뿜고 있는 입에 어린이를 물고 있는 것, 제2호는 코끼리 머리에 사람 몸의 여자를 발밑에서 밟고 있는 것, 제3호는 서 있는 여자를 간음하는 것. 제4호는 ― 가장 경복한 것은 제4호이다. 제4호는 소 등위에 서서, 또 그 소는 외람되게도 누워있는 여자를 간음하고 있다. 그러나 이런 환희불들은 조금도 에로틱한 느낌을 전해주지 않는다. 그저 뭔가 잔혹한 호기심의 만족을 전해줄 뿐. 환희불 제4호 옆에는 역시 나무로 깎은 큰 곰이 반쯤 입을 벌리고 있다. 이 곰도 인연을 듣고 보면 틀림없이 뭔가의 상징이다. 곰은 앞에 무사 두 명(남색 얼굴을 하고 검은 머리를 붙였으며 창을 들고 있음) 뒤에 두 마리의 새끼 곰을 데리고 있다.

그 후 영아전(寧阿殿)이라고 기억한다. 완탕 가게의 차르멜라를 닮은 소리가 나서 잠시 안을 들여다보았다. 나팔 승 두 명, 괴상한 모양의 나팔을 불며 연주하고 있었다. 나팔 승이라는 자, 어떤 것은 노랑, 어떤 것은 빨강, 어떤 것은 보랏빛 등의 털이 달린 삼각 모자를 쓰고 있다. 그런 모습에는 다소 그림 같은 정취가 분명 있다. 있지만 아무래도 모두 악당으로 밖에 생각되지 않는다. 어느 정도라도 호감을 느낀 것은 이 나팔 부는 두 사람뿐이다.

그리고 또 나카노 군과 돌단 위를 걷고 있는데 만복전 바로 앞 누각 위에서 당지기 한 사람이 얼굴을 내밀고 올라오라고 손짓을 했다. 좁은 사다리를 올라가자 여기에도 역시 막으로 덮여진 부처가 있었다. 당지기가 쉽게 막을 걷어주지 않는다. 20전을 내라고 손을 내밀 뿐. 겨우 10전으로 타협하여 막을 걷고 합장하자 남색 얼굴, 흰색 얼굴, 황색 얼굴, 적색 얼굴, 말 얼굴로 되어있는 괴물이다. 게다가 또 여러 개의 팔이 생겨 있는 데다(팔은 도끼와 활 외에도 인간의 머리나 팔을 번쩍 쳐들고 있다.) 오른쪽 다리는 새 다리, 왼쪽 다리는 짐승 다리이고 보니 굉장한 광인의 그림을 닮았다고 하겠다. 그렇지만 예상한 환희불은 없다. (무엇보다 이 괴물은 다리 밑에 두 명의 인간을 밟고 있다.) 나카노 군 바로 눈을 무섭게 하며 "당신은 거짓말을 했지?"라고 하자 당지기는 크게 당황하며 자꾸만 "이게 있어. 이게 있어."라고 한다. "이것"이란 남색의 남근이다. 융릉한 일구(一具), 아이 만드는 일을 하지 않고 덧없이 당지기를 하여 담뱃값을 번다. 슬프지는 않을까? 라마불의 남근이여.

라마사 앞에 라마 화가들의 가게가 7채 있다. 화가 총수 30여명 모두 티벳에서 왔다고 한다. 궁풍호(恒豊号)라고 하는 상점으로 들어가 라마불 그림 몇 장을 구매하다. 이 그림들 일 년에 만 2, 3천원(元) 팔린다고 하면 라마 화가의 수입도 만만치 않다.

## ❖ 2. 고홍명(辜鴻銘) 선생 ❖

고홍명 선생을 방문하다. 보이에게 안내받아 간 곳은 흰 벽에 탁본 족자를 내걸고 바닥에 암페라를 깐 객실이다. 좀 빈대가 있을 것 같으나 조용하고 한적하여 마음에 드는 객실이라고 할 수 있겠다.

기다리기 채 1분이 되지 않아 안광 형형한 노인 있다. 문을 힘차게 열고 들어와 영어로 "잘 왔소이다. 마아 앉으세요."라고 한다. 물론 고홍명 선생이다. 희끗희끗한 변발, 흰 마고자, 얼굴은 코가 짧아서 어딘가 큰 박쥐를 닮았다. 선생은 나와 이야기를 하고, 테이블 위에 여러 장의 갱지를 놓고 손은 연필을 움직여 척척 한자를 쓰면서 입도 쉴 새 없이 영어로 말한다. 나처럼 귀가 이상한 자에게는 실로 편리한 회화법이다.

선생, 남쪽은 복건성에서 출생하여, 서쪽은 스코틀랜드 에덴 바라에서 공부하고, 동쪽은 일본인 부인을 아내로 맞이했고 북쪽은 북경에서 살고 있기 때문에 동서남북의 사람이라고 부른다. 영어는 물론 독일어도 불어도 할 수 있다고 한다. 그렇지만 영 차이니즈와 달리 서양

의 문명을 높이 평가하지 않고, 기독교, 공화정체, 기계 만능 등을 매도하면서 내가 중국옷을 입은 것을 보고 "양복을 입지 않은 것이 훌륭해요. 단지 유감스럽게도 변발을 하지 않았군요."라고 한다. 선생과 이야기하기 30분, 갑자기 8, 9세 소녀가 부끄러운 듯 객실로 들어온다. 아마도 선생의 따님 같다.(부인은 이미 사망했다.) 선생, 소녀의 어깨에 손을 얹고 중국어로 뭐라고 속삭이니 소녀는 조그만 입을 벌려 "이로하니호에토치리누루오와카"(いろはにほへとちりぬるをわか) 운운이라고 한다. 생전에 부인이 가르쳐 준 것일 것이다. 선생은 만족스럽게 미소 짓고 있지만 나는 조금 센치멘탈해져 소녀의 얼굴을 바라볼 뿐이다.

소녀가 나간 후 선생 다시 나를 위해 단(段)을 논하고 오(吳)를 논하고 아울러 또 톨스토이를 논한다.(톨스토이는 선생에게 편지를 보냈다고 한다.) 논하고 논하며 선생의 의기 크게 올라, 눈은 마침내 횃불 같고 얼굴은 더욱더 박쥐를 닮았다. 내가 상해를 떠날 즈음에 존스 내 손을 잡고 말하길 "자금성은 보지 않아도 좋다. 고흥명 만나는 것을 잊어서는 안 된다."라고. 존스의 말, 나를 속이지 않았다. 나 역시 선생의 말씀에 느끼는 바 있어서, "어찌하여 선생은 시사(時事)에 분개하면서도 시사에는 참여하지 않는가?"라고 묻는다. 선생 뭔가 빠르게 답하지만 공교롭게도 나로서는 알아들을 수 없다. "다시 한 번 부디"를 반복하자 선생 자못 분한 듯 갱지 위에 크게 써서 말하길, "늙었어, 늙었어, 늙었어, 늙었어, 늙었어 …"라고.

한 시간 후 선생의 저택을 나와서 걸어 동단패루(東單牌樓)의 호텔로 향했다. 미풍이 늘어선 자귀나무에 불고, 사양(斜陽)이 나의 중국옷을 비춘다. 더구나 박쥐를 닮은 선생의 얼굴 내 눈 앞에서 떠나지 않는다. 나는 큰길가로 나오면서 선생의 문을 다시 한 번 뒤돌아보며 −

선생, 다행히 자신을 책망하지 않고, 또 선생 자신의 늙음을 탄식하기 보다 먼저 아직 젊기 때문에 틀림없이 뭔가를 할 내 자신의 행복을 찬미했다.

### ❖ 3. 십찰해(十刹海) ❖

나카노 고칸 군이 나를 안내해 준 곳은 북해처럼, 만수산처럼 혹은 또 천단처럼 아무나 구경할 수 있는 곳만은 아니다. 문천상사(文天祥祠)도 양초산(楊椒山)의 고택도, 백운관도, 영락대종도(이 대종은 거의 반쯤 땅 속에 파묻혀 사실상 공동변소로 계속 이용되고 있다.) 모두 나카노 군의 안내로 일견할 수 있었다. 그렇지만 가장 재미있었던 곳은 오늘 나카노 군과 가 본 십찰해라는 유원(遊園)이다.

우선 유원이라고는 해도 정원이 만들어져 있는 것은 아니다. 단지 큰 연못 주변에 갈대발이 쳐진 휴게소가 있을 뿐이다. 휴게소 외에는 고슴도치며 큰 박쥐 등의 간판을 내건 가설 흥행장도 한 집 있었던 것으로 기억한다. 우리는 이런 휴게소에 들어가 나카노 군은 해당화주 잔을 기울이고 나는 중국차를 마시며 두 시간 정도 앉아 있었다. 뭐가 그리 재미있었나 하면 별로 특별한 일이 있었던 것은 아니다. 단지 사람을 구경하는 것이 재미있었을 뿐이다.

연꽃은 아직 피어있지는 않았지만 물가를 빙 두른 회화나무와 버드나무의 그림자나 앞뒤의 휴게실에 있는 사람들을 보면 수관으로 된 담뱃대를 물고 있는 노인이 있고, 머리를 둘로 나눠 틀어 올린 소녀도 있으며 병사와 이야기하고 있는 도교 승도 있고 살구 파는 사람과 가격 흥정을 하고 있는 노파도 있으며, 은단 팔이도 있고 순사도 있고 양복 입은 나이어린 신사도 있으며 만주 군인의 부인도 있다 ─ 고 하나하나 다 열거하면 끝이 없다. 어쨌든 중국 풍속화 속에 있는 것 같은 기분이 든다. 특히 군인의 부인은 검은 포대기인가 종인가로 만든 상투 같기도 하고 관 같기도 한 것을 쓰고 있다. 볼에 동글동글 연지도 칠하고 있다. 이런 모습들이 고풍스럽지는 않다. 또 서로 인사를 하는데 무릎을 구부리고 허리는 구부리지 않는다. 오른손을 반듯이 땅에 내려놓는 모습은 기이하게도 우아한 멋이 있다고 할 수 있다. 과연 이렇다면 관국어연(觀菊御宴)에서 일본 궁녀를 본 로티도 신기한 매력을 느꼈을 것이다. 나는 실지로 군인 부인에게 조금 만주 식의 인사를 하며 "곤니치와"라고 말하고 싶은 유혹을 받았다. 다만 이 유혹을 따르지 않은 것은 적어도 나카노 군을 행복하게 했을 것이다. 우리가 들어간 휴게소를 보아도 한 가운데 한 개의 통나무를 놓고 남녀는 단연코 동석하는 것을 용납하지 않는다. 여자아이를 데려온 아버지는 여자아이만을 건너편에 놓고 자신은 이쪽에 앉아 통나무 너머로 과자 등을 먹여주고 있다. 이런 것에 너무 경복한 나머지 내가 만약 만주군인의 부인에게 인사를 했다고 한다면 바로 풍속 괴란죄를 물어 경찰이나 뭔가에게로 보내졌을지 모른다. 실로 중국인의 형식주의도 철저한 것이라고 해야 할 것이다.

　나, 이 일을 나카노 군에게 이야기 하자 나카노 군 한숨에 해당화주를 비우고 나서 천천히 말하길, "그야 놀랄만한 일이지요. 환성(環城) 철도라는 게 있잖습니까? 에에, 성벽 둘레를 지나가는 기차입니다. 그 철도를 만들 때에는 선로 일부가 성내를 지나는, 그렇다면 환성이 아니다, 라고 하여 일부러 거기만은 성벽 안에 또 하나 성벽을 쌓았으니까요. 어쨌든 대단한 형식주의지요."

❖ 4. 호접몽(胡蝶夢) ❖

하타노 군, 마쓰모토 군과 함께 즈지 조카(辻聽花) 선생의 권유로 곤곡(昆曲)의 연극을 일견했다. 경조(京調)의 연극은 상해 이후 가끔 엿보기도 하고 관람도 했지만 곤곡은 아직 처음이다. 여느 때와 같이 인력거 신세를 지면서 좁은 거리를 몇 번이나 빠져나온 후 겨우 동락다원(同樂茶園)이라는 극장에 도착했다. 주홍색에 금문자의 포스터를 붙이고, 오래된 벽돌로 만든 현관으로 들어가면 - 단 '현관으로 들어가면'이라고 한 것도 티켓 등을 산 순서가 아니라 원래 중국 연극이란 것은 그냥 현관으로 들어가 몇 분 연극을 보다가 돈을 걷으러 오는 중국인 안내인에게 정해진 액수의 입장료를 지불해 주면 된다. 이것은 하타노 군의 설명에 의하면 재미있을지 없을지 알 수 없는 연극에 미리 돈을 낼 수 있는가 하는 중국적 논리에 의한 것이라고 한다. 실로 우리들 관객에게는 환영할만한 제도라고 하지 않을 수 없다. 그래서 벽돌로 된 현관으로 들어가 봉당에 진열해놓은 의자에 시끌벅적하게 관객이 앉을 수 있는 것은 이 극장도 다른 극장과 마찬가지이다. 아니 어제 매란방이나 양소루(楊小樓)를 본 동안시장(東安市場)의 길상다원(吉祥茶園)은 물론, 그저께 여숙암(余叔岩)이나 상소운을 본 전문외(前門外)의 삼경원(三慶園)보다도 더욱 자리가 좁아질 정도이다.

이 사람들로 붐비는 뒤쪽을 지나 2층 관람석으로 올라가려고 하자 취한 얼굴의 노인이 있었다. 대모갑으로 만든 비녀에 변발을 감고서 파초부채를 손에 들고 배회하는 것을 보았다. 하타노 군 나에게 귓속말 하기를, "저 영감이 번반산(樊半山)입니다."라고. 나는 바로 경의감이 일어 계단 중간에 멈춰선 채, 이 노시인을 오랫동안 지켜보았다. 어쩌면 그 당시 취한 이백도 - 라고 생각한 것을 보면 문학 청년적 감정은 적어도 아직 국제적으로는 얼마간 나에게도 남아 있는 모양이다.

2층 관람석에는 우리보다도 먼저 듬성듬성한 수염에, 세운 깃의 양복을 입은 즈지 조카 선생이 있다. 선생이 극통(劇通) 중의 극통인 것은 중국 배우들도 선생을 존경하여 아버지로 하는 자들이 많은 것을 보아도 알 수 있다. 양주의 염무관 다카스 다키치 씨는 외국인으로서 양주에서 관(官)인 자, 전에 마르코 폴로 있고 후에 다카스 다키치 있다고 크게 기염을 토했지만 외국인으로서 북경에서 극통인 자는 전에도 후에도 조카 산인(散人) 한 사람밖에 없는 것을 간파하지 않으면 안 된다. 나는 선생을 왼쪽으로 하고, 하타노 군을 오른쪽으로 하여 앉았으니 (하타노 군도 「중국극 5백번」의 저자이다.) 「철백구」(綴白裘)의 표지를 손에 들고 있지는 않아도 오늘만큼은 어쨌든 어설픈 지식으로 아는 체 할 정도의 자격은 갖추었다고 할 수 있다.(후기. 즈지 조카 선생에게 한문 「중국극」(中國劇)의 저술 있다. 순천시보사(順天時報社)의 출판에 의한 것이다. 나는 북경을 떠날 즈음에 선생에게 더욱 한문으로 쓴 「중국 연극」의 저술이 있다는 것을 풍문으로 들었기 때문에 선생에게 청하여 원고를 받아 조선을 거쳐 도쿄로 돌아온 후 두세 곳의 서점에 출판을 권했다. 하지만 서점 모두 우려를 표하며 내 말을 받아주지 않는다. 그런데 하늘이 그 어리석음을 벌하여 이 책 지금은 중국 풍물연구회가 출판하게 되었다. 내친김에 광고하는 것 맞다.)

그래서 궐련에 불을 붙여 위에서 내려다보았다. 무대 정면에 붉은색 두꺼운 막을 내려뜨려서 앞쪽 난간을 둘러싼 것도 역시 다른 극장과 다르지 않다. 그곳에 원숭이로 분장한 배우 있다. 뭔가 노래를 부르며 빙글빙글 봉을 휘두르고 있다. 프로그램에 '화염산(火焰山)이라고 되어 있는 것을 보면 물론 이 원숭이는 단순한 원숭이가 아니다. 내가 어릴 때부터 존경한 제천대성 손오공이다. 오공 옆에는 또 의상을 착용하지 않고 얼굴에 화장하지 않은 큰 남자 있다. 3척 남짓의 큰 부채를 휘두르며 끊임없이 오공에게 바람을 보낸다. 나찰녀(羅刹女)로는 역시 생각되지 않고 우마왕인가 뭔가로 생각되어 살짝 하타노 군에게 물어보자 이것은 단지 선풍기 대신에 배우를 부쳐주는 후견인이라고 한다. 우마왕은 이미 싸움에 져서 무대 뒤로 도망간 후인 듯했다. 오공도 역시 몇 분 후에는 일타 10만 8천로(路) − 라고 해도 실지로는 큰 보폭으로 유유히 귀문도로 퇴각했다. 애석하게도 번반산에게 감복한 나머지 화염산하의 칼싸움을 보지 못하고 말았다.

'화염산 다음은 "호엽몽"이다. 도복을 입은 선생이 무대를 어슬렁어슬렁 산보하는 것은 "호엽몽"의 주인공 장자이다. 그리고 장자와 다정하게 이야기를 나누는 눈이 큰 미인은 이 철학자의 부인일 것이다. 거기까지는 일목요연하지만 가끔씩 무대에 나타나는 두 명의 동자의 경우에는 무엇을 상징하는지 확실하지 않다. "저건 장자의 아이들입니까?"라고 다시 하타노 군을 성가시게 하자 하타노 군 조금 아연하여 "저건 즉 그 뭐에요? 나비지요."라고 한다. 그러나 아무리 너그러운 눈으로 보아도 나비라고 할 물건은 아니다. 어쩌면 6월의 하늘이라서 불나방의 대역을 부탁한 듯하다. 다만 이 연극의 줄거리만큼은 나도 이미 알고 있기 때문에 등장인물을 아는 데는 완전히 초보자라고는 할 수 없다. 아니 지금까지 내가 본 60편 남짓의 중국 연극 중 제일 재미있었던 것은 사실이다. 원래 「호엽몽」의 줄거리라고 하면 장자도 모든 현인처럼 여자의 진심을 의심하기 때문에 도술에 의지해 죽음을 가장하여 아내의 정조를 시험해 보려고 욕심낸다. 아내, 장자의 죽음을 탄식하며 상복을 입고 뭔가 하지만 초나라의 공자가 와서 애도하기를,…

"좋아."

이 큰 소리를 낸 사람은 즈지 조카 선생이다. 나는 물론 "좋아"라는 소리가 낯선 것도 아니지만 아직껏 선생의 "좋아"처럼 특색 있는 소리를 듣지 못했다. 먼저 이에 필적할만한 것을 고금에서 구한다면 장판교 두사모(長坂橋頭蛇矛)를 쓰러뜨리는 장비의 일갈에 가까울 것이다. 나 질려서 선생을 바라보자 선생 저쪽을 가리키며 말하기를 "저곳에 좋아라고 괴성을 지르면 안 된다는 팻말이 걸려 있지요? 괴성은 안 돼요. 나처럼 "좋아"라고 하는 건 괜찮아요."라고. 위대한 아나톨 프랑스여! 당신의 인상비평론은 진리이다. 괴성과 괴성이 아닌 것은 객관적 표준을 가지고 다룰 수 없다. 우리들이 인정하여 괴성으로 간주하는 것은 ― 그러나 그 의론은 타일로 미루고, 다시 한 번「호엽몽」으로 되돌아오면 초나라 공자가 와서 애도하자, 아내 바로 공자에게 반해 장자에 대한 것을 잊게 된다. 잊을 뿐만 아니라 공자가 갑자기 발병하여 인간의 뇌수를 마시는 것 외에 달리 죽음을 면할 방법이 없음을 알고는 도끼를 휘둘러 관을 부수고 장자의 뇌수를 꺼내려 하기에 이른다. 그러나 공자로 보인 자는 원래 호엽이었던지라 금세 날아가 하늘로 사라지니 아내는 재혼할 수 없었을 뿐만 아니라 오히려 악랄한 장자 때문에 엄청나게 기름을 뒤집어쓰게 된다. 실로 천하의 여자를 위해서는 딱하기 그지없는 풍자극이라 할 수 있다 ― 고 하면 극평 정도는 쓸 수 있겠으나 실은 나로서는 혼곡이 혼곡인 이유조차 확실히 알 수 없다. 다만 어딘가 경조극보다는 화려하지 않은 것처럼 느껴질 뿐이다. 하타노 군은 나를 위해 "방자(梆子)는 진강이란 것으로요" 등으로 아주 친절하게 설명해 주었지만 필경 '소귀에 경 읽기'인 것은 스스로도 애석하다 하지 않을 수 없다. 더욱 내친김에 내가 본「호엽몽」의 역할을 약기하면 장자의 아내 ― 한세창(韓世昌), 장자 ― 도현정(陶顯亭), 초나라 공자 ― 마숙채(馬凤彩), 노호엽 ― 진영회(陳英会) 등이다.

「호엽몽」을 다 본 후, 즈지 조카 선생에게 고마움을 전하고 다시 하타노 군, 마쓰모토 군과 함께 인력거 위의 손님이 되었다. 초승달이 북경의 하늘에 걸려있다. 비좁고 지저분한 거리에서 양복 입은 신사와 팔짱을 낀 신시대의 여자가 지나가는 것을 보았다. 저런 사람들도 필요만 하다면 바로 - 도끼는 휘두르지 않는다 해도 도끼보다 예리한 일소(一笑)를 이용하여 남편의 뇌수를 꺼내려고 할 것이다. 「호엽몽」을 만든 사람들을 생각하고 옛사람(古人)의 염세적 정조관을 생각한다. 동락원 2층 객실에서 몇 시간인가를 보낸 것도 반드시 낭비는 아니었던 것 같다.

❖ 5. 명승(名勝) ❖

만수산(万寿山). 자동차를 달리게 하여 만수산으로 가는 도중의 풍광은 훌륭하다. 그렇지만 만수산의 궁전 천석(泉石)은 서태후의 악취미를 보기에 충분할 뿐이다. 버드나무가 늘어진 연못 주변에 추악한 대리석 장식의 화방이 있다. 이것도 역시 대평판이었다고 한다. 돌로 만든 배에도 감탄한다고 한다면 철로 만든 배 군함에는 졸도할 수밖에 없지 않을까?

옥천산(玉泉山). 산 위에 폐탑 있다. 탑 밑에 거리를 두고 북경 교외를 내려다본다. 호경(好景), 만수산에 비해 훨씬 뛰어나다. 그렇다 해도 이 산의 샘에서 만들어지는 사이다는 호경보다 더 좋을지도 모른다.

백운관(白雲觀). 홍대위의 석비 열어 108의 마군(魔君)을 달리게 한 것도 어쩌면 이런 것일 것이다. 영관전, 옥황전, 사어전(四御殿) 등 모두 회화나무나 자귀나무 속에서 금벽 찬란하다. 이어서 포도 바구니의 부엌을 들여다보면 이것도 흔히 볼 수 있는 평범한 부엌이 아니다.

'운주보정'(雲厨宝鼎)이라고 쓰여 있는 액자 좌우에 금자의 가늘고 긴 서화판을 내려뜨려 말하길, "국자의 물을 그 봉래에서 오신 손님과 마시고, 쌀도 함께 신선의 집에서 먹자"라고. 다만 도사도 시세(時勢)는 이기지 못하고 부지런히 석탄을 나르고 있다.

천녕사(天寧寺). 이 절의 탑은 수나라 문제(文帝) 때 건립되었다고 한다. 그러나 지금 있는 것은 건융 20년에 중수했다. 탑은 녹색 기와 쌓기를 13층, 지붕 테두리는 하얗고 탑 벽은 빨갛다 - 라고 하면 아름다운 것 같지만 사실은 차마 볼 수 없을 만큼 황폐하다. 절은 이미 완전히 없어져 그저 제비가 어지럽게 날고 있는 것만 볼 수 있다.

송균암(宋筠庵). 양초산의 고택이다. 고택이라고 하면 풍류가 있어 보이지만 지금은 우체국 골목에 있는 데다 입구에 군자자중의 소변 통이 있어서 풍류와 전혀 관계없는 살풍경도 이만저만 아니다. 기와를 깔고 바위를 쌓은 정원 앞에 간초정(諫草亭)이 있다. 정원에 의보주를 심은 화분이 많다. 초산(椒山)의 '튼튼한 어깨에 정의를 메고, 신랄한 붓으로 단련된 문장을 쓴다'라는 비석을 램프 받침대로 사용하고 있는 것도 재미있다. 후생, 진심으로 황송하다. 초산 이 말의 뜻을 알까, 모를까?

사문절공사(謝文節公祠). 이것도 외우(外右) 4구 경찰서 제1반일(半日) 학교 문 안에 있다. 그러나 어느 쪽이 가주(家主)인지는 알 수 없다. 미향당(微香堂) 속에 첩산(疊山)의 목상이 있다. 목상 앞에 지석(紙錫), 유리를 단 등롱 등 그밖에는 단지 만당(滿堂)의 먼지 뿐.

교대(蜜台). 삼문각 밑에서 낮잠을 자는 중국인 많다. 여기저기 둘러보니 모두 갈대와 싸리뿐이다. 나카노 군의 설명에 의하면 북경의 노동자는 화염의 계절만큼은 모두 다른 성으로 돈 벌러 나가 노동자들의 아내는 그 사이에 이 갈대와 싸리 속에서 매음을 한다고 한다. 시간당 15전 내외라고 한다.

도연정(陶然亭). 고찰자비정림(古刹慈悲淨林)이라고 쓰여 있는 액자 등도 올려다보았지만 그런 것은 아무래도 상관없다. 도연정은 천정을 대나무로 짜고, 창문을 녹사(綠紗)로 바른 다음 판자문 위에 卍자의 장지문을 달아 올렸다. 그 모양이 정취가 있고 간소해서 아름다웠다. 명물인 정진요리를 먹고 있자 새소리 자꾸만 위에서 들려온다. 보이에게 저건 뭔가라고 묻자 ─ 실은 잠시 들어보더니 꾀꼬리 소리라고 대답했다.

문천상사(文天祥祠). 경사부립 제18국민고등소학교 옆에 있다. 당내에 목상과 송승상신국공문공(宋丞相信國公文公)의 신위라고 되어있는 것을 안치했다. 이곳도 역시 막막하게 먼지만 쌓여있을 뿐이다. 당 앞에 큰 느릅(?) 나무 있다. 두소능(杜少陵)이라면 노유행(老楡行)인가 뭔가 만드는 곳이다. 나는 물론 홋쿠(発句) 하나 만들지 못한다. 영웅의 죽음도 한 번은 가능하다. 두 번째 죽음은 너무 딱해서 도저히 시흥 같은 건 일어나지 않는다는 것을 알아야 한다.

영안사(永安寺). 이 절의 선인전(善因殿)은 소방대의 전망대로 이용되고 있다. 궐련을 물고 선인전 위에 서니 자금성의 노란 기와, 천녕사의 탑, 아메리카의 무선 전신주 등 모두가 부르면 대답할 만큼 똑똑히 보인다.

북해. 버드나무, 제비, 연못, 그것들에 면한 황와단벽(黃瓦丹壁)의 대청(大清) 황제용(用) 소주택.

천단. 지단. 선농단(先農壇). 모두 커다란 대리석 단에 잡초 파랗게 무성할 뿐. 천단 밖 광장으로 나가는데 갑자기 한발의 총성이 들렸다. 무슨 소리야, 라고 묻자 사형이라고 한다.

자금성. 여기는 꿈속에 나타나는 악마뿐이다. 밤하늘보다도 방대한 꿈속의 악마뿐이다.

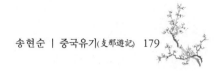

# 잡신일속(雜信一束)

## ❖ 1. 유럽적 한구(漢口) ❖

이 물 웅덩이에 비친 영국 국기의 선명함 – 아이구, 마차에 부딪힐
뻔 했다.

## ❖ 2. 중국적 한구 ❖

복권이나 마작 도구 사이로 석양이 불긋불긋 비친 자갈길. 그곳을
혼자 걸으며 문득 헬맷 차양 밑으로 한구의 여름을 느낀 것은 –

　　더위 한 소쿠리 내리쬐네 살구나무

## ❖ 3. 황학루(黃鶴樓) ❖

감당주다루(甘棠酒茶樓)라고 하는 적련와(赤煉瓦) 다관. 유정현진루(惟精
顯真樓)라는 역시 적련와 사진관 – 그 외에는 아무것도 볼만한 게 없
다. 우선 무엇보다 적갈색의 양자강은 눈 아래 줄지어 있는 기와지붕
너머로 물결만 하얗게 빛나고 있다. 장강 저편에는 대별산, 산 정상에
는 나무가 두세 그루, 그리고 조그만 하얀 벽의 토끼를 모신 사당, …
나 – 앵앵주(鸚鵡洲)는?

우쓰노미야(宇都宮) 씨 – 저 왼쪽에 보이는 게 그겁니다. 그러나 지
금은 살풍경인 재목(材木) 놓는 장소로 되어있습니다만.

### ❖ 4. 고금대(古琴台) ❖

앞머리를 내린 어린 기녀가 한 명, 분홍빛 부채로 가리며 월호(月湖)에 면한 난간 앞에서 흐린 하늘의 물을 바라보고 있다. 듬성듬성한 갈대와 연꽃 저쪽으로 거뭇거뭇하게 빛나는 흐린 하늘의 물을.

### ❖ 5. 동정호(洞庭湖) ❖

동정호는 호수라고는 하지만 항상 물이 있는 것은 아니다. 여름 외에는 단지 수령 논 속에 강이 한 줄기 있을 뿐이다. - 라는 것을 입증하듯 3척 정도의 수면을 빠져나온 마른 가지 많은 한 그루 검은 소나무.

### ❖ 6. 장사(長沙) ❖

거리에서 사형이 행해지는 마을. 장티푸스나 말라리아가 유행하는 마을. 물소리가 들리는 마을. 밤이 되어도 돌바닥 위에 아직 더위가 살아있는 마을. 닭소리까지 나를 위협하듯 "아쿠타가와 사양"하고 함성을 지르는 마을, …

### ❖ 7. 학교 ❖

장사의 천심제1여자사범학교와 부속고등소학교를 참관. 지금까지 보기 드문 무뚝뚝한 얼굴의 나이어린 교사에게 안내를 받다. 여학생은 모두 반일 때문에 연필이나 뭔가를 사용하지 않고 책상 위에 붓과 벼루를 준비하여 기하와 대수를 공부하고 있는 상황이다. 내친김에 기숙사가 보고 싶어 통역하는 소년에게 그 취지를 부탁하도록 해보니 마침내 더욱 험한 얼굴을 하고서 말하길, "그것은 거부하겠습니다. 얼마 전도 이 기숙사에 병사가 5, 6인 침입하여 강간 사건을 일으킨 후이니까요!"

### ❖ 8. 경한철도(京漢鉄道) ❖

아무래도 이 침대차 문에 열쇠를 건 것만으로는 불안하군. 트렁크도 이왕이면 기대어 세워두자. 자, 이것으로 도적을 만나도 – 잠깐만. 도둑을 만났을 때는 팁을 주지 않아도 괜찮은지 몰라?

### ❖ 9. 정주(鄭州) ❖

가두의 큰 버드나무 가지에 변발이 두 갈래로 길게 내려뜨려져 있다. 또 그 변발은 두 갈래 모두 마치 남경옥(南京玉)을 관통한 것처럼 무수한 청파리를 매달고 있다. 썩어서 떨어진 죄인의 목은 개라도 먹어 버렸는지 모른다.

### ❖ 10. 낙양(洛陽) ❖

모하메드교의 여관 창문은 오래된 卍자 격자창 너머로 레몬 빛 하늘을 보여주고 있다. 엄청난 보리먼지로 저물어 가는 하늘을.
보리먼지 걸리는 어린 아이의 잠 인가?

❖ 11. 용문(龍門) ❖

흑광으로 빛나는 벽 위로 아직도 부처를 공경하는 당나라 남녀의 단려함!

❖ 12. 황하(黃河) ❖

기차가 황하를 건너는 동안 내가 수용(受用)한 것을 들자면 차가 두 잔, 대추가 6알, 중국담배 전문패(前門牌) 3대, 카라일의 「프랑스 혁명사」가 두 페이지 반, 그리고 — 파리를 11마리 죽였다!

❖ 13. 북경(北京) ❖

지붕의 용마루가 노란 자금성을 둘러싼 자귀나무와 회화나무의 대삼림 — 누구야, 이 삼림을 도시라고 하는 자는?

❖ 14. 앞문(前門) ❖

나 — 어, 비행기가 날고 있어. 의외로 자네는 멋쟁이군?
북경 — 천만에요. 잠시 이 앞문을 보세요.

❖ 15. 감옥 ❖

경사(京師) 제2감옥을 참관. 무기수 죄인이 한 사람, 장난감 마차를 만들고 있었다.

## ❖ 16. 만리장성 ❖

거용관(居庸關), 탄금협(彈琴峽) 등을 둘러본 후 만리장성을 올라가는
데 어린 거지가 하나 우리 뒤를 따라온다. 창망한 산림을 가리키며
"몽고, 몽고"라고 말한다. 그러나 그게 거짓임은 지도를 살펴볼 것도
없을 것이다. 한 닢 동전을 얻기 위해서 우리의 십팔사략적 낭만주의
를 이용하는 것 실로 노대국의 거지임에 부족함이 없다. 크게 경복했
다. 다만 성벽 사이에는 에델바이스 꽃도 보여 정말이지 요새 밖으로
나가보고 싶은 마음만큼은 들었다.

## ❖ 17. 석불사(石仏寺) ❖

예술적 에너지 홍수 속에서 돌의 연화가 몇 개나 환희의 소리를 내
뱉고 있다. 그 소리를 듣고 있는 것만으로도 ― 아무래도 이것은 목숨
을 거는 거다. 잠시 한 숨 쉬도록 해주게나.

## ❖ 18. 천진(天津) ❖

나- 이런 서양풍의 마을을 걷고 있자니 묘하게 향수를 느끼네요.
니시무라 씨 - 아이는 아직 하나입니까?
나 - 아니, 일본에 대한 게 아니에요. 북경으로 돌아가고 싶은 겁니다.

## ❖ 19. 봉천(奉天) ❖

마침 해질 무렵의 정차장에 4, 5십 명이 걷고 있는 것을 보았을 때

나는 하마터면 황과론(黃禍論)에 찬성해버릴 뻔 했다.

❖ 20.  남만철도(南滿鉄道)  ❖

고량뿌리를 끄는 지네 한 마리.

# 마쓰에 인상기(松江印象記)*

김정희

❖ 1 ❖

마쓰에에 와서 우선 내 마음이 끌린 것은 이 고장을 종횡으로 흐르
는 강물과 그 강에 놓인 많은 목조다리였다. 하류가 많은 도시는 비단
마쓰에만은 아니다. 하지만 이런 도시의 물은 내가 알고 있는 한 대개
는 그곳에 세워진 교량에 의해 적잖이 아름다움을 해치고 있었다. 왜
냐하면 그 도시 사람들은 반드시 강물에 삼류 철교를 세워놓고 그 보
기 흉한 철교를 그들의 자랑스러운 것 중의 하나로 꼽고 있었기 때문
이다. 나는 그동안 사랑스러운 목조 교량을 마쓰에의 모든 강에서 볼
수 있게 된 것을 기쁘게 생각한다, 특히 이 다리의 몇 개가 왕년의 일
본 판화가의 구도에 자주 이용된 청동 난간법수로 주요 장식한 것을

---

* 1915년 8월 아쿠타가와는 친구 이카와 쿄(井川恭)의 초대로 시마네 현(島根縣) 마
  쓰에시를 여행한다. 약 15일간 마쓰에에 체재, 이카와와 함께 시내를 산책하고,
  이즈모 타이샤(出雲大社)랑 해안 등을 방문했다. 「마쓰에 인상기」는 여행 중 쓰여
  진 문장으로 이카와가 「소요신보(松陽新報)」에 연재하고 있던 「비취기(翡翠記)」안
  에 소개, 발표되었다.

본 나는 점점 더 이들 교량을 사랑하게 되었다.

마쓰에에 도착한 날 이슬비에 젖어 반짝이는 대교의 난간 장식을 잿빛 띤 녹색 물위에서 바라본 정겨움은 새삼스럽게 여기에 하나하나 들어서 써 댈 것까지도 없다. 이런 나무다리를 가진 마쓰에에 비해 주홍색을 칠한 신교(神橋)1) 비슷한 추악한 철교를 설치한 닛코(日光) 주민의 어리석음은 실로 비웃음을 살만한 일이다.

교량에 이어 내 마음을 사로잡은 것은 지도리성(千鳥城)2)의 천수각(天主閣)이었다. 천수각은 그 이름이 가리키는 것처럼 천주교 도래와 함께 멀리 서양에서 수입된 서양축성술의 산물이지만 우리 조상의 놀랄만한 동화력은 누구도 이에 대해 이국적인 흥미를 느낄 수 없도록 그 지붕과 벽을 모조리 일본화 시켜 버렸다. 절의 불당이나 불탑이 왕조시대의 건축을 대표하는 것처럼 봉건시대를 상징할 건축물을 찾는다면 천수각을 제외하고 우리는 무엇을 찾아낼 수 있을까? 게다가 명치유신과 함께 탄생한 저급한 신문명의 실리주의는 전국에 걸쳐 위대한 중세의 성루를 사정없이 파괴했다. 시노바즈연못(不忍池)을 메워 가옥을 건축하려고 한 사람조차 생긴 웃기는 시대사상을 생각하니 이 파괴도 그저 고소를 짓지 않을 수 없다. 왜냐하면 천수각은 명치 신정부에 참여한 사쓰마(薩摩)·조슈(長州)·도사(土佐)·히젠(肥前)의 졸병들이 이해하기에는 너무나 위대한 예술품이기 때문이다. 오늘에 이르기까지 이 유치한 우상파괴자들의 손을 피해 기억할만한 일본 무사시대를 후세에 전할 천수각의 수는 겨우 열 손가락을 꼽을 수밖에 없다. 그 중 하나로 나는 지도리성의 천수각을 셀 수 있게 되어 마쓰에에 사람

---

1) 닛코의 다이야(大谷)강에 놓인 옛 다리. 동쪽에 닛코다리가 가설되어 당시 닛코전 기궤도가 달리었다(1910년 개통).
2) 마쓰에 성의 다른 이름. 1611년 축성. 역대 마쓰에번(藩) 영주의 거성.

들을 위해 진심으로 축하하고 싶다. 그 다음에 갈대와 골풀이 무성한 해자를 내려다보니 희미한 석양빛에 둘러싸인 논병아리 우는 물 위 빛바랜 흰 벽에 그림자를 드리우고 있는 저 천수각의 높은 기와지붕이 영원히 땅에 떨어지지 않기를 빌고 싶다.

하지만 마쓰에시가 나에게 만족만 준 것은 아니다. 나는 천수각을 우러러봄과 동시에 「마쓰다이라 나오마사(松平直政)³⁾ 공 동상 건설지」라고 쓴 큰 표지판을 보지 않을 수가 없었다. 아니 표지판만은 아니다. 그 옆의 철망을 친 오두막집 안에 고색창연한 아름다운 청동 거울 몇개가 동상 주조의 재료로 겹쳐 쌓여있는 것도 안 볼 수는 없었다. 범종을 가지고 대포를 만드는 것도 위급할 때에는 어쩔 수 없는 일인지도 모른다. 하지만 평화시대에 좋아하고 사랑한 과거의 미술품을 파괴할 필요가 어디 말이나 되는가. 하물며 그 목적은 예술적 가치도 없는 소 동상 건설이 아닌가. 나는 다시 요메가시마(嫁ヶ島)⁴⁾의 방파공사에도 같은 비난을 하지 않을 수가 없다. 방파공사의 목적이 파도의 피해를 막아 요메가시마의 풍취를 보존하기 위해서라면 이처럼 모양 없이 만든 돌담의 축조는 그 풍취를 해치는 점에서 바로 당초의 목적에 모순되는 것이다. 「한 폭의 산수화를 누가 잘라 냈는가. 봄의 호수 자국은 시집갈 때 입는 예복과 닮아 현란하구나.(一幅淞波 誰 剪取 春 湖 痕 似嫁時衣)⁵⁾라고 읊은 시인 세키타이(石埭:1845-1924) 옹이 저 맷돌을 늘어놓은 것 같은 돌담을 보았다면 과연 뭐라고 할까?

---

3) 마쓰에번의 領主, 1601-66년. 도쿠가와 이에야스(德川家康)의 손자로 1638년 이즈모(出雲) 18만석의 영주가 되다. 마쓰에 마쓰다이라(松江松平)가문의 초대(初代).
4) 신지호(宍道湖)의 동쪽에 있는 작은 섬. 저녁 경치가 유명하다.
5) 淞波는 여기서는 신지호의 파도. 剪取는 잘라내다. 세키타이(石埭)의 漢詩「벽운호도가(碧雲湖棹歌: 1913년 작)의 후반 부분. 신지호의 저녁 경치를 읊은 것. 1915년 요메가 섬에 詩碑가 건립되었다.

나는 마쓰에에 대하여 동정과 반감을 모두 느낀다. 그러나 다행히
도 이 시내의 강물은 일체의 반감을 극복할 정도로 강한 애착을 내 마
음에 환기시켜 주었다. 마쓰에 강에 대해서는 다음 기회를 기다려 다
시 쓰려고 생각한다.

❖ 2 ❖

내가 전에 추천한 교량과 천수각은 둘 다 과거의 산물이다. 하지만
내가 이것들을 애호하는 이유는 단지 그것이 과거에 속하기 때문만은
아니다. 소위 '사비(寂)'라 불리는 옛날의 정취를 제거해도 아직 이것들
이 예술적 가치에서 무시할 수 없는 특질을 가지고 있기 때문이다. 이
때문에 나는 단순히 천수각에 머무르지 않고 마쓰에 시내에 산재한
많은 신사와 사찰을 사랑함과 동시에 (특히 겟쇼지(月照寺)[6]에 있는 마
쓰다이라 본가의 사당과 덴린지(天倫寺)[7]라는 선종의 절은 가장 흥미
를 끌게 했다) 새 건축물의 증가도 결코 밉지 않다고 생각한다. 불행
하게도 나는 죠잔(城山) 공원에 세워진 영광 있는 흥운각(興雲閣)[8]에 대
해서는 삭막한 혐오감 외에 아무것도 느낄 수 없었다. 농공은행(1898
년 개업)을 비롯해 2, 3개의 새 건축물에 대해서도 오히려 효과에서
인정 할 점이 적다고 생각한다.

전국의 많은 도시는 모두 그 발달 규범을 도쿄(東京) 또는 오사카(大
阪)에서 찾고 있다. 하지만 동경 내지 오사카처럼 된다는 것은 반드시

---

6) 마쓰에성 서쪽 산기슭에 있는 마쓰다이라 집안의 조상 대대의 위패를 안치하여
   명복을 비는 절.
7) 현재 마쓰에시 도가타(堂形)동에 있는 임제종 묘심사파의 고찰.
8) 1903년에 세워진 목조 2층집으로 흰 벽을 모방한 양풍건축. 현재는 마쓰에 향토
   관으로 보전 공개되고 있다.

이들 도시가 밟은 동일한 발달 경로에 의한 것은 아니다. 아니 오히려 선배 대도시가 10년에 걸쳐 달성한 수준을 5년에 도달할 수 있다는 것이 후배 소도시의 특권이다. 도쿄 시민이 현재 애쓰고 있는 것은 가끔 외국 여행객의 조소 대상인 소인배 동상을 건설하자는 것도 아니다. 페인트와 전등을 가지고 광고라고 칭하는 저급한 장식을 시험하려는 것도 아니다. 단지 도로의 정리와 건축의 개선 그리고 가로수가 있는 거리이다. 나는 이 점에서 마쓰에서는 다른 어느 도시보다도 뛰어난 편의를 가지지 않았나 생각한다. 마쓰에에 와서 맨 먼저 놀란 것 중 하나는 배수로를 따라 만들어진 정돈된 거리이다. 게다가 여기저기 보이는 포플러나무는 이 깊고 울창한 낙엽수가 수향의 흙과 공기에 얼마나 친밀감을 가지고 있는가를 보여주고 있다. 그리고 마지막으로 건축물에 관해서도 마쓰에는 창문과 벽과 난간을 보다 아름답게 보이게 하는 위대한 천혜 — 비유로 베네치아를 베네치아 되게 하는 것은 물이 있기 때문이다.

마쓰에는 거의 바다를 제외하고 '모든 물'을 가지고 있다. 빨간 열매가 달린 동백나무 아래 검게 괴어 있는 해자에서 수문밖에 흔들리지 않는 것 같은데 흔들리는 버들잎처럼 파란 강물이 되어 미끄러운 유리판처럼 윤기 있는, 어쩐지 살아 있는 것 같은 호수로 바뀔 때까지 물은 종횡으로 마쓰에를 흐른다. 그 빛과 그림자와의 한없는 조화를 이루면서 도처에 하늘과 집들 사이를 날아다니는 제비의 그림자를 비추고, 언제나 나른한 속삭임을 여기에 사는 인간의 귀에 전하고 있다. 이 물을 이용하여 이른바 수변건축을 기획하려고 했다면 아마 아서 시먼스(Arthur Symons)[9]가 읊은 것처럼 '물에서 피는 수련 꽃처럼' 아름다

---

9) 1865—1945년. 영국의 시인, 비평가. 불란서의 상징파 시를 영국에 소개하고, 새로운 문학 운동에 진력했다. 「물에 피는 수련 꽃처럼」의 전거는 미상.

운 도시가 만들어 졌으리라. 물과 건축은 이 시내에 사는 각자에게 마땅히 고려해야할 밀접한 관계가 있다. 절대로 조화를 마쓰자키 스이테이(松崎水亭:당시 마쓰에시에 있던 요정)에게만 맡길 일은 아니다.

나는 백중맞이에 물가의 집집마다 불이 켜진 등롱불빛이 붓순나무 향기 가득 한 해질 무렵의 강에 고요한 그림자를 드리운 것을 본 사람들은 쉽게 나의 말에 수긍할 수 있으리라고 생각한다.

나는 끝으로 이 두 편의 두서없는 인상기를 이카와 교(井川恭)10) 씨에게 바치어 그분에게 어울리는 감사를 조금이라도 표하고 싶다는 생각을 덧붙인다. (끝)

1915(大正4)년 8월

---

10) 후에 성을 바꾸어 쓰네토 교(恒藤恭). 1888—1967년. 법학자. 아쿠타가와의 一高시절의 동급생. 一高졸업 후, 교토 제국대학에 진학하여 아쿠타가와는 이별을 슬퍼하지만 이후도 친교가 계속되었다. 교토 제대 교수. 오사카 상과대학 교수를 거쳐 오사카 시립 대학장. 법학을 중심으로 널리 사회과학 관계의 많은 저서를 남겼다. 아쿠타가와와 관계되는 『옛 친구 아쿠타가와 류노스케(旧友芥川竜之介)』(1949년)가 있다.

# 군함 콘고 항해기(軍艦金剛航海記)

김정희

❖ 1 ❖

날이 더워 코트를 여름옷으로 갈아입고 다른 일행들과 같이 상갑판에 올라가니 젊은 기관 소위 3명이 와서 여러 이야기를 해주었다. 나는 신참이어서 3명 다 초대면이지만 다른 일행들은 모두 교실에서[1] 한 번쯤은 내 강의를 들은 적이 있는 사이이다. 그래서 나는 권외에서서 얌전히 그들의 이야기를 듣고 있었다. 그러자 그 소위 중 한 명이 요코스카(橫須賀)에서 산책하는 S와 부인을 우연히 만났는데 너무 사이가 좋아 보여 비위가 상해 그날 밤부터 설사가 났다는 이야기였다. 딴 동료들은 그 이야기를 듣자 하하하라고 큰 소리를 내어 웃었다. 다만 신혼인 S만은 그 무리에 끼어들지 않고, 얼마나 좋았는지 히죽거리며 웃고 있었다. 나는 석양빛을 잔뜩 받은 군항을 바라보면서 새색시를 집에 두고 온 S에 대해 연민에 가까운 동정심을 느꼈다. 그

---

1) 아쿠타가와는 1916년부터 1919년까지 요코스카(가나가와 현(神奈川県) 남동부 시) 해군기관학교의 영어 교수였다.

랬더니 왠지 모르게 갑자기 나그네가 여행 중에 흔히 느끼는 불안한 심정이 되었다.

목표를 정한 군함은 아까부터 2척의 소증기선에 군함 뒷부분이 끌리어 방향을 우측으로 돌리려고 한다. 문외한의 눈에는 소증기선 선미에 추진기를 돌리자 흰 거품이 나는 것을 보아 어느 정도 그 때문에 29000톤의 순양함이 움직이고 있는지 모르겠다. 먼저 닻을 올린 하루나(榛名)[2]는 이미 연기를 내뿜으면서 서서히 항구를 서쪽으로 향해 떠나려고 한다. 그것이 또 장마가 끝나 날이 갠 하늘 아래 기복 있는 산들의 산뜻한 녹색과 눈부시게 햇빛을 반사하는 수은 같은 해면을 배경으로 아름다운 파노라마 풍경을 만들고 있다. 이 광경을 바라보게 된 나는 콘고(金剛)[3]가 그리 쉽게 출항할 것 같지도 않아 보여 약간 답답하게 느껴졌다. 그래서 이 답답함을 달래려고 딴 일행들의 이야기에 다시 귀를 기울였다.

그러자 바로 옆의 승강구 밑에서 저녁 식사 시간을 알리는 징 소리가 땡땡 울렸다. 그 소리는 여기가 군함 안이 아닌 것 같은 생각이 들 정도로 고풍스러운 것이었다. 나는 그 소리를 듣자 동시에 하세(長谷)[4]에 있는 고물상 생각이 났다. 그 곳에는 주홍색 칠을 한 막대기와 함께 이상한 징이 하나, 관상용 화분인가 무언가의 위에 매달려 있었다. 나는 갑자기 군함의 징이 보고 싶어 딴 일행들보다 먼저 승강구를 내려가 징을 울리며 다니는 수병을 뒤쫓아 따라잡았다. 그런데 막상 만

---

2) 건조된 순양 전함으로 1912년 3월 기공, 1913년 12월 진수. 1915년 준공. 상비 배수량 27384톤, 수선장 약 215미터, 속력 약 28노트, 승원 수 1221명.
3) 일본 해군 최초의 매우 큰 군함으로 영국 회사에서 건조된 순양전함. 1911년 1월 기공, 1912년 5월 진수, 1913년 8월 준공. 상비 배수량 27500톤, 수선장 약 211・84미터, 속력 27・54노트, 승원 수 1201명.
4) 가나가와 현 가마쿠라(鎌倉)시에 있다.

나 보니 땡땡이의 정체는 징이라고 이름을 붙이기에는 한심할 정도로 평범한, 그리고 얇고 초라함이 느껴지는 쇠 대야에 지나지 않았다. 나는 기대에 어긋나 실망을 느끼며 힘없이 사관실의 적갈색 커튼을 빠져나갔다.

사관실에 가보니 큰 선풍기가 여러 대 머리 위에서 돌고 있었다. 그 밑에 흰 테이블보를 덮은 긴 식탁이 두 개 나란히 있고 맨 끝 거울이 달린 큰 찬장에는 은 꽃병이 2개 놓여 있었다. 식탁에 앉으니 금방 보이가 음식을 갖다 주었다. 그리고 조용히 또 민활하게 식사 시중을 든다. 나는 생 연어 접시의 음식을 집적거리면서 S에게 "군함보이는 세심하게 신경을 쓰는 군요"라고 말했다. S는 "예"라든가 뭐라던가 마음에 없는 대답을 했다. 어쩌면 이 자는 군함보이보다 새색시가 더 세심한 배려가 있다고 생각했을는지 모른다. 딴 일행들은 모두 같은 식탁에 앉은 핫타(八田)기관장을 상대로 고바야시 호운(小林法雲)의 기합술에 대한 이야기를 한참 하고 있었다.

원래 이 사관실에서는 부장 이하 대위 이상인 장교가 모두 와서 식사를 하게 되어 있다. 그래서 이 기회에 나는 여러 사람들의 얼굴을 익혔다. 그와 동시에 선원의 생김새는 일종의 타입이 있다는 것을 발견했다.

❖ 2 ❖

저녁을 먹은 후, 상갑판에서 최상갑판에 올라가니 어디서 나타났는지 풍채가 남자다운 한 소위가 다가와서 우리들을 앞부분 함교(艦橋)[5]

─────────────

5) 군함의 양현에 높이 건너지른 갑판. 전투·항해등의 지휘를 하는 곳.

까지 데려다 주었다. 군함 안에서 함수로부터 함미를 한 눈에 다 볼 수 있는 곳은 우선 여기 밖에는 없다. 우리들은 사령탑 밖에 서서 어느새 항행을 시작한 군함 전후에 시선을 돌렸다. 눈대중으로 대충 5미터의 높이이기 때문에 갑판 위에 있는 수병이나 장교도 꽤 작아 보인다. 나는 그 작은 수병 중 한 사람이 측연대 위에 서서 파란 바다를 향해 긴 밧줄 끝에 단 분동을 바다 속으로 던지는 모습이 특히 재미있었다. 던진다고만 하면 매우 휘두르지 않는 것처럼 느끼겠지만 실제로는 옛 무예자가 쇠뭉치가 달린 긴 쇠사슬이 붙은 낫이라도 사용하는 것처럼 그 분동이 달린 긴 밧줄을 휙휙 머리위에서 휘두르면서 군함이 나가는 쪽으로 최대한 멀리 힘껏 던지는 것이다. 위에서 내려다보니 던질 때마다 그 가는 밧줄이 살아있는 것처럼 바다 위에서 높고 낮게 꾸불꾸불 움직였다. 그 끝에 달린 분동이 아직 남아 있는 햇살에 반사하여 물고기가 뛰어 오르는 것처럼 하얗게 보였다. 나는 아이고 위험한데 라고 속으로 생각하면서 잠시 동안 감탄하며 그것만을 계속 바라보고 있었다.

그 다음에 사령탑 내부와 해도실을 구경하고 다시 중갑판에 되돌아갔다. 그런데 좁은 통로에는 침상을 달아매고 이미 잠든 수병들이 꽤 있었다. 안에는 그 속에서 흐린 전등불에 의지하여 책을 읽는 수병들도 2, 3명 있었다. 우리는 모두 등을 구부리고 그 침상 밑을 기어가듯이 걸어갔다. 그 때 나는 통절히 '군함의 냄새'를 맡았다. 이는 페인트 냄새도 아니고 부엌 싱크대 냄새도 아니다. 그렇다고 또 기계 기름 냄새도 아닐뿐더러 사람 땀 냄새도 아니다. 아마 그것들 모두가 섞인 ― 즉 말하자면 '군함의 냄새'이다. 이것은 결코 고등한 냄새는 아니다. 이런 생각을 하면서 문득 고개를 들자 한 수병이 읽고 있는 책 표지가 갑자기 내 코앞에 나타났다. 거기에는 『천지유정(天地有情)』[6]이라는 글

씨가 쓰여 있었다. — 나는 그 순간 '군함의 냄새'를 잊을 수가 있었다. 그리고 묘하게 소설처럼 된 기분이 들었다.

그래도 침상 밑을 빠져나간 후에 목욕을 하니 다시 태어난 것 같은 기분이었다. 욕탕 물은 바닷물로 끓인다. 그것이 하얀 도자기 욕조 안에서 백반처럼 파랗게 보였다. T의 말을 빌리면 "내 몸이 파랗게 물든 것처럼 보일 정도"라고 할까. 나는 욕조 안에서 팔 다리를 쭉 펴면서 T한테 교토(京都)의 공중목욕탕에 대한 강해를 들었다. 다음에는 내가 아사쿠사(浅草)의 쟈코쓰유(蛇骨湯)라는 목욕탕 이야기를 해 주었다. — 그 정도로 목욕하는 동안 내내 우리 마음은 태평스러웠다.

목욕탕에서 나오니 부장님의 순견이 이미 끝나서 유카타(浴衣)로 갈아입고 다시 사관실로 갔다. 군함에서는 저녁 식사 외에 또 한 번의 야식이 있다. 그 날 밤에는 소면이었다. 거기서 누가 나에게 술을 권했다. 원래 나는 술을 못하기 때문에 술의 선악은 더욱 모른다. 하지만 2, 3잔 마시니까 내 얼굴이 금방 달아올랐다. 그러자 내 옆에 와서 "20년 전의 일본과 오늘의 일본은 상당한 차이가 있다"라고 말하는 사람이 있었다. 그는 선원 타입답지 않게 매우 인상이 좋았다. 그 다음에 그의 얼굴이 빨갛게 변해 갔다. 확실히는 모르나 국방계획인가 뭔가를 논하는 것 같다.

❖ 3 ❖

나는 적당히 "그렇지요"라던가 뭐라던가 그럴듯하게 대답을 했다. "그렇습니다. 그게 제가요 제가 확실히 보증합니다. 됐습니까? 확실히

---

6) 1899년 4월 박문관(博文館) 간행인 도이 반수이(土井晩翠)의 첫 번째 시집.

요"라고 그 사람은 취하지 않는 자에게는 이해하기 어려운 열성으로 내 잔과 자기의 잔에 번갈아 술을 따르면서 상당히 혼자서 기염을 토했다. 하지만 공교롭게도 나도 아까부터 취하지 않은 자에게는 이해하기 어려운 졸음이 엄습했기 때문에 듣다가 점점 대답도 이상해졌다.

그런데 이럭저럭 대화가 이어지게 된 것은 참으로 내가 예스도 노도 아닌 대꾸를 하면서 상대방의 이목을 감쪽같이 속인 덕분이다. 그 속은 상대인 우국지사가 야마모토(山本) 대위라고 알아버린 지금 잠자코 있는 것도 우스우니까 자백하겠는데 나한테는 20년 이전의 일본과 지금의 일본이 무엇이 어떻게 다른지 실은 조금도 알 수 없었다. 하긴 이에 대해서 야마모토 대위 자신도 술이 깬 후 무슨 이야기를 했는지 그다지 자세히 몰랐을지도 모른다.

그래서 적당히 대화를 끝낸 후 나는 딴 일행들과 같이 사관실을 나왔다. 그리고 M과 둘이서 다시 상갑판에 나와 보았다. 밖에서는 어두운 하늘과 바다 사이에 하루나의 서치라이트가 혜성처럼 빛줄기를 희끄무레하게 비추고 있다. 아마 군함은 사가미나다(相模灘)[7]를 항행하고 있을 것이다. 나는 난간을 붙잡고 아득히 먼 아래 해면을 들여다보았다. 하지만 희미하게 파란 파도가 빛날 뿐 아무것도 보이지 않는다. "이렇게 자꾸 아래만 내려다보고 있으니 잠깐 바다 속으로 뛰어들고 싶은데" 나는 이렇게 말을 걸었다. 그러자 M은 내말에 대답하지 않고 근시 안경을 쓴 얼굴을 내 쪽으로 내밀면서 "어이, 하이쿠(俳句; 5·7·5의 3구 17음절로 된 일본 고유의 단시) 하나 지었다"라고 했다. "어떤 작품이지?" "먼 섬에 귀양 가는 죄인／ 밤에 배에서 우는 모습／ 한밤에 피토하듯 우는 두견새와 같다. 라는 거야. S군의 경우를 읊은 것이야" 두

---

7) 사가미 만의 남쪽 이즈한토(伊豆半島)와 보소한토(房総半島) 사이의 해역.

사람은 낮은 소리로 웃었다. 그 다음에 다시 한 번 바다를 보고 하늘을 보고 그리고 나서 조용히 잠자러 선실로 내려갔다.

엘리베이터가 멈추자마자 먼저 와 있던 핫타 기관장이 밖에서 문을 열어 주었다. 그 열린 문 사이로 기관실 안을 보았을 때 내가 맨 먼저 생각난 것은 『실락원』[8]의 첫 1장이었다. 이렇게 말하면 과장된 표현으로 들릴지 모르지만 결코 그렇지는 않다. 눈앞에는 엄청나게 큰 보일러 여러 개가 활화산 같은 소리를 내면서 늘어서 있다. 보일러 앞의 통로는 상당히 좁다. 그 좁은 곳에서 매연 때문에 새까매진 기관병이 색유리를 낀 안경을 목에 걸으면서 바쁜 듯이 움직이고 있다. 어떤 자는 삽으로 보일러 안에 석탄을 던진다. 혹자는 석탄을 쌓아 밀고 온다. 그것이 다 보일러 입구에서 쏟아지는 작열한 빛을 받아 대단한 실루엣을 그리고 있다. 게다가 엘리베이터를 나온 우리 얼굴에 끊임없이 석탄가루가 튀어 왔다. 그 위에 더위도 역시 보통이 아니었다. 나는 반쯤 어안이 벙벙하여 인간이 하는 일이라고는 상상할 수 없는 무시무시한 노동의 광경을 목격했다.

그 중에 기관병 하나가 나에게 그 색유리 안경을 빌려 주었다. 그것을 눈에 대고 보일러 입구를 들여다보니 녹색 유리 맞은편에는 태양이 녹아 떨어진 것 같은 불덩어리가 폭풍우 같은 기세로 타오르고 있다. 그런데도 중유가 불타는 것과 석탄이 불타는 것이 문외한의 눈에도 구별되었다. 다만 정말로 참을 수 없는 것은 화기였다. 여기서 일하는 기관병이 3시간 교대 시간 중 각자 몇 되씩의 물을 마시는 것도 전혀 무리가 아니다.

---

8) 영국의 시인 존 밀턴의 장편 서사시(1667년). 『구약성서』의 「창세기」를 소재로 아담과 이브의 이른바 '원죄'를 중심으로 전개된다. 신을 거역했기 때문에 지옥에 떨어진 사탄을 에워싼 세계를 '황량하여 소름끼치는 광경, 전율할만한 큰 감옥, 사방팔방 화염에 싸인 거대한 초열지옥의 용광로' 라고 묘사했다(제1권).

❖ 4 ❖

그러자 기관장이 우리 곁에 와서 "이게 석탄 창고입니다"라고 했다. 그렇게 말하더니 갑자기 어디론가 사라져 버렸다. 자세히 살펴보니 측면의 철판에 사람 하나가 겨우 기어들어 갈 정도의 구멍이 뚫려 있었다. 그래서 우리는 모두 한 명씩 바닥에 닿을락 말락 하듯이 그 구멍 안으로 기어들어갔다. 안에는 위쪽에 전등 하나가 달랑 켜져 있어서 거의 밤처럼 어두웠다. 마치 단단한 갱 바닥에 서 있는 것 같은 기분이 들었다. 나는 널려 있는 석탄을 밟으며 높은 곳에 있는 전등을 올려다보았다. 희미한 빛의 원 안에 벌레 같은 것이 뒤섞여 검게 움직이고 있다. 눈이 오는 날 하늘을 보면 눈이 재를 뿌리는 것처럼 검게 보인다 — 그와 같은 상태이다. 나는 그것이 하늘에 흩날리는 석탄가루라는 것을 금방 알 수 있었다. 이 안에서 일하는 기관병들을 생각하면 나와 같은 육체를 갖고 있는 인간이라는 생각이 도저히 안 든다. 실제로 그 때에도 어두운 석탄 창고 안에서 삽으로 석탄을 내려놓는 기관병 2, 3명의 모습이 보였다. 그들은 모두 묵묵히 운명처럼 일하고 있었다. 밖에 바다가 있고 바람이 불고 햇볕이 드는 사실도 모르는 사람처럼 일을 한다. 나는 이상하게 불안해졌다. 그리고 아까 나온 입구에서 누구보다도 먼저 보일러 앞으로 기어 나갔다. 그런데 여기서도 역시 무시무시한 노동이 철·석탄·화기 속에서 극히 냉담하고 동정심 없이 계속되고 있다. 바다 위에서 보내는 생활은 육지에서의 생활과 똑같이 힘들다.

엘리베이터를 타고 군함 밑에서 위로 올라가 중갑판에 있는 선실로 돌아와서 카키색 작업복을 벗고 나니 그때서야 원래 인간으로 되돌아온 기분이었다. 오늘은 아침부터 군함 안에서만 빙빙 돌아다닌 것만 같다. 포탑, 수뢰실, 무선 전신실, 기계실, 보일러실 ― 셀 수 없을 정도지만 쉬운 일은 아니다. 그게 어디를 가더라도 공기가 숨이 막힐 정도로 뜨뜻미지근하고 여러 기계들이 맹렬히 움직이고 있어 철로 된 바닥이나 난간이 기름으로 반짝거리고 있다. 나같이 노동과 인연이 먼 자는 그곳에 5분만 있어도 신경이 곤두선다. 그런데 그동안 끊임없이 어떤 생각이 내 머리에서 떠나지 않았다. 그것은 유럽에서 전쟁9)이 시작된 이래, 나 정도의 연령이 거의 헤아리는 어떤 이상적인 생각이다. 지금 이 선실 침대위에 드러누워 피곤한 다리를 뻗으면서 가져온 『오베르만』10)의 페이지를 넘기는 사이에도 여전히 그 생각은 나에게서 떠나지 않았다.

이것은 그 후의 일이지만 저녁을 끝내고 사관실의 여러분과 이야기하는 중 상갑판에서 와! 하는 소리가 들려 왔다. 무슨 일인가 해서 갑판에 올라가 보니 제 4포탑 뒤에서 군함 안의 수병이 새까맣게 모여 있었다. 그리고 모두가 입을 크게 벌려 '용감한 수병'11)이라는 군가를 부르고 있었다. 캡스턴(닻·무거운 짐 등을 감아올리는 장치) 위에 갑판 사관이 올라가 있는 것은 장단을 맞추고 있기 때문이리라. 여기서 보니 이 사관과 함미의 군함기가 천 명 넘는 수병 머리 위에 저녁놀이 진 흐린 하늘을 오려내어 먹물 칠한 것처럼 까맣게 보였다. 밑에서는 모

---

9) 제1차 세계대전. 1914년부터 독일·오스트리아 등의 동맹국과 영국·프랑스·러시아·미국·일본 등 연합국과의 전쟁. 이 '항해'의 1년 후, 독일이 항복하여 1919년 베르사유조약에 의해 강화가 성립되었다.

10) 프랑스의 소설가·사상가인 세낭쿠르의 자전적 소설(1804년). 주인공 오베르만이 친구에게 보내는 서간형식으로 엮어 썼다. 스위스 산속에서 방랑 생활을 보낸 작자의 20세부터 30세까지의 내면의 진지한 기록이다.

11) 1895년 사사키 노부쓰나(佐々木信綱)의 작사, 오쿠 요시이사(奧好義)작곡의 군가. 1번은 「연기도 나지 않고 구름도 없고 바람도 불지 않고 파도도 일지 않는 거울 같은 서해는 흐리기 시작한 짧은 시간에」. '용감한 수병'은 3등 수병·미우라 도라지로(三浦虎次郎)이다.

두가 목이 쉰 목소리로 '연기도 나지 않고 구름도 없고'라는 노래를 부르고 있다. 나는 이때도 역시 딴 생각이 엄습했다. 우렁찬 군가 소리가 나에게는 오히려 비장한 곡조를 띤 노래로 들렸기 때문이었다.

나는 『오베르만』을 던져버리고 눈을 감았다. 군함은 조금씩 흔들리기 시작한 것 같다.

❖ 5 ❖

주계장12)의 안내로 흘수선(吃水線)13)에서 약 6미터 아래에 있는 창고에 들어가기도 하고 군의장 안내로 무더운 전시 치료실을 구경하기도 하니 다리가 꽤 녹초가 되었다. 그래서 상갑판에 나가 수병의 유도(柔道)를 보고 있는데 기관장이 기합술을 보여줄 테니 오라고 사람을 보냈다.

그 후 사관실로 초대 받아, 모두 다 같이 갔더니 유카타 차림으로 소파에 앉아있던 자들이 모두 일어서서 우리의 건강과 S의 결혼을 축하해 주었다. 이 선실에 있는 것은 중위 · 소위 뿐이다. 그래서 매우 건강이 좋다. 그중에서도 피부색이 검고 눈이 크고 코가 오뚝한 간사이(関西)지방 사투리를 쓰는 사람은 아카기 고헤이 (赤木桁平)14) 군을 상기시킬 정도의 기세로 술을 엄청 마셨다. 나에게 지라이야(自来也)15)라는 별명을 붙인 것도 이 사람이다. 이는 내 머리털이 햐쿠니치 가즈라

---

12) 육해군에서 회계 · 급여 등을 담당하는 관장.
13) 배가 물에 떠 있을 때 물에 잠기는 부분과 잠기지 않는 부분의 경계선.
14) 나쓰메 소세키(夏目漱石)의 제자로 문예 평론가 · 정치가였다.
15) 중국 명나라의 소설에 습격한 집의 문패에 「自来也」(내가 왔다)라고 써서 남긴 괴상한 도둑이 있었다. 이것을 에도시대(江戸時代)의 요미혼(読本) · 가부키(歌舞伎) 등에서 번안한 인물. 두꺼비 요술을 사용한다.

(百日鬘)16)같아 그런 것 같은데 생김새를 본다면 그 사람 본인이 훨씬 지라이야 모습과 더 비슷해 보인다. 이는 결코 내 편견이 아니다. 거울만 보면 그 자신도 금방 알 수 있는 사실이다.

이 사람은 나에게 햄이라든가 파인애플이라던가 하여간 먹을 것을 자꾸 갖다 주었다. 그리고 그 짬짬이 "지라이야 군"이라고 하면서 내 잔에 자꾸 맥주를 따랐다. "오늘 구두를 벗고 꼭대기까지 올라 온 건 자네인가? "나 맞아요. 나와 이 사람입니다." 나는 U를 가리켰다. 그와 나는 오늘 아침 비가 멎기를 기다려 앞부분 함교에서 돛대로 기어올라 꼭대기에 갔던 것이다. "허어 자네인가? 구두를 벗고 올라갔다니 재미있네. 역시 지라이야 군이야."— 하여간 이런 식이다. 나는 이 사람과 이런 이야기를 하면서 니코틴과 알코올을 섞었다. 그러니까 위가 살살 아프기 시작했다.

그런데 사관차실을 나온 후에도 아주 집요하게 명치끝에 통증이 왔다. 그래서 나는 T에게서 받은 박하사탕을 씹으면서 선실 침대위로 기어올랐다. 그리고 잠이 들었다. 내가 돛대 위에서 모자를 쓰고 있는 군함의 꿈을 꾼 것은 그날 밤이었다고 기억한다.

다음날 아침에 밥도 먹지 않고 상갑판에 나가 보았더니 바다색이 완전히 변해 있어서 놀랐다. 어제까지는 짙은 남색이었는데 오늘 아침에는 어디를 보아도 아름다운 청록색으로 변한 것이다. 거기에 온통 엷은 안개가 내려 그 안개 속에서 둥근 산의 모습이 밥공기를 엎어 놓은 것처럼 떠올랐다. 나는 방금 만난 기관장에게 들어서 군함이 이미 붕고수도(豊後水道)를 지나 세토나이카이(瀬戸内海)로 들어 왔음을 알았다. 그렇다면 늦어도 오후 2시나 3시에는 야마구치(山口)현 내 유우

16) 가부키에서 도둑·죄수로 분장할 때 쓰는 긴 가발.

(由宇) 정박지에 들어갈 수 있을 것이다.

나는 묘하게 마음이 가벼워졌다. 불과 며칠간의 해상생활이 지루하지는 않았지만 육지에 가까워진다는 사실이 왠지 유쾌해졌다. 나는 포탑 근처에서 기관장하고 법화경 이야기를 했다.

이윽고 무심코 눈을 들어보니 눈앞에 있는 구경 14센티 포인 포신에 호랑나비 한 마리가 앉아 있다. 나는 그야말로 퍼뜩 생각했다. 놀랍기도 하고 반갑기도 한 묘한 기분으로 문득 생각했다. 하지만 그게 남한테 알 리가 없을 것이다. 기관장은 여전히 자꾸만 어려운 불경 이야기를 했다. 나는 — 단지 나비를 보고 있었다고 하기에는 표현이 너무 부족하다. 육지를, 밭을, 인간을, 동네를, 그리고 또 그것들 위에 있는 초여름을 나비와 함께 그리워하고 상기하고 있었던 것이다.

# 야리가타케 기행(槍ヶ岳紀行)<sup>*</sup>

최정아

――시마시마(島々)<sup>1)</sup>라고 하는 고장의 숙소에 도착한 것은 정오를 지나, ――어느덧 저녁이 가까운 무렵이었다. 숙소 안으로 드는 마룻귀틀에는 서른 남짓 되어 보이는 유카타(浴衣)<sup>2)</sup> 차림의 남자가 청죽(青竹) 피리를 불고 있었다.

나는 그 새된 소리를 들으며 흙먼지를 뒤집어쓴 짚신 끈을 풀었다. 거기에 하녀가 야트막한 대야에 발 씻을 물을 길어 왔다. 차갑고 맑은 물 바닥에는 거친 모래가 가라 앉아 있었다.

2층 툇마루 차양에는 햇빛이 강하게 남아 있었다. 그 때문인지 다타미(畳)<sup>3)</sup>도 후스마(襖)<sup>4)</sup>도 잔인할 만큼 누추해 보였다. 하복을 유카타

---

 * 1920년 6월에 야리가타케를 여행했을 때의 기사. 7월에 잡지 『가이조[改造]』에 발표. 야리가타케는 나가노현(長野県)과 기후현(岐阜県)의 경계에 있는 일본 북 알프스의 최고봉. 해발 3180미터.
 1) 나가노현 아즈미군(安曇郡) 아즈미촌(安曇村). 가미코치(上高地; 나가노현 서부, 히다(飛騨)산맥 남부의 아즈사가와(梓川)강 상류의 경승지) 입구.
 2) 목욕 후 또는 여름철에 입는 무명 홑옷.

로 갈아입은 나는 베개를 내달라 하여 천정을 보고 길게 드러누운 채로 어제 도쿄(東京)를 떠날 때 산 야담 다마키쿠토로[玉菊灯籠]5)를 조금 읽었다. 읽으면서도 풀 먹인 유카타에서 나는 풀 냄새가 계속해서 신경이 쓰여 어쩔 수가 없었다.

날이 저물자 아까 그 하녀가 칠이 벗겨진 쟁반에 받혀 입욕표찰을 하나 들고 왔다. 그리고 목욕탕 집은 저쪽 편에 있으니 몸을 푹 담그고 오라고 했다.

나는 새끼줄로 코를 만든 게타를 신고 돌멩이들로 울퉁불퉁한 길 저편에 있는 작은 공중목욕탕으로 갔다. 목욕탕 안은 탈의실이 겨우 3조(畳)6)정도 밖에 되지 않았다.

손님은 나 혼자였다. 벌써 어두컴컴해진 욕조 안에 몸을 담그고 있자니 풍하고 뭔가가 욕탕 위로 떨어졌다. 손으로 건져 욕조 밖 불빛에 봤더니 노래기7)라는 벌레였다. 손바닥 위 물 속에서 그 갈색 벌레가 분명하게 몸을 뻗었다가 말았다가 하는 것을 보는 일은 묘하게 나를 쓸쓸하게 했다.

목욕탕 집에서 돌아와, 저녁 밥상 앞에 앉았을 때 나는 하녀에게 야리가타케 안내자를 한 명 구해 달라고 했다. 하녀는 곧바로 알았다며 대나무받침대의 램프에 불을 붙이고는 남자를 한 사람 2층으로 불렀다. 그것은 아까 숙소 입구 마룻귀틀에서 피리를 불던 남자였다.

"야리가타케에 관한 거라면 이 사람은 마루 밑 먼지까지 알고 있지요"

하녀는 이런 농담을 하면서 헤쳐 놓은 밥상을 내갔다.

---

3) 속에 짚을 넣은 일본식 돗자리.
4) 맹장지.
5) 에도(江戸) 요시와라(吉原)의 명기 다마기쿠(玉菊)의 순수한 애정을 야담으로 만든 것.
6) 다다미 3장. 약 3평의 크기.
7) 절지동물. 다족류. 물건에 닿으면 몸을 동그랗게 마는 성질이 있다.

나는 그 남자에게 산에 관해 여러 가지 것을 물었다. 야리가타케를 넘어 히다(飛驒)8)의 가마타(蒲田)온천으로 나갈 수 있는지 어떤지, 요즘 분화할지도 모른다는 소문이 있는데 야케다케(燒嶽)9)에도 등산할 수 있는지 어떤지. 야리가타케의 봉오리를 따라 호타카야마(穗高山)10)에 갈 수 있는지 어떤지.──그러한 것이 주된 문제였다. 남자는 몸을 움츠리며 황공해 하면서 아무렇지 않게 그런 것들은 쉽다고 대답했다.

　"나리만 걸으실 수 있다면 어디든 문제없습니다."

　나는 쓴웃음을 지었다. 죠슈(上州)의 삼산(三山),11) 아사마산(淺間山), 기소(木曾)의 온타케(御嶽), 그리고 고마가타케(駒ヶ岳)──그 외 산이라고 이름 붙여야 할 어떤 산에도 한 번도 오른 적이 없는 나였다.

　"글쎄. 우선은 산악회 회원들 정도로만 걸을 수 있다면 다행이라고 생각해주게."

　남자가 아래층으로 내려간 후 나는 곧바로 잠자리를 펴 달라 하여 낡은 모기장 안에 몸을 뉘였다. 문을 활짝 열어젖힌 툇마루 바깥에는 어두운 산에 유일하게 한 점 숯 굽는 불이 움직이고 있었다. 그것이 아련하게나마 내 마음에 여수라고 해도 좋을 쓸쓸함을 가져다주었다.

　이윽고 하녀가 문을 닫으러 왔다. 미닫이문이 하나씩 닫힐 때마다 산 위의 성월야가 나의 안계에서 사라져갔다. 얼마지 않아 내가 누워 있는 주위는 낡은 모기장에 사방이 차단된 채 호롱불만이 남은 어두움에 묻혔다. 나는 눈을 크게 뜨고 낡은 모기장의 천정을 바라보고 있었다. 그러자 그 청죽 피리 소리가 희미하게 아래층에서 들려왔다.

───────────

　8) 지금의 기후현 북부. 히다산맥과 히다고지에 둘러싸인 산간에 위치해 있다
　9) 나가노현과 기후현의 경계. 히다산맥에 있는 활화산. 해발 2455미터.
　10) 나가노현과 기후현의 경계. 야리가타케의 남쪽. 해발 3190미터.
　11) 군마현(群馬縣) 우에노(上野)의 아카기(赤城) 해발 1828미터, 하루나(榛名) 1391미터, 묘기(妙義) 1104미터의 3산.

❖ 2 ❖

——험한 산길을 한 차례 돌자 갑자기 우리들 발 아래로 짐승 몇 마리가 달려 지나갔다.

"젠장, 총만 있었어도 도망치게 놔두진 않는 건데."

안내자는 걸음을 멈추고 분하다는 듯이 혀를 차면서 길가의 커다란 상수리나무를 올려보았다. 상수리나무의 어린잎이 서로 겹쳐져 길 위의 하늘을 가리고 있는 나뭇가지에는 어미 원숭이가 두 마리 새끼 원숭이를 데리고 조용히 우리들을 내려다보고 있었다.

나는 신기한 느낌에 눈을 들어 그 세 마리 원숭이가 서서히 나뭇가지를 타고 가는 모습을 바라보았다. 그러나 원숭이는 안내자에게는 원숭이이기에 앞서 사냥감이었다. 그는 그 자리를 뜨기 어렵다는 듯 상수리나무가지를 올려보며 돌을 주워 던지곤 했다.

"이보게, 그만 가지."

나는 이렇게 그를 재촉했다. 그는 아직도 원숭이를 뒤돌아보며 마지못해 발걸음을 옮겼다. 나는 다소 불쾌했다.

길은 점점 더 험해졌다. 그러나 말이 지나다니는 듯 보여 마분이 군데군데 떨어져 있었다. 그리고 그 위에는 뱀눈나비[12]가 회갈색 날개를 맞댄 채 몇 마리나 빼곡히 올라 앉아 있었다.

"여기가 도쿠모토(德本)고개[13]입니다."

안내자는 나를 돌아보며 말했다.

나는 작은 배낭 외에 아무 짐도 없는 몸이었다. 그러나 그는 식기와

---

12) 뱀눈 무늬의 회갈색 날개를 갖는 소형 나비.
13) 나가노현 미나미아즈미군 아즈사가와촌. 오다케야마(大滝山)와 가스미사와다케(霞沢岳)의 사이. 시나노(信濃)와 히다를 연결하는 옛날부터의 통로. 2135미터.

식량 외에도 내 담요와 외투 등을 높다랗게 쌓아 어깨에 짊어지고 있었다. 그럼에도 불구하고 언덕에 들어서자 그와 나 사이의 거리는 점점 멀리 벌어지기 시작했다.

30분 후, 마침내 나는 혼자서 숨을 헐떡이며 산길을 가는 여객이 되었다. 옅은 햇살에 푹 쪄진 고개의 공기는 섬뜩한 정적을 품고 있었다. 마분에 들끓는 뱀눈나비와 차양용 도롱이를 펄럭이며 가는 나와, ——그것이 이 급한 경사길 위에 살아서 움직이는 모든 것이었다.

라고 생각하자 둔한 날개소리가 나더니 검푸른 말파리[14] 한 마리가 내 손위에 찰싹 달라붙었다. 그리고 그곳을 날카롭게 찔렀다. 순간 나는 너무 놀라 허둥대는 동시에 손바닥을 내리쳐 단번에 그 파리를 때려죽였다. "자연은 나에게 적의를 품고 있다." ——그런 미신 같은 마음이 더한층 나를 흥분시켰다.

나는 아픈 손을 움켜쥐고 억지로 걸음에 속도를 내기 시작했다. ……

❖ 3 ❖

그날 오후 우리들은 물이 차가운 아즈사가와(梓川)의 강줄기를 걸어서 건넜다.

강만 겨우 남겨놓고 빼곡하게 들어찬 삼림 위로는 히다(飛驒)시나노(信濃) 경계의 산들이, ——특히 살짝 구름 긴 호타카야마가 뾰족이 솟아 우리들을 내려다보고 있었다. 나는 물을 건너면서 불현듯 도쿄의 어느 찻집을 떠올렸다. 그 처마에 걸려 있는 기후(岐阜) 초롱도 역력히 눈에 보이는 듯 생각되었다. 그러나 나를 둘러싸고 있는 것들은 인가가 끊긴 계곡이었다. 나는 묘하게 모순되는 느낌을 머리 가득히 갖고

---

14) 대형 파리로 주로 말에 기생한다.

서 무뚝뚝한 안내자의 엉덩이에 붙어 간신히 맞은편 강가를 뒤덮고 있는 얼룩조릿대 속으로 가닿았다.

맞은편 강가에는 커다란 너도밤나무나 전나무가 어두컴컴하게 우거져 솟아있었다. 어쩌다 얼룩조릿대가 드물어지면 안피 같은 꽃이 빨갛게 피어있는 습기 많은 풀밭 사이로 방목한 우마의 발자국이 보였다.

얼마 후 판자지붕 오두막 한 채가 얼룩조릿대 속에서 나타났다. 이것이 고지마 우스이(小島烏水) 씨15) 이래 종종 야리가타케 등산가가 묵어가는 그 고명한 가몬지(嘉門治)의 오두막이었다.

안내자는 오두막 문을 열더니 등에 이고 있던 짐을 그곳에 내렸다. 오두막 안에는 커다란 이로리(圍炉裏)16)가 쓸쓸한 재의 빛깔을 펼쳐놓고 있었다. 안내자는 그 천정에 매달려 있던 기다란 낚싯대를 끄집어 내려 들고는 나 혼자 남겨두고 저녁상 반찬으로 바쳐질 아즈사가와강 산천어를 잡으러 갔다.

나는 차양용 도롱이와 배낭을 버려놓고 잠시 오두막 앞을 서성거리고 있었다. 그러자 얼룩조릿대 속에서 커다란 얼룩소가 한 마리 어슬렁어슬렁 내 옆으로 다가왔다. 나는 약간 불안해져 오두막 출입문으로 퇴각했다. 소는 물기어린 눈을 들어 멀뚱멀뚱 내 얼굴을 바라봤다. 그리고는 머리를 좌우로 흔들더니 다시금 얼룩조릿대 속으로 되돌아갔다. 나는 그 소의 모습에 사랑과 혐오를 동시에 느끼면서 망연히 담배에 불을 붙였다.

흐린 하늘의 노을이 사라져갈 무렵, 우리들은 이로리 불을 둘러싸

---

15) 고지마 히사타(小島久田:1873~1948). 등산가・산악문학가. 일본알프스의 개척자로서 야리가타케에는 1903년(메이지[明治]35년)에 등정했다.
16) 일본의 전통적인 난방 장치. 농가 등에서 방바닥의 일부를 네모나게 잘라 내고, 그곳에 재를 깔아 취사용, 난방용으로 불을 피워 놓는다.

고 앉아 대나무꼬치에 꿰어 구운 산천어를 반찬 삼아 냄비에 지은 밥
을 정신없이 먹어치웠다. 그리고서 담요로 추위를 달래며 자작나무
껍질을 감아서 만든 원시적인 등불을 켜고서 밤이 문밖에 내린 다음
에도 산에 대해 여러 이야기를 나누었다.

자작나무의 불과 이로리에 지피는 장작 불, ——이 밝고 어두운 두
종류의 불빛은 그 자체로 등불 문명의 성쇠를 이야기하는 것이었다.
나는 오두막 판자벽에 진하고 흐린 내 그림자 두 개가 움직이는 것을
바라보며, 산 이야기가 끊길 때는 새삼스레 원시시대 일본민족의 생
활 따위를 상상하지 않을 수 없었다. ……

❖ 4 ❖

——빽빽이 우거진 잡목을 헤치고 나가 다시금 쏟아지는 햇빛을 받
게 되자 안내자는 나를 돌아보며,

"여기가 아카사와(赤沢)[17]입니다."라고 했다.

나는 사냥 모자를 뒤로 젖히고 눈앞에 펼쳐진 광경을 바라보았다.

내 앞에 가로놓인 것은 세상의 온갖 입체형상을 하고 있는 바위들
이였다. 그것들이 좁은 협곡의 급경사면을 가득 채우며 하늘을 가르
는 산봉우리들 저편으로 눈길이 닿는 끝까지 이어지고 있었다. 굳이
형용할 말을 붙인다면, 실로 작은 우리들 두 사람은 먼 산정에서 넘쳐
흘러 떨어진 바위들의 홍수 위에 있는 것이었다.

우리들은 이 바위로 넘쳐흐르는 계곡을, ——'황화콩제비꽃'[18]이 피
어있는 계곡을 벌레처럼 기어오르기 시작했다.

---

17) 야리가타케의 북동쪽에 있는 산.
18) 여름에 노란색 꽃을 피우는 고산식물. 입은 말굽형.

한참을 힘들게 걷고 나서 안내자는 돌연 지팡이를 들어 우리들 왼편으로 이어지는 절벽 위를 가리키면서,

"보십시오. 저곳에 청멧돼지가 있습니다."라고 했다.

나는 그의 지팡이를 따라 시선을 절벽 위로 던졌다. 그러자 거칠게 깎여진 산 표면의 정상 가까이에 천리송의 어두운 녹색을 문질러 바른 곳에 자그마하게 짐승 한 마리가 보였다. 그것이 청멧돼지라는 이명을 갖는, 일본 알프스19)에 사는 영양이었다.

이윽고 그 날도 해가 저물어갈 무렵이 되자 우리들 주위에는 점차 잔설의 색이 많아지고 있었다. 그리고 돌 위로 가지를 뻗은 쓸쓸한 천리송의 군집도 보이기 시작했다.

나는 때때로 바위 위에 발을 멈추고 어느새 모습을 드러내기 시작한 야리가타케의 절정을 바라보았다. 절정은 저녁노을의 잔광이 스러져가는 하늘을 커다란 화살촉처럼 언제나 검디검게 오려놓고 있었다.

"산은 자연의 처음이자 끝이다."――나는 그 산꼭대기를 바라볼 때마다 이러한 문어체의 감상을 반드시 마음에 되뇌었다. 그것은 분명 이전에 러스킨20)의 책에서 읽은 말이었다.

그러는 사이에 차가운 안개 일단이 이미 어두워진 계곡 아래로부터 바위들과 천년송 위로 기어올라 우리들 쪽으로 다가왔다. 그리고 그것이 주위를 둘러싸자 별안간 가랑비 섞인 바람이 우리들 얼굴에 불기 시작했다. 나는 차츰 산꼭대기의 추위를 피부로 느끼기 시작하며 1분이라도 빨리 오늘 밤 묵을 무인 암굴집에 도착하도록 열심히 가파른 경사면을 올라갔다. 그러나 문득 이상한 소리에 놀라서 나도 모르

---

19) 히다(飛驒)·기소(木曾)·아카이시(赤石) 세 개의 산괴에 대해 영국인 월터 웨스튼이 명명한 것.
20) John Ruskin(1819~1900). 영국의 미술비평가. 사회개량론자. 옥스퍼드대학 교수.

게 좌우를 둘러보니 그다지 멀지 않은 곳에 있는 우거진 천년송 위를
흐르는 듯 날아가는 갈색 새 한 마리가 있었다.

　"저 새는 뭐지?"

　"뇌조(雷鳥)입니다."

　가랑비에 젖은 안내자는 억척스럽게 계속 걸으면서 변함없이 무뚝
뚝하게 이렇게 대답했다.

(1920년 6월)

# 도호쿠 · 홋카이도 · 니가타(東北 · 北海道 · 新潟)*

최정아

우에노(上野)──도카이도(東海道)선 기차를 타는 것은 별것 아니다. 그러나 도호쿠혼(東北本)선 기차를 타는 것은 어쩐지 나를 심약한 감상주의자로 변화시켜 버린다. 그것은 단지 내가 사는 다바타(田端)를── 한 번 내가 뒤에 두고 온 다바타를 다시 한 번 기차가 통과하기 때문이다. 이것은 누구에게든 있는 일일까?

센다이(仙台)──병원 복도를 밀고 오는, 커다란 얼음을 실은 손수레. 게다가 그 얼음에 창문 밖 나무의 새싹이나 소도 비친다. 하긴 어느 정도 비뚤어진 채.

모리오카(盛岡)──정거장은 카키색 옷을 입은 청년 무슨 무슨 회라고 하는 곳 사람들로 가득하다. 심지어 밖은 억수같이 비가 내린다. 우리들 말은 통하지만, 그들의 말은 이제 불분명하다. 이 뭐라 해야 할 서글픔.
......

---

* 1927년 5월, 가이조사(改造社)에 의해 기획된 강연여행. 8월 『가이조(改造)』에 발표.

또——우리들 숙소 3층에는 녹초가 된 하녀 하나가 축 늘어져 의자에 기대어 서서 새싹이 돋는 버드나무를 바라보고 있다. 행여 뜨뜻미지근한 바람에라도 녹아버리지 않으면 좋으련만,……

쓰가루(津輕)해협——조금 더 뱃멀미라도 하지 않는다면 애써 여기에 온 보람도 없다.

하코다테(函館)——우리들은 매연 속을 통과하고 그리고 말린 생선 냄새를 맡고 마지막에 해 저무는 앵도(桜桃) 꽃 속에 도착했다. 말하자면 자네, 「천로역정」1)이지. ……

또——"벚꽃도 아직 피어 있네요. 하늘 색도 왠지 다른 걸요,……"
"약간 '가메노조키'2)라는 색 같아."

삿포로(札幌)——그리스도3)는 위에, 대학생은 아래에, …… 「스스키노(すすき野)」라는 유곽은 어디입니까.

또——그 식물원4) 전체에 마요네즈를 흠뻑 끼얹어 버려라. (방백.5)——"사토미(里見) 군,6) 야채만은 맛있겠지요.")

---

1) 영국의 문학가 존 버니언(1628~1688)의 소설. "The Pilgrim's Progress from this World to That which is to come".
2) 쪽으로 연하게 물들인 남색.
3) 삿포로 독립교회의 예배당을 말하는가?
4) 삿포로시 중앙에 위치하며 원생림·화원 등이 있다.
5) 관객에게만 들린다는 설정으로 무대에서 말하는 대사.
6) 사토미 돈(里見弴:1888~1983). 소설가. 이 때 동행.

또——공작은 마치 캔디처럼 남색 은박지에 싸여 있다.

또——아리시마 다케오(有島武郎) 씨는 호주머니 속에 언제나 홋카이도 지도를 가지고 있다.

아사히가와(旭川)[7]——이 연대(聯隊)의 나팔은 끊임없이 같은 말을 되풀이 하고 있다. ——"겨울은 영하 35도가 됩니다."

또——아이누 여자는 계곡을 닮았다. 점점 저물어가는 산골짜기를.

이시가리(石狩)평야——녹는 눈 속에 가지 드리운 버드나무.

오타루(小樽)——기중기는 바다를 들어 올리려 한다. 분명 함박조개가 많을 바다를.

아오모리(青森)——공회당은 바다와 얘기하고 있다. 희멀겋게 벽을 우뚝 세우고 있지만 속으로는 바다를 두려워하며.

또——10분만 빨랐다면 사과 꽃 속에서 정겹게 연어를 먹고 있었을 것을.

우에쓰(羽越)선 기차 안——"가이조사(改造社) 선전반과 헤어지다. ……"

---

7) 가미가와(上川)분지에 있는 도시. 제7사단 사령부가 있었다.

가여워라, 가여워라, 나그네는
언젠가는 마음 평안할까.
담장을 보면 "황매화나무로군,
가지모양이 삿갓에 꽂으면 좋겠군."

니가타(新潟)──메이지(明治)시대의 도쿄는 이곳의 버드나무 가로수나
목교와 같은 것들에 남아 있다. 아직 어딘가에서 북청사건8) 석판인쇄 그
림 정도는 팔고 있을지도 모른다. ······

또──낮에도 어서 마른 오징어를 굽게 해라, 등나무 꽃.

니가타고등학교──누군가 이 나카하라 데이지로(中原悌次郎)9)의 부론
즈 「젊은이」에 반할 자는 없는가.
이 「젊은이」는 아직 살아있다니까!

신에쓰(信越)선 기차 안──니가타의 게이샤인 듯 보이는 한 여자가,
전등 불빛을 받으며 담배를 피우고 있다. 달걀껍질을 닮은 얼굴을 하고서.

우에노(上野)──풍뎅이보다도 많은 택시는 어느새 나를 현실주의자로
만들고 있다.

(1927 · 6 · 21)

---

8) 1900년 청나라에서 일어난 폭동사건. 일본, 영국, 미국, 독일 등은 연합군을 조직
하여 이를 진압했다.
9) (1888~1921). 조각가. 삿포로 출생. 원전(院展) 동인.

# 다바타* 일기 (田端日記)

최정아

아침에 이불 속에서 꾸물대고 있었더니 6시가 되었다. 뭔가 꿈을 꿨다는 느낌이 들어 생각해내려 했지만 기억나지 않는다.

일어나 얼굴을 씻고 주먹밥을 먹고 서재 책상에 앉았는데 전혀 쓸 생각이 들지 않는다. 그래서 전에 읽던 책을 읽었다. 뭔지 모를 이상한 논쟁이 면면히 쓰여 있다. 귀찮아져서 그것도 그만두고 배를 깔고 누워 소설을 읽었다. 거의 익사체가 될 뻔한 남자의 심정을 다소 공상적으로 과장해서 재미있게 썼다. 이놈은 이야기가 되네, 하고 생각하는 순간 얼마 전부터 머릿속에 가지고 있던 소설이 갑자기 빨리 쓰고 싶어졌다.

발자크가 누군가가 소설을 구상하는 것을 '마법의 담배를 피우다'라고 형용한 적이 있다. 나는 그리고 나서 마법의 담배와 현실의 담배를 짬뽕으로 피웠다. 그랬더니 금방 오후가 되었다.

점심밥을 먹고 났더니 한층 더 기분이 무거워졌다. 이런 때에 누군가가 온다면 좋으련만 안타깝게도 아무도 안 온다. 그렇다 하여 이쪽에서 찾아가는 것도 번거롭다. 그래서 어쩔 수 없으니까 등나무 베개를 베고 또 소설을 읽었다. 그렇게 읽다가 어느 사이엔가 낮잠을 자버리고 말았다.

눈을 뜨고 보니, 아래층에 오노(大野) 씨1)가 와 있었다. 일어나 얼굴을 씻고 오노 씨한테 가서 골상학 이야기를 조금 했다. 골상학의 기원은 동물학의 기원과 관계가 있다고 하는 등의 이야기를 듣고 있는 사이에 아리스토텔레스가 어떠니 하는 어려운 이야기가 되어서 이야기는 이제 되었다고 하고 한 번 내 얼굴을 봐달라고 했다. 그러자 내가 직관력도 추진력도 심히 원만하게 발달해 있다고 하니, 대단하다. 하긴 이것은 나중에 "동물성도 상당히 있습니다." 라나 뭔가 하는 소리를 들었으니, 결국 아무것도 아닌 이야기가 돼버린 듯하다.

오노상이 돌아간 뒤에 목욕을 하고 밥을 먹고 그리고 10시까지 자료조사를 했다.

❖ 28일 ❖

날씨가 선선해서 이런 날 나가지 않으면 나갈 날이 없다는 생각에 8시 경에 집을 뛰쳐나갔다. 도자카(動坂)2)에서 전철을 타고 우에노(上野)에서 환승하여 내친김에 린로카구(琳瑯閣)3)에 들려 고서적을 구경한 후에야 겨우 혼고의 구메(久米)4) 집으로 갔다. 그러자 미나미초(南町)5)

---

1) 오노 다카노리(大野隆德). 화가. 1897년 지바현(千葉県) 출생. 도쿄미술학교 졸업.
2) 이전에 분쿄구(文京区) 도자카초(動坂町)에 있었던 도영전철 정류장. 다바타초(田端町)와의 경계. 스다초(須田町)방면으로 타서 우에노히로코지(上野広小路)에서 가스가초(春日町)방면으로 환승하여 혼고(本郷) 3초메(丁目)에서 하차했다.
3) 당시 도쿄대학 정문 앞 혼고도리(本郷通り)에 있었던 고서점.
4) 구메 마사오(久米正生: 1891~1952). 나가노현 우에다시(上田市) 출생. 소설가, 극작가, 하이쿠(俳句)시인. 아쿠타가와와는 대학동기이며 제4차 신사조[新思潮] 동인.
5) 신주쿠구(新宿区) 와세다(早稲田) 미나미초 나쓰메 소세키(夏目漱石)의 옛집이 있으며, 구메는 소세키의 장녀를 사랑하고 있었다.

에 가서 부재중이라고 하기에 혼고도리(本鄕通り)의 고서점을 끈질기게
한 집 한 집 돌며 다니면서 영자 책을 두세 권 사고, 그리고서 미나미
초에 갈 생각으로 3초메(丁目)6)에서 전철을 탔다.

그런데 전철을 타고 가는 동안에 또 마음이 변하여 이번엔 스다초
(須田町)7)에서 환승하여 마루젠(丸善)8)으로 갔다. 가서 보니 애완견 친
(狆)9)을 끌고 있는 이국 여자가 제이콥10)의 소설은 없냐며 찾고 있다.
그 여자의 얼굴을 어딘가에서 봤다고 생각했더니 4, 5일 전에 가마쿠
라(鎌倉)11)에서 수영하고 있는 것을 봤던 것이다. 저렇게 드높고 충진
코는 일본인에게도 좀처럼 없다. 그런데도 점원은 레이디 오브 더 버
진이라면 있습니다라나 뭐라나, 정중하게 인사하고 있었다. 짐작컨대
이 계단코도 날씨가 선선해서 도쿄로 나왔을 것이다.

마루젠에 1시간 정도 있다가 오랜만에 히요시초(日吉町)12)로 갔더니
기요시(淸)13)가 홀로 빈집을 지키고 있었다. 입학시험은 잘돼 가는지
물었더니, "네, 뭐 그럭저럭."이라고 하고, 까까머리를 쓰다듬으며 빙
긋빙긋 웃는다. 그리고서 시간 때우기 용으로 기요시를 상대로 오목
을 두었는데 다섯번 중 네번을 졌다.

그러다가 모두가 돌아와서 함께 밥을 먹고 세상 돌아가는 이야기를
하고 있자니 야에코(八重子)14)가 새로 산 여름 오비를 이거 좋겠지요?

---

6) 혼고(本鄕) 3초메(丁目).
7) 치요다구(千代田区) 스다초, 긴자(銀座) 방면으로 갈아탔다는 뜻.
8) 주오구(中央区) 니혼바시도리(日本橋通り)에 있는 양서 서점.
9) 일본 개의 일종. 몸집이 작으며 이마가 튀어나오고 털이 긴 애완용 개.
10) Max Jacob(1876~1944). 프랑스의 작가. 기괴한 환상에서 가톨릭으로 작풍을 전향
   했다.
11) 아쿠타가와는 이 해 9월 14일에 요코스카(橫須賀)로 이사하기 전에는 가마쿠라에
   서 하숙하고 있었다.
12) 주오구 긴자(銀座) 니시(西) 8초메(丁目) 근방의 옛 이름.
13) 미상.

하며 보여주러 왔다. 귀찮아서 "응, 좋은데, 좋군."이라고 했더니 일부러 매고 있던 오비를 풀고 새로 매려 하며 "아아 매기 힘들어."하고 얼굴을 찡그리고 있다. "매기 힘들면 사지 않으면 될 것을."하고 말했다가 금방 "쓸데없는 참견 마세요."라고 반격을 당했다.

해질 무렵에 미나미초에 전화를 해두고 돌아가려 했더니 기요시가 "오늘 밤은 모두 함께 곤바루칸(金春舘)15)에 가자고 하는데요, 함께 가실래요?"라고 했다. 야에코도 꼭 같이 가자고 한다. 이것은 내가 신바시(新橋)의 게이샤를 본 적이 없으니까, 겸사겸사 보여주겠다고 하는 후의라고 한다. 나는 야에코에게, "너와 같이 가면 부부라고 생각하니까 싫어."라고 말하고 밖으로 나갔다. 그러자 뒤에서 "너무하네."라고 하는 목소리와 작고 얇은 입술을 삐죽 내밀어 보이는 것 같은 기척이 느껴졌다.

소토보리(外堀)선16)을 타고 아까 산 책을 대충 펼쳐 보고 있었더니 그 안에 하루노부(春信)17)론(論)이 나와 와트18)와 비교한 곳이 재미있었기 때문에 신이 나서 읽고 있자니, 깜박하는 사이에 이이다바시(飯田橋)19)의 환승역을 지나쳐 신미쓰케(新見付)20)까지 가버렸다. 차장한테 그런 이야기를 하는 것도 부아가 나니까 그냥 내려서 만세바시(万世橋)행21)을 타고 7시 지나 간신히 만족스럽게 미나미초로 갔다.

미나미초에서 저녁밥을 얻어먹고 구메와 불가사의 논쟁을 하고 있

---

14) 미상.
15) 니시긴자(西銀座)에 있었던 서구영화 개봉관.
16) 에도성 외곽 해자를 따라 달리던 시영전철.
17) 스즈키 하루노부(鈴木春信;1725~1770). 우키요에(浮世絵) 화가.
18) Antoine Watteau(1684~1721). 프랑스화가.
19) 스이도바시(水道橋)의 서쪽 2번째 역. 에도가와바시(江戸川橋) 방면 등으로 환승.
20) 이이다바시의 남쪽 2번째 역.
21) 소토보리선으로 되돌아갔음. 이이다바시에서 환승하여 에도가와바시에서 하차한 듯.

었더니 바로 9시가 되었다. 귀가길에 야라이(矢来)22)에서 에도가와(江戸
川)의 종점23)으로 나오자 공터에 아세틸렌 가스등을 켜고 최면술 책을
팔고 있는 남자가 있다. 그 자식이 제법 탁려풍발(踔属風発)24)하여 재미
있어하며 앞에 다가가 물어보자 당신을 한 번 걸어드리죠, 라고 하는
바람에 총총히 퇴각했다. 상대방 흥미에 대해 착각하는 사람만큼 타
인에게 폐가 되는 것은 없다.

집에 돌아왔더니 부재중에 온 편지 중에 나루세(成瀬)25)의 것이 섞
여 있다. 뉴욕은 더우니까 캐나다에 간다고 적혀있다. 그것을 읽고 있
자니 오랜만에 나루세와 함께 끝말잇기놀이라도 하고 싶어졌다.

❖ 29일 ❖

아침부터 오후가 되기 조금 전까지 일을 했더니 기진맥진하여 밥을
먹고 찬물로 목욕을 하고서 만연히 사각 글씨 투성이의 고서를 집어
들고 읽고 있었더니 아카기 고헤이(赤木桁平)26)가 가타비라27) 위에 줄
무늬 명주로 된 하오리28) 비슷한 걸 걸쳐 입고 왔다.

아카기는 옛날부터 이태백29)을 좋아하여 장진주(将進酒)30)에는 웨르

---

22) 신주쿠구 야라이쵸(矢来町).
23) 에도가와바시 정류장. 오즈카(大塚) 나카쵸(仲町)을 경유하여 도자카에 이르는 노
선의 기종점.
24) 논의가 첨예하고, 바람과 같이 거세게 말을 뱉어내는 것. 韓愈 "柳子厚墓誌銘"의
구절.
25) 나루세 세이이치(成瀬正一:1892~1936). 불문학자. 도쿄제1고등학교, 도쿄대학교에
서 아쿠타가와와 동기. 1916년 8월 유럽, 미국으로 유학.
26) 본명은 이케자키 다다타카(池崎忠孝:1891~1949). 문예평론가. 도쿄대학교 독일법
학과 졸업. 나쓰메 소세키에 경도되어 있었다.
27) 명주실이나 삼베로 지은 홑옷.
28) 일본 옷 위에 입는 짧은 겉옷.
29) 이백(李白:701~762). 중국 당나라 때의 시인.

트슈메르츠[31]가 있다고 하는 얘기를 하는 남자이므로 내가 읽고 있는 책에 이태백의 이름이 없으면 대단히 나를 경멸했다. 그래서 나는 아무 말 않고 있으면 지는 셈이 되므로 더운 것을 참고 조금 논쟁했다. 어차피 심심풀이로 하는 논쟁이니까 이겨도 져도 어느 쪽이든 상관없다. 그러다가 아카기는 "중국인은 도대체가 책에 주묵으로 권점[32] 찍는 걸 모두가 너무 잘한다. 일본인은 도저히 그렇게 동그랗게는 찍을 수 없으니 참 신기하다."하고 시시한 일을 찬탄하기 시작했다. 주묵으로 동그라미를 그리는 거라면 나도 잘할 수 있다고 생각했지만 자칫 그런 말을 하면 금방 "그럼 어디 해봐."라고 하는 사태가 될 수 있으므로 "으응, 그렇구나."하고 일단은 경원해두었다.

저녁 무렵이 되어 두 사람은 목욕을 한 다음 지쇼헌(自笑軒)[33]에 밥을 먹으러 갔다. 나는 거기서 한 잔 술을 주체하지 못하고, 아카기에게 오쿠라 기하치로(大倉喜八郎)[34]라고 하는 남자가 만든 고우타[35] 이야기를 들려주었다. 뭐가 어찌 어찌 하였사옵니다라고 하는 대단한 고우타다. 글귀도 이야기할 때는 외우고 있었는데 이제 완전히 잊어버렸다. 아카기는 그 역시 2, 3잔의 술에 빨개져서, 흐응 들으면 들을수록 바보 같군, 하고 아주 심하게 그 작가를 매도했다.

돌아가는 길에, 하녀가 묘한 초롱에 불을 넣고 문까지 배웅을 하러 왔는데 그 초롱에 하얀 나방이 몇 마리나 날아들었다. 그것이 몹시 아름다웠다.

---

30) 이백의 시의 제목.
31) Weltschmerz(독). 비관적 세계관. 감상적 비관론. 세계고.
32) 요점이나 묘소를 나타내기 위해 문자의 우측 상단에 찍는 작은 동그라미 표시.
33) 다바타에 있었던 음식점.
34) (1837~1928). 실업가. 오쿠라조합을 일으키고 무역, 토목, 광산 등의 사업을 했다. 교카(狂歌)를 모아 발간한 책으로 『狂歌鶴彦集』(1924년)이 있다.
35) 에도시대 말기 샤미센(三味線)에 맞춰 부른 속곡(俗曲)의 총칭.

밖에 나갔더니 이대로 집에 돌아가는 것이 아쉬운 기분이 들어 둘이서 전철을 타고 사쿠라기초(桜木町)36)의 아카기 집에 갔다. 보니 돌문이 있고 안에 큰 소나무가 있는 것이 아카기에게는 좀 과분한 집 같아, 이봐 집세는 얼마나 하나 하고 물어봤는데 뭐 보기보다 비싸지 않아라나 뭐라나 대단히 돈이 많은 듯 말하고 태연히 있다. 그리고서 등나무 의자에 눌러앉아 제멋대로 기염을 토하고 있자니, 사모님이 무릎 꿇고 두 손 모아 절하며 인사하러 나와 적잖이 송구스러웠다.

그러자 맞은편 집 2층에서 뭔지 모를 악기를 연주하기 시작했다. 처음엔 만돌린인가 생각했는데 중반 정도부터 아카기가 저건 고토37)라고 도파했다. 나는 고토라고 하기 싫었기 때문에 아니 이현금38)인걸, 하고 반대 의견을 내세웠다. 한동안은 고토다 이현금이다 하며 싸우고 있었는데 그러는 사이에 악기소리가 딱 멈추어버렸다. 지금 와서 생각하니 아무래도 그건 우리의 언쟁이 맞은편 사람에게 들렸던 것임에 틀림없다. 그렇게 생각하니 나는 괜찮지만 아카기는 이웃지간이라는 관계상 더욱 송구한 마음이 들어 마땅할 터이다.

돌아올 때 이케노하시(池の端)39)에서 전철을 탔는데 왼쪽 어금니가 조금 아프기 시작했다. 혀를 대어보았더니 흔들흔들 움직이는 것이 하나 있다. 아무래도 아카기의 웅변이 화근이 된 모양이다.

❖ 30일 ❖

아침에 일어났더니 치통이 어제보다 심해졌다. 거울을 보니 왼쪽

---

36) 다이토구(台東区) 사쿠라기초. 우에노(上野)공원 일부와 그 북쪽 지구.
37) 일본의 거문고
38) 일본의 두줄로 된 현악기.
39) 다이토구 우에노 시노바즈노이케(不忍池) 북쪽에 있던 도영전철 정류장.

볼이 상당히 부어있다. 균형이 깨진 얼굴은 확실히 그다지 외양이 좋은 것이 못된다. 그래서 오른쪽 볼을 부풀리면 균형이 잡힐 거라 생각하여 그쪽에 혀를 대봤는데 역시 얼굴은 왼쪽으로 비뚤어져 있다. 적어도 오늘 하루 이런 얼굴을 하고 있어야 한다고 생각하니 심히 불만스러운 기분이 들었다.

그런데 밥을 먹고 혼고에 있는 치과에 갔더니 별안간 어금니를 하나 **빼버리는** 바람에 당황했다. 들어보니 이 의사 선생님은 여태까지 한 번도 치통을 경험한 적이 없다고 한다. 그렇지 않다면 도저히 이렇게 얼굴이 비뚤어져 있는 나를 붙잡고 그런 민완을 발휘할 수 있을 리 없다.

돌아오는 길에 구청[40] 앞 골동품가게에서 청자 향로를 하나 발견하여 얼마냐 물었더니 색안경을 낀 주인이 개벽 이래 이보다 더할 수 없는 볼멘 얼굴을 하고 이쪽은 10엔이라고 했다. 누가 그런 볼멘 얼굴의 향로 같은 걸 사겠는가.

그리고서 히로코지(広小路)[41]에서 담배와 복숭아를 사서 집으로 돌아왔다. 그래도 치통은 전과 거의 다름이 없다.

점심밥 대신에 아이스크림과 복숭아를 먹고 2층에 잠자리를 깔아달라 하여 드러누웠다. 왠지 기분이 좋지 않아서 체온기를 대보았더니 열이 38도 정도 된다. 그래서 베개를 얼음베개로 바꾸고 위에다 하나 더 얼음주머니를 매달았다.

그러자 3시 경이 되어 후지오카 조로쿠(藤岡蔵六)[42]가 놀러 왔다. 도저히 일어날 수 있을 것 같지 않아 누운 채로 여러 이야기를 하고 있

---

40) 당시 도쿄대학 정문 앞 대로에 있던 혼고 구청.
41) 우에노 히로코지.
42) 도쿄 제1고등학교와 도쿄대학교에서 아쿠타가와와 동기생. 철학자. 후에 호세이 (法政)대학 교수.

었는데 그가 3부 정도 자란 수염 끄트머리를 잡으며 나는 내일 아니면 모레 미타케(御嶽)[43]로 논문을 쓰러 간다라고 했다. 어차피 조로쿠는 내가 읽어서 알 수 있을 그런 것은 쓰지 않을 거라 생각하여, 또 칸트냐 하고 뭐라 놀렸더니 그런 게 아니라고 대답했다. 그래서 그럼 데카르트겠네, 너는 데카르트가 배에서 도난당한 이야기를 아냐, 하고 나 자신도 무슨 소리인지 알지 못할 이야기를 잘난 척하며 떠들었더니, 그런 이야기 따윈 몰라, 라고 이번에는 거꾸로 내가 경멸을 받았다. 아마도 내가 열 때문에 제정신이 아니라고 생각했을 것이다. 그 다음에 내 사진을 보였더니 도대체가 네 얼굴은 삼각자를 거꾸로 한 것 같은 얼굴인데 이렇게 머리카락을 기르면 더욱 더 에스테티슈[44]한 취향을 손상시키는 거야. 라고 해서 나는 불필요한 충고를 들었다.

조로쿠가 돌아간 다음에 저녁밥으로 죽을 먹었는데 역시 맛이 없었다. 온몸이 이상하게 나른하여 책을 읽어도 하품만 나왔다. 그러다가 어느새 잠이 들어버렸다.

눈을 떠보니 모르는 사이에 모기장이 쳐져 있었다. 그리고 열어놓은 창문에서 달빛이 비치고 있었다. 물론 전등도 어김없이 꺼져있다. 나는 얼음베개의 위치를 바로하고 모기장 너머로 밝은 하늘을 봤다. 그랬더니 요 3년 정도 만난 적이 없는 사람 생각이 머리에 떠올랐다. 어딘가 먼 곳으로 가서 아마도 행복하게 살고 있을 사람이다.

나는 일어나서 문을 닫고 전등을 켜고 잠이 올 때까지 머리맡의 책을 읽었다. (1917년)

---

43) 도쿄도 니시타마군(西多摩郡)에 있는 산.
44) ästhetisch(독). 미적.

# 아귀굴일록(我鬼窟日録)<sup>*</sup>

홍명희

❖ 5월 25일 맑음 ❖

이마무라 다카시(今村隆)<sup>1)</sup> 씨, 기쿠치(菊池)<sup>2)</sup>의 책<sup>3)</sup> 장정 견본을 가지

---

\* 초출은 「「아귀굴일록」에서(「餓鬼窟日録」より)」라는 제목으로 잡지 『산에스(サン エス)』(1920년 3월)의 「나의 일상생활(3)(私の日常生活(三))」에 게재되었고, 이후 수필집 『점심(点心)』(金星堂, 1922년 5월 20일)에 수록되었다. 작품은 아쿠타가와가 발표를 의식하지 않고 기록한 일기인 「아귀굴일록(餓鬼窟日録)」(1919년 5월 25일~6월 26일, 7월 16일~18일, 9월 9일~17일, 9월 21일~25일, 28일~10월 1일) 중에서 5월 25일~6월 26일까지를 정리·가필 수정하여 발표한 것이다. 한편, 본 전집에서는 번역작업 기준인 치쿠마서방(筑摩書房)의 아쿠타가와 전집과 동일하게 「「아귀굴일록」에서」는 「아귀굴일록」으로, 또한 미발표 일기인 「아귀굴일록」은 「아귀굴일록(별호)」라는 제목으로 게재한다.

'아귀(我鬼)'는 아쿠타가와의 펜네임으로, 1917(大正6)년 12월 11일에 시모지마 이사오(下島勲)에게 보낸 서간에서 처음 사용한 듯하다. 아쿠타가와는 1919년 3월에 요코스카(横須賀)의 해군기관학교를 사임한 후, 스승 나쓰메 소세키(夏目漱石)가 아사히(朝日)에 입사한 것처럼, 오사카마이니치신문(大阪毎日新聞)에 입사하여 가마쿠라(鎌倉)에서 다바타(田端)로 돌아왔다. 자택 2층의 서재를 '아귀굴(餓鬼窟)'이라 칭하고(스가 도라오(菅虎雄)가 쓴 편액을 걸었다), 소세키의 목요회처럼 일요일을 면회일로 정하여 제자들과 소설, 예술론, 인생론 등에 대해 논하거나 후진들의 원고를 비평하기도 했다.

1) 춘양당(春陽堂)의 사원. 잡지 『신소설(新小説)』의 편집담당자.
2) 기쿠치 간(菊池寛)(1888~1948). 소설가, 극작가. 아쿠타가와와 일고(一高) 시절부터 친

고 오다. 별로다. 장정 따위 맡지 않았으면 좋았을 것을. 오후에 쓰카모토 야시마(塚本八洲)⁴⁾ 오다. 일고(一高) 입학시험을 친다고 한다.

❖ 5월 26일 흐리다가 맑다가 ❖

수수발(手水鉢)⁵⁾ 위의 모밀잣밤나무, 올해는 엄청나게 꽃을 피운다. 오늘 아침에 손을 씻으면서 그 짙은 향기에 놀랐다. 소설,⁶⁾ 전혀 진척되지 않는다. 신문에서 기쿠치의 「잡감삼측(雜感三則)」⁷⁾을 읽다. 동감이다. 오후에 다니자키 준이치로(谷崎潤一郎)⁸⁾ 오다. 빨간 넥타이를 맸다. 저녁에 같이 기쿠치를 방문하다. 부재중. 미카도⁹⁾에서 저녁식사, 그리고 간다(神田)의 헌 책방들을 둘러보다. 간보초(神保町)의 카페에 들어가니, 여 종업원이 다니자키의 넥타이를 칭찬했다. 시라야마(白山)까지 걸어가서 헤어지다. 귀가하니 12시 반.

❖ 5월 28일 맑음 ❖

오후에 난부 슈타로(南部修太郎)¹⁰⁾ 오다. T코¹¹⁾의 사진을 빌려주다.

---

구였다.
3) 1919년 7월에 춘양당에서 간행한 기쿠치 간의 소설집 「아귀(我鬼)」.
4) (1903~1944). 아쿠타가와의 처남, 즉 아내 후미코(文子)의 남동생.
5) 신불(神仏)에 참배할 때 입과 몸을 정결하게 씻는 물 그릇. 특히 일본에서는 다도에 접목되어 로지(露地)에 두는 등 독특한 양식을 형성했다.
6) 「노상(路上)」. 오사카마이니치신문사 입사 이후 첫 작품.
7) 5월 26일 도쿄니치니치신문(東京日日新聞)에 게재된 기쿠치 간의 「시감삼측(時感三則)」.
8) (1886~1965). 1917년 5월부터 아쿠타가와와 교류하기 시작했다.
9) 간다(神田) 만세바시(万世橋) 근처에 있던 서양 음식점.
10) (1892~1936). 소설가. 당시 『미타문학(三田文学)』 편집주임. 고지마 마사지로(小島政二郎)를 통하여 1917년 가을부터 아쿠타가와와 교류하기 시작했다.
11) 「아귀굴일록[별호(別稿)]」에 의하면 다쓰코(辰子).

저녁에 함께 하치노키(鉢の木)12)에서 밥을 먹다. 그리고 기쿠치 집에 가다. 나중에 고지마 마사지로(小島政二郎)13) 오다. 기쿠치, 면도를 잘못 해서 붕대를 머리에서 턱까지 말고 있는 게 크리스마스·캐럴에 나오는 유령 같다. 집에 오면서 모란을 사다.

### ❖ 5월 29일 맑음 ❖

오늘부터 토데의 미켈란젤로14)를 읽기 시작하다. 오후에 회사15)에 가서 마쓰우치(松内)16) 씨와 문예란에 대해 이야기를 나누다. 외출한 김에 로이터에 가서 존스17)를 찾았으나 부재중. 접수처의 남자, 동양 헌(東洋軒)18)에 있을지도 모릅니다, 고 한다. 신바시역(新橋駅)의 동양헌에 가다. 2층 창에서 보니, 역전의 꿀밤가게가 눈 아래로 보이고 붉은 제등(提灯)과 밤을 섞는 남자가 대단히 운치 있었다. 식후, 하쿠산(白山)의 구보카와(窪川)19)에 가서 하이쿠(俳句)와 하이카이(俳諧)에 관한 책 대여섯 권을 사다. 밤에 월평(月評)20) 평을 쓰기 시작하다.

---

12) 도쿄제국대학 아카몬마에(赤門前)에 있었던 프랑스 음식점.

13) (1894~1994). 소설가. 당시 게이오기주쿠(慶応義塾)대학 강사. 1918년 3월에 스즈키 미에키치(鈴木三重吉)의 소개로 아쿠타가와를 방문했다.

14) 독일 미술사가 헨리·토데(Henry Thode;1857~1920)의 미켈란젤로의 미완성 작품에 대한 기독교·비기독교적 해석을 전개한 "Michelangelo: Kritische Untersuchungen Ber Seine Werke".

15) 도쿄니치니치신문사(東京日日新聞社).

16) 도쿄니치니치신문사의 기자 마쓰우치 노리노부(松内則信). 이후 마이니치신문사 중역.

17) 토마스·존스(Thomas Jones)(1890~1923). 아일랜드인. 당시 로이터통신 도쿄지국 특파원이었으나, 이후에 상하이(上海)지국으로 옮겼다. 아쿠타가와가 참가한 제4차 『신사조(新思潮)』 동인들과 밀접한 관계였다. 아쿠타가와도 함께 찍은 송별회 사진(鶯谷の料亭伊香保, 1919년 9월 24일)이 유명하다. 아쿠타가와의 「상해유기(上海游記)」의 「3 第一瞥(中)」에 그와의 교류가 잘 나타나 있다.

18) 신바시역(新橋駅)에 있었던 서양 음식점. 1895년에 일본 최초로 파스타를 메뉴로 판매했다.

19) 고서점.

❖ 30일 맑음 ❖

오후에 하타 고이치(畑耕一)[21]와 기쿠치 간 오다. 저녁에 다니자키 준이치로 오다. 모두가 돌아가니 9시. 오늘, 고양이를 받다.

❖ 5월 31일 ❖

손님을 사절하고 소설을 쓰다. 제 1회부터 다시 쓰다. 오후는 토데. 저녁에는 미카도의 휘트먼 백년제[22]에 가다. 아리시마 다케오(有島武郎)[23] 씨와 요사노 뎃칸(与謝野鉄幹) 부부[24]를 처음 만나다. 사이토 다케시(斎藤勇)[25] 씨와 아리시마 씨가 휘트먼의 시를 낭독하다. 참석한 사람들은 다 안다는 듯한 얼굴로 듣고 있지만, 대부분은 모르는 게 틀림없다. 물론 나도 모른다. 테이블 스피치를 하다. 태어나서 두 번째다.

---

20) 오사카마이니치신문(동년 6월 4일~13일. 5회)에 「6월의 문단」이라는 제목으로 연재된 「다이쇼(大正) 5년 6월의 문단」의 일부.

21) (1886~1957). 소설가. 당시 도쿄니치니치신문사의 기자. 아쿠타가와는 그의 『웃지 못할 이야기(笑ひきれぬ話)』(大阪屋号書店,1925년 10월)의 서문을 썼다.

22) 1919년은 미국의 국민 시인 월터 휘트먼(Walter Whitman;1819~1892)의 탄생 100 주년 기념의 해. 일본에서는 메이지(明治) 후기에 나쓰메 소세키에 의해 소개되어 민주주의 시인으로 폭발적 지지를 얻었다.

23) (1878~1923). 소설가. 가쿠슈인(学習院) 중등과 졸업 후, 삿포로농학교(札幌農学校)에 진학하여 기독교 세례를 받았다. 1903년에 미국의 해버퍼드칼리지(Haverford College) 대학원과 하버드대학교에서 역사・경제학을 공부했다. 귀국 후는 시가 나오야(志賀直哉), 무샤노코지 사네아쓰(武者小路実篤) 등과 「시라카바(白樺)」에 참가하여 『가인의 후예(カインの末裔)』등의 작품을 집필했다. 한편, 아쿠타가와와는 거의 교류가 없었다.

24) 요사노 뎃칸(1873~1935). 시인. 1900년에 잡지 『명성(明星)』을 창간하여 낭만주의 문학운동을 주도했다.
요사노 아키코(与謝野晶子)(1878~1942). 뎃칸의 아내. 시인. 분방한 정열을 대담하게 노래한 『미다레가미(みだれ髪)』(1901년 8월)가 많은 독자를 매료했다.

25) (1887~1982). 영문학자. 아쿠타가와의 대학시절 은사.

무로 사이세이(室生犀星)26) 씨, 다다 후지(多田不二)27) 씨와 함께 귀가하다. 뇌우(雷雨)가 심했다.

### ✤ 6월 1일 맑음 ✤

아침에 무로 사이세이 오다. 「사랑의 시집(愛の詩集)」 제 2권28)을 받다. 나가사키(長崎)에서 산 네덜란드 도자기29) 다완(茶碗)을 보이니, 진품일 거라고 말한다.

오후에 노구치 고조(野口功造)30) 오다. 야나기바시(柳橋)에서 대접을 받다. 귀한 댁 아가씨 같은 게이샤(芸者)를 보니 심히 존경스러운 마음이 들었다. 옛날 게이샤의 검소한 이야기, 질투 이야기, 마쓰노즈시(松の鮨) 초밥집31) 이야기.

### ✤ 6월 2일 맑음 ✤

니시무라 구마오(西村熊雄)32) 씨에게 온 편지, 「원숭이」33)를 영어로

---

26) (1889~1962). 시인, 소설가.

27) (1893~1968). 시인. 당시 도쿄제국대학 학생.

28) 무로 사이세이의 시집. 1918년 7월에 感情詩社에서 간행한 첫 시집에 이어, 이것은 1919년 5월 5일에 文武堂書店에서 간행한 동일 제목의 제 2시집이다.

29) 일본어로는 '오란다야키(阿蘭陀燒)'. 에도시대에 나가사키(長崎)의 데지마(出島)무역의 네덜란드선이 가져온 유럽산 도자기의 총칭. 일본의 가키에몬(柿右衛門) 등에 영향은 받은 것들이 수입되었다고 한다. 아쿠타가와는 그 해 5월에 처음으로 나가사키에 여행 가서(귀경은 5월 18일) 알게 된 듯하나, 유품에는 존재하지 않는다.

30) (1892~1975). 당시 니혼바시(日本橋)에 있던 포목점 다이히코(大彦)의 젊은 주인. 아쿠타가와의 소학교(小学校) 시절 친구인 노구치 신조(野口真造)의 형.

31) 에도(江戸)시대부터 야나기바시(柳橋)에 있었던 유명한 초밥집.

32) (1899~1980). 도쿄제국대학 졸업 후 외무성(外務省)에 들어가 전후 프랑스 대사. 당시 제5 고등학교 학생.

33) 1916년 9월의 제4차 『신사조』에 발표. 영어 번역은 「THE MONKEY」라는 제목으

번역해서 발표하고 싶은데 괜찮은가, 한다. 좋다고 답하다. 전에 「너
구리」34)가 영어로 번역되었다. 이번에 다시 「원숭이」가 영어로 번역
된다. 내 소설이 영어로 번역되기 위해서는 동물 이름을 제목으로 해야
만 할 것 같다.35) 정오경에 나카네(中根)36) 씨 오다. 「라쇼몽(羅生門)」37)
의 표지, 첫 페이지 등을 보여주다. 사토미 돈(里見弴)38)의 광39) 이야기.
○○대장,40) 전국을 기마 여행하며 청년의 지기를 크게 고무하는 한
편, 하녀에게 아이를 낳게 하니 감복할 따름. 오후에 남동생41)과 아사
쿠사(浅草)에 활동사진을 보러 가다. 보면서 활동사진론을 생각하다.
사진--현실--가감(仮感)--예술

❖ 6월 5일 비 온 후 갬 ❖

오후에 기쿠치 오다. 함께 나카토가와(中戸川)42) 집에 가다. 석식 후,
고야나기(小柳)43)에 하쿠잔(伯山)44)을 들으러 가다. 하쿠잔의 예술, 너무

로 「The Japan Chronicle」(1919년 7월 27일)에 실렸다.
34) 1917년 3월 11일의 요미우리신문에 발표.
35) 작품 제목이 동물 이름인 것만 영어로 번역되기 때문에, 그래야 할 것 같다는 의미.
36) 나카네 고마쥬로(中根駒十郎)(1882～1964). 당시 신조사(新潮社)의 지배인.
37) 신조사에서 1919년 6월에 간행된 『라쇼몽』의 재판본.
38) (1888～1983). 소설가, 수필가. 아리시마 다케오의 남동생.
39) 사토미가 신축한 호화 저택의 현관 오른쪽에 지어진 광.
40) 후쿠시마 야스마사(福島安正)(1852～1919). 군인.
41) 의붓 남동생 니이하라 도쿠지(新原得二)(1899～1930). 친부 니이하라 도시조(新原敏
三)와 이모 후유의 아들로 아쿠타가와보다 7살 어림. 당시 만 20세.
42) 나카토가와 기치지(中戸川吉二)(1896～1942). 소설가. 1918년 10월의 제5차 『신사조』
를 창간, 이후로 아쿠타가와와 교류했다.
43) 간다구 고야나기쵸 20(神田区小柳町20)에 있었던 고단(講談)의 전문극장. 고단이란
높은 자리에 작은 책상을 앞에 두고 역사에 관한 이야기를 관중에게 읽어주는
일본 전통예술.
44) 고샤쿠시(講釈師)라 불리는 고단의 이야기꾼. 이 날 공연에는 당시 최고의 인기를
자랑했던 3대 간다 하쿠잔(神田伯山)(1872～1932)이 출연했다.

화려해서 고담스러운 정취가 없다. 기쿠치, 하쿠잔을 대단히 변호하다.

❖ 6월 6일 맑음 ❖

월평(月評) 오늘로 끝내다. 저녁에 구메(久米)[45] 집에 가다. 유가와라(湯河原)에서 돌아왔다기에. 야마모토 유조(山本有三)[46]와 만나다. 오래간만이다. 오늘 화씨 84도,[47] 마당 흙에 비친 햇빛색, 이미 한 여름 같다.

❖ 6월 7일 흐림 ❖

아침에 다키타 조인(滝田樗陰)[48] 군, 큰 서화장을 두 권 메고 와서 글귀(句)와 노래를 쓰게 한다. 글씨도 글귀도 노래도 엉망이다. 오후에 기무라 간(木村幹)[49] 오다. 함께 히라쓰카 라이초(平塚雷鳥)[50] 씨를 방문하고, 간 김에 「바냐 아저씨」[51]의 연습을 보다. 화실 안에는 많은 남녀. 문 밖에는 신록의 뜰. 구석 의자에 앉아서 보고 있노라니 엉성한 연극보다 재미있다. 「다이칸(大觀)」[52]의 오쿠마(大隈)[53] 후작의 이름으로 다

---

45) 구메 마사오(久米正雄)(1891~1952). 소설가, 극작가. 아쿠타가와는 일고(一高) 시절부터 친구로, 당시 혼고 5초메 43(本鄕五丁目四三)에 살았다.
46) 아쿠타가와의 일고(一高) 동급생. 도쿄제국대학 독문과 졸업. 당시 와세다대학 강사.
47) 섭씨 약 28.9도.
48) (1882~1925). 잡지 『중앙공론(中央公論)』의 편집자.
49) (1889~?). 소설가, 번역가. 도요시마 도시오(豊島与志雄)의 『자화상(自畵像)』을 창간, 이후에 사토 하루오(佐藤春夫)의 『성좌(星座)』 동인.
50) (1886~1971). 평론가, 작가, 부인운동가. 여성해방을 주창하는 세이토샤(靑鞜社)를 조직했다.
51) 체호프의 4대 희곡 중 하나.
52) 종합잡지. 1918년 5월부터 22년 4월까지 48권. 아쿠타가와는 「여형에 따라서(女形次第で)」, 「궤도차(トロッコ)」를 발표했다.
53) 오쿠마 시게노부(大隈重信)(1838~1922). 정치가. 후작. 1898년과 1914년에 수상 역임. 와세다대학 창설자. 말년에는 문화사업에 힘을 썼다.

화회(茶話会)에 초대 받았다.[54] 거절하다.

❖ 6월 8일 흐림 ❖

오전에 고등공업학교[55])의 나카하라 도라오(中原虎男)[56) 씨 오다. 하이쿠와 하이카이에 관한 이야기를 조금 하다. 이야기 끝에, 늘 그렇듯이 강연 부탁을 받아 결국 승낙하다. 오후에 아카기 고헤이(赤木桁平),[57) 고지마 마사지로, 도미타 사이카(富田砕花),[58) 무로가 후미타케(室賀文武)[59) 오다. 고헤이 선생, 늘 그렇듯이 이번에도 다른 사람을 압도하려는 듯 의기양양하게 말한다. 선생, 늘 예리한 언변과 기세로 나와 싸우려 한다. 무엇 때문에 일부러 싸울 것인가, 안 한다. 도미타 씨에게 「풀잎」 번역[60)을 받다. 모두 10시경에 돌아가다. 오늘 밤에 모란이 모두 져 버

---

54) 『다이칸』의 창간 1주년을 기념하여 잡지를 주재하는 오쿠마가 잡지와 관계있는 문예가들을 동년 6월 14일에 와세다의 자택에 초대하여, 이와노 호메이(岩野泡鳴), 마사무네 하쿠쵸(正宗白鳥), 다니자키 준이치로(谷崎潤一郎) 등 30여명이 출석했다.

55) 도쿄고등공업학교(東京高等工業学校). 현재 도쿄공업대학(東京工業大学).

56) (1897~1959). 당시 도쿄고등공업학교 방적학과 조교수.

57) (1891~1949). 평론가, 정치가. 나쓰메 소세키의 목요회에서 아쿠타가와를 알게 되었다.

58) (1890~1948). 시인, 가인(歌人). 1915년경부터 아쿠타가와와 교류했다.

59) (1869~1949). 아쿠타가와의 친부 니이하라 도시조가 경영한 목장에서 일했고, 어린 아쿠타가와를 돌보기도 했다. 이후, 행상·성서회사 등에 근무. 무교회파 기독교를 믿고 우치무라 간죠(内村鑑三)에게 사사를 받았다. 일고(一高)시절에 아쿠타가와와 재회하여 그가 자살할 때까지 상담역할을 했으며 그 과정에서 기독교를 전했다. 그가 하이쿠 작가(俳人)로서 『춘성구집(春城句集)』을 출판했을 때 서문을 아쿠타가와에게 의뢰했다. 「톱니바퀴(歯車)」의 「어느 노인(或老人)」의 모델이며 「소묘삼제(素描三題)」의 「3 다케상(三 武さん)」의 주인공이다. 쓰네토 쿄(恒藤恭)의 「아쿠타가와 류노스케에 대한 것(芥川竜之介のことなど)」(『旧友芥川竜之介』朝日新聞社, 1949년)의 「31 무로가 노인(三十一 室賀老人のこと)」에 인용된 아쿠타가와의 아내의 서간에, 무로가가 '집에 오는 분들 중에 가장 선량한 사람'이라고 아쿠타가와가 말했다는 기술이 있다.

60) 휘트먼의 대표시집 『Leaves lf grass』(1855년)을 도미타 사이카가 번역한 것. 일본

리다. 하녀가 떨어진 꽃잎을 청소하려 하다. 그대로 두라고 하다.

### ❖ 6월 9일 흐린 후 비 ❖

오사카에서 원고 독촉 전보가 오다. 이미 보냈다고 답하다. 오후에 기무라 간 오다. 함께 다니자키의 집에 가다. 구메, 나카토가와, 곤 도코(今東光)[61] 세 명이 와 있다. 저녁에 빗속을 다니자키, 구메, 기무라와 네 명이서 가라스모리(烏森)의 고금정(古今亭)에 밥 먹으러 가다. 다니자키는 늘 그렇듯이 잘 먹는다. 구메는 식전에 먹는 약을 잊어버려서 팔짱을 낀 채 우리가 먹는 것을 보고 있었다. 밤에 다니자키 집까지 택시로 가서, 그리고는 인력거로 귀가하다. 다니자키의 말에 의하면, 향수를 많이 모아서 향기를 구별하려고 하니, 구별이 전혀 안 될 뿐만이 아니라 두통이 나타났다고 한다. 일본이나 중국 향기도 조사해 보면 재미있을 듯.

### ❖ 6월 10일 비 ❖

머리 상태가 대단히 좋다. 이바네스의 장편[62] 다 읽었다. 저녁에 핫타(八田) 선생[63]을 방문. 부재중. 십일회(十日会)[64]에 가다. 처음이다. 이

---

어는 「草の葉」.

61) (1898~1977). 소설가. 당시 다니자키 준이치로의 비상근 무급비서. 다니자키와는 1918년 가을에 고마고메(駒込)에 있었던 사토 하루오(佐藤春夫) 집에서 만났다.

62) Vicente Blasco Ibáñez(1867~1928). 스페인의 소설가. 장편이란 아쿠타가와가 1920년 1월 9일에 고지마 마사지로에게 쓴 편지 중의 「Blood & Sand」, 즉 「피와 모래(血と砂)」(1908년)인가?

63) 핫타 미키(八田三喜)(1873~1962). 당시, 아쿠타가와의 모교인 제3중학교(第三中学校; 현재 도립 료고쿠고등학교(都立両国高等学校)) 교장.

64) 1917~20년 봄까지 매월 10일에 서양 음식점 미카도에서 열렸는데, 이와노 호메

와노 호메이(岩野泡鳴)65) 씨와 일원묘사론(一元描写論)66)에 대해 토론하다. 그리고 무로 사이세이의 「사랑의 시집」 모임에 얼굴을 내밀다.67) 이미 모임이 끝난 후라서, 기타하라 하쿠슈(北原白秋)68) 씨 등과 평민식당(平民食堂) 백만석(百万石)69)에 가다. 하쿠슈, 취해서 오가사와라 섬(小笠原島) 노래를 부르다.70) 귀갓길에 여름 모자를 샀다. 요즘 밤길을 걸으면 새 잎 내음, 꽃 내음, 이끼 내음, 나무껍질 내음 등이 엄청 난다. 그러다가 목욕탕 냄새 같은 것이 나면, 갑자기 인간 냄새가 나는 것 같아서 불쾌해진다.

❖ 6월 14일 비 ❖

오후에 나루세(成瀬)71) 오다. 함께 저녁밥을 먹다. 롤랑72) 왈, 진정한

---

이를 중심으로 젊은 문학자와 여류작가, 작가지망생들이 참가했다. 아쿠타가와는 이 날 모임에서 히데 시게코(秀しげ子)를 처음 만났다.

65) (1873~1920). 시인, 소설가, 평론가, 극작가. 아쿠타가와는 「이와노 호메이 씨(岩野泡鳴氏)」에서 1919년경의 호메이와의 교류를 들어, '장엄한 느낌이 들만큼 사랑스러운 낙천주의자였다'고 했다.

66) 이와노 호메이가 주창한 것으로, 작중의 모든 대상은 주인공의 눈을 통해 묘사되어야 한다는 소설묘사론.

67) 혼고(本郷)의 프랑스 음식점 엔라쿠켄(燕楽軒)에서 열린 『제2 사랑의 시집(第二 愛の詩集)』 출판기념회.

68) (1885~1942). 시인, 가인. 아쿠타가와가 처음에 사용한 펜네임 '야나기가와 류노스케(柳川隆之介)'는 하쿠슈의 고향 야나기가와와 본명 류키치(隆吉)에서 유래했다는 지적(佐々木充「竜之介における白秋」「国語国文学研究」1972년 10월)이 있고, 아쿠타가와의 초기 단가(短歌)에 하쿠슈를 모방한 점이 있다는 것도 알려져 있다. 또한 아쿠타가와의 첫 번째 창작집인 『라쇼몽』은 하쿠슈가 만든 오란다서방(阿蘭陀書房)에서 간행되었다.

69) 당시 혼고 3초메(本郷三丁目)의 시전(市電)의 역과 도쿄대 아카몽(赤門) 사이의 우에노(上野) 방향 뒷골목에 위치한 식당. 평민식당이란 노동자나 학생들에게 저렴한 가격에 식사를 제공하는 간이식당을 말한다.

70) 기타하라 하쿠슈는 1914년에 폐결핵에 걸린 아내 도시코(俊子)의 요양을 위해 오가사와라 섬에 이주했었다.

예술이라는 것은 무한한 정적(靜寂)을 나타낸다. 푸생73)을 보라. 미켈란젤로는 그까지 이르지 못했다. 그리고 말했다, 나이를 먹을수록 점점 괴테의 위대함을 알겠다고. 다 맞는 말이다. 나루세 9시경에 집에 가다.

❖ 6월 15일 흐림 ❖

오전에 손님 네 명. 밤에 다키이 셋사이(滝井折柴)74)가 와서 또 하이쿠와 하이카이에 관해 토론하다. 가이코(海紅) 구집(句集)75)을 한 권 준다. 아내의 치통 아직 안 나았다. 치과의사를 크게 경멸했다. 아내의 이러한 태도는 월평가(月評家)의 태도와 닮았다.

❖ 6월 16일 흐린 후 비 ❖

밤에 나루세와 유라쿠좌(有楽座)76)에 「바냐 아저씨」77)를 보러 가다. 현관에서 이와부치(岩淵) 부인78)을 만났다. 바냐는 희곡국 소설군(戲曲

71) 나루세 세이이치(成瀬正一)(1892~1936). 소설가, 불문학자. 아쿠타가와와의 일고(一高)와 도쿄제국대학 시절 친구이자 제4차 『신사조』 동인.
72) 로맹·롤랑(Romain Rolland)(1866~1944). 프랑스의 작가, 비평가.
73) 니콜라·푸생(Nicolas Poussin)(1594~1665). 프랑스의 고전파 화가.
74) 다키이 고사쿠(滝井孝作)(1894~1984). 소설가, 하이쿠 작가(俳人). 셋사이는 하이쿠 지을 때의 호. 당시, 시사신보사(時事新報社) 문예부 기자.
75) 나카쓰카 잇페키로(中塚一碧楼)가 선정하여 1918년 2월에 해홍사(海紅社)에서 발행된 종합 구집. 마사오카 시키(正岡子規)의 문하생이었던 가와히가시 헤키고토(河東碧梧桐)를 비롯하여 나카쓰카 잇페키로, 다키이 셋사이 등의 하이쿠가 게재되었다.
76) 1908년에 현재 유라쿠초(有楽町) 마리온 자리에 세워졌던 일본 최초의 서양식 극장. 문예협회(文芸協会:坪内逍遥)·자유극장(自由劇場:小山内薫)·예술좌(芸術座:島村抱月)·근대극협회(近代劇協会:上山草人) 등 신극(新劇) 상영의 거점이었으나, 1923년 9월 1일에 일어난 관동대지진으로 불탄 이후 재건되지 않았다.
77) 유라쿠좌에서 6월 16일부터 3일간, 신극협회(新劇協会)의 「바냐 아저씨」와 나가타 히데오(長田秀雄)의 「역사(轢死)」가 함께 상연되었다. 「바냐 아저씨」는 일본 최초의 공연으로, 번역은 세누마 가요(瀬沼夏葉)(1875~1915)가 담당했다.

国小說郡)79)의 산물이다. 2막과 4막에 특히 감복했다. 단, 관객들이 의외로 냉정하다. 나와 함께 감동한 유일한 사람은 구보타 만타로(久保田万太郎)80) 씨뿐. 휴식 시간에 복도를 걷다가 묘하게도 희곡을 써 보고 싶어진다. 극이 끝나고 나서 나루세, 오카(岡)81) 씨 등과 쇠고기를 먹다.

### ❖ 6월 17일 흐림 ❖

오늘 토데 한 권만 졸업. 저녁에 감기 걸린 구메에게 문병 가다. 세키네 쇼지(関根正二)82) 씨 장례식에 가서 부재중. 잠시 후, 가문(家紋)이 새겨진 검정색 기모노 예복을 입고 남성미 넘치는 모습으로 돌아오다. 세키네는 죽을 때까지 그림을 그렸다고 한다. 종교화(宗教画) 같은 작품이 거의 완성되었다고 한다.83) 병은 감기였다고 한다. 스물하나 정도에 죽는다면 허무해서 못 죽을 것 같다. 세키네에게 네 몸은 강해 보인다고 말한 것을 떠올린다. 그 때 일주일 정도는 밤을 새워도 까딱없다고 대답했던 것 같다. 세키네가 죽고 내가 살아 있는 것은 너무나도 우연이라는 생각이 든다. 밤에 집에 가니, 내가 외출하고 없는 중에

---

78) 이와부치 유리코(岩淵百合子)(1885~1959). 가인(歌人).

79) 희곡 중의 소설. 희곡이지만 소설과 같은 부분이 있다.

80) (1889~1963). 소설가, 극작가, 하이쿠 작가. 당시 게이오기주쿠대학 작문 강사. 1915년 봄에 아쿠타가와의 친구 노구치 신조를 통해 알게 되었다.

81) 오카 에이이치로(岡栄一郎)(1890~1966). 극작가. 도쿄제국대학 졸업. 소세키 문하생인데, 아쿠타가와의 권유로 희곡을 집필, 신해석에 의한 사극과 연극평론 등으로 활약했다.

82) (1899~1919). 전날인 6월 16일에 스무 살로 요절한 서양화가. 1918년 9월, 제5차 이과전람회(第五回二科展覧会)에 「남매(姉弟)」, 「신앙의 슬픔(信仰の悲しみ)」, 「자화상(自画像)」을 출품, 신인상에 해당하는 조규상(樗牛賞)을 수상하여 천재의 출현을 예고했다. 아쿠타가와와는 1918년에 유라쿠자에서 상연한 이쿠타 조코(生田長江)의 「원광(円光)」의 배경을 담당한 것과 구메 마사오의 「지장경유래(地蔵経由来)」(1919년 5월, 유라쿠좌)에 출연한 것을 계기로 교류했을 듯하다.

83) 유작 「위로 받으며 고뇌하다(慰められつ、悩む)」.

쓰치다 젠쇼(土田杏村) 군이 피어스트로[84]의 음악회 표를 가져다주었다.

### ❖ 6월 18일 비 ❖

누나, 남동생, 아내, 「바냐」 보다. 수국을 많이 꺾어서 꽃병에 꽂다. 하시바(橋場)[85] 어딘가의 별장에 수국이 많이 피어 있던 것을 떠올리다. 마루젠(丸善)[86]에서 책이 오다. 콘래드[87] 2, 조이스[88] 2.

### ❖ 6월 20일 흐림 ❖

아침에 가토리(香取)[89] 선생님께 가다. 운페이(雲坪)[90] 이야기, 나라

---

84) Michel Piastro(1892–1970). 러시아, 이후 미국의 바이올리니스트, 지휘자, 성악가, 미로위트치와 함께 1918년에 이어 2번째 일본에 왔다. 6월 3일에 제국극장(帝劇)에서 초연한 이래, 청년회관(青年会館) 등에서 연주했다. 아쿠타가와는 6월 22일 오후 7시에 게이오기주쿠(慶応義塾)의 대강당에서 열린 고별 연주회(게이오기주쿠 올화이트단 주최)를 들었다. 쇼팽의 왈츠, 브람스의 헝가리무곡 제 5번 등이 연주되었는데, 많은 사람들에게 들려주기 위해 입장료는 전석 1엔이었다.

85) 아사쿠사구(浅草区) 하시바초(橋場町)인가?

86) 수입서적, 서양품 판매업. 1869년 요코하마에서 서점 마루야상사(丸屋商社)로 시작하여 1870년 니혼바시구(日本橋区)에 도쿄지점 개설, 1880년 이후에는 도쿄지점이 본점이 된다. 당시의 건물은 1910년에 지은 것으로써 1층은 양품·문구·국내간행서, 2층은 서양서적, 3층은 사무실, 4층은 창고였는데, 아쿠타가와에게 있어서 '마루젠 2층'의 상징적 의미는 「어느 바보의 일생(或阿保の一生)」에 나타나 있다.

87) Joseph Conrad(1857~1924). 영국 작가. 일본근대문학관 소장의 아쿠타가와 소장서에 「The shadow-line」(1917), 「Youth」(1917)의 2권이 있다.

88) James Joyce(1882~1941). 아일랜드 작가. 일본근대문학관 소장의 아쿠타가와 소장서에 「A portait of the artist as a young man」(1916)이 있다.

89) 가토리 호쓰마(香取秀真)(1874~1954). 저명한 주금공예사(鋳金工芸師), 가인(歌人). 다바타의 아쿠타가와 옆집에 살았다. 아쿠타가와의 「다바타인(田端人)」에 '가토리 선생은 통칭 '옆집 선생'이다. 선생이 주금가이면서 네기시파(根岸派)의 가인인 것은 일부러 말할 필요도 없다. 나는 선생과 옆집에 살기 때문에 형태의 아름다움을 배웠다.'라고 되어 있다.

90) 나가이 운페이(長井雲坪)(1833~1899). 일본화가. 1867년에 청에 건너갔다가 다음

(奈良)의 대불(大仏) 이야기, 사치오(左千夫)[91] 이야기. 돌아오니 이마무라 다카시 씨가 와서 「발타자르」[92]를 신소설[93]에 달라고 한다. 어쩔 수 없이 승낙하다. 또 오사카에서 전보로 원고 독촉.

### ❖ 6월 21일 맑음 ❖

밤에 셋사이 오다. 바빠서 현관에서 돌려보내다. 셋사이, 우리의 구경(句境)[94]을 주다. 여러 가지 받기만 해서 죄송하다.

### ❖ 6월 22일 비 ❖

오후에 「빨간 새」[95]의 음악회[96]에 가다. 사와키 고즈에(沢木梢),[97]

해에 귀국, 만년에는 선광사(善光寺) 부근에 살았다. 청빈을 목표로 하고 난을 주로 그렸다. 아쿠타가와는 1910년 8월 30일에 사사키 모사쿠(佐々木茂索)에게 '요즘 평판이 높은 운페이의 그림 두 폭이 지금 제게 있습니다. 혼자 보기 아까우니 밤에라도 보러 오겠습니까?'라고 서간을 보냈다.

91) 이토 사치오(伊藤左千夫)(1864~1913). 가인. 소설가. 아쿠타가와는 1920년 12월 14일에 사사키 모사쿠에게 쓴 서간에서 '이토 사치오는 그 나이에 첩을 가지고 있으니, 그의 노래가 농염한 것이군.'이라고 했다.

92) 아쿠타가와의 번역. 1914년 2월의 제3차 『신사조』 창간호에 「발타자르(아나톨・프랑스)」라는 제목으로 게재했고, 작가명은 '야나기가와 류노스케(柳川隆之介)'였다.

93) 춘양당(春陽堂) 간행의 문예잡지. 아쿠타가와는 제2차(1896년 7월~1926년 11월)에 「마죽(芋粥)」, 「담뱃대(煙管)」, 「메마른 들판(枯野抄)」, 「기리스토호로상인전(きりすとほろ上人伝)」 등을 발표했다. 「발타자르」는 「발타자르의 서(「バルタサアル」の序)」 (발표시에는 무제)를 추가하여 1919년 7월호에 재게재.

94) 『我等の句境』(海紅社, 1919년 6월). 좌담회 형식으로 하이쿠를 평한 것.

95) 아동문학 잡지인 「빨간 새(赤い鳥)」는 스즈키 미에키치(鈴木三重吉)의 주재로 1918년 7월~36년 10월까지 전 196권이 발행되었다. 아쿠타가와는 창간호에 「거미줄(蜘蛛の糸)」을 게재한 이래로 「개와 피리(犬と笛)」, 「마술(魔術)」, 「두자춘(杜子春)」, 「아그니 신(アグニの神)」을 발표했다.

96) 『빨간 새』 창간 1주년 기념으로, 출정 일본군대를 위문하고 미국 유학중이었던 야마다 고사쿠(山田耕作)의 일시 귀국을 환영하여 열린 음악회. 1919년 6월 22일

이쿠미 기요하루(井汲淸治)[98] 등을 만나다. 오케스트라는 연습이 모자란다. 대단히 위험하다. 미에기치(三重吉)[99] 씨, 「빨간 새」의 날개를 가슴에 꼽고 신이 났다. 우리에게 홍차와 과자를 대접해 주었으니 그 정도는 우쭐대도 괜찮다. 후게쓰(風月)에서 저녁밥, 게이오(慶応)에 가서 피어스트로와 미로위트치[100] 씨의 연주를 듣다. 휴식 시간에 난부와 밖에 나가서 담배를 피우다. 아베 요시시게(安倍能成)[101] 씨를 만나다. 요시시게 씨, 미로위트치가 관중에 전혀 관심이 없는 점이 훌륭하다고 말하면서 칭찬하다.

### ❖ 6월 23일 맑은 후 흐림 ❖

아버지가 돌아가신지 백일[102]이다. 그러나 절에는 안 간다. 시바(芝)집[103]에서 저녁밥. 집에 가면서 류센도(竜泉堂)에서 시전지(詩箋)[104]를 사다.

---

오후 1시부터 제국극장에서 개최되었는데, 순서로는 야마다 고사쿠(山田耕筰) 지휘에 의한 소년합창, 도야마 구니히코(外山国彦)의 독창, 사토 겐조(佐藤謙三)의 바이올린 독주 등이 있었다.

97) (1886~1930). 미술사가. 당시 게이오기주쿠대학 교수, 『미타문학』의 편집주간 1918년에 해군기관학교 교수 촉탁이었던 아쿠타가와를 게이오대학에 초빙하려 했다.

98) (1892~1983). 평론가, 불문학자. 게이오기주쿠대학 불문과 재학 중에 나가이 가후(永井荷風)의 『화요회(火曜会)』에 참가, 졸업 후는 『미타문학』을 거점으로 문예비평 활동을 했다. 이후, 동지(同誌) 편집발행자. 프랑스 유학 후, 게이오기주쿠대학 불문과 교수.

99) 스즈키 미에키치(鈴木三重吉)(1882~1936). 소설가, 동화작가, 『빨간 새』의 창간 편집자. 나쓰메 소세키의 문하생으로 아쿠타가와의 선배. 아쿠타가와는 편집고문이었던 미에키치의 알선으로 「마죽(芋粥)」을 1916년 9월의 『신소설』에 게재했다.

100) Alfred Mirovitch(1994~1959). 러시아, 이후 미국 피아니스트.

101) (1883~1966). 철학자. 다이쇼 교양주의의 제1인자. 당시, 게이오기주쿠대학 강사.

102) 아쿠타가와의 친부 니이하라 도시조는 1919년 3월 16일에 스페인감기로 도쿄병원에서 사망했다.

103) 시바구 신센자초 16번지(芝区新銭座町16番地)(현재 港区浜松町一丁目)에 있었던 아쿠타가와의 친가 니이하라가(新原家).

104) 한시를 쓸 때 사용하는 종이.

❖ 6월 24일 맑음 ❖

오후에 기쿠치를 데리고 구메 집에 가다. 구메의 전 하숙집 할머니들, 한 명은 미쳐서 이미 고향에 가고, 또 한 명은 그를 보살피기 위해 지금 고향에 간다고 한다. 다만 도쿄를 떠나기 싫다고 하면서 운단다. 정말 안됐다. 함께 하치노키에 가다. 아사쿠라야(浅倉屋)[105] 에서 방추애(方秋崖)[106] 시집을 사다. 부재중에 나카하라 도라오 군이 와서 앵두 한 상자를 주다.

---

105) 아사쿠사에 있었던 고서점. 도쿄에서 가장 오래되고 장서도 가장 많았으며, 주로 역사고증학 관계의 일본서적을 판매했다. 아쿠타가와는 「1923년 9월 1일의 대지진 때에(大正12年 9月 1日の大震に際して)」의 「7 고서 소실을 아쉬워하다(七 古書の焼失を惜しむ)」에서 화재로 소실된 고서점에 대해 기록했다.

106) 방악(方岳)(1199~1262). 중국 남송의 문인정치가. 추애(秋崖)는 호. 일본근대문학관 소장의 아쿠타가와 소장서에 『秋崖詩鈔』2권(方岳選, 吳之振選, 大窪詩仏, 佐羽芳同校, 文化2(1805)年刻成)이 있다.

# [아귀굴일록]별호([我鬼窟日録]別稿)[*]

홍명희

**1919(大正8)년**

❖ 5월 25일 맑음 ❖

아침에 1회[1])를 완성하다. 이마무라 다카시(今村隆), 기쿠치(菊池)의 책 장정 견본을 가지고 오다. 별로다. 장정 따위 맡지 않았으면 좋았을 것을. 오후가 되자 쓰카모토 야시마(塚本八洲) 오다. 열일곱 살에 일고(一高) 시험을 치기 때문에 합격하면 스물세 살에 학사가 된다.

---

* 아쿠타가와가 발표를 의식하지 않고 기록한 일기로써, 전집에만 게재된 미발표 작품이다. 작품 제목은, 이와나미서점(岩波書店)의 아쿠타가와 전집 등에는 「아귀굴일록(餓鬼窟日録)」으로 되어 있으나, 본 전집에서는 번역작업 기준인 치쿠마서방(筑摩書房)의 아쿠타가와 전집과 동일하게 「아귀굴일록[별호]」로 한다.

1) 「노상(路上)」의 제 1회 원고. 6월 30일부터 8월 8일까지 오사카마이니치신문(大阪每日新聞)에 연재했다(7월에 4회 휴간). 아쿠타가와의 현대장편소설이라는 새로운 시도였으나 미완성. 여기에는 집필의 어려움이 잘 나타나 있다.

### ❖ 5월 26일 흐리다가 맑다가 ❖

요즘 신록은 보고 있기 무서울 정도의 기세다. 수수발(手水鉢) 위의 모밀잣밤나무, 올해는 엄청나게 꽃을 피운다. 오늘 아침에 손을 씻으면서 그 짙은 향기에 놀랐다. 소설, 전혀 진척되지 않는다.

신문에서 기쿠치의 「잡감삼측(雜感三則)」을 읽다. 동감.

오후에 다니자키 준이치로(谷崎潤一郞) 오다. 빨간 넥타이를 했다. 함께 나가서 도미사카(富坂)의 기쿠치 집을 방문하다. 부재중. 혼고 산초메(本鄕三丁目)에 갔다가 스다초(須田町)까지 가서 미카도에서 저녁을 먹다. 그리고 간다(神田)의 헌 책방들을 둘러보고 12시경에 돌아오다. 다니자키가, 유신 시대의 소설2)을 쓴다면 나카라이 도스이(半井桃水)3)의 뭔가 하는 통속소설을 읽으라고 했다. 난부(南部), 이와이 교코(岩井京子), 노구치 신조(野口真造)에게 편지를 받다.

### ❖ 5월 27일 흐림, 비 올 듯했는데 안 옴 ❖

오후에 고바야시 세이코(小林勢以子)4) 오다. 대단히 멋진 세루를 입었다. 나가우타(長唄)5)를 복습하고 밤이 되어서야 귀가하다.

---

2) 「개화의 살인(開化の殺人)」(1918년 7월)과 「개화의 양인(開化の良人)」(1919년 2월)에 대한 다니자키의 충고라고 생각된다. 개화물은 「오토미의 정조(お富の貞操)」(1923년 9월)가 4년 후에 발표된다.

3) (1861~1926). 소설가. 1888년에 도쿄아사히신문사 입사. 히구치 이치요(樋口一葉)와는 사제지간인데, 두 사람이 연애관계였다는 소문은 유명하다. 히구치 이치요의 「니고리에(にごりえ)」(1895년)의 유키 도모노스케(結城朝之助)의 모델.

4) (1902~1996). 다니자키 준이치로의 전처 지요코(千代子)의 여동생. 후에 영화배우가 되어 예명을 '하야마 미치코(葉山三千子)'라 했다. 다니자키의 『치인의 사랑(痴人の愛)』의 주인공 나오미의 모델.

5) 샤미센(三味線)에 맞추어 부르는 일본 전통 노래의 일종.

밤에 계속해서 소설을 쓰다.

❖ 5월 28일 맑음 ❖

오후에 난부 슈타로(南部修太郎) 오다. 다쓰코(辰子)의 사진을 보여주
니 빌려달라고 해서 가지고 갔다. 저녁에 함께 하치노키(鉢の木)에서
밥을 먹다. 그리고 기쿠치 집에 가니, 나중에 고지마 마사지로(小島政二
郎)가 왔다. 기쿠치, 면도를 잘못해서 붕대를 머리에서 턱까지 말고 있
는 게 크리스마스 캐럴에 나오는 유령 같다.

❖ 29일 맑음 ❖

오후에 회사6)에 가서 마쓰우치(松內) 씨와 문예란에 대해 이야기를
나누다. 하타(畑)를 찾아갔지만 없었다. 그리고 존스를 찾아갔지만 부
재중. 신바시(新橋) 2층의 동양헌(東洋軒)에서 밥을 먹다. 2층 창에서 보
니, 역전의 꿀밤가게가 눈 아래로 보이고 붉은 제등(提灯)과 밤을 섞는
남자가 대단히 운치 있었다. 헌책방을 끈기 있게 찾다. 하이쿠(俳句)와
하이카이(俳諧)에 관한 책 대여섯 권을 사다. 월평(月評)을 쓰기 시작하다.

❖ 30일 맑음 ❖

오후에 하타 고이치(畑耕一) 오다. 구보 마사오(久保正夫)7)가 친구들을

---

6) 아쿠타가와가 소속된 오사카마이니치신문사 산하의 도쿄니치니치신문사(東京日
   日新聞社)(1911년에 매수됨).
7) (1894~1929). 번역가, 평론가. 아쿠타가와의 일고(一高) 후배로, 철학 전공 이후
   제3고등학교 강사.

모아 인페르노8)를 이탈리아어로 강의한 것을 이야기하다. 기쿠치가
와서 세 명이서 문예란 확장에 대해 조금 이야기하다. 저녁에 다니자
키 준이치로가 고바야시 세이코를 데리고 오다. 함께 저녁밥을 먹다.
다니자키가 기타하라 하쿠슈(北原白秋)를 빼고 시인은 모두 반거들충
이9)라고 했다. 9시 지나서 모두 돌아가다. 후에 하이카이 에도조(俳諧
江戸調)10)를 읽다. 저속하고 구(句) 같지 않은 것들이 많이 나왔다. 고양
이를 받다.

❖ 5월 31일 맑은 후 흐림, 바람 있음 ❖

　손님을 사절하고 소설을 쓰다. 제 1회부터 다시 쓰기로 하다.
　점심 이후에 오랜만에 시를 짓다. 오언절구(五言絶句)를 세 수, 칠언
율시(七言律詩)를 한 수 지었다.11)
　저녁에 만세바시역(万世橋駅)12)의 미카도에서 열린 휘트먼 백년제에
가다. 아리시마 다케오(有島武郎) 씨, 요사노 아키코(与謝野晶子) 씨, 뎃칸
(鉄幹) 씨 등을 만나다. 테이블 스피치도 했다. 귀가는 무로 사이세이(室
生犀星) 씨, 다다 후지(多田不二) 씨와 함께 하다. 뇌우(雷雨)가 심했다.

---

　8) 단테의 「신곡」 중 「지옥편」.
　9) 일본어로는 '스도후(酢豆腐)'. 라쿠고(落語) 중에, 아는 척 하는 사람이 상한 두부를
　　먹고 식초 맛 두부, 즉 스도후라는 음식이라고 억지를 썼다는 스토리의 「스도
　　후」에서 유래한 표현으로, 잘 모르면서 아는 척 하는 것 또는 그런 사람을 뜻한다.
　10) 1911년 하이쿠 작가(俳人) 구마가이 무로(熊谷無漏)가 편집하여 나카지마진문관(中
　　島辰文館)에서 간행한 근세하이쿠사(近世俳句史).
　11) '오언절구'와 '칠언율시'는 한시의 형식. 이 때 아쿠타가와가 지은 시는 현존하지
　　않는다.
　12) 중앙본선(中央本線)의 간다역(神田駅)과 오차노미즈역(御茶ノ水駅) 사이에 있었으나
　　1943년에 폐지되었다.

### ❖ 6월 1일 맑음 ❖

아침에 무로 사이세이가 사랑의 시집(愛の詩集) 제 2권을 가지고 오다. 나가사키에서 산 네덜란드 도자기 다완을 보고, 괜찮아요, 진품입니다, 라고 말한다.

오후에 다이히코(大彦)의 젊은 주인13) 오다. 해질녘에 함께 야나기바시(柳橋)에 가서 하나쵸(花長)14)의 덴푸라를 먹고 요정(待合)에 가서 게이샤(芸者)를 보다. 귀한 댁 아가씨 같은 천진난만한 게이샤를 만나서 심히 존경스러운 마음이 들었다.

구마모토(熊本)의 고등학교에 있는 니시무라 구마오(西村熊雄)라는 사람, 「원숭이」를 영어로 번역해서 발표하고 싶은데 괜찮은가, 한다. 좋다고 답하다.

### ❖ 6월 2일 맑음 ❖

오후에 남동생과 아사쿠사(浅草)에 가서 전기관(電気館)15)의 「저주의 집」16)을 보다. 활동사진만큼 보고 나서 머리에 안 남는 것은 없다. 사

---

13) 노구치 신조(野口真造)의 형 노구치 고조(野口功造). 당시는 '다이히코'의 부친이 생존했기에 '도련님'이라는 뜻의 '와카단나(若旦那)'로 불렸다.

14) 야나기바시(柳橋)에 있는 유명한 덴푸라 가게. 찰리 채플린이 이 가게의 새우튀김을 매우 좋아하였다고 한다. 현재도 오타구(大田区)의 도리이역(鳥居駅) 근처에서 영업중.

15) 아사쿠사에 있었던 일본 최초의 영화 전문 극장. 1903년에 아사쿠사공원 롯쿠(六区)에 설치된 수입 무성영화의 상설 활동 전문관. 이후, 아사쿠사 전기관으로 개칭하여 국산 영화의 전문관이 되었다.

16) 원제는 "House of Hate"이고, 정확한 일본어 제목은 「집의 저주(家の呪)」. 조지·B·세이츠(George Brackett Seitz) 감독, 펄 화이트(Pearl White) 주연의 미국영화로 1918년에 일본에서 개봉했다. 전 20편의 서스펜스 미스테리물인데, 아쿠타가와가 본 것은 제 19편 "Chapter 19: The Hooded Terror Unmasked"인 듯하다.

건이 연속적으로 발생하는 속도가 인간의 기억력을 어딘가에서 초월한 게 아닌가, 하고 생각한다.

오후에 나카네(中根) 씨, 라쇼몽(羅生門)의 표지와 첫 페이지 등을 가지고 와서 보여주다. 사토미 돈(里見弴)이 건축한 광 이야기를 듣고 조금 부러워졌다.

후나키 시게노부(舟木重信),17) 「슬픈 밤(悲しき夜)」18)을 써서 아쿠타가와 류노스케, 나가요 요시로(長与善郎) 등을 퇴치하다.

❖ 6월 3일 맑음 ❖

공부하여 월평(月評)19)을 쓰다. 오사카마이니치(大阪毎日)로부터 원고를 빨리 송부하라는 전보 오다. 대단히 황송하다.

나가사키의 무토 조조(武藤長蔵),20) 많은 책을 보내서 사람을 괴롭게 한다.

❖ 6월 4일 흐린 후 비 ❖

고등공업학교 문예부에서 강연을 부탁 받다. 정중히 거절하다.

나카네 씨, 라쇼몽의 인세를 가지고 오다. 후쿠시마(福島) 대장이 하녀에게 함부로 손을 댄 이야기를 하고 갔다.

오후에 빗소리를 들으면서 낮잠을 자다.

---

17) (1893~1975). 소설가, 독일문학자. 도쿄제국대학 졸업. 1920년에 와세다대학 교수.
18) 동년 「신소설」 6월호에 게재된 소설.
19) 오사카마이니치신문의 「6월의 문단」.
20) (1881~1942). 역사학자, 역사가. 당시, 나가사키 고등상업학교(현재・나가사키대학 경제학부)의 명예교수.

오사카마이니치에 전보를 쳐서 소설을 연기해 달라고 했다.

호소다 고헤이(細田枯萍)에게 보내는 구(句)
아까워하라 남경 술(南京酒)에 달아나는 봄21)

❖ 6월 5일 비 온 후 흐림 ❖

오후에 기쿠치와 함께 나카토가와 기치지(中戶川吉二)를 찾아가다. 하치노키에서 밥을 먹고 나서 고야나기(小柳)에 하쿠잔(伯山)을 들으러 가다. 하쿠잔의 예술, 너무 화려해서 고담스러운 정취가 없는 듯.

기쿠치, 도요대학(東洋大学)에서 연설한다고 한다.

❖ 6월 6일 맑음 ❖

오전에 고바야시 세이코 오다.

오늘로 월평(月評) 끝내다.

저녁에 구메(久米) 집에 가다. 유가와라(湯河原)에서 돌아왔다기에. 야마모토 유조(山本有三)와 만나다. 야마모토, 국민문예협회(国民文芸協会)22)의 연극 욕을 엄청 했다.

구메와 함께 기쿠치, 고지마, 오카(岡)를 방문하다. 모두 외출 중. 오늘 화씨 84도. 아귀 선생 손들었다.

---

21) 원문은 '惜め君南京酒に尽くる春'.

22) 쓰보우치 쇼요(坪內逍遙)와 시마무라 호게쓰(島村抱月)의 「문예협회(文芸協会)」의 흐름을 이은 도기 뎃테키(東儀鉄笛) 등에 의해 1919년 6월에 조직된 신극(新劇) 단체인 신문예협회(新文芸協会).

## ❖ 6월 7일 흐림 ❖

역시 덥다. 오전에 다키타 조인(滝田樗陰) 선생, 큰 서화장을 두 권 메고 와서 글귀(句)와 노래를 쓰게 한다.

오후에 기무라 간(木村幹)이 와서 함께 히라쓰카 라이초(平塚雷鳥)를 방문하다. 간 김에 바냐 아저씨의 무대 연습을 보다.

오늘은 아침부터 밤까지 계속 화를 냈다. 나 스스로도 부끄럽다. 다이칸 (大觀), 오쿠마(大隈) 후작의 이름으로 다화회(茶話会)에 초대하다. 거절하다.

## ❖ 6월 8일 흐림 ❖

오전에 고등공업학교의 나카하라(中原) 씨 오다. 하이쿠와 하이카이에 관한 이야기를 조금 하다. 이야기 끝에, 늘 그렇듯이 강연 부탁을 받아 결국 승낙하다.

오후에 아카기 고헤이(赤木桁平), 고지마 마사지로, 도미타 사이카(富田碎花), 무로가 후미타케(室賀文武) 오다. 고헤이 선생, 쇼토쿠 태자(聖德太子)를 논하고 히라코 다쿠레이(平子鐸嶺)[23]를 논하고, 시라이 스미요 (白井壽美代)를 논하며 신이 났다. 선생, 늘 예리한 언변과 기세로 나와 싸우려 한다. 무엇 때문에 일부러 싸울 것인가, 안 한다.

도미타 사이카에게 풀잎 번역을 받다.

---

23) (1877~1911). 미술사가. 도쿄미술학교(현재 도쿄예술대학) 졸업. 일본 고미술의 연구·보존, 호류지(法隆寺)의 재건, 중국 고고학 연구 등에 힘썼다.

## ✤ 6월 9일 흐린 후 비 ✤

오후에 기무라 간 오다. 함께 다니자키를 방문하다. 구메, 나카토가와, 곤(今) 등이 와 있었다. 저녁에 빗속을 구메, 기무라, 다니자키와 네 명이서 가라스모리(烏森)의 고금정(古今亭)에 밥 먹으러 가다. 다니자키, 늘 그렇듯이 잘 먹는다. 밤에 택시로 다니자키 집에 가서, 그리고는 인력거로 귀가. 다니자키의 말에 의하면, 향수를 많이 모아서 향기를 구별하려고 하니, 구별이 전혀 안 될 뿐만이 아니라 두통이 나타났다고 한다.

## ✤ 6월 10일 비 ✤

기슈(紀州)의 아즈마 슌조(東俊三), 서생으로 있게 해 달라고 말한다. 데리고 있고 싶어도 둘 곳이 없다. 거절장을 쓰다.

저녁에 핫타(八田) 선생을 방문. 부재중.

그리고 십일회(十日會)에 가다. 모임에 온 사람은 이와노 호메이(岩野泡鳴), 오노 류토쿠(大野隆德),[24] 오카 라쿠요(岡落葉),[25] 아리타 시게루(在田稠), 오스가 오쓰지(大須賀乙字),[26] 기쿠치 간(菊池寬), 에구치 간(江口渙), 다키이 셋사이(滝井折柴) 등. 그 외에 이와노 부인 등 여성 네다섯 명이 있다. 조금 늦게 아리시마 이쿠마(有島生馬), 미시마 쇼도(三島章道)[27]를 데리고 오다.

---

24) (1886~1945). 서양화가. 1919년 제1회 제전(帝展) 특선. 1922년에 유럽에 유학, 1931년에 오노 양화 연구소를 설립했다.

25) (1879~1962). 화가. 춘양당(春陽堂) 사원.

26) (1881~1920). 하이쿠 작가. 도쿄제국대학 국문과 졸업.

27) 미시마 미치하루(三島通陽 1897~1965). 소설가, 극작가, 연극평론가. 과거 자작(子爵)으로 귀족원 의원, 참의원 의원, 문부정무차관(文部政務次官). 미시마 쇼도는 펜네임.

그리고 무로 사이세이의 「사랑의 시집」 모임에 가다. 가보니 모임이 이미 끝난 후라서, 기타하라 하쿠슈(北原白秋), 고마쓰 교쿠간(小松玉巖),[28] 곤도 요시지(近藤義二), 가와지 류코(川路柳虹), 가노 사쿠지로(加能作次郎), 무로 사이세이 등과 평민식당에 가다. 식당 이름은 백만석(百万石)이라 한다. 아마도 마에다(前田) 씨 집 근처라서 이러한 이름을 붙였겠지.[29] 하쿠슈, 취해서 오가사와라 섬(小笠原島) 노래를 부르다. 대단히 이상한 노래다. 귀갓길에 여름 모자를 사다.

✤ 6월 11일 비 ✤

오전에 다카쿠와 기세이(高桑義生),[30] 신소설(新小說) 일로 오다.
오후에 기쿠치를 방문하다. 없다. 존스를 찾아가 동양헌에서 식사.

✤ 12일 비 ✤

밤에 제3중학교(第三中學校)[31]에 가다. 도서관 설립 기부금 모금 회의에 참가하기 위해서. 돌아오는 길에 구스미(久住)[32] 군, 야마구치(山口)[33]

---

28) 고마쓰 고스케(小松耕輔)(1884~1966). 작곡가, 음악평론가. 야마다 고사쿠(山田耕筰)와 거의 동시대에 활약했다.

29) '백만석'은 혼고 3초메(本鄕三丁目)의 전철역과 도쿄대 아카몬(赤門) 사이의 우에노(上野) 방면 뒤쪽에 있었던 식당. '마에다가(前田家)'는 오다 노부나가(織田信長)·도요토미 히데요시(豊臣秀吉) 시대의 가가(加賀)의 다이묘(大名)로, '가가 백만석(加賀百万石)'이라는 넓은 영토와 재산을 가진 대영주를 가리킨다. 참근교대(參勤交代)로 에도에 갔을 때 머무는 대저택이 이곳 혼고에 있었다. 참고로 이 저택의 문이 현재 도쿄대의 아카몬.

30) (1894~1981). 작가. 「신소설」 기자.

31) 현재의 도립 료고쿠고등학교(都立両国高等学校). 아쿠타가와의 모교.

32) 히사즈미 세이지로(久住淸次郎). 아쿠타가와의 제3중학교(第三中學校)의 동급생으로 도쿄제국대학 경제학부 졸업.

33) 야마구치 데이료(山口貞亮). 이름은 불명확한데, 데이료 이외에 사다스케, 사다아

군과 미카도에서 커피를 마시다. 이마무라 다카시 오다.

### ⬦ 13일 비 ⬦

오전에 남동생, 오후에 쓰치다 젠쇼(土田善亭) 오다. 남동생, 앞으로 영어를 공부한다고 한다.

저녁에 남동생과 하치노키에 밥을 먹으러 가다. 그리고 둘이서 구메 집에 갔더니 소설이 안 된다고 풀이 죽어 있다.

### ⬦ 14일 비 ⬦

오후에 나루세 오다. 함께 저녁밥을 먹는다. 뉴욕에서 창부집에 갔더니 이미 경찰 손이 뻗친 후라서 순사가 Get away, you dirty dog! 이라고 호통 친 이야기 등을 하고 갔다. 신소설의 기고를 그만두기로 하다.

### ⬦ 15일 흐림 ⬦

오후에 손님 오다. 이나바 미노루(稲葉実), 나카무라 마사오(中村真雄), 고바야시 세이코, 곤 도코(今東光).

밤이 되어 다키이 셋사이가 와서 또 하이쿠와 하이카이에 관해 토론하다. 가이코(海紅) 구집(句集)을 한 권 줬다.

아내의 치통 아직 안 나았다. 치과의사를 크게 경멸했다.

─────────────

키, 사다요시 등으로 읽을 수 있다. 아쿠타가와의 부립(府立) 제3중학교(第三中学校)의 1년 후배로 중앙대학 졸업.

### ❖ 16일 흐린 후 비 ❖

밤에 나루세와 유라쿠좌(有樂座)에 「바냐 아저씨」를 보러 가다. 현관
에서 오카 에이이치로(岡榮一郎)와 이와부치(岩淵) 부인을 만났다. 「바냐」
는 체호프가 희곡이라는 오디세이의 활을 소설의 경지까지 끌어올린
좋은 예이다. 곳곳에 독백을 섞을 수밖에 없었던 것은 결국 다른 방도
가 없었기 때문이었다. 2막과 4막에 특히 감복했다. 희곡을 좀 써 보
고 싶어진다. 복도에서 만타로(万太郎), 조코(長江),34) 히데오(秀雄),35) 호
메이, 조인 등의 선생들을 만나다.

### ❖ 17일 흐림 ❖

저녁에 구메 마사오에게 문병 가다. 세키네 쇼지(關根正二)의 장례식
에 가서 아직 돌아오지 않았다. 잠시 후, 가문(家紋)이 새겨진 검정색
기모노 예복을 입고 남성미 넘치는 모습으로 돌아오다. 세키네는 죽
을 때까지 그림을 그렸다고 한다. 종교화(宗敎畵) 같은 작품이 거의 완
성되었다고 한다. 세키네는 만 스물하나. 지금 죽어서는 나보다도 못
죽을 것 같다. 살아 있을 때, 조금이라도 공부하는 것이 중요하다. 밤
에 집에 가니, 외출 중에 쓰치다 젠쇼 군, 피어스트로의 음악회 표를
가져다주었다.

---

34) 이쿠타 조코(生田長江)(1882~1936). 평론가, 번역가, 극작가, 소설가.
35) 나가타 히데오(長田秀雄)(1885~1949). 시인, 극작가.

❖ 18일 비 ❖

무사(無事). 또 시를 짓다. 오언율시(五言律詩) 두 수. 아내, 남동생, 누나36) 「바냐」 보다.

❖ 19일 흐림 ❖

아침에 가토리 호쓰마(香取秀真) 집에 화병을 부탁하러 가다. 운페이(雲坪) 이야기, 나라(奈良)의 대불(大仏) 이야기, 사치오(左千夫) 이야기. 돌아오니 이마무라 다카시가 와서 구고(旧稿) 「발타자르」를 신소설에 달라고 한다. 어쩔 수 없이 승낙하다. 오사카마이니치에서 원고 독촉 있었다.

❖ 20일 흐림 ❖

수국 이미 피다. 중앙공론(中央公論)의 소설 「의혹(疑惑)」37) 기고.

❖ 21일 맑음 ❖

밤에 다키이 셋사이 오다. 바빠서 현관에서 돌려보내다. 「우리의 구경(句境)」을 주다. 여러 가지 받기만 해서 죄송하다.

---

36) 니시카와 히사(西川ヒサ). 아쿠타가와의 친누나. 구즈마키 요시사다(葛巻義定)와 이혼 후, 1916년에 변호사 니시카와 유타카(西川豊)와 재혼했다.
37) 1919년 7월 『중앙공론(中央公論)』에 게재되었다.

### ❖ 22일 비 ❖

빨간 새의 음악회에 가다. 이쿠미 기요하루(井汲清治) 선생, 사와키 고즈에(沢木梢) 선생을 처음 만나다. 오케스트라 단원들, 연습이 모자라서 매우 위험하다. 난부, 에구치 부부, 고지마 마사지로의 누님과 도쿄 런치38)에 가다. 그 후에 난부와 후게쓰(風月)에서 식사. 게이오(慶応)에 가서, 피어스트로와 미로위트치를 듣다. 아베 요시시게(安倍能成) 씨, 미로위트치가 관중에 무관심한 점이 훌륭하다고 말하면서 칭찬하다.

### ❖ 23일 맑은 후 구름, 비 조금 ❖

아버지가 돌아가신지 백일이다. 그러나 절에는 안 간다. 저녁 때 시바(芝)에 가다. 집에 가면서 류센도(竜泉堂)에서 시전지(詩箋)를 사다.

### ❖ 24일 맑음 ❖

오후에 기쿠치와 구메 집에 가다. 구메의 전 하숙집 할머니 두 명 중 한 명은 미쳐서 고향에 가고, 또 한 명도 미친 할머니와 같이 있으려고 고향에 간다고 한다. 다만 돌아가기 싫다고 하면서 운단다. 정말 안됐다. 함께 하치노키에 가다. 아사쿠라야(浅倉屋)에서 방추애(方秋崖) 시집을 사다. 도쿄공업고등학교의 나카하라 군에게 앵두 한 상자를 받다.

---

38) 원문은 '東京ランチ'. 불명.

❖ 25일 맑음 ❖

저녁에 아카기(赤城)의 야마모토(山本)[39])에게 가다. 다음 달 중순에
중국에 간다고 했다. 연말까지 거기에 있을 거라니 큰일이다.

❖ 26일 비 ❖

밤에 기쿠치 집에 가다. 구메, 사지(佐治)[40]) 오다. 후에 하치노키에
가서 사지의 Poe론을 듣다. 대단히 황당무계하다.

---

❖ 7월 16일 맑음 ❖

밤에 가시마 다쓰조(鹿島竜蔵)[41]) 씨 댁에서 음식을 대접받다. 가토리
호쓰마, 야마모토 가나에(山本鼎),[42]) 기쿠치 간, 나 이렇게 네 명이다.
하리시게(針重) 씨도 오기로 했는데, 과음으로 설사를 해서 못 왔다. 고
스기 미세이(小杉未醒)[43]) 군, 또 오슈(奥州)에 가서 결석했다. 11시 반까

---

39) 야마모토 기요시(山本喜与司)(1892~1963). 아쿠타가와의 제3중학교 동급생이면서
아내 후미코의 외삼촌. 아쿠타가와가 많은 편지를 써서 그의 감정을 솔직하게
표현했고, 한때 동성애적인 감정까지 있었다고 한다. 도쿄제국대학 농과 졸업
후, 미쓰비시(三菱) 합자회사에 입사하여 북경에 체재, 아쿠타가와가 중국에 여행
갔을 때 그 집을 방문했다. 이후 브라질 상파울로에서 목장 경영, 일본계 사회의
리더로서 활약했다.
40) 사지 유키치(佐治祐吉)(1894~1970). 소설가. 제 5차『신사조』동인.
41) (1880~1954). 아쿠타가와는 수필「다바타인(田端人)」(『中央公論』, 1925년3월)에서
그에 대해 썼다.
42) (1882~1946). 판화가, 서양화가. 기타하라 하쿠슈의 여동생과 결혼. 미술의 대중
화와 민중예술운동에 힘썼다.
43) 고스기 호안(小杉放庵)(1881~1964). 서양화가.

지 이야기하다가 돌아왔다.

### ❖ 7월 17일 맑음 ❖

현저히 더워졌다. 아내, 신토미자(新富座)[44]에 가다. 이모[45] 누나 동
행하다.

### ❖ 7월 18일 반은 맑고 반은 흐림 ❖

태양(太陽)[46]의 스즈키 도쿠타로(鈴木德太郎), 뭐라도 쓰라고 편지를
보냈다. 쓰라고 해도 쓸 수 없으니 어쩔 수 없다. 더 쓰면 일 년이 지
나기도 전에 머리가 텅 빌 거다.

---

### ❖ 9월 9일 맑음, 바람 강함 ❖

벌써 가을 내음이 난다.

아침에 대등각(大鐙閣)의 유라(由良) 농학사(農学士) 오다. 전에 번역한
예이츠[47]를 보내기로 승낙하다.

---

44) 1875년에 모리타좌(守田座)를 개칭하여 교바시구 신토미초 로쿠초메(京橋区新富町
   六丁目)(현재 中央区新富二丁目)에 설립한 주식회사 조직의 극장. 경영자는 가부키
   배우인 제 12대 모리타 간야(守田勘弥). 7월 3일부터 「木曾川治水記」, 「義経腰越状」
   등을 상연하고 있었다.
45) 니이하라 후유(新原フユ). 친모 후쿠(フク)의 여동생, 즉 이모이면서 친부 도시조
   의 후처. 도시조의 사망 1주기가 지난 1920년 3월 30일에 장남 히로시(比呂志)를
   낳고, 4월 21일에 복막염으로 죽었다.
46) 박문관(博文館)이 1895년 1월부터 1928년 2월까지 발행한 일본 최초의 종합잡지.
47) 예이츠의 「봄의 심장(春の心臓)」을 번역하여 1914년 6월 1일 발행의 『신사조』 제

조용히 료칸(良寬) 시집[48]을 읽는다. 두세 수를 들어 본다.[49]


칠십 여년을 돌아보니

인간 세상의 옳고 그름과 선악은 충분히 보았다

왕래하는 사람의 발자국도 거의 없다

눈 내리는 깊은 밤 향 하나가 낡은 창가에서 타면서 연기 내고 있다[50]


너 경전을 던진 채 머리 떨구고 졸고

나 방석 위에서 달마선사를 참선한다

개구리 소리 멀리 가까이서 끊임없이 들리고

엉성한 발 안에는 등화가 밝아졌다 꺼졌다 한다[51]


담 밖에 만화(蔓華)[52] 두세 송이 있다

잎이 떨어진 쓸쓸한 숲을 겨울 까마귀 날고 있다

이 산 저 봉우리 어느 산에도 지는 해가 비치고

지금 바로 탁발을 멈추고 돌아갈 때다[53]

---

5호에 오시카와 류노스케(押川隆之介)(목차는 야나기가와 류노스케(柳川隆之介))의
이름으로 게재. 이 날 승낙하여 1919년 10월 1일 발행의 『해방(解放)』 제5호에
「W.B.Yeats 作 芥川竜之介訳」라는 서명으로 재게재 되었다.

48) 아쿠타가와가 읽은 것은 『相馬御風編 「良寬和尙詩歌集」(春陽堂, 1918년 2월). 료칸(良
寬)(1758~1831)은 에도시대 후기의 승려, 가인, 한시인, 서가.

49) 이하, 각 구의 원문을 각주에 표기한다. 인용된 구의 해석은 蔭木英雄『良寬詩全評
釈』(春秋社) 등을 참조했다.

50) 回首七十有余年　　人間是非飽看破
　　往来踪幽深夜雪　　一炷線香古窓下

51) 君抛経巻低頭睡　　我倚蒲団学祖翁
　　蛙聲遠近聴不絶　　灯火明滅疎簾中

52) 다른 책에는 '黄花' 즉, 국화.

53) 籬外蔓華両三枝　　喬林蕭疎寒鴉飛
　　千峯万嶽唯夕照　　正是収鉢僧帰時

어느 산도 눈구름에 덮이고

어느 작은 길도 지나는 사람이 없다

매일 그저 벽을 향해 좌선하고

가끔 창에 부딪치는 눈 소리를 듣는다[54]


손에 토끼 뿔 지팡이를 쥐고

몸에 공중(空中)의 꽃 옷을 두른다

발에 거북 털신을 신고

입에 소리 없는 시를 읊는다[55]


문수(文殊)보살은 사자를 타고

보현(普賢)보살은 커다란 흰 코끼리에 올라탄다

묘음(妙音)보살은 보대(宝台)를 만들고

유마(維摩)거사는 마루에 누워 있다[56]

---

쓸쓸한 저녁 마을에 탁발승 료칸(良寛)이 있는데, 지는 해가 웅대한 자연을 비출 때 돌아간다는 풍경을 노래하고 있다. 료칸은 절도 재산도 없이 탁발하면서 전국을 방랑하며 서민을 교화했다.

54) 千峯凍雲合　　万径人跡絶
　　毎日唯面壁　　時聞瀧窓雪

55) 手把兎角杖　　身被空華衣
　　足著亀毛履　　口吟無声詩

토끼 뿔(兎角)과 거북 털(亀毛)은 현실에는 존재하는 않는 것인데, 그러한 공(空)의 것을 나는 일상의 도구로써 사용하고 있다는 뜻. 이 세상의 모든 것은 본래 공(空)이면서 동시에 엄연히 존재하고 있다는 진공묘유(真空妙有)를 나타냈다. '공화(空華)'는 눈병을 앓는 사람이 공중에 보는 꽃으로 실체가 없는 환상인데, 그 환상의 꽃으로 만든 옷을 나는 애용하고 있다. 소리 없는 시. 도연명(陶淵明)의 무현금(無弦琴)에서 착상한 것일지도 모른다. 寒山의 시 중에 '身着空花衣、足鑷亀毛履、手把兎角弓、擬射無明鬼'라는 것이 있다. 마지막 부분에 료칸의 독자성이 있는데, 들을 귀가 없는 자에게는 들리지 않는 진실한 말이라는 의미가 담겨 있다.

56) 文殊騎獅子　　普賢跨象王
　　妙音化宝台　　維摩臥一床

파란 하늘 겨울 기러기 울며 날아가고
임자 없는 산에 낙엽 날린다
해질녘 희미한 마을 길
나홀로 빈 그릇을 지고 간다[57]

시, 모두 탁월하지 않다. 그러나 감흥을 일으키기에 충분하다.

❖ 9월 10일 비 ❖

오후에 기쿠치 집에 가다. 미야지마 신자부로(宮島新三郎)[58]가 와 있
다. 셋이서 월평(月評)을 만들다.

저녁에 십일회에 가다.

밤에 잠 못 들다. 일어나서 크로체[59]의 미학을 읽다.

❖ 9월 11일 비 ❖

요파(妖婆) 속편 원고를 쓰기 시작하다.

요즘 왠지 자꾸만 우울해진다. 일부러 어려운 책을 읽기로 하다.

---

묘음보살은 앉은 채 삼매(三昧)에 이르렀다는 법화경(「法華経(妙音菩薩品 제24)」)의
내용을, 또한 유마는 보살이 아닌 재가의 제자로 병상에 누워 있었으나 가르침
에 대한 이해가 뛰어났다는 내용을 가리킨다. 이상 4명은 석가의 제자의 모습을
묘사했을 뿐인 작품.

57)  青天寒雁啼    空山木葉飛
     日暮煙村路    独掲空盂帰

58)  (1892~1934). 영문학자, 문예평론가. 와세다대학 영문과 졸업. 시마무라 호게쓰
     (島村抱月)에게 사사 받고 번역을 하면서 현대일본문학의 평론을 『와세다문학(早
     稲田文学)』에서 전개했다. 1927년에 와세다대학 교수.

59)  베네데토 크로체(Benedetto Croce)(1866~1952). 이탈리아 철학자, 역사학자.

## ❖ 9월 12일 비 ❖

빗소리 처마를 돌고 하루 종일 혼자 앉아 있다.[60] 수인(愁人)[61] 또한 이 빗소리를 듣고 있겠지, 하고 생각하다.

## ❖ 9월 13일 흐림 ❖

기쿠치에게 가다. 사지(佐治)를 만나다. 「요파(妖婆)」 평을 6장 썼다고 한다. 조금 황송하다. 마쓰자카야(松坂屋)에서 점심을 먹다. 두 사람과 헤어져서 귀가하다.

오늘 운남전(惲南田)[62] 화집, 운림(雲林)[63] 육묵(六墨)을 사다. 외출 중에 다키타 조인 왔다고 한다.

마음 깊은 곳에서부터 고독하고 쓸쓸하다. 요파 속편 원고 잘 안 써진다.

## ❖ 9월 14일 비 ❖

일요일이지만 종일 손님이 없다. 쓰카모토 야시마 오다.

밤이 되니 비바람이 심해진다.

---

60) 원문은 '雨声続簷。尽日枯座。'.
61) 문자 그대로, 슬픈 마음을 가진 사람, 고민 있는 사람이라는 뜻이지만, 아쿠타가와는 히데 시게코(秀しげ子)를 그렇게 불렀다.
62) (1633~1690). 중국 청의 문인화가. 이름은 격(格). 자는 수평(寿平), 운남은 호. 산수화를 잘 그렸다.
63) 중국 원말명초의 문인화가 예찬(倪瓚)(1301~1374). 자는 원진(元鎮), 운림은 호. 원말 4대가의 한 사람으로, 간략한 구도와 묘법의 산수화를 그렸다.

❖ 9월 15일 흐림 ❖

오후에 에구치를 방문하다. 이후에 처음으로 수인을 만나다. 밤이
되어 귀가하다.
마음이 너무 혼란하다. 나도 내 마음을 모르겠다.

❖ 9월 16일 흐리고 한 때 비 ❖

종일 우울.(64) 밤에 오카 에이이치로를 방문하다.

❖ 9월 17일 맑음 ❖

오후에 다이히코(大彥) 오다. 함께 미카도에 저녁밥을 먹으러 가다.
후에 고지마를 찾아가다. 에구치가 있다. 10시가 되어 귀가하다.
시노바즈노이케 연못(不忍池)의 밤 풍경이 수인을 떠올리게 하여 애
달프다.

❖ 9월 21일 흐림 ❖

구보타 만타로(久保田万太郎), 난부 슈타로, 사사키 모사쿠(佐々木茂索),
존스 등 오다.
저녁에 구보타를 제외하고 셋이서 사라시나(更科)(65)에 소바를 먹으

---

64) 아쿠타가와의 복잡한 심경, 즉 양심의 가책과 시게코의 실상을 알게 되어 버린
    당혹감, 그러나 그 유혹을 끊지 못하는 불균형이 '종일 우울'이라는 말에 응축되
    어 있다.
65) 유명한 소바 가게.

러 가다. 간자케(燗酒) 안에 모기가 있다. 존스, 농담으로 말하길, 이 술
을 모기장에 걸러 주세요, 한다.

❖ 9월 22일 맑음 ❖

요파 속편(妖婆続篇)[66] 원고 겨우 끝나다. 밤 12시 되다.
무월추풍(無月秋風). 침상에 누워 끊임없이 수인을 추억하다.

❖ 9월 23일 맑음 ❖

하이쿠를 짓다. 가을 열 수(秋十句)를 얻다.
밤에 구코쿠(空谷) 거사[67]로부터 아이세키(愛石)의 류인코토(柳陰呼渡)[68]
한 점을 선물 받다. 담담한 그림 속 분위기가 사랑스럽다.

❖ 9월 24일 흐림 ❖

구메를 방문하다. 나루세와 존스와의 오늘 저녁식사 의논 때문에.
구메, 제국극장의 마티네[69]에 갔다가 돌아오는 길에 요릿집(茶屋)에 온
다고 한다. 요릿집은 우구이스다니(鶯谷)의 이카호(伊香保)[70]다.
귀가하니 외출 중에 다키이 셋사이가 왔다고 한다. 후위중악숭고영

---

66) 후편으로 『중앙공론』(10월 1일)에 발표.
67) 시모지마 이사오(下島勲)(1870~1947)가 하이쿠 지을 때의 호(俳号). 의사.
68) 산수화의 제목. 버드나무 아래 그늘에서 강을 건네주는 뱃사공을 부르고 있는
　　정경. 이 그림은 아쿠타가와의 「우리집의 오랜 장난감(わが家の古玩)」에 나온다.
69) 불어 matinée. 연극·음악회 등의 낮 공연. 9월 21일~24일까지 러시아·그랜드
　　오페라 상영 중.
70) 다이토구 우구이스다니(台東区鶯谷)에 있었던 유명한 요릿집.

묘비(後魏中岳嵩高靈廟碑)와 송탁예기비(宋拓礼器碑)의 탁본을 두고 갔다. 모임이 없어서 아쉽다.

밤에 이카호에서 구메, 나루세와 함께 존스를 위해 연회를 열다.[71] 존스에게 그림을 그리게 하고 구메와 둘이서 글을 덧붙이다.[72]

> 도라지 하나 흔들흔들리인다 바람 속에서        산테이(三汀)[73]
> 긁어 올리면 언제나 외눈 장어 오월의 장마(五月雨)[74] 아귀(我鬼)

### ❖ 9월 25일 비 ❖

오후에 원전(院展)[75]과 이과(二科)[76]를 보다. 야스이 소타로(安井曾太郎)[77] 씨의 여자 그림에 감복하다.

수인과 재회하다.

밤에 귀가. 상실감을 느끼다.

> 지금 여기에 마음이 무거워서 청자 연병(硯屛)에
> 새겨진 꽃에 그만 빠져들어가누나[78]

---

71) 상해(上海)특파원으로 부임하게 된 존스를 위한 송별회.
72) 존스의 이별 선물로 주었을 것. 현존하지 않는다.
73) 구메 마사오가 하이쿠 지을 때의 호(俳号).
74) 원문은 '우나기카키(鰻搔き)'. 옛날에 장어를 잡던 방법 중의 하나. 끝이 구부러진 장대로 휘저어서 걸린 장어를 바닥에 내리쳐서 잡았는데, 이 방법으로는 장어가 상하기 때문에 점점 행하지 않게 되었다. 여기서는 이러한 방법으로 잡기 때문에 눈이 상한 장어들만 잡는다는 뜻이다. 하이쿠 등에서 춘하추동의 계절감을 나타내기 위해 반드시 넣는 말인 계어(季語) 중 '우나기카키'는 여름의 계어.
75) 일본미술원(日本美術院)의 제6회전(동년 9월 1일~28일).
76) 1914년에 결성된 미술단체.
77) (1888~1955). 야스이는 당시 이과회(二科会) 회원.
78) 원문은 'こゝにして心重しも硯屛の青磁の花に見入りたるかも'.

수년 만에 처음으로 가흥(歌興) 있다. 스스로 놀라다.

❖ 9월 28일 맑음 ❖

오후에 다키이, 스가 다다오(菅忠雄),[79] 사사키 오다. 저녁에 스가, 사사키 동반, 자유극장(自由劇場)[80]을 보러 제국극장까지 가다. 브리외[81]의 「신앙(信仰)」은 이삼십 년, 시대에 뒤떨어진 문제극이다. 이후에 히비야(日比谷) 카페에 가서 오랜만에 야스나리 사다오(安成貞雄[82])를 만나다. 카페에 취객 한 사람 있다. 야마다 겐(山田憲)[83]을 사형 시켜 봐라, 가만히 안 있겠어, 라고 말하며 테이블을 친다. 나오니 전차(電車) 없다. Taxi로 귀가하다.

❖ 9월 29일 흐림 ❖

기쿠치, 사사키와 회사[84]에 가다. 하쓰네(初音)[85]에서 저녁식사. 사사키의 원고[86]를 춘양당(春陽堂)에 들고 가다.

시바(芝)에 가서 자기로 하다. 수인, 지금 어쩌고 있을까?

---

79) (1899~1942). 편집자, 소설가. 아쿠타가와의 은사이자 제1고등학교 명예교수였던 독일어 학자 스가 도라오(菅虎雄)의 아들이어서 아쿠타가와와는 친한 관계였다. 문예춘추사(文芸春秋社) 입사, 『문예춘추』 편집장 역임.
80) 연극단체.
81) 외젠・브리외(Eugène Brieux;1858~1932). 프랑스 극작가. 진지한 사회극을 썼는데, 「신앙」은 그 대표작이다.
82) (1885~1924). 평론가. 아키타(秋田) 출생, 와세다대학 영문과 졸업.
83) (1890~1921). 도쿄제국대학 졸업. 토막살인사건의 주범으로 세상을 시끄럽게 했다.
84) 도쿄니치니치신문사.
85) 니혼바시(日本橋)에 있었던 닭고기 음식점(鳥料理屋).
86) 7월 29일 일기 참조. 사사키 모사쿠의 「할아버지와 할머니 이야기(おぢいさんとおばあさんの話)」. 『신소설(春陽堂, 1920년 1월호)에 게재.

❖ 9월 30일 비 ❖

아침에 시바에서 구메를 방문하다. 혼담 건으로.


❖ 10월 1일 ❖


불견식자 백 명이 긍정하는 것은 견식자 한 사람이 부정하는 것에
이르지 못한다.[87]

견문이 적은 사람은 무엇을 보아도 신기해한다.[88]

가장 열등한 사(士)는 도(道)에 대해 들어도 단지 크게 비웃을 뿐이다.[89]

천박하고 고집스러운 사람은 오늘 이것을 하여 결과가 나오면, 다
음날도 이것을 하여 그 결과가 된다. 이처럼 평생 같은 일을 하여 같
은 결과가 되는 자는 판화와 같다.[90]

---

87) 원문은 '百不識者の然々は一識者の否々に若かず。'. 아무 것도 모르는 사람들이 맞
다고 긍정하는 것보다 지식인 한 사람이 부정하는 것이 더욱 신빙성이 있다는
뜻. 출전은 沈宗騫『芥舟学画編』巻一「窮源」. 이하의 13개 문장들 또한 전부 중국의
沈宗騫『芥舟学画編』으로부터의 인용문이다.

88) 원문은 '見る所少ければ怪しむ所多し。'. 출전은『芥舟学画編』巻二「避俗」「会意」.
'少見多怪'은『芥舟学画編』에만 나오는 표현이 아니라 중국의 유명한 관용표현이
라고 한다.

89) 원문은 '下士は道を聞いて乃ち大にこれを笑ふ。'. '최고의 사(士)는 도(道)를 듣고 이해
하여 실천에 힘쓴다. 중간 사(士)는 반신반의로 잘 모르고, 최하의 사(士)는 바보
취급하며 비웃는다.'의 세 번째 부분이 인용되었다. 원래『노자(老子)』41장「大器
晩成」을『芥舟学画編』이 인용한 것이다. 독자들은 노자의 표현이라고 인식하지 못
한 채 읽는 사람이 많았을 것인데, 아쿠타가와도 인식하지 못 했을 것이라 생각
된다.

90) 원문은 '若夫浅薄固執の人今日之を為して是の如く明日之を為して亦是の如し。即ち終身
之を為して亦是の如きに過ぎざる者は印板の畫なり。'. 출전은『芥舟学画編』巻二「会意」.
작품을 쓸 때의 마음이 중요하다는 뜻으로, 전에 쓴 것처럼 쓰는 것이 아니라 그
당시의 기분을 표현할 수 있어야 한다는 것. 출전(出典)의 단계에서는 왕의지(王
義之)와 같이 대단한 사람이 동일한 제재의 작품 수십 편이 있다고 해도 가장 좋
은 것은 제일 처음 쓴 것이라고 한다.

도량이 좁고 비속한 사람. 경박하고 학문과 예술의 표면에밖에 흥미가 없는 사람.91)

학문을 하는 데 있어서 고귀함은 뜻을 세우는 데 있다. 만약 최우선으로 그 뜻이 무너져 버린다면 학문을 하지 않는 손실에도 이르지 않는다. 안 하는 것이 더 낫다.92)

그림·작품은 본래 영(靈)과 통하는 도구이다.93)

예술(그림)에 정통한 사람, 깊은 이해가 있는 사람은 이미 없다.94)

성급한 붓으로 빨리 완성시키려 할 때는 예술적 영감이 짧고 경박한 것이 될 뿐만이 아니라 폭력이 붓을 타려 한다.95)

경조부박(輕佻浮薄)이라는 악습은 한 번 그렇게 되면 평생 고칠 수 없다.96)

공(功)에 안달하며 악착같이 힘쓰지 않는 사람이 평생 술 빚는 자(醞釀者)이다.97)

외단술(外丹術)이 되면 내단술(內丹術)도 된다.98)

---

91) 원문은 '鄙吝滿懷。浅嘗薄植。'. 출전은 『芥舟学画編』卷二「立格」.
92) 원문은 '人の学を爲す貴きこと志を立つるに在るを若し先づ其志を隳さばその爲さゞるの逸なるに若かじ。'. 출전은 『芥舟学画編』卷二「立格」.
93) 원문은 '筆墨は本通靈の具也。'. 출전은 『芥舟学画編』卷二「立格」.
94) 원문은 '好手響を絶つ。'. 출전은 『芥舟学画編』卷二「会意」.
95) 원문은 '躁急の筆を以て速成を幾ふときは但神韻の短浅なるのみならず亦且つ暴気将に乗らんとす。'. 출전은 『芥舟学画編』卷二「醞釀」.
96) 원문은 '(油滑佻の弊)其弊一度成るや畢生挽く無し。'. 출전은 『芥舟学画編』卷二「醞釀」. 시간을 들이지 않고 경박하게 작품을 완성시키는 습관이 한 번 몸에 배면, 그 습관이 없어지지 않는다는 말.
97) 원문은 '猛烹極煉の功に在らずして一生の醞釀と云ふ者なり。'. 출전은 『芥舟学画編』卷二「醞釀」. 출전에는 '평생 술 빚는 자'와 '잠깐 술 빚는 자(一時の醞釀者)'가 대비적으로 기록되어 있다. '온양(醞釀)', 즉 술 빚는 것은 어떠한 것에 진득하게 임하는 마음. 즉, 성공만을 의식하여 안달하며 열심히 노력하는 것은 진정한 의미에서 끈기 있게 노력하는 사람이 아니라는 뜻.
98) 원문은 '外丹成れば即内丹成る。'. 출전은 『芥舟学画編』卷二「避俗」. 외단술(外丹術)과 내단술(內丹術)은 중국 도술로 불로불사의 선인이 되는 단단술

다투며 안정감 없는 경박한 마음을 안정시키고, 차분히 노력하지 않고 항상 지름길만 찾는 생각과 풍조를 버리자.[99]


황량몽(黄梁夢), 영웅 그릇, 개구리, 여체(女体).[100]


소쩍새 비가 내리기 시작할 때 울며 온다[101]

산이 높이 솟아 있다(오월우 속에)[102]

낮 더위[103]

불볕 구름이 불안하게 불길한 더위[104]

찜통 속 현기증 나게 하는 제방의 숨[105]

잎새의 움직임(멈춤)[106]

---

(錬丹術). 외단술은 영약(靈藥/선단(仙丹))을 만드는 도술이고, 내단술은 정신·인체에 있는 기운을 단련하는 기술. 출전에서 외단은 작품과 그림, 예술을 가리키고, 내단은 그리는 사람의 품격과 내면을 가리킨다.

99) 원문은 '爭競躁灰の氣を平にし機巧便利の風を息めよ.'. 출전은『芥舟学画編』卷二「避俗」

100) 이 네 어구는 아쿠타가와가 이미 발표한 작품이다.「황량몽(黄梁夢)」은 초출『중앙문학(中央文学)』(1917년 10월), 이후『影灯籠』에 수록.「영웅 그릇(英雄の器)」은 초출『인문(人文)』(1918년 1월), 이후『影灯籠』에 수록.「개구리(蛙)」는 초출『제국문학(帝国文学)』(1917년 10월), 표제「개구리와 여체(蛙と女体)」, 소제목「개구리(蛙)」로써 소설「여체(女体)」와 함께 발표. 단행본에는 미수록.「여체(女体)」는 이후『影灯籠』에 수록.

101) 원문은 '時鳥雨のかしらを鳴いて来る'. 古俳諧인 이 구의 작자는 아쿠타가와가 아니라 로카(浪化)이다. (村山古郷編『芥川竜之介句集 我鬼全句』永田書房,1991년).

102) 원문은 '山兀として(五月雨の)'. 하이쿠의 일부. '兀는 치쿠마에 'こつ'라는 루비가 달려 있다. 아쿠타가와가 단 루비를 활자화할 때 틀린 것인지, '兀라는 한자를 '兀로 잘못 보고 단 루비인지, 아니면 아쿠타가와가 잘못 썼는지 알 수 없다. 하여간, 'こう'라고 읽고, 높이 솟아있다는 의미이다.

103) 원문은 '日の暑さ'.

104) 원문은 '照り曇る十方くれの暑きかな'. 古俳諧인 이 구의 작자는 아쿠타가와가 아니라 毛紈이다.(村山古郷編 『芥川竜之介句集 我鬼全句』永田書房,1991년). 여기서 '十方くれ'는 선일(選日)의 하나로, 천지의 기운이 상극하여 모든 일이 잘 되지 않는 불길한 흉일(凶日)이다.

105) 원문은 '蒸しのぼすの堤の息や'.

스님이 <u>흑흑 하고 항복한 낫토 국물</u>107)

매화(埋火)에 <u>나, 밤을 세는 베개 위</u>108)

<u>백로 흐리다</u>109)

<u>여름에 뚜껑 덮다</u>110)

<u>외로움에 사무쳐</u>111)

* 「아귀굴일록」과 「아귀굴일록(별호)」 전체의 연구 레벨의 해석은 간세이가쿠인대학(関西学院大学) 강사 요시카와 노조미(吉川望) 씨에게 큰 도움을 받았다. 그리고 10월 1일의 전반부 13개 문장, 즉 중국의 『芥舟学画編』으로부터의 인용 부분은 중국인 유학생인 동대학 대학원연구원 주지빙(周芷冰) 씨에게 도움을 받았다. 이에 지면을 빌어서나마 깊은 감사를 표한다.

---

106) 원문은 '葉の動き(止)'.

107) 원문은 '入道のよゝと参りぬ納豆汁'. 古俳諧인 이 구의 작자는 아쿠타가와가 아니라 부손(蕪村)이다.(村山古郷編 「芥川竜之介集 我鬼全句」永田書房, 1991년).

108) 원문은 '埋火に我夜計るや枕上'. 古俳諧인 이 구의 작자는 아쿠타가와가 아니라 쇼하(召波)이다. (村山古郷編「芥川竜之介集 我鬼全句」永田書房, 1991년). '매화(埋火)'는 화로 속의 불씨인데, 베개맡의 화롯불을 보면서 밤이 얼마나 깊었는지 몇시쯤 인지를 추측한다는 의미. 잠 못 이루는 밤을 노래한 것.

109) 원문은 '白鷺曇る'. 희고 깨끗한 백로와 흐린 것을 천양지차라는 대조로 나타낸 것이거나, 백로가 흐리게 보이는 모습을 말한 것인가?

110) 원문은 '夏にふたする'.

111) 원문은 '淋しき凝りで'. 이 날, 아쿠타가와는 사사키 모사쿠에게 쓴 서간에 '天心のうす雲莉の気や凝りし'라는 글을 남긴다.

# 나가사키 일록(長崎日録)

김상원

❖ 5월 11일 ❖

보슬비가 내린다. 내가 묵는 숙소는 비가 내릴 것 같으면 변소의 악취가 2층까지 가득 찬다. 나는 나가사키에 방문할 때면 우에노야나 미도리야에 묵지 않고 일부러 혼고토마치의 여관에 묵는다. 약간의 풍류를 즐기기 위해서이다. 그러나 이 변소의 악취 같은 기름 냄새가 날 때는 거의 풍류를 즐기지 못한다. 하루 종일 혼자 카이조 로의 시집을 읽는다.

❖ 5월 12일 ❖

와타나베 요모헤이가 찾아왔다. 절이 있는 거리의 골동품 가게를 함께 둘러보며 걷는다. 진짜인지 알 수 없는 이쓰운과 테쓰오의 작품만이 있었다. 거리에는 비파를 파는 사람이 있었다. 벌써 여름이 다가오는 것을 느낀다.

❖ 5월 13일 ❖

새벽부터 길에서 목소리를 높이는 사람이 있다. 2층의 창문을 열어 보니 말을 탄 나가미 카테이가 마부와 함께 서 있었다. '점심을 먹으러 오지 않겠냐'고 말했다. '숙소의 식당 밥도 이제 물릴 때가 되어서 잠시 후 찾아가겠다'고 말했다. 점심 때 카테이의 집에 가니 부인이 '오늘 아침에는 숙소로 찾아뵈었죠?'라고 말한다. '어제도 찾아뵈려 했다는데 말이 오지 않았다고 했어요'라고 한다. '그래서 마부를 불러 그쪽으로 말이 올 수 있게 준비해 두라고 했어요'라고 한다. 카테이는 말을 몰지 못한다. 말이 카테이를 모는 듯하다. 카테이의 집에서 바키가 그린 '긴 팔 원숭이'와 왕약수의 '금계' 등을 보았다. 왕약수의 그림은 심하게 칠이 벗겨져 나갔다.

❖ 5월 14일 ❖

요모헤이, 간바라 하루오 두 사람과 함께 우메와카의 노가쿠를 보러 간다. 나가사키에서 만자부로와 로쿠로를 보게 될 줄은 생각지도 못했다. 공연장 마당의 진달래꽃의 다홍빛이 이제 바래가고 있다.

(공연장은 후쿠야)

마당 잔디밭 작은 길 둘러쌌네 진달래꽃이

스우타(素謠: 노에서 반주나 춤 없이 약식으로 부르는 노래), 오하라 미코(大原御幸), 간진초(歡進帳) 등 곡곡마다 감동이었다. 어린 노(能)의 연기자들, 무대를 정리해주는 기녀(妓)들이 왔다갔다 하는 데에 눈이 가기도 한다. 시종 눈썹 하나 까딱하지 않는 유일한 사람은 만자로(万三郎) 한 명뿐이다. 요모헤이도 만자로에게는 감탄했다. 다만 그는 화가 치쿠덴

(竹田)과 마찬가지로 서쪽의 변방에서 생겨나는 슬픔까지는 음률에 담아내지 못하는 사람 중 한 명이다.

### ✣ 5월 15일 ✣

간바라 하루오(蒲原春夫)가 와서 나를 위해 사가(佐賀) 지방의 세간 이야기를 해 주었다. 사가 사람은 '형이 있느냐(兄はゐるか)'라는 말을 '형님은 계셔 부리는가'라고 한다고 한다. 거의 남만(南蛮)인들이 그들 말로 지껄이는 것 같은 느낌이다. 또한 부랑자를 '가면 된다[1]'라고 한다는 것이다. 웃을 만하다. 오늘은 날씨가 더워서 한여름 같다.

### ✣ 5월 16일 ✣

요모헤이(与茂平)와 다이온지(大音寺), 기요미즈데라(清水寺) 등을 봤다. 오늘은 하늘이 쾌청해서 저 멀리 고래 모양 연이 높이 날고 있다. 가는 도중 마리아 관음상(まりや観音) 하나를 얻었다. 예스러운 모습이 정말 사랑스럽다.

### ✣ 5월 17일 ✣

카테이의 집에서 지쿠덴(竹田), 이쓰운(逸雲), 고몬(梧門), 데쓰오(鉄翁), 유희(熊斐), 센가이(仙崖) 등의 일본 화가, 강가포(江稼圃), 심남빈(沈南蘋), 송자석(宋紫石), 호공수(胡公寿) 등의 중국 화가 그림을 본다. 지쿠덴은 마루야마(丸山: 나가사키의 유곽 지역)를 스케치했다. 이 그림에 따르면 당

---

1) 역주. (어디든지) 가면 된다.

시의 유곽은 꽤 소박한 정취가 있어 보인다. 가테이는 데쓰오의 벼루도 소장하고 있다. 지쿠덴이 선물한 것이라고 한다. 얇은 돌에 휘어져 돌아오는 굴곡이 너무나도 멋이 있는 벼루이다. 내가 정말 갖고 싶어 했지만 가테이는 양보해 줄 마음이 없었다.

❖ 5월 18일 ❖

마루야마(丸山)를 만나기 위해 '다쓰미(たつみ)'에 왔다. 다카시마 슈한(高島秋帆)의 첩의 집이었던 곳이다. 금박이 붙어있는 금미닫이는 모두 칠이 벗겨져 별로 볼품이 없다. 앞산의 누런 보리, 뒤뜰의 푸른 대나무(前山の麦黃 後園の竹翠), 모두 지나간 날을 생각하게 하는 것이었다. 동행은 3명으로 요모헤이, 하루오, 기녀 데루기쿠(照菊)이다. 데루기쿠는 유키 지방의 지지미 옷감으로 만든 옷(結城縮み)에 줄무늬 능직비단 오비(八反の帯)를 매고 있다. 도쿄의 게이샤(芸者)와 다른 점이 많았다.

❖ 5월 19일 ❖

나카가와 고(中川鄕)의 마쓰오(松尾) 씨 별장에서 놀았다. 마당에 푸른 잔디가 있고 벚꽃이 있고 물줄기가 끊이지 않는 도랑이 있다. 오가타 고린(光琳)이 그림을 그려 넣은 병풍 한 쌍을 보았다. 잘 그린 작품인지에 대해서는 아직 판단이 되지 않는다.

❖ 5월 20일 ❖

새벽녘 요모헤이, 하루오 두 명과 함께 '일본의 성모 성당(우라카미

성당'에 갔다. 미사 예식에 참례하기 위해서이다. 마쓰가에(松ヶ枝) 다리를 지나갈 때 쯤 아직도 하늘에 별빛이 있었다. 천주당 안에 들어가자 예수 수난을 그린 스테인드 글라스가 어두스름한 중에 희미하게 비치는 것이 보인다. 참례자는 남녀가 4, 50명으로 우리 옆에 혼혈 여자아이가 있다. 요모헤이가 그 얼굴을 계속 엿봤다. 미사가 끝난 후 문 앞의 접수처의 남자를 속여서 묵주기도 책 등을 샀다. 신자가 아닌 이에게는 팔지 않기 때문이다.

❖ 5월 21일 ❖

오래된 겹옷(袷)의 엉덩이 부분이 찢어져 어쩔 수 없이 소모사(梳毛糸)로 된 기모노를 만들었다. 다시 가라데라(唐寺)를 방문했다.

가라데라 절 둥글게 감긴 파초 무성하구나

해질녘 요모헤이와 마쓰모토 댁(松本家)에 가서 중국 그림 여러 폭을 감상했다. 심남빈(沈南蘋)의 연화도(蓮花図)는 사생(写生)의 오묘한 경지에 도달했구나.

❖ 5월 22일 ❖

가테이의 집에서 소주인(双樹園) 주인과 만났다. 밤에 몇 명과 같이 쓰루노야(鶴の家)에서 마셨다. 숲과 연못의 배치는 도쿄의 요리집에서는 볼 수 없는 정취이다. 하루오는 심하게 취했다. 기녀 중에 같이 온 이는 데루기쿠(照菊), 기쿠치요(菊千代), 다테얏코(伊達奴) 등이다. 장난삼아 데루기쿠에게 다음과 같은 하이쿠를 줬다.

나리꽃들이 피었다 그러니까 헤어질까나

# 조코도 일록(澄江堂日録)

김상원

❖ 6월 6일 ❖

간바라 군으로부터 비파(枇杷)를 받았다. 오후에 에이지쓰소(永日莊)에서 페르시아의 오래된 도자기를 보았다. 가격이 비싸서 사지 못했다.

❖ 6월 7일 ❖

오전에 가토리(香取) 선생이 가시마(鹿島) 씨와 함께 방문해서 초코도(澄江堂)의 인(印)을 선물해 줬다. 가시마 씨가 대아(大雅)의 글씨라는 족자 하나를 보여주었다. '중방요락 독선연(衆芳搖落独鮮妍: 향기로운 많은 꽃들이 떨어지고 홀로 선연하게 아름답다)'이라고 쓰여 있다. 낙관은 규카산쇼(九霞山樵)의 것이다. 구로키 긴도(黑木欽堂) 씨의 감정서(鑑定書)가 있다. 하지만 무엇을 위한 감정인지 명확하지 않다.

❖ 6월 8일 ❖

「선데이 매일」에 소설을 기고했다. 다카시(多加志)에게 소화불량의 기색이 있다. 밤에 시모지마(下島) 선생님이 왕진을 왔다. 또 후지사와(藤沢) 씨가 방문했다.

❖ 6월 9일 ❖

간도(菅藤) 씨와 「에키지리엘 데 토이페르스(エキジリエル・デス・トイフェルス)」를 읽었다. 제2장은 대체로 재미가 없었다. 사건도 부자연스럽고 요부 오이페미(オイフェミイ)의 성격도 설명에 지나지 않는다. 다카시의 병세가 좋지 않다. 시모지마 선생님에게 진찰을 받는 것도 세 번째이다.

❖ 6월 10일 ❖

오전에 다카시를 우쓰노(宇津野) 병원에 입원시켰다. 무로(室生), 이토(伊藤), 이케다(池田), 다누마(田沼), 와다(和田), 나루세(成瀬), 와타나베(渡辺) 등 여러 명이 방문했다. 밤에 우쓰노 박사를 방문했다. 다카시의 목숨에 대해 절망하면 안 될 것 같다. 「선데이 매일」의 소설을 단념했다.

❖ 6월 11일 ❖

이른 아침 다카시의 몸 상태가 조금 좋다는 전화가 왔다. 해질녘에 병원에 갔다. 또 이치유테이(一游亭)를 방문했다. 고겐쇼(古原草) 군이 자리해 있었고 이야기가 무르익어 심야까지 이어졌다. 다시 병원에 돌아오자 문이 이미 닫혔다. 다카시 병실의 등화만 보였을 뿐이다.          (1923년)

## [초코도 일록]별호([澄江堂日録]別稿)

### 1925년

❖ 2월 4일 ❖

리키이시 헤이조가 여급을 데리고 왔다. 17살, 이름은 미쓰. 근로자 (실업상태) 3명이 돈을 받으러 왔다. 단 매우 공손했다.

고지로 다네스케가 왔다.

오아나에게서 편지가 왔다. 「어젯밤 콩이 뒷걸음칠 정도의 추위로 구나」라고 쓰여 있었다.[1] 수신인명은 풍신(風神)님. 내가 감기[2]에 걸렸기 때문에 이런 시를 보냈다.

오랜만에 구(句)를 지었다.

봄비로구나 노송나무에 서리 눌어붙듯이
이치유테의 숙소를 방문하고
막대 숯덩이 불꽃 희미하구나 구워진 사과

❖ 2월 5일 ❖

가토리(香取) 선생에게 오리 고기를 선물 받았다. 가나자와(金沢)의

---

1) 역주. 일본에서는 입춘(매년 2월 4일경) 전날 세쓰분(節分) 때 "복은 안으로 잡귀는 밖으로(福は内、鬼は外)"라고 외치며 콩을 던지고 각자의 나이만큼 또는 그보다 한 알 더 많은 콩을 먹는 풍습이 있다. 일기의 날짜가 2월 4일이므로 여기서 '콩'이란 전날인 세쓰분의 콩을 나타내는 듯하다. 입춘이 되었지만 여전히 추운 날씨임을 알 수 있다.
2) 역주. 감기는 일본어로 '風邪'라고 표기하므로 '바람 풍(風)'자를 넣어 표현했다.

가부즈시(蕪鮓)를 답례품으로 보냈다. 가부즈시는 이즈미(泉) 씨에게 받은 것이었다. 심부름꾼을 기다리게 하고 그 자리에서 재빨리 단가(短歌)를 지었다. '보내드리는/ 가부즈시는 날이/ 지나면 기름/ 올라옵니다 지금/ 당장 드시옵소서'

아내가 히로시(比呂志)를 데리고 우시고메(牛込)에 갔다. 야시마(八洲)3)는 별일 없다는 것이다. 간바라(蒲原)가 왔다.

단가의 '보내드리는'을 '가나자와(金沢)의'로 바꿨다. 6일의 추기(追記)임.

❖ 2월 7일 ❖

간바라(蒲原)와 함께 편저(編著)에 관한 일을 했다.

내일 오오히코노인의 10일제가 되기 때문에 세이요켄(精養軒)에 와달라는 회람이 왔다. 도쿠다(德田) 씨의 이름 밑에 참석이라고 쓰여 있었다. 참석할 것을 약속했다.

기쿠치(菊地), 미야케(三宅), 오카(岡)가 왔다. 지쇼켄(自笑軒)에서 저녁을 먹었다.

마당에 남아있던 눈은 다 없어졌다.

『중앙공론』에 「田端人」을 『사상』에 「초코도 잡시(澄江堂雜誌)」를 보냈다.

❖ 2월 8일 ❖

건구상(建具商)이 서재의 삼나무 문을 가져왔다. 서재의 문틀이 책의 무게 때문에 이푼오리(二分五厘) 내려 앉았다는 것이다. 大彦老人의 10

---

3) 역주. 처남.

일제의 음식[4]을 먹으러 갔다. 도쿠다(德田) 씨를 만났다. 도쿠다 씨는 터키 넥타이 핀을 하고 왔다. 오후 2시 해산.

집에 가는 길에 무로(室生)에게 들렀다. 이치유테이(一游亭)의 그림의 낙관을 조금 더 위로 올리고 아래를 약 45mm를 잘라냈다고 한다. 무로의 집에서 호리(堀), 미즈카미(水上), 오다(小田)를 만났다.

부재중에 야마모토 사네히코(山本実彦), 슌요도(春陽堂) 주인, 神代 등이 왔다. 슌요도 주인인 료켄(良寛)의 그림 한 폭을 주었다. 아직 진짜인지 가짜인지는 짐작도 못하겠다.

❖ 2월 17일 ❖

건구상, 무로(室生), 가미요(神代), 다누마(田沼), 미야자키(宮崎)가 왔다. 글을 한 장도 못 썼다. 내일은 또 오카(岡)의 결혼 문제 때문에 오히코(大彦)가 올 것이다. 기분이 별로 유쾌하지 않다.

---

4) 역주. 장례식 후에 제공되는 식사를 의미함. 스시나 튀김류를 대접하는 경우가 많다.

# 가루이자와 일기(軽井沢日記)

김상원

❖ 8월 3일 맑음 ❖

무로 사이세이(室生犀星)가 왔다. 새벽 4시에 가루이자와(軽井沢)에 도착한다고 한다. "기차 안에서 잠을 못 자서 말이야. 맥주를 한 병 마셨는데도 역시 조금도 잠을 못 잤네." 라고 말했다. 오늘 구관(旧館)의 아래층의 방을 떠나 사이세이(犀星)와 함께 '별채'로 옮겼다. 창문 앞의 못에 분수가 있다. (분수의 물줄기가) 고비, 넉줄고사리 등이 군집한 바위에 한 줄기의 흰 색을 뿜어내고 있는 것을 보았다. 툇마루에서 담배를 피우고 있는 사이세이가 금새 감탄하며 말한다, "분수라는 것은 소변과 아주 닮았군" 또 말하기를 "그렇게 계속 뿜어내면 배나 뭔가가 아플 것 같군."

사이세이와 함께 여름밤의 서늘함을 좇아, 골동가게, 옷가게 등을 들여다보며 걸었다. 희미한 달이 하늘에 떠있다. 일요학교 앞에 이르니 엄격할 것 같은 미국인 3명이 일본어 찬송가를 소리높이 부르는 것을 보았다.

### ❖ 8월 4일 맑음 ❖

호리 다쓰오(堀辰雄)가 왔다. 저녁 무렵에 소나기가 내렸다. 사이세이, 다쓰오와 함께 가루이자와 호텔(軽井沢ホテル)에 가서 오랜만에 서양풍 만찬을 먹었다. 손님은 독일 사람이 많다. 식당 벽면에 불화(仏画) 두세 장이 걸려 있다. 전등 빛이 어두워서 무엇을 그렸는지 분별할 수 없다. 옆 테이블에 대머리의 독일 사람이 있었다. 탁상 위에 4합짜리[1] 우유 한 병을 두고 영자신문을 보며 태연자약하게 우유를 마시더니 5분도 안되어 한 병을 다 비운다. 식후 살롱에서 쉬면서 잠시 이야기를 나눴다. 비가 내리는 가운데 쓰루야로 돌아왔다. 밤에 「편견(偏見)」의 원고를 마무리했다.

### ❖ 8월 5일 흐림 ❖

책방 주인 무라코(村孝)와 쓰치야 히데오(土屋秀夫)를 방문했다. 다쓰오는 2시 기차로 도쿄로 돌아갔다. 해질녘 산책 도중 사이세이와 함께 만페이 호텔(万平ホテル)에 도착해 한 잔의 레모네이드로 갈증을 해소했다. 투숙객 대부분은 미국인이다. 테라스에 금발에 빨간 옷을 입은 미인이 있었다. 등의자에 앉아 젊은 남자와 이야기를 나누고 있다. 안타깝게도 그 남자의 코는 독수리 부리를 닮았다. 호텔을 떠나 야외음악당 앞에 도착하니 음악회가 한창이었다. 건물 앞의 나무 아래 산책하는 손님도 적지 않았다. 우연히 남편과 팔짱을 끼고 있는 작은 체구의 동양인 부인을 보았다. 달을 바라보며 감탄하며 말했다. "푸르스름한 달이네요." 가난한 거리에서 글을 판 지 10년,[2] 아직 많이 행복하

---

1) 역주. 0.72리터 정도

지는 않지만 그러한 부인의 수법에 빠지지 않는 것도 한 걸음 더 행복에 가까워지는 것이겠다.

밤에 오닐의 「수평선의 저쪽」을 읽었다. 다소 천박하고 세속적으로 영화극을 보는 것 같았다.

❖ 8월 6일 맑음 ❖

감흥이 무뎌져 종일 글을 쓸 수 없었다. 그래서 책을 읽거나 마당을 걷거나 해서 사이세이의 동정을 사는 꼴이 되었다. 이 마당에 심어져 있는 초목과 화훼는 대체로 아래쪽으로 늘어뜨려진 것 같다. 소나무, 낙엽송, 오엽송, 비자나무, 편백나무, 늘어진 편백나무, 흰 노송나무, 단풍나무, 매실나무, 화살대, 자양화, 황매화, 싸리, 진달래, 기리시마 진달래, 붓꽃, 달리아, 능소화, 민솜방망이, 산백합, 해바라기, 끈끈이 대나물, 풀협죽도, 넉줄고사리, 철사초, 고비, 범의귀, 아키타머위, 산담쟁이덩굴, 오엽—오엽이 문장(紋章: 가문의 상징 기호)처럼 보이는 것이 사랑스럽다.

점심 때 다나카 준(田中純)이 왔다. 운동복을 준비하고 틸던(Tilden: 미국의 테니스 선수)이 애용하던 라켓을 사서 매일 테니스를 치고 있다고 말했다.　　　　　　　　　　　　　　　　　　　　　　　　　(1924년)

---

2) 역주. 아쿠타가와가 가루이자와에 머무른 시기는 1924년으로 1914년에 소설 「노년(老年)」을 발표하여 본격적으로 작가활동을 시작한 지 10년째 되는 해이다.

## [가루이자와 일기]별고([軽井沢日記]別稿)

센가다키(千が滝)에 별장을 빌린 Y가 와 있었다. 둘이서 2층에서 이야기를 나누고 있었다. 그곳에 "A씨"하고 부르는 H의 목소리가 들렸다. 팔걸이창의 문을 열어보니 H는 마당을 사이에 둔 복도에 있고 그의 모습은 소나무나 [한 글자 결락]의 뒤에 가려 보이지 않지만 "S씨가 왔습니다."라고 말하고 있었다.

"나중에 간다, 지금 Y군이 와 있으니까."

하지만 Y에게 S가 왔다고 알리고 바로 나만 M의 방에 갔다. 복도에 분홍색이나 검은색의 양산(파라솔)이 놓여 있어서 S의 아내가 온 줄 알았다. 다만 방에 들어가 보니 한 명은 I코라는 S의 여동생과 또 한 명은 둥글게 머리를 올린 모르는 사람이 있었다. S는 흰 양복을 입고 책상다리를 한 채 "야아"라고 말했다. I코와 또 한 명의 여자는 "저쪽으로 앉으세요"라고 말했다. '저쪽'이라고 하는 것은 다다미방의 안 즉 도코노마(床の間) 앞이었다. 앉기 좋은 곳에 앉자 M은 (책상 앞에 앉아 있다가) "I코씨는 알고 있겠네. 이 사람도 S군의 여동생이야'라고 둥글게 머리를 올린 사람을 소개했다. 그 사람은 상냥하게 인사를 했다.

잠시 (5,6분) 이야기를 나누고 방에 돌아가 Y와 함께 점심을 먹었다. O에 관한 험담 등이 화제가 되었다. 그리고 다시 Y와 M의 방에 가서 Y를 S에게 소개했다. (S의 여동생들은 그들의 방에 가 있었다. S는 M의 짧은 기모노를 입고 있었다.) 2시쯤 다같이 산책하러 나갔다. 숙소 앞에는 어젯밤에 온 羽左衛門와 梅幸가 떠나는 참이었다. 梅幸(양복을 입은)는 Y에게 "어 Y씨"라고 말했다. "당신도 이쪽입니까?" "아니 저는 A군을 찾아 왔어요." 梅幸는 잠깐 나를 쳐다봤다. 나는 뭔가 싫어져서

부랴부랴 빌린 나막신을 신고 밖으로 나갔다. S나 S의 여동생은 이미
밖에 있었다. 잠시 M를 기다리고 있자 여급이 나막신을 신은 채 오후
식사 메뉴를 가지고 왔다. 전하는 말로 "치킨 커틀릿하고 국하고"라고
하는 것은 말하기가 좀 그랬다. 이것은 전혀 S의 여동생들이 있어서가
아니다. 여급이 S나 M에게 메뉴를 보여주는 사이에 나는 H나 S의 여
동생들과 숙소 앞 골목길에 들어갔다. 오른쪽이 별장 담이 되어있고
왼쪽은 역시 돌담을 쌓은 별장 마당이 되어있었다. 그 작은 골목길에
들어가 4명 모두 멈춰 섰다. 다만 나는 무료해서 좀 더 앞으로 걸어가
아름답게 흐르는 강 위 다리에 올라갔다. 뒤돌아보니 벌써 S나 M도
따라붙어 모두 이쪽으로 걸어왔다.

테니스코트를 봤다. 이것을 보자는 것은 M의 제안이었다. 오늘은
여자는 한 명도 테니스를 안 치고 있다. 모두 남자뿐이었다. 테니스코
트 옆을 만페이(万平) 호텔 쪽으로 걸어가면서 M은 "만페이 호텔에 가
서 아이스크림을 먹자"고 했다. 나는 길이 약 90cm가 되는 오비를 매
고 있었고 맨발이었고 수염도 길어져 있었기 때문에 그에 반대해서
Brett's Pharmacy에서 아이스크림을 먹자고 했다. Brett's Pharmacy는 코
트 쪽에 있는 약국이다. M은 "그럼 들리자"고 했다. 다리까지 갔다가
뒤돌아가 (야외음악당의 잔디밭에는 자작나무의 그림자가 떨어져 있
었다.) Brett에 들어갔다. 널빤지 바닥 위를 나막신을 신고 들어가는 것
은 항상 마음에 걸렸다. 다 같이 코코아선데이를 마셨다. 내 옆에는 I
코씨가 앉았다. I코씨도 Y코(S에게 들었다) 씨도 말수가 적었다. 동석
한 손님으로 스포츠로 단련된 것처럼 체격이 좋은 스물일곱 여덟의
남자가 학생과 함께 있었다. 둘은 운동복을 입고 라켓을 가지고 있었
다. (나의 파나마 모자를 S가 칭찬했다. 나는 이 파나마를 손에 들고
보고 "고상하지요?"라고 했다.) 나는 선데이를 한 잔 더 마시고 싶었지

만 아무도 찬성하지 않았다.

우체국 앞에서 Y와 헤어졌다. Y는 앞으로 센가타키(千が滝)에 돌아 간다. 돌아갈 때 그는 '내일 오지 않을래'라고 말했다. '가도 된다고 답했다.

담배 가게 옆 골목길을 들어가 아타고산(アダゴ山)쪽으로 들어갔다. 별장만 쭉 늘어선 작은 골목길이다. 한 두 골목 가자 M이 '쉬자고 했다. M은 쉽게 피로해진다. 남자들은 모두 별장의 낮은 돌담에 걸터앉아 쉬었다. 여자들은 서 있었다. 그것은 정말로 무료해 보였다. 5분이 지나 일어섰다. 서양인 아이 2명이 자전거에 타고 "네, 네"라고 이상한 리듬으로 말하고 있었다.

돌아가는 길에 나와 길모퉁이의 과일가게에 들려 S는 아사마 포도를 샀다. 보라색보다 남색에 가까운 포도였다. "서양인은 끓여서 잼으로 만든다"고 과일가게 주인이 말했다. 사게 된 것은 S의 제안이었던 것 같다. 돌아가는 길에는 서양인 청년과 아이가 큰 개를 두 마리를 끌고 있었다. 약간 으스스한 느낌이 들었다. 수차 옆을 지나 숙소로 돌아갔다.

그 밤 나는 내 방에서 식사를 했다. 그리고 M의 방에 갔다. M는 S와 맥주를 마시고 있었다. S의 여동생들은 방에 돌아가 있었다. 나는 S에게 Y코씨의 이름을 알려줬다. S는 "T가 그녀를 좋아한다. 그녀도 T의 소설을 읽었다. 자네 소설도 R만은 읽었다."라고 말했다. M은 Y코씨보다도 I코씨를 좋아하는 것 같았다. "그 얼굴은 특색이 있지" 등이라고도 이야기했다. 그곳에 H도 왔다. 그리고 다 같이 화투를 하든지 K씨의 마작을 빌려서 하든지 둘 중 하나 하자고 이야기가 나왔다. 다만 마작은 M도 S도 할 줄 모르기 때문에 (S는 배워서라도 하고 싶어 했지만) 화투를 하기로 했다. 화투를 숙소에서 빌렸다. 가토 씨가 가지고 왔다. 검은색뿐이었다.

화투는 S의 방에서 가서 했다. 여동생들은 둘 다 유카타로 갈아입고 있었다. 아쉽게도 바둑은 숙소의 다른 사람이 빌려갔기 때문에 그 대신에 S의 명함을 썼다. Y코씨는 작은 주머니에 넣은 일본가위를 꺼내 S의 명함을 4개로 자르면서 "무엇보다도 가위가 작기 때문에" 등이라고 말했다. 서른하나라고 듣고 보면 과연 피부가 거칠해져 있다. 하지만 S에는 다소 응석 부리는 친밀감이 있는 이야기를 했었다. M, S, I코, Y코, H, 그리고 나의 6명에게 자른 명함을 나누어 주고 (한장에 1관) 빌린 관은 축이 빨간 성냥으로 정해 거기에 S가 규칙을 반쪽 종이에 연필로 썼다. M은 귀찮아서 "이 정도면 됐잖아"라고 몇 번이나 말했다.

화투는 일승일패였지만 M이 오야[3]가 되었을 때 M은 패를 나누기 전에 S에게 패를 섞는 것을 부탁하는 것을 잊었다. 그것을 S에게 지적을 받아 다시 했다. 다시 했지만 이번에는 나누는 순서를 잘못했다. 그래서 또 다시 하면 이번에는 또 패를 섞을 것을 부탁하는 것을 잊었다. 모두 우스워하며 M에게 여러 말을 했다. H도 "M씨는 우리집에서 화투를 할 때 우리가 뭔가를 하면 건방지다고 해요"라고 했다. 그러자 M은 화를 내며 H의 얼굴을 보며 "내가 그런 말을 했나"라고 말하는가 싶었는데 화투를 식탁에 던지고 "그만둡시다"라고 방에 돌아갔다. 모두 멍하니 쳐다보기만 했다. M에게는 화낼 만한 이유가 며칠 전부터 쌓여 있다. 그것은 첫 번째로 날씨, 두 번째로 옆방의 폐결핵 손님, 세 번째로 K씨 등과 이야기 나눌 때 H나 내가 우선시되는 불쾌함, 네 번째로 오늘 떠나려 하는데 S가 왔던 것 등이었다.

우리는 계속 화투를 했다. H는 의외로 평상시와 다르지 않았다. S는

---

3) 역주. 화투에서 패를 나누는 사람.

"그것은 M군의 버릇이다"라고 했다. 하지만 M의 마음을 달래줄 기색도 없지 않았다. 가장 그때 특색이 있었던 사람은 Y코씨였다. Y코씨는 짙은 눈썹을 미동도 하지 않은 채 "곧 있으면 풀리시겠죠"라고 미소를 짓고 S에게 물었다. 매우 그런 모습에 익숙한 듯했다. 어딘가 냉정하고 단호한 태도였다. 그 사이에 S는 화장실에 갔다 오면서 "지금 M군의 방을 엿보니 잘 자고 있다"고 했다. "누워있어도 자는 건 아니겠죠" "글쎄" ―다시 화투를 했다.

그날 밤 R씨가 나의 하이쿠를 폄훼했기 때문에 나는 화가 나서 R씨의 납빛 뺨을 찰싹찰싹 때렸다. 하지만 R씨는 오히려 험한 말을 했다. 그것에 대해 아버지와 큰어머니가 걱정했다. 그런 꿈을 꿨다. 새벽에 꾼 것으로 눈을 뜬 이후에도 이상한 기분이 들어 불쾌했다. M의 화난 모습이 꿈이 되어 나타났다고 생각했다.

# 만춘 매문 일기(晩春売文日記)

김상원

❖ 4월 30일 토요일 맑음 ❖

제목이 미정인 단편을 계속 썼다. 후지사와 후루미(藤沢古実) 씨가 왔다. 「大東京繁昌記」의 삽화의 건 때문이었다. 그로부터 세키구치 고안(関口広庵)옹에게 치료를 받았다. 히라마쓰 마스코(平松ます子) 씨가 왔다. 오늘은 히라마쓰(平松) 씨가 이사 가는 날이었다. 어느 새 다다미 여덟 개 크기의 도코노마(床の間)에 5월인형이 장식되어 있었다. 해질 녘 「도쿄니치니치신문(東日)」의 오키모토 쓰네키치(沖本常吉) 군이 왔다. 삽화 때문에 오아나(小穴) 군을 방문했다. 아쉽게도 부재중이어서 제멋대로 벽장에서 화투를 꺼내어 오키모토 군과 로쿠뱌쿠켄(六百ケン)[1]을 했다. 오아나 군이 요시토시(義敏, 조카)와 함께 왔다. 무슨 검극의 영화를 보고 왔다고 했다. 11시 쯤 집에 가 또 후지사와 씨나 오키모토 군과 삽화에 건을 상담하니 어느새 새벽 3시가 되었다. 이 상태라면 삽화도 작자 스스로 그려야 한다. 15번이나 삽화를 만들어야 된다는 것

---

1) 역주. 화투의 게임 규칙의 하나.

은 아무리 생각해봐도 어려운 일이다. 오키모토 군이 말하기를 "그래
도 해주시는 것밖에는 없습니다."

❖ 5월 1일 일요일 맑음 ❖

호리 다쓰오(堀辰雄), 호리카와 간이치(堀川寬一). 오아나 류이치(小穴隆
一) 들의 제씨가 손님으로 왔다. 호리 군에게 막 마무리한 단편을 읽어
달라고 부탁했다. 밤에 오아나(小穴) 군이나 요시토시(義敏)와 전람회론
을 토론하고 결국 오아나 군은 묵게 되었다.

❖ 5월 2일 월요일 흐림 ❖

아내 야스시(也寸志)와 구게누마(鵠沼)에 갔다. 「大東京繁昌記」의 삽
화도 그려야 하는 곤란한 처지가 되었기 때문에 오랜만에 궁극의 비
책(?)을 시도해 본다. 스승 역할은 오아나 군. 오키모토 군도 왔다. 겨
우 제1회, 제2회의 삽화를 만들어 오키모토 군에게 줬다. 오후 2시쯤
오아나 군이 집에 갔다. 오늘은 순요카이의 만찬회가 있다는 것이다.
오키모토 군이 4시쯤에 다시 와서 삽화는 오아나 군에게 부탁해도 좋
다고 말했다. 구름과 안개가 걷히고 맑은 하늘을 보는 느낌이 든다.
좋은 소식이란 바로 이것이겠지. 후지사와 후루미(藤沢古実), 스스키다
준스케(薄田淳介) 등 여러 명에게서 편지가 왔다. 「메이 데이(노동절)」의
검거, 구속된 이가 140여명. 「繁昌記」 제7회 탈고.

어슷비슷한 가슴 뿌옇게 보여 시드는 은행나무

### ❖ 5월 3일 비 ❖

제목 미정의 소설을 한두 장 써 본다. 오아나 군이 「繁昌記」의 제1회 삽화를 보여주러 왔다. 젊은 무사가 한 명에게 신초구미(新徽組)의 무사 한 명이 시비를 거는 장면이었다. 오키모토 군과 우치다 햣켄(內田百閒) 군이 전후해서 왔다. 오키모토 군에게 기다려 달라고 하고 우치다 군과 지쇼켄(自笑軒)에서 저녁을 먹었다. 랑케의 소설에서 침대를 함께 한 남편의 혼이 쥐가 되어 물을 마시러 가는 것을 아내가 목격하는 소설이 있다는 것. 「繁昌記」 제8회 삽화 탈고. 심하게 지쳤다. 호미카, 카스테라 정(錠), 베르날2) 등을 복용.

### ❖ 5월 4일 밝음 ❖

아내가 구게누마(鵠沼)에서 돌아왔다. 오아나(小穴) 군이 요시토시(義敏)를 모델로 해서 도자에몬(土左衛門)의 그림을 그렸다. 종일 언짢았다.

미야지 가로쿠(宮地嘉六) 군이 「가사네(累)」를, 우노 고지(宇野浩二) 군이 「다카마가하라(高天ヶ原)」를 보내 왔다. 편지가 대여섯 통 왔다.

### ❖ 5월 5일 맑음 ❖

우치다 햣켄(內田百閒) 군이 왔다. 우치다 군과 함께 고분샤(興文社)에 갔다. 2개월만이다. 겨우 우치다 군을 위한 용무 이야기를 끝내고 현관문을 나오니 때마침 활동사진을 찍으려는 것 같다. 달아나는 토끼처럼 택시를 타고 도주했다. 제국호텔의 신조(新潮) 좌담회에 갔다. 도

---

2) 역주. 복용약 이름.

쿠다(德田), 치카마쓰(近松), 사토(佐藤), 구메(久米) 등 몇 명과 시모무라(下村), 오타(太田), 스즈키(鈴木) 등 여러 명을 만났다. 저녁에 비가 내렸다. 나카무라 무라오(中村武羅夫) 씨의 인솔로 앞에서 말한 작가들과 긴자(銀座)의 카페 타이거(Cafe Tiger)에 갔다. 이것도 2개월만이다. 돌아와서 내일 강연의 초고를 만들고 더욱 또 「문예적인, 너무나 문예적인」을 탈고했다. 심야까지 설사하고 구토했다. 괘종시계가 3시를 울리는 소리를 들었지만 항문이 아파 잠을 잘 수가 없었다. 베르날 2회분을 복용했다. 꿈에 한 마리의 호랑이가 담 위를 거니는 것을 봤다.

# 하이쿠(発句)

엄인경

나비의 혀가 고비 끝처럼 말린 더위로구나.

늦가을 바람 도쿄의 해가 있는 곳에도 부네.

따뜻하구나 조화로 만든 꽃술 납을 칠하네.

폐병에 걸린 사람 뺨 아름답다 겨울모 쓰고.

여름 산이군 산도 텅 비어 있는 저녁 어스름.

대나무의 숲 추운 겨울 밤길의 오른쪽 왼쪽.

서리 녹은 땅 잎을 늘어뜨렸네 팔손이나무.

늦가을 바람 눈매에 남아 있는 바다의 빛깔.

겨울 매화의 가지가 얼룩지게 비오는 하늘.

정월 초의 눈 대나무 숲 깊숙한 마을에 내려.

이치유테이(一游亭)[1]가 오다
풀로 이은 집 기둥의 반절 가량 봄 햇살 비쳐.

흰 복숭아의 알이 차 익어가며 휘어진 가지.

어렴풋 흐린 물이 꼼짝도 않네 미나리 밭 속.

염천에 올라 사라졌군 키에서 나온 먼지들.

초가을 날에 메뚜기 잡았더니 여리여리해.

오동의 잎은 가지 난 방향마다 말라버렸다.

자조
콧물이구나 코의 끝부분만이 땅거미지네.[2]

정월 초하루 손을 씻고 저녁을 깨닫는 마음.

---

1) 아쿠타가와와 친하게 교우한 서양화가 오아나 류이치(小穴隆一, 1894~1966년)의
   하이쿠 호(俳묵).
2) 아쿠타가와는 자살 전에 이 하이쿠를 주치의였던 시모지마 이사오(下島勳, 1870
   ~1947년)에게 남김.

유가와라 온천(湯河原溫泉)[3]
금귤이 잎들 사이에 솟아 서리 내린 이 아침.


지 말씀이유? 지는 우지(宇治)[4] 출신이구먼유
차 자란 밭에 지는 해 기우누나 시골 마을은.


장마의 끝에 남풍 불어 저녁의 파도 높아졌다네.


가을 해로다 대나무 열매 달린 담장의 바깥.


가시나무에 얽혀 있는 싸리가 한창 때구나.


거친 산바람 뿌연 아지랑이로 보인 산 주름.


낙양(洛陽)[5]
귀리의 먼지 뒤집어 쓴 동자가 잠자고 있네.


가을 햇볕에 팽나무 가지 끝의 조각 흔들려.


---

3) 가나가와현(神奈川県) 남서부를 흐르는 지토세(千歳) 강가의 유명 온천으로 주변에
   귤이 많음.
4) 교토의 우지시(宇治市)로 별장지와 차(茶)로 유명.
5) 중국 허난(河南) 지역의 옛 지명으로 주나라 때부터 당나라 때까지의 수도 아쿠
   타가와 류노스케는 1921년 중국을 여행.

큰이모6) 말씀
얇은 솜옷은 펼치기 힘든 서리 내린 밤이군.


마당 잔디에 작은 길 둘러쌌네 철쭉꽃나무.


항커우(漢口)7)
광주리 가득 더위 내리쪼이네 감복숭아에.


병중
새벽이구나 점차로 울음 그친 지붕 아래 집.


수수 이삭이 보풀어져 말랐네 햇살의 내음.


늦가을 비군 호리에(堀江)8)의 찻집에 손님은 한 명.



다시 나가사키(長崎)로 놀러가다
가라데라(唐寺)9)의 예쁘게 말린 파초(芭蕉) 튼튼히 자라.


깊어진 밤에 위쪽이 식었구나 추어의 국물.

---

6) 아쿠타가와 류노스케의 모친 후쿠(ふく)의 언니인 후키(ふき).
7) 중국 후난성(湖南省)의 도시로 지금의 우한시(武漢市)의 일부.
8) 오사카(大阪) 중앙의 도톤보리(道頓堀) 근처의 지명으로 찻집이 많았음.
9) 나가사키에 있는 중국식 사찰 스후쿠지(崇福寺)의 속칭으로 1629년 중국인이 세운 귀화중국인의 보리사(菩提寺).

나뭇가지가 기와에 닿는다네 이 무더위에.

여름의 해에 옅게 이끼가 자란 나무들 가지.

부들의 이삭 휘어지기 시작한 즈음의 연꽃.

이치유테이를 보내는데 그 헤어짐을 슬퍼하며
서리 내리는 밤길을 사초 삿갓 걸어가누나.

원예를 묻는 사람에게
야트막하게 밀집을 덮어놓게 장딸기에는.

산다화 나무 꽃봉오리 넘치는 추위로구나.

기쿠치 간(菊池寬)10)의 자전체 소설 『게이키치 이야기(啓吉物語)』11)에 대해
설날이구나 게이키치도 옷장도 오래 가기를.

고야산(高野山)12)
산들 사이로 삼나무 추워지는 메아리로다.

비가 오누나 흐릿하게 타오른 산의 겉모습.

---

10) 기쿠치 간(菊池寬, 1888∼1948년). 소설가이자 극작가. 제3차,4차 『신사조(新思潮)』
   동인으로 아쿠타가와상(芥川賞), 나오키상(直木賞)을 설정한 인물.
11) 1923년에 출판된 기쿠치 간의 소설로 유년기, 학생 시절, 결혼 생활을 그린 단편
   을 수록.
12) 와카야마현(和歌山県) 북부의 산으로 해발 1000미터 정도의 산들에 둘러싸임.

다시 가마쿠라(鎌倉)의 히라노야(平野屋)13)에 머물다
등나무 꽃 핀 처마 자락 이끼가 오래됐구나.


지진 재해 후의 조조지(增上寺)14) 근처를 지나다
솔바람 소리 꿈인지 생시인지 여름의 모자.


나팔꽃이여 땅위로 기어자란 덩굴의 길이.


봄비 사이로 눈이 남은 가이(甲斐)15)의 산들이 보여.


대나무 순도 붉은 기운을 띠는 추분(秋分) 때구나.


바람 끊어져 흐리기 시작하네 별과 달 뜬 밤.


봄 같은 가을 부엉이 앉아 있는 대나무 가지.


기리시탄(切支丹)의 언덕16)을 내려오는 추위로구나.


이월 첫 축일(丑日) 사당에 불 밝혔네 비 오는 중에.

---

13) 가마쿠라 역 앞에 있는 여관의 이름.
14) 도쿄 미나토구(港区)에 있는 정토종 사찰로 도쿠카와(德川) 가문의 보리사.
15) 지금의 야마나시현(山梨県)에 해당하는 지역을 일컫는 옛 지명.
16) 도쿄의 분쿄구(文京区)에 있는 언덕으로 이 언덕을 따라 기리시탄, 즉 기독교 신
　자들이 살았다고 함.

가나자와(金沢)[17]

그물 벌레장 비에도 꼼짝 않는 달팽이구나.

가슴 축 처진 아내처럼 됐구나 풀잎 넣은 떡.

솔 그늘에는 닭 배 깔고 엎드린 무더위로다.

이끼가 자란 백일홍이로구나 바짝 온 가을.

무로 사이세이(室生犀星)[18]가 가나자와의 게를 보내주다

가을 바람에 등껍질을 남겼네 소반 위의 게.

잇페이(一平)[19] 은자가 그린 나쓰메 선생님의 캐리커처에 대해

떡으로 된 꽃 이마도(今戸)[20] 고양이에게 주고 싶구나.

샛별 그려진 주전자에 울려라 두견새 소리.

집에 보내다

하염도 없이 기는 아이 생각나 조릿대의 떡

---

17) 이시카와현(石川県) 중부에 있는 도시. 옛 전통의 자취를 많이 남기고 있는 성 아랫마을로 성터와 겐로쿠엔(兼六園)이라는 공원이 유명.

18) 무로 사이세이(室生犀星, 1889~1962년). 시인, 소설가. 참신한 표현과 시법에 의한 시집들을 통해 다이쇼 시대 일본 근대 서정시에 한 획을 그었고, 후에 소설을 다수 창작하기도 함.

19) 오카모토 잇페이(岡本一平, 1886~1948년). 홋카이도(北海道) 출신으로 현대 만화의 창시자. 예리한 묘사, 경구로 사회 정치를 풍자. 작가 오카모토 가노코(かの子) 남편.

20) 도쿄 다이토구(台東区)의 지명.

한낮이구나 푸른 삼나무 모인 산의 골짜기.

에치고(越後)21)에서 온 하녀, 그 해에 낳은 아이를 '단탄'이라 부르다
아기 단탄이 기침소리를 내는 추운 밤이네.

구메 산테이(久米三汀)22) 신혼
하얀 색으로 국화꽃 드러내는 실크 모자네.

섣달의 매화 눈을 녹게 만드는 가지의 길이.

봄비로구나 노송목은 서리에 타들어가고.

마주 앉기
위령선 나무 꽃 피어 드는구나 창문 구멍에.

차 안
동틀 무렵의 그을음 속에 뵈는 시모노세키(下関).23)

마당의 흙에 음력 오월의 파리 친숙하구나.

애도
더 깊어가는 불빛이네 오늘밤 인형의 얼굴.

---

21) 옛날 지명으로 지금의 니가타 현(新潟県) 대부분의 지역을 일컬음.
22) 구메 마사오(久米正雄, 1891~1952년)를 말하며 산테이는 그의 하이쿠 호(号). 결혼은 1923년 11월. 제3차, 제4차 『신사조』의 동인으로 활약했고 나중에는 통속소설 쪽으로 전환.
23) 야마구치현(山口県) 시모노세키시(下関市)를 말함. 때는 1925년 8월.

당(唐) 종려나무 아랫잎에 올라 탄 참새로구나.


구게누마(鵠沼)24)
그늘지누나 용마루 가라앉은 새이엉 지붕.


장맛비로다 푸른 잡목 쌓아둔 처마 아래쪽.


실싸리나무 바람도 부드러운 어린 잎이네.


파조(破調)25)
토끼마저 한쪽 귀 늘어뜨린 대서(大暑)로구나.


추운 아침에 꽈리열매 늘어진 풀밭의 안쪽.


가나자와
마을 전체의 은행나무의 젖26)이 흐리게 보여.


아사히카와(旭川)27)
눈 녹는 새로 물 뚝뚝 떨어뜨린 버드나무네.


총 77구. 지은 시기는 1917년부터 1927년에 이른다.

---

24) 가나가와현(神奈川県) 후지사와시(藤沢市) 안의 지명. 아쿠타가와가 종종 피서나 휴양하러 간 곳.
25) 어조가 파괴되었다는 의미. 맨 첫구가 5음절이 아닌 4음절인 것에 기인.
26) 은행을 일명 젖나무(ちちのき)로 불렀다고 함.
27) 아쿠타가와는 1927년 5월 문예강연을 하러 홋카이도(北海道)의 아사히카와를 방문함.

엄인경

아오네(靑根) 온천1)

청개구리의 나무 끝에서 몰래 우는 소리가 청량하게 들리네 길이
좁아지면서.

요시이 이사무(吉井勇)2)와 놀며 두 수

이 말세에서 유혹의 노래로는 성자와 같은 요시이 이사무에 술을
바치옵니다.

붉은 색 사찰 남경사(南京寺)3) 야윈 여자 아귀 같으니 통정은 하더라
도 술은 끊지 마시라.

---

1) 미야기현(宮城県)의 화산군 자오산(藏王山) 동쪽 산록에 있는 온천.
2) 요시이 이사무(吉井勇, 1886~1960년). 가인 겸 극작가.『샛별(明星)』,『스바루(スバ
ル)』에 단카 발표. 독자적 시정(市井)극 작가로서 알려짐.
3) 나가사키시(長崎市)에 있는 고후쿠지(興福寺)를 속되게 이르는 말로 남경의 보리사.

### 마루젠(丸善)4)의 2층

가을비 내려 마을은 흐릿하고 이곳에 서서 바다 저쪽의 책을 애호
하고 있구나.

### 오자와 헤키도(小沢碧童)5)에게

창문가에는 자그만 대나무 숲 처마 근처에 수세미외 있는 집 주베
(忠兵衛)6)가 나왔던 집.

그대 사는 집 처마의 수세미외 오늘 온 비에 배꼽이 떨어졌나 아니
면 아직인가.

### 즉경(即景)

손 씻는 푼주 담긴 물이 조금은 뿌옇게 일어 남천촉의 꽃들이 너무
많이 피었네.

### 상하이(上海)

약간 흐릿한 항간을 구경하고 암록색 달걀 먹으며 있노라니 바람이
불어오네.

---

4) 도쿄 니혼바시(日本橋)에 있던 유명한 서양 서점.
5) 오자와 헤키도(小沢碧童, 1881~1941년). 가와히가시 헤키고토(河東碧梧桐)에게 사사
   한 하이진(俳人).
6) 우메자와 주베(梅川忠兵衛)를 일컬으며 지카마쓰 몬자에몬(近松門左衛門)이 창작한
   조루리(浄瑠璃) 「명도의 비각(冥途の飛脚)」 주인공으로 이 작품 자체를 가리키기도 함.

장난삼아 갓파(河郎)[7]의 그림을 만들어서

다리 위에서 오이를 던졌더니 물결이 일며 곧바로 보이누나 벗겨진
정수리가.


온가와라(溫河原)[8] 온천

어슴푸렇게 밤의 늘어진 꽃이 뵈기 시작한 오늘의 이 새벽은 조용
하기도 하네.


조용한 마당

가을 깊어진 낮에 밝은 색으로 나팔꽃들이 꽃잎을 열었구나 어린
대나무 뒤에.


나팔꽃 중에 하나는 피었구나 대나무 뒤에 부족한 것이라곤 짧은
생명이로다.


'옆집 주물사(鑄物師)' 가토리(香取)[9] 선생에게

동심(冬心)[10]이 그린 대나무 그림 보러 오라고 진작 첫눈 때 차 끓이
며 나 편히 기다리오.


---

7) 일본에서 물속에 산다고 전하는 상상의 동물. 새와 같은 주둥이, 등껍질과 비늘
이 있고 정수리에는 물을 담는 접시가 있으며 오이를 좋아함. 아쿠타가와는
1927년 풍자소설로 『갓파』라는 작품을 씀.
8) 미상.
9) 가토리 호쓰마(香取秀真, 1874~1954년). 주금가(鑄金家)이자 가인. 고전적 격조에
시대 감각을 갖춘 작품을 만듦. 고대 주금(鑄金)에 관한 연구로도 유명.
10) 중국 청나라 때의 서화가 금농(金農, 1687~1763년)의 호. 대나무, 매화, 불상 등
을 개성적으로 그림.

모밀잣밤나무

마당가에도 겨울이 온 듯하네 모밀잣밤나무 잎 안쪽이 말라서 허옇게 되어가니.

서리로 흐린 마당가를 보노니 모밀잣밤나무 잎의 그늘진 땅도 거칠어져 있구나.

혼조(本所)11)의 옛 집을 떠올리다

이슬과 서리 아침마다 내리니 단감나무는 잎을 떨어뜨렸네 떫은 감 아직이고.

사토 소노스케(佐藤惣之助)12) 군 『류큐 제도 풍물시집(琉球諸島風物詩集)』을 보내왔다. 미야라비는 여성을 칭함

하늘을 보고 일본 본토 부채로 해를 가리며 오라고 하는 게지 미야라비 서글퍼.

겨울비

오늘 아침은 겨울을 재촉하는 비가 내리니 젖어서 진정됐네 거칠던 마당 흙이.

우리집 마당 마른 황매화나무 푸른 가지들 떼지어 자란 곳에 초겨울비 내리네.

---

11) 지금의 도쿄 스미다구(墨田区)의 료고쿠(両国) 동쪽을 예전에 이르던 지명. 아쿠타가와의 외갓집.
12) 사토 소노스케(佐藤惣之助, 1890~1942년). 시인, 작사가. 민중시파 계열의 인도주의적 시풍에서 출발하여 나중에는 요설로 전환. 『류큐 제도 풍물시(琉球諸島風物詩)』는 1922년 11월 간행.

한목당(寒木堂)13) 소장의 서화를 보며 두 수

잎들이 모두 바람에 흔들리는 수묵 대나무 누가 그렸는가 이 수묵의 대나무.

제목이 붙은 시는 길기도 하고 흐린 묵으로 그린 수묵화 꽃은 기울어져 있구나.

무로 사이세이 군에게

머나먼 산에 쌓여 빛나는 눈이 흐릿하지만 목숨을 지키겠다 그대에게 고하오.

가토리 선생에게

가나자와의 삼치로 만든 초밥 날이 지나면 기름이 뜰 것이니 곧바로 드시기를.

구게누마

봄 가랑비는 그치지도 않는데 물가 잔디에 물방울이 보이네 누워는 있었지만.

개

나의 눈앞을 걸어가는 저 개의 불알 빨갛네 시렵기도 하겠지 문득 생각이 들어.

---

13) 1922년 12월 18일 『도쿄아사히신문(東京朝日新聞)』에 도쿄 중국공사관에서 19일부터 4일간 한목당 소장 안진경(顔眞卿)의 진품 서화 전람회가 열린다는 기사가 있음. 중국의 명사 안세청(顔世淸) 주관.

병중에 지은 작품

우리집 문의 약간 어두운 곳에 사람이 있어 하품하는 소리에 나는 깜짝 놀라네.


계 26수. 1919년부터 1927년에 이르다.

❖ 고시(越) 사람14) 세도카(旋頭歌)15) 25수 ❖

一

등잔불 밝힌 빛을 들여다보며 마음이 슬프구나,
눈이 내리는 날 고시의 사람이 보낸 연하(年賀)의 편지.


변덕스러운 나의 마음을 아는 사람이 그립구나,
눈이 내리는 고시의 사람이야 내 마음을 알건만.


현실의 신세 한탄하는 편지가 드물어져 가면서,
눈이 내리는 고시의 그 사람도 나이듦이 서글퍼.


二

햇살 비치는 도읍을 나와서는 몇 밤을 잔 것인가,
여기 산속의 유황의 온천에도 이제 익숙해졌네.


나 스스로의 체온을 지키는 건 덧없는 일이로다,
조용하기만 한 아침 침상에서 눈을 감고 있노라.


왜 이다지도 마음이 적적할까 마당을 걸어보네,
아무도 몰래 풀고사리 말린 잎 비추는 아침햇살.


---

14) 고시(越)는 호쿠리쿠(北陸) 지역을 말하며, 아쿠타가와가 1924년 만났다고 추측되는
　　 여성.
15) 상구(上句)와 하구(下句)가 모두 5 · 7 · 7인 여섯 구의 와카(和歌).

웃음 머금고 그대와 얘기하는 그대 어린 아이,
이치대로만 따지기 어려워서 내가 지켜보누나.

쓸쓸한 마음 이제 끝을 다했지 마음 동요치 않고,
나 머문 이 집 돌창포 자란 화분 물을 듬뿍 주었네.

흐린 아침 날 선선한 이 가게로 오기를 그대 아이,
예쁜 화장대 하코네(箱根) 세공품을 내가 사 두었으니.

연못 근처에 서 있는 단풍나무 목숨이 슬프구나,
줄기에 손을 대어보니 곧바로 끝부분 흔들더라.

화가 나누나 그대와 얘기하는 의사의 웃는 얼굴,
마치 말처럼 울 듯이 웃고 있는 의사의 잇몸까지.

멍한 상태의 마음을 지닌 채로 거리를 바라보네,
해가 중천인 때 말똥에 빛나는 나비의 그 고요함.

뒤에서부터 다가오는 사람을 몸으로 느끼면서,
전등불빛이 어두운 이층에서 조심조심 내려와.

옥을 새기듯 내 이승의 몸이야 저절로 움직이네,
붉은 기운 띤 고운 살갖을 내가 생각 못했다 할까.

그대를 뒤에 두고 그대의 아이 밖으로 나갔구나,
그냥 손쉬운 소녀의 마음이라 나는 보기 어렵네.


말로 하기에 절묘할까 마음의 속으로 탄식하고,
그대의 눈을 똑바로 쳐다보네 다갈색 눈동자를.


三
가을이 오는 밤에 붉은 빛으로 하늘을 수놓은 별,
도쿄 쪽에서 내가 보는 별들의 바로 뒤가 쓸쓸해.


나의 머리가 조금 둔감해졌다 혼자서 말을 하고,
옅어져버린 모기 쫓는 선향에 불을 붙이고 있네.


그저 오롯이 옛날이 애석하군 나와 함께 안 자고,
아이 젖 주는 어머니 되었구나 옛날이 애석하군.


황혼이 지는 둑방의 아래쪽을 이렇게 가고 또 가,
적적한 맘에 내가 직접 꺾었네 붉은 석남의 꽃을.


흐린 날 밤에 방법도 모르고서 걸어라도 왔구나.
불빛 들어온 자동전화기 안에 사람 들은 듯 보여.


잠도 부족한 아침 눈으로 보며 몇 날을 지냈던가.
바람이 거센 좁은 마당의 단풍 검어지지 않았나.

밤이 깊어진 난로 테이블 위에 턱을 올려다 놓고,
절절한 마음 큰 책장 보고 있는 나를 생각해 주오.


오늘도 다시 마음이 가라앉지 않고 날 저물려 해,
저쪽에 있는 커다란 겨울나무 가지 끝 흔들린다.


문가에 그린 조릿대 문양 부는 저녁 바람의 소리,
눈이 나리는 고시의 그 사람도 슬프게 들으려마.

## ❖ 자색 비로드(紫天鷲絨) ❖

부드럽게도 깊은 자색이 도는 비로드 만진 느낌이 드는구나 봄날 저물어가고.

바삐 서둘러 제비도 돌아가네 따뜻하게도 우편마차를 촉촉 적시며 내린 봄비.

발그레하게 기후(岐阜) 초롱16)의 불도 밝혀졌구나 「후타츠토모에(ニ つ巴)」17)의 봄날이 저물 무렵.(메이지좌(明治座) 3월 교겐(狂言)18)

광대 조커의 붉은 색 윗도리에 먼지의 냄새 흐릿하게 배이고 봄은 저물었네.

걱정스럽게 봄날 저물어간다 춤추는 아이 금비단 옷자락에 봄날 저물어가고.

봄날에 새는 물소리 울림인가 아니면 또는 무희가 두드리는 머나먼 북소린가.(교토의 여정)

한쪽 사랑의 내 세상 쓸쓸하게 히야신스 꽃 흐린 보라색으로 향기 내기 시작해.

---

16) 기후(岐阜) 지역 특산의 초롱으로 가는 골재에 얇은 종이를 바르고 다양한 모양을 그린 것.
17) 두 개의 소용돌이가 도는 문양을 가리키나 더 상세한 내용을 알기 어려움.
18) 일본 전통예능의 하나로, 골계스럽거나 비속한 소재를 극화한 것.

사랑을 하니 젊디젊었더라면 이 정도까지 장미의 향기에도 눈물이
났으려나.

보리밭에는 연두빛의 비로드 겨자꽃 피는 오월의 하늘 아래 산들바
람이 분다.

오월이 왔네 잊지 말란 물망초 나의 사랑도 지금은 어렴풋한 향기
를 풍기겠지.

베어 둔 보리 그 향기에 구름도 옅은 노란색 들장미의 그늘 안 여
름 햇살의 사랑.

덧없는 유녀 얄팍한 사랑보다 제비붓꽃의 옅은 보랏빛에서 향기가
시작됐네.

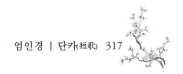

❖ 나그네 사랑 ❖

　초여름 날의 도읍의 대로에는 저녁의 불빛 다시 한 번 그대와 걸어 볼 수 있다면.

　바다는 지금 푸르른 눈꺼풀을 껌벅이면서 조용히 밤이 오길 기다리지 않는가.

　그대 집 안의 방에 달린 주홍색 긴 등롱불도 지금쯤은 살포시 불이 들어왔겠지.

　도읍이 더욱 이러한 저녁때는 그리워지네 아타고(愛宕)[19]의 호텔도 등불을 밝히겠지.

　검은색 배의 먼 등불빛에조차 젊은이들은 눈물을 떨어뜨려 마치 사랑같구나.

　몇 개의 산과 강을 헤매기보다 더 슬픈 것은 도읍의 이 대로를 홀로 걸어가는 일.

　울적하구나 사랑 낭만에 빠진 소년은 그저 하루종일 혼자서 눈물을 흘리노니.

---

19) 아타고라는 지명은 여러 곳에 보이나 여기에서는 도쿄 미나토구(港区) 시바공원(芝公園)의 언덕.

슬픈 심정은 그대가 묶고 있던 그날 그 밤의 인도 사라사로 된 넓은 띠에서 오네.

음력 이일 달 그대 새끼손가락 손톱보다도 흐리게 비치는 것 애절하기도 하다.

무슨 일 있어 그리 탄식할 것이 있나 나그네 밀감나무밭 목책 기대어 선 상태로.

등불조차도 비에 흠뻑 젖어든 납작 포석도 그대를 보낸 밤은 애절함 더 깊더라.

풀어서 버린 성근 비단 여름의 물색 넓은 띠 우아함 남긴 채로 여름은 가버렸네.

### ❖ 가나자와(金沢)에서 ❖

이른 시간에 밤야식을 먹고서 오늘도 다시 멀리 보이는 산을 보고 있는 나로군.

무턱대고 한 바쁘고 쫓긴 여행 무미건조해 얼룩진 산속 온천 탕에 도 못 들어가.

비쩍 몸 마른 남자 한 명이 와서 닷새 남짓을 우스운 말만 하고 떠 나가 버렸구나.

아주 조금 핀 집 뒷문의 황매화 가지가 휘익 저녁에 내린 비에 지 기 시작하누나.

## ❖ 젊은이 (세도카) ❖

젊고도 젊은 도읍 사람이야말로 슬프기도 하구나,
잃어버린 꿈 찾겠다고 시장과 거리를 걸어다녀.


마로니에의 꽃들도 살그머니 피지 않았겠는가,
꿈이 아직도 많았던 무렵의 날 떠올려 보라 하며.


호색한 여자 제정신이 아닌 듯 푸른 기운을 띤 눈,
황혼이 지는 하늘에 태어나는 음력 이일 달인가.


숨을 죽이고 검은 머리칼 아이 우는 소리가 들려,
첫사랑 경험 못한 것처럼 보인 어렴풋한 불빛에.


그렇게까지 부끄러운 모습에 답하여 주시기를,
주홍색의 방 기다란 부채 뒤로 감추어 주시기를.


그리워지는 닌교마치(人形町)20)에서 본 음력 이월의 달아,
젊은 사람의 눈물을 자극하는 음력 이월의 달아.


몹시 서글퍼 울려하는 사람을 사랑하게 되었네,
황랍(黃蠟)과 같은 눈물 떨어뜨리며 마치 타오르듯이.

---

20) 도쿄 주오구(中央区)의 마을 이름.

사모와르[21]의 수증기도 어렴풋 생각에 빠진 듯해,
내 친구인 사이카쿠(西鶴)[22]와 같네 연애 이야기부터.(K에게)


이삭이 팬 꽃 흔들어 떨어뜨린 스미다 강(隅田川)의 버들,
물이라 해도 사랑은 하는 게지 스미다 강의 버들.


향유(香油)보다도 차가운 빗방울에 흠뻑 젖어가면서,
황혼이 지는 긴자(銀座) 거리를 가는 저 아이는 누구던가.


사랑한다며 장난이라도 치나 젊은 어릿광대는,
가령 거짓의 눈물 흘리는 것도 늘 있을 일이구나.


평소와 달리 사랑도 근심스레 되어가는 거겠지,
옮기는 향이 걱정되는구나 더욱 차갑게 식는 듯해.


---

21) 사모와르(samovar)는 러시아의 차 끓이는 열탕기. 구리로 만들어져 안에 불을 넣
   는 관이 통함.
22) 에도 시대의 인기 작가 이하라 사이카쿠(井原西鶴, 1642~1693년)를 말함. 호색과
   조닌(町人)들을 제재로 한 걸작을 많이 남김.

# 시(詩)

김난희

## ❖ 황매화 (山吹) ❖

아, 아, 나그네는
언제면 마음의 안식 있으리.
울타리를 보니 "황매화여 삿갓으로 쓸 만한 가지 생김새"[1]

## ❖ 연가 (1) ❖

만나지 못한다면 오히려
허공에 잊혀지는 만 못하리
들판의 화장하는 연기[2]도 한줄기
피어오른 후는 덧없듯이

---

1) 바쇼 『芭蕉翁全伝』수록.
2) 火葬할 때 나는 연기를 말한다.

❖ 연가 (2) ❖

바람에 나부끼는 삿갓도
어찌 길가에 떨어지지 않겠는가
내 이름을 어찌 애석해 하리
소중한 건 그대 이름 뿐인 걸3)

❖ 연가 (3) ❖

다시 돌아온 6월의
비탄을 누구에게 말하리오
사라쌍수 가지에 꽃이 피면
서글픈 사람의 눈이 보이네.

❖ 풍금 (風琴) ❖

바람이 부는 저녁 빠진 앞 머리카락
문 뒤에 몸을 숨기고
(얼마나 나는 수줍었던가)
풍금을 딩동댕 친다.
어린 여자시종이여 너는 보았니?
세월은 흐르고
머슴인 나와 이름도

---

3) 『或阿呆の一生』(三十七)에 나온다.

지금은 과연 알아주실까
지금도 여전히 알아주시네.


### ❖ 겨울 (冬) ❖


눈부시다 그대를 보노라면
살얼음에 아침 햇살이 빛난다


후레지아꽃 그대가 지면
납매화도 몸을 떤다
겨울이 여기에 있구나.


### ❖ 장갑 (手袋) ❖


그대는 오늘 잿빛
양피장갑을 끼고 있군요
항상 가늘고 나긋나긋한 손에
나는 그대의 장갑 위에
바늘처럼 솟아오른 봉우리를 보았답니다.
그 봉우리는 어쩐지 내 이마에
반짝이는 눈(雪)을 느끼게 했습니다.
제발 장갑을 벗지 말아주세요.
나는 여기 앉은 채
가만히 혼자서 느끼고 싶어요
똑바로 하늘을 향한 눈(雪)을

❖ 대답 (答) ❖

쓸쓸하다고 사람들은 말하네
내 사랑은 아직 보이지 않지만
가을비 지나가는 냄비에
청아한 문주란 꽃....

❖ 거울 (鏡) ❖

세워놓은 거울 앞에
온종일 서 있노라면
제비붓꽃 향기나는 사람은
만나지 않겠다고 전갈이 오네
어쩔 수 없다는 거 알고는 있어도
모습을 잠시 떠올려본다
거울에다 말을 건다
온종일 혼자 있노라면
내 벗은 나 뿐이라고

❖ 매화 (臘梅) ❖

매화향기를 아시나요?
그 차갑게 스며드는 냄새를
나는 ── 정말로 묘하지요──
그 매화향기를 맡으면

그대의 사마귀 점을 떠올린답니다.

❖ 수사학 (修辞学) ❖

오로지 귀를 기울여라
하늘을 가득 채운 일본어에
깃들어 있는 하프 소리 들리네

❖ 아버지다움: 무로 사이세이(室生犀星)에게 ❖

뜰 가에
연노란 벚꽃이 피어있네,
내 아가야, 기어서 오렴.
함께 놀자.
장난감으로는 무엇이 좋을까
풍선, 공, 피리가 좋겠지.

❖ 주인다움 (主ぶり) ❖

새로 지은 집 다타미의 청량감, 나 앉아 있노라면
이렇게 많이, 위쪽 가지에 꽃이 피네
이렇게 많이, 아래쪽 가지에 꽃이 피네

❖ 술잔치 (酒ほがい) ❖

술에서 깨지 말아요
귀공자들이여
저자 거리에 세워진 죄수들한데
까마귀들 무리를 지어 오더라도
감미로운 술이 떨어지지 않는 동안은
피리를 불어요
귀공자들이여


❖ 만사 새로워지는 법이다 ❖

늙지 마시오
귀공자들이여
새 두루마기에 새 짚신
새로 만든 두건 반듯하게 쓰고서
신작로에 엉거주춤 구부려
새로이 똥을 누세요
귀공자들이여.


❖ <옆집 세공사>⁴⁾로부터 술을 받다 ❖

이 술은 어디의 술이더냐

---

4) 鑄金家이자 歌人인 香取秀真(1874-1954)를 말한다.

효고현 나가타(難波)의 흑송으로 빚은 술(黑松酒)
시로타카(白鷹)술이다


❖ 동정호 배안에서(洞庭舟中)5) ❖


가락 구슬픈 샤미센에 맞춰
소취화(小翠花)가 노래 부르네
황금 귀거리가 흔들거려도
그대에게 어울리지 않음은 어찌하리.


❖ 유원(劉園)6) ❖


인적이 없는 건물에 홀로 있다.
오랜 된 바위를 보고 있노라면
꽃을 단 목서는 보이지 않지만
차가운 향기는 온 몸에 스미네.


❖ 불면증 (不眠症) ❖


한 밤중 복도 구석에
갓이 푸른 스탠드 전등이 하나
조용히 유리문에 비치네
늘 머리 속을 응시할 때마다

---

5) 중국여행 중, 도정호에서 지은 작품(1921년 5월 30일 書簡 참조).
6) 중국 江蘇省 蘇州에 있는 넓고 웅장한 정원이다.

### ❖ 종려 잎에 (棕櫚の葉に)❖

바람에 나부끼는 종려 잎이여
너는 온 몸 전체를 떨면서
세로로 찢어지는 이파리도 한 잎씩
쉬임 없이 가늘게 떨고 있다.
종려 잎이여, 나의 신경이여.

### ❖ 멜랑콜리아(Melancholia) ❖

이 시골길은 어디로 향하는 길인가?
그저 우울한 밭의 흙에는 가느다란 실파만이 돋아나 있다.
나는 정처 없이 걷는다.
그저 우울한 머리 속에 면도날 빛만 느끼면서.

### ❖ 심경 (心境) ❖

황폐한 길을 헤매다보면
빛은 풀을 따라 스러져간다.
짐승 같은 욕망에
겁먹지 않음은 언제 적 꿈이던가.

### ❖ 초겨울비 (時雨) ❖

서쪽 밭 위에 내리는 겨울비

동쪽으로 개이는 거리의 하늘
두 마음 어찌할 수 없음은
인간 뿐이라고 생각하노라.


❖ 사라수 꽃(沙羅の花) ❖


사라나무 싱그러운 가지에 꽃이 피면
현실이 아닌듯한 희미한 빛
곧 사라질 듯한 허공에
슬픈 그대의 눈을 보노라.


❖ 뱃사람의 익살스런 노래(船乗りのざれ歌) ❖


이 몸 상어 밥이 되리라
너를 내기로 걸고자 한다.
동정녀 마리아도 보시오
그대에게 남편이 있다는 것 견디기 어려우리


❖ 배 안 (船中) ❖


저녁이 되면 바다도
멀리 보이는 섬의 바다도 자욱해진다.
지금은 잊을 수 없는 그대 모습도
세월이 흐르면 꿈과 같겠지.

### ❖ 눈 (雪) ❖

초저녁에 종소리 듣노라면
눈은 희미하게 쌓여간다
초저녁 종소리 사라지면
그대는 지금 다른 이와 잠들어 있겠지.

### ❖ 여름 (夏) ❖

산들바람은 흩트려라 유자 꽃잎을
금붕어는 헤엄쳐라 물 위를
그대는 장난쳐라 그림부채를
콜레라는 죽여라 그대 남편을

### ❖ 나쁜 생각 (惡念) ❖

채송화를 이지러뜨리며
사람을 죽인다고 생각하네
햇살이 눈부신 대낮이건만
여자 때문에 하는 수 없다.

### ❖ 새벽 (曉) ❖

"인기척 없는 새벽에 희미하게 꿈에 보이시네"
부처님 뿐이랴 그대도 또한

"비몽사몽이 아니라 현실로 나타나리"

## ❖ 부처님 (仏) ❖

열반에 드신 눈 희미하게
감으시는 한밤중에도
슬픈 자는 석가여래
간음하지 말라고 설법하시네

## ❖ 장난삼아 (1) ❖

그대와 살고 싶은 시타마치
물이끼는 도랑 따라 파랗게 끼어있고
그대가 목욕하러 오갈 때
낮에도 윙윙대는 모기소리 들으리.

## ❖ 장난삼아 (2) ❖

그대와 살 곳은 시타마치
낮에는 적막한 골목길 안쪽
낡은 주렴이 쳐있는 창 위로
닥나무 화분에 꽃이 피어 있으리
고독한 자가 노래하다

I

거리를 비추는 봄날의 달
희미한 거리를 걷노라면
슬픈 이여 혼자구나
시든 꽃 냄새가 난다.


II

비가 갠 후의 파란 들장미
홀로 걸어가는 아침의 응달 길
마음은 그대를 닮아 있는가
들장미에 매달린 달팽이


III

낙엽을 적시는 숲속 길
생명의 가을을 핑계 대며
혼자 보고 있건만 잊을 수 없어
기품 있게 지는 한낮의 달


IV

눈 무게에 휘어진 한 그루
대나무의 심경이 되어 보노라
세상에 홀로 있는 적막함은
눈보다도 더욱 몸에 사무치네

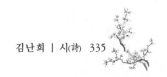

❖ 사랑의 시집(愛の詩集)7) ❖

무로 군

나는 지금 자네의 시집을 펼쳐

어느 페이지 안에 떠오른

황혼녘 거리를 바라보고 있네.

어떤 괴로운 풍경이 거기 있었는가.

나는 그 거리의 공기가

실제 내 이마 위에 눌어붙어 있는 기분이 들었다.

그러나 문득 눈을 들면

거리는, ──집들은, 강은, 사람은,

모두 어슴프레 흐려져 있는데

하늘에는 한줄기 희미하게 굉장한 무지개가 떠 있다.

나는 슬픈지 기쁜지 스스로도 잘 모르겠다.

무로 군

고독한 자네의 영혼은 저 불가사의한 무지개 위에 있다!

(1918년 10월)

---

7) 1919년 10월 3일 室生犀星에게 보낸 편지 참조. 『愛の詩集』은 무로 사이세이 처녀
   시집. 1918년 간행.

# 산문시 [번역]

## ―오스카 와일드―

### ❖ 스승(師: Master) ❖

이제야 어두운 길 위에 도달했다.

그 때 아리마대[8]의 요셉은 소나무 횃불을 밝히며 언덕을 내려와 골짜기로 들어갔다.

거기는 그의 집[9]이 될 만했기 때문이다.

'멸망의 계곡'에 있는 부싯돌 가루가 흩날리는 곳에 꿇어앉아,

그는 젊은 남자가 벌거벗은 채 우는 것을 보았다.

그 머리카락은 꿀과 같은 색을 하고

그의 몸은 하얀 꽃과 같았다.

그러나 그는 가시로 몸을 생채기내고

머리카락 또한 왕관처럼 재 투성이 속에 뒤범벅이었다.

부유한 아리마대는 나체가 되어 우는 젊은이에게 말하기를, "나 그대가 매우 슬퍼하는 것을 이상히 여기지 않으니, 그건 진정 '그 사람'이 의로운 사람이기 때문이다."

젊은이가 대답하기를 "내가 탄식하는 것은 '그 사람' 때문이 아니라오. 내 자신 때문이라오.

---

8) Arimathea. 요셉의 고향.
9) 예수 그리스도를 가리킨다.

나 또한 물로 포도주를 만들었으며, 나 또한 나병환자를 치유했으며, 나 또한 소경의 눈을 뜨게 했으며, 나 또한 물 위를 걸었으며, 나 또한 묘혈(墓穴) 속에 사는 자의 악귀를 쫓아냈으며, 나 또한 먹을 것이 없는 사막에서 굶주린 자의 배를 채웠으며, 나 또한 죽어 가는 자를 그의 비좁은 집에서 일으켜 세웠으며, 나 또한 군중들 앞에서 열매 맺지 못하는 무화과 나무를 저주하여 시들게 했건만, 사람들이 나를 십자가에 매달려고 하지 않음은 왜인가"

(1920년 11월)

❖ 제자 (弟子: Disciple) ❖

나르시소스가 죽었을 때,

그 쾌락의 샘은 감미로운 잔에서 쓰디쓴 눈물의 잔이 되었네.

그 때 메아리가 숲이 우거진 언저리를 슬퍼하며 지나간다.

그 물웅덩이가 달콤한 잔에서 짜디짠 눈물의 잔으로 바뀌는 것을 보고, 또 그 머리카락이 초록빛 꽃다발이 된 것을 보고, 울며 울며 말하기를, "과연 그대가 이토록 나르시소스에 대해 애통해 하는 것은 그가 그토록 아름답기 때문인가"

"그래도 나르시소스는 아름다워요" 라고 물웅덩이는 말한다.

메아리가 대답하기를,

"그대보다 더욱 분별력 있는 누군가가 있을 거야. 그는 종종 우리들 옆을 지나가지. 그래도 그대 앞에는 그가 그대를 찾아오네. 그는 그대가 있는 물가에 엎드려 그대를 내려다보며 그대 물에 비친 자신의 아름다움을 비춰 보았지"

물웅덩이가 대답하기를,

"그럼 내가 나르시소스를 사랑한 것은

그가 내 물가에 엎드려

나를 내려다 보았을 때

내가 그의 눈동자에 비친 내 자신의 아름다움을 보았기 때문이다"

라고.

## ❖ 나의 시 (**おれの詩**) ❖

내 머리 속에는 늘 희미한 물웅덩이가 있다.

물웅덩이는 좀처럼 움직이는 일이 없다.

나는 며칠 동안이나 희미하게 빛나는 물을 바라보고 있다.

그러면 갑자기 허공에서 곤두박질치며 뛰어드는 눈알

커다란 청개구리!

나의 시는 너구나.

나의 시는 너구나.

## 롭스10) [번역]

### (클로드 · 발)11)

나는 어젯밤 '죽음'을 보았다.

가로등에 싸락눈이 내린다.

길은 좁고 사람은 없다.

단 한 사람 내 앞에

잊을 수 없네, 검은 옷자락,

모자에는 시든 장미,

잘록한 허리로 나긋나긋 걸어가네. 매춘부,

쫓아가 불러보니, 아 ―

가로등 불빛 한가운데

신의 아들이여, 구원해 주소서

뒤돌아보니 해골 얼굴

차갑게 조소하며 말했다. 봉 소와르(Bon Soir).

나는 어제 '죽음'을 보았다.


나의 스위스로부터 (僕の瑞威から)


❖ 신조 (信条) ❖


속세의 고통을 최소로 줄이고 싶은 자는

---

10) Felicien Rops(1833-98) 벨기에 태생의 화가. 악마주의적 작품을 지녔으며 세기말주
    의적 작품을 많이 남겼다. 매춘부를 소재로 한 작품이 많다.

11) 未詳.

아나키스트의 폭탄을 던져라
속세의 고통을 속세의 고통으로 치부하고 싶은 자는
코뮤니스트의 곤봉을 휘둘러라.
속세의 고통을 완전히 없애고 싶은 자는
피스톨로 머리를 관통시켜 버려라.


❖ 레닌[12] (1) ❖


그대는 우리들 동양인의 한 사람이다.
그대는 우리들 일본인의 한 사람이다.
그대는 미나모토노 요리토모의 아들이다.
그대는 ――그대는 우리들 안에도 있다.


❖ 레닌 (2) ❖


그대는 아마도 모르고 있으리.
그대가 미이라가 된 것을?


그러나 그대는 알고 있으리.
초인은 누구든지 그대처럼 미이라가 되지 않으면 안 된다는 것을?
(우리들 동료인 천재조차 이집트왕의 아름다운 미이라로 변했다.)


그대는 아마도 체념했으리.

---

12) Nikolai Lenin (1870-1924) 마르크스주의 영향을 받아, 러시아혁명을 지도하고, 세
계최초로 사회주의국가를 건설했다.

아무튼 모든 미이라 중에서도 정직한 미이라가 된다는 것을?

주. 레닌의 시체는 미이라가 되었다.

### ❖ 레닌 (3)❖

누구보다도 십계명을 지킨 그대는
누구보다도 십계명을 파괴한 그대다.

누구보다도 민중을 사랑한 그대는
누구보다도 민중을 경멸한 그대다.

누구보다도 이상을 불태웠던 그대는
누구보다도 현실을 알고 있는 그대다.
그대는 우리들 동양이 낳은
풀꽃 냄새가 나는 전기기관차다.13)

### ❖ 황제14) (1) ❖

그대는 제대로 산책도 못한다.
그대는 편히 서서 소변도 못 본다.
그대는 한 줄의 시도 못 남긴다.
그대는 파업도 태업도 할 수 없다.

---

13) 이 시는 소설 『或阿呆の一生』(三十一)에 나온다.
14) Kaiser(独). 독일 황제의 호칭이나 여기서는 황제 일반을 지칭하고 있다.

그대는 마음대로 자살도 못한다.

그대는, —— 모든 황제는 수지가 맞지 않는 직업을 갖고 있다!

### ❖ 황제 (2) ❖

그대를 칭송할 수 있는 말은 이것 뿐이다.——

그대가 파는 훈장은 비교적 싸다!

### ❖ 손 (手) ❖

여러분은 그저 바라고 있다.

여러분이 존재하기에 적당한 사회를.

이 문제를 해결하는 것은

그대들의 힘 이외에는 있을 리가 없다.


부르주아는 하얀 손에

프롤레타리아는 붉은 손에

모두 곤봉을 쥐게나.

그럼 너는 어느 쪽이냐?

나 말인가? 나는 붉은 손을 하고 있다.

그러나 나는 그밖에도 또 하나의 손을 응시하고 있다.

——저 먼 나라에서 굶어죽은 도스토예프스키의 아이들을.


주. 도스토예프스키의 유족들은 아사했다.

## ❖ 생존경쟁 (生存競争) ❖

우승열패의 원칙에 따라,
여우는 닭을 물어뜯어 죽였다.


자, 어느 쪽이 우등한 자였을까?

## ❖ 입석관람 (立ち見) ❖


어슴푸레한 흥분에 찬 3층 계단 위에서 무수히 많은 눈이 무대로
쏠리고 있다.
훨씬 아래쪽에 있는 황금빛 무대 쪽으로.
황금빛 무대는 봉건시대를
장방형의 창으로 들여다보고 있다.
어쩌면 한 번도 존재한 적이 없는 시대를.


어슴푸레한 흥분에 찬 3층에서
그의 눈도 또한 무대 쪽을 바라보고 있다.
하루의 노동에 지친 열일곱 살 노동자의 눈조차도.


아, 아, 우리
젊은 프롤레타리아 중 한 사람도
역시 가부키극장에서 서서 보고 있다!

(1927년) [유고]

# 아귀굴* 구초(我鬼窟句抄)

김상규

❖ 1918년 大正七年 ❖

늦게 핀 벚꽃, 달걀을 깨어보니 썩어 있구나.
遅桜卵を破れば腐り居る

열병을 앓아 활짝 핀 벚꽃 빛에 떨고 있어요.
熱を病んで桜明りにふるへ居る

이 내음새는 숲속 꽃나무인가? 봄날의 달빛
この匂藪木の花か春の月

봄에 뜨는 달, 상록수에 비치는 희미한 물가
春の月常磐木に水際仄なる

초가 사립문 등불이 신호인가, 꿩 우는 소리
草の戸の灯相図や雉ほろと

찬 눈초리에 배꽃 보고 가마를 재촉해본다
冷眼に梨花見て轎を急がせし

─────────────────

* 아쿠타가와 류노스케(芥川竜之介)의 서재.

모두 모여서 신기루 보려는가? 팔이 긴 사람

蜃気楼見んとや手長人こぞる

마른 우산을 일일이 접어놓은 저녁 개구리

干し傘を畳む一々夕蛙

땅 위 뿌리도 봄비 맞은 대처럼 푸른색인가!

裸根も春雨竹の青さかな

태엽과 닮아 나비의 혓바닥은 더위에 말렸나!

鉄条に似て蝶の舌暑さかな

찌는 날씨에 탁탁 두들기고 있는 말뚝놀인가?

炎天にはたと打つたる根っ木かな

물을 뿌리면 성 아래 마을 냄새가 풍겨나려나?

水打てば御城下町の匂かな

모래로 새긴 이화기금을 보는 양산 쓴 사람

日傘人見る砂文字の異花奇禽

청개구리야, 네놈도 금방 칠한 페인트이냐?

青蛙おのれもペンキぬりたてか

두견새 우는 산속 뽕나무 따니 발그레 아침

時鳥山桑摘めば朝焼くる

청죽 발 너머 뒤뜰에 핀 꽃향기, 그윽하구나!

青簾裏畠の花を幽にす

낮에 나온 달, 일사병에 걸린 눈빛 같구나!

昼の月霍乱人が眼ざしやな

솔바람 불어 붉은 빛깔 초롱도 어느새 가을 (구게누마, 다니자키 준이치로의 은거)

松風や紅提灯も秋隣(鵠沼谷崎潤一郎幽棲)

늙은이 몸을 단단하게 감싸네, 가죽 외출복

老骨をばさと包むや革羽織

가을바람은 아직 마르지 않은 무명실인가!

秋風や水干し足らぬ木綿糸

검게 농익은 열매에 이슬 내렸네. 울지 않는 새

黒き熟るる実に露霜やだまり鳥

결핵 걸린 뺨, 아름다워 보이는 겨울용 모자

癆咳の頬美しや冬帽子

길거리 창녀, 희디 흰 손가락도 파와 닮았네!

惣嫁指の白きも葱に似たりけり

훈장의 무게, 늙은 몸에 빛나는 정월 초하루

勲章の重き老躯の初明り

나와 자신의 비단옷 냉랭하게 돌아보았다 (문득 떠오른 생각)

われとわが綺羅冷かに見返りぬ(偶感)

초겨울 바람에 하얗게 펼쳐놓은 작은 보자기

凩にひろげて白し小風呂敷

삭풍이 부네! 햇빛이 드는 자리, 도쿄 어딘가

凩や東京の日のありどころ

대나무 숲에 나는 꽃 막지 못한 선비의 집

篁に飛花堰あへず居士が家

너는 가야금 켜고, 나는 낙화에 팔베개 하네

君琴弾け我は落花に肘枕

가을 더위에 대나무의 기름을 짜내고 있네!

秋暑く竹の脂をしぼりけり

풍란이로다! 차가운 빛 가득한 바위 모퉁이

風蘭や冷光多き巌の隈

기와의 빛깔, 황혼녘 바위 군데군데 핀 연꽃

瓦色黄昏岩蓮華所々

봄바람 타는 당나귀에 채찍질 하지 말아요! (원고를 거절하다)

春風の驢に鞭喝を寛うせよ(原稿を断る)

돛대에 유리 등불 걸어두어라! 바다의 가을

檣に瑠璃灯懸けよ海の秋

삐걱대는 먹, 마을의 소학교에 두 번 피는 꽃

灰墨のきしみ村簣の返り花

따스함이여! 꽃술에 납을 칠한 조화와 같네.

暖かや蕊に蝋塗る造り花

밥 먹고 있나, 도쿄의 다바타는 온통 매화 꽃 (마쓰오카 유즈루에게)

飯食ひにござれ田端は梅の花(松岡譲に)

❖ 1919년 大正八年 ❖

매화꽃 죄다 날아가서 바람을 보지 못했네. (선친의 죽음을 애도함)

梅花飛び尽せば風を見ざりけり(先考悼亡)

괴이하구나, 저녁녘에 찾아온 국화꽃 인형

怪しきや夕まぐれ来る菊人形

어렴풋하게 수면 위로 낙화를 띄우고 있네.

水朧ながら落花を浮かべけり

요즈음에는 희작 삼매에 빠져 벚꽃도 흐리네. (남에게 답함)

この頃や戯作三昧花曇り(人に答ふ)

가슴 속에서 불어오는 찬바람 기침 되었네! (산테이의 병을 묻는 나 또한 병상에 있다)

胸中の風咳となりにけり(三汀1)の病を問ふ我亦時に病床にあり)

남경주 술은 취기가 돌지 않네, 끝나버린 봄 (호소다 고헤이를 방문하다)

酔ひ足らぬ南京酒や尽くる春(細田枯萍を訪ふ)

봄에 들어선 대나무 숲 되려나, 아련한 풍경

春に入る竹山ならん微茫たる

잔설이로다! 무덤을 둘러싸는 용의 콧수염

残雪や墓をめぐつて竜の鬚

돌아가련다. 봄바람 불어오는 초가집으로 (학교를 관두다)

帰らなんいざ草の庵は春の風(学校をやめる)

돌아가는 학, 가키 선생의 눈은 너무 차갑다

引き鶴や我鬼先生の眼ン寒し

아무 말 없이 칼 가는 장인 솜씨, 장마든 하늘

もの言はぬ研屋の業や梅雨入空


나가사키에서

長崎にて

하얀 벽이여! 바쇼의 구슬 감싼 남경사 절간

粉壁や芭蕉玉巻く南京寺


우연히 곡수 2수를 짓다

偶谷水二首を作る(五月二十二日)

---

1) 구메 마사오(久米正雄)의 하이쿠 아호(俳号).

저녁 햇빛은 끝이 없을런지도, 가느다랗게 골짜기 떨어지며 계곡물
은 빛나고

夕影はおぎろなきかもほそぼそと峽間を落つる谷水は照り

바위 밑동이 흠씬 젖어버려서, 계곡물 아래 반짝반짝 빛나는 저녁
나절이 됐다!

あしびきの岩根は濡れて谷水の下光り行く夕なりけり


난간 앞에서 차를 끓이는 아이, 대나무 가을

欄前に茶を煮る僮や竹の秋

검은 무덤에 사람의 털을 짜는 눈사람 모자 (귀녀)

黒塚や人の毛を編む雪帽子(鬼女)

백조는 희고, 까마귀는 새까만 서늘함이여

鵠は白く鴉は黒き涼しさよ

서투른 주인, 참마는 십년이나 지키고 있네!

主人拙を守る十年つくね藷

가을 한밤중, 산가지를 여러 번 바꿔놓았다

夜半の秋算木や幾度置き換えし

여덟 시인이 다니러 가는구나, 향긋한 바람

飯中の八仙行くや風薫る

상쾌한 바람, 해오라기 떨어진 봄날 논인가!

青嵐鷺吹き落とす水田かな

# 사무수 초(似無愁抄)

김상규

❖ 24일 찬비  二十四日 時雨 ❖

찬비 오려나, 어두운 잣 밤나무 아침놀 지고
時雨れんとす椎の葉暗く朝燒けて
유자 떨어져 밝아진 토지인가, 어스름 찬비
柚落ちて明るき土や夕時雨

❖ 25일 구름, 봄기운이 있다  二十五日 曇 春意あり ❖

봄에 들어선 대나무 숲 되려나, 아련한 풍경
春に入る竹山ならん微茫たる
봄 안개가 끼었다.
霞みけり ⊂⊂⊂

1919년 2월(大正八年二月)

# 아귀 구초(我鬼句抄)

김상규

❖ 봄 春 ❖

잔설이구나! 조릿대에 남겨진 용의 수염 (선친의 무덤에 성묘하다, 8년)

残雪や小笹にまじる竜の鬚(先考の墓に詣づ、八年)

이 내음새는 풀숲 꽃나무인가? 봄날의 달빛 (7년)

この匂薮木の花か春の月(七年)

따스함이여, 꽃술에 납을 칠한 조화와 같네. (7년)

暖かや蕊に蝋塗る造り花(七年)

돌아가련다. 봄바람 불어오는 초가집으로(교사를 그만두다, 8년)

帰らなんいざ草の庵は春の風(教師をやめる 八年)

흰 복숭아는 촉촉하고, 홍도는 희뿌옇구나!

白桃はうるみ緋桃は煙りけり

낮에 뜨는 별, 화창하고 포근한 봄 안개인가!

昼見ゆる星うらうらと霞かな

봄날 밤이여! 어슴푸레 욕조에 몸을 담근다. (9년)

春の夜や小暗き風呂に沈み居る(九年)

흐린 날씨에 움직이지 않는 물, 미나리 안쪽

曇天の水動かずよ芹の中

응석부리며 단팥죽을 먹었던 복사꽃 명절

舌たるう蜜豆くひぬ桃の花

퇴물이로다! 온 마을 대문 앞의 장식 대나무

お降りや町ふかぶかと門の竹

세찬 비바람, 어슴푸레 타는 듯 보이는 산세

雨吹くやうすうす燃ゆる山のなり

차가운 봄비, 어느 산에서 내려 온 눈이려나?

春雨の中やいづこの山の雪

우리 집 꽃도 활짝 핀 엽차인가? 맛있다, 맛있어!

おらが家の花もさいたる番茶かな　ウマイウマイ

❖ 여름 夏 ❖

청죽 발 너머 뒤뜰에 핀 꽃향기, 그윽하구나!

青簾裏畠の花を幽にす(六年)

두견새 우는 산속 뽕나무 따니 발그레 아침 (6년)

時鳥山桑摘めば朝焼くる(六年)

솔바람 불어 붉은 빛깔 초롱도 어느새 가을 (구게누마, 다니자키 준이치로의 은거, 7년)

松風や紅提灯も秋隣(鵠沼谷崎潤一郎幽棲、七年)

낮에 나온 달, 일사병에 걸린 눈빛 같구나! (7년)

昼の月霍乱人が眼ざしやな(七年)

한낮이로다! 송진 내음이 진한 소나무 숲속 (8년)

日盛や松脂匂ふ松林(八年)

청개구리야, 네놈도 금방 칠한 페인트이냐? (7년)

青蛙おのれもペンキぬりたてか(七年)

부는 바람에 비도 빠져나가는 들판의 청전 (8년)

風すぢの雨にも透る青田かな(八年)

조릿대 들판, 조릿대의 냄새도 한창인 대낮 (8년)

笹原や笹の匂も日の盛(八年)

서너 사람이 칼을 갈고 있구나! 장마철 날씨

三四人がだんびら磨ぐや梅雨入空

해바라기도 기름 짜고 있었네. 오후 한 시경

向日葵も油ぎりけり午後一時

산도 하늘이 되는 저녁 어스름. 여름철의 산 (8년)

夏山や山も空なる夕明り(八年)

물속의 갈대, 무지개 비쳐보는 오륙 척 크기 (8년)

水芦や虹打ち透かす五六尺(八年)

항아리 속에 살무사가 살아있는 찌푸린 날씨 (8년)

曇天や蝮生き居る罎の中(八年)

겨울 하늘은 황혼에 찾아오는 물빛과 같네!

寒天や夕まぐれ来る水のいろ

## ❖ 가을 秋 ❖

가을바람은 아직 마르지 않은 무명실인가 (7년)

秋風や水干し足らぬ木綿糸(七年)

괴이하구나! 저녁녘에 찾아온 국화꽃 인형 (7년)

怪しさや夕まぐれ来る菊人形(七年)

솔바람 속을 헤치며 걸어갔네. 성묘 가는 이

松風の中を行きけり墓参人

꽃이 핀 억새 털어내는 바다 위 비늘구름

花芒払ふは海の鱗雲

찬바람 부는 늦가을 밤 대숲 길, 왼쪽 오른쪽 (8년)

竹林や夜寒の路の右左(八年)

아침 이슬도 미끄러진 잎사귀, 담쟁이덩굴

山蔦に朝露すべる葉数かな

## ❖ 겨울 冬 ❖

삭풍이 부네! 햇빛이 드는 자리 도쿄 어딘가 (6년)

木枯や東京の日のありどころ(六年)

초겨울 바람에 하얗게 펼쳐놓은 작은 보자기 (6년)

木枯にひろげて白し小風呂敷(六年)

결핵 걸린 뺨, 아름다워 보이는 겨울용 모자 (7년)

癆咳の頬美しや冬帽子(七年)

삭풍이 부네! 정어리에 남아있는 바닷물 빛깔 (6년)

風や目刺しに残る海の色(六年)

숯 그릇 밑에 희미하게 떨리는 나뭇잎 하나

炭取の底にかそけき木の葉かな

납매로구나! 가지가 듬성듬성 찌푸린 하늘

蝋梅や枝疎なる時雨空

바람이 잦는 메마른 숲에 솟은 겨울철 햇살

風落つる枯薮高し冬日影


저 멀리 빛도 눈부신 일본에서 성모를 모신 천주당, 오늘에야 드디어 보았구나!

天雲の光まぼしも日本の聖母の御寺今日見つるかも

하늘 아래를 다스리는 곳이요, 일본의 성모 모신 천주당, 오늘 드디어 보았구나!

天雲のしきはふしたよ日本の聖母のみ寺けふ見つるかも

거친 바다에 소리 없이 아이는 줄곧 앉아서, 귀를 쫑긋 기울고 있었던 것인지도

まかゞよふ海に音なしわらはべは耳かたむけて居たりけるかも

말세에 사랑 노래의 최고봉인 가성 요시이 이사무에게 한잔 술을 올려 바친다.

末の世のくどきの歌の歌聖吉井勇に酒奉る

부풀어 오른 가을의 한낮 동안, 어렴풋하게 나팔꽃이 피었네. 대나무 끝에 핀 꽃

秋ふくる昼ほのぼのと朝顔は花ひらき居りなよ竹の末に

드높은 데로 산길은 끊임 없고, 도대체 어떤 사람이 이런 곳을 오고 갔던 것일까?

足曳の山のまほらに路たえず如何なる人かゆきかよひけん

沙浅蒲猶緑　깊지 않은 모래에 주위는 초록빛 부들

石疎波自皺　드문드문 돌이 있고, 수면은 저절로 잔물결 이네.

遥思名月下　밝은 달빛 아래 아득히 떠오르는 생각.

時有浣沙人　때마침 빨래하는 이가 있어서 마음을 씻는다.


鼎茶銷午夢　뜨거운 차는 한낮의 꿈을 녹이고,

薄酒喚春愁　연한 술은 봄의 근심을 불러일으키네.

杳渺孤山路　아득하도다! 나 홀로 우뚝 선 산길,

風花似旧不　바람에 흔들리는 꽃, 옛날과 닮았지 않은가!


세이완의 차[다실]도록 4권? (다노무라 치쿠덴 공양)

青湾1)茶[寮]図録　四冊?(竹田2)供養)


1917년-1919년(大正六年-大正八年)

---

1) 오에 세이완(大江青湾). 도요토미 히데요시의 총애를 받은 중세 말기 다인(茶人).
2) 다노무라 지쿠덴(田能村竹田). 에도시대 말기의 화가.

# 탕탕 첩[제1편](蕩々帖[その一])

김상규

我鬼[1](가키)

**갓파의 노래**   河郎の歌

붉은 빛을 띤 살갗도 비비면서, 갓파 부부는 여전히 깊은 잠에 빠져 들어 있겠지!

赤らひく肌もふれつゝ河郎のいもせはいまだ眠りてをらむ

잊을 수 없는 불그스레한 얼굴 볼 수 있을 것 같아서 옛 강으로 나 갔던 갓파, 나는

わすらえぬ丹の穂の面輪見まくほり古江ぞ出でし河郎われは

인간 여인을 그리워하였기에, 이 시냇물에 사는 갓파 아이는 죽임 을 당했다네.

人間の女を恋ひしかばこの川の河郎の子は殺されにけり

---

1) 아쿠타가와 류노스케의 하이쿠 아호(俳号).

김이 모락모락 물결치는 냄비에 눈꺼풀 내린 갓파는 차가워져 굳어 버렸는지도

小蒸気の波立つなべに河郎は瞼冷たくなりにけらしも

강물 바닥의 빛이 사라졌기에, 갓파는 물이 깃들어 있는 풀에 눈을 뜨게 된지도

川そこの光消えたれ河郎は水こもり草に眼をひらくらし

물 밑바닥에 밤이 깊어 가는가 보다! 갓파의 머리 위의 접시에 달이 떠올라 오네.

水そこの小夜ふけぬらし河郎のあたまの皿に月さし来る

바위를 감은 풀처럼 긴 목숨이 다했던 슬픈 갓파의 눈동자를 차마 볼 수 없구나!

岩根まき命終りし河郎のかなしき瞳を見るにたへめや

○

오아나 류이치에게 보내는 13일 밤에 받은 그림엽서의 답장

小穴隆一に贈る十三日夜くれた画はがきの返事

쓸쓸함이여! 달 그림이 그려진 오래된 술병. 누가 그린 것일까? 오래된 이 술병에

寂しもよ月の絵のある古徳利誰か描きけむこの古徳利

기둥에 걸린 국화가 향기롭다. 사르르 잠든 이리야의 형님은 술 취한 건 아닐까?

柱がけの菊は香ぐはしとろとろと入谷[2]の兄貴酔ひにけらずや

---

2) 도쿄 다이토구 이리야초(台東区入谷町) 부근.

주에 왈, 오자와 헤키도[2자 불명]를 불러서 이리야의 형님노릇 하
게 하다.

註ニ曰　小沢碧童[二字不明]呼んで入谷の兄貴となす


이 새는 과연 무슨 새인 것일까? 붉은 빛깔의 국화꽃을 보고서 울
었나, 안 울었나?

この鳥は何鳥ならん紅菊の菊の花見て啼けりや否や


남자 세 명이 술에 취하면 더욱 쓸쓸한 이 밤은, 니치렌 큰 스님의
기일 때문인지도

男三人酔へばまさびしこの宵は日蓮上人の御命日かも

주에 왈, 세 명이란 헤키도, 류이치, 코겐소이다.

註ニ曰　三人トハ碧童、隆一、古原草ナリ


○

**쓰네토 교에게 보내는 송이버섯을 얻은 사례** : 恒藤恭に賜る松茸を
貰つたお礼

송이버섯은 고마운 물건이야! 진한 향기로 내 방의 언저리를 깊은
산으로 만드네.

松茸はうれしきものか香を高みわが床のべを山となすかも

○

**눈앞의 일**　即事

찔레나무에 휘감은 싸리나무 한창이구나!

野茨にからまる萩の盛りかな

○

저녁나절에 축축해진 돌층계, 물푸레나무

木犀や夕じめりたる石だたみ

이 구에 대해 셋사이로부터 칭찬받은 작자 자신은 그다지 좋은 작품이라 생각 않음.

コノ句折柴3)ノオ褒メニ預ル作者自身ハアマリウマイト思ハズ

○

가을날이여! 대나무 열매 달린 울타리 바깥

秋の日や竹の実垂る、垣の外

○

찬비내리네, 층층마다 어두운 십이 층 건물

時雨る、や層々暗き十二階

석벽에 엉겨 붙은 송악도 떠는 맹추위인가!

石崖に木蔦まつはる寒さかな

2구는 모두 노상에서의 생각

二句共途上所見

○

**문단의 최근 사건을 모르고** : 文壇の近事を知らず

나타난 흑선 소문도 모르고서, 박하를 따고

黒船の噂も知らず薄荷摘み

○

흰 보석 같은 무희가 홀로 춤을 추니, 오자와 주베에 아른거려 어슴푸레해진다.

白玉の舞姫ひとり舞ふなべに小沢忠兵衛ほのぼのとなる

---

3) 다키이 고사쿠(滝井孝作). 메이지시대 소설가이자 하이쿠 작가로, 아호를 오리시바(折柴)라 지었으나, 이후 셋사이로 개칭함.

춤추는 무희는 애처로운 것일까? 돈을 바라는 손의 가루분마저 벗겨져 있었다네.

舞姫はかなしきものか銭も乞ふ手のおしろひも剝げてゐにけり

○

**어떤 사람의 나가사키 행을 배웅하다** : 或人の長崎行を送る

붉게 빛나는 남경사의 깡마른 여자 아귀야, 들보 빼앗더라도 술은 마시지 마라!

赤寺の南京寺の痩せ女餓鬼まぎはばぐとも酒なのみそね

○

사방등 불빛, 그림자는 기쁘다! 푸른 대나무 젓가락으로 해야, 튀김에도 좋겠네!

行灯の火影は嬉し青竹の箸にをすべき天ぷらもがな

사방등 낡은 불빛에 류이치는 온 정성 다해 감나무를 그리네. 하치야 떫은 감을!

行灯の古き火影に隆一は柿を描くなり蜂屋の柿を

이와레비코 천무천황께서도 감을 드시면 열 폭짜리 긴 칼을 놓아두셨을 거야!

磐礼彦かみの尊も柿をすと十束劍置きたまひけむ

(등불 모임에서의 노래 : 行灯の会の歌[4] 十一月二日)

○

**조용한 뜰에 찬비가 내리다** 閑庭時雨(十一月四日)

흠뻑 젖어든 한 가닥 덩굴인가, 하눌타리는

濡れそむる蔓一すぢや鴉瓜

---

4) 다바타(田端)의 지쇼켄(自笑軒)에서 가진 등불모임 자리의 노래로 추정.

○

대지는 망망하고, 인간을 몹시 슬퍼하다. : 大地茫々愁殺人

가을바람아! 사람 없는 거리에 키다리 잡초(11월 6일)

秋風や人なき道の草の丈(十一月六日)

○

갓대 뿌리에 흙이 메말라있는 가을날인가!

笹の根の土乾き居る秋日かな

○

**주베에게 주다**　衷平[5]に与ふ

가파른 언덕 조릿대를 파헤친 붉은 흑 위에, 오늘 내린 찬비는 흘러 내리고 있겠지

かた岡の笹掘りかへす赭土に今日の時雨は流れてをらむ

자네 집 처마 수세미는 오늘 내렸던 비에 배꼽이 썩었는지, 아직은 괜찮은 건지

君が家の軒の糸瓜は今日の雨に臍腐れしやあるはいまだ

○

**눈앞의 일**　即時

몹시 추운 날, 대나무 가랑잎에 쏟아 내리는 빗소리를 들으며 뒷간 에 내가 있다

寒むざむと竹の落葉に降る雨の音をききつゝ、厠にわが居り

대나무 낙엽에 빗소리가 멎을 때, 예술 주물사 호즈마가 때리는 망 치소리 들린다.(11월 12일)

雨の音の竹の落葉にやむ時は鋳物師秀真[6]が槌の音聞ゆ(十一月十二日)

---

5) 헤키도(碧童)라고도 하는 오자와 주베에(小沢忠兵衛).
6) 가토리 호쓰마(香取秀真). 쇠붙이 예술인이자 와카 작가(歌人).

○

시부야 길거리 창녀의 품삯으로 5푼이 있는 까닭

(渋谷の土娼に賃五銭なるものある由)

백동 동전에 몸을 파는 늦가을 추운 밤인가!

白銅の銭に身を売る夜寒かな

○

**12월 10일 눈이 내림**  十二月十日雪降る

해질녘에는 서로 나부껴 만난 눈 속 대나무

夕暮やなびき合ひたる雪の竹


칠흑 같은 밤, 불어오는 바람이 쌀쌀해질 때, 이치유테이 결코 감기 걸리지 말라!

ぬば玉の夜風に春は冴ゆる頃を一游亭よ風ひくなゆめ

사람 없는 거리에 키다리 대마. 별이 붉었네!

星赤し人無き路の麻の丈

불볕 하늘에 올라 사라져버린 키 먼지조각

炎天に上りて消えぬ箕の埃

거친 봄 안개 속에서 주름 잡힌 산등성 습곡

荒々し霞の中の山の襞

이른 새벽녘, 귀뚜리 울음 그친 고요한 지붕

赤ときや蟬なきやむ屋根のうら

소나기 오는 잔뜩 찌푸린 하늘, 활짝 핀 연꽃

夕立の来べき空なり蓮の花

장마 끝 무렵, 마파람에 저녁 파도 높아져 있네!

白南風の夕浪高うなりにけり

여름 산이여! 산도 하늘과 같은 저녁 어스름

夏山や山も空なる夕明り

울며 날아간 매미 소리 한 마디, 희미한 달밤

啼き渡る蟬一声や薄月夜

초가을이네! 나팔꽃 활짝 피는 한낮의 풍경

初秋や朝顔ひらく午さがり

술은 빨갛다! 달달한 고구마 밭, 단풍든 풀잎

酒赤し、甘藷畑、草紅葉

양배추 사러 떠난 이도 어두운 장맛비인가!

五月雨や玉菜買ひ去る人暗し

초가의 기둥 한가운데로 드는 봄 햇살인가!

草の家の柱半ばに春日かな

설날이로다! 깨끗이 손을 씻는 저녁 마음씨

元日や手を洗ひ居る夕心

다리 위에서 오이를 던져보면 물보라 치며 곧바로 나타나는 갓파의 머리카락

橋の上ゆ胡瓜投ぐれば水ひびきすなはち見[ゆ]る禿のあたま

오동나무 잎은 가지마다 제각각 시들어 있네.

桐の葉は枝のむきむき枯れにけり

가을이로다! 한쪽만 나부끼는 팽나무 가지

秋の日や榎の梢の片靡き

내리는 봄비, 가꾼 나무로 좁게 이어지는 길

春雨や作り木細る路つづき

흔들거리네! 쇠뜨기 가운데로 떨어지는 해

ゆららかや杉菜の中に日は落つれ

맑아진 바람! 잔솔에만 비치는 산의 그림자

風澄むや小松片照る山のかげ

후끈거리는 돌담길, 서성대는 저녁때인가! (북경)

石垣に火照りいざよふ夕べかな(北京)

보리타작에 먼지를 뒤집어쓴 잠자는 아이 (낙양)

麦埃かぶる童子の眠りかな(洛陽)

숯 그릇 밑에 희미하게 떨리는 나뭇잎 하나

炭取の底にかそけき木の葉かな


**큰어머니가 말하다** (伯母の云ふ)

얇은 솜으론 늘릴 수 없는 서리 내린 밤인가!

薄綿はのばしかねたる霜夜かな


鼎茶銷午夢　뜨거운 차는 한낮의 꿈을 녹이고,

薄酒喚春愁　연한 술은 봄의 근심을 불러일으키네.

杳渺孤山路　아득하도다! 나 홀로 우뚝 선 산길.

風花似旧不　바람에 흔들리는 꽃, 옛날과 닮았지 않은가!

# 탕탕 첩[제2편](蕩々帖[その二])

김상규

흩날리는 비! 희미하게 태우는 산의 생김새

雨吹くやうすうす焼くる山の形

**고조**(교토의 지명) **여인숙**  五条はたご

죽순 껍질이 솟구치며 흐르는 초여름인가!

笋の皮の流るる薄暑かな

**우즈마사**(교토의 지명)  太秦

꽃바람인가! 소 이마에 가득히 흙먼지 나네.

花降るや牛の額の土ぼこり

**고다이지**(교토의 지명) **여인숙**  高台寺はだこ

신참이 데운 물을 쓰고 있는 불빛이려나.

新参の湯をつかひをる火かげかな

**저요? 저, 우지 태생이에요.**  あてかいな　あて宇治のうまれどす

드넓은 차밭에 해가 떨어지는 시골이려나.

茶畑に入日しづもる在所かな

쓰네토 교와 엥겔스에 관해 이야기를 한다. 내가 말하자면, 엥겔스는 돈이 있었겠지. 교 왈, 서양 사람은 여간해서 고사리만은 못 먹어. 나도 고사리만 먹는 건 질색이야 라고 말했다. 바로 장난으로

　恒藤恭とエンゲルスの話をする　僕日エンゲルスは金があつたのだろ　恭日西洋人は中々蕨ばかりは食はんさ　僕日僕も蕨ばかり食ふのは御免だ　即戯れに

　산 속에 사는 고사리도 못 먹는 봄 햇살인가!

　山住みの蕨も食はぬ春日かな


**이치리키의 오아키 씨가 말하다**　一力のお秋さん1)云ふ、

　꽃 서울의 외딴집. 육각당에 사람은 살지 않고, 이야기하고 싶어 만나러 온다. 뭐야?(자동전화)

　花の都の一軒屋　六角堂2)に人住まず　話したさにあひに来る　なにや──自働電話

　우지에 여우가 없는 것은 - 차나무만 있어서

　宇治に狐のゐイへんのは──茶の木ばかり

　하늘에 별님은 몇 개 - 요만센(셀 수 없는 숫자)

　天の星さん数いくつ──よまんせん

　까마귀의 다시마 말이 - 마누라가 말았다

　からすの昆布巻──かかあまかれ

　토끼의 댑싸리 열매 되돌리기 - 귀가 따갑다

　兎のとんぶり返り──耳が痛い

　정면을 바라보는 모란 - 구두쇠

　まむきの牡丹──けちんぼ

---

1) 교토 요리 집의 여종업원.
2) 교토 초호지(頂法寺)의 속칭. 본당이 육각형이다.

**가모의 둑    加茂3)の堤**

여름 산이여! 한 곳으로만 엷은 햇살이 닿네.

夏山やうす日のあたる一ところ

사람이 많아 해지는 거리에서 맞닥뜨렸다

ひと茂り入日の路に当りけり


**요모헤이를 대신해서 오하마 씨에게    与茂平4)に代りておはまさんへ**

무정한 사람도 어린 멋 부리려고 갈아입는 옷

うき人もをさな寂びたり衣かへ


**사가(지방) 방언    佐賀語**

질문 問,    형님은 … あんしやいもんは,    るつこう?    대등 対等

형님 兄貴,    손윗사람에게    目上ニ,    있는가? … をんさるかんた?

대답 答,        ゐるくさい        はいらんこう

연장자 目上,        ゐるばんた        おはいんさい

여자 女,        おはいんさいなあたあ

무뢰한 無頼漢 … いけばよし

간바라 하루오에게 배우다 … 蒲原春夫に教はる


**나가미 댁 소장 족자    氷見家蔵幅**

二天5)    山水    니텐    산수

馬遠6)    手長猿    마규    긴팔원숭이

---

3) 교토시내 서부를 흐르는 강.

4) 아쿠타가와 류노스케의 교우 와타나베 구라스케(渡辺庫輔).

5) 미야모토 무사시의 아호

6) 마원? 마원은 중국 남송의 화가.

無名氏 虎 豪壮 무명씨 호랑이 호장하다

稼圃[7] 山水(九尺床一ぱい) 가호(가포) 산수(아홉 척 길이의 마루 가득)

沈南蘋 春秋対幅 愛スベシ 심남빈 춘추대폭(봄가을 한 쌍으로 된 서화) 상당히 좋다.

竹田 丸山写生図 지쿠덴 마루야마 사생도

藍田叔 山水(九尺床一ぱい) 남전숙 산수(아홉 척 길이에 마루 가득)

東坡墨竹 神韻あり 동파묵죽 신운이 감돈다.

仙崖[8]三、鍾鬼尤も佳 妖鬼何処耶沈香亭北倚欄干

센가이 작품 세 폭 종귀가 가장 좋다. 요귀는 어디에, 침향 정자 북쪽 난간에 기대어 있다

仙崖対幅 竹に虎と雲に竜 센가이 작품 대폭 대나무에 호랑이와 구름에 용 虎乎猫乎将又和唐内乎

호랑이인가 고양이인가, 아니면 와토나이(조루리 작품 '国性爺合戦'의 주인공)인가?

客日何耶我日竜客大咲我亦大咲ノ賛アリ

객 왈, 무언가? 나는 용객대소(竜客大咲)이고, 나는 또 대소라고 쓴 화찬이 있다고 했다.

王若水 金鶏 画ノ具剥落甚シ 왕약수 금계 그림도구는 박탈이 심하다.

雪舟[9] 鷺と蓮 셋슈 백로와 연꽃

逸雲[10] 山水(大幅) 이츠운 산수(대폭)

梧門[11] 夏景山水 고몬 하경산수

---

7) 가포. 청나라 화가로 문하생인 일본화가가 있다.
8) 에도시대 후기의 승려 화가(画僧).
9) 무로마치시대 후기의 승려 화가.
10) 기노시타 이츠운(木下逸雲). 15세기 나가사키의 남송화가.
11) 미우라 고몬(三浦梧門). 19세기 전반 나가사키의 남종화가.

逸雲　唐人遊女と枕引きの図(蜀山12)の贅あり)

이츠운  중국인 유녀와 베개를 마주한 그림 (쇼쿠산의 화찬이 있다)

**나가사키의 숙소**　長崎の宿

짧은 밤길에 종소리를 내면서, 혼돈(餛飩)을 파는 중국인 장사꾼이 지나가고 있었네.

みじか夜の町に鐘なりもろこしのワンタン売はすぎ行きにけり

**5월 11일**　五月十一日

鉄翁13)　山水小幅　데쓰오　산수화 소폭

悟門 端午景物　고몬　단오의 경물

逸雲 菊　이쓰운　국화

右三幅購入　오른쪽 세 폭 구입

**마츠쿠라 댁 창고 화폭**　松倉家蔵幅

光琳14)　東坡　贋なるべし　고린　동파　모조품이다

〃 騎虎の鐘鬼　贋紛れなし　호랑이를 탄 종귀(鐘鬼) 모조품이 틀림없다

〃 小柴垣に菊の屏風　素性よろしからず　섶 울타리에 국화가 그려진 병풍. 내력이 좋지 않다

唐画無款 寒山拾得 凡作　당화로 낙관 없음 한산습득(中唐의 두 高僧) 범작

雪舟 破墨山水 贋　셋슈　파묵산수(수묵화 기법 중 하나) 모조품

---

12) 오오타 난포(大田南畝). 에도시대 교카(狂歌)작가로 별호가 쇼쿠산진(蜀山人)이다.

13) 19세기 전반, 나가사키의 승려 화가.

14) 오가타 고린(尾形光琳). 에도시대 중기의 화가.

○与茂平と五月十三日松本家は画を見に行く、松本氏(与茂平の叔父)は事業家らしき老人なり

요모헤이와 5월13일 마쓰모토 댁에 그림을 보러가다. 마쓰모토 씨(요모헤이의 숙부)는 사업가다운 노인이다


海鶴蟠桃　바다 두루미와 반도(삼천년에 한 번 열매를 맺는다는 仙桃)
丙辰九月写似漢老学長兄清鑒南蘋沈銓

병진년 9월에 베끼다. 노인과 닮아서 맏형에게 배워 남빈 심전(심남빈)을 감별하다.

老夫騎牛図　소를 탄 노부 그림

陳瘤瓢　田家楽事寒来稀記後去年春社時云々の賛、出来栄よろし

진구표. 전가낙사 한래는 드물다고 쓴 뒤, 작년 춘사 때에 이러저러하다는 화찬, 솜씨가 매우 좋다.

長鳳儀　杏花書屋　장봉의(明代의 화가)　살구꽃 글방

若冲15)　鶏(黄毛黒毛 梅花枝上ニアリ)　자쿠추　닭(노란 털 검은 털 매화가지 위에 있다)

戴峻16)　青緑山水(仿趙松雪金銭)　타이슌(대준) 청록산수(조송설을 모방한 금 종이쪽지)

沈南蘋 蓮花之図(翡翠二 白鷺一)　심남빈 연꽃 그림(비취 두 개, 백로 한 마리)

仿徐熙　神韻アリ　三円にて買ひしよし

서희를 흉내내어 신운이 있다. 3엔에 샀다는 것이다.

列仙図　無落款　凡作　열선도(漢 유향의 列仙伝을 원작으로 그린 그림) 낙관 없음. 범작

---

15) 이토 자쿠추(伊藤若冲). 에도시대 중기의 화가.
16) 청나라 말기의 화가.

**이상은 마쓰모토 댁 창고의 화폭** 以上松本家蔵幅

二十九日記、沈南蘋の蓮猶目にあり 29일기, 심남빈의 연꽃이 아직 눈에 선하다.

**도구 가게에서 가지고 온 화폭** 道具屋の持ち来りし幅

宋紫石17) 瀑布図 佳作ナラズ 소 시세키, 폭포그림, 가작이 되지 못함

鉄翁 蟹 燥裂 데쓰오(나가사키의 승려 화가), 게, 말라서 찢어짐

錦江 菊 긴코(심남빈에게 배운 나가사키의 화가) 국화

梧門 雪景 悪シカラズ 고몬, 설경, 나쁘지 않다

鉄翁 紺紙金泥ノ梅竹団扇 데쓰오, 감색 종이에 금니(金泥)로 쓴 매죽 그림부채

熊斐 虎渓三笑 出来ヨロシ但し子はこの種の画を好まず

유희(심남빈에게 배운 에도 중기 화가), 호계삼소(동양화 화제중 하나), 잘 만들어짐. 다만 나는 이 종류의 그림을 좋아하지 않음.

胡公寿 山水 호공수(청나라 말기 화가로 일본에 살았다) 산수

唐画(款ナシ) 牡丹錦鶏(朽損甚し補筆画力を殺し居り)

당화(낙관 없음), 모란과 금계(심하게 썩고 헐어서 보필한 것이 그림의 힘을 죽이고 있다)

銭舜挙18) 米嚢花(贋) 센슌쿄 미낭화(모조품)

与茂平日涵九の句に 「松が枝に朝日おめでたうござります」と云ふのがあります即ち口語句を試む

요모헤이 왈, 간큐의 구에 '소나무가 가지에 아침 해가 좋은 아침입

---

17) 에도시대 중기의 화가.

18) 중국 원나라 시대의 화가로 자(字)가 순거(舜挙)이다.

니다 라고 말하는 것이 있습니다. 즉, 구어체 구(句)를 시도해본다.

### 젊은 여인(나가사키의 기생)의 뜰에 사초 꽃이 있다

お若さんの庭に萱草の花あり

사초 꽃까지 피었다고 하지만 이별이구나!

萱草も咲いたばつてん別れかな

헤어짐이여! 참외도 달콤한 달도 좋고 좋은데

別る、や真桑も甘か月もよか

### 요모헤이(庫)와 시도해보는 렌쿠    与茂平と試みし連句

○

료칸 스님께서도 숯불 쌓아올리네. (류노스케)

・良寛19)様も炭火もるなり(竜)

작은 병풍의 뒤에 있던 고양이 태어나면서, (요모헤이)

小屏風のうしろに猫は生れつ、(庫)

새싹이 부풀어서 가지 여기저기에, (류노스케)

・木の芽ふくらむ枝の向き々々(竜)

햇볕을 쬐는 모습이 보이면서 평온해지고, (요모헤이)

日南ぼこ面影見えて静かなる(庫)

옷자락 끌고 있는 선반 위 여자인형. (류노스케)

・棚に裾ひく女人形(竜)

삼일 째에도 만나지 않고, 돌아간 저녁녘 안개 (요모헤이)

三日目もあはずに帰る夕霞(庫)

---

19) 에도시대 후기의 승려이자 가인(歌人)이며, 한시(漢詩)도 읊었다.

○

꽃을 가지고 네덜란드 이쪽을 바라보았다 (류노스케)

花を持ち荷蘭陀こちを向きにけり(竜)

허공에 비스듬히 떨어지는 연 있네.  (요모헤이)

• 空はすかひに落つる凧あり(庫)

○

밀집으로 만든 집에 난쟁이 부부가 살고, (류노스케)

麦藁の家に小人の夫婦住み(竜)

담뱃대를 든 손도 뻗칠 수가 없네.  (요모헤이)

• 煙管持つ手ものばしかねたり(庫)

○

차 거품 도구 다루기도 익숙한 간큐  (요모헤이)

• 茶筅さばきもなれた涵九(庫)

새가 머무는 한 칸에 바람은 불며 지나가고, (류노스케)

花鳥の一間に風は吹きかよひ(竜)

교제를 회피하여 금서를 펼쳐본다. (요모헤이)

• つき合ひさけて禁書ひもとく(庫)

○

해오라기가 우는 소리 부탁해! 늦가을 첫 비  (요모헤이)

白鷺の声たのめなや初時雨(庫)

풀숲에는 투명한 마른 나무 한 그루 (류노스케)

• 薮は透きたる枯木一もと(竜)

장맛비 남풍, 바다를 뒤흔드는 새벽녘인가!

黒南風の海揺りすわる夜明けかな

한낮 동안은 가지가 굽어지는 무성함인가!

昼中は枝の曲れる茂りかな


**나가사키 그림   長崎画**

양산을 쓰고 네덜란드 이쪽을 보고 있었네.

日傘さし荷蘭陀こちを向きにけり


**어떤 이에게   人に**

제발 살짝만 밀집을 덮어줘요, 장 딸기 위에

あさあさと麦藁かけよ草苺


깊은 가을의 한낮, 어렴풋하게 나팔꽃은 꽃을 피우고 있었네! 어린 대 그늘에서

秋ふくる昼ほのぼのと朝顔は花ひらきたりなよ竹のうらに

으슴푸레 늘어진 밤꽃마다 물을 들이는 오늘의 새벽녘은 고요한 날이구나!

おぼろかに栗の垂り花見えそむるこのあかつきはしづかなるかも

구름 낀 한낮, 신성한 뜰을 보니 잣 밤나무의 나뭇잎 그늘 흙도 거칠어져 있었네.

昼曇るさ庭を見れば椎の木の葉かげの土も荒れてゐにけり


맑아진 바람! 잔솔에만 비치는 산의 그림자

風澄むや小松片照る山のかげ

**큰어머니가 말하기를**    伯母の云ふ

얇은 솜으론 늘릴 수 없는 서리 내리는 밤인가!

薄綿はのばしかねたる霜夜かな

나뭇가지가 기왓장에 걸려 있는 무더위인가!

木の枝の瓦にさはる暑さかな

마당 잔디에 좁은 길 돌아버린 철쭉꽃이여!

庭芝に小みちまはりぬ花つつじ

깊어가는 밤, 곁에는 식어버린 미꾸라지 죽

更くる夜を上ぬるみけり泥鰌汁

깊은 한낮에 가지를 서로 얽어맨 풀숲이런가!

昼深う枝さしかはす茂りかな

칡 우려낸 물, 컵을 떠나 다가온 숟가락 크기

葛水やコップを出づる匙の丈


**북경 북해**    北京北海

와서 보니까, 처마로 뻗은 장미에 신록의 바람

来て見れば軒はふ薔薇に青嵐


**이치유테이를 보내다**    送一游亭

서리 내리는 밤길을 사초삿갓 가는 곳 어디?

霜のふる夜を菅笠のゆくへかな


**고가의 신혼**    古瓦[20]新婚

단밤을 까니 너무나도 즐거운 눈 깊은 밤이네!

---

20) 고지마 세이치로(小島政一郎)의 아호

甘栗をむけばうれしき雪夜かな


**라쇼몽 초판을 가졌던 사람에게**　羅生門の初版を持ちし人に
뒤돌아보며 가늘게 길을 가는 늦가을인가!
振り返る路細そぼそと暮秋かな


**기쿠치 간에게 보내다**　菊池寛につかはす
찬비 내리는 호리에의 찻집에 손님 한 사람
時雨る、や堀江の茶屋に客一人


**또다시 나가사키에 유람하다**　再遊長崎
중국 절간에 활짝 핀 파초, 굵게 부풀어졌네!
唐寺の玉巻芭蕉肥りけり
첫 가을이네, 벼메뚜기 잡으니 부드럽구나!
初秋や蝗握れば柔かき
고양이가 마시는 물웅덩이, 덧없는 안개
かげろふや猫にのまるる水たまり
첫서리인가! 풀숲과 이웃하며 살고 있어요.
初霜や藪に隣れる住み心
대나무 순도 붉게 비치고 있는 피안 날인가!
竹の芽も茜さしたる彼岸かな
겨울날이여! 창호지를 스치는 대나무 그림자
冬の日や障子をかする竹の影
등나무 꽃과 처마 끝의 이끼가 늙어 갔구나.
藤の花軒端の苔の老いにけり

## 이치유테이　一游亭

나팔꽃이여! 땅으로 기어가는 덩굴의 높이

朝顔や土に這ひたる蔓のたけ

## 관동대진재 이후 시바야마의 경내를 지나다

大災後芝山内をすぐ

솔바람을 맨 정신으로 들어요, 오래된 겹옷

松風をうつつに聞くよ古袷

## 헤키도와 함께 마시다　飲与碧童

건넨 풋콩을 받아든 사람인가? 튼튼한 부채

枝豆をうけとるものや渋団扇

선향을 말린 자리에, 오동나무 잎사귀 하나

線香を干した所へ桐一葉

산다화에 핀 꽃망울 떨어지는 맹추위이네!

山茶花の蕊こぼるる寒さかな

산골짜기에 삼나무 맑아지는 메아리인가!

山峡の杉冴え返る谺かな

금귤 사이로 푸른 하늘 보이는 첫서리인가!

初霜の金柑残る葉越しかな

삼월이려나, 붉게 비치고 있는 억새 봉우리

三月や茜さしたる萱の山

## 오랜만에 질녀와 만나서　久しぶりに姪にあひて

뒤돌아보는 볼에 살이 쪘어요, 살구나무 빛

かへり見る頬の肥りよ杏いろ

## 사토 소노스케에게　佐藤惣之助に

유서가 깊은 야마토 부채 들고 가려가면서 오라고 알렸다네, 맵시 있는 아가씨

空にみつ大和扇をかざしつつ来よとつげけんミヤラビあはれ

먼 봉우리에 빛나고 있는 눈발, 희미하게도 목숨을 지킨다고 너에게 알려준다.(무로에게)

遠つ峯にかがよふ雪のかすかにも命をもると君につげなん(室生に)

하늘구름에 드나드는 빛인가, 일본의 성모 모신 천주당, 오늘 드디어 보았구나!

天雲にかよふ光や日のもとの聖母の御寺けふ見つるかも

우리 집 뜰에 겨울바람 불어와, 우거진 푸른 가지마다 찬비와 함께 흘러내리네.

わが庭は枯山吹の青枝のむら立つなべに時雨ふるなり

길바닥 서리, 아침마다 내리면 단감은 잎을 떨어뜨려버리고, 땡감나무는 아직

露霜の朝々ふれば甘柿は葉を落したり渋柿はまだ

잎을 다 모아 바람에 나부끼는 먹물 대나무. 그 누가 그렸을까? 이 먹칠한 대나무

葉をこぞり風になびける墨の竹誰か描きけんこの墨の竹

1922년-1923년(大正十一年-大正12年)

『芥川竜之介全集8』「詩歌」(底本)

# 한 칸의 방(ひとまところ)

조성미

다이쇼(大正)13년 9월 18일 여느 때처럼 위장병을 앓아 침상에 드러누워 있었던 한 칸짜리 방은 병중 조용히 읊조린 시조를 기록한 것이다.

❖ 초막(작은 암자) ❖

늦가을 아침의 쌀쌀한 추위, 꽈리가 남아 있는 풀 속
가을 비 물이끼가 낀 나뭇가지들

❖ 여행 중 ❖

가을바람, 저울에 올려 진 커다란 잉어
손 한 움큼의 참마를 받았다. 가을바람

❖ 우스이 고개(碓氷峠) ❖

이삭여뀌를 등롱에 늘어뜨린 술로 하는구나, 가을바람

머리맡에 초라(樗良)[1]의 칠석날 그림 여백에 써넣은 시문을 걸었다.
바람이 쌀쌀하게 부는 칠석날 대나무 장식, 한밤중 안개

❖ 베갯머리로 귀뚜라미가 온다 ❖

동전을 떨어뜨리는 마른 대나무 통이여, 귀뚜라미여.
약 달이는 연기를 싫어하는 귀뚜라미여


손님이 방문했다. 이름하여 후쿠기(伏羲)[2]라 한다.
샘과 암석, 안개와 노을의 주인이다.
그저 꽃이 피고 지는 것을 바라보고 있다.
남의 비평 따윌랑 입 밖에 내지도 말고
자네와 하룻밤 얘기 나누는 것이
10년 동안 서적을 읽는 것보다도 가치가 있다.
하늘이 감정이 있다면 하늘도 또 늙고,
마음이 동요하여 안정을 찾지 못하고
깊은 원망을 억누를 수 없다.
슬픔의 불은 늘 마음속을 다 태우고 만다.
한탄스런 구름은
자꾸만 얼굴을 찌푸리게 한다.
편지에 기록한 이외의 사항,
문장 따위를 논하느니 잠을 자는 편이 훨씬 현명하다.
오늘저녁 사람 없는 방 창문을 비춘 밝은 달빛은

---

1) 에도 중기(1729~1780)의 俳人
2) 중국 옛 전설 속 제왕의 한 사람으로 머리는 사람이고 몸은 뱀.

친구인 자네에게도 마찬가지로 비추고 있다.
감출 수 없는 것은 어리석음,
겉으로 드러낼 수 없는 것은 추함이로다.


외눈의 나이 어린 중, 도깨비불, 우산, 눈, 코 입이 없는 귀신,
지쿠린(竹林)스님


이상한 꽃이 먼 나라에서 피어있다.
무성한 넝쿨은 깨끗한 연못에 드리워져 있다.
한나라 사신은 왔어도 아무 것도 얻지 못하고 돌아가네.
신노(新農)3)조차도 끝내 그 꽃을 모른다.


---

3) 몸은 사람이고 머리는 소인 중국 옛 전설 속 제왕의 한 사람. 처음으로 농업을
   가르쳤고 농경신과 의약신의 성격을 지녀서 백초의 성질을 알기 위해 몸소 맛을
   보았다고 전해진다.

# 조코도 구초(澄江堂句抄)

### 미야자키 나오코

어젯밤에 내린 봄비, 새벽까지도 내내 내리고 있다.
교토를 출발해 고베로 향한다.
교토 (摂津)[1]의 산하는 꿈결에 있는 것 같구나.


비[2]가 내리고 있구나. 희미하게 놀이 지는 산의 형세.


一游亭主人[3]가 伊香保[4]에서 온천욕으로 병을 치료하려고 한다.
헤어질 때의 마음은 저절로 너무나 슬프고 아프다.


서리[5]가 내리는 밤을 삿갓(菅笠)의 행방인가

---

1) 효고(兵庫).
2) 봄의 계어(季語)로 계절감을 나타내기 위해 넣도록 정해진 말.
3) 오아나류이치(小穴隆一)의 호 서양화가로 아쿠타가와의 평생의 친구.
4) 군마(群馬)현 온천마을.
5) 겨울의 계어.

가마쿠라 평야를 즐긴다. 전에 즐겁게 지낸 때가 언제였든가 생각
이 나지 않는구나.

등나무 꽃6) 처마 끝에 이끼7)가 끼어버렸구나.

다이쇼 12년 8월 하순, 古原草8)와 함께 一游亭를 방문했다. 뜰 앞에
나팔꽃 화분이 몇 개 있었다. 그래서 장난삼아 시를 지었다. 관동대지
진 후에 다시 一游亭를 찾아갔다. 一游亭는 저번처럼 나팔꽃을 가리
키면서, 웃으며 나에게 말하기를 '이 집이 불에 타버리면 그 시가 살
아날 텐데.'

나팔꽃이여. 배를 땅에 대고 기어가고 있는 긴 넝쿨.

관동대지진 후에 어쩌다가 섶나무 가지가 있는 增上寺 경내를 지
나, 커다란 소나무가 무사한 것을 확인했다. 마치 옛 친구를 만난 듯
하다. 기쁜 마음을 금할 길 없구나.

꿈과 현실 사이에 솔바람9)을 받는다. 낡은 겹옷.10)

시골 사람은 밤이 있다는 사실을 모른다. 그저 알고 있는 것은 어둠

---

6) 늦봄의 계어.
7) 여름의 계어.
8) 遠藤古原草(1893년~1930년): 칠공예의 하나인 옻칠을 한 위에 금, 은의 가루나 색
   가루를 뿌려, 기물의 표면에 무늬를 나타내는 일본 특유의 공예사.
9) 어쩐지 쓸쓸한 정경을 나타내는 말.
10) 여름의 계어. 안감이 있는 옷으로 10월~5월까지 착용한다.

뿐이다. 밤은 등불에 비춰진 것을 이 시골의 어둠이 더욱 어둡기 때문
이다.


깊어가는 밤, 미꾸라지국11)이 식어버렸구나.


검은 양복에 회색 중절모를 쓴 하이카이(俳諧)짓는 사람의 마음을
생각하라.


초가을이여. 메뚜기12)를 잡으면 부드럽다.


가마쿠라에 있는 구메 마사오를 방문했다. 밤은 아무런 정취도 없
지만
마당 밖에 있는 모래밭 가을빛이 깊은 정서.


옥수수13)여. 줄기와 잎이 무성하게 너무 자라서 메마른 날의 냄새
가 난다.


안쪽에 있는 나무 한쪽 편은 시들고, 한쪽 편은 무성함을 애지중지
하면서.


가을날이여. 오동나무 가지 끝의 한쪽 편만 나부끼고 있다.

---

11) 여름의 계어.
12) 8월초경인 초가을의 계어.
13) 가을의 계어.

객실 다다미방에는 집사람의 낡은 히나인형을 장식했다. 서재에는 그저 고려왕조 도자기에 손으로 잡아 잘라온 나무 한 가지를 꽂으면서.

복숭아꽃이여. 봉우리가 촉촉이 젖어 있는 흰 가지.

조용하고 한가로운 필시 이와 같은 마음일 것이다. 인간의 넓은 마당을 기뻐하며 혼자 봄날을 게으름 피우며 보냈다.
마당 잔디에 좁은 길을 돌았다. 진달래꽃이 피어있다.

중국 하남성(中国河南省)의 용문산(竜門山) 석불(石仏)을 보려고, 낙양(洛陽)의 고도(古都)에 간 것도 어느 사이에 3년이나 지난 옛날이 되어 버렸다. 성 밖의 노랗게 물든 보리, 변발을 한 농촌 남자와 여자가 옛날 그대로 보리타작을 하고 있다. 지금도 눈앞에 일처럼 선명하다.

탈곡한 보릿가루 짊어진 잠이 든 어린아이.

오랜만에 만난 조카딸이 훌쩍 커 어른 같은 모습도 낯설어서.

뒤돌아보는 볼에 붙은 살이여. 살구14)빛

원예에 대해 누가 물었을 때에

살짝 밀짚모자를 쓰세요. 장딸기.15)

---

14) 여름의 계어.
15) 초여름의 계어.

호프만의 전기물을 좋아해서 읽던 시절, 혼자서 가마쿠라 해변에 어려보이는 바다를 바라보면서.

　장마가 끝날 무렵 남풍이 부는 저녁에 파도가 높아졌구나.

　약용으로 마시는 뱀술 값으로 하는 것인가.

　흐린 하늘이여. 살무사16)가 살아있는 병속.

　글을 써서 생활하는 모습을 보는 것은 어쩐지 쓸쓸하다.

　나뭇가지가 기와에 닿는 더위.

　기온(祇園) 가와라마치(河原町) 숙소 주변을.

　길거리. 석양이 한곳만을 비추고 있네.

　아비코(安孫子)17)에 있는 折柴18)를 방문했다.

　부들의 이삭19)은 바람에 나부끼기 시작했다. 연꽃도 피어 있다.

　相模역에서 그저 본대로 시를 읊었다.

---

16) 여름의 계어.
17) 千葉県安孫子市.
18) 滝井孝作의 俳号. 소설가, 俳人
19) 늦여름의 계어.

찔레나무에 휘감긴 싸리를 고봉으로 담았다.


처자는 일찌감치 잠들고 나는 홀로 책상을 마주하면서


갓난아이가 기침[20]을 한번 하는 늦은 가을이구나.


밤에 엔카쿠지(圓覚寺)[21]에서 돌아왔다. 원각사 주변의 모습은 자연스럽게 그린 그림 속에 있는 것 같다.


대나무 숲이여. 추운 밤길을 좌우로 간다.


정서와 격조는 미나시구리(虛栗)[22]과 같은 표현이 난해한 것을 기뻐하고, 의미는 곤스이(言水)[23]와 같은 괴이를 즐기는 젊은 시절의 겉멋이 든 행동이다.


매춘부의 흰 손가락도 파[24]와 비슷하구나.


유가와라(湯河原)[25] 온천에서 시를 읊었다.


첫서리[26]가 내린 금귤[27]이 나뭇잎 사이로 보이는구나.

---

20) 겨울의 계어.
21) 가마쿠라에 있는 臨済宗圓覚寺의 총본산.
22) 에도시대의 俳諧選集..
23) 松尾芭蕉와 동시대의 俳師
24) 겨울의 계어.
25) 아타미(熱海)에 인접한 온천지.
26) 겨울의 계어.

이다 다코쓰(飯田蛇笏)[28]에게 보내는 글 마지막에


봄비내리는 가운데, 눈이 남아있는 甲斐[29]의 산들.


누군가 말하는 풍류는 봄의 탁주[30]에 있다.
우리 집에서는 팥소가 든 떡에 꽃[31]이 떨어져 있구나.


잠깐의 휴식을 얻은 기쁨으로 시를 읊었다.


대나무 싹도 갈색으로 선명하게 빛을 받아
아름답게 빛나는 히간(彼岸)[32]이로다.


---

27) 늦가을의 계어.
28) (1885~1962) 山梨県출신의 俳人
29) 山梨県의 옛이름.
30) 봄의 계어로 중국 한시에 많이 등장하는 조합.
31) 봄의 계어.
32) 춘분이나 추분의 전후 각 3일간을 합한 7일간 또 그 즈음의 계절.

# 조코도 잡영(澄江堂雜詠)

미야자키 요시코

❖ 주거의 모습 ❖

새 집 다다미가 쾌적하고 기분이 좋아서 내가 앉아있는데,
여기에 위쪽 가지의 꽃이 피었네.
또 여기에 아래쪽 가지의 꽃이 피었네.

❖ 정원 앞 ❖

봄비야. 노송나무는 서리로 변질된 채.

<이웃 연금술사>한테 술을 대접받았다.
이 술은 어디 술인가.
효고현의
黑松의 술
白鷹의 술

❖ 연인의 모습 ❖

바람에 흩날리는 삿갓
무언가 길에 떨어져있지 않을까
어째서 내 이름을 소중히 여길까
소중히 여길 것은 당신의 이름뿐이라오.

만나지 못할 거라면 차라리
적당히 당신을 잊고 살라는 것인가.
죽음도 오로지
목숨을 지키는 것은 한탄스런 것이라 여겨지오.

❖ 우노 코지(宇野浩二)에게 장난을 치다 ❖

자아, 어린이들이여. 날이 잘 드는 낫을 들고
우노의 귀밑털을 깎아 말 사육장으로.

❖ 아버지의 모습 ❖

마당 주변에는
옅은 노란색 벚꽃도 피어있는 것을
애야, 기어서 오너라.
놀자꾸나.
장난감으로는 무엇이 좋을까
풍선, 작은 공, 피리가 좋을까.

❖ 가나자와(金沢)에 있는 무로 사이세이(室生犀星)[1]에게 보낸다 ❖

머나먼 산봉우리에 반짝반짝 빛나는 눈처럼 멍하니 살아간다고
자네에게 고하노라.
세상만사 모든 것이 새로워져야만 하는 것과 같다.
낡으면 안 된다.
귀공자인 여러분
새 비단에 새 짚신
새 까마귀 모자를 재빨리 썼으면
새로운 길에 웅크리고
새 똥을 누십시오.

---

1) (1889~1962) 가나자와출신의 서정시인, 소설가. 야성적인 인간추구와 감각적 묘
  사로 명성을 얻었다.

# 문예 일반론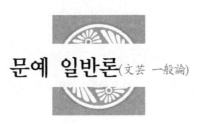(文芸 一般論)

조성미

저는 문예라는 것에 대해 최대한 쉽게 생각해 보고자 합니다. 이것은 곧 통속적으로라고 생각해 본다는 의미와 같습니다. 어찌 되었든 과학적인 사고를 하지 않고 생각해 보려 하는 겁니다. 이와 같은 저의 생각과는 달리 과학적으로 문예를 생각할 수도 있습니다. 저의 문예론은 전부이 과학적인 생각에 근거해 있습니다. 그러지 않으면 안 될 지도 모릅니다. 오늘날 문학의 목적을 문예상의 아름다움이라든지 본질을 위함이라고 한다면, 문학론·과학적인 사고방식에 근거한 문학론은 미학의 한 부류가 되지 않으면 안 됩니다. 만약 그렇다면 이는 저의 역량을 뛰어넘는 영역일 겁니다. 이뿐만이 아니라 '문예 강좌'의 목적과도 거리가 멀 겁니다. 여러 의미에서 저는 앞서 언급한 바대로 최대한 통속적으로 문예란 무엇인가에 대해 생각해 보려 합니다. 말이 나온 김에 짚어 둡니다만, 이미 과학적인 사고와는 동떨어지니 당연히 저의 생각은 직감적인 방향으로 기울 수밖에 없습니다. 그러기 위해서 저 혼자의 판단이라고밖에 볼 수 없는 부분도 나올 수 있을 듯합니다. 그것은 이 논의의 특성상 어쩔 수 없는 부분이기 때문에 사전에 양해를 구해두고자 합니다.

## ❖ 1. 언어와 문자 ❖

문예에는 소설이나 서정시 혹은 희곡이라든가 여러 형식이 있지만, 어쨌든 어떤 문예도 언어를 사용해야만 합니다. 혹은 그 언어를 나타 내는 부호-즉 문자를 사용해야 합니다. 다만 선종[1]의 도련님들은 부립 문자(不立文字)[2]라고 말하지만, 아무리 학식과 덕을 갖춘 고승이라도 언어나 문자를 사용하지 않는 한, 시의 첫 구절 하나도 제대로 지을 수 없습니다. 그러나 이렇게 말한다고 해서 언어나 문자를 늘어놓기 만 하면 모두 문예가 된다고는 할 수 없습니다.

어떻게 언어나 문자를 배열한들 <이등변삼각형의 항각의 이등분선 은 저변을 이등분한다>라는 문구가 문예가 아니라는 사실은 분명합 니다. 하지만 언어나 문자를 사용하지 않는 문예란 어디에도 없다는 사실만큼은 틀림없습니다. 그러면 문예란 무엇인가 하면 우선 <언어 나 문자에 의한 ─ 언어나 문자를 표현의 수단으로 하는 어느 한 예술 이다>라고 할 수 있을 것입니다.

앞에서도 잠깐 언급했듯이, 언어나 문자를 배열한 것이 반드시 문 예는 아닙니다. 오늘날 문예를 한 인간에 비유한다면 언어나 문자는 육체에 해당합니다. 아무리 육체가 완비되었더라도 영혼이 들어있지 않으면 필경 시체에 불과하듯이 아무리 언어나 문자가 배열되었더라 도 문예로써 문예답지 않으면 문예라고 부를 수 없습니다. 그렇다면 언어나 문자보다도 이 문예로써 문예다운 것을 포착하여 문예란 이런 것이라고 말하는 편이 분명 쉬울 것입니다. 그러나 이 문예로써 문예

---

1) 오로지 좌선수행으로 깨달음을 얻고자하는 불교의 종파.
2) 불도는 언어문자에 집착하지 않고 마음에서 마음으로 전해야 한다는 선종의 입 장을 나타내는 말.

다운 것을 마침 앞서 비유한 영혼처럼 용이하게 포착할 수는 없습니다. 영혼은 육체 안에 있는 것이 아닙니다. 하지만 그렇다고 육체 밖에 있는 것도 아닙니다. 다만 육체를 통해서만 그 정체를 드러내는 것입니다. 문예를 문예답게 하는 것은 역시 영혼과 차이가 없습니다. 육체 외에 영혼을 구하는 것은 유령을 믿는 심령학자입니다. 언어나 문자 외에 문예를 문예답게 하는 것을 구하는 것도―유령과 비슷한 것을 믿는 신비주의자라고 할 수 있습니다. 하지만 저는 불행하게도 상식 일변도의 인간이기 때문에 형편상 우선 육체인 언어나 문자를 생각하고자 합니다.

앞에서 <언어나 문자>라고 했는데 잠시 언어만 떼어서 생각하면 원래 언어란 인간끼리의 의지를 소통시키기 위해 발명한 것이니까 반드시 어떤 의미를 갖추고 있습니다.. 다만 <아~>라든가<어머>라는 감탄사는 무의미하다고 할지도 모릅니다. 하지만 다른 명사나 동사만큼 확실한 의미는 없더라도 누구나 <아~ 슬프도다>대신에 <어머~ 슬프도다>라고 하지 않는 점을 보면 어쨌든<아~>는 <아~>나름대로 <어머~>는 <어머~>나름 어떤 사용법과 의미를 갖추고 있다고 해도 지장이 없을 것입니다. 그 다음으로 언어란 우리 인간의 입에서 나오는 목소리를 이용하기 때문에 반드시 어떤 소리를 갖추고 있습니다. 그러면 맹아학교 학생의 언어는 어떨지 따위는 질문해서는 안 됩니다. 그것은 언어라고 하지만 실은 언어를 대용하는 몸짓에 불과하기 때문에 당연히 문제가 되지 않을 것입니다. 그러면 제일 먼저 어떤 의미를 갖추고, 두 번째로 어떤 소리를 갖추고 있다는 것은 물론 어처구니없을 정도로 당연합니다. 그러나 이 당연한 사실이라도 저의 논의를 진행하는 데에는 다소 역할을 완수할거라 여겨집니다.

다시 한 번 앞으로 되돌아가 보자면, 언어나 문자를 사용하지 않는 문예는 어디에도 없고, 문예는 언어나 문자를 표현수단으로 하는 예술입니다. 그렇다면 문예도 어떤 의미와 함께 어떤 소리를 갖춘 것이 분명합니다. 가령 전철을 탔다고 합시다. 전철을 타기 위해서는 돈을 내고 표를 받아야 합니다. 이것은 회사에 가기 위해 전철을 타도 여행하기 위해 전철을 타도 내지는 또 음식점에 가기 위해 전철을 타도 항상 벗어날 수 없는 운명입니다. 언어도 이와 마찬가지입니다. 적어도 언어를 사용한 이상은 어떤 의미를 갖춘 데에다 어떤 소리를 갖추는 것이 당연합니다. 즉 한 수의 노래는 한 수의 의미를 갖추고 동시에 또 한 수의 소리-소리라고 하는 것이 이상하지만 어쨌든 음조나 가락 따위를 갖추고 있게 됩니다. 이것은 물론 소설이나 희곡에서도 마찬가지 입니다. 모든 문예는 의미와 소리의 양면을 갖추고 있는 셈입니다. (이런 의미와 소리의 관계는 다음에 설명하겠습니다) 다만 어떤 문예 형식은 다른 어떤 문예형식만큼 비교적 소리를 중요시하지 않습니다. 혹은 더욱 정확하게 말하면 비교적 청각적 효과를 중요시하지 않습니다. 이 비교적 청각적 효과를 중요시하지 않는 형식인 전자를 산문이라고 하고 비교적 청각적 효과를 중시하는 형식인 후자를 운문이라고 합니다. 그러나 산문과 운문의 차별은 물론 비교적이기 때문에 어디를 경계로 한다고 말하기는 애매모호합니다. 과연 소설과 단가를 비교하면 전자는 분명히 산문이고 후자는 확실히 운문입니다. 이는 산문과 운문의 양극에 있는 것을 비교하기 때문입니다. 전자와 후자 중간에 위치하는 것----즉 운문적 산문과 산문적 운문을 비교하면 어느 것을 어느 것이라 말하기 어려울 것입니다.

그러나 앞에서 언급한 대로, 문예는 언어나 문자를 표현의 수단으로 하는 예술입니다. 그렇다면 언어를 생각한 이상 문자를 생각해보지 않으면 안 됩니다. 원래 문자란 언어를 나타내는 부호입니다. 우선 언어 즉 문자라고 해도 좋습니다. 의미를 갖춘 것은 물론 소리도 확실하게 갖추고 있습니다. 하기야 부호이니까 문자 그 자신은 소리를 내지 않습니다. 소리를 내는 날이면 부호가 아닌 요괴변화가 될 것입니다. 그러면 언어와 문자는 완전히 동일한 것인가 하면 반드시 동일하지 않습니다. 문자는 언어가 갖추지 못한 형태를 갖추고 있습니다. 이런 형태라는 것은 예로부터 등한히 처리되고 있는데 결코 문예와 상관이 없는 것으로 치부될 수 없습니다. 언어도 표현의 수단이라면 문자도 표현의 수단입니다. 언어의 의미나 소리를 소중히 하면서 문자의 형태에 등을 돌리는 것은 아무리 생각해도 편파적입니다.

하지만 문자의 형태라는 것이 예로부터 등한히 처리되어 온 것은 결코 우연이 아닙니다. 문자는 앞에서도 언급했듯이 언어를 나타내는 부호입니다. 이렇게 말해버리면 간단하지만 실은 특별히 언어를 나타내는 부호만은 아닙니다. 한자라는 동양의 상형문자는(한자도 면밀히 구분하면 상형만이라고만 할 수 없습니다만 한자의 구성법이라든가 会意[3]라든가 하나하나 구별할 필요도 없으니까 상형문자라는 말로 대신하겠습니다) <이누>는 <개-犬>, <하시루><달리다>와 같이 한 자 한 뜻(一字一義)을 나타내는 것은 분명합니다. 그러나 <알파벳>이라는 서양의 음표문자는 A는 <에>, B는 <비>로 한 자 한 음(一字一音)밖에 나타내지 못합니다. 즉 동양의 상형문자처럼 언어를 나타내는 부호가 아닙니다. 따라서 서양의 언어란 소수의 예외(가령 영어의 O라는 감탄사 등)를 제외하면 두 개 이상의 문자를 모은 것입니다. 이런 문자가 모인 언어는 확실한 형태를 갖추고 있지 않습니다. 물론 A는 A의 형태를, B는 B의 형태를 갖추고 있는 것은 틀림없습니다. 하.

---

3) 두 자 이상의 복수의 자형으로 그 뜻을 합성, 조합하여 하나의 새로운 한자를 만드는 구성법.

지만 하나의 언어로써 보면 여러 언어에 공통된 여러 문자를 포함하고 있기 때문에 그 하나의 언어로써의 형태---형태상의 개성은 분명치 않게 됩니다. 그래서 예로부터 서양인은 문자의 형태를 등한히 처리하고 있는 것입니다. 그러나 서양인은 당분간 그럴 테지만 <이로하>라는 음표문자 이외에 한자도 사용하고 있는 우리들은 등한히 처리될 도리가 아닙니다.

실제 문학론을 강의하는 학자는 아무리 등한히 처리해도 의외로 일반민중은 등한시하고 있지 않습니다. 그 증거로는 여러분도 <아무래도 이 글자는 모양이 나쁘다>라는 등 고개를 갸우뚱할 경우가 있을 것입니다. 그 글자 모양의 좋고 나쁨이란 것은 결국 그 문자의 형태---혹은 그 문자가 부여하는 시각적인 효과를 가리키고 있는 것입니다.

한자의 시각적인 효과가 풍부하다는 것은 논할 필요가 없습니다. 따라서 한자를 사용하는 문예---그 중에서도 한자만을 사용하는 중국의 문예는 언어의 의미나 소리 외에도 문자의 형태를 중시하고 있습니다. 글자 획이 적은 문자가 많다는 것은 이 담담한 절구의 맛을 매우 더해주고 있습니다.

하지만 이런 문자의 형태는 언어의 의미나 소리처럼 문예의 생명을 지배하는 커다란 문제가 아닐지도 모릅니다. 하지만 일본의 문예조차 다소나마 문자의 형태를 중시하는 경향이 있는 것은 의심할 여지가 없습니다.

마지막으로 다시 한 번 되풀이하면 문예는 언어나 문자를 표현의 수단으로 하는 예술입니다. 이것을 좀 더 상세하게 말하면 (1)언어의 의미 (2)언어의 소리 (3)문자의 형태인 3요소에 의해 생명을 전하는 예술입니다. 그러면 다음 문제는 이 3요소 상호간의 관계로 이동하고자 합니다.

## ❖ 2. 내용과형식 ❖

문예는 앞에서 언급한 대로 (1)언어의 의미 (2)언어의 소리 (3)문자의 형태인 3요소에 의해 생명을 전달하는 예술입니다. 다시 한 번 문예를 한 인간에 비유하면 이 3요소는 곧 뼈라든가 근육이라든가 피부에 해당한다고 생각합니다. 뼈라든가 근육, 피부는 뼈는 뼈, 근육은 근육, 피부는 또 피부인 것처럼 독립하여 작용하는 것이 아닙니다. 모두 하나가 된 전체로써 작용할 뿐입니다. 만약 뼈는 움직여도 근육이나 피부는 움직이지 않는다면 그 인간은 불구자일 뿐만 아니라 살아도 죽은 거와 같은 괴물이 될 수밖에 없습니다.

언어의 의미와 언어의 소리, 문자의 형태인 3요소도 항상 전체가 활동하는 일은 그와 전혀 다르지 않습니다. 이제 제3요소---즉 문자의 형태만은 주로 중국의 문예로 제한되어 있기 때문에 잠시 불문에 부치기로 하면 언어의 의미와 언어의 소리는 항상 전체가 활동해야만 하고 또 전체적으로 활동하지 않으면 도저히 생명을 전달할 수 없게 됩니다. 실제로 단가로 증명하자면 한 수의 의미와 한 수의 소리는 항상 미묘하게 뒤얽혀 있습니다. 가령 <산과 강여울이 우는 유즈키가다케(弓月が嶽)[4]구름이 걸려 지나간다>고 하는 히토마로(人麻呂)[5]의 노래를 보십시오. 이 웅대하고 거침없는 풍치는 이런 웅혼한 상태를 기다리지 않고 나타난 것이 아닙니다. 혹은 이 한 수의 단가에서 우리들의 마음에 전해지는 감명---너무나도 웅혼한 감명은 풍치와 상태가 하나가 된 <전체>에서만 생겨나는 것입니다. 물론 비교적 청각적인 효과

---

4) 弓月が嶽: 나라현(奈良県)에 있는 산봉우리.
5) 柿本人麻呂: 万葉歌人으로 힘찬 음조를 지닌 웅대, 장엄한 노래를 지어 후세 歌聖으로 존경받았다. 이 노래는 「万葉集」권 7에 있다.

를 중시하지 않는 형식---즉 산문은 단가처럼 언어의 소리에 힘입은 바는 많지는 않습니다. 그러나 무엇보다도 빠른 이야기가 나쓰메 선생님의 <도련님>이나 <나는 고양이로소이다>를 보십시오. 그 경쾌하고 재치 있는 문장의 상태는 그 경묘한 작품의 효과를 적잖이 도와주고 있습니다. 그러면 산문에도 단가처럼 언어의 의미와 언어의 소리와 하나가 된 <전체>는 존재한다고 해야만 합니다. 제가 내용이라고 명명한 이 <전체>가 바로 그것입니다.

하지만 유래내용이라는 말은 여러 의미로 해석되고 있습니다. 실제로 어떤 사람들이 소위 내용은 소설이라면 한 편의 줄거리, 단가라면 한 수의 大意입니다. 다시 한 번 히토마로의 단가를 예로 들자면 이런 사람들은 이 단가의 내용을 <산속의 강여울이 울면 유즈키가다케에 구름이 끼어있다>라 하는 데에만 있다고 생각하고 있습니다. 그러나 내용이란 이른바 알맹이(내용물)가 전체이기 때문에 한 편의 줄거리나 한 수의 대의를 내용이라 부르는 것은 우스꽝스러운 일입니다. 만약 이것을 내용이라고 한다면 한 인간도 한 구의 해골도 똑같아야만 합니다. 다시 한 번 또 어떤 사람들의 소위 내용은 주로 산문일 경우입니다만 그 작품에 내포된 사상 혹은 도덕입니다. 비록 이런 사람들은 <도련님>의 내용을 <위선자 정도 대단치 않다. 따라서 누구 하나도 위선자한테는 상당한 제재를 가하지 않으면 안 된다>고 말할 뿐이라고 생각하고 있습니다. 이것도 알맹이 전체인 내용이라는 말과 부합하지 않습니다. 알코올은 술에서 생산되었지만 누구도 술이 곧 알코올이라고 하지 않는 것은 사실입니다. 하지만 어젯밤에 마신 알코올 뒤탈로 오늘 아침은 두통이 난다는 등 떠들어대는 주정뱅이도 있지만 그것은 일상 하는 이야기이니까 문제가 되지 않습니다. 그 밖에도 아직 내용이라는 의미는 여러 의미로 해석되겠지만 그런 사람들의 흔히 내용이라는 것은 모두 제가 말하는 내용이 아닙니다.

제가 말하는 내용은 앞에서 언급한 언어의 의미와 언어의 소리가 하나가 된 전체입니다.

하지만 내용을 이렇게 말한다고 하면, 내용은 문예 그 자체와 똑같아진다고 하는 질문도 나올 것입니다. 실제 내용은 문예 그 와 거의 큰 차이가 없습니다. 다시 한 번 되풀이하기가 죄송하지만 문예는 언어나 문자를 표현의 수단으로 하는 예술입니다. 하지만 문예상의 작품은 항상 몇 가지의 말로 성립합니다. 단 하나의 말로 성립되어 있는 작품 따위는 아직 없다고 해도 과언이 아닙니다. 가령 모든 운문 가운데에서도 가장 짧은 하이쿠조차 17음에 상당하는 몇 개의 말을 포함하고 있습니다. 그러면 등한히 처리될 수 없는 것은 그 작품을 구성하고 있는 몇 개의 말의 나열입니다. 물론 <나무를 가져와라>라고 하는 것으로도 아무렇게나 말을 나열하면 ---<와라를 나무 가지고>라든가 따위로 나열하면 다른 사람한테는 통하지 않을 것입니다. 하지만 저의 나열법은 그러한 것을 말하는 것이 아닙니다. <깊어가는 가을, 이웃은 무엇을 하는 사람인가>라고 할까 <저무는 가을 이웃은 무엇을 하는 사람인가>라고 할지 생각할 때의 나열법입니다. 결국 말의 의미가 통하는지 통하지 않는지의 나열법이 아닌 생명을 전달할 수 있느냐 없느냐 하는 나열법입니다. 이 몇 개의 말의 나열법을 불문에 부칠 수는 없다고 하면 그 몇 개의 말로 이루어진 한 구나 한 편, 한 장의 나열법도 역시 불문에 부칠 수는 없을 것입니다. 아니 더욱더 3부작 장편소설 등을 생각하면 몇 개의 구로 이루어진 한 절---그 몇 개의 절로 이루어진 한 장-그 몇 개의 절로 이루어진 한 편-그러한 노력의 결과인 한 편의 나열법도 역시 불문에 부칠 수는 없습니다. 즉 문예사의 작품은 작게는 17음에 상당하는 몇 개의 말의 하이쿠에서

많게는 몇 천구, 몇 백절, 몇 십장에 상당하는 몇 만개의 말인 장편소설까지 모조리 어떤 나열법으로---혹은 그 작품을 지배하는 어느 구성강의 원칙에 따르고 있습니다. 그 구성상의 원칙을 따르지 않는 한 어떠한 내용도 일약 문예상의 작품이 될 수는 없습니다. 단순한 내용은 ---이 구성상의 원칙이 결여된 내용은 책상의 모양을 이루지 못한 책상이라든가 의자의 모양을 이루지 못한 의자인 것처럼 요령부득의 것으로 끝날 뿐입니다. 결국 문예상의 작품은 한편으로 내용을 지닌 동시에 다른 한편으로는 그 내용에 형태를 부여하는 어떤 구성상의 원칙을 지녀야만 합니다. 위에서 언급한 내용과는 달리 제 형식이라고 명명한 것은 실로 이 구성상의 원칙을 가리키고 있는 것입니다.

내용은 위에서 언급했듯이 절대 형식을 필요로 하고 있습니다. 동시에 또 내용을 함께 지닐 수 없는 형식도 존재하지 않습니다. 저는 <형식이 결여된 내용은 책상의 형태를 이루지 못한 책상이라든가 의자의 형태를 이루지 못한 의자와 같다>고 말했습니다. 그러면 내용이 결여된 형식도 책상을 이루지 못한 책상의 형태라든가 의자를 이루지 못한 의자의 형태와 마찬가지인 셈입니다. 이것은 물론 생각할 수도 없습니다. 그렇다면 내용이라 하고 형식이라고 해도 이 양자는 사실상 뗄 수 없는 것---혹은 부즉불리(사이가 좋지도 나쁘지도 않은) 관계에 서있다고 해야만 합니다. 비록 여러 번 예로 든 히토마로의 단가를 보시기 바랍니다. 그 웅혼한 내용은 <갈대의 산하 여울>운운하는 말의 나열 즉 그 형식을 기대하지 않고 존재할 수 없습니다. 그러나 어떤 형식인 것도 그 웅혼한 내용을 기대하지 않고 존재할 수는 없습니다. 비록 존재한다 해도 그것은 내용도 형식도 매우 허접한 물건입니다. 하지만 저는 지금까지는 물론 이후에도 내용이나 형식 마치 물과 기름처럼 논의를 계속할 생각입니다. 하지만 이런 논의상의 구별은

다만 편의를 취지로 한 일시적 방편의 수단이니까 사실은 어디까지나 뗄 수 없는 이른바 악연에 얽힌 것으로 이해해야만 합니다.

이 형식이라는 말도 여러 의미로 해석되고 있습니다. 실제로 저 자신도 앞 장(언어와 문자)에 운문을 산문과의 차이를 논할 때 비교적 청각적 효과를 중시하는 형식이라든가 비교적 청각적 효과를 중시하지 않는 형식이라든가 형식이라는 말을 사용했습니다. 더욱이 그 밖에도 일반인들은 단가의 57577이나 575 나열법에도 형식이라는 말을 이용하고 있습니다. 그러나 이런 형식은 모두 좁은 의미의 형식입니다. 가령 우리들이 숯불은 그저 불이라고 하는 것과 같습니다. 숯불은 확실히 불입니다만 물론 넓은 의미의 불은 숯불 외에도 램프 불이라든가 화재 불을 포함하고 있습니다. 넓은 의미의 형식도 내용에 대한 형식도 넓은 의미의 불처럼 좁은 의미의 형식을 초월한 모든 문예에 걸친 형식입니다. 이 넓은 의미의 형식과 비교하면 좁은 의미의 형식은 약속이라고 해도 좋을지 모릅니다.

저는 이상으로 겨우겨우 <내용과 형식>의 문제를 정리했습니다. 이 문제는 쉽게 보여도 매우 까다로운 문제입니다. 그러나 어쨌든 제 자신은 일단 저를 믿듯이 정리하려고 하니까 다음에는 좀더 깊이 파고들어 내용이라는 것을 생각해봅시다. 하지만 내용론을 시작하려고 하면 자연히 사토미 돈(리견돈)의 <소설 내용론>과 같은 것을 언급하게 될지도 모릅니다. 혹은 또 다른 것은 언급하게 될지도 모릅니다. 하지만 그것은 어느 쪽이 됐건 <문예 강좌>와 특성상 부득이한 일로 양해바랍니다.

### ❖ 3. 내용 ❖

저는 앞에서 내용이란 언어의 소리와 언어의 의미가 하나가 된 <전체>라고 했습니다. 가령 <산하의 여울이 울고 유즈키가다케에 구름이 끼어 지나간다>라는 한 수의 단가의 내용은 이 한 수가 우리에게 제공하는 어떤 감명의 전체입니다. 그래서 이 내용을 생각해보면 대체로 아래 두 가지로 나눌 수도 있습니다. 즉 제일 먼저 <산하의 여울이 울고 유즈키가다케에 구름이 끼어 지나간다>이라는 어느 경치를 이해하는 것이고 두 번째는 그런 풍경에 어느 정서를 느끼는 것입니다. 이렇게 나눌 수 있는 것은 물론 단가만이 아닙니다. 하이쿠도 소설도 희곡도 모든 문예상의 작품 모두 적용할 수 있습니다. 가령 지카마쓰 몬자에몬(近松門左衛門)6)의 <大経師昔暦>7)을 생각해봐도 오상 茂兵衛8)의 비극적인 생애를 이해하는 것과 그 비극적 생애의 비애를 느끼는 두 방면─이른바 인식적 방면과 정서적 방면으로 나눌 수 있습니다. 그러면 문예적 내용이라는 것은 우선 이 두 방면을 갖춘 부분으로 시작된다고 해도 좋습니다. 하지만 이 양 방면은 사실상 그다지 확실하게 분리되어 있지 않을 지도 모릅니다만 편의상 위와 같이 둘로 떼어놓고 생각할 수 있다고 여겨집니다.

저는 전에 <이등변 삼각형의 항각의 이등분선은 저변을 이등분한다>는 문예가 아니라고 말했습니다. 이것은 전혀 우리들의 정서에 호

---

6) 近松門左衛門(1653~1724): 에도시대의 浄瑠璃、각본작가. 의리 인정의 갈등을 주제로 하는 많은 작품을 남겼다.

7) 浄瑠璃, 1706년 초연. 교토의 경문 필사가 以春의 아내 오상이 실수하여 세무 관리인 茂兵衛와 정을 통한 실제 사건을 각색한 것.

8) 두 사람은 실재 인물로 불의를 범하여 사형에 처해졌는데, 이 작품에서는 마지막에 목숨을 건지게 된다.

소하는 방면이 결여되어 있기 때문입니다. 그러면 어느 풍경으로만 제한하지 않겠습니다. 어떤 사실로도 뭐라도 좋습니다. 어쨌든 이해하는 방면은 어떤가 하면 아무리 정서로는 호소해도 전혀 언어가 되지 않는 것은 역시 문예의 범위에 넣을 수 없습니다. 가령 소리나 색을 기대하지 않고 전달할 수 없는 정서는 당연히 이 범위 밖에 있는 것입니다. 하지만 근대 문예는 프랑스 상징주의[9]의 운동 이래 표현주의[10] 와 다다이즘처럼 재래의 문예에 절망한 정서를 파악하는 데에 성공했다. 그러나 여러 번 되풀이 하듯이 문예는 언어나 문자를 표현의 수단으로 하는 예술입니다. 이 제한을 초월할 수 없는 한 역시 문예의 내용이 되지 않는 정서를 인정하지 않을 수 없습니다. 가령 칸딘스키의 <즉흥>이라는 제목의 그림은 다만 아무런 모양도 없는 재료의 색의 집합입니다. <이는 표로 넣으면 좋겠지만 <문예강좌>의 경제 상태로는 도저히 말할 수 없습니다> 그런 그림이 제공하는 정서는 어떠한 다다이즘[11] 시인인들 도저히 언어를 수단으로 표현할 수 없을 것입니다. 물론 자신을 표현했다고 떠들어대는 것은 본인마음이겠지만 적어도 저는 그 점에 의심할 수밖에 없습니다. 아니 특히 칸딘스키[12] 를 예로 들기에는 합당치 않습니다. 가령 <논코>[13]의 밥공기라든가 제공하는 정서는 문예의 범위 밖에 있습니다. 우리들은 뭔가 감동했

---

9) 19세기후반 프랑스에서 일어난 詩의 유파로 사실과 감정사상의 기술보다 영상과 음악에 의해 암시를 추구하는 창작을 했다.
10) 19세기말 독일에 일어나 20세기 초에 걸쳐 전개된 예술상의 경향으로 외계의 감상적 인상을 수동적으로 수용하여 묘사하는 태도를 배제하고, 자아의 내면적인 삶의 표출을 예술상의 사명으로 하는 것.
11) Dadaism :제1차 대전 종전 무렵 스위스에 일어난 예술상의 한 주의로 전통적인 형식에 대해 극단적인 반항을 시도했다.
12) Vassilie Kandinsky(1866~1944): 러시아출신의 화가로 표현주의파에 속하고 전혀 대상을 정하지 않는 추상예술을 주장했다.
13) 교토(京都)의 楽焼의 명장 道人 (1574~1656)의 속칭. 茶器의 명작을 남겼다.

을 때 <뭐라 말할 수 없다>고 말하고 싶어집니다. 그것은 우리들뿐
만이 아닙니다. 실은 문예 그 자체의 환성을 지르고 있는 것입니다.

  그런데 문예적 내용의 인식적 방면과 정서적 방면을 갖춰야만 하는
것은 위에서 언급한 대로입니다만 문예의 종류가 달라서 이 두 방면
도 저절로 변화를 낳을 수밖에 없습니다. 우선 단가, 서정시(단가도 물
론 서정시에 넣을 수 없는 것은 아닙니다. 그러나 여기에서 서정시라
는 것은 단가 이외의 서정시를 가리키는 것입니다) 등은 정서적 방면
이 앞선 문예입니다. 동시에 또 음악이라는 순정서적 예술에 가장 가
까운 문예입니다. 벨렌14)이라는 프랑스의 시인은 명성 높은 <작시
술>15)이라는 시 속에 <무엇보다도 음악을>이라고 말했습니다. 이것
은 물론 서정시이기 때문에 비로소 가능한 주문입니다. 이 주문에 응
한다는 것은 단가조차 불가능할 지도 모릅니다. 그래서 또 소설 희곡
등은 인식적 방면이 앞선 문예입니다. 동시에 또 철학이라는 인식전
문 학문에 가장 가까운 문예입니다. 벨렌을 예로 든 김에 서양인을 또
한 사람 예로 들면 입센16)이라는 노르웨이의 희곡작가는 문제극17)이
라는 것조차 주창했습니다. 이것도 희곡이나 소설이기 때문에 비로소
주창할 수 있는 것입니다. 비록 가키노모토 히토마로이든 문제단가
등이라는 것은 지을 수 없습니다. 우선 기껏해야 완성한 부분이 도가
(道歌)18)정도로 끝날 뿐입니다. 오늘날 소설, 희곡 등을 문예의 우위에
있다고 하고 또 단가, 서정시 등을 문예의 하위에 있다고 생각한다면,

---

14) Paul Marie Verlaine(1844~1896): 프랑스의 시인. 상징파의 대표자.
15) 作詩術: 친구 란보와의 방랑생활중의 저작.
16) Henrik Ibsen(1828~1906) : 산문극을 창시하고 부인문제, 사회문제를 다룬 작품을
    쓰고 근대극의 시조로 불린다.
17) 그 시대의 사회문제 등을 다뤄 관객에 호소하는 극으로 톨스토이, 쇼 등에도 있다.
18) 교훈의 뜻을 이해하기 쉽게 집어넣어 지은 노래.

그 밖의 여러 문예는 일단 이 중간에 찬연히 필적한다고 해야 합니다. 그것을 한 일례로 드는 것은 쓸데없는 수고라 여겨지니까 실례를 무릅쓰고 어쨌든 이 중간에 필적하는 각양각색인 점은 사실입니다. 과연 문예적 내용이란 위로는 <논코>의 밥공기가 제공하는 정서의 양식을 경계로 하고 아래로는 <이등변 삼각형의 항각의 이등분성은 저변을 이등분한다>가 제공하는 인식의 양식을 경계로 한 지면이 틀림없습니다. 그러나 그런 지면만이라도 거기에 싹을 내고 꽃을 피운 각각의 작품의 내용은 에누리 없이 천차만별입니다. 옛날 그리스인은 시의 여신을 9명으로 제한했는데--- 그 중에는 천문학 여신이나 역사의 여신도 섞여 있는데, 만약 현대 우리들도 시의 여신을 제조한다고 하면 도저히 9명이나 10명이 아닌 하이쿠의 여신, 문제극의 여신 심리묘사의 여신 상징주의 여신, 사소설의 여신, 다다이즘의 여신--아무튼 훨씬 많은 여신을 필요로 했을 것입니다.

　문예의 내용이 복잡한 점은 위에 언급한 대로이지만 이는 문예의 한 종류-가령 소설을 생각해봐도 역시 거의 차이가 없습니다. 과연 소설은 희곡 등과 함께 문예의 극우당-즉 인식방면이 앞선 것입니다. 그러나 또 그 중에서도 인식적 요소가 많고 적거나 반대로 설명하면 정서적 요소가 짙고 옅음에 무수한 차별이 있는 것입니다. 가령 기쿠치간의 소설 등은 매우 인식적인 요소가 많습니다. <忠直卿行状記>[19]나 <恩讐の彼方に>[20]나 철학 같은 점을 지니고 있습니다. 그러나 사토 하루오(佐藤春夫) 군의 소설 등은 이런 요소가 부족한 대신 정서적 인 방

---

19) 다이쇼7년 9월 「중앙공론」. 인간다운 대접을 받지 못하는 다이묘(大名)라는 지위에 절망하여 난행을 거듭하는 忠直卿의 심리를 묘사했다.

20) 다이쇼8년 「중앙공론」에 발표 주인의 첩과 간통하여 주인을 살해하는 죄를 범한 市九郎의 속죄의 생애를 그렸다.

면이 풍부합니다. <侘しすぎる>21)나 <お絹とその兄弟>22)나 거의 그저 산문을 이용한 서정시라 해도 지장이 없습니다. 하지만 어느 쪽이 진짜이고 어느 쪽이 가짜라고 할 수 없습니다. 가능하다고 말하는 군자도 있을 지도 모릅니다. 저는 가능하다고 여겨지지 않습니다. 모두 분명히 존재할 권리를 갖고 있다고 이해하고 있습니다. 그러면 또 왜 갖고 있는가 하면 그것도 앞에서 언급한 대로 문예는 위로는 <논코>의 밥공기가 제공하는 정서의 양식을 경계로 하고 아래로는<이등변 삼각형의 항각의 이등분성은 저변을 이등분한다>가 제공하는 인식의 양식을 경계로 한 각양각색의 내용을 포옹할 수 있기 때문입니다.

이 점을 좀 더 명확히 하기 위해서는 다시 한 번 앞에서 언급한 문예의 정의--정의라는 것도 과장되지만 아무튼 정의와 같은 것으로 되돌아가 봐야만 합니다. 문예는 언어나 문자를 표현의 수단으로 하는 예술입니다. 그 언어는 먼저 의미를 두 번째로 소리를 갖고 있습니다. 여기서 소리는 잠시 제외하고 의미를 지니고 있는 한 언어는 도저히 인식적 요소를 벗어날 수 없습니다. 음악의 표현 수단으로 하는 소리나 회화의 표현 수단으로 하는 색은 이 요소 없이도 성립됩니다. (하지만 회화에서도 사람이나 말, 혹은 나무를 그리면 사람은 사람으로 인식하고 말을 말로 인식하고 혹은 나무를 나무로 인식하는 이상 이 요소는 분명히 존재합니다) 그러나 언어는 <산>이라고 하면 그 <산>이라는 어떠한 정서를 느끼든지 아무튼 <산>이라는 것을 인식하는 데에 있습니다. 과연 <오~>나 <아~>라는 감탄사는 정서밖에 전달하지 못할 지도 모릅니다. 하지만 비록 전달하지 못하더라도

---

21) 다이쇼11년 「중앙공론」. 처와 헤어지고 친구의 아내로부터 실연당한 淸吉의 쓸쓸한 생활을 묘사했다.
22) 다이쇼7년 「중앙공론」. 작가가 임시로 거처한 시골집 고용인 お絹의 불행한 신상 이야기.

<오~>나 <아~>라는 감탄사만으로는 시의 한 구절도 불가능할 것입니다.<松島やああ松島や松島や> 나 <これはこれはとばかり花の吉野山>23)에서도 <松島>나 <花の吉野山>를 필요로 하고 있습니다. 이러한 언어를 표현의 수단으로 하고 있기 때문에 문예는 아무리 해도 인식적 방면을 버릴 수 없습니다. 나이 오히려 문예는 어떤 다른 예술보다도 인식적 요소가 많은 점을 특색으로 하고 있다고 여겨질 정도입니다. 만약 회화나 음악을 금이나 은에 비유한다면 문예는 철이라고 할 수 있습니다.

철은 금이나 은보다도 견고한 것이 특색입니다. 우리 조상들은 이런 특색을 이용하여 검과 창을 만들어냈습니다. 그들이 문예의 특색을-인식적 요소가 많을 것을 이용하여 옛날에는 서사시, 현재는 소설을 만들어낸 것도 역시 이와 마찬가지입니다. 그러면 그 소설 속에 인식적 요소의 다소에 따라 각양각색의 차별이 발생하는 것도 당연할 것입니다. 강철과 연철은 다르더라도 철이라는 점은 똑같습니다. 너는 부드러우니까 철이 아니라고 말한다면 연철도 아마 달갑지 않을 것입니다. 적어도 철이라는 특색을 갖춘 이상은 연철도 강철도 똑같이 철로써 다뤄야만 합니다. 문예도 물론 어느 것을 좋아하든 여러분 마음에 달려 있습니다. 하지만 어느 것이어야만 한다는 것--가령 서정시가 아니면 문예가 아니라든가 자연주의 소설이 아니면 문예가 아니라는 것은 신중하게 잘 생각해야만 합니다. 하물며 다시 한 번 편협한 구별을 문예상에 구분 짓는 것은 더욱 신중하게 잘 생각해야만 합니다.

이런 인식적 방면과 정서적 방면은 횡적으로 문예에 인심을 쓰는

---

23) 安原貞室(1610~1670)의 작품.

것만이 아닙니다. 종적으로도 정서적 요소가 많아진다든지 제각기 한 시대의 문예에 인심을 쓰고 있다는 의미입니다. 19세기 전반에 일어난 낭만주의24) 문예는 이 정서적 요소가 많았던 --오히려 지나치게 많았던 문예였습니다. 그 반동으로 세기말(세기말이란 대체로 19세기말을 의미합니다)에 일어난 자연주의25) 문예에 인식적 요소가 많았던 것은 언급할 필요가 없습니다. 앞에서 예로 든 노르웨이의 입센이나 영국의 쇼26)라는 희곡작가는 이런 가운데에서도 최고입니다. 오늘날 쇼는 <입센主義の眞髓 >라는 책 속에 <희곡 속에 논의를 넣는 것은 신시대의 희곡작가의 특색이다>라고 말했습니다. 뿐만 아니라 그 자신의 희곡 권두에도 긴 논문을 집어넣었습니다. 그것도 그의 주장에 의하면 <예로부터 예술가는 그 묘사하고자 하는 것을 설명해서는 안 된다. 그것은 닭의 그림을 그리고 "이것은 닭입니다"라고 단정하는 것과 마찬가지로 우스꽝스럽다고 한다. 하지만 특별히 설명했으니까 우스꽝스럽다고 할 수 없다. 아카데미 전람회에 가보면 모든 화가가 제각기 자기 자신의 그림에 '산의 풍경'이나 '소녀의 초상'이라고 설명한 글을 붙이지 않았는가?> 라고 말합니다. 하지만 쇼의 논의는 그림에 제목을 다는 일이 우스꽝스럽다는 것은 증명해도 희곡에 논문을 집어넣는 일을 변호할 수 있을지 의문입니다. ---그러나 그것은 별개의 문제입니다. 아직 이런 각 시대의 문예의 변화는 반드시 인식적 방면의 다소-혹은 정서적 방면의 농염만으로 논의될 처지가 아닙니다. 그밖에

---

24) romanticism: 당시 전 유럽에 확대되어 워즈워즈, 바이런, 샤트프리앙 등 많은 문인이 배출되었다. 공상적 주관적이고 개성을 존중하는 경향이 있다.
25) naturalism: 근대 자연과학의 영향을 받아 인간생활을 자연과학적으로 관찰하고 진실을 발견하여 묘사하고자 하는 문예상의 주의.
26) George Bernard Shaw(1856~1950): 극작가로 입센의 영향으로 연극혁명을 꾀하여 해학과 재치를 지닌 필치로 문단에서 유니크한 지위를 차지했다.

도 여러 견해가 있고, 그러한 여러 견해를 참작하지 않으면 설명할 수 없는 점도 물론 많습니다.

문예에 각양각색의 내용이 존재할 수 있는 것은 -바꿔 말하면 다종다양한 문예에 제각기 존재의 이유가 있다는 것은 위에서 언급한 대로입니다. 그래서 다음 문제로 넘어가는데 그 전에 잠깐 이야기하고 싶은 것은 통속소설이라는 문제입니다. 낭만주의 문예도 좋고 자연주의 문예도 좋다면 통속소설도 좋으냐고 질문하실 분도--혹은 없을 지도 모르지만 만일 있다고 치고 이 문제를 생각해봅시다. 통속소설이란 서양에도 있습니다. 베넷[27]라는 영국의 소설가는 자작 통속소설에 <공상소설>이라는 보기 좋은 이름을 붙이고 있는데 어쨌든 통속소설이 분명합니다. 그러나 이 통속소설은 어느 정도 보통 소설과 다르냐면 -물론 신문의 삽화 소설을 통속소설로 단정해버리면 아주 간단히 정리됩니다. 하지만 조금 깊이 파고들어(개입) 생각해보면 그다지 확연한 구분은 없습니다. 이치보다도 손쉬운 사실을 생각해 보십시오. 프랑스의 위고[28]라는 소설가가 쓴 <레미제라블>이라는 소설이 있습니다. 그 소설을 일본 신문의 삽화소설로 했다고 하면 통속소설이 안 될까요? 안 된다고 한다면 그 뿐입니다만 구로이와 루이코(黑岩淚香)[29]가 <레미제라블>을 번역한 <嗚呼無情>라는 소설은 일생일대의 갈채를 받았습니다. 최근 구메 마사오(久米正雄)[30] 군이 번역한 <레

---

27) Enoch Arnold Bennett(1867~1931): 프랑스 자연주의 영향이 짙은 작풍으로 명쾌하고 평이한 문체의 작품을 썼다.
28) Victor Marie Hugo(1802~1885): 상상력, 풍부한 감정으로 묘사하나, 사상은 약간 깊은 맛이 부족하다는 평이다.
29) 黑岩淚香(1862~1920): 메이지 문학자로 「万朝報」를 발간하는 한편 번역소설에 주력했다.
30) 久米正雄(1892~1952): 작가. 아쿠타가와의 친구. 기쿠치 간과 함께 활약했지만 후

미제라블> 즉 <此悲惨>도 마찬가지로 환영을 받은 모양입니다. 그렇다면 <레미제라블>은 어쨌든 통속소설로써도 성공했다고 할 수 있습니다. 통속소설은 보통의 소설과 별로 차이가 없습니다. 만일 보통의 소설과 약간이라도 다른 점이 있다면 그것은 문예냐 아니냐의 문제보다도 문예적 가치가 많고 적고의 문제-즉 질의 문제보다도 양의 문제가 분명합니다. 그 양의 문제로써도 통속소설로 쓰여진 것은 반드시 문예적 가치가 결여되었다고 결정할 수는 없을 것입니다. 만약 무릇 통속이라면 지카마쓰 몬자에몬(近松門左衛門)의 죠루리(浄瑠璃)[31]나 이하라 사이카쿠(井原西鶴)[32]의 우키요조시(浮世草子)[33]도 역시 17세기 통속소설이나 통속소설이었다고 해야만 할 것입니다. 또한 이 항목 속에는 옛날이야기(오토기바나시)나 넌센스 라임(nonsense rhyme : 무의미시)도 언급할 생각이었는데 <문예강좌>도 이제 슬슬 완결에 가까워졌으니까 그것은 다음 기회로 넘기고 다음 결론으로 들어갑시다.

❖ 여론(余論) ❖

이제 대강 내용론을 마치고 보니까 아직 언급하고 싶다기보다도 언급할 수 있는 문제도 없지는 않습니다. 그러나 <문예강좌>도 마치게 되었고 서툴고 긴 담론의 비난을 받는 것도 달갑지 않으니까 이쯤에서 일단 끝내기로 하겠습니다.

---

에 통속소설로 전환했다.
31) 浄瑠璃 : 人形浄瑠璃를 말하며 지카마쓰는 그 대성자이다.
32) 井原西鶴(1642~1693): 에도 전기의 浮世草子 작자이며 俳人.
33) 浮世草子: 元禄무렵 교토 및 그 부근을 중심으로 행해진 문학. 당시의 유곽이나 상인 무사의 생활을 리얼하게 묘사한 것. 西鶴의 「好色一代男」「日本永代蔵」「世間胸算用」등이 있다.

다만 다시 한 번 뭔가 언급할 지면이 있는 것을 다행으로 여기며 이상 언급해온 부분을 실재 문제에 적용해봅시다. 하지만 이상 언급해왔다고 해도 주로 내용론을 적용해보는 것입니다.

실재 문제라 해도 무엇에 적용되었는지 선택하기 어렵지만 우선 기교라는 문제를 들어 봅시다. 기교란 문단에서는 아무래도 평판이 좋지 않습니다. 그러나 제가 보는 바에 따르면 그것은 처음부터 기교라는 것에 어떤 나쁜 의미를 수반하는 그래서 그것을 나쁘다든가 괘씸하다든가 말하는 것 같습니다. 가령 고노 오쓰기치(甲野乙吉)는 악인이다 그 녀석은 못쓴다고 하는 것과 크게 차이가 없습니다. 왜 고노 오쓰기치는 악인인지 그것을 설명해준다면 아무튼 애매모호함 속에 악인으로 치부하고 녀석은 안 된다고 한다면 고노군도 매우 달갑지 않을 것입니다. 기교도--기교는 억울한 죄를 호소하지 않으니까 괜찮은 것 같지만 기교에 능하다고 불리는 작가-요컨대 사토미 돈(里見弴) 군은 불쾌할 거라 여겨집니다. 그러면 기교란 무엇인가 하면 잔재주를 부리는 일이나 혹은 뒤에서 들러붙는 것이라든가 사전에 나쁜 의미를 수반하지 않는 한 혹 내용을 표현하는 교묘한 솜씨라고 생각할 수밖에 없습니다. 내용은 앞에서 언급한 대로 한 편에 감도는 사상도 한 편에 통과하는 이야기 줄거리도 아닌 그런 것들을 포함한 전체입니다. 그 전체인 것과 형식과 부즉불리(붙지도 떨어지지도 않는)라는 것은 다시 설명할 필요가 없을 것입니다. 기교한 어떤 내용을 표현하는 교묘한 솜씨--즉 이 형식을 제공하는 재주이니까 이것을 등한히 처리할 수 없습니다. 듣건대 톨스토이는 누군가가 푸쉬킨[34]의 단편을 읽는 것을 듣고, <그렇다. 단편은 그런 식으로 모두에서 독자를 그럴듯하

---

34) Aleksandr Sergeevich Pushkin(1799~1837): 러시아의 시인이며 소설가. 서구의 영향을 벗어나 리얼리즘에 입각한 러시아국민문학을 확립했다.

게 끌어들여야만 한다>고--다만 이제 여행지에 있기 때문에 참고서를 갖고 있지 않지만 적어도 거기에 가까운 말을 한 모양입니다. 이러한 호흡이나 <골자>라는 것이 곧 기교이니까 이것은 기교에 능하면 능할수록 좋다. 현재 제가 믿는 바에 따르면 <안나 카레리나>[35] 제1장은 (물론 <안나 카레리나>는 장편입니다만)위에서 예로 든 톨스토이의 말을 여실히 드러내고 있는 것입니다.

　다음에는 기교와 관계가 없는 어느 문예사의 작품이 지니고 있는 사상이라는 문제를 살펴 봅시다. 이것도 문단에서는 자칫하면 엉뚱한 비난을 받을 지도 모릅니다. 가령 어느 작품이 <인성은 선하다>고 하는 사상을 가지고 있으면 그런 사상은 맹자에도 있는 그런 작품은 시시하다는 비난을 받을 게 뻔합니다. 그러나 어느 작품이 지닌 어떤 사상의 철학적 가치는 반드시 그 작품의 문예적 가치와 같지 않습니다. 다만 어떤 작품이 지닌 어떤 사상의 철학적 가치만 생각하면 아마 괴테도 섹스피어도 자칫 광채를 잃을 것입니다. 현재 쇼는 섹스피어 사상을 일소에 부치고 있는 모양입니다.

　하지만 다행히 그런 이유로 시인 섹스피어까지도 일소에 부치진 않는 것 같습니다. 저는 전에 내용에는 인식적 요소와 정서적 요소 두 가지가 있다고 말했습니다. 어느 작품이 지닌 사상이란 결국 이 인식적 요소가 진화한 것이니까 그 사상의 철학적 가치는 역기 모든 인식적 요소와 마찬가지로 그 작품의 문예적 가치를 지배한다고 말하지 않을 수 없습니다. 하지만 어떤 작품의 인식적 요소는 비록 아무리 평범해도 그 작품의 문예적 가치까지 평범해질지는 의문입니다. 가령

---

[35] 톨스토이의 소설로 1873년부터 1876년까지 당시 러시아의 귀족사회를 묘사한 소설.

지카마쓰 몬자에몬의 <鑓の権三>라는 죠루리 가운데 <笹野権三は好い
男、油壷から出たよな男、しんとんとろりと見とれる男>라는 등의 문구가
있습니다. 그 문구의 인식적 요소도 우스꽝스러울 정도지만 아무튼
그 문구의 인식적 요소는 확실히 시시한 그저 <笹野権三は好い男であ
る>일 뿐입니다. 하지만 누구도 <착한 남자가 어떻게 된 거야? 평범
한 말을 한다>고 매도하지는 않습니다. 어느 작품이 지닌 사상이라는
문제도 이와 오십보백보입니다. 물론 어떤 작품 속에 아직 아무도 발
견하지 못했던 사상을 지녔다면 그 작품은 당대를 놀라게 할 것입니
다. 그러나 문예상 문제가 되는 것은 어떠한 사상의 유무보다 어떻게
그 사상을 표현하고 있는가-- 즉 문예적 전체로써 어떠한 감명을 생성
하느냐에 있습니다. 가령 입센의 <인형의 집>을 보십시오. <인형의
집>은 전세기말에는 그 희곡적 완성 외에 그 새로운 사상 때문에 세
계의 이목을 놀라게 했습니다. 그리고 나서 점점 그 사상이 신선함을
상실하게 되자 전에는 과도하게 칭찬받은 반동으로 이번에는 과도하
게 비난받은 모양입니다. 적어도 일본 문단에는 이러한 경향이 분명
히 있습니다. 그러나 그 노라의 비극 속에 생명의 불이 타오르는 이상
<인형의 집>의 문예적 가치는 자연스럽게 세계의 문예의 하늘에 한
별자리를 차지하게 될 것입니다. 아니 이미 차지하고 있는 지도 모릅
니다. 어느 작품이 고전이 될 지 혹은 고전적 가치를 획득할 지는 결
국 이 한 별자리를 차지하는 것--그 작품의 문예적 가치만이 정당하게
인정받는다고 할 수 있습니다.

　말이 나온 김에 어제 유행한 동시에 내일도 유행할 지도 모르는 프
로레타리아 문예36)라는 것에 전에 언급한 부분을 적용시켜 봅시다.

---

36) Proletarism Literature: 자본주의하에서 무산 계급적 자각을 기초로 한 문예. 일본
　　에서도 제1차 대전 후 이 풍조가 일어나 다이쇼 10년 잡지 「씨 뿌리는 사람(種蒔

하지만 프로레타리아 문예란 무엇인가 하는 것은 여러 논의의 여지도 분명히 있습니다. 그러나 여기에서는 편의상 통속적으로 소위 프로레타리아 문예--프로레타리아 문화 사상을 지닌 문예로도 생각해 보면 역시 그 사상이 있다고 하는 것만으로는 경제학상의 문제는 물론이고 문예상의 문제로는 되기 어려울 것입니다. 또 실재 그것만으로는 예로부터 지금까지 어느 나라에서도 문예상의 문제로 한 것은 없고 만일 있다고 한다면 일본뿐일 것입니다.

　그것을 프로레타리아 문화 사상이 없으니까 그 작품은 시시하다는 것은 물론 판단이 빗나가도 한참 빗나간 것입니다. 뿐만 아니라 문예상의 내용은 위로는 <논코>의 밥공기가 제공하는 정서의 입장을 경계로 하고 아래로는 <이등변 삼각형의 항각의 이등분성은 저변을 이등분한다> 제공하는 인식의 입장을 경계로 한 넓은 지면이기 때문에 그 가운데에는 프로레타리아 문화의 사상은커녕 사상이라 이름 붙은 것은 담을 수 없는 문예도 분명히 있습니다. 가령 서정시라든가 하는 것은 그 하나입니다. 모든 천하의 서정시인은 노동정부의 적기(赤旗)하에도 또한 아크로폴리스 언덕 위를 소크라테스가 걸었던 때와 큰 차이가 없는 탄식을 부를 것입니다. 그래서 전혀 지장이 없는 서정시라는 것의 성질상 그래야만 할 것입니다. 그 서정시에도 프로레타리아 문화의 사상을 요구하는 것은 나비에게 비프스테이크를 먹어 치우라고 주문하는 것과 차이가 없습니다. 이것은 자명한 도리와 같습니다만 어제 프로레타리아 문예가 유행했을 때는 프로레타리아 하이쿠 같은 것조차 출간되었습니다. 결국 스스로 비프스테이크를 먹으라고 명

---

<　시>」이 발간되어 다이쇼 12년 관동대지진으로 한 때 쇠퇴했다. 아쿠타가와가 말하는 <어제 유행>했으나 탄압 속에 쇼와 원년까지 운동이 이어졌다.

령하는 나비와 같은 것도 등장한 것입니다.

이런 식으로 실재상의 문제에 적용시켜 가면 아직 여러 잡담을 늘어놓겠지만 그 뒤는 여러분 스스로 적용시켜 보시기 바랍니다. 또한 본론에 다 언급하지 못한 것은 또 이 <문예강좌>가 새로워질 때에라도 언급할 기회를 기다리겠습니다. 그럼 저의 <문예 일반론>은 이것으로 완결을 고하기로 하겠습니다.

# 문예 감상(文芸鑑賞)

김명주*

　문예작품의 감상을 잘 하기 위해서는 기본적인 문예적 소질이 있어야 합니다. 문예적인 소질이 없는 사람은 어떠한 걸작을 접하더라도, 또는 어떠한 훌륭한 스승에게 배우더라도 그저 흔한 감상적 맹인(盲人)에 지나지 않습니다. 문예와 미술과의 차이는 있습니다만, 서화(書画) 또는 골동품(骨董品)을 사랑하는 부호들에게 이러한 경우가 많다는 것은 누구나 알고 있는 사실이지요. 그러나 문예적인 소질의 유무도 정도에 따라 달라지기 때문에 테이블이나 의자의 유무처럼 있고 없고를 명확하게 판단할 수는 없습니다.

　예를 들어 저의 경우 괴테나 셰익스피어와 같은 대문호(大文豪)들에 비하면 문예적인 소질은 없다고 볼 수 있습니다. 혹은 그보다 더 시시한 작가들 보다도 없을지 모릅니다. 하지만 노다 다이카이(野田大塊: 1852~1927, 정치인・사업가) 선생과 비교한다면 문예적 소질-적어도 하이카이(俳諧: 일본의 단시형 문예 형식의 하나)에 대한 소질은 많이 있을 것이

---

*　오타니대학대학원・문학박사・경기대학교대학원・관광학박사・경기대학교　평생교육원 관광계열 주임교수.

라 생각됩니다. 이런 점은 여러분들도 마찬가지입니다. 그러므로 문예에 흥미를 가진 사람이라면 스스로 문예적인 소질도 있는 사람이라고 자부심을 가져도 좋습니다. 왜냐하면 자부심을 가지는 편이 행복하기 때문입니다.

그럼 문예적인 소질만 있으면 문예작품을 감상하는 것도 쉽게 할 수 있을까요? 그렇지도 않습니다. 문학을 창작하는 일처럼 감상을 하는데 있어서도 상당한 감상훈련이 필요합니다. 하지만 가브리엘레 단눈치오(Gabriele D'Annunzio: 1863-1938, 이탈리아의 시인 겸 소설가)는 15세에 시집을 냈다거나, 이케노 다이가(池大雅: 1723-1776, 에도시대의 문인화가, 서예가)는 5세 때부터 글을 잘 썼다고 하듯 예로부터 뛰어난 사람들은 창작에 있어서도 천재성을 발휘하고 있습니다.

그러나 이는 천재로 불리는 특별한 사람들의 이야기이기 때문에 우리 같이 평범한 사람들은 신경 쓰지 않아도 됩니다. 오히려 그들의 조숙함은 감상훈련을 받지 않았다는 것보다도 지극히 짧은 시간동안 놀라울 만큼의 깊은 훈련을 받았다고 말하는 편이 맞습니다. 그렇다면 우리처럼 평범한 사람들은 더 많은 감상훈련을 받아야 합니다. 아니, 우리 같은 평범한 사람들뿐만 아니라, 그 어떤 천재일지라도 그 천재성을 뛰어넘겠다는 거대한 뜻을 품고 있다면 당연히 훈련에 훈련을 거듭해야 할 것입니다.

실제로 천재의 위인전기-가령 모리 오가이(森鷗外:1862-1922, 소설가 겸 번역가, 나쓰메 소세키(夏目漱石)와 더불어 근대 문학의 거봉으로 불림)선생의 「교오테전(ギョオテ伝: 괴테전)」(말할 필요도 없다고 생각하지만, 모리선생은 소위 괴테를 늘 '교오테'라고 쓰셨습니다)를 읽어보십시오. 천재들의 대부분은 재능뿐만이 아니라 그 어떤 순간에도 훈련받을 기회를 놓치지 않고 있습니다.

그렇다면 이러한 감상훈련을 받고 난 후, 감상의 정도가 깊어지거나 또는 감상의 범위가 넓어지는 것이 과연 어떤 역할을 할까요? 물론 감상력의 범위가 넓어지고 깊어지는 것 그 자체가 스스로의 인생을 풍요롭게 만들어 주는 역할을 합니다. 왜냐하면 인생은 돈 대신 생명을 지불하는 찻집과도 같기 때문에 다양한 것들을 음미해 볼 수 있다면 그것보다 좋은 행복은 없기 때문입니다. 또한 감상의 정도가 깊어지고 범위가 넓어진다는 것은 창작에도 상당한 도움을 줄 것입니다. 원래 예술이라는 것은 - 아니 이 점은 예를 드는 편이 빠를지도 모르겠습니다. 로댕의 예를 한번 들어보겠습니다. 로댕은 플로렌스에 갔을 때 미켈란젤로의 조각품을 보게 되었습니다. 그것도 단순한 조각품이 아니라 미완성이라 불리던 로댕의 만년 조각품을 보게 된 것입니다. 하기야 미완성 작품이라고 미켈란젤로 자신이 주장했던 것은 아닙니다. 그 작품이란 그저 대리석이라는 혼(魂) 안에 모호한 인간의 모습이 담겨져 있는, 대략 표현해 본다면 천지개벽 이후 대리석의 혼 안에 잠들어 있던 정체를 알 수 없는 그 무엇인가에 인간이 가까스로 눈을 뜨게 되었다는 것입니다.

로댕은 이러한 조각품을 보았을 때 미완성-이라기보다도 오히려 막연하게 무한의 아름다움을 깨달았습니다. 그래서 그 대리석의 혼에 반(半)인간을 조각한 작품, -예를 들어 「시인과 뮤즈」 등을 만들게 된 것입니다. 그렇다면 로댕에게 성장의 첫걸음은 미켈란젤로의 이른바 미완성작품을 접한 것과 관련이 있습니다. 하지만 이러한 작품을 접한 사람은 로댕 혼자만이 아닙니다. 옛날부터 지금까지 수많은 사람들이 이 작품들이 진열되어 있는 플로렌스박물관에 드나들고 있지만, 그 누구도 로댕처럼 위대한 아름다움을 알아차리지 못했습니다. 그러고 보면 로댕에게 성장의 첫걸음은 이 아름다움을 감상하게 된 것이다.-라는 결론에 이르게 됩니다.

이는 어떠한 예술가에게도 당연히 해당되는 진리입니다. 그렇다고 아름다움을 감상할 수 있다고 해서 반드시 창작으로 연결되는 것은 아닙니다. 또한 감상할 수 없는 아름다움은 아무리 있더라도 창작이 불가능합니다. 이런 연유로 예로부터 훌륭한 의식을 지닌 사람들은 감상훈련을 받은 후에도 거듭 훈련을 받으려 애썼습니다. 그것도 문예상의 작품을 감상하는 것만 아니라 미술이나 음악을 자주 접하며 감상훈련을 열심히 한 후 얻은 점을 문예창작에 활용했습니다. 특히 괴테의 경우 그의 일생은 이러한 예술적 다욕(多慾) 그 자체였습니다.

당연히 감상의 정도가 깊어지거나 감상의 범위가 넓어지게 되면 그 결과, 창작상의 장점도 많아지게 된다는 것은 굳이 말씀드리지 않아도 되겠지요. 그러나 창작에 뜻이 있는-적어도 뜻이 있다고 말하는 청년 여러분들이 공부하는 모습을 보면 원고지와 가까이 지내는 것에 비해 왠지 책과는 가까이 지내지 않고 있는 것 같습니다. 그것은 마치 미켈란젤로의 미완성작품을 못 보고 놓쳐버리기보다는 피렌체박물관 앞을 그냥 지나쳐버렸다는 것과 다름없습니다. 저는 평소에 이런 점을 상당히 유감으로 생각했기 때문에 다소 지루할 수도 있겠지만 창작하는 데에 감상훈련이 중요한 이유에 대해 이야기를 이어가 보겠습니다.

감상훈련이 필요하다는 것은-제 방식으로 해석해보자면 '감상강좌가 필요하다'라는 점을 앞에서도 말씀드렸습니다만, 지금 이 감상훈련을 돕기 위해 다시 말씀드리자면 그것은 대략 다음의 세 가지 정도가 되리라 생각합니다. 그 세 가지란 첫째, 어떻게 감상하면 좋을 것인가? 둘째, 어떤 것을 감상하면 좋을 것인가? 그리고 세 번째가 어떠한 감상적 논의를 참고하면 좋을 것인가?-입니다. 물론, 감상훈련을 돕는 것은 반드시 위의 세 가지 뿐만이 아닐지도 모릅니다. 하지만 우선 위의 세 가지는 비교적 중요한 문제임에 틀림없습니다.

그렇다면 드디어 어떤 식으로 감상하면 좋을 것인가? 라는 최초의 문제로 들어가게 됩니다만, 그 전에 주의해야 할 것은 감상의 첫 갈림길입니다. 맹인에게 회화 감상의 기회가 주어지지 않는다면 농자(聾者: 청각장애인)에게도 음악 감상의 기회가 주어지지 않습니다. 마찬가지로 문예 감상도 우선 문자를 읽고 그 의미를 이해하는 것에서 시작됩니다.

만일 문예 감상에 뜻이 있으면서도 문자를 읽지 못하는 사람이 있다면 당장 문자를 익혀야 합니다.-라고 한다면 평범한 이야기처럼 들리지만, 이 평범하게 들리는 것도 누구나가 다 이해하고 있다고 생각할 수는 없습니다. 그 증거로는 가인(歌人: 와카(和歌)를 잘 짓는 사람. 와카(和歌): 일본에서 예로부터 내려온 정형(定型)의 노래. 장가(長歌)·단가(短歌) 등의 총칭. 좁은 뜻으로는 31음(音)을 정형으로 하는 단가를 말함)가운데 만요(万葉)시대(万葉時代:629~759, 『만요슈(万葉集)』가 성행했던 시대. 『만요슈』는 7세기 후반에서 8세기 후반에 걸쳐 만들어진 일본에서 현존하는 가장 오래된 단가집)의 언어를 사용해 노래(歌)를 만드는 사람이 있다면, 귀에 익지 않은 고어(古語)를 사용하는 것은 당치도 않다는 비난을 받습니다.

그러나 고어를 이해하지 못하는 것은 가인이 알 바가 아닙니다. 가인은 고어든 신어(新語)든 그저 가인 자신의 노래에 생명을 불어넣을 수 있는 언어를 사용하는 것입니다. 혹은 그 언어를 사용하는 것보다 표현하고 싶다고 생각하는 정서를 드러낼 수 있는 언어를 사용해 표현하는 것입니다. 만일 고어에 익숙하지 않은 사람이 있다면 그 사람은 가인을 비난하기 위해 약해(略解: 골자만 추려 간략히 해석함)를 읽던 고의(古義: 오래된 의미. 또한 옛날의 해석)를 읽던 자신이 먼저 고어를 익히고 이해하지 않으면 안 됩니다. 그렇지 않고 가인만을 비난하는 것은 불합리하다 못해 우스꽝스러운 일입니다. 이런 우스꽝스러운 일이 용서된다면, 마치 영어를 읽지 못하는 사람이 "왜 영어로 햄릿을 썼는가?-라며 셰익스피어를 나무라는 것과 다르지 않습니다. 그러나 셰익스피어의 영어는 누구도 나무라지 않고, 다만 가인의 고어만을 나무란다. 이것은 분명 문예 감상이 우선 문자를 읽고 그 의미를 이해하는 것에서부터 시작된다는 원칙을 무시하고 있다는 예입니다. 그렇다면 매우 당연한 이야기이지만, 본론으로 들어가기 전에 이 원칙만은 충분히 숙지하지 않으면 안 됩니다.

다시 말씀드리자면, "문자를 읽고 그 의미를 이해하다."라는 의미는 단순히 관보(官報)를 읽고 이해하는 것과는 그 의미가 다릅니다. 저는 이 논의의 첫머리에서 문예적인 소질이 없는 사람은 그 어떠한 걸작을 접하더라도 또는 그 어떠한 훌륭한 스승 밑에서 배우더라도 그저 흔한 감상적 맹인에 지나지 않다고 말씀드린바 있습니다. 「감상적 맹인」이란 아카히토(山部赤人: ?~736, 나라(奈良)시대의 가인)와 히토마로(柿本人麻呂: 660~724, 아스카(飛鳥)시대의 가인)의 장가(長歌:와카(和歌)의 한 형식)를 읽는 것과 은행이나 회사의 정관(定款)을 읽는 것과의 차이를 구별하지 못하는 사람을 말합니다. 저의 '이해하다'라는 의미는 단순히 벚꽃을 일종(一種)의 꽃나무라고 이해하고 있는 것을 말하는 것이 아닙니다. 일종(一種)의 꽃나무라고 이해하면, 동시에 저절로 어떤 느낌이 생깁니다. -철학적인 언어로 하자면 이것은 인식적으로 이해함과 동시에 정서적으로도 이해하는 것을 말합니다.

그렇지만 그 느낌은 호감이어도 좋고, 비호감이어도 관계가 없습니다. 단지 어떤 감정만큼은 동반하지 않으면 안 된다는 것입니다. 만일 문예 감상을 하고자 하면서 하나의 꽃나무라고 말하는 것으로밖에 벚꽃을 이해하지 못하는 분이 계시다면 매우 유감입니다만 문예 감상에는 인연이 없는 것으로 여기시고 포기하십시오. 이것은 문학을 읽지 못하는 것보다 배울 여지가 없는 것만큼 치명적인 약점입니다. 그 증거가 다음에 있습니다. 누구보다도 문자를 잘 읽을 수 있는 문과대학의 교수가 때때로-라기 보다 오히려 자주, 문자를 읽지 못하는 대학생보다도 감상에는 장님인 경우 말입니다.

"문예작품을 어떤 식으로 감상하면 좋을까?" 라는 것은 물론 큰 문제입니다만, 제가 주장하고 싶은 것은 순수하게 작품을 대하라는 것입니다. 이것은 이런 작품이라던가, 저것은 저런 작품이라던가, 등의 선입견을 갖지 말라는 것입니다. 더구나 변변찮은 비평가의 말을 쫓아서 작품을 바라봐서는 안 됩니다. 아니 제대로 된 비평가의 말조차 고려하지 않아도 된다면 오히려 그렇게 하는 편이 좋습니다. 어쨌든 작품이 주는 감상을 정확하게 받아들이는 것이 필요합니다. "그럼 그 작품은 읽지 않는다고 치자, 그런데 이미 그 작가의 두세 개의 작품을 읽은 후라면 어떻게 할까?" 라는 질문이 나올지도 모르겠습니다.

하지만 그것도 역시 마찬가지입니다. 동일한 작가가 전과 전혀 다른 작품을 쓰지 않는다고는 볼 수 없습니다. 실제로 스트린드베리(Strindberg, August: 1849-1912, 사생아로 태어나, 발광·자살의 유혹의 두려움 속에서도 강렬한 개성으로 모순에 찬 인간을 추구하였으며, 작품으로 '치인(痴人)의 고백' '지옥' 등이 있음)는 자연주의 시대와는 달리 그 이후에는 상당히 동떨어진 작품을 썼습니다. 예를 들면『유리에 아가씨』와『신앙에의 길』을 비교해 보십시오. 잔혹한 전자의 현실주의는 몽환적인 후자의 상징주의와 현저히 상이함을 나타내고 있습니다. 그것을 어느 한 작품으로부터 얻게 된 선입견을 가지고 보게 되면 무조건 실망- 하지 않는다고 쳐도, 어쨌든 어느 정도는 감상하는 데 있어 차이가 생기기 마련입니다. 그러나 물론, 절대로 어떠한 선입견도 가지지 않는 것은 사람의 힘으로는 어려운 일입니다. 반드시 어떤 작가나 작품, 작가의 유파(流派)부터, 혹은 북 디자인이나 삽화로부터 다소 암시를 받게 됩니다. 그러나 제가 주장하고자 하는 것은 그것을 배척하라는 것이 아닙니다. 다만 그것을 가능한 줄이라는 말씀입니다. 이는 문예에서만 해당되는 이야기가 아닙니다.

그림 이야기입니다만, 살로메(Salome)삽화를 그린 비어즐리(Andrey Vincent Beardsley: 1872-1898, 영국의 삽화가, 환상적인 곡선에 의한 흑백화의 신형식을 창시하였음)라는 청년이 어느 날 어떤 사람들에게 몇 장의 작품을 보여주었습니다. 그 사람들 중에는 그 유명한 「토머스 칼라일의 초상」을 그린 휘슬러(Whistler, James Abbott McNeill, 1834-1903, 미국의 화가, 인상파의 선구(先驅)로서 시정(詩情)있는 담채(淡彩)의 풍경화·초상화를 주로 그렸음)도 있었습니다. 휘슬러는 비어즐리의 작품에 그다지 호감을 가지지 않았기 때문에 처음에는 냉담한 모습으로 작품과 제대로 마주하려고도 하지 않았습니다.

그러나 한 장 한 장 보는 동안에 점점 관심을 보이기 시작했고 이윽고 "아름답다!" "너무나 아름답다!"라고 말하기 시작했습니다. 그것을 들은 비어즐리는 선배의 칭찬에 기쁜 나머지 자기도 모르게 양손에 얼굴을 파묻고 울어버렸다고 합니다. 비어즐리의 작품은 다행히도 휘슬러의 선입견을 깨버렸습니다. 그렇지만 만일 휘슬러가 완고하게 자신의 선입견을 버리지 않았다면 -그것은 비단 비어즐리 한 사람에게만 불행한 일이었을 뿐만 아니라 휘슬러에게도 불행한 일이었을 것입니다. 저는 이 일화를 읽었을 때 그 당시의 비어즐리는 틀림없이 기뻤을 것이라고 생각했습니다. 동시에 또 당시의 휘슬러도 역시 기뻤을 것이라고 생각했습니다. 제가 선입견을 가지지 말라고 한 것도 다른 뜻이 있어서 그런 것은 아닙니다. 변변찮은 비평가의 말로 인해 편견이 쉽게 생기고 간과되는 작품이 많아지기 때문입니다.

그러나 순수하게 작품을 바라보아도 감명을 주지 못하는 경우가 반드시 없다고는 볼 수 없습니다. 그것이 세계적으로 유명한 작품이라도 말입니다. 이럴 경우에는 무리하게 감동을 받으려 하지 말고 잠시 동안은 읽지 말고 그냥 놓아두십시오. 실제로 아무리 걸작이라도 독자의 연령이나 환경 혹은 교양 등에 이러저러한 조건으로 제한을 받는 것은 당연한 일이기 때문에 모두가 쉽게 이해할 수 없다는 것은 조금도 이상한 일이 아닙니다. 그것은 자랑할 만한 일은 아니더라도 적어도 자신을 속이고 감명을 받았다는 듯 가장하는 것보다는 덜 부끄러운 일입니다. 그렇지만 전에 읽었을 때 이해하지 못했던 작품이라도 될 수 있으면 다시 한 번 더 읽어 주시길 바랍니다.

다시 읽다보면 잠에서 깨어난 것처럼 불현듯 깨닫게 됩니다. 옛날 선종(禪宗: 대승불교의 종파의 하나)의 스님이 「줄탁의 기회(啐啄の機: 선종에서, 기회를 얻어 양자(両者)가 상응하는 일; 놓치면 안 되는 좋은 시기)」라는 말을 했습니다. 이는 큰 깨달음을 병아리에 빗대어, 한 마리의 병아리가 태어나기 위해서는 알 속의 병아리 부리와, 알 밖의 어미 닭 부리가 동시에 껍질을 깨지 않으면 안 된다는 것을 말합니다. 문예 작품을 이해하는 것도 이와 다르지 않습니다. 독자 자신의 마음이 앞으로 나아간다면 감상하는데 방해되었던 난관도 파죽지세로 헤쳐 나갈 수 있는 것입니다. "그렇다면 그 의식을 기르기 위해서는 어떠한 길을 선택해야 할까?"-라고 묻는다면 이것은 나중에 나오는 문제, 즉 어떤 것을 감상하면 좋을까? 라는 질문임과 동시에 어떠한 감상 논의를 참고하면 좋을까? 라는 문제에 들어가게 됩니다. 그 답의 절반은 인간적인 수업입니다. 더 통속적으로 말한다면, 어떤 한 인간이 되는 것이라고 말할 수 있습니다.

그러나 문학청년은 안 됩니다. 요즘 재자(才子: 재주가 뛰어난 젊은 남자, 빈틈없는 사람)도 안 됩니다. 자칭 천재라면 더 더욱 안 됩니다. 한쪽으로는 인정(人情)을 아는 진정한 어른이 되는 것입니다. 이렇게 말하면 '그것은 대단한 일'이라고 공연히 트집을 잡는 독자들도 있을지도 모르겠습니다. 하지만 감상이라는 것은 그 뜻 그대로 일생에 걸쳐 대단한 일입니다.

순수하게 작품을 바라본다는 것은 그 작품을 앞에 둔 마음가짐을 말합니다. 마음을 움직이는 방법은 최선을 다해 꼼꼼히 작품을 살펴보는 것입니다. 만약 소설이라면 줄거리의 전개방법이라든지 인물의 묘사방법과 한 줄 문자의 사용방법에도 주의를 기울여야 합니다.

이는 창작에 뜻이 있는 청년 여러분들에게 특히 필요하다고 생각합니다. 예로부터 명작이라고 불리는 작품을 세심하게 읽어 보십시오. 한 편의 감명을 자아내는 근원은 곳곳에 숨어있습니다. 유명한 톨스토이의 『전쟁과 평화』는 고금에 다시없는 장편입니다. 그러나 그 가공할만한 감명이라는 것이 멋진 세부묘사를 갖추지 않고서는 만들어지는 것이 아닙니다. 예를 들면 로스토프 백작가의 독일인 가정교사를 봐주십시오. 제1막 제18장에서 독일인 가정교사는 주요인물이기는 커녕 오히려 얼굴을 내밀지 않아도 지장 없을 정도의 단역입니다. 그러나 톨스토이는 백작가의 만찬회를 그린 단 몇 줄 안에 다음과 같이 그의 성격을 생동감 있게 표현하고 있습니다.

"독일인 가정교사는 음식이든 디저트든 술이든 종류를 막론하고 외우려고 노력했다. 그것은 나중에 고향에 있는 가족들에게 자세히 알려주기 위해서였다. 그래서 하인이 냅킨에 싼 술병을 손에 들고 이따금 그냥 지나쳐버리거나 하면 크게 화를 내며 얼굴을 찌푸렸다. 그러나 가급적 최대한 그런 술 따위는 필요 없다는 것처럼 보이려고 했다. 그가 술을 탐하는 이유는 각별히 목이 말라서도 아니고 근성이 꼬였기 때문도 아니다. 다만 물건에 대한 좋은 호기심을 갖고 있기 때문이다. 그러나 그것은 불행히도 누구 하나 인정하지 않았다.-그는 이렇게 생각하니 분했다."

번역은 몹시 졸렬하나 큰 흐름은 전해진다고 생각합니다. 앞에서도 잠시 언급했듯이 이러한 섬세한 아름다움 없이는 『전쟁과 평화』 총17권의 감명 "저 견고하고 장대한 감명을 만들어 낼 수 없었을 것입니다."라는 것은 창작이 감상으로 옮겨 가면서 이러한 섬세한 아름다움을 느끼는 것이고, 그것이 불가능하다면 도저히 저 견고하고 장대한 감동을 얻을 수 없었을 것입니다. 그저 무언가 막연한 감명을 받는 것에만 그치게 될 것입니다. 이렇게 정성들여 작품을 살피는 것은 작품의 흐름을 놓치지 않는 것과 더불어 조금씩 연마하면 연마할수록 좋습니다. 아무래도 러시아 출생이 아닌 우리들은 톨스토이의 문장을 끝까지 읽어 내려갈 순 없습니다. 그것은 어쩔 수 없는 운명이지만, 적어도 외국인도 이해할 수 있는 부분은 모두 간파하겠다는 마음가짐을 갖고 있지 않으면 안 됩니다.

중국인들은 예로부터 「일자지사(一字之師: 한 글자(字)를 가르친 스승이라는 뜻으로, 시나 문장의 한 글자를 바로잡아 주어 명문(名文)이 되게 해준 사람을 존경해 이르는 말)」라는 말을 합니다. 시(詩)는 글자 하나만 소홀히 해도 훌륭한 시가 되기 어렵기 때문에 시의 한 글자를 고쳐주는 스승을 「일자지사」라 칭하는 것입니다. 예를 들어 당나라의 임번(任翻)이라는 시인이 천태산(天台山)의 건자봉(巾子峰)에 놀러갔을 때 절의 벽에 시 하나를 썼다고 합니다. 그 시는 편의상 가나(仮名: 한자(漢子)를 바탕으로 일본에서 만들어진 문자. 현재 일반적으로 히라가나와 가타카나를 가리킴)를 섞어 시를 옮겨 보면 "절정에 이른 초가을 밤은 선선한데 학은 솔잎에 맺힌 이슬을 뿌리며 옷감에 방울방울 수를 놓네. 앞 봉우리에 걸린 달빛은 일강(一江)의 물을 비추고 스님은 산허리에 머물며 대나무 집을 짓네."가 됩니다.

그러나 천태산을 떠나 몇 십리-라고 해도 6정(町) 1리(里)(1정은 약 3000평, 1리는 한국의 약 10리) 정도의 단위이지만 어쨌든 몇 십리를 가다가 임번은 문득 「일강의 물(一江の水)」보다도 「반강의 물(半江の水)」이라 하는 것이 적절하다는 생각을 하게 됩니다. 그래서 한 번 더 고생스럽게 건자봉으로 되돌아가 보니 이미 누군가가 벽에 쓴 「일강의 물(一江の水)」을 「반강의 물(半江の水)」로 고쳐 쓴 후였습니다. 선수를 빼앗긴 임번은 이 고친 작품을 바라보면서 「타이저우(台州: 천태산의 지명 중 하나) 사람 있음」이라고 하며 길게 탄식했다고 합니다. 시 한 편의 생사가 글자 하나에 달려있다고 한다면 「일자지사」는 동시에 또 「한 편의 스승」이 되지 않으면 안 됩니다. 이것을 감상의 영역으로 옮겨보자면 글자 하나를 이해하는 것은 한 편을 이해하는 자-혹은 글 한 편을 이해하기 위해서는 글자 하나의 의미를 잘 파악하지 않으면 안 된다고 바꿔 말할 수 있을 것입니다. 왜 한 줄의 문장도 등한시하면 안 되는지를 설명하기 위해 나쓰메(夏目漱石:1867~1916, 소설가 겸 영문학자) 선생을 예로 들어보겠습니다.

「대문을 열고 밖으로 나가니 커다란 말이 남긴 발자국 안에 빗물이 가득 고여 있다」          - 「긴 봄날의 소품(永日小品)」의 「뱀」-

「바람이 높은 건물에 부딪혀 생각만큼 똑바로 빠져나갈 수 없기에 갑자기 번개에 부러져서 머리 위에서부터 비스듬히 길바닥의 돌까지 불어

왔다. 나는 걸어가면서 쓰고 있던 중산모를 오른 손으로 눌렀다」

— 「긴 봄날의 소품(永日小品)」의 「따뜻한 꿈」 —

이것은 둘 다 단 몇 줄의 글로 한 가지 사건이 일어나는 배경을 표현한 탁월한 솜씨를 보여주고 있습니다. 전자는 말의 발자국에 빗속의 시골길을 연상시키고 있고 후자는 번개 모양의 바람이 지나는 대도시의 왕래하는 거리모습을 떠올리게 하고 있습니다. 이러한 풍부한 예는 물론 나쓰메선생에게만 국한된 것이 아닙니다. 예로부터 명작이라 불리는 것들은 모두 이러한 심오함을 갖추고 있습니다. 이 심오함을 파악하지 못하는 한 감상의 영역에서 완전함을 기하는 것은 -특히 창작의 영역에서 도움을 받는 것은 불가능하다고 해도 좋을 것입니다.

이는 일전에도 언급했듯이 글을 주의 깊게 읽는 것은 글 전체의 큰 흐름을 놓치지 않은 다음에 이루어져야 할 행위입니다. 만약 세심하게 글 읽는 것을 '마음을 움직이는 방법'이라고 한다면 글 전체의 큰 흐름을 파악하는 것은 '마음을 억누르는 방법'이라 해도 과언이 아닙니다. 혹은 전자는 '어떻게 썼는가?'의 문제, 후자는 '무엇을 썼는가?'의 문제로 구별할 수 있습니다. 다음은 '무엇을 썼는가?'의 문제로 말씀을 이어가 보도록 하겠습니다.

앞에 '무엇을 썼는가?'라는 문제로 이야기를 전개시켜보겠다고 말씀 드렸습니다만 「문예 강좌」도 이제 마무리에 가까워졌기 때문에 이 문제를 논하는 것은 차후를 기약할 수밖에 없습니다. 하기사 이것은 앞에서도 이미 조금 언급하고 있었고 (제5호의 「감상강좌」의 2페이지~3페이지에 걸친 구절) 또 저의 「문예일반론」의 「내용」의 구절에도 언급했던 것이기 때문에 반드시 논하리라 기대하고 계시진 않았을 것입니다. 그저 간단하게 실제의 의미만 언급해본다면 「무엇을 썼는가」를 파악하기 위해서는 폭넓은 교양도 필요하지만 무엇보다도 명심해야 하는 것은 작품 속의 사건 혹은 인물에 독자 자신을 직접 대입시켜 보는 것-즉 체험에 비추어 보는 것입니다.

이는 소설 및 희곡감상은 물론 서정시(抒情詩: 개인의 감정이나 정서를 주관적으로 표현한 시) 등을 감상하는 데에도 다소 도움이 될 것입니다. 아나톨 프랑스(Anatole France:1844~1924, 프랑스의 소설가이자 비평가)의 글 중에 "나는 나 자신의 이야기를 쓰고 있다. 독자는 이것을 읽을 때 독자 자신의 이야기를 떠올려 봤으면 한다"라는 대목이 있습니다. 이는 분명 선의의 충고입니다. 이를테면 헨리크 입센(Henrik Johan Ibsen:1828~1906, 노르웨이의 극작가이자 시인)이 『인형의 집』에서 무엇을 썼는가를 이해하려면 여러분들의 부부생활을-혹은 여러분 부모님의 부부생활을 떠올려 보십시오. 여러분은 쉽게 노라의 비극을 이해하게 될 것입니다. 혹은 현재 여러분의 가장 가까운 이웃 중 노라의 비극이 일어나고 있는 가정을 발견할 수도 있을 것입니다. 우리들은 문예작품을 감상하기 위해서라도 우리 자신을 되돌아보지 않으면 안 됩니다. 실제 감상능력이라는 것도 그 내면을 자세히 들여다보면 문예적 소질을 짐작해보고 그것을 자신의 크고 작음에 견주어 보는 것입니다.

문학청년만으로는 안 됩니다. 또 당세재자(当世才子)만으로도 안 됩니다. 자칭 천재라면-저는 또 어느새 앞에서 했던 말들을 거듭 되풀이하고 있습니다. 그럼 무엇을 감상하면 좋을까? 저는 옛 걸작을 감상하는 것보다 좋은 것은 없다고 생각합니다. 이는 골동품 가게 주인의 말입니다만 진짜와 가짜를 구분하는 눈을 기르기 위해서는 '진짜'만 보지 않으면 안 되는데, 설령 참고하기 위해서라 해도 '가짜'에 눈을 길들이게 된다면 오히려 잘못 구별되기 쉽다는 것입니다.

문예상의 작품을 감상하는 것도 이 이치와 다르지 않습니다. 걸작만 접하다 보면 다른 작품을 접하게 되었을 때에도 장단점을 파악하기 쉬워집니다. 그러나 졸작만 접하다 보면 저절로 다른 작품의 장단점에도 무신경해지는 것을 피할 수 없게 됩니다. 이는 일상 속 경험으로 미루어 보아도 금방 알 수 있습니다. 분뇨의 악취를 불쾌하게 여기지 않는 자가 장미의 향기를 모르는 것은 너무나도 당연한 것입니다. 그러므로 신문이나 잡지에 실리는 문예작품만 읽는 것은 감상능력을 기르는데 있어서 엄청난 손해라고 할 수 있습니다. 또 이러한 주의는 감상능력을 기르는 것뿐만 아니라 창작적 기백을 고취시키는 데에도 도움이 되지 않을까 생각합니다.

원나라 말기 4대 가문 중 한 사람으로 불리는 예찬(倪瓚: 1301~1374, 중국 원나라의 화가)선생은 대나무와 벽오동 사이에 청비각(清閟閣)이라는 전각을 지어놓고는 주로 옛 선인들의 유명한 시와 그림을 감상하는 일에 빠져있었다고 합니다. 물론 전각을 짓는 것은 누구나 은행의 예금통장에 잔금이 있어야만 이루어지는 일이겠지만 아무튼 옛 걸작에 반드시 눈을 가까이 두지 않으면 안 됩니다.

그러나 옛 걸작이라고 해서 무조건 고대 걸작만 읽으라는 것은 아닙니다. 가장 도움을 많이 받을 수 있고 가장 효과가 좋은 것은 새로운 문예의 고전(古典)이겠지요. 서양소설을 예로 들어보면, 물론 서양소설에도 여러 가지가 있습니다만, 우선 근대일본에 가장 큰 영향을 미친 러시아 소설 가운데 우선 톨스토이, 도스토옙스키, 투르게네프, 체호프 등을 읽어보십시오. 만약, 무작정 새로운 작품에 손을 대겠다면 저널리스트와 미츠코시 포목점(三越吳服店)을 읽는다면 충분할 것입니다.

하지만 그보다도 위대한 선인들이 고심한 흔적들을 느껴보십시오. 시대에 뒤처지는 일 따위는 전혀 걱정할 필요가 없습니다. 변변찮은 새로운 작품을 읽는 것이야말로 오히려 시대에 뒤떨어지는 일입니다.

다시 그림 이야기를 예로 들어보면, 최근까지 생존했던 인상파 화가의 대가인 르누아르(Pierre Auguste Renoir: 1841~1919,프랑스의 대표적인 인상주의 화가)는 "우리는 새로운 것을 하려고 한 것이 아니다. 그저 옛 대가의 발자취를 답습하려 했을 뿐. 그것을 새로운 것처럼 떠들어대는 것은 단지 속세일 뿐에 지나지 않는다."라고 말했습니다.

창작에 뜻을 가진 청년 여러분이라면 단순히 감상하는 데에만 그치지 말고 이러한 마음가짐을 더욱 강하게 가지셔야 합니다. 만일 만요슈(万葉集)나 바쇼(松尾芭蕉: 1644~ 1694, 에도시대의 하이카이(俳諧)시인)를 읽는 여러분을 보고 시대에 뒤처졌다고 비웃는 자가 있다면 저 아쿠타가와 류노스케가 이렇게 말했다라고 하세요.-이 정도로는 누구 하나 놀라지 않을지도 모르겠습니다. 그렇다면 르누아르가 이렇게 말했다라고 일격을 가해버리십시오. 이럴 때를 위해 르누와르를 앞에 내세운 것입니다.

그렇다면 어떠한 감상적 논의를 참조하면 좋을 것인가? 이것도 저의 소신에 따르면 비평가보다도 오히려 작가가 쓴 문예상의 논의가 유익할 것입니다.-라고 해서 결코 저의 「감상강좌」를 홍보하는 것은 아닙니다. 그저 작가가 쓴 글은 작가가 아니면 알지 못하는 미묘한 것들이 많이 있기 때문입니다. 혹은 또 작가의 고심담(苦心談: 몹시 마음을 태우며 애쓴 이야기)이라도 좋습니다. 이러한 논의도 옛 것은 받아들이기 힘들다면 역시 새로운 문예의 고전적 작가의 논의라도 영향을 받는 일은 많겠지요.

만약 그것이 노래라면 마사오카 시키(正岡子規:1867~1902, 하이쿠 시인, 국어학 연구가) 씨의 「가인(歌人)에게 주는 책」이나 사이토 모키치(斎藤茂吉:1882~1953, 시인, 정신과 의사) 씨의 「도우반고(童馬漫語)」나 시마키 아카히코(島木赤彦:1876~1926, 메이지・다이쇼 시대의 시인) 씨의 「가도쇼우켄(歌

道小見)」을 읽어보십시오. 이것들은 노래상의 의미뿐 아니라 일반적인
문예 감상에 있어서도 필시 무익하지는 않을 것입니다. 그리고 또 문
예 외의 예술에 관한 한 어느 작가의 붓으로 이루어진 예술상의 논의
혹은 고심담도 의외로 무시할 수는 없습니다. 옛것에 질린다면, 로댕,
세잔, 르누아르 등의 어록이나 다른 무언가를 봐주십시오.

지금부터 소개하는 것은 청나라의 화가 신카이시우(沈芥舟:1736~1820)가
쓴 「카이슈카구에헨(芥舟学画篇: Jiezhou Xuehua Bian)」의 구절입니다. 이 책
은 옛날부터 남종화가(南宗画家: 남화; 중국화(中国畫)의 2대 유파의 하나)들
사이에서 폭넓게 읽혀져 왔지만 그렇다고 당대에 통용되지 않은 것은
아닙니다. 아니 오히려 요즘에도 통절(痛切)한 말이 많은 듯합니다.

「꽃을 가지고 솜씨를 부린다. 기교를 부리고 교묘하게 그릴수록 나
날이 일반 세상 사람과는 멀어진다. 기묘하게 진기한 것은 반드시 정
격(正格:바른 규칙, 격식)을 우습게 여긴다. 세상 사람을 무시하고 격식을
부정한다면, 그 미려함이 극에 달해서 이것이 사람들을 놀라게 하고
세상을 놀라게 할지라도, 실은 단적으로 말해 미불(米芾: 1051~1107,
중국 북송(北宋) 시대의 서화가. 글씨는 왕희지의 서풍을 이었으며, 채
양·소식·황정견 등과 함께 송나라 사대가(四大家)로 불림)의 그림을
소위 술집에 걸어두었더라도, 어찌 이것이 사대부의 성정을 옮겨놓은
것이라 할 수 있겠는가!」

「만약 꼿꼿함이 끝이 없고 딱딱하여 영혼이 없다면 이 또한 병이
된다. 그렇기 때문에 가치를 갖고자 하는 자는 우선 모름지기 이치의
길을 명확하게 이해하고 견식과 도량을 길러야 한다. 이에 더하여 공
부를 하고 이것과 관계되는 견문을 넓힌다면 자연히 생각은 옛것에

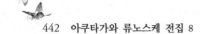

가까워져 더욱 원숙해지지 않겠는가!」

원래 「감상 강좌」는 얼마든지 할 이야기가 많은 분야입니다. 그러나 처음에 예를 든 세 가지 문제는 이미 언급했기 때문에 우선 이것으로 마무리를 짓도록 하겠습니다. 강좌를 끝낸다고 생각하니 왠지 몸도 제대로 씻지 못한 채로 목욕탕에서 나왔을 때처럼 아쉬운 부분이 있습니다만, 이것은 「문예 강좌」의 사정상 어쩔 수 없는 일이라고 생각합니다. 이 점에 대해서는 부디 너그럽게 이해해 주시기 바랍니다.

# 로빈 훗(ロビンホット)

김효순

제 연설의 제목이 여기에는 「로빈 훗」이라고 적혀 있지만, 사실 이 것은 제 연설 제목이 아닙니다. 제가 처음에 이 강연을 수락할 때는 연설 제목을 「영국의 도둑」이라고 했습니다. 그런데 이 강연회의 프로그램을 영국 황태자 전하께 드릴 지도 모른다, 그렇게 되었을 때 강연의 제목이 「영국의 도둑」이라면 몹시 난처하니 바꾸라는 명령을 받았습니다. 그러나 정작 말씀드리고자 하니 그 내용은 역시 영국의 도둑에 관한 것일 수밖에 없습니다. 뿐만 아니라 이번에 영국 황태자 전하께서 오시면 이러한 강연회가 여기저기에서 열릴 것이라 생각합니다. 그러면 영국의 문학이나 영국의 여러 가지 사항에 관한 강연이 여기저기에서 열릴 것이라 생각합니다. 하지만 그 많은 강연 중에 아마 영국의 도둑에 관한 강연은 없을 것이므로 이왕 하는 김에 제 강연의 제목은 즉 영국의 도둑, 영국의, 고상한 표현을 하자면 도적이네요, 그런 강연을 하는 것이 적당하다고 확신하는 바입니다. 그러나 그것이 제가 「영국의 도둑」이라는 강연 제목을 선택한 이유의 전부는 아닙니다. 두 번째 이유가 더 있습니다만, 그것은 강연을 듣고 계시는 동안 저절로 알게 될 것입니다. 또 할 이야기는 많고 시간은 한정되어 있으니 간단히 이야기하라는 부탁을 받아서, 중간 중간 건너뛰며 말씀드리겠습니다. 하지만 스페이드 교수[1]도 10분 이야기하겠다고 하고 나오셔서는 10분 조금 넘게 말씀하셨으니 저도 조금 길어질지도 모르겠습니다. 지금 말씀드린 바와 같이 로빈 훗이라는 자는 제 연설 제목은 아닙니다만 적어도 영국의 도적을 이야기하는 이상 로빈 훗으로 시작하지 않을 수 없습니다. 로빈 훗이란 누구냐 하면 옛날 영국에 있던 도둑입니다. 스콧트의 『아이반호』[2]라든가, 이것은 조금 확실하지 않습니다만, 시간이 없어서 조사를 해 보지는 못 했는데『탈리스만(Thalisman)』[3]이라는 소설에 나왔습니다. 그러한 책에 나오는 도둑인데, 발라드 (Ballab)[4]에는 많이 나옵니다. 마루젠(丸善),[5] 나카니시야(中西屋)[6] 같은데 나와 있는, 로빈 훗에 대해 간단히 소개한 얄팍한 책이 많은지 어떤지 모르겠습니다만, 꽤 있을 것입니다. 그러니 여기에 계신 분들 중에도 알고 계시는 분이 많을 것이라 생각합니다. 책 광고를 하는 것은 아닙니다만, 로빈 훗의 존재에 대해서는 제 강연 이외에도 조금 더 아실 수 있을 것이므로 단지 주의를 환기시키기 위해 말씀드립니다.

　　로빈 훗이라는 인물은 영국의 샤우드 숲[7]에서 살았습니다. 비슷한 무리들이 많이 있어서 린칸 그린, 린칸은 영국의 마을 이름입니다. 그곳에서 나오는 녹색 옷을 한 벌 입고 활이나 곤봉을 들고 칼을 차고

---

1) 미상.
2) 스코틀랜드의 작가 월터 스콧트의 장편소설. 가공의 주인공을 역사적 사건에 집어 넣는 수법의 원조라 평가되고 있다.
3) 1825년에 간행된 역사소설. 1191년 십자군 원정시대에서 취재한 것. 로빈훗은 활약하지 않음.
4) 이야기를 주로 하는 영국의 민요
5) 도쿄의 니혼바시(日本橋)에 있던 서양서, 서양 물품점.
6) 도쿄의 스루가다이(駿河台)에 있던 서양서, 서양 물품점.
7) sherwood. 영국 노팅햄에 있는 숲의 이름.

숲속을 종횡무진하고 있었습니다. 종횡무진했다고 하지만 물론 산보를 하고 있었던 것은 아니고 사람을 보면 붙잡아서 돈을 빼앗았습니다. 그들이 노린 것은 주로 슈리프[8] 혹은 신부, 돈이 있는 신부를 붙잡아서 돈을 빼앗았습니다. 그들 무리 중에도 유명한 인물이 있습니다. 우선 리틀 존[9]이라는 호걸이 있었습니다. 리틀이라고 하면 작을 것 같지만, 신장이 7척이나 되는 거구였습니다. 뿐만 아니라 매우 힘이 셌습니다. 또한 프라이어 턱[10]라는 신부님이 있었습니다. 그는 『아이반호』에서 상당히 중요한 역할을 했기 때문에 아시는 분들도 계실 것입니다. 신부이기는 하지만 파계(破戒)를 한 잔혹한 신부이므로 활도 쏘고 검도 다룰 줄 알았습니다. 게다가 호신용으로 커다란 개를 키우고 있었는데 그 개는 프라이어 턱이 명령을 하면 사람들을 물어 뜯었습니다. 저 같은 사람한테는 가장 무서운 신부님입니다. 『수호전』의 노지심(魯智深)[11] 같은 신부라고 생각하면 맞을 것입니다. 대장 로빈 훗의 애인인 메이드 마리안(Maid Marian)이라는 여자도 있습니다. 그 외에도 이름이 알려진 인물들을 들자면, 윌 스튜털리(Will Stutely)는 활의 명수. 윌 스칼렛(Will Scarlett)이라는 머리카락이 빨간 남자. 그는 로빈 훗의 사촌동생입니다. 아마 사촌이 맞을 것입니다. 또 발라드 등에 이름이 나오는 인물로는 알란 아 데일(Alan-a-Dale)이라는 마을의 불량청년. 그런 자들과 함께 활동을 했습니다. 이 로빈 훗이라는 자는 도둑입니다만, 강한 자를 도와, 아니 잘 못 됐네요, 약한 자를 도와서 (웃음소리 일어남) 실수를 한 곳에서 갈채를 하면 안 되는데요, 약한 사람들을

---

8) sheriff. 주(州)의 장관.
9) 리틀 존(Little John). 로빈 훗의 부하.
10) 프라이어 턱(Friar Tuck). 로빈 훗과 한 편인 강력하고 소탈한 은자.
11) 『수호전』에서 천강성(天剛星)36인 중 천고성(天孤星)에 상응하는 인물로, 등에 꽃 문신이 있기 때문에 화화상(花和尙)이라고 부름.

도와서 강한 사람들을 혼내주는 호걸입니다. 그래서 영국 민중들은 굉장히 높이 평가를 하고 있습니다. 문헌에 남아 있는 기록을 봐도 매우 훌륭해 보이는데요, 휴 라티머[12]라는 16세기 무렵의 신부, ──로빈 훗이 활약한 것은 사자왕 리차드[13]가 있었던 무렵입니다만, 휴 라티머라는 사람이 영국의 어느 사원에 갔는데 문이 잠겨져 있어 안으로 들어갈 수가 없었습니다. 그래서 밖에 서서 기다렸습니다. 그러나 아무리 기다려도 사람이 나오지 않았습니다. 대략 한 시간 정도 지나서야 비로소 사원 사람이 열쇠를 가지고 와서 문을 열어 주었습니다. 왜 이 시간에 사원의 문을 열 수가 없느냐고 묻자, 그것은 마침 오늘이 로빈 훗 기념일이고, 로빈 훗의 날은 온 마을에서 배우를 불러 연극을 한다, 신부님의 설교를 듣는 것 보다 로빈 훗의 명예를 위해 배우들의 연기를 보는 것이 더 낫기 때문에 온 마을사람들이 다 나갔다, 라고 할 정도였습니다. 그 정도로 로빈 훗은 영국의 도시든 시골이든 막론하고 모든 곳에서 인기를 얻었다고 하는 것입니다. 그러나 이 로빈 훗 숭배라는 것이 꼭 도둑을 숭배하는 것은 아닙니다. 어느 정도는 도둑 숭배이지만, 도둑 숭배가 다는 아닙니다. 왜냐하면 로빈 훗의 전설적 영웅 예를 들면 노르웨이인인 피어 긴트,[14] 맞은편의 독일, 프랑스, 네덜란드, 벨기에의 『틸 오일렌슈피겔(Till Eulenspiegel)』의 전설적 인물을 생각하면, 로빈 훗은 용감하여 세상의 권위를 인정하지 않고 술을 좋아하며 식욕이 대단하며 천하를 마음대로 횡행한다는 점에서는 매우 유사합니다. 그러한 전설적 영웅의 특질을 로빈 훗도 다분히 가지고 있기 때문에, 꼭 그렇다고 해서 영국인들이 도둑을 좋아하고, 도

---

12) 휴 라티머(Hugh Latimer, 1485년 추정~1555). 영국의 종교 개혁자, 순교자. 프로테스탄트적 견해를 품고 영국 종교 개혁 참가.
13) 사자왕 리차드(Richard I, Coeur De Lion, 1157~99). 영국의 왕. 전쟁을 좋아함.
14) 피어 긴트(Peer Gynt). 노르웨이의 전설 속의 용감한 사냥꾼.

둑질을 좋아하고, 도둑질하는 인간을 좋아한다는 것은 아닙니다만, 문
헌을 더 살펴보면 아무래도 영국인들은 다소 도둑을 좋아하는 것 같
습니다. 그것은, 이는 저명한 사람입니다만, 아베 루블랑15)이라는 사
람이, 아베(阿部)라는 일본의 이름은 아닙니다. 아베 지로16)의 아베가
아니라, 신부 아베입니다. 아베 루블랑이라는 신부가, 프랑스의 신부
입니다만, 그 사람이 18세기 초 영국에 왔을 때 편지를 썼습니다. 그
편지에 비추어 보면 영국이 도둑을 사랑하는 것은 프랑스인들의 배는
된다고 합니다. 유명한 도둑이 잡혀서 사형선고를 받고 교수형에 처
해지기 위해 형장으로 가는 도중에는 어느 나라나 큰 난리가 납니다.
모두 그 모습을 보려고 난리를 칩니다. 영국인들이 도둑이 사형을 당
하는 것을 보려고 열광하는 것은 교수형을 집행하는 사형의 참혹한
장면을 보려는 것이 아니라, 그야말로 최대 위기에 빠진 영웅을 보내
는 기분에 극도로 열광하는 것입니다. 또한 실제로 로빈 훗의 뒤를 이
어 영국에서는 위대한 도둑이 빈번하게 나타났습니다. 내가 여기에
쓴 것만 해도 클로드 듀발,17) 리차드 터핀,18) 조나던 와일드,19) 존 셰
퍼드,20) 이들은 모두 유명한 도둑들입니다. 여기에서 일일이 다 이야
기 하자면 시간이 부족하므로 대표적인 두세 명에 대해 말씀드리겠습
니다. 두 번째로 든 리차드 터핀이라는 사람입니다만, 이 사람은 상당

---

15) 미상.
16) 아베 지로(阿部次郎, 1883~1959). 도쿄대학 철학과 졸업. 당시 이상주의 사상가로
   활약.
17) 클로드 듀발(Claude Duval, 1643~70). 여성에게 친절하기로 유명한 프랑스 태생의
   괴도.
18) 리차드 터핀(Richard[Dick] Turpin, 1706~39). 보통 도둑질 외에 가축 도둑에 능함.
19) 조나던 와일드(Jonathan Wild, 1682~1725). 큰 조직을 만들어 면밀한 계획 하에
   범행을 실행.
20) 존 셰퍼드(John [Jack] Sheppard, 1902~24). 강도짓을 한 것은 말년 2년뿐이지만 대
   담 무쌍한 행동으로 유명.

히 신사입니다. 도둑을 영어로는 젠틀맨 오브 더 로드(gentleman of the road)
라고 하는데, 말 그대로 젠틀맨 라버(gentleman Robber)입니다. 도둑질을
하는데 예의가 매우 바르다, 예의바르게 도둑질을 합니다. 이 이야기
도, 앞에서 든 아베 루블랑이 영국에 있는 동안 여러 가지 편지를 썼
는데, 그 편지 속에도 종종 터핀에 대한 이야기가 나옵니다. 그의 이
야기에 따르면, 어떤 신사가 길에서 터핀에게 붙잡혀서 돈을 내 놓아
라, 내 놓지 않으면 죽이겠다, 그러면서 주머니를 뒤졌습니다. 그런데
돈이 거의 없었습니다. 그래서 돈을 빼앗을 수 없으니까, 터핀 선생은
자기한테 와라, 식사를 대접하겠다, 라고 했습니다. 그렇게 해서 밥을
먹고는 신사를 보내면서 하는 말이 다음에 지나갈 때는 돈을 좀 가지
고 다녀라 라고 했다는 것입니다. 도둑질을 당하려고 돈을 가지고 다
니는 사람은 없겠지만 어쨌든 그렇게 말을 하고 돌려보냈답니다. 또
말하기를 미스터 시라는 사람이 캠브릿지에서 터핀에게 붙잡혔다고
합니다. 그래서 회중시계 하나와 담배 한 갑 그리고 가지고 있던 돈을
2실링만을 남기고 모두 빼앗겼습니다. 그리고 난 후에 터핀이 미스터
시에게 말하기를, 자신을 관헌에 고발하면 당신은 큰 해를 입을 것이
니 그러지 않는 것이 좋을 것이라고 했습니다. 돈을 빼앗긴 사람도 물론
그러마 하고 물러갔습니다. 그 후 몇 년 지나 뉴 마켓(Newmarket)21)에 경마
를 보러 간 미스터 시는 우연히 군중 속에 섞여 있는 터핀과 눈이 마
주쳤습니다. 경마를 보고 있는데 터핀이 내기를 하자고 했습니다. 그
러자 좋다고 하고 두 사람은 경마로 내기를 했습니다. 그런데 터핀은
졌고, 지자 터핀은 졌으니 만큼 정직하게 미스터 시에게 돈을 주었다
는 것입니다. 그리고 미스터 시라는 사람은 르불랑에게, 자신은 터핀

---

21) 캠브리지 동부의 마을. 경마로 유명.

이 자신에게서 약탈한 돈을 정당한 방법으로 돌려받은 것을 명예로
생각한다고 말했다 합니다. 가장 심한 것은, 노파가 돈을 숨겨 두자
그 장소를 자백하게 하려고 노파를 불로 지졌다는 것입니다. 그래도 당
시 민중들은 잔혹하다고 하지 않았습니다. 개중에는 잔혹하다고 하는
사람도 있었을지 모릅니다만, 일반적으로는 좋은 농담거리, 재미있는
농담거리로 여겼다고 합니다. 터핀의 인망은 대단한 것이었습니다.

　지금 터핀에 대해 말씀드렸습니다만, 그 전에 클로드 듀발을 들었
습니다. 이 자도 젠틀 러버라는 점에서는 터핀과 조금도 다름이 없는
호걸입니다. 듀발에 대해서는 말씀드리지 않을 생각입니다만, 잠깐 이
야기가 나온 김에 말씀드리자면, 요크(York)[22]와 런던 사이를 24시간만
에 말로 달렸다는 대도입니다. 이 자가 사형을 당했을 때, 어느 의사
가 그 사체를 해부하게 되었습니다. 그러자 민중들이 분개하며 우리
들의 명예로운 도적을 외과의의 손에 맡겨 해부하게 하는 것은 괘씸
한 일이라며, 사형집행장에서 사체를 해부장으로 옮기는 도중에 폭도
들이 관헌을 습격하여 그것을 빼앗았습니다. 그리고 우렁차게 개선가
를 부르며 사체를 들고 묘지에 가서 구덩이를 깊이 파고, 나중에 파내
어 해부를 해도 소용이 없도록 묻은 후에 생석회를 부었다고 합니다.
인기가 대단했던 것입니다. 우선 말하자면 로빈 훗은 일본의 의적, 터
핀이나 듀발은 예의가 바르므로 예적——이라는 말이 있으면 예적입
니다. 그리고 세 번째인 존 셰퍼드로 말할 것 같으면, 이 자는 의적도
아니고 예적도 아닌, 순수하게 잔혹한 도둑입니다. 이 인물은 뉴게이
트(Newgate)[23]의 감옥에 갇혔을 때 손과 발에 쇠사슬을 찬 채 감옥을 부
수고 도망을 쳤다는 호걸입니다. 게다가 사형에 처해진 것이 스물세

---

22) 런던 서북 쪽 마을.
23) 런던의 구시가에 있던 감옥.

살 때였다고 하니 천재입니다. 이 선생도 역시 죽을 때는 가장 좋은 옷을 입고 가슴에 꽃을 달았다고 합니다. 그런데 죽을 때는 어디를 가든 도처에서 사람들은 그에 관한 이야기만 했습니다. 뿐만 아니라 셰퍼드에 대해서 쓴 책이 나오고, 초상화가 나왔습니다. 서 리처드 돈힐24)이라는 사람은 서라는 명칭이 붙어 있으므로 당시 존경받는 화공이었을 텐데요, 그런 사람은 일부러 셰퍼드의 초상화를 그렸습니다. 그리고 그것은 굉장히 높은 평가를 받았습니다. 그 인기는 가가와 도요히코25)나 시마다 세이지로26)보다 훨씬 높았다고 해야 합니다. 그런 서 리처드가 그린 셰퍼드의 그림이 나왔을 때 『브리티시 저널』이라는 잡지에 시가 게재되었습니다. 자세히 말하자면 1724년 12월 28일 날짜로 시가 게재되었습니다만, 그 시가 대단한 것이라서 마지막 절만 간단히 말씀드리자면, 알렉산더 대왕은 아펠레스27)에 의해 불후의 존재가 되고, 시저는 아우렐리우스28)에 의해, 크롬웰은 릴리29)에 의해 불후의 존재가 되었으며, 대도 존 셰퍼드는 서 리처드 돈힐에 의해 불후의 존재가 되었다, 이런 시가 나왔습니다. 아펠레스가 알렉산더의 초상을 그린 것처럼 서 리처드 돈힐이 도둑 셰퍼드의 초상을 그린 것은 후대에 기념할 만한 멋진 일이라고 하는 것이므로 저 같으면 화를 내겠습니다만, 서 리처드 돈힐이라는 화가는 매우 기뻐했다는 것입니

---

24) 서 리처드 돈힐(Sir Richard Thornhill, 1676~1734). 앤 여오아의 후원을 받아 궁정을 장식했고, 뉴튼의 초상화를 그림.

25) 가가와 도요히코(賀川豊彦, 1888.7.10.~1960.4.23.). 메이지, 쇼와 시대의 목사이자 사회운동가.

26) 시마다 세이지로(嶋田淸次郎, 1899.2.26.~1930.4.29.). 소설가. 「죽음을 넘다(死を超ゆる)」, 「지상(地上)」 등.

27) 아펠레스(Apelles). 기원전 4세기 그리이스의 화가.

28) 아우레리우스(Sextus Aurelius Victor). 기원전 4세기 무렵 로마제국의 역사가. 「황제전」.

29) 에드몬드 릴리(Edmond Lilly, ?~1716). 영국의 초상화가.

다. 이미 시에도 등장할 정도이므로 연극에도 물론 등장했습니다. 무언극이기는 하지만 그것은 써몬드[30]라는 사람이 연기했습니다. 드를리 레인 극장(Drury Lane Theater)[31]에서 한창 상연되었을 때의 배경은 실제 배경 그대로로, 실제 셰퍼드가 동료 도둑들과 함께 늘 술을 마시던 술집을 있는 그대로 만들어 손님을 끌었다고 합니다.

이와 같은 셰퍼드에 대한 가장 재미있는 이야기는, 당시 어떤 신부가 길에 서서 설교를 하는 것을 듣고 있자니 셰퍼드를 예로 들어 이야기를 하고 있었다고 하는 것입니다. 그것은 인간은 늘 육체의 안전만을 염려하는 존재이다, 그렇게 해서는 천국에 가지 못한다, 천국에 가기 위해서는 정신적인 것에 착목해야 한다, 도둑 셰퍼드 같은 사람은 자신의 육체를 보존하기 위해⋯⋯ 육체를 보존하기 위해서라고 하면 이상하지만, 감옥에 들어가면 도망을 치고 경찰이 달려오면 도주한다는 것이다, 그렇게 다양하게 멋진 행동을 했다, 여러분들도 정신의 구제를 얻기 위해서는 저 셰퍼드가 한 것처럼 여러가지로 대담한 시도를 해야 한다, 라고 신부가 길에서 설교를 했다는 것입니다.

세 번째 조나던 와일드라는 도둑, 이 인물은 필딩[32]이나 디포[33] 등 영국의 대가가 작품 안에서 소재로 사용한 매우 유명한 도둑입니다. 이 인물은 평판이 매우 나쁩니다. 왜 평판이 나쁘냐 하면, 앞에서 말씀드린 셰퍼드와 같은 멋진 용기와 역량이 없기 때문입니다. 또한 동시에 로빈 훗과 같은 의기, 약한 자를 돕고 강한 자를 응징하고자 하

---

30) 써몬드(John Thurmond). 18세기 영국의 무대무용가이자 무언극 배우.

31) 1663년에 개설된 런던의 극장.

32) 헨리 필딩(Henry Fielding, 1707~54). 사법관이면서 동시에 풍자와 사실적 작품의 작가. 「대도 조나던전」.

33) 대니얼 디포(Daniel Defoe, 1661~1731). 『로빈슨크루소』를 저술한 영국의 저널리스트 겸 소설가.

는 마음도 없습니다. 터핀 선생 같이 예의바른 구석도 없습니다. 그저 매우 교활하여 도둑질을 하는 방법도 교묘합니다. 게다가 자신의 동료를 관헌에 밀고하여 자신의 안전을 꾀했다고 하니 인망이 매우 부족합니다. 이 자가 사형장으로 보내겼을 때는 모두가 돌이나 썩은 감자, 달걀을 던졌습니다. 듀발의 사체가 마치 개선식이라도 하듯 옮겨진 것과는 천양지차입니다.

이와 같이 위대한 도둑을 찬미하는 것은 비단 영국 국민만은 아닙니다. 일본에서도 이시카와 고에몬(石川五右衛門)34)이나 네즈미 고조지로키치(鼠小僧次郎吉)35)처럼 고래로 유명한 대도가 많이 있듯이, 서양에도 프랑스, 독일, 이탈리아, 스페인, 도처에 훌륭한 도둑이 많이 있습니다. 왜 도둑이 민중에게 인망이 높았냐 하면, 그 도둑질이라는 것은 도둑질을 하는 히로이즘, 용감한 행위이지요, 도둑질의 용감함은 민중이 가장 보기 쉬운 부분이며, 누구나 알기 쉽습니다. 가장이라고 해도 군인만은 예외입니다. 군인의 히로이즘은 도둑보다 더 잘 보입니다. 그렇다고 해서 절대 군인을 경멸하는 것은 아닙니다. 잘 보인다는 점으로 보면 군인의 히로이즘이 더 잘 보인다는 것입니다. 옛날처럼 말을 타고 일대일로 승부를 겨룬다면 그 히로이즘은 더 잘 보일 것입니다. 그러한 군인 다음이 도둑입니다. 우리들은 실제로 돈을 빼앗기지 않고 처자가 해를 입지 않도록 열심히 문단속을 합니다. 그럼에도 불구하고 심야에 쳐들어오면 그 히로이즘은 통절하게 실감이 납니다. 뿐만 아니라 우리들 자신이 도둑을 맞았을 때는 화가 나기도 합니다만, 다른 사람들이 도둑을 맞았을 때는, 특히 엄청난 부자, 이와사키(岩

---

34) 이시카과 고에몬(石川五右衛門, ?~1594.10.8.). 아즈치모모야마시대(安土桃山時代) 도적의 수괴.
35) 네즈미 고조지로키치(鼠小僧次郎吉, 1797~1832.9.13.). 에도시대(江戸時代) 후기 다이묘(大名)의 저택을 전문적으로 침입한 절도범.

崎)36)나 미쓰이(三井)37) 등 금성철벽(金城鉄壁)를 둘러치고 위세를 부리는 곳으로 숨어들어가 돈을 훔쳤다고 하면 그것은 장쾌한 일이겠지요. 그러므로, 지금 바로 말씀드린 것처럼 터핀이나 셰퍼드, 그리고 조나던 와일드 이 세 도둑, 조금 더 앞에서부터 생각하면 로빈 훗과 같은 의적, 터핀과 같은 예적, 셰퍼드와 같은 단지 강하기만 한 강도, 그리고 와일드와 같은 매우 간사한 간적, 그런 서너 명의 도둑을 생각해 보면, 민중이 도적을 사랑하는 것이 꼭 그렇게 이상하지만은 않다고 하는, 민중이 도둑을 사랑하는 원리를 알 수 있음과 동시에 그들 도적을 대하는 태도에 어쩌면 영국 국민의 특색이 나타나는 것은 아닌가 하는 생각이 듭니다.

그것은 왜인가 하면, 세 번째로 든 강도 존 셰퍼드입니다만, 그는 로빈 훗처럼 약한 자를 돕고 강한 자를 응징하는 것도 아니고, 또한 동시에 터핀처럼 예의바르게 에티켓에 맞춰 도둑질을 하는 것도 아닙니다. 그러나 영국 국민들은 강도인 존 셰퍼드에게 엄청난 열정을 기울이는데 인색하지 않았습니다. 이를 일본과 비교해 보면 일본에서 평판이 좋은 도둑은 없습니다. 네즈미고조를 보십시오. 가난한 사람들에게 돈을 나눠주고 있지요. 이시카와 고에몬도 실제의 경우는 잘 모르겠지만 연극으로 보면 의리와 인정을 알고 있는 사랑할 만한 도둑입니다. 그와는 반대로 구마사카 조항(熊坂長範)38)을 보면, 이 자는 그런 구석이 조금도 없고, 단지 강하기만 한 도둑이기 때문에 우시와카마루(牛若丸)39)에게 참수를 당해 둘로 찢겨 죽었다고 하는 마지막 모습

---

36) 1874년 미쓰비시상회(三菱商会)를 설립한 이와사키 야타로(岩崎弥太郎).
37) 미쓰비시와 함께 메이지시대(明治時代) 이후 경제계를 양분한 재벌. 에도시대부터 시작.
38) 구마사카 조항(熊坂長範). 헤이안시대(平安時代)의 전설상의 도적. 미나모토 요시쓰네(源義経)와 관련된 대도로 널리 알려져 관련 전승, 유적이 각지에 형성되고 문예작품에 등장.

만 널리 알려졌습니다. 그리고 존 셰퍼드를 사랑하는, 구마사카 조항 같은 인물은 존 셰퍼드와 반드시 같다고는 할 수 없을지 모르지만, 어쨌든 강적을 사랑한다는 점에 영국 국민의 본질이 있다고 생각하는 것도 무리는 아니라고 생각합니다. 요컨대 영국 국민은 강한 것을 사랑하는, 즉 에너지, 정력을 사랑하는 국민이라는 사실은 이 한 가지 예에도 잘 나타나 있다고 생각합니다. 로빈 훗의 경우를 보면 로빈 훗이 리틀 존이라는 7척이나 되는 거구의 남자와 처음 만난 것은, 숲 속을 돌아다니던 어느 날, 냇물 위에 다리가 하나 있었고 로빈 훗이 이쪽에서 저쪽으로 건너가려는데 거구의 낯선 남자가 다가오는 바람에 서로 비키라고 하다가 싸움이 시작되어 그것이 연이 되어 친구가 된 것이고, 존은 로빈 훗의 수하가 된 것입니다. 그 때 리틀 존이 로빈 훗에게 뭐라고 했냐 하면, 나는 자네에게 몹시 맞았고, 자네에게 맞은 만큼 나는 자네를 사랑하네 라고 했습니다. 번역을 제대로 했는지 모르겠지만,……많이 맞았고 그렇게 세게 맞은 만큼 더 로빈 훗에게 호의를 갖겠다는 것입니다. 리틀 존의 이 말은 그대로 영국 국민 전체를 대표하는 말이 아닌가 합니다. 이 논의를 더 발전시키면 여러 가지 문학상의 문제가 됩니다만, 또한 문학의 문제로 이야기할 생각으로 여기에도 썼습니다만, 너무 길어져서 그것은 일체 생략하겠습니다.

이는 요컨대, 영국 국민들은 강한 국민이라는 것입니다. 스토롱 맨, 전 세계 다른 국민들에게는 예가 없는 스토롱 맨입니다. 강적 세퍼드를 사랑하는 심성이라는 것은 힘 앞에서는 여러 가지 이상이나 도덕을 돌아보지 않는 심성입니다. 그러한 것을 경멸해야 할 심정이라는 것은 아닙니다. 경멸한다든가 그렇지 않다든가 하는 것을 생각하지

---

39) 미나모토 요시쓰네의 아명.

않고, 어떤 굉장한 에너지 앞에 나왔을 때 영국 국민들은 자연히 거기에 끌린다는 것입니다. 어느 나라 국민이라도 다소 그런 면이 있겠지만, 영국 국민은 더 그렇습니다. 마이트 이즈 라이트(Might is Right), 힘은 곧 정의이다, 영국인의 입장에서는, 그것은 영국인의 심성이 아니다, 그런 생각을 한다는 것은 여유가 있다는 것이다, 그럴 여유가 있는 심성이 아니다, 더 단적이다, 마이트 이즈 마이트, 라이트 이즈 라이트라고 생각할 것입니다. 그러면서 마이트에 라이트 이상의 혹은 라이트와 동등한 존경심을 가지고 있습니다. 말하자면 천부적 리얼리스트와 같은 심성을 가진, 어쨌든 강한 국민입니다.

이번에 프린스 오브 웰즈(Prince of Wales)[40]가 일본에 오게 되어 우리도 환영의 뜻을 표하는 바입니다만, 이 환영의 뜻을 표하는데 있어서도 영국은 일본과 마찬가지로 대륙에 근접해 있는 섬 제국으로, 영국과 지리상 비슷한 점, 혹은 영일동맹을 맺고 몇 년 지난 점, 그런 국제적 위선만으로 환영을 하고 싶지 않습니다. 실제로 섬 제국의 섬의 모양이 비슷하기 때문에 영국과 일본은 사이좋게 지내야 한다고 생각하는 것은 너무 유치하기도 하고, 영일동맹을 봐도 과연 어느 쪽이 폐를 끼쳤는지 의문이라고 생각하는 바입니다. 그런 위선이 일체 없이 이 스토롱 맨 위에 군림하는 군주인 황태자에게 이런 말씀을 드리는 것이 실례가 아니라면, 셰익스피어와 위대한 도둑을 사랑하는 영국에 군림하는 황태자 전하를 환영한다는 점에서 환영의 뜻을 표하고 싶습니다. 제가 연설 제목으로 도둑을 고른 두 번째 이유는 이 점에 있습니다. (박수)

---

40) 영국의 황태자.

# 문예 잡감(文芸雑感)

김효순

    나는 참으로 몸이 약하고, 머리가 나쁘고, 심장도 약하며, 위장도 나쁘고, 괜찮은 것은 일단 양쪽 폐와 간장, 신장, 이것도 나빠지고 있는지 모르겠지만, 어쨌든 지금은 괜찮습니다. 그 나머지는 대부분 좋지 않습니다. 그래서 오늘 강연도 거절을 할 생각이었습니다만, 그만 거절 편지를 미루다 보니 어찌어찌 받아들인 것이기 때문에, 어쨌든 연단에 서고자 왔습니다. 약속을 중시한 결과 여기에 서 있는 바입니다. 실은 의사가 책을 읽는 것도 글을 쓰는 것도 금지했습니다. 될 수 있으면 강연을 금지해 줬으면 하고 강연은 어떠냐고 했더니 강연은 괜찮다고 했습니다. 안되지 않느냐 했더니 괜찮다고 해서 할 수 없이 출석을 한 면도 있습니다.

    그런 사정이 있으므로 물론 무슨 이야기를 할지 준비를 하지 않고 왔습니다. 이 점은 몹시 무책임합니다만, 실은 오늘도 오전 중에는 갈까 말까, 전보를 칠까 말까 몹시 고민을 했습니다. 하지만 날씨가 너무 좋아 나오고 싶은 마음이 생겨서 왔습니다. 그러니 여기에 「천재에 대해서」라고 적혀 있는데, 이 강연제목은 취소하겠습니다. 그러나 이야기를 완전히 그만두는 것은 아닙니다. 저는 오늘 이곳에 올 때, 제 집은 다바타(田端)에 있으니까, 야마노테(山手)선을 타고 메지로(目白)에 가서 메지로에서 차로 이곳까지 왔습니다. 저는 가쿠슈인(学習院)의 존재는 알고 있었지만 소재는 몰랐기 때문에 어느 정도 거리인지 몰라 차를 탔는데, 금방 와서 깜짝 놀랐습니다. 다바타에서 전차를 기다리고 있었을 때입니다. 좀처럼 전차가 오지 않아서, 의사는 담배를 금지하고 있지만, 워낙 좋아하다 보니 슬금슬금 몰래 피우고 있는데요, 그때도 담배를 한 개비 꺼내 피우면서 전차를 기다렸습니다. 기다리면서 무슨 이야기를 할까 하고 생각했습니다. 일단 제 눈에 들어온 것은 제 입에 물려 있는 담배였습니다. 그래서 저는 담배에 대해 생각했습니다. 담배는 미국에서 유럽으로 건너갔습니다. 로마에 담배가 있었다든가 아라비아에 담배가 있었다든가 하는 이야기는 거짓말이라고 합니다. 미국에서 유럽으로 건너간 것이 사실이라고 합니다. 그 담배를 미국 인디언이 말았을 때는 잎말이담배였다고 합니다. 유럽에 건너가서 담배가 진보하여 종이말이담배가 나왔고, 우리들이 피우고 있는 시키시마(敷島)나 아사히(朝日) 같은 담배는 유럽인이 발명한 것이라 합니다. 이는 여담입니다만, 당시에는 담배에 익숙하지도 않고 니코틴독도 매우 강했는지, 담배로 자살을 한 사람도 있었다고 합니다. 그 자살자 옆에 담배꽁초가 십수 개 놓여 있었다는 겁니다. 천천히 그런 생각을 하는 동안에, 담배 말입니다만, 제가 피우는 것은 아사히입니다, 12전 합니다, 아사히라는 종이말이담배를 성립하게 하는 것은 무엇일까 하는 생각을 했습니다. 보통은 그런 생각을 하지 않습니다만, 어쨌든 전차를 기다리는 동안 그런 생각을 했습니다. 그런데 이 종이말이담배는 종이로 둘둘 만 것입니다. 종이로 만다는 형식이 아사히라는, 아사히든 뭐든 상관없지만, 어쨌든 종이말이담배를 성립시키는 것입니다. 또한 동시에 종이말이담배라는 것의 내용도 만들어졌습니다. 그 경우에 종이로 만든다는 형식과 종이말이담배라는 내용은 별개인 것 같지만 별개가 아닙니다. 부즉불리(不即不離)의 관계에 있다고 할 것입니다. 이는 종이말이담배에만 한정된 것이 아닙니다. 단순히 담배를 말고 있는 권련초의 형식이 그것이 권련초라는 내용을 성립하게 하는 것입니다. 즉 종이말이담배는 잎말이담배의 변형일 것이라 생각합니다.

이러한 부즉불리의 관계는 곧 문예의 내용과 형식의 관계에 그대로 해당된다고 생각합니다. 그것은 예를 들어 이야기하면 금방 알 수 있습니다만, 예를 들면 괴테의 『파우스트』에 나오는 메피스토펠레스가 한 말 중에 모든 논의는 회색이며 녹색인 것은 황금색 생활을 하는 나무이다 라는 대사가 있었던 것으로 기억합니다. 옛날에 배워서 확실하게 기억을 할 수는 없지만, 아마 원어를 들자면,

Gru ist alle Theorie,
Und grün des Lebens goldner Beum

이었다고 기억합니다. 사람들은 보통 이 두 줄의 내용을 이론은 별로 중요하지 않은 것, 생활은 고마운 것이다 라고 해석합니다. 동시에 회색이라는 둥, 황금색이라는 둥, 생활의 나무라는 둥 하는 것은 모두 장식 즉 형식이라고 해석하고 있습니다. 그러나 이 내용과 형식에 대한 생각은 맞지 않습니다. 이는 사상과 말의 구별 밖에 되지 않습니다. 모든 논의는 회색이고 녹색인 것은 황금색 생활의 나무라는 두 줄의 내용은, 모든 논의는 회색이고 녹색인 것은 황금색 생활의 나무라는 형식에 의해서만 드러나는, 그런 형식을 빌려야만 나타난다고 생각합니다. 이러한 형식과 내용의 표현은 부즉불리의 관계로, 하나를

떠나면 하나는 사라지고, 하나가 있으면 또 동시에 다른 하나도 있다고 하는 관계가 성립된다고 생각합니다. 그런 생각을 하고 있을 때 전차가 와서 전차를 탔습니다. 그 뒤는 나중에 차근차근 생각한 것입니다만, 어디서 무슨 생각을 했는지는 말씀드리지 않겠습니다. 바로 이야기의 순서만 말씀드리겠습니다.

그래서 형식과 내용이라는 것은 본래 하나였습니다. 하지만 이 두 가지에 대해 이야기를 하는데 있어 편의상 형식과 내용이라는 두 가지 말이 용인된 것이라고 생각합니다. 그렇게 둘로 나뉘어 있는 것이 어떤 지점에 가면 구별이 되지 않는 경우가 종종 있습니다. 예를 들어 그림과 모양의 관계를 생각하면 어디까지가 그림이고 어디까지가 모양인지 확실히 알 수 없습니다. 모양 중에는 극단적으로 그림에 가까운 것이 있습니다. 이와 마찬가지로 그림 중 어떤 것은 모양에 가까운데, 그럼에도 불구하고 그림과 모양을 구별하는 것은 편의상 어쩔 수가 없습니다. 예를 들면 제전(帝展)이나 미술전람회의 그림 앞에 가서 훌륭한 모양이라고 하면 그린 사람은 기분이 좋지 않을 것 같습니다. 또 한 가지 예를 들자면 동물이나 식물의 구별은 명확하지 않습니다. 결국 동물인지 식물인지 알 수 없는 것이 많이 있습니다. 그러나 여기에 많이 앉아 계시는 여러분에게 식물이 많이 자라고 있다고 하면 필시 분개하실 것입니다. 연단에 서 있는 나 같은 사람은 가여운 식물일 것이라고 생각합니다. 그런 식으로 내용과 형식은 확실히 구별하여 생각할 수는 없지만, 그 내용과 형식이라는 것에 대해 생각하며, 일본의 문예, 일본의 문예를 지배하고 있는 문단이 어떻게 발달해 왔는지를 생각하면,......이는 미리 말씀드리는데, 오늘 제 강연은 매우 대략적인 내용입니다. 이런 문단이나 문예가 특별히 치우친 재료를 취하지 않고, 누구에게나 흥미 있는 강연 제목을 강구해야 합니다만, 지금 말씀드린 바와 같이 환자라서 머리에 떠오르는 대로 말씀드립니다. 그 점은 용서를 구합니다.

우리 일본의 문예가 어떻게 발달을 해 왔는지 말씀드리자면, 제가 중학교를 졸업할 무렵에는 자연주의 세계로, 시마자키 도손(島崎藤村) 씨의 『파계(破戒)』 같은 작품이 많이 읽혔습니다. 자연주의 시대는 어떤 시대였느냐 하면, 겐유샤(硯友社)[1] 시대가 일단락을 고한 이후의 시대입니다. 자연주의 소설이 모토로 내세운 것은 진(真)을 그려낸다는 것입니다. 진을 위해서는 미를 희생해도 좋다는 점을 모토로 했습니다. 그런데 제가 중학교를 졸업하기 전후부터 그에 대항하여 다른 운동이 일어났습니다. 그 운동이 처음으로 나타난 것은 마치 자연주의가 『문장세계(文章世界)』, 『와세다문학(早稲田文学)』에 의해 대표된 것처럼 그 새로운 운동을 대표한 것은 『스바루(スバル)』와 『미타문학(三田文学)』입니다. 자연주의가 다야마 가타이(田山花袋) 씨, 구니키다 돗포(国木田独歩) 씨에 의해 대표되듯이, 새로운 운동의 선봉에 선 것은 나가이 가후(永井荷風), 다니자키 준이치로(谷崎潤一郎) 제 선생이었습니다. 그것에 이름을 붙이자면 유미주의 운동입니다. 자연주의에 대한 반동으로 새로운 운동을 일으킨 사람들의 모토는 자연주의의 진에 대해 미(美)를 주장하는 것이었습니다. 그 증거로 유미주의파들의 작품을 읽어 보면, 미를 노골적으로 주장하지는 않아도 반드시 그 당시 작품은 아름다운 정서를 주로 하여 일본의 문단에 선 것들입니다. 기노시타 모쿠타로(木下杢太郎) 씨 외 몇 명이 새로운 극을 썼습니다만 그것은 모두 아름다운 극입니다. 지나치게 아름답다고 해야 할지도 모릅니다. 다음으로 그에 이어 바로 나타난 새로운 운동이 있습니다. 그것이 무엇인가 하

---

1) 1885년 서구화주의에 대항하여 전통적인 에도(江戸) 취향과 근대적인 사실주의를 내세우며 설립된 문학결사.

면 잡지로 말하자면 『시라카바(白樺)』로 대표되는 인도주의입니다. 이 운동은 매우 흥미로운 운동으로, 첫째 이 인도주의 운동은 자연주의에 대한 반동임과 동시에 자연주의에 대한 반동으로 일어난 유미주의에 대한 반동이었습니다. 인도주의 운동은 자연주의에 대한 반대와 유미주의에 대한 반대라는 두 가지 예봉을 들고 나타났습니다. 그렇기 때문에 유미주의를 보면, 흔히들 말하는 형식, 실은 언어의 측면에서 말하자면 유미주의는 자연주의와 명확히 선을 긋고 있습니다. 이는 양쪽 작품을 비교해 보면 알 수 있습니다. 자연주의 소설가는 문장자구(字句)의 세련 여부는 부수적 문제로 치고 진을 파악하는 것만 중요 문제로 삼았습니다. 그러나 나중에 일어난 유미주의 운동의 제 선생들은 자구의 세련과 문장의 연마에 전력을 기울였습니다. 그러나 그 유미주의 제 선생의 소설에 나타난 문장을 잘 살펴보면 이상하게도 그것이 자연주의 제 선생들의 인생관과 비슷한 면이 있습니다. 어떤 면이 비슷한가 하면 인생관상의 머터리얼리즘(Materialsm), 물질주의입니다. 그 좋은 예가 되는 것이 나가이 가후입니다. 가후 씨는 당시 자연주의이냐 새로운 작가이냐 하는 것이 문제가 된 사람입니다. 지금 생각하면 우스운 이야기이지만, 그 당시에는 어려운 문제로 이런저런 말이 많았습니다. 이런 예로 보아도 유미주의와 자연주의는 인생관 상 유사함을 알 수 있겠지요. 그런데 자연주의자는 진을 표방하고 탐미주의자는 미를 표방하고 인도주의자는 선을 표방하고 있습니다만, 인도주의 제 선생의 작품을 보면 단어 혹은 문장상으로는 자연주의와 손을 잡고 있습니다. 그런 점에서는 자연주의로 후퇴한 감이 없지 않습니다. 후퇴라는 것은 나쁜 말이지만 유사하죠. 탐미주의 제 선생처럼 자구의 세련 여부와 같은 것은 개의치 않고 문장이든 뭐든 쓱쓱 써 나가는 점은 매우 유사한 것 같습니다. 그러나 사상은 매우 다릅니다. 여기에서 강조하는 것은 말할 것도 없이 이상주의입니다. 그러한 세 가지 경과가 제가 고등학교에 들어가기 전후부터 대학에 들어갈 무렵까지의 문단 상황이었습니다. 물론 그 때 저는 다른 사람의 낚시질을 옆에서 보고 있는 한가한 사람처럼, 혹은 엘바 섬의 나폴레옹처럼 아무것도 하지 않던 시절입니다. 그런데 그 후에 또 새로운 경향이 일어났습니다. 그것이 무엇인가 하면 무슨 파인지도 모르고, 무슨 잡지라는 것도 없었습니다. 하지만 그 새로운 기운은 종래의 유파보다는 종합적 특색을 갖는 기운입니다. 그것은 욕심이 많은 기운으로 진선미도 진지하게 색안경을 쓰고 보고 어느 방면에서나 원만한 작품을 쓰자, 각각의 작품이 어떤지 보증은 하지 못 하지만, 그런 경향의 작품이 나왔습니다. 그것은 작품 방면입니다만, 동시에 이론 쪽에도 형식과 내용은 표현의 일치이다 라는 주장이 나와서 오늘날의 문단에서는 작가든 비평가든 상당한 사람들이 예술은 표현이라는 주장이 나왔습니다. 예술은 표현이다 라는 말의 의미는 자세히 말씀드리지는 못 하지만, 이 말이 유행하게 된 현재를 생각해 보면, 과거 시대보다 형식을 중시하고 내용은 경시하는 경향이 아닌가 합니다. 제 입으로 이런 말씀을 드리는 것을 의외라고 생각하시는 분들도 계실지 모르지만, 저는 현재는 형식이 중시되고 내용이 경시되는 것은 아닌가 하는 생각이 듭니다.

그것은 왜냐하면 최근 문단에서 두 명의 소설가가 논전[2]을 펼쳤는데요. 한 사람은 기쿠치 간(菊池寬) 씨, 소설가 겸 평론가입니다. 제 친구입니다. 또 한 사람은 사토미 돈(里見弴) 씨라는 사람으로 그 역시 제가 알고 있는 사람입니다. 그리고 그 두 사람의 논전이 문제가 된 것

---

2) 1922년 기쿠치 간과 사토미 돈이 『신초(新潮)』와 『개조(改造)』 지상에서 펼친 '내용적 가치 논쟁'.

은 무엇인가 하면, 예술의 내용적 가치라고 하는 것입니다. 사토미 씨는 예술은 기량이 좋으면 된다고 하는 것이고 기쿠치 씨는 단지 기량만 좋은 작품은 질린다, 뭔가 작품 안에 심금을 울리는 것이 있어야 한다, 심금을 울리는 것이 무엇인가 하면 그것은 예술적 가치가 아닐지도 모른다, 예술만이 아니라 종교라든가 철학 등과 공통되는 최고의 공리주의에 호소하는 어떤 다른 가치일지도 모른다, 아니 다른 가치이다, 그런 것이 있었으면 한다, 하는 것입니다. 그 논전에서 사토미 씨가 말씀하신 바에 대해 저는 더 이상 이견이 없습니다, 오히려 너무 당연하다고 생각합니다. 기쿠치 씨가 말씀하시는 바도 지당합니다. 저도 문예 작품 속에는 뭔가 심금을 울리는 바가 있었으면 합니다. 또한 실제로 감탄을 하는 작품은 심금을 울리는 작품입니다. 그러나 이를 문예 그 자체의 가치 밖에서 구하는 것은 너무 겸손한 것이 아닌가 생각합니다. 기쿠치 씨가 그 가치의 표준을 문예 이외에 두는 것은 부지불식간에 언젠가 예술상의 형식 편중의 폐해에 빠진 것이 아닌가 하고 걱정하는 바입니다. 그것은 왜인고 하면 예술은 표현입니다. 예술에서 표현을 제거하면 예술은 성립하지 못합니다. 표현을 잃는다면 예술이 되지 않는 것은 사실입니다. 그것은 확실합니다. 그러나 그렇다고 해서 우리들의 심금을 울리는, 예를 들면 인도적 감격, 그런 것이 예술의 가치표준 밖에 있는 것은 아닙니다. 예술은 표현이라고 하면 표현이 있는 곳에 예술이 있다고 해도 틀림이 없을 것입니다.

예를 들면 확실히 알겠지만, 예를 들어 길거리에서 아이가 전차에 치이려고 했다, 그 경우에 한 노동자가 몸을 던져 아이를 구했다. 그런 경우 우리들은 감격을 한다, 도덕적으로도 기타 다른 여러 가지 입장에서 비판을 하겠지만, 아이가 전차에 치이려고 할 때 몸을 던져 그 아이를 구한 노동자, 그 순간의 광경, 그것은 예술적인 것이 아닐까요? 한 가지 예를 더 들자면, 여기에 뭔가 프로파간다를 위한 연설회가 있고 연설가가 기탄없이 언변을 발휘하여 청중을 감동시켰다고 합시다. 그가 감동을 준 것은 논지 때문만은 아닐 것입니다. 연설자 자신의 목소리나 언어, 제스처 즉 표현에 의한 것이기도 합니다. 그러면 거기에도 예술적 의미가 포함되어 있다고 할 수 있지 않을까요? 저는 아무리 생각해도——아까 말씀드린 바와 같이 요즘 머리가 나빠서 자신이 영 없기는 합니다만, 그 나쁜 머리가 허락하는 한도 내에서 생각한 바로는 예술을 기쿠치 간 씨처럼 좁은 의미로 해석하는 것은 일종의 시폐(時弊)에서 비롯된 것이 아닌가 하여 염려가 됩니다. 그러한, 심금을 울리는 감격을 제외한 소설을 존중하면, 세기말 프랑스의 예술이 한계에 부딪힌 것처럼, 지극히 세련된 작품, 그런 것만을 노린 소규모의 작품밖에 생기지 않게 되고, 위대한 작품이 일본에 나타날 기회가 없어져 버리는 것은 아닌가 하는 생각이 듭니다. 따라서 어쨌든 저는 예술이라는 것을 그렇게 좁게 해석하고 싶지 않고, 더 큰, 어떤 제재라도 어떠한 생각이라도 포용하는 것이라고 생각한 것이, 제가 이런 말씀을 드리는 동기가 되었습니다.

옛날에 아직 스무 살이 되었을까 말까 한 시절이었습니다만, 단지 지금 말씀드린 바와 같이 다른 사람의 낚시질을 보고 있는 한가한 사람처럼, 엘바섬에 있는 나폴레옹처럼, 아무것도 하지 않았을 무렵, 제일고등학교 도서관에서 책을 한 권 읽었습니다. 그것은 19세기 말 영국의 여러 가지 운동에 대해 쓴 책이었습니다. 그 중에 비어즐리3)의

---

3) 오브리 비어즐리(Aubrey Vincent Beardsley, 1872~1898). 영국의 삽화가. H. 툴루즈 로트레크와 일본의 풍속화 우키요에[浮世絵]의 영향. T. 맬러리의 『아더왕의 죽음』(1893), 오스카 와일드의 『살로메』(1894)의 삽화. 1894년 미국 작가 해런드와 『옐로 북(The Yellow Book)』지, 『사보이(The Savoy)』지 창간. 아름다우면서도 병적인 선묘(線描)와 흑백의 강렬한 대조로 표현되는 단순하고 평면적인 형태묘사는

그림에 관한 글이 있었습니다. 비어즐리의 그림은 선배인 휘슬러[4]에게 아무리해도 인정을 받지 못했다고 합니다. 그런데 어떤 사람의 집에서 비어즐리가 그린 그림을 보여 주었습니다. 그곳에 휘슬러가 있었는데, 그는 반감을 갖고 있었기 때문에 처음에는 그 그림을 보지 않았습니다. 그러나 차츰 그쪽을 보다가 마침내 비어즐리의 그림을 가만히 보더니, '아름답군, 아름다워'라고 했다 합니다. 그와 동시에 비어즐리는 두 손으로 얼굴을 감싸 쥐고 울었다 합니다. 저는 그 때의 비어즐리처럼 휘슬러에게 인정을 받는다면 얼마나 기쁠까 하는 생각을 했습니다. 지금은 나이가 꽤 들어 비어즐리처럼 인정을 받는다면 얼마나 기쁠까 하는 생각을 하기에는 너무 늦었지만, 그러나 지금도 휘슬러처럼 인정하는 기쁨을 얻었으면 하는 생각을 합니다. 그러기 위해서라도 예술을 좁은 의미로 생각하고 싶지 않고, 생동감 있는 자유롭고 넓은 것으로 생각하고 싶습니다. 그리하여 내용과 형식의 관계에 견식을 갖추는 것은 그런 일을 전문으로 하지 않는 쪽에서도 어쩌면 필요하지 않을까 합니다.

대단히 두서없는 이야기입니다만, 이곳으로 오면서 대충 이런 생각을 했습니다. (박수)

(이것은 작년 11월 18일, 특별 방어(邦語) 대회 때 강연하신 것을 속기한 것입니다. 위원)

---

퇴폐적 분위기로 가득 찬 환상의 세계를 낳았고 이 양식은 아르 누보에 영향.
4) 제임스 휘슬러 (James Whistler, James Abbott McNeill Whistler, 1834.7.14.~1903.7.17.). 유럽에서 활약한 미국의 화가. '예술을 위한 예술'을 표방하고 회화의 주제 묘사로부터의 해방을 주장하여 차분한 색조와 그 해조(諧調)의 변화에 의한 개성적인 양식을 확립.

# 내일의 도덕(明日の道德)*

홍명희

　오늘은 늦었습니다만, 실은 어떻게 된 일인지 10일 오후 3시라는 것을 13일 오후 3시로 기억하고 있었기에 아침에 속달을 받고 매우 놀랐습니다. 게다가 오늘 2시부터 출석하는 모임이 있었기 때문에 더욱 당황해서 그 쪽을 1시간 기다리게 하고 오전 중에 원고를 써서 황급히 달려왔습니다. 그래서 오늘 제 이야기가 형편없기도 하겠지만, 그 부분은 너그러이 봐 주시기 바랍니다. 원래 강연 솜씨가 별로 좋은 편이 아니지만, 여러분들도 저와 대단히 닮은 직업——직업이라고 하면 실례일지 모르겠네요, 음-, 천직이라고 하면 되겠네요. 하여간 비슷한 천직에 종사하고 있는데, 단지 다른 점이라면 여러분들은 어른보다 총명한 초등학교 어린이들을 가르치고, 저는 초등학생보다 총명하지 않은 어른들이 읽는 소설을 쓰고 있을 뿐입니다. 거의 비슷한 직업인이 오늘날의 윤리문제랄까 도덕이랄까 하는 것을 어떻게 생각하고 있는지 다소 흥미를 가지고 들어 주시면 영광이겠습니다. 또 한 가지,

---

* 잡지 『교육연구(教育硏究)』(1924(大正13)년 10월 발행)에 게재된 글이라고 한다. 전집의 문말에 '1924년 6월 10일 제 22회 전국교육자협의회에서'라고 되어 있는데, 작품은 그 강연 원고이다.

서두에 미리 말씀드리자면, 저는 여러분들과 같은 직업에 종사하고 있다고 방금 말씀드렸는데, 소설을 쓰고 있습니다. 소설이라고 말씀드리기 쑥스럽습니다만, 세상에서 소설이라고 하니까 저도 그냥 소설이라고 말씀드리는데, 하여간 소설이라 불리는 것을 쓰고 있습니다. 따라서 제 이야기 속에 재미없는 문예 이야기가 나올지도 모르겠습니다만, 그것은 저의 직업상 어쩔 수 없다고 생각해 주시기 바랍니다. 된장 냄새가 심한 된장은 좋은 된장이 아닌[1] 것처럼, 작가랍시고 문예 이야기만 하면 좋은 작가가 아니겠지만, 아무래도 저는 문예 이야기를 해 버리게 됩니다. 그 점 널리 이해해 주시기 바랍니다. 또한 연설 제목을 빨리 보내 달라는 편지를 받았습니다만, 여행을 떠나 있었기에 연락을 못 드렸습니다. 연설 제목이 뒤편에 쓰여 있었으면 대단히 좋았겠습니다만, 제 불찰로 게시되지 못한 점, 참으로 안타깝게 생각합니다.

저의 연설 제목은 내일의 도덕입니다. 내일이라는 것은 오늘의 다음날인 내일이라는 의미가 아닙니다. 다음 시대라는 뜻입니다만, 몇 년 후의 시대인가 하면 대단히 애매합니다. 오늘 속에 내일이 있거나, 내일 속에 오늘이 있을지도 모릅니다. 그러나 그것은 단지 극히 상대적인 오늘, 내일이라고 생각해 주시면 좋겠습니다.

내일의 도덕을 생각하기 전에 어제의 도덕을 생각해 본다면, 어제의 도덕이란 어떤 것이었을까요? 우선 메이지(明治) 이전의 도덕이 대략 어떠한 것이었냐고 하면, 그것은 여러 사람들이 말하듯이 봉건주의의 도덕입니다. 봉건주의의 도덕은 오늘날의 눈으로 보면 실제와

---

1) 원문에서는 '된장 냄새가 심한 것은 고급 된장이 아니다(味噌の味噌臭きは上味噌にあらず)'라는 일본어 표현이 연상된다. 질 나쁜 된장을 넣어 요리하면 된장 특유의 독한 냄새가 남아서 맛이 없지만, 좋은 된장은 그렇지 않다, 즉 자기 전공과 직업의 영향이 노골적으로 언행에 나오는 사람은 일류(一流)가 아님을 뜻한다.

엄청나게 다르거나, 혹은 매우 이상적이어서 실천하기 곤란한 도덕입니다. 즉, 충신, 효자, 열녀와 같은 이상적인 인물을 하나의 기준으로 세우고 그 전형적인 인물에게 자신을 맞추려고 노력하는 것입니다만, 그러한 도덕적 표준에서 본 완전한 행위는 좀처럼 따라가기 어렵습니다. 옛날 책, 특히 도쿠가와 시대(德川時代)[2]의 책을 보면 오늘날의 시각에서는 우스꽝스러운 부분이 있습니다. 친구 기쿠치 간(菊池寬)[3]이라는 사람이 쓴 소설에 쇼군가(將軍家)의 초상집에서 시동(侍童)이 웃어서 결국 할복해야 했다는 이야기가 있습니다. 웃는다는 현상은 어떠한 경우에도 일어날 수 있습니다. 특히 저처럼 신경이 예민한 남자는 웃으면 안 된다고 하면 할수록 웃음이 나옵니다. 여담입니다만, 제가 대학을 졸업할 때 지금의 천황폐하가 참석하셨는데, 그 졸업식에 우리도 졸업증서를 받으러 갔습니다. 그런데 하복이 없어서—— 특별히 가난했던 것은 아니지만, 하여간 그런 취미였습니다. —— 알몸 위에 동복을 입고 갔는데, 아무리 그래도 7월 10일이었기 때문에 더워서 도무지 참을 수가 없었습니다. 때마침 식장에 꽃을 넣어 얼린 얼음장식이 세워져 있길래, 그것을 칼로 쪼개어 손수건에 싸서 겨드랑이에 끼고 있었죠. 그런데 야마카와(山川) 총장의 축사 순서가 되자 왠지 웃음을 참을 수 없어서 혼이 났습니다. 만약 옛날이었다면 저는 할복해야 했을 겁니다. 그러한 봉건시대의 도덕을 성립시키고 혹은 보존하게 만든 것은 무엇일까요? 성립시키고 혹은 보존시킨 것은 봉건시대의 도덕의 본질이라는 의미가 아닙니다. 그것이 없으면 봉건시대의 도덕

---

2) 도쿠가와 이에야스(德川家康) 이래 도쿠가와 쇼군가(德川將軍家)가 일본을 통치한 에도(江戶)시대(1603-1867). 수도는 에도로 현재의 도쿄.

3) (1888-1948). 아쿠타가와 류노스케의 친구로 소설가, 극작가, 저널리스트 문예춘추사(文芸春秋社)를 설립한 실업가로 일본문예의 저명한 아쿠타가와 상(芥川賞)과 나오키 상(直木賞)을 설립했다.

이 성립하지 않는다는 뜻이 아닙니다. 쉽게 성립되는 원인, 혹은 원인이라기보다는 조건이라고 표현하는 편이 좋겠는데, 그 보존하게 만든 조건이 무엇이었냐 하면, 여러 가지가 있겠지만 가장 큰 특징은 비판적 정신의 결핍이 아닐까 합니다. 그 비판적 정신의 결핍이 어떻게 드러나는지를 살펴보면, 우선 시간적으로는 우리에게서 먼 과거의 인간, 즉 과거의 충신, 과거의 효자, 과거의 열부를 우리와 같이 피와 살을 가진 인간으로 생각하는 것이 아니라 인간으로 환생한 신적 존재처럼 생각한다는 것입니다. 예를 들면, 유학자가 말하는 요순(堯舜)이 그 하나의 예입니다만, 존재했는지 아닌지 의문스러운 인물에게 완전무결한 덕(德)을 갖추게 하고 후세의 사람들이 그에 도달하려고 노력하는 것입니다. 또한 공간적으로는 교통이 불편해서 잘 알 수는 없지만 자신이 살고 있는 마을을 벗어난 저 산 너머에는 핫켄전(八犬伝)4) 속의 인물이 한 집 건너 한 집처럼 많이 살고 있다고 믿고 있습니다. 만 리나 떨어진 중국 등에는 두 말 할 것도 없이 이십사효(二十四孝)5)라는 것이 실제로 있었다고 생각했겠죠. 이것으로 시간적, 공간적 설명이 되었으리라 생각합니다. 그 외에 옛날에는 사농공상(士農工商)이라는 계급이 있었는데, 조닌(町人)6)들은 상위 계급인 다이묘(大名)7)와 고산케(御三家),8) 고산쿄(御三卿),9) 쇼군가(将軍家)의 사람들이 어떠한지를 몰랐

---

4) 에도시대 후기에 교쿠테이 바킨(曲亭馬琴)이 쓴 판타지 장편소설 『난소사토미핫켄전(南総里見八犬伝)』. 인(仁), 의(義), 예(礼), 지(智), 충(忠), 신(信), 효(孝), 제(悌)의 옥구슬을 가진 8명의 전사(八犬士)가 위기에 빠진 영주 사토미(里見) 가문을 구하는 내용으로, 그 테마는 충의, 충신, 권선징악이다.

5) 중국의 저명한 효자 24명의 전기 등을 적은 교훈서로, 원나라의 곽거경(郭居敬)이 편찬한 것이 유명하다. 일본에서는 불각(仏閣) 등의 건축물에 그 인물도가 그려져 있거나, 오토기조시(御伽草子)라는 옛날이야기와 서당 교재로 채택되기도 했다.

6) 에도시대의 한 계급으로 도시에 살았던 장인과 상인의 총칭.

7) 에도시대에는 막부로부터 일만석(1万石) 이상의 봉록을 받은 지방의 번주(藩主).

8) 에도시대의 도쿠가와 쇼군(徳川将軍) 일가인 오와리(尾張)·기슈(紀伊)·미토(水戸)

습니다. 한참 전에 우연히 읽은 책에 이런 이야기가 있었습니다. 옛날에 다이묘가 참근교대(参勤交代)[10] 도중에 -매우 저속한 이야기로 죄송합니다만, 다이묘도 똥을 누는데, 다이묘가 똥을 눈다는 것을 무사 신분 이하의 사람들에게 보이면 위험하다고 해석했는지 어떤지는 모르겠지만, 어쨌든 위엄과 관련이 있다고 생각했어요. 하지만 도카이도 53차(東海道五十三次)[11] 여행 내내 용변을 참을 수는 없었기 때문에, 그 똥 하나하나를 모래가 든 통에 담아 에도(江戸)나 고향에 보냈다고 합니다. 원래 계급적 차별이 존재하기 때문에 상위 계급 사람들은 우리와 같은 인간인지 아닌지 알 수 없는 존재가 되어 왔는데, 여기에 그러한 인공적인 방법을 더하여 인간성을 은폐하기에 이르렀기에 더더욱 모를 수밖에요. 이러한 원인들이 합쳐져 그 결과로 만들어진 것이 어제의 도덕입니다.

그리고 어제의 도덕 대신에 자리를 잡은 것이 오늘의 도덕입니다만, 그 어제의 도덕이 얼마나 현실과 동떨어지고 이상적이기만 한 것이었는지를 증명할 수 있었던 것은, 앞에서 말한 것처럼 유신(維新)[12]의 선각자들이 비판적 정신에 입각한 리얼리스트였기 때문입니다. 일본에는 적당한 말이 없지만, 서양인의 말을 빌려서 유신의 선각자들의 말을 보면 모두 비판적 정신이 나타나 있다고 할 수 있습니다. 예

---

세 가문의 경칭. 어느 분야에서 가장 유력하고 유명한 세 사람을 총칭할 때 사용하는 표현 중의 하나이다.
9) 에도시대의 도쿠가와 쇼군 일가인 다야스(田安)·히토쓰바시(一橋)·시미즈(清水) 세 가문의 경칭으로, 고산케 다음으로 세력 있는 문벌가였다.
10) 에도막부가 번(지방)의 영주인 다이묘를 통제하기 위한 수단의 하나로, 다이묘를 정기적으로 에도에 다녀가게 한 법령.
11) 에도시대에 정비된 5개의 가도(街道) 중 하나로 동해도(東海道)에 있는 53개의 역참. 풍광이 수려한 명소가 많아, 그림 우키요에(浮世絵)와 시 와카(和歌) 및 하이쿠(俳句)의 제재로 자주 등장한다.
12) 메이지 유신(1868).

를 들면 하야시 시헤이(林子平)가 니혼바시(日本橋)의 물은 영국의 템즈 강으로 통한다고 말한 적이 있습니다[13]만, 그 말도 오늘날 생각해 보면 어처구니없을 만큼 지극히 당연한 이야기입니다. 그러나 당시의 사람들에게는 그 말이 말할 수 없는 새로운 자극을 주었을 것입니다. 자극을 주었다는 것은 당시의 사람들이 얼마나 비판적 정신을 잃고, 이상적 혹은 공상적이었는가를 증명하기에 충분합니다. 이러한 예를 들자면 한도 끝도 없어서 강연이 길어집니다만, 조슈(長州)[14]의 무라타 세이후(村田清風)[15]가 처음으로 도카이도(東海道)를 지나 후지산(富士山)을 보았을 때, 실제로 와서 보니 소문으로 듣던 것보다 후지산이 낮다, 이와 같이 석가와 공자의 위대함이라는 것도 듣는 것과는 다르겠지, 하고 말했습니다. 그는 후지산의 진면목을 과장 없이 보았다고 할 수 있겠습니다.

그런데, 일본의 어제의 도덕은 대충 앞에서 말한 대로입니다만, 어제의 도덕이라고 하는 것은 오늘의 도덕과 일치하지 않습니다. 그도 그럴 것이, 오늘의 도덕은 어제의 도덕의 반동으로써 나타나는 것이기 때문에 일치하지 않는 것이 당연합니다. 그러나 여기에 묘한 점이 있습니다. 실로 어제의 도덕은 오늘의 도덕과 일치하지 않습니다. 그렇지만 그저께의 도덕과는 양립할 가능성이 있습니다. 방금 묘한 점이 있다고 말씀드렸는데, 실은 전혀 묘하지 않습니다. 만약 오늘의 도덕을 어제의 도덕의 반동이라고 한다면, 어제의 도덕은 그저께의 도덕

---

13) 하야시 시헤이는 일본의 연안방비(沿岸防備)의 중요성을 말한 정론서 『해국병담 (海国兵談)』을 집필했다. 즉, 물은 경계가 없이 세계와 연결되어 있기 때문에 바다로 둘러싸인 나라인 일본은 연안방비를 확실하게 해야 한다는 것이다.

14) 현재의 야마구치현(山口県).

15) (1783-1855). 일본의 무사. 조슈번(長州藩)의 번주 모리 다카치카(毛利敬親)의 신임 하, 번정(藩政) 개혁을 주도했으며, 개혁파로서 스후 마사노스케(周布政之助)와 다카스기 신사쿠(高杉晋作) 등에게 큰 영향을 미쳤다.

의 반동이겠죠. 그러면 오늘의 도덕은 그저께의 도덕의 반동의 반동이기 때문에, 자연히 그저께의 도덕과 양립할 수 있습니다. 이것은 도덕뿐만이 아닙니다. 문예의 역사에 비추어 보아도 그러한데, 낭만주의가 극에 달하면 그 반동으로써 자연주의가 발생합니다. 자연주의가 극에 달하면 그 반동으로써 이번에는 신낭만주의가 발생합니다. 신낭만주의와 낭만주의는 명칭에서 알 수 있듯이 양립할 가능성이 있습니다.

또한 일본의 오늘의 도덕도 이 원칙의 범주에서 벗어나지 않아서, 어제의 도덕과 양립하지 않습니다. 봉건시대의 도덕과 봉건시대 이후의 도덕이 부딪히는 예는 역사를 세세한 데까지 조사하면 많이 있습니다만, 모리 아리노리(森有礼)16) 교육부 장관(文部大臣)이 암살당한 것은 두 도덕의 충돌을 표징(表徵)한 사건이 아닐까 합니다. 이와 같이 전 시대(前時代)의 도덕과 다음 시대의 도덕은 충돌합니다만, 새로운 도덕을 받아들이는 것은 시대의 선각입니다. 산속에서도 높은 산에만 아침 해가 비치듯이, 시대의 선각이 아니면 새로운 빛을 받을 수 없습니다. 그 시대의 선각자들은 새로운 도덕을 받아들이고 있음에도 불구하고, 현명한 민중들은 그 빛을 잡지 못하는 것입니다. 그러하기에 실제 사회의 상태를 살펴보면, 그 시대의 도덕과 그 다음 시대의 도덕이 동시에 존재할 수 있습니다. 저는 올해 서른세 살입니다만, 오늘날 저의 어린 시절의 도덕을 되돌아보면 봉건시대의 도덕이 많이 남아 있어서 피해가 적지 않았습니다. 가장 현저한 예는 최근에 다른 곳에도

---

16) (1847-1889). 일본의 무사, 외교관, 정치가. 초대 교육부 장관 역임, 히토쓰바시(一橋) 대학 창설 등. 1889년 2월 11일, 모리는 국수주의자인 니시노 분타로(西野文太郎)의 칼에 찔려 43세로 사망한다. 당시의 신문은 "어느 장관이 이세신궁(伊勢神宮)을 방문했을 때, 신전에 쳐놓은 발을 지팡이로 밀어서 그 안을 들여다보고, 신발도 신은 채 들어갔다"고 보도했는데, 급진적 구화주의자(歐化主義者)였던 모리가 그 사람이라고 의심을 받았고, 그 결과 암살당했다.

썼습니다만, 초등학교 시절에 배운 니노미야 긴지로(二宮金次郎)[17]입니다. 긴지로의 아버지인 영감탱이—— 영감탱이라고 하면 실례지만, 아버지가 어떤 사람인지는 모릅니다. 어쨌든 가난했던 것은 사실입니다. 그래서 긴지로는 농사일을 하거나 짚신을 만들면서 생활할 수밖에 없었는데, 일하는 중간 중간에 책을 읽어서 저렇게 훌륭한 사람이 되었다고 배웠습니다. 우리도 긴지로를 본받아 어떠한 어려움과 고난이 있어도 책만 읽으면 훌륭해진다고 생각했습니다. 그러나 그것을 오늘날 생각해 보면 부모에게는 매우 편리하고 아이에게는 불편한 도덕입니다. 지금은 불행히도 초등학교 교과서를 잃어버려서 읽을 수 없지만, 긴지로를 찬미하기 전에 농사일을 하거나 짚신을 만들어야 하는 가정에 긴지로를 떨어뜨린 그의 아버지와 어머니에게 분개심을 느끼게 되리라 생각합니다. 또한 실은 분개하고 있는 것도 사실입니다. 그러나 그와 같은 구시대의 도덕은 지나갔고 새로운 도덕이 왔다, 이것을 저는 오늘의 도덕이라고 말씀드리는 것입니다만, 오늘의 도덕이라는 것이 어떠한 것인가 하면, 한 마디로 개인주의의 도덕입니다. 이것도 앞에서 말씀드린 것처럼, 개인주의의 도덕의 본질을 말하는 것은 아닙니다. 그것을 성립시키는 조건, 그것이 무엇인가 하면, 앞의 봉건시대의 도덕을 성립시킨, 비판적 정신이 결핍된 당연한 귀결로써 비판적 정신의 각성입니다. 오늘날의 우리는 앞에서 말한 것 같이, 시간적으로도 공간적으로도 그리고 계급적으로도 옛날 사람들이 생각한

---

17) (1787-1856). 니노미야 다카노리, 니노미야 손토쿠(二宮尊德)라고 불리는 에도시대 후기의 농정가(農政家), 사상가. 그가 지게를 지고 책을 읽으며 걷는 동상이 초등학교 교정 등 일본 각지에 세워져 있다. '힘든 상황 속에서도 공부에 매진해 성공한다'는 이 미담은 1904년부터 일본제국의 국정 교과서에 수신(修身)의 상징으로 게재되는데, 학교 교육을 통하여 자주적으로 국가에 헌신하고 봉사하는 국민을 육성해나간다는 목적의 통합정책에 이용되었다. 또한 한일합방 이후 조선의 보통학교 수신 교과서에도 게재되어, 한국에서도 유명하다.

것처럼 충신, 효자, 열부의 존재를 믿지는 않습니다. 대부분은 결코 안 믿는다고 해도, 일부는 믿고 있는지도 모르겠습니다. 이것을 말씀드리면 이야기가 점점 길어집니다만, 뒷이야기와 연관이 있기 때문에 말씀드리겠습니다. 현재 우리는 충신, 효자, 열부의 존재는 믿지 않습니다. 그러나 우리는 서양의 모든 예술가가 일본의 예술가보다 훌륭하다고 믿습니다. 그것은 공간적으로 비판적 정신에 눈 뜨지 못했다고 할 수 있지 않을까요? 또한 우리는 옛날의 모든 예술가가 지금의 예술가보다 훌륭하다고 믿고 있습니다. 그것은 시간적으로 비판적 정신이 결핍된 증거겠죠. 그리고 또한 자본가라고 하면 전부 악하다, 프롤레타리아라고 하면 전부 선하다,── 선악이라는 것은 우습지만, 어쨌든 학대 받는 신의 아들처럼 생각하는 것도 계급적으로 비판적 정신에 눈뜨지 못했다고 할 수 있겠습니다.

그런데 오늘날 우리의 비판적 정신을 눈 뜨게 한 것이 무엇인가 하면, 여러 원인이 있습니다만, 명확한 예를 하나 들자면 서양문명의 혜택이라고 할 수 있겠습니다. 이것을 문예에 비추어 보면, 자연주의 문예의 공적이라고 할 수 있습니다. 저는 항상 자연주의 문예를 욕합니다만, 공적은 공적으로 인정하고 싶습니다. 만약 일본의 문단이 겐유샤(硯友社)18)의 문예 이상으로 나가지 않았다면, 우리는 도무지 오늘날과 같은 자유정신을 감득할 수 없었으리라 생각합니다. 일본 문단의 역사에서 자연주의 이후의 시대──제가 고등학교, 대학교에 다니던 시절은 낡은 도덕을 대신하여 신도덕이 기세 좋게 홍한 시대입니다. 그 때 출판된 여러 출판물에 가장 많이 나오는 말은 '나(我)'19)입니

18) 근대 초기의 사실주의 문학에 반발하여 복고, 고전회귀를 주장한 문학결사. 대표 작가로는 오자키 고요(尾崎紅葉) 등이 있다.
19) 일본어로는 '我'. 나, 자신, 자아, 또는 타인의 말에 따르지 않고 자신의 의지와 생각을 주장하는 아집, 자기 본위의 생각 등을 뜻한다.

다. 어떤 일에도 반드시 '나'를 주장했습니다, 잡지에는 '에고', 즉 '나'라는 말이 나옵니다. 책으로는 교토(京都)의 도모나가 산주로(朝永三十郎)[20] 씨가 쓴, 근세에 있어서 '나'의 발달사 등이 출판됩니다. 후년에 기쿠치 간이 「아귀(我鬼)」[21]라는 소설을 출판했는데, 그것도 그 영향입니다. 당시의 기억 중에 가장 인상 깊게 남아 있는 것은 고등학교 때 일입니다. 저는 당시 교장이었던 니토베 이나조(新渡戶稻造)[22] 선생님의 윤리 강의를 들었습니다만, (실은 가끔 결석해서 대출을 시킨 적도 있습니다. 그러나 선생님의 강의는 대단히 평판이 좋았기 때문에 하여간 듣기는 들었습니다.) 어느 날, 강의 중에 이런 말씀을 하셨습니다. 인간은 여러 가지 더러운 것을 갖고 있기 때문에 친구끼리라도 추악한 것을 거리낌 없이 완전히 드러내면, 서로 정나미가 떨어져서 세상은 성립하지 않는다. 저 남자도 이 정도로 하등한가, 나도 그 정도로 하등해도 된다는 식으로 당당하게 타락한다는 내용이었습니다. 저는 이 말을 듣고 매우 분개했습니다. 그 분개한 마음은 대략 3, 4년간 계속되었습니다만, 오늘날은 니토베 선생님의 말씀이 어느 정도 진리임을 인정합니다. 그러나 당시에는 설사 우리가 추악함을 가지고 있다고 해도— 가지고 있는 것은 사실입니다, 그 사실을 호도하는 것을 용서할 수 없었기에 이후의 윤리 강의에는 결석하기로 했습니다. 저는

---

20) (1871-1951). 일본의 철학자. 교토대학 명예교수(서양철학). 교토학파(京都學派)의 대표적 인물. 노벨물리학상 수상자인 도모나가 신이치로(朝永振一郎)는 그의 아들.
21) 아쿠타가와를 모델로 쓴 소설. 한편, '아귀(我鬼)'는 아쿠타가와의 펜네임이고, '아귀굴(餓鬼窟)'은 그의 다바타(田端)의 자택 2층 서재를 가리키며, 1919년의 일기인 「아귀굴일록(餓鬼窟日錄)(별호)」와 그 일기를 정리·가필 수정하여 발표한 작품 「아귀굴일록(餓鬼窟日錄)」이 있다. 양자의 제목에 대해서는 본서의 「아귀굴일록」 각주를 참조 바람.
22) (1862~1933). 농학자, 농정가, 법학자, 교육가. 홋카이도 대학(北海道大學)의 전신인 삿포로 농학교(札幌農學校)의 2기생으로 국제연맹 사무차장 역임, 『무사도(武士道)』의 저자이며, 구 5천엔 권 초상화의 주인공이다.

결코 니토베 선생님을 공격하는 것이 아닙니다, 다만 그 당시 우리가
있는 모습 그대로의 나를 어떤 식으로 존중했는가, 하는 것을 설명하
기 위해 이 예를 들었을 뿐입니다.

오늘날은 개인주의의 도덕이 천하를 지배하고 있습니다. 현재 우리
는 어느 정도의 비열함은 서로 인정하고 있습니다. 그러나 옛날 사람
들은 자신의 약점을 말하지 않을 뿐만 아니라 사람들에게 알려지지
않기를 바랐습니다. 또한 스스로도 자신에게 약점이 존재한다는 사실
을 부정하려 했습니다. 그러나 오늘날의 우리는 약점을 스스럼없이
완전하게 드러냅니다. 매우 현저한 증거로, 근래의 신문 광고에는 인
간적이라는 것을 광고의 표어로 쓰고 있는 것을 볼 수 있습니다. 그러
고 보면 『인간』이라는 잡지가 사토미 돈(里見弴)23) 군과 구메 마사오(久
米正雄)24) 군 주재로 출판된 적도 있습니다. 이것은 우리가 보면 특별
히 신기하지도 않지만, 실은 잡지에 '인간'이라는 이름을 붙인 예는 예
로부터 지금까지 없었다고 해도 과언이 아닙니다. 그 증거로, 『인간』
의 편집자가 어느 곳에 가서 『인간』에서 왔습니다, 라고 하면 그 이야
기를 들은 가정부가 약속이나 한 듯이 모두 깜짝 놀랐다고 합니다만,
이 이야기에서 '인간'이라는 이름이 얼마나 이상한지를 알 수 있습니
다. 이러한 예는 얼마든지 들 수 있습니다. 제 친구 중에 철학을 하는
놈이 있습니다. 그 친구는 대학 졸업논문에 칸트의 순수이성에 대한

23) (1888~1983). 소설가. 본명은 야마노우치 히데오(山內英夫)로, 아리시마 다케오(有
島武郎)의 동생. 형과 함께 시가 나오야(志賀直哉), 무샤노코지 사네아쓰(武者小路實
篤) 등이 창간한 잡지 『시라카바(白樺)』의 동인이 되었고, 이후 단편소설의 명수
로서 아쿠타가와와 함께 신기교파(新技巧派)의 유력한 존재가 되어 다이쇼(大正)시
대 문단의 중견작가로 활동했다.
24) (1891~1952). 소설가, 극작가, 하이쿠(俳句) 작가. 아쿠타가와와 일고(一高), 도쿄대
의 동급생으로 대학시절 동인지 「신사조(新思潮)」를 창간, 나쓰메 소세키(夏目漱石)
의 문하생이 되어 함께 작가의 길을 걸었으나, 아쿠타가와와는 달리 통속소설을
집필하는 등 폭넓은 작가생활을 하였다.

비판을 기술할 정도로, 매우 성가시고 까다로운 것만 말하는 놈입니다. 어떻게 까다로운가 하면, 어느 날 저에게, 나는 아무래도 요정[25]이라는 것의 작용[26]을 모르겠어, 라고 합니다. 그것은 몰랐던 게 분명합니다. 4, 5일 전에 그 친구를 만났는데, 어쨌든 칸트 연구자이기 때문에 말을 시작하자마자 칸트 이야기가 나왔습니다. 저는 칸트를 읽지 않았습니다. 그러나 칸트에 대해 쓴 글은 읽었습니다. 따라서 칸트가 쓴 글도 읽었다 정도의 얼굴을 하고 있습니다. 하여간 여러 이야기를 나누는 중에 친구는, 나는 칸트의 양심 절대명령에 의문을 가진다, 우리의 윤리적인 태도 중에서 행복이나 쾌락을 제외하고는 도무지 생각할 수 없다, 그런 것을 버리는 것은 인간적이지 않다는 생각이 든다, 고 합니다. 이 친구조차도 그의 말의 어느 한 부분에서는 천하가 오늘까지 도도하게 개인주의의 도덕의 조류에 휩쓸려가고 있다는 증거를 나타내고 있는 듯합니다.

그러나 현재 대단히 곤란하게도 인간이라는 것은 매우 센티멘털한 동물입니다. 본래 센티멘털리즘은,── 일본어로 하면 감상주의네요 ── 감상주의는 비판적 정신과는 양립할 수 없습니다. 그러나 앞 사람이 비판적 정신으로 받아들인 것을 후세 사람이 계승합니다. 예를 들면, 제가 저의 비판적 정신을 사용하여 어느 현실을 묘사한 글을 썼다고 합시다, 여러분들은 그것을 읽고 과연 옳다고 생각했다고 합시다, 그렇다고 해도 여러분들이 이것을 먼저 제언한 저만큼 비판적 정신이 투철한지 어떤지는 의문입니다. 예가 이러해서 죄송합니다만, 물론 이것은 반대로 생각해도 됩니다. 즉, 여러분들에게 동조한 제가 선

---

25) 원문은 '待合'으로 교토의 '오차야(お茶屋)'을 이르는 메이지(明治), 다이쇼(大正) 시대의 표현. 게이샤(芸者)를 불러서 먹고 마시며 노는 요정으로 품위 있는 곳에서부터 매춘을 하는 곳까지 있었다.
26) 원문은 'フンクチオオネン(作用)'. 즉, 요정의 존재의의를 모르겠다는 의미.

구자가 된 여러분들만큼 비판적 정신이 투철한지 어떤지는 의문입니다. 그렇다면 오늘날의 도덕 혹은 개인주의의 도덕이라는 것은 비판적 정신의 각성에서 탄생했다고 할지라도, 이 문예 감상주의 때문에 대단히 무비판적인 방향으로 발전할 수도 있습니다. 이 점은 잘 이해되시리라 생각합니다만, 만약을 위해 또 하나의 예를 들겠습니다. 서화(書畫) 골동품을 살 경우, 제 눈으로 보고 틀림없는 물건을 하나 사서 자손에게 물려준다고 합시다, 그까지는 매우 비판적입니다만, 제 자손은 무비판적으로 그것과 비슷한 것을 수집해 버릴 수도 있습니다. 이러한 경향이 오늘날의 도덕에서도 일어날 수 있습니다. 그리고 그것이 현재 일어나고 있는 증거로는 잠시 전에 말씀드린, 신문에 게재된 책 광고문 속의 인간적이라는 말을 생각해 보면 됩니다. 광고문에 책 줄거리가 인간적 고통, 인간적 슬픔이라고 게재되어 있어서, 실제로 그런가 하고 생각하면서 책을 읽어 보면 실은 주인공의 고통이나 슬픔이 별로 인간적이지 않은 경우가 많습니다, 이것은 작자가 형편없이 썼다고 말하는 게 아닙니다. 작품이 엉망인 경우는 인간인지 아이스크림인지 알 수 없는 것이 출현할 뿐입니다만, 그게 아니라 작품에는 인간적이라기보다는 오히려 동물적인 주인공이 나올 경우가 많습니다. 이렇게 불행한 우리들은 언제나 감상주의에 의해 움직입니다. 말을 타려 할 때, 오른쪽에서 뛰어올라 타면 왼쪽으로 지나치게 가버리고, 왼쪽에서 뛰어올라 타면 오른쪽으로 지나치게 가버리는 등, 언제나 안장을 뛰어넘어 반대편으로 너무 가 버리는 것처럼 어쨌든 중정(中正)을 잃습니다. 어쩌면 인간이라는 것은 영원히 말을 탈 수 없을지도 모릅니다. 그러나 지구가 망하기까지 5, 6백만 년이 걸릴 것인데, 당장 오늘의 역사를 가지고 장래를 판단하는 것은 옳지 않기 때문에, 우선은 말을 탈 수 있는 연구를 하는 편이 좋겠습니다. 이러한 감상주의에 어떤 도덕적 경향이 더해집니다. 그러면 그것에 의해 흐름이 도도하게 움직여서 극단적인 방향으로 달립니다. 거기에 이번에는 그에 반대하는 선생이 나타나서 또 다시 그 조류를 억제하려고 하는데, 이러한 것은 모든 나라의 역사에도 나타납니다. 예를 들면, 근대의 서양 문학사에서는 입센이 인형의 집을 썼을 때, 그러한 경향이 현저하게 나타납니다. 잘 아시는 것처럼, 입센의 인형의 집에서 주인공 노라는 언제까지나 인형의 집과 같은 아내는 싫다고 남편에게 말하고 뛰쳐나갑니다. 가출해서 어떻게 먹고 살지는 의문입니다만, 연극이 거기서 막이 내리기에 그 다음은 문제가 아닙니다. 입센보다 20년 전에 프랑스의 소설가 리이루·라단이라는 사람이 동일한 문제를 가지고 극을 썼습니다. 입센 정도의 걸작은 아니지만, 그 다음 이야기가 있습니다. 아내가 가출하자 무대는 어두워집니다. 그러다가 새벽이 되어 점점 무대가 밝아지고, 남편은 아직 탁자 앞에 쓰러질 듯 앉아 있습니다. 거기에 남편과 떨어져서는 생활할 수 없음을 알게 된 아내가 돌아온다는 극입니다. 그런데, 이 입센의 인형의 집이 러시아, 독일, 프랑스, 영국을 움직이고, 마침내 일본에까지 그 조류가 미쳤습니다. 그러자 스트린드베리라는 사람은 온 세상의 선남선녀가 너무나도 감상적으로 인형의 집의 가르침을 신봉한다는 사실에 반항하여, 동일한 인형의 집이라는 제목으로 단편을 썼습니다. 이것도 많은 분들이 알고 계시겠지만, 어떤 해군 사관의 아내가 노처녀와 친구가 됩니다. 이 노처녀는 입센의 열렬한 팬으로 인형의 집을 읽은 사람입니다. 아내는 이 친구에게 점점 영향을 받아서, 결국 남편을 향해 당신의 인형이 되어 있는 것이 싫다고 말했습니다. 주인공은 대단히 난처해하며, 너는 인형이 아니다, 남편의 물질적 욕망을 채우는 것 외에도 정신적 욕망을 채우는 아내가 아니냐, 고 말합니다. 그러자 아내는 물질적 욕망을 채

우면서 정신적 욕망을 채운다는 것은 있을 수 없다, 그것은 흑(黑)이면 서 동시에 백(白)이라는 것과 같다, 고 말합니다. 남편은 그래도 강하게 흑이면서 동시에 백일 수 있다, 너의 양산을 보면 겉은 희지만 안은 검다, 고 말합니다. 그런데 장모가 계책 하나를 그 남편에게 알려 줍 니다. 남편은 돌아와서 태연한 얼굴로 아내의 노처녀 친구를 만찬에 초대하고, 그 자리에서 노처녀에게 노골적으로 사랑의 주파수를 던집 니다. 노처녀도 순식간에 사랑을 느낍니다, 그러자 아내는 질투심을 느껴 노처녀를 내쫓고 다시 행복하게 산다는 줄거리입니다. 이처럼 새로운 도덕도 감상주의가 더해지기 때문에 항상 극단적으로 빠지기 쉬운데, 이것을 현대의 일본에 비추어 보면, 자연주의 문예도 이 폐단 에 빠졌습니다. 즉, 자연주의 문예는 인간을 너무나도 하등하게 썼습 니다. 그것은 모두가 지적하는 사항입니다만, 일반 서양문명의 영향도 역시 감상적으로 치닫고 있습니다. 오늘날은 뭔가 서양식으로 말하지 않으면, 시대의 흐름에 따라가지 못하는 것처럼 말합니다. 최근 우에 노(上野)에서 미술전람회가 열렸는데, 프랑스의 로댕의 출품물을 전시 할 것인지 말 것인지에 대하여 경시청과 미술가 사이에서 논쟁이 붙 었습니다. 미술가의 입장에서 로댕의 작품은 천으로 가릴 필요가 없 다고 합니다. 그 정도의 이론은 누구라도 말합니다. 문학청년이라도 말합니다. 또한 일반 민중에게 해가 없으면 좋지만, 일반 민중에게 나 쁜 영향을 주면 안 되기 때문에 천을 덮어서 보여주지 않는 편이 좋다 는 것을 경시청에서조차 생각할 정도였기 때문에 유치원생이라도 생 각할 수 있음에 틀림이 없습니다. 그러나 한편, 서양인은 피부를 다른 사람에게 보여주는 것을 대단히 싫어합니다. 피부를 보여주는 사람은 야만인이라고 합니다. 상하이(上海)나 한구(漢口)에만 가도 영사가 매우 까다로워서 유카타(浴衣)27) 차림으로는 산책할 수 없고 맨발로 걷는 것도 금지되어 있습니다. 이러한 흐름이 일본에도 들어와서 요즘은 여자라도 버선 외에 정강이를 감싸기 위해 양말 같은 것을 사용합니다만, 서양인들은 그 정도로 육체를 보이는 것을 치욕이라고 생각합니다. 단, 파티복은 등을 드러내고 있습니다. 게다가 유럽의 대전 후에는 더욱 드러내게 되었습니다. 로마 교황은 이것을 크게 우려하여 적어도 선량한 가톨릭 신자는 등까지 드러내어서는 안 된다고 말했습니다. 그러나 물론 효험이 없습니다. 이야기가 빗나갑니다만, 나체화나 나체 조각상을 전시하는 것은 아무리 변명해도 맨발을 부끄러이 여기는 서양인에게는 모순입니다. 이렇게 말씀드리면 너는 보수적이다, 그림이나 조각은 미적인 것으로 물질적 욕망이 일어나지 않는다고 말하겠지만, 실제로는 서양의 속물들이 물질적 욕망을 그림이나 조각에 의해 충족시키고 있다고밖에는 생각되지 않네요. 오늘날 로댕의 조각상을 보기 위해 특별실에 들어갈 자격이 있는 사람은 공무원이나 대학교수, 또는 기껏해야 전문학교 학생입니다. 그렇다면 가난한 집안의 자식으로 태어난 사람은 전문학교에도 못 들어가고, 따라서 로댕의 조각상도 못 보는데, 그러한 제한을 마련하는 것보다는 로댕의 작품을 보고 물질적 욕망을 일으키지 않는 사람에게만 보여 주는 편이 지당합니다. 즉 특별실에 탈의소를 마련하여 발가벗고 그 교실에 들어가서, 만약 물질적 욕망을 일으킨 징후를 발견했을 경우는 천 엔 정도의 벌금을 부과합시다. 그것을 범해도 볼 용기가 있는 사람은 볼 자격이 있습니다. 이렇게 말하면 미술가를 대단히 헐뜯으며 경시청 편을 드는 것 같

---

27) 면 등으로 된 일본전통의상으로 주로 여름철 목욕 이후에 입거나 잠옷으로 입는 편안한 복장. 현재는 멋을 더하여 불꽃놀이 등 축제를 보러 갈 때 입거나, 온천 마을 등에서 산책할 때 애용한다. 여기서는, 일본에서는 여름에 입는 평상복으로 통할지라도, 상하이 등 국제적인 곳에서는 앞가슴 쪽이 벌어지기 쉽고 속살이 보이기 쉬운 복장이 야만인처럼 보이기 때문에 영사가 금지한다는 뜻.

지만, 오늘날은 경시청에도 죄가 있습니다. 우리가 볼 때는 물질적 욕
망을 주지 않는 것도 경시청이 보면 그렇지 않은가 봅니다. 거기에는
위로는 경시총감부터 아래로는 순경에 이르기까지 물질적 욕망이 대
단히 왕성한 사람들만 모여 있겠죠. 물론 이것은 나라의 수치입니다.
프랑스의 아나톨 프랑스라는 사람은 이렇게 말했습니다. 루브르나 뤽
상부르에 있는 나체 조각상은 앞부분을 포도 잎으로 하나하나 전부 가
려 놨는데, 그렇게 하면 안 된다, 처음부터 보이게 해 두면 아무렇지도
않는데 숨겨 두기 때문에 문제다. 왜냐하면 인간의 연상 작용은 미묘
하기 때문에, 그렇게 해 두면 다음에 포도밭에 들어갔을 때 묘한 느낌
을 느끼게 될 것이다. 정말로 이 설 그대로입니다.

　말을 많이 해서 시간이 많이 지나갔습니다만, 간단하게 정리하면,
오늘의 도덕이 개인주의적 도덕이라고 하면 내일의 도덕은 개인주의
적 도덕의 반대라는 것을 상상하기 어렵지 않습니다. 그리고 내일의
도덕은 개인주의나 이기주의와 다릅니다만, 적당한 말이 없어서 그것
을 사용합니다만, 오늘보다 이타주의적인 혹은 공존주의적인 도덕이
라는 것도 쉽게 알 수 있습니다. 앞에서 말씀드린 것처럼, 오늘과 내
일의 차이는 불분명합니다. 그렇기 때문에 내일의 도덕은 아직 시작
하지 않은 것이 아니라 이미 시작했다고 생각할 수도 있습니다. 동일
하게 내일의 도덕을 받아들인 사람도 틀림없이 많습니다. 내일의 도
덕은 오늘의 개인주의의 도덕과 반대라고 이미 말씀드렸는데, 그러면
내일의 도덕은 어제의 도덕을 그대로 반복하는가, 하고 질문하는 분
이 계실지도 모르겠습니다. 역사는 엄밀하게 같은 일을 반복하지 않
기 때문에, 내일의 도덕이 개인주의가 아니라는 점에 있어서 오늘의
도덕과 다르다고 해도, 어제의 도덕을 그대로 계승하는 일 또한 물론
없습니다. 이에 대한 이해가 없는 도덕가, 때로 당당한 도덕적 대가는

오늘날 일본 국민의 도덕적 해이에 경종을 울리기 위해 전 국민에게
논어를 읽히고 공자의 사당이라도 세우면 국민사상을 더욱 선도할 수
있다고 주장합니다만, 그 주장이 우스꽝스러운 것은 논할 필요도 없
이 자명합니다. 논어를 출판하는 비용이 어디에서 나오는지, 공자묘를
세우는 비용이 어디에서 나오는지 모르기 때문에 농담으로 말하는 건
지도 모르겠습니다. 앞에서 말씀드린 메이지 유신을 생각해도 그렇습
니다. 유신 당시의 유명한 이야기입니다만, 이와쿠라 도모미(岩倉具
視)28) 공이 어느 날 다마마쓰 미사오(玉松操)29)라는 사람과 메이지의 대
업(大業)에 대해 이야기하면서, 겐무 중흥(建武中興)30)의 기초에 따라야
할 것인가, 라고 말했을 때, 다마마쓰 미사오는, 아니, 진무 창업(神武創
業)31)의 옛날로 거슬러 올라가야 한다, 고 말해서 이와쿠라 공도 대단
히 감탄했다고 합니다. 이 이야기가 진실인지 아닌지 모르겠지만, 이
이야기처럼 진무 창업의 옛날 방식 그대로 하라고 해도, 그 진무 창업
이 어떠한 것인지는 다마마쓰 미사오라고 해도 몰랐을 것입니다. 단

---

28) (1825~1883). 정치가. 유신의 공신. 도쿠가와 막부가 미국과 맺은 불평등 조약과
   미일수호통상조약의 조약개정 교섭을 위한 일환으로 1872년에 일본이 구미에
   보낸 사절단의 특임전권대사. 1년 10개월에 걸쳐 구미제국의 원수와 면담 및 국
   서 전달을 하였으나 조약개정에는 실패. 그러나 미국과 영국 등의 철도와 공업
   기술에 감탄하여 많은 유학생들을 보내는 등, 이후의 근대일본의 발전에 큰 영
   향을 미쳤다.
29) (1810-1872). 다마마쓰 마히로(玉松真弘). 에도시대 말기-메이지의 국학자.
30) 가마쿠라(鎌倉)막부 멸망 후인 1333년에 고다이고(後醍醐)천황이 직접 정치를 개
   시함으로 성립한 정권. 즉, 무사에 의한 정치에서 천황, 조정에 의한 정치로 되
   돌리려 한 시대. 그러나 천황 친정(新政)에 대해 불만을 가진 무사 층이 존재했
   고, 결국 1336년에 무로마치(室町)막부를 연 아시카가 다카우지(足利尊氏)에 의해
   그 정권이 붕괴되었다.
31) 일본의 신화에 등장하는 초대 천황인 진무(神武)천황이 정치를 시작한 때. 진무
   천황 때에는 천황이 직접 나라를 다스리는 제정일치 국가였는데, 메이지유신에
   의해 일본의 정치체제가 천황 중심의 중앙집권체제로 확립된 이래, 진무천황이
   즉위했다고 전해지는 2월 11일이 일본의 건국일로 숭배되고, 현재도 '건국기념
   일'로 축일이다.

지 당시의 이상적 정치 상태라는 말을 진무 창업의 옛날이라는 말과 바꾼 것이겠지요. 그렇다면 메이지유신도 헛되이 과거의 도덕에서 모범을 추구하기만 한 것은 아닙니다. 그것을, 오늘날 옛날로만 돌아가면 국가 안온(國家安穩)이라는 듯이 생각하는 것은 유신을 일으킨 선각자들에게도 부끄러울 따름입니다.

내일의 도덕이 개인주의적 도덕이 아닌 것은 지금 말씀드린 대로입니다. 그것이 어떤 도덕인가를 말씀드리는 것이 제 임무가 아닐지 모르겠지만, 적어도 이것만은 주저 없이 말씀드릴 수 있습니다. 가령 국가나 가족 등을 중심으로 한 것이라 해도, 하여튼 많은 사람들이 모여 있는 한 사회적 단체를 목표에 둔 도덕이라는 것만은 확실합니다. 한번 더 반복하면, 저는 오늘의 도덕은 어제의 도덕과 양립하지 않는다고 말씀드렸습니다만, 오늘의 도덕도 역시 내일의 도덕과 양립하지 않습니다. 오늘의 도덕과 어제의 도덕이 충돌하는 것처럼, 오늘의 도덕과 내일의 도덕이 충돌하는 것은 자연스러운 일입니다. 그리고 충돌이 생기는 것을 생기지 않는다고 생각하는 것은 비겁합니다. 또한 신문을 보면, 그러한 사건들이 항상 보입니다. 동시에 또한 오늘의 도덕이 어제의 도덕과 양립하지 않는다고 해도, 그저께의 도덕과는 양립한다, 혹은 공존할 수 있다고 말씀드렸습니다만, 그와 동시에 내일의 도덕과 어제의 도덕은 양립하지 않아도 공존하는 점이 있을지도 모릅니다. 그렇다고 한다면, 봉건시대적 도덕가도 의외로 쉽게 내일의 도덕가와 악수할지도 모르겠습니다. 이것은 진정한 도덕의 바람직한 발달 방법입니다만, 현재 일본의 상태로 말씀드리면, 자연스러운 발달 이외에도 다양하고 복잡한 영향이 있습니다. 보시다시피 일본은 최근 5, 60년에 걸쳐 갑자기 진보했기 때문에, 사상적으로는 동지(冬至)와 하지(夏至)가 동시에 일어나는 상태입니다. 거기에 재래의 인습이 있어

물질적 방면에서 오는 여러 가지 위력이 있다고 하면, 일본의 현재의 도덕은 복잡하고 꽤나 혼돈된 상태임이 명백합니다. 뿐만 아니라 이 소용돌이에 인간이 본래 가지고 있는 낭만주의가 각각 더해져서, 적군인지 아군인지 모를 정도로 분별력을 잃고 자신의 주장에만 열중하여 흥분하고 있기 때문에, 혼란도 엄청납니다. 진실로 나라를 걱정하는 사람이라면, 오늘날의 일본의 도덕이 수습할 수 없는 상태에 이른 모습에 탄식하지 않을 수 없습니다. 그렇기 때문에 우리들——이라는 것은 여러분들도 포함해서입니다만, 당장 우리는 이 국민들을 위하여 어제, 오늘, 내일의 도덕을 정리할 필요가 있는데, 우선 적어도 낭만주의를 떠나서 모든 것을 있는 그대로 보도록 온 세상에 가르친다고 하면 잘난 체 하는 것 같고, 또한 가르치려고 해도 학생들이 좀처럼 배우지도 않지만, 하여간 마음만은 온 세상을 교육하는 각오로 서 있고 싶습니다. 즉, 저의 도덕이라기보다는 윤리교육의 희망은 매우 진부한 희망입니다만, 새 도덕도 옛 도덕도 우쭐대지 않도록, 그야말로 공자의 소위 중용으로 돌아가 조용히 사물의 정체를 보는 마음가짐만이라도 가질 수 있도록 돕고 싶습니다. 이야기가 대단히 어수선했고, 특히 마지막 부분은 급하게 진행시켰습니다만, 앞에서 말씀드린 대로 이것으로 강연을 마치겠습니다.

역자 일람 ────────────────────────────────

· 송현순(宋鉉順)

　나라여자대학대학원 박사과정 수료 / 단국대학교대학원 / 문학박사 / 우석대학
　교 일본어과 교수

· 김정희(金靜姬)

　니가타대학대학원 박사과정 수료 / 숭실대학교대학원 / 문학박사 / 숭실대학교
　일어일본학과 겸임교수 역임

· 최정아(崔貞娥)

　나라여자대학대학원 / 문학박사 / 광운대학교 동북아문화산업학부 교수

· 홍명희(洪明嬉)

　간세이가쿠인대학대학원 / 문학박사 / 한국해양대학교 국제통상학과 강사

· 김상원(金尚垣)

　동국대학교 대학원 / 문학박사 / 동국대학교 일본학연구소 전임연구원

· 엄인경(嚴仁卿)

　고려대학교대학원 / 문학박사 / 고려대학교 글로벌일본연구원 부교수

· 김난희(金鸞姬)

　중앙대학교 대학원 / 문학박사 / 제주대학교 일어일문학과 교수

· 김상규(金祥圭)

　와세다대학 대학원 / 문학박사 / 부경대학교 일어일문학부 교수

· 조성미(趙成美)

　한양대학교대학원 / 문학박사 / 배화여자대학교 비즈니스일본어과 강사

· 미야자키 나오코(宮崎尚子)

　큐슈대학 대학원 / 비교사회문화연구과 박사 후기 과정 / 이바라키대학 교육 학
　부 준교수

· 미야자키 요시코(宮崎由子)

　쿠마모토 현립대학 대학원 문학연구과 / 쿠마모토 가쿠엔대학 부속 고등학교 교사

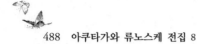

· 김명주(金明珠)

오타니대학대학원 / 문학박사 / 경기대학교대학원 / 관광학박사 / 경기대학교
평생교육원 관광계열 주임교수

· 김효순(金孝順)

쓰쿠바대학대학원 문/학박사 / 고려대학교 일본연구센터 부교수

# 아쿠타가와 류노스케 전집 Ⅷ

芥川龍之介　全集

**초판인쇄**　2017년　8월　30일
**초판발행**　2017년　9월　11일

**저　　자**　아쿠타가와 류노스케
**편　　자**　조사옥
**본권번역**　김명주 김상규 김상원 미야자키 나오코 미야자키 요시코 외
**발 행 인**　윤석현
**발 행 처**　제이앤씨
**등　　록**　제7-220호

**우편주소**　서울시 도봉구 우이천로 353 성주빌딩 3F
**대표전화**　(02) 992-3253
**전　　송**　(02) 991-1285
**전자우편**　jncbook@daum.net
**홈페이지**　http://www.jncbms.co.kr
**책임편집**　차수연

ISBN 979-11-5917-079-9　93830　　정가 35,000원